读客®

全球顶级畅销小说文库

全球文化，尽收眼底；

顶级经典，尽入囊中！

间谍课
黑色宣言

宣称将推动俄罗斯复兴的政治新星，已然成为民众的偶像，一份机密宣言却暴露了他骇人的野心！孤身深入的美国特工，如何合纵连横，举全国之力，制止这场血腥的屠戮？

福赛斯再次展露出非凡的叙事技巧，不再聚焦过去，而是大胆预言，以想象力一举打破现实限制，描摹出一个真实而令人胆寒的新千年。

国际政治惊悚小说大师

[英] 弗·福赛斯 著

舒云亮 译

ICON

江苏凤凰文艺出版社
JIANGSU PHOENIX LITERATURE AND ART PUBLISHING, LTD

ICON

Frederick Forsyth

献给桑迪

目 录

第一部

第一章

那个夏天，一小条面包的价格超过了一百万卢布。

那个夏天，庄稼连续三年歉收，恶性通货膨胀也已经到了第二年。

那个夏天，在俄罗斯边远地区，已经有人饿死在了偏僻的小巷子里。

那个夏天，俄罗斯总统在豪华轿车里突然发病，因远离医院而无法获得及时抢救；一个老清洁工从办公室里偷走了一份文件。

自那以后，一切都不一样了。

那是1999年的夏天。

那天下午天气很热，使人透不过气来。汽车喇叭响了好几声，看门人才慌忙地跑出小屋，费力地拉开内阁大楼沉重的木门。

总统警卫员摇下车窗，大声要求看门人打起精神。黑色的长车身梅赛德斯-奔驰600穿过拱门进入了老广场。坐着另外四名警卫员的俄制海鸥牌轿车紧随其后，可怜的看门人举起手，自认为还算像样地向第二辆车行了个军礼。随后，两辆车便都绝尘而去。

俄罗斯总统切尔卡索夫独自坐在奔驰汽车的后座上，陷入了沉思。汽车的前排坐着他的民兵司机和阿尔法小组安排给他的私人保镖。

死气沉沉的莫斯科郊区朝后退去，迎面而来的是乡间的田野和树木，俄罗斯总统陷入了深深的忧郁。这完全在情理之中。自从他赢得总统职位、取代了身体每况愈下的鲍里斯·叶利钦，入驻这间办公室以来，已经有三年了。在这期间，他眼见着自己的祖国落入经济衰退、贫困潦倒的境地，这三年是他一生中最痛苦的岁月。

1995年冬天，他担任总理时，叶利钦便亲自任命他为“专家治国”型总理，希望他能够有效地治理经济。而那时的俄罗斯人已经跑去投票站，选举新一届的议会——或者说——国家杜马了。

国家杜马的选举很重要，但并不起决定性作用。近几年里，越来越多的权力已经逐渐从议会转移到了总统手中，这都要归功于鲍里斯·叶利钦。这位大个子西伯利亚人曾在1991年8月的政变中爬上一辆坦克。虽然政变失败，但他不仅赢得了俄罗斯人的支持，还被西方人奉为民主斗士，也因此，他为自己谋得了总统的宝座。然而四年后的今天，他已经成了一个难以指望的人。

叶利钦在三个月里犯了两次心脏病，靠药物维持生命，躺在麻雀山（以前叫列宁山，位于莫斯科东北面）的诊所里。他通过电视观看了议会的选举情况，目睹了自己的手下在代表中被挤到第三位。这种选举结果并不像在西方民主环境中那样至关重要，在叶利钦的改革下，大部分实权其实已经掌握在了总统的手中。和美国一样，俄罗斯总统也拥有行政权；不同的是，美国国会可以对白宫行使否决权和决定权，但这在俄罗斯是不存在的。实际上，叶利钦可以凭法令统治国家，而他也正是这么做的。

不过，议会选举至少让人看清了当时风是往哪个方向吹的，对1996年6月举行的更为重要的总统选举，也预示了某些趋势。

讽刺的是，1995年冬天，作为新生力量重新出现在了政治地平线上的，是共产党。历经共产党人的七十年统治、戈尔巴乔夫的五年改革，以及叶利钦的五年执政，俄罗斯人民萌生怀旧之情，开始怀念过去的日子。

根纳季·久加诺夫领导的共产党将过往描绘成一幅光明的图景：工作稳定，工资有保障，物价更便宜，秩序也更井然。对于克格勃的专制、古拉格群岛上的奴隶营，以及对所有民主运动和言论自由的镇压，倒是绝口不提。

俄罗斯选民对一度被视作救星的资本主义和民主已经不抱任何幻想。说起“民主”的时候，人们已经嗤之以鼻。对许多俄罗斯人来说，生活中充斥着的腐败行为和肆虐全国的犯罪活动，都已经证明了这一切都是谎言。经过议会的选票统计，隐秘的共产党人在杜马中占据最多席位，因此有权指派发言人。

另一个极端，显然是与其针锋相对的新法西斯党。讽刺的是，这个由弗拉基米尔·日里诺夫斯基领导的党派，被叫作自由民主党。在1991年的选举中，这个粗鲁而又善于蛊惑人心的政客，竟以古怪的举止和低俗的措辞，出人意料地大获成功。不过现在，他的光环正日渐暗淡，尽管如此，他领导的政党还是在议会选举中占据了代表人数比例的第二位。

位于这两个极端党派之间的，还有许多个对自己所引进的经济和社会改革紧握不放的中间党派。他们属于第三大党派集团。

然而，这些选举的真正目的，是为1996年的总统竞选铺路。参与杜马选举的党派一共有四十三个，大党派的领袖都已经认识到，得有一个联合纲领才能有最大的赢面。

夏天来临前，共产党人已经与他们的天然朋友——农业党和农民党——结盟，组建了社会主义联盟（SU）。这个组织的称呼很巧妙，使用了前苏联（USSR）缩写中的两个字母。其领导人依然是久加诺夫。

极右翼的党派也在谋求联合的机会，这却遭到了日里诺夫斯基的极力反对。“疯子弗拉基”[①]认为，他不需要其他右翼党派的帮助就能取得总统职位。

---

① 弗拉基米尔·日里诺夫斯基的外号。——译注（本书中的注释，如无特别说明，均为译注）

与法国的选举一样，俄罗斯的总统选举也分为两部分。第一轮是所有候选人互相竞争，只有第一名和第二名才有资格进入第二轮的决定性竞选，得第三名就等于输了。结果，日里诺夫斯基得了第三名。极右翼党派中，那些更为精明的政治思想家们对他很不满。

十二个左右的中间党派则结成了民主联盟。1996年的整个春天，他们都在怀疑，鲍里斯·叶利钦的身体状况是否还能参加竞选并赢得总统连任。

后来，历史学家把他的下台归咎于一个问题——车臣战争。

十二个月前，因为一个深山部落里自封为王的好战领袖坚持要脱离莫斯科、彻底独立出来，恼羞成怒的叶利钦派遣俄罗斯陆军和空军，对该处发起了一场全方位的战争。车臣人制造的麻烦已经不是什么新鲜事了，他们的抗争可以追溯到沙皇甚至更早的时代。然而，历代沙皇的屠杀并没有把他们消灭，即便最残忍的约瑟夫·斯大林也没能把他们征服。面积不大的车臣虽然多次遭到破坏，车臣人也曾多次被逐出家园并遭受屠杀，但他们幸存了下来，仍在不断战斗。

调集俄罗斯武装力量对车臣人发动全面进攻是个鲁莽的决定，它未能很快取得辉煌战果，却是两败俱伤。车臣首府格罗兹尼被彻底摧毁了，一列列火车从战场上运回了装有俄军士兵遗体的尸袋，这一切都被记者们用相机和摄像机真实地记录了下来。

虽然首府已经成为一片废墟，但车臣人依然靠着从腐败的俄罗斯上将们那里买来的武器，全副武装。他们躲进地形颇为熟悉的大山深处抵抗搜捕。当年曾试图侵占阿富汗的那支俄军，如今又在高加索山脉的荒山野岭遭遇惨败，如同发起越战的美军一样狼狈不堪。

如果鲍里斯·叶利钦是想通过发动对车臣的战争，来证明自己是一个传统的俄罗斯强人，那他真是失手了。整个1995年，他无时无刻不在渴望最终能获得胜利，结果却一次次落空。当俄罗斯人民目睹自己年轻孩子们的尸体从高加索山区运回来时，他们对车臣产生了强烈的愤恨，对未能打赢战争的国家领导人也有了敌意。

经过不懈的个人努力，叶利钦在决选中重新赢得了总统宝座。不过，一年之后他就离去了。该职务落到了俄罗斯祖国党的领袖，“专家治国”型的约瑟夫·切尔卡索夫的头上。那时，祖国党已经加入了浩大的民主联盟。

切尔卡索夫似乎开局不错。他借鉴了西方许多优越的方面，尤其是金融信用制度，以此保证俄罗斯经济能良好发展。他接受了西方的劝告，最终与车臣达成和平协议。虽然报仇心切的俄罗斯人不愿意让车臣人就这样逃脱惩罚，但士兵们能返回家园还是受到了广泛的欢迎。

但是十八个月后，问题出现了，原因有两方面：首先，俄罗斯黑手党的劫掠变得越来越棘手，国家经济不堪承受；其次是另一次愚蠢的军事冒险。1997年下半年，占有俄罗斯百分之九十的财富的西伯利亚威胁说，要脱离俄罗斯。

在俄罗斯的所有省份中，西伯利亚最不安分。广袤的西伯利亚大地上，在那些几乎从未被开发过的永冻土层下，蕴藏着让沙特阿拉伯也会相形见绌的丰富石油和天然气资源。此外，那里还有黄金、钻石、铝土矿、锰、钨、镍和白金。到上世纪九十年代末期，西伯利亚依然是地球上最后的边界。

问题始于莫斯科最初接到的报告，说是一些日本人——但主要是韩国的黑帮密使——在西伯利亚地区到处徘徊、煽动分裂。切尔卡索夫总统听信了周围那些阿谀奉承者的愚蠢言论，犯了他的前任在车臣问题上类似的错误，向东面派遣了部队。这一举动导致了双重灾难：一是由于战争进行了十二个月却仍未取得军事成果，他不得不达成一项妥协：准许西伯利亚人对自己土地上的财富及所获取的收益拥有比以往任何时候都大的自治权和控制权；第二个后果则是引发了恶性通货膨胀。

政府力图摆脱困境。到1999年夏天，九十年代中期那种五千卢布兑换一美元的日子已经成了历史。1997年和1998年，库班农村黑土地上的小麦和其他作物连续两年歉收，西伯利亚的庄稼又因为游击队炸坏了铁轨而无法运出，烂在了地里；城市里，面包的价格则在不断上涨。切尔卡索夫虽然还坐在总统的位置上，但他显然已经没有多少实权了。

在农村，粮食原本至少能保证村民们自给自足，实际情况却最为糟糕。由于缺乏资金和劳动力，基础设施分崩离析，农场被弃置，肥沃的土地上杂草丛生。火车沿途停靠时，农民——主要是老人——一哄而上，兜售家具、衣物和小摆设，以此换取钱币乃至食物，但买者寥寥。

在国家最为耀眼的首都莫斯科，穷困潦倒的人们在莫斯科河沿岸的码头和穷街陋巷里露宿。警察——在俄罗斯叫民警——事实上已经放弃了打击犯罪活动的职责，他们努力把那些人收容起来，用火车把他们送回老家去。可仍有更多的人不断来到莫斯科，寻找工作、食物和救济，其中许多人沦为乞丐，死在了莫斯科的街头。

1999年早春，西方国家终于对这个无底洞般的国家停止了经济援助，外国投资者，甚至黑手党的伙伴，也都纷纷撤离。俄罗斯的经济就像被多次掠夺过的战争难民一样，在路边躺着，死于绝望。

这就是炎热夏日乘车前往休憩居所度周末时，切尔卡索夫总统思索着的灰暗前景。

司机熟悉这条通往乡间宅邸的道路。出了乌索沃，在那儿的莫斯科河边，树荫下的空气特别阴凉。多年前，在莫斯科河的这段弯道两岸的茂密森林里，曾有许多苏共政治局的党务大员们的度假别墅。俄罗斯已经发生了不少变化，但变化其实也没有那么大。

由于汽油昂贵，路上的车辆不是很多。他们遇到的卡车尾部都排出浓重的黑色烟雾。经过阿尔汉格尔斯科耶后，他们跨过一座桥，然后沿着河边的公路行驶。河水在夏日的烟雾中静静地流向他们身后的那座城市。

五分钟后，切尔卡索夫总统觉得喘不过气来。尽管汽车里的空调已经开足，他还是按下按钮打开了紧贴着脸的后车窗，让自然风吹进来。外面的空气更热，他的呼吸稍微顺畅了一些。隔屏前的司机和警卫员什么都没察觉到。通往佩里德尔基诺的岔路出现在了右手边，经过这个岔路口时，俄罗斯总统一头栽向左边，横倒在了座椅上。

司机首先注意到的是，汽车的后视镜里看不见总统的脑袋了。他向警卫员低声说了些话，警卫员转过身看。奔驰汽车随即开到路边停了下来。

后边的海鸥汽车也停了下来，担任过前苏联特种部队上校的警卫队队长从汽车前座跳下，跑了过来。其他人也都下了车，拔出枪，围成了个保护圈。他们不知道发生了什么。

上校跑到奔驰汽车旁时，警卫员已经打开后车门，正要探身进去。上校猛地把他拉开，好亲自察看。总统半斜半卧，双手攥住胸口，双目紧闭，呼吸急促。

离这儿最近的拥有顶级医疗设备的医院，是位于几英里外麻雀山上的国家第一诊所。上校坐到昏迷的总统旁边，命令司机调头开回环城高速公路。司机面色苍白地照做了。上校用手机拨通诊所电话，命令他们派一辆救护车在半路接应。

半小时后，双方在分车道公路上相遇了。急救医生把昏迷不醒的总统从豪华轿车转移到救护车上，然后三辆车一起朝诊所急驰而去。

到了目的地，值班的资深心脏病专家立即接手，把总统送进了重症监护室。医务人员动用了最先进的医疗设备竭尽全力抢救，但还是太晚了。监测仪屏幕上的线条没有波动，始终是条长长的直线，还一直发出蜂鸣警报声。四点十分，主治的内科大夫直起身子，摇了摇头。拿着心脏除颤器的医生也退了回去。

上校在手机上按了几个号码。在第三次振铃时，有人接听了。

“给我接总理办公室。”

六个小时后，在遥远的加勒比海的万顷波涛中，“性感女郎”号掉头返航了。后甲板上，船夫朱利叶斯收起渔线，解下引线，放妥了渔竿。船被租用了一整天，收获可观。

朱利叶斯把引线和鲜亮的塑料鱼饵整齐地卷起来，放进渔具箱内。这时，船上的那对美国夫妇打开两罐啤酒，坐在遮阳篷下心满意足地喝了起来。

鱼箱里有两条大刺鲅，每条差不多有四十磅重，还有六条大鲯鳅，几个小时前，它们还漫游在十英里外的大海里。

船长在驾驶台前检查返回岛屿的航线，然后把油门杆推向前去。船速由慢转快，他估计，不到一个小时，船就能驶入海龟湾了。

“性感女郎”号似乎知道它的工作已接近尾声，提基小屋码头那儿的避风港湾正等待着它去停泊。它屁股一沉、翘起船头，深V形的船体划破蓝色海面向前驶去。朱利叶斯用吊桶从海里打起一桶水，又开始冲洗起后甲板来。

在日里诺夫斯基担任自由民主党领袖的时候，该党总部坐落于斯雷藤卡大街外鱼巷中的一栋破败建筑内。不了解“疯子弗拉基”奇特处世习惯的客人，对这栋破烂的楼房会感到十分意外。墙上的灰泥已斑驳，橱窗里展示的两张蛊惑人心的海报上面沾满了蝇屎，屋里的地板简直像是几十年没人打扫过。进入那扇吱呀作响的黑乎乎的房门后，客人会发现，阴暗的门厅里有个货摊在卖前胸印有领袖肖像的T恤衫，货架上则是支持者们必备的黑色皮夹克。

楼梯上没铺地毯，只是刷了一层暗棕色的油漆。来到第一个楼梯平台时，会看到一名脸色阴沉的警卫在铁栅栏围着的窗口后面，盘问每一位来客的意图。只有当警卫对来客的回答表示满意后，才会允许他们继续向上走，去到日里诺夫斯基在城里主持政务时的肮脏房间。这座建筑里里外外都是用坚硬的石头砌成的。这个乖僻的法西斯分子喜欢这样布置他的总部，其理由是：形象能说明一个人的本质，而富丽堂皇会给人以负面的印象。不过日里诺夫斯基早已不在了，自由民主党已经与其他极右翼组织和新法西斯党派合并，组建了爱国力量联盟。

该联盟现在公认的领袖是伊戈尔·科马罗夫，他是一个完全不同类型的人。不过，为了向穷人和那些无家可归的目标选民表示爱国力量联盟绝不追求富丽堂皇，他保留了鱼巷里的大楼，然后把自己的私人办公室设在了其他地方。

科马罗夫工程师出身，在共产主义体制下工作过，但并不信仰共产主义。在叶利钦执政年代的后半期，他决定投身政治。他选择了自由民主党。虽然私下里对日里诺夫斯基的饮酒无度和放荡生活并不赞赏，他还是默默工作，由此跻身该党的核心圈子——政治局。此后，他参与了一系列秘密会议，与其他极端右翼党派领导人共同商讨，最后把俄罗斯所有的极端右翼分子联合起来，组建了爱国力量联盟。木已成舟，日里诺夫斯基勉强接受了该联盟的存在，并跌入了让他主持该联盟第一次全体会议的圈套之中。

全会通过了一项决议，要求日里诺夫斯基辞职，并随即抛弃了他。对于接替联盟领导职务的邀请，科马罗夫婉言谢绝，然后安排一个毫无领袖气质和组织才能的无名小卒接了班。一年之后，他轻而易举地利用联盟执行委员会对此人产生的失望感，甩掉了这位临时替补，亲自担任起了联盟的领导职务。弗拉基米尔·日里诺夫斯基的政治生涯就此结束了。

在1996年选举后不到两年的时间里，共产党和它的秘密党员的威信开始下降。他们的支持者显然是些对筹集资金一点也不擅长的中老年人。没有大银行家资助，组织的经费就会短缺。社会主义联盟的资金和吸引力都在缩水。

到1998年，科马罗夫已经毫无争议地成为极右翼党派的领袖。他眼下所要面对的，是俄罗斯人民无穷无尽的的绝望情绪。

然而，在这种贫困潦倒的年代，竟然还有多到叫人目眩的财富存在。有钱人的财富堆积如山，而且大部分还是外币。因为俄罗斯的吉尔汽车厂已经停产，他们就乘坐大排量、出产自美国或德国的加长型豪华轿车招摇过市，常常还是前有摩托车开道、后有保镖车辆随行。

在莫斯科大剧院的休息厅里，在大都会酒店和国家大饭店的酒吧和宴会厅里，每天晚上都能看到他们的身影，跟在他们身后的则是一些身穿貂皮大衣、浑身珠光宝气、散发着巴黎香水味的应召女郎。这些暴发户富得流油，即便是他们的前辈也望尘莫及。

在国家杜马，代表们大声疾呼，挥舞着命令文件，通过了一项又一项决议。一位英国驻俄记者说："这种情景，使我回想起人们从前说起的魏玛共和国的最后岁月。"

唯一让人们看到希望的曙光的人，是伊戈尔·科马罗夫。

在领导右翼党派联盟的两年时间里，科马罗夫让俄罗斯国内外许多观察家们都感到意外。假如他仅仅满足于当一名优秀的政治组织者，那么他可能只是个寻常的政府官员，可是，他变了，至少观察家们是这么认为的。他很可能是一个大智若愚的天才。

科马罗夫给人们的印象，是一位充满热情和魅力、深受大家欢迎的演说家。当他登上演讲台时，人们惊奇地发现，记忆中他那种说话轻柔、一丝不苟的样子不见了。他似乎变了一个人。他的声音抬高了，变成了高低起伏的男中音。他恰到好处地使用了俄语中的许多表达方式，以此产生更好的效果。他会把音调降到几乎是耳语的程度，此时，尽管备有麦克风，听众还是得竖起耳朵。然后，在演讲接近尾声时，他的声音又变得铿锵有力，人们会情不自禁地站起来鼓掌，连那些持怀疑态度的人也不例外。

他很快就掌握了面对群众的技巧。他避免在电视上进行非正式谈话或采访，因为他明白，虽然这一套在西方也许会见效，但在俄罗斯是行不通的。俄罗斯人很少邀请外人到家里做客，更不用说请整个国家了。

他也不喜欢落入那些不怀好意的提问者所设的圈套里。他做的每一次演讲都经过精心的准备，这样做的效果很好。他只对那些忠于自己党派的观众发表演说，摄影和摄像由他自己的摄制小组负责，整个团队由年轻优秀的导演利特维诺夫掌管。经过剪接和编辑后，这些节目会完全以他想要的形式在全国播放。他对新闻广播员们的奇思妙想不抱期望，而是购买了整段的电视播放时间，以保证节目完整、不被人删减。

他的演讲主题永远是俄罗斯，也一直很受欢迎。他猛烈抨击那些策划国际阴谋、迫使俄罗斯人屈服的外国人。他声称要驱逐所有“黑人”——这是俄罗斯老百姓习惯上对亚美尼亚人、格鲁吉亚人、阿塞拜疆人和其他南部地区民族的总称。他们中的许多人靠非法手段牟取暴利，成了富人。他为遭受压迫的俄罗斯平民百姓摇旗呐喊，深信有一天，俄罗斯人民将会与他一道站起来，重现过去的辉煌，把充斥祖国街头的污泥浊水一扫而空。

他对所有人都做出承诺：失业者将会找到工作，努力工作的人将会得到合理的薪酬；餐桌上会有食物，人们可以重新树立起自己的尊严；终身积蓄遭到贬值的人们将会得到坚挺的货币保障，使他们能够安度晚年；身披古老的“祖国牌”手表制服的工人们也将一扫那些凭借国外资本扶摇直上的懦夫们带来的耻辱，重新赢得尊重与自豪。

人们听到了他的话。在辽阔的东欧大草原上，人们通过广播和电视听到了他的声音。在没完没了的撤退中，被从阿富汗、东德、捷克斯洛伐克、匈牙利、波兰、拉脱维亚、立陶宛和爱沙尼亚驱逐回来，曾经光荣的俄罗斯军队战士们蜷缩在帐篷底下，听到了他的声音。

分散在这片辽阔大地上各个角落的农民，在农舍和木屋里听到了他的声音；破了产的中产阶级人士，倚靠在少量几件还没有拿去换取食物以及煤炭的家具旁边，听到了他的声音；甚至工厂老板也听到了他的声音，他们幻想着有一天，工业炉里能够重新燃起熊熊的炉火。他还向人们承诺：要把那些强奸和掠夺他们亲爱的俄罗斯母亲的骗子和强盗统统消灭。他受到了人们的广泛爱戴。

1999年春天，在他的公共关系顾问——一位非常聪明的美国常青藤名牌大学毕业的年轻人建议下，伊戈尔·科马罗夫进行了一系列的私人会晤。年轻的公关顾问鲍里斯·库兹涅佐夫认真地挑选了谈话的对象，主要是美国和西欧国家保守党中的议员和记者。接待他们的主要目的，是安抚他们的恐惧心理。

这项活动取得了良好的效果。大多数人在到来时，都期待着见到一位激进的极右翼政治煽动家、一个种族主义者或新法西斯主义者，或两者兼而有之。

结果，他们发现与之谈话的那个人衣着庄重、举止文雅、谈吐稳重。由于科马罗夫不会讲英语，他的公关助手坐在旁边既引导谈话又担当翻译。每当他所崇拜的领袖说了一些容易被西方人误解的话时，库兹涅佐夫就把那些话翻译成较容易接受的英语。这个情况谁都没有注意到，因为他所安排的客人没有一个懂俄语。

于是，科马罗夫可以这样解释：作为政治活动家，我们都有自己的选民；如果我们希望入选，就没有必要得罪他们。因此，有时候我们要讲一些我们认为他们喜欢听的话，即便实际去做时会比我们以为的要困难许多。对此，参议员们都理解地点头表示同意。

他说，西方的民主历史比较长，人们普遍认为社会行为准则应当自觉遵守，因此，西方政府不用制定那么强硬的行为准则。但在所有自我约束的行为准则都不起作用的情况下，政府就不得不做得强硬一些，而这在西方是难以接受的。对此，下院议员们也都理解地点头同意。

他对保守党的记者们则这样解释：如果在短期内不对犯罪分子

和腐败现象采取一些严厉的措施，就无法恢复货币稳定。记者们这样描述伊戈尔·科马罗夫：他这个人愿意听取有关经济和政治方面的解说，譬如与西方的合作事宜。他不可能接受欧洲或美国式的民主，而他强大的煽动能力，使西方感到恐慌。但是目前的俄罗斯也许正需要一个像他这样的人。几乎可以肯定，他在任何情况下都会赢得2000年6月的总统大选。投票结果证明了这一点，有眼光的聪明人都支持他。

在各个西方国家的总理府、使馆、部长办公室和会议室里，政治家们在沉思，雪茄烟雾飘到了天花板上。最后，他们纷纷点头表示赞同。

在莫斯科中心区北部的环城路内侧、基赛尔尼大街的半路上，有一条小街。小街中段的西侧有一个小小的公园，面积约半英亩。它三面由无窗的建筑物所环绕，前面安装了一道十英尺高的绿色钢板护墙，上方只露出一些针叶树的树梢。钢板墙上有两扇大门，也是钢铁制成的。

事实上，这个公园是十月革命前一座华丽的别墅或庄园的附属花园，二十世纪八十年代中期进行过精心的修复。虽然内部的装修很现代很实用，但它古典式的门面却很清淡，门窗都涂着白色的泥灰。这是伊戈尔·科马罗夫真正的总部。

来到大门前的访客，会被墙上的监控摄像头从上到下审视一番，然后他要通过内部通讯系统自报姓名，对大门内侧小屋里的警卫说明事由，再由警卫与房子里的保安室联系确认。

大门打开后，汽车进去开上十码，就会遇上一排道钉，不得不停下来。钢铁大门在滚轮的驱动下关上后，警卫就会走上来检查身份证件。确认无疑后，他再回到小屋内按下一枚电控按钮。道钉收回后，汽车方可继续前行，进入铺有砾石的前院，那里有更多的警卫等待着。

房子两边各有一排通到院子边缘的铁栅栏，都是用螺栓固定在墙上的。铁栅栏的后面有狗。这些狗分成两组，每组只听从一个训犬员的命令。训犬员轮流值班。天黑后，铁栅栏的大门会打开，狗可以在整个院子里前后跑动。此后，警卫就留在小屋里。如果晚上有人来，他必须与训犬员联系，把那些狗召回去。

为了避免内部工作人员被狗咬伤，房子后面有一条地下通道通往一条小巷，继之通到基赛尔尼大街。该通道有三道装有按键式密码锁的门，一道在房子里，一道在半路，另一道在街上。这是送货人员和工作人员的进出通道。

晚上，在工作人员全都离去、狗在院内巡游时，房子里还有两名警卫人员值班。他们有自己的房间，里面有电视和简易的用餐设施，但没有床，因为他们不可以在当班时睡觉。他们还要轮流去三个楼层巡逻，直到第二天早饭时间，由白班人员来接替他们。科马罗夫在那之后才来上班。

当然，这么高级的办公室是容不得任何尘埃和蛛网的。因此，除了星期天，每天晚上后面通道的蜂鸣器发出响声时，一名警卫就会放清洁工进来打扫卫生。

在莫斯科，大多数清洁工都是女的，但科马罗夫希望他的周围全是男性，包括清洁工。这里的清洁工是一个名叫列昂尼德·泽伊采夫的老兵。他的姓氏在俄语里是“兔子”的意思。他看上去一副窝囊样，一年四季都穿着一件磨旧了的军大衣，嘴里镶了三颗闪闪发光的不锈钢门牙（红军的牙科设施简陋）。房子里的警卫就称呼他为“兔子”。总统逝世的那天晚上，他们像往常一样在十点钟放他进来了。

凌晨一点钟，清洁工拿着水桶和掸子，身后拖着真空吸尘器进入了科马罗夫机要秘书阿科波夫的办公室。兔子仅在一年前见过他一次。当时，他来打扫卫生，发现一些高级员工加班到很晚。那人对他非常粗鲁，命令他滚出去，还对他骂骂咧咧。此后，他有时候会故意在阿科波夫那把舒适的皮旋转椅上坐一会儿。

由于知道警卫在楼下，兔子便在那把转椅里坐下来享受了一下。

他从来没有这样的一把椅子，将来也永远不会拥有。书桌上有一份文件，大约有四十页，是打印出来后用活页纸装订而成的，前后封面都是很厚的黑色纸板。

兔子纳闷，这份文件为什么会留在这里。通常，阿科波夫会把所有东西都收拾起来，放进他的壁式保险箱里。他肯定是这么做的，因为兔子以前从未见过任何文件，而且书桌的所有抽屉都是上着锁的。他翻开黑色的封面，看了一下标题，然后随意地翻看着。

他的阅读能力并不强，但他可以看懂。很久以前，他的养母教过他认字，之后又在公办学校里读过几天书，后来在部队里时，一位慈祥的军官也辅导过他学习。

看到的东西使他感到困惑。有一段他读了好几遍，因为有些词语很长很复杂，但他还是看明白了。他那双患有关节炎的手边翻页边在颤抖。为什么科马罗夫要说这样的话？而且是对他所敬爱的像他养母那样的人？他没有完全明白，但这使他很担心。也许他应该去向楼下的警卫请教，但他们只会照着他的头来两下子，然后告诉他继续去干活。

一个小时过去了。警卫应该来巡逻了，但他们仍在看电视，因为新闻节目延长了，正在向全国播报：根据俄罗斯宪法第五十九条规定，总理已经暂时接替了总统的工作，期限为三个月。

兔子一遍又一遍反复读着那几段内容，直到明白了意思。但他还是没有完全理解字里行间所包含的深层意思。科马罗夫是一位伟人，他会成为下一届俄罗斯总统，难道不是吗？那么，为什么他要对兔子的养母以及像她那样的人说这样的话，何况她早就已经过世？

凌晨两点钟时，兔子把文件塞进衬衫里，干完了活，要求出去。警卫人员不情愿地离开电视屏幕，打开门，兔子走出去，进入了夜色之中。他离开的时间比平时早了一点，但警卫并没有在意。

泽伊采夫想回家，但又决定先不回去。太早了。与往常一样，公交车、有轨电车和地铁全都停运了。他一直都是走回家的，即使下雨天也一样，因为他需要这份工作。步行回家要一个小时的时间。如果他现在就回家，就会吵醒女儿和她的两个孩子。女儿不喜欢他这样做，因此，他在大街上徘徊，不知道该怎么办。

到三点半时，他发现自己走到了克里姆林宫南墙脚下的克里姆林夫斯卡亚码头，那里有一些流浪汉和无家可归的人在睡觉。他找到了一条宽敞的长椅，于是坐下来，凝视着河对岸。

他们接近岛屿的时候，海水已经平静下来了。下午总是这样，似乎大海在告诉每一个渔民和水手，白天的对抗已经结束了，海洋要休战了，明天再战斗吧。船长可以从左右两侧看到，有几艘船朝着惠兰德水道方向驶去，那是暗礁的西北缺口，是平静的潟湖通往外海的通道。

右舷边，岛民亚瑟·迪恩驾驶着他那艘敞篷的“银色深海”号疾驶而过，航速比“性感女郎”号快了八节。迪恩朝他挥手致意，这位美国船长也挥挥手以示回应。他看见“银色深海”号后甲板上有两个潜水员，猜想他们一定是去西北角一带探测珊瑚礁。今晚，迪恩家的餐桌上能吃到龙虾了。

他放慢“性感女郎”号的速度以便通过水道，因为两边尖利的珊瑚礁离水面仅有几英寸，经过以后，他们轻松地沿着海岸行驶，十分钟后就可抵达海龟湾。

船长钟爱他的这艘渔船，这是他的生计所依，也是他的情人。这船有十年的船龄，长度为三十一英尺，原名“伯特伦·莫比”，是以其设计者迪克·伯特伦妻子的名字命名的。虽然它不是海龟湾最大、最豪华的出租渔船，但它的船东和船长认为，它能够在任何海域和任何鱼类较量。五年前搬到岛上居住时，他看到《船艇交易》杂志上的一条小广告，于是去南佛罗里达的一家船厂买下了这艘二手船。此后，他日夜鼓捣这艘船，直到它成为附近岛屿上最漂亮的“姑娘”。虽然他仍在向金融公司分期付款，但他从不后悔在它身上花钱。

进了港湾后，他让“性感女郎”号驶入与他的美国同胞鲍勃·柯林斯那艘“崎墨”号相隔两个位子的专用泊位，然后关掉发动机，走过去问候他的客户是否玩得开心。客户说他们确实很开心，并支付了租船费，还给了他和朱利叶斯一笔慷慨的小费。客户走了以后，他对朱利叶斯眨了眨眼睛，让他带走所有的小费和鱼，然后摘下帽子，用手指梳理他那头乱糟糟的金发。

在此之后，他留下面带微笑的朱利叶斯，去船上打扫卫生，用淡水冲洗所有的鱼竿和绕线筒，让“性感女郎”号干干净净地过夜。回家之前他还要回来关门落锁，但这时候，他已经闻到了一股柠檬代基里酒的香味。于是，他沿一条木板步行道朝“香蕉船”餐馆走去，并与他遇见的每一个人互相问好。

第二章

在河边的凳子上坐了两个小时后，清洁工列昂尼德·泽伊采夫还是没有想出解决问题的办法。现在，他后悔拿了这文件，他真的不知道自己为什么要去偷拿文件。如果他们发现了，他就会受到惩罚。可是，他似乎总是受到生活的惩罚，他真不理解这到底是为什么。

1936年，兔子出生在斯摩棱斯克西部的一个贫穷小村庄里。这是一个小地方，与这片土地上其他千千万万个村庄一样普通：村里只有一条坑洼不平的街道，夏天尘土飞扬，秋天泥泞不堪，冬天冰雪覆盖。村里约有三十座房子和几个谷仓，原先的农民现在都被迫加入了斯大林式的集体农庄。他父亲是农场的一个农工，他们家住在路旁的一座小屋里。

沿着道路过去，有一家小商店，店的楼上是住宅，住着村里的面包师。他父亲告诫过他，不要与面包师来往，因为他是“叶夫雷”。他不明白这个词语的意思，但显然不是什么好事情。可他注意到，母亲会在那里买面包，面包的味道非常好。

他感到纳闷，为什么他不能与面包师说话？面包师是一个快乐的人，有时候会站在店门口朝列昂尼德眨眨眼睛，丢给他一片刚出炉的热面包。因为父亲的告诫，他总是躲到牛栏后面悄悄地吃完面包。面包师与妻子和两个女儿住在一起，他有时会看到女孩从商店的窗口朝外张望，但她们似乎从不出来玩耍。

1941年7月下旬的一天，死神降临到了这个村庄。他当时还是个小男孩，不知道这是死亡的威胁。他听到隆隆的轰鸣声，于是跑出谷仓。几个巨大的钢铁怪物从大路进入了村庄。第一个怪物在村庄的房子间停了下来。列昂尼德站到了街上，想看得清楚些。

那怪物似乎身躯庞大，有房子那么大，但它靠履带滚动，前面还伸出一根长长的炮筒。怪物的顶端，在那炮筒的上方，站着一个人，他的上半身露在外面，还把厚重的钢盔摘下来放在了身边——那是一个炎热的日子。然后他转身俯视下面的列昂尼德。

列昂尼德看到那人长着一头淡黄色的头发，一双蓝色的眼睛淡得出奇，似乎夏日的阳光从后脑勺把他穿透了似的。那双眼睛没有表情，没有爱恨，只有一种空洞的无聊。那人慢慢地从侧身的枪套里掏出了手枪。

列昂尼德感到情况不妙。他听到手榴弹扔进窗后的爆炸声，以及随之而来的尖叫声。他吓坏了，转身跑了起来。这时，他的头顶上方响起了一阵爆裂声。他躲到牛栏后面开始哭泣，随后继续跑动，身后持续传来哒哒声，空气里还有房子燃烧和木头烧焦的气味。他看到前面有片树林，于是跑了过去。

他在林子里不知道怎么办。他还在哭泣，喊着爹妈，但他们没有来。他们再也不会来了。

他遇到一位在尖声叫着自己丈夫和女儿名字的妇女，认出那是面包师的妻子达维多瓦夫人。她拉住他，把他紧紧抱在了怀里。他不明白她为什么要这么做，也不知道他父亲会怎么想，她可是“叶夫雷”啊！

村庄已经成了一片废墟。德国党卫军的装甲部队已经离去，林中还有其他几个幸存者。他们后来遇见一些游击队员，都是带着枪、留着胡子、住在林子里的硬汉。在一名游击队员向导的带领下，他们启程朝东面去，一直朝东面去。

他走累了，达维多瓦夫人就背着他。过了几个星期，他们终于抵达了莫斯科。她似乎认识那里的一些人，那些人帮他们安顿了下来，还提供食物、给予他们温暖。他们对他很好，长得都很像达维多夫先生，他们的卷发从太阳穴一直垂到下巴，都戴着宽边帽。虽然他不是“叶夫雷”，达维多瓦夫人还是坚持收养了他，并照料了他好多年。

战后，当局发现他不是她的亲生儿子，于是把他们分开，把他送进了一家孤儿院。分别时，他和达维多瓦夫人都哭得很伤心，但此后他就再也没有见到过她。在孤儿院，人们告诉他，“叶夫雷”的意思是犹太人。

兔子坐在凳子上，还在为衬衣里面的文件感到纳闷。有些短语的意思他仍然没有明白，例如“彻底终结”或“完全灭绝”。对他来说，这些词语太长了。但他知道它们不是什么好的词语，他不理解为什么科马罗夫先生要对达维多瓦夫人那样的人采取这种行动。

东方的天际出现了一抹粉红色的朝霞。在河对岸索菲斯卡亚码头边的一栋大楼里，一名皇家海军陆战队队员拿着一面旗帜，开始踏上楼梯走向屋顶。

船长端起一杯代基里鸡尾酒从桌子边站起来，走到木栏杆那里。他低头去看下面的海水，然后抬头望远处暮色渐浓的港湾。

四十九岁了，他想道。四十九岁，却还在企业内部商店里赊账。杰森·蒙克，你已经不年轻了，过了这个年龄了。

他喝了一大口，感觉这种用柠檬和朗姆酒调制的鸡尾酒味道恰到好处。

管他呢，这一生还是不错的。不管怎么样，经历还是很丰富的。

他的人生刚开始时并不是这样的。刚开始时，是在一座简陋木屋里，那是在美国弗吉尼亚州中南部一个叫克罗泽的小镇上，位于谢南多厄河的东面，离韦恩斯博罗至夏洛特维尔高速公路五英里远。

阿尔伯马尔是一个农业县，记忆中这里处处都有南北战争的痕迹，因为这场战争中百分之八十的战役都是在弗吉尼亚进行的，对弗吉尼亚人来说刻骨铭心。在当地的小学读书时，他同学的父亲们大都种植烟草或者大豆，要么养猪，三者必居其一。

杰森·蒙克的父亲则与众不同，他是在谢南多厄国家公园工作的护林工人。看护森林的工人永远不可能成为百万富翁，但这份工作对男人来说还是不错的，尽管钱不是很多。他父亲假期也没闲着，抓住一切机会去挣钱贴补家用。

他回忆起孩提时，父亲经常带他到包含了整个蓝岭山脉的国家公园，教他识别各种树木：云杉、白桦、冷杉、橡树和火炬松。有时候，他们也会在森林里遇见狩猎监督官，他会睁大眼睛，聆听他们讲述的关于黑熊和野鹿的故事，以及如何猎取火鸡、松鸡和野鸡。

后来，他学会了精准地用猎枪射击、追踪猎物、扎营以及在早上拔营时不留下任何痕迹；当他长大一些、有了一定体力时，他就在假期去伐木场打工。

从五岁到十二岁，他一直在县里的小学读书。过了十三岁生日后，他去夏洛特维尔的县中学就读，每天黎明前就起床，从克罗泽赶赴县城。中学期间，发生了一件改变他命运的事情。

1944年，一名美军中士与成千上万的美国大兵一起从奥马哈海滩撤退，一直行进到诺曼底腹地。他在圣洛附近与部队走散，进入了德军狙击手的视线。他还算幸运，敌人的子弹只是擦伤了他的上臂。这位二十三岁的美军战士设法爬到了附近的一座农房，那家人帮他清理了伤口并让他留下来避难。农户家有个十六岁的女儿，当她把冷敷料小心翼翼地放到他的伤口上时，他看着她的眼睛，心里知道，姑娘比德军子弹更重地击中了他。

一年后，他从柏林返回诺曼底，向她求婚。在一名美军牧师的主持下，他在她父亲的果园里娶了她。后来，因为法国没有在果园里举行婚礼的传统，当地的一位天主教牧师在村子的教堂里为他们重新举办了婚礼。之后，他带着新娘回到了美国的弗吉尼亚州。

二十年后，他已经是夏洛特维尔县中学的副校长。他的妻子则因为孩子们不在身边，要求在他的学校教法语。约瑟芬·布拉迪夫人漂亮迷人，是一个地地道道的法国人，她的课程很快就吸引了许多学生。

1965年秋天，她的新生班级来了一个新同学，名叫杰森·蒙克。这个男孩有一头蓬乱的金发，样子很害羞，笑容很迷人。不到一年后，她便承认，从来没有听到过一个外国人的法语能够说得像他那样好。这是天赋，不是后天习得的。他就有这种天赋，不但精通语法，而且发音也很完美。

在中学的最后一年里，他常常去她家，和她一起阅读马尔罗、普鲁斯特、纪德和萨特的作品（当时萨特的作品充满了性爱的内容），但他们最喜爱的还是更早期的浪漫诗人：兰波、马拉美、魏尔伦和维尼。事情并不在预料之中，但还是发生了，也许应该责怪那些浪漫诗人。他们并不在乎彼此之间的年龄差距，有过一段短暂的风流韵事。

十八岁的时候，杰森·蒙克已经能做两件他那个年龄的南弗吉尼亚人无法做到的事情：说法语和做爱，而且两样他都很拿手。那年，他参军了。

1968年，越南战争如火如荼，许多美国年轻人都想尽办法不去越南打仗。那些自愿签署三年兵役合同的人很受欢迎。

蒙克参加了基础的军训并填写了简历。在“外语”一栏，他填上了“法语”。军营的副官把他召去了办公室。

“你真的会说法语吗？”副官问他，蒙克作了解释。副官打电话到夏洛特维尔中学，与学校的秘书通了话，秘书找到布拉迪夫人，然后她回了电话。这花了一整天的时间。蒙克随后又被召唤过去，这一次的召见，有一名美军情报部队的少校在场。

除了越南语，在越南这个前法国殖民地国家，上年纪的人大都会讲法语。蒙克坐飞机去了西贡。他一共去了两次，中间回美国待了一段时间。

他退役那天，指挥官命令他到办公室报到。那里有两个平民在场，上校军官则离开了。

“请，中士，请坐。”两个人中年纪较长、较和蔼的一位对他说完，开始把玩一只石楠烟斗，另一位长相严肃的人开始用法语说话。蒙克也用同样的语言回答。这样的交流持续了十分钟时间，随后，讲法语的人面露微笑，转向他的同事。

“他很棒，凯里，真的很棒。”说完他也离开了。

“那么，你认为越南怎么样？”留下来的那个人问道。他四十岁左右，脸上长着皱纹，神情愉快。那是1971年。

“那是纸牌搭成的房子，先生，”蒙克说，“正在倒塌。再过两年时间，我们就不得不从那里撤走了。”

凯里似乎表示同意，他点了好几次头。

“你说得对，但不要告诉军方。你现在有什么打算？”

“我还没拿定主意，先生。”

“嗯，我不能替你拿主意。但你有才能，我自己都没有你这样的才能。刚才出去的那个人是我的一位朋友，他和你我一样都是美国人，可他是在法国长大的，在那里生活了二十年。如果他说你棒，那我就满意了。那么，你为什么不继续深造呢？”

“您的意思是上大学？”

“是的，《退伍军人权利法案》可以承担你的大部分学费，山姆大叔认为你应该得到资助。抓住这个机遇吧。”

在当兵的那些年月里，蒙克已经把大部分积蓄寄给了母亲，以帮助抚养家里的其他孩子。

“即使有《退伍军人权利法案》的资助，还是需要一千美元的现金。”他说。

凯里耸耸肩。“如果你愿意主修俄语，我认为，一千美元是能筹到的。”

“如果我愿意呢？”

“那就给我打电话。我的工作单位应该能为你解决一些事情。”

“这可要花四年时间呢，先生。”

“哦，在我工作的地方，人们有的是耐心。”

“先生，你是怎么知道我的？”

“在越南的时候，我们的‘凤凰计划’小组发现了你和你的功绩。你对付越共很有一套，他们喜欢你。”

“是兰利对吧，先生？你是中情局的。”

“嗯，我不是大领导，只是一个小人物而已。”

实际上，凯里·乔丹并非小人物，他后来晋升为中情局（行动）副局长，主管整个间谍活动部门。

蒙克接受了这个建议，又回到夏洛特维尔，在弗吉尼亚大学入学了。他又与布拉迪夫人一起喝茶，但仅仅是作为朋友。他进入斯拉夫语系，专修俄语。他的导师，一个俄罗斯人，认为他的水平已经达到了“双语”程度。1975年，他二十五岁，从大学毕了业。第二年过完生日，他就加入了中情局。在被称为“农场”的皮尔利驻地受过基本训练后，他被分配到了位于兰利的中情局总部，接着到纽约，后来又回到兰利。

过了五年，在完成了许许多多课程之后，他才第一次被派往国外任职，他去的，是肯尼亚首都内罗毕。

在7月16日这个晴朗的清晨，皇家海军陆战队梅多斯下士正在履行他的职责。他用扣锁把国旗加固了的那一条边与升旗绳扣住，把旗帜升到了旗杆顶部。米字旗在晨曦中迎风飘扬，似乎在告诉全世界，谁才是旗帜之下这片领地的主人。

俄国十月革命前夕，英国政府从一个糖业大亨手里买下索菲亚码头边的这座漂亮的大厦，并把它改建成了使馆。此后，使馆历经风雨，始终屹立在那里。

苏联领导人约瑟夫·斯大林居住在克里姆林宫的国家寓所内，他每天早上起床后拉开窗帘，会看到河对岸迎风招展的英国国旗，感到很不高兴。他多次施压要求英国把使馆迁走，但遭到了拒绝。

随着岁月的流逝，英国在莫斯科的外交使团日益庞大，这座大厦已经容纳不下所有的工作部门，因此，使馆在市内各处又设立了许多分部。虽然苏联多次提议可帮助英方把所有部门都集中到一个大院里，但伦敦婉言回答说，他们愿意继续留在索菲亚码头。大厦是英国不可侵犯的主权领土，因此使馆一直没有挪过地方。

东方的山丘上出现了黎明的第一线曙光，此时的列昂尼德·泽伊采夫正坐在河对岸，注视着随风舒展的那面旗帜。这情景勾起了他对一件遥远往事的回忆。

十八岁那年，兔子应征加入红军，经过最基本的训练后，他随同坦克部队开赴东德驻防。他是一名列兵，他的教官们认为，他连当下士的实力都没有。

1955年的一天，在波茨坦郊外的一次例行行军期间，他在密林中掉队了。他迷了路，十分害怕地在林子里踉踉跄跄地行走，最终发现了一条沙土路。他在那里停下脚步，吓得僵住了。相距十码远处停着一辆敞篷吉普车，还有四名战士。显然，他们是在巡逻途中停下来休息的。

两名战士在车上，另两名正站在车边吸烟，他们手里拿着啤酒瓶。他立即明白过来，他们不是苏联人。他们是外国人，是根据1945年的《波茨坦协定》驻扎在波茨坦的占领军中的西方人，但他对此一无所知。他之所以会明白，是因为他被告知过，他们是敌人，是来摧毁社会主义的，也会来杀他。

他们看见他时，停止了交谈，把目光转向他。其中一个人说："喂，喂，快看这里来了个什么人？一个苏联人呢。你好，伊凡。"

他一个字也没听懂。他的肩上斜挎着一支冲锋枪，但是他们似乎并不怕他，他倒是很怕对方。他们中有两个人戴着黑色贝雷帽，上面的黄铜帽徽闪闪发亮，后面还有一丛半红半白的羽毛。他并不知道，自己眼前的是英国皇家燧发枪团的羽饰徽标。

吉普车旁边的一个战士离开战友，漫步朝他走了过来。他吓得魂不附体，觉得简直要尿裤子了。那人也很年轻，有一头红色的头发和一张长着雀斑的面孔。他朝泽伊采夫露出了微笑，递给他一瓶啤酒。

"来吧，朋友，喝啤酒。"

列昂尼德感觉到手中玻璃瓶子的凉爽。外国兵点点头，示意他喝酒。酒里肯定下了毒。他提起瓶子，把瓶口对准嘴唇，脑袋朝后仰去，一股冰凉的液体流经喉咙。这啤酒劲大，比苏联的好，是好啤酒，但他被呛住了，咳了起来。红头发士兵笑了。

"喝吧，继续喝吧。"他说。对泽伊采夫来说，对方说的话只是一种声音。让他惊讶的是，外国兵转身走回到几码之外的吉普车那儿去了。这个人根本不怕他。他是携带武器的红军战士，但这些外国人在轻松地说笑打趣。

他站在树旁，喝着凉爽的啤酒，心里纳闷，不知道尼古拉耶夫上校会怎样想。上校是中队指挥官，只有三十多岁，但已经是一位受人尊敬的战斗英雄了。有一次，上校叫住泽伊采夫，询问他的家庭背景和家乡。这位列兵告诉他，自己是在孤儿院里长大的。上校拍拍他的背，告诉他可以把部队当作他的家。他很崇拜尼古拉耶夫上校。

他吓坏了，不敢把啤酒朝他们扔回去。不过话说回来，这啤酒味道倒是真不错，哪怕是下了毒药的。他于是把啤酒喝光了。过了一会儿，车外的两名战士爬上汽车后座，戴上了他们的贝雷帽。司机发动汽车后，他们便走了，不慌不忙，也不怕他。红发战士还转过身来朝他挥手。他们是敌人，正在准备入侵苏联，却向他挥手。

他们走了以后，他把空酒瓶朝林子深处扔去，然后撒腿在树丛中奔跑。终于，他看到了一辆苏军卡车，于是搭车回到了军营。他因为掉队，被中士惩罚去伙房干了一星期的活，但他从没说起过关于外国人和啤酒的事情。

在外国人的汽车开走之前，他注意到汽车右侧车身上有一个类似团徽的图案，汽车后端还有一根拉得长长的天线，天线上有一面旗帜，约一英尺见方。旗帜上印有十字图案，一个红色的在正中央，还有两个在对角线上，由红白两色组成，这些十字全都印在蓝色的背景上，构成了一面由红、白、蓝三色组成的旗帜，很有意思。

四十四年后，这面旗帜又出现了，在河对岸的建筑物上迎风飘扬。兔子的问题有了解决办法。他知道自己不应该偷走阿科波夫先生的这份文件，但现在他不可能再送回去了。也许并不会有人注意到这份文件丢了。于是，他要把这份文件交给有着好玩的旗帜和请他喝过啤酒的人们。他们会知道该如何处理。

他从凳子上站起来，开始沿着河岸走向横跨莫斯科河的石桥，走向索菲斯卡亚码头。

内罗毕

1983年

小男孩感到头痛，伴有低烧。他母亲起初以为他只是在炎热夏日里着了凉，但到了晚上，这个五岁的孩子因为头痛而尖叫不止，闹得父母一宿没合眼。第二天早上，苏联使馆大院的外交官邻居们前来询问，因为房子墙壁薄，而且天热时大家都开着窗户睡觉，昨晚他们也被这孩子闹得没睡好。

上午，母亲带儿子去看医生。当时，苏联集团的使馆都没有单独配备医生，但各使馆有一位共用的医生。斯沃博达大夫是捷克使馆的，但他也为整个社会主义阵营的使馆提供医疗服务。他是一个好人，工作很认真。他只用了几分钟时间就诊断完毕，告诉这位俄罗斯母亲，她儿子患了疟疾。他开了个处方，配了适当剂量的药物：当时苏联医药界常用的氯喹和百乐君的改良配方，还有一些每日服用的消炎药片。

治疗没有收到效果。两天后，孩子的病情加重了。他的发热和颤抖都加剧了，一直在尖叫，说头痛得厉害。大使马上批准他们去内罗毕总医院就诊。由于母亲不会说英语，她丈夫——主管商务的二等秘书尼古拉·伊里奇·图尔金，就陪她一起去了。

内罗毕总医院的温斯顿·莫伊大夫也是一位优秀的内科医师。对于热带疾病，他很可能比捷克医生更内行。他进行了彻底的检查，然后直起身来露出微笑。

“恶性疟原虫。”他做出诊断。那位父亲皱起眉头倾身向前，感到迷惑。他的英语很好，但没有好到能够听懂医学术语。“那是疟疾的变种，对斯沃博达医师所开的氯喹类药物具有抗药性。”

莫伊大夫给孩子开了广谱强力抗生素药物处方，还安排了静脉注射。起初，这似乎起作用了。过了一周，药效消退后，病情又出现了。这时候，做母亲的变得歇斯底里，她再也不相信外国药物，坚持要带儿子飞回莫斯科看病。大使同意了。

到了莫斯科，男孩立即被送进克格勃的专门诊所。这是因为，商务二秘尼古拉·图尔金的真实身份是克格勃第一总局的图尔金少校。

诊所条件很好，因为克格勃间谍要去世界各地就职，那儿还有一个热带疾病专科。由于小孩的病情不容易诊断，于是被直接安排给了科主任格拉祖诺夫教授进行诊治。他看了内罗毕的两份病历，进行了一系列CT和超声波扫描检查。这是当时最先进的医疗仪器，在苏联的其他部门是享受不到的。

检查结果使他深为担忧。扫描显示，男孩体内多个器官都有内部脓肿。他把图尔金夫人叫到办公室来，神情十分严肃。

“我知道这是什么病，至少，我能够肯定我的诊断，但是，这个病治不了。使用大剂量的抗生素进行治疗，你的儿子也许能活一个月。再长的话，就不大可能了。我很遗憾。”

母亲泣不成声，一位富有同情心的助手把她送出办公室，并向她解释说，这是一种非常罕见的叫作类鼻疽的疾病，在非洲确实少见，但在东南亚较为普遍，越战期间，美国人率先辨明了这种疾病。

当时，美军直升机飞行员最先出现这种新疾病的症状，它常常是致命的。研究发现，直升机在水稻田上空盘旋时，桨叶把田水搅起来，形成了一种微薄的水雾，一些飞行员吸入了这种水汽。田水含有杆状细菌，能抵抗所有已知的抗生素。当时虽然苏联人自己没有发现，但他们特别注意吸收西方的知识，就像海绵吸水一样，因此知道这个情况。格拉祖诺夫教授订阅了他研究的专业领域的所有西方医学刊物。

图尔金夫人拨打长途电话，哭着告诉丈夫，他们的儿子患上了类鼻疽病，活不长了。图尔金少校写下这种疾病，然后去见上司——克格勃情报站站长库利耶夫上校。上校表示同情，但态度坚决。

“去跟美国人交涉？你疯了吗？”

“上校同志，如果美国人发现了这种疾病，而且还是在七年前，那么他们可能会有对付的办法。”

“但我们不能请求他们帮忙，”上校强烈反对，“这关系到国家的尊严。”

“这关系到我儿子的生死。”少校喊了起来。

“够了。你走吧。”

图尔金冒着职业生涯被终结的危险去见大使。大使并不是铁石心肠，但也不为所动。

“我们的外交部与美国国务院之间的交涉很少，而且仅限于国家事务。”他告诉这位年轻的情报官，“顺便问一下，库利耶夫上校知不知道你来我这里？”

“不知道，大使同志。”

“那么，为了你的发展前途，我是不会告诉他的，你也不要向他提起。但我的回答是‘不’。”

“可假如我是政治局委员……”图尔金又说。

“但你不是。你只是一个三十二岁的少校，在肯尼亚任职。我为你儿子感到遗憾，但我无能为力。”

尼古拉·图尔金走下楼梯，他痛苦地回想起，苏共中央总书记尤里·安德罗波夫每天就是靠着从伦敦空运进口的药物活命的。然后他外出喝酒去了。

要进入英国使馆并不容易。站在码头对面的人行道上，泽伊采夫可以看见这座巨大的赭色楼房，甚至还可以看到由柱子支撑着的门廊顶部，下面是雕刻精美的大木门，但这不是一个可以随便进去的地方。

大楼正面的门窗依然紧闭，波纹状的钢板墙上开了两道大门，供汽车一进一出。这两道大门也是用波纹钢制成，由电机驱动，现在关得死死的。

右边是行人的入口，但设有两道铁栅门。人行道上有两名俄罗斯民警在值守，对步行进去的人实施检查。兔子不想受到民警的盘问。即使过了第一道铁栅门，还有通道和第二道铁栅门。两道铁栅门间设有使馆的警卫岗亭，由英国人雇佣的两名俄罗斯卫兵在站岗执勤。他们负责询问来访者的事由，然后与使馆内部进行确认。许多申请签证的人想通过这道门进入大楼。

泽伊采夫漫无目的地徘徊到了大楼后面，那里有一条小街，可通往签证处的入口。现在是早上七点钟，距离上班还有两个小时，但等待签证的人已经排起了百米长龙。显然，许多人排了通宵的队，如果现在才开始排队，那差不多还要等上两天时间。他漫步回到了大楼前面。这一次，民警盯着他看了好长时间。泽伊采夫害怕了，他拖着脚步走到码头那边，等待使馆开门办公、外交官来上班。

快到十点钟时，第一批英国人出现了。他们是坐轿车来的，车辆驶上了进口处的车道，大门随即遵照指示般隆隆作响着打开，放汽车进去后又缓慢地滑动着关上了。泽伊采夫从码头那儿观察着，他想接近汽车，但发现车窗都关着，而且民警就在近旁。车内的人会以为他是来请愿的，都不会摇下车窗。然后他就会被抓起来，警察就会对他进行盘查并发现他的所作所为，还会告诉阿科波夫先生。

列昂尼德·泽伊采夫不想使问题复杂化，他感到迷茫，但已经拿定了主意：他只是想把文件交给旗帜很有趣的那些人。因此，在这个漫长而炎热的上午，他观察着，等待着。

内罗毕
1983年

与所有的苏联外交官一样，尼古拉·图尔金也有一份限定额度的外汇补贴，这其中包括肯尼亚货币。宜必思烧烤店、艾伦·鲍勃酒馆和肉食店的消费，对他来说略显奢侈。他去了基马蒂街上的新斯坦利酒店，在那里的露天荆棘树咖啡馆花园里，在一棵古老的洋槐树旁边，他找到一张桌子，点了份伏特加和一杯啤酒，然后一屁股坐进了椅子里。

半个小时后，一个与他年纪相仿的男子手里提着已经喝了一半的啤酒瓶，从凳子边起身走过来。图尔金听到一个声音在用英语说：

“嗨，振作起来，朋友，也许不会有什么倒霉的事情。”

苏联人抬起头来。他依稀认出了这个美国人，是美国大使馆里的一个工作人员。图尔金属于克格勃第一总局的K局，负责反间谍工作。他的工作不仅仅是监视所有苏联外交官、保护当地克格勃的行动免受渗透，还要留心寻找机会招募容易动摇的西方人。因此，他可以自由地与其他外交官打交道，包括西方人，这种自由是苏联使馆其他工作人员所没有的。

图尔金活动范围广，与人接触相当自由，美国中央情报局因此对他的真实身份起了疑，已为他制作了一份简单的档案，但还没有抓到什么把柄。这个人在苏联政体中仍算是根正苗红。

图尔金呢，他也怀疑这个美国人很可能是中情局的，但他得到的告诫是，所有美国外交官都很可能是中情局的。这是一种盲目的说法，但小心不为过。

美国人坐下来，伸出了手。

“我叫杰森·蒙克。你是尼克·图尔金，对吧？我见过你，上星期在英国花园的宴会上。看你这副愁容，好像要去格林兰就职似的。”

图尔金审视着这位美国人，一绺玉米色的头发垂在前额，脸上挂着迷人的微笑。从他的脸上似乎看不出什么坏心，也许他根本就不是中情局的，似乎是那种可以与之交谈的人。如果是在其他日子，尼古拉·图尔金会根据多年训练得来的经验，对他保持彬彬有礼，但不会说出心里话来。但今天不是其他日子，他需要有个可以倾诉的人。他打开话匣，把心事全都说了出来。美国人很关切、很同情，并且仔细地把“类鼻疽”这个词语写在了一块啤酒杯杯垫上。他们分别的时候，天已经很黑了。苏联人返回到警备森严的使馆大院，蒙克则回到了哈利·图库路边的公寓。

西莉亚·斯通二十六岁，身材苗条，皮肤微黑，漂亮迷人，是英国驻莫斯科使馆新闻随员的助理。自两年前从牛津大学格尔顿学院俄语系毕业，进入外交部工作以来，这是她第一次在国外任职。她喜欢享受生活。

7月16日这天，她从使馆大门走出来，看了一眼停车场：她那辆小型路虎汽车就停放在那里。

在钢板墙以内，她可以看到泽伊采夫所看不到的使馆大院的内部景色。她站在五级台阶之上，由此可以通往下面的沥青停车场，那里点缀着整齐的草坪、小树、灌木和绚丽的花坛。越过钢板墙，她可以看到河对面高大雄伟的克里姆林宫，五彩缤纷的大教堂及其闪闪发光的金色洋葱头圆顶，耸立在把整个堡垒环绕起来的雉堞状的红墙上方，景色宏伟壮观。

在她的两旁，有两个斜坡通到高处的使馆大门口，只有大使的汽车可以开到上面去。低级别的人，只能把汽车停在坡下，然后步行进去。曾经有一个年轻的外交官不顾自己的前途，在瓢泼大雨中把他的大众甲壳虫小汽车开到坡上，停在了门廊下面。几分钟后大使抵达，但发现路被堵住了，只得在台阶下面钻出劳斯莱斯汽车，步行进入使馆。他被雨水淋湿了，心里很不高兴。

西莉亚·斯通走下台阶，朝门卫点点头，钻进她那辆鲜红色的路虎车，发动了引擎。当她把汽车开到出口的大门停下时，钢板大门慢慢朝旁边滑开了。她驾车驶出大门，开到索菲亚河岸，然后左转向着石桥驶去，奔赴她的约会地点。她已与俄罗斯《今日报》的一名记者约好一起吃午饭。她没有注意到一个衣服肮脏的老头正拖着脚步跟在她的身后，她也不知道，这天上午，她的汽车是第一辆驶离使馆的。

石桥是横跨索菲亚河的最古老的一座固定式桥梁。过去，人们使用浮桥，在春天架设起来，到冬天拆除，因为等河水结冰，汽车就能通行。

这座石桥又高又大，不但跨过河流，还穿越了索菲亚码头。如果要从码头开车上桥，就必须再次左拐，行驶约一百码的距离，抵达引桥与道路的接坡处，然后调头才能驶上桥面。但行人可以通过台阶直接从码头走到桥上，兔子就是走台阶上去的。

当红色的路虎车开过来时，兔子就在石桥的人行道上。他举起双臂挥舞，但车内的女人吃惊地看了一眼便继续开车前行。泽伊采夫无望地去追赶汽车，他记住了汽车的俄罗斯登记牌照，看到车子在大桥北端稍微左转，进入了博罗维茨基广场繁忙的车流之中。

西莉亚·斯通的目的地是兹纳蒙卡大街上的罗茜奥格雷迪酒馆。这家酒馆不像莫斯科人通常去的小酒馆，其实是爱尔兰人开的。爱尔兰大使要是在除夕夜能及时离开闹哄哄的外交宴会，多半喜欢去这儿消磨时间。酒馆也供应午饭。西莉亚·斯通选择在这里与俄罗斯记者见面。

因为许多俄罗斯人消费不起汽车或汽油，她没花多少工夫就找到了停车位。她把汽车停在一个角落，然后往回走。与往常一样，每当一个有明显特征的外国人接近饭店时，流浪汉和乞丐就会从门洞和人行道聚集过来，把外国人截住乞讨食物。

作为年轻的外交官，在赴任之前，伦敦的外交部就已经向她做了简单的情况介绍，但现实总是使她吃惊。她遇到过伦敦地铁站和纽约小街巷的乞丐，他们沦落到社会最底层，成了无家可归的流浪汉，只能在那里栖身，但在莫斯科这个遭遇了饥荒的国家首都，伸手要钱或要饭的可怜人，不久前可能还是农民、战士、白领或店主。她想起电视里播过的关于第三世界国家情况的纪录片。

身材高大的门卫瓦季姆站在酒馆门口，他看到了几码之外的她，于是跑过去粗暴地推开挡道的俄罗斯同胞，以便留出一条安全通道让这位贵宾进来，毕竟，她能给酒馆老板带来硬通货消费。

看到俄罗斯人这种侮辱乞丐同胞的做法，西莉亚很不高兴，发出了轻声的抱怨。但瓦季姆伸出颀长强壮的胳膊，挡住了将手伸向她的一排流浪汉，推开饭店大门，把她引到了里面。

对比非常强烈。外面是尘土飞扬的街道和饥饿的乞丐，里面是正在欢声笑语享受大鱼大肉的午餐的几十名客人。西莉亚是一个心地善良的姑娘，每当在外就餐，她总是想把自己的盘中餐和外面饿着肚子的人分享。和蔼的俄罗斯记者在角落的一张餐桌边向她招手，他没有这样的困扰。他正在研究菜单上的开胃菜俄罗斯冷盘，随后点了一盘大对虾。

兔子泽伊采夫还在脚步沉重地苦苦寻觅。他在博罗维茨基广场找那辆红色的路虎车，但它不见了。他又去检查广场左右两侧所有的街道，但都没有红色车辆的影子。最后他决定去广场远处的大街上看看，他看到了它，喜出望外，车子在前方两百码远处，就停在酒馆门口的一个角落里。

与其他许多耐心等待的普通人一样，泽伊采夫在路虎旁边找了个地方歇脚，又开始了等待。

内罗毕

1983年

杰森·蒙克十年前是弗吉尼亚大学的一名二年级学生，如今的他已经和许多同学失去了联系。但他仍然记得诺尔曼·斯坦，他们之间的友谊非同寻常。蒙克来自农村，身材中等，但肌肉强壮，是橄榄球运动员，斯坦则来自弗雷德里克斯堡的一个犹太医生家庭，他不喜欢运动。相似的幽默感使他俩成为了朋友，如果说蒙克有语言天赋，那么斯坦差不多就是生物系的天才。

诺尔曼比蒙克早一年毕业，以最优异的成绩直接升入了学校的医学院。他们日常仍保持着联系，圣诞节时会相互寄贺卡。两年前，在蒙克还没去肯尼亚任职的时候，他曾在经过华盛顿一家饭店大堂时，看见他的老同学在独自用午餐。他们在一起交谈了半个小时后，斯坦的午餐伙伴才到达。其间，他们相互交换了各自的近况，蒙克撒了一个谎，说自己在国务院工作。

斯坦当时已经当上了医生，还获得了热带医学博士的学位，当时他喜气洋洋的，因为他刚被分配到沃尔特里德的陆军医院从事研究工作。杰森·蒙克在内罗毕公寓里查了一下通讯录，然后拨了一个电话。铃声响过十次以后，一个迷迷糊糊的声音来接听了。

"你好。"

"嗨，诺尔曼。我是杰森·蒙克。"他停顿了一下。

"好极了。你在哪里？"

"内罗毕。"

"好极了，内罗毕，当然。你那里现在是几点钟？"

蒙克告诉他，是中午。

"可我这里他妈的是凌晨五点钟哎，我的闹钟定在七点钟，昨晚照顾孩子，半夜里才睡下。看在上帝的分上，小家伙正在长牙齿。多谢了，朋友。"

"别急，诺尔曼。告诉我，你听说过一种叫类鼻疽的疾病吗？"

诺尔曼停顿了一会儿。他的声音再响起时，已经完全清醒了。

"你为什么要问这个？"

蒙克编了一个故事，当然，不是关于苏联外交官的。他说的是一个五岁的孩子，是他一个熟人的儿子，似乎那男孩很可能会死掉。他听说，好像美国有办法对付这种怪病。

"把你的电话号码给我，"斯坦说，"我要打几个电话，然后再联系你。"

蒙克的电话响了，这时候已经下午五点钟了。

"这个，嗯，也许是有这么回事，"内科大夫说，"你听着，这是一项完全创新的研究，还处在原型阶段。我们做过一些实验，到目前为止，似乎效果还可以，但我们还没有上报给食品及药物管理局，更不用说获批了。我们还没有完成实验。”

斯坦所描述的是一种早期的头孢类抗生素，在1983年时还没有名称，要到八十年代后期才进入市场，叫作头孢他啶，当时，这种药物被简称为CZ-1。今天，它是治疗类鼻疽病的标准药物。

“这也许有副作用，”斯坦说，“我们还不知道。”

“产生副作用要多长时间？”蒙克问道。

“说不准。”

“好吧，如果孩子三个星期后会死去，那还会有什么损失呢？”

斯坦重重地叹了一口气。

“我不知道。这违反所有规定。”

“我发誓，没人会知道的。帮个忙，诺尔曼。看在那时候我为你介绍过那么多女孩的分上。”

他听到从美国马里兰州切维蔡斯那边传来愉快的笑声。

“如果你敢告诉贝基，我可饶不了你。”斯坦说完后，他们就结束了通话。

两天后，蒙克在使馆收到一个包裹。包裹是通过国际空运快递公司邮寄过来的，里面有一个真空瓶子，瓶子里装着干冰。一张没有署名的便条上写着，干冰里有两个药瓶。蒙克给苏联使馆打了个电话，给商务处的二秘图尔金留了个口信：别忘了今晚六点钟我们一起喝啤酒。该信息被报告到了库利耶夫上校那里。

“这个蒙克是什么人？”他问图尔金。

“他是美国外交官。他似乎对美国在非洲的外交政策很失望，我想把他发展为我们的耳目。”

库利耶夫重重地点了点头。这是好事，是可以向亚谢涅沃[1]汇报

① 亚谢涅沃：克格勃第一总局的所在地和代名词。

的事情。

在荆棘树咖啡馆，蒙克把包裹递了过去。图尔金似乎很担心，因为他害怕被自己人看到他们在一起。包裹里有可能藏着钱。

“这是什么？”他问道。

蒙克告诉了他。

“这也许没有效果，但不会有什么坏处。这是我们新研发出来的。”

苏联人紧张了，他的眼神变得冷漠。

“这件……礼物，你想得到什么回报？”显然，肯定是要有回报的。

“你是在为孩子着想，还是在演戏？”

“不是演戏，这次不是。你我这样的人一直在演戏，但这次不是。”

事实上，蒙克已经去内罗毕总医院核实过了，温斯顿·莫伊大夫确认了基本情况。很残酷，但这世界本来就很残酷，他心里想道。他从餐桌边站了起来。按理，他应该从这个人身上榨取一些情报，一些秘密情报，但他知道小孩子的生命不能作为一个条件，这次不行。假如他真的那么做了，那他也许就与纽约布朗克斯街头的清洁工差不多了。

“拿去吧，朋友，希望能起到作用。免费的。”

他走了，走到半路，他听到后面一个声音在对他说话。

“蒙克先生，您懂俄语吧？”

蒙克点点头。“一点点。”

“我也是这么想的。那么你会理解‘斯帕西波’[①]这个词语的意思。”

---

① 俄语：“谢谢”。

刚过两点钟，西莉亚离开罗茜奥格雷迪酒馆，走到了自己汽车的驾驶座位旁。路虎车有中央锁控系统，在她打开驾驶座的车门时，旁边的副驾驶座车门锁也打开了。她坐进去，系上安全带，发动汽车准备离开。这时候，副驾驶座车门开了。她抬起头来，吃了一惊。一个老头弯着腰站在敞开的车门边，他穿着一件磨破了的旧军大衣，翻领上挂着四枚脏兮兮的奖章，下巴上留着胡茬。他张嘴说话时，露出了三颗亮晶晶的钢门牙。他把一份文件扔到她的膝盖上。她懂俄语，以后她会复述他所说的话。

"请交给大使先生，为了啤酒。"

他的出现使她大吃一惊。他显然是个疯子，也许患有精神分裂症，这种人有可能很危险。西莉亚·斯通脸色苍白，她急忙驾车到了街上，敞开的车门发出砰砰的响声，直到汽车的惯性把它关上。她把这份荒谬的请愿书——或者不管它是什么——扔到前排座位底下，驱车返回使馆去了。

第三章

也是在7月16日，快到中午时，伊戈尔·科马罗夫在基赛尔尼大街别墅二楼自己的办公室里，通过内部通讯器与他的机要秘书通话。

“昨天我借给你的那份文件，你看了没有？”他问道。

“我已经看过了，总统先生。相当精彩，我可以这么说。”阿科波夫回答道。科马罗夫的所有工作人员都称呼他为“总统先生”，指的是爱国力量联盟执委会的头领。他们深信，他在十二个月后也会成为国家总统。

“谢谢你，”科马罗夫说，“那就还给我吧。”

通话结束后，阿科波夫起身走向墙上的嵌入式保险箱。他早已熟记组合式密码，按要求把中心刻度盘旋转六次后，门打开了。他在里面寻找黑皮封面的文件，但没有找到。

他纳闷了，于是把保险箱里的东西全都拿出来，一件件、一份份地过目，查找了一遍。他恐惧得浑身发冷，部分是因为惊慌，部分是因为疑惑。他缓了缓神，又开始寻找。他坐到地毯上，把所有文件分类整理，一份份、一页页仔细检查，还是没有黑色文件。他的额头上出现了一层细密的汗珠。整个上午，他一直在办公室里工作，他确信头天晚上在离开之前，已经把所有的机密文件锁进了保险箱里。他每次都是这样，已经形成了习惯。

检查过保险箱后，他开始在书桌的抽屉里翻找，还是没有。他去书桌底下找，然后查看了每一个柜子。快到下午一点钟时，他敲响了伊戈尔·科马罗夫的房门，获准进入后，他坦白说，文件找不到了。

世界上绝大多数人都认为他即将成为俄罗斯的下一届总统。他个性非常复杂，在非公开场合注重保护个人隐私，这与他的前任——已被废黜的日里诺夫斯基形成了再明显不过的对比。现在，他公开把已经下台的前任看作是一个小丑。

科马罗夫中等个子，中等身材，一头铁灰色的头发修剪得整整齐齐，胡子也刮得干干净净。他的诸多特点中，最显著的两个便是注重个人整洁和讨厌肢体接触。许多俄罗斯政治家喜欢勾肩搭背，互相敬酒以示友好。与他们不同，科马罗夫坚持在随行人员面前衣着整齐、谈吐文明。他不喜欢黑色卫兵制服，通常会穿一套双排扣的灰色西装，搭配衬衫和领带。

从政多年以来，很少有人敢声称与他关系密切，没有人敢冒充是他的知己。尼基塔·伊凡诺维奇·阿科波夫担任他的机要秘书已有十年时间，但他们依然是那种主人与奴隶般忠诚的主仆关系。

叶利钦生性随和，常常叫上一帮工作人员，像朋友般一起喝酒打网球。科马罗夫则不同，据说，迄今为止，他只允许一个人直呼他的名字：他的安全部长阿纳托利·格里辛上校。

不过，和所有成功的政治家一样，在必要时，科马罗夫也会扮演变色龙的角色。偶尔必须屈尊亲自会见大众媒体时，他会以严肃的政治家面目出现。在他自己的集会场合，他则会变成另一个人，阿科波夫对此永远是佩服得五体投地。在讲台上，原先的工程师消失得无影无踪，取而代之的是一位口若悬河、热情洋溢且魅力四射的演说家，他代表了人民的利益，能够准确而清晰地表达人民的心声、愿望、恐惧、期盼、愤怒和执着。面对他们，也只有在面对他们时，他才表现得亲切和蔼、平易近人。

在这两种面貌背后，还有令阿科波夫感到惊恐的第三张面孔。他身边的工作人员、同事或警卫员尽管只是听说过这第三张面孔，不过光凭这些捕风捉影的东西，便足以令他们时时刻刻战战兢兢，对他唯命是从。

尼基塔·阿科波夫在过去的十年里，只目睹过两次科马罗夫内心愤怒爆发继而情绪失控的情景。在其他若干个场合，他看到过科马罗夫极力克制住情绪，最后成功平静下来。在那两次情绪失控的时候，他看到他的领导、他所追随和崇拜的人，变成了一个尖声怪叫的狂暴的恶魔。

他愤怒地把电话机、花瓶和墨水瓶座纷纷砸向因冒犯他而吓得浑身发抖的工作人员，把黑色卫队的一名高级军官骂得狗血淋头、痛哭流涕。他使用了阿科波夫闻所未闻的肮脏语言，还会砸家具。有一次，他用一把沉重的黑檀木尺子痛打一个受害人，差点把那人打死。

阿科波夫知道爱国力量联盟的头领发怒时会露出什么样的神情。科马罗夫的脸色会变得惨白，他的举止甚至会变得比平时更正式、更客气，但在他的颧骨上方，会各自出现一个鲜红的斑点。

“你是说，你把文件搞丢了，尼基塔·伊凡诺维奇？”

“不是丢了，总统先生，显然是放错地方了。”

“你处理过的任何文件中，再也没有比这份文件更机密的了。你读过，能明白为什么。”

“我能理解，总统先生。”

“这文件只制作了三份，尼基塔，两份锁在我自己的保险箱里。这文件，只有我身边最可靠的少数几个人才允许阅读。这文件，甚至还是我亲自编写并且打印的。我，伊戈尔·科马罗夫，亲自打字、打印了整份文件，不是托付给秘书去做的，因为这是绝密文件。”

“您很英明，总统先生。”

“正因为把……把你视为身边最亲近的人员之一，我才允许你阅读。现在你对我说，你把它搞丢了。”

“是放错地方了，暂时放错了，我向您保证，总统先生。”

科马罗夫在用那双擅长迷惑人的眼睛盯着他。他的眼神可以说服怀疑论者成为合作者，或使退却者感到恐惧。他脸色苍白，两边的颧骨上方出现了愤怒的红斑。

“你最后一次看到文件是什么时候？”

“昨天晚上，总统先生。我加班到很晚，以便秘密地阅读。我是八点钟离开的。”

科马罗夫点点头。夜间值班警卫员的登记记录可以证实或推翻他的离去时间。

“你带走了文件。竟然违抗我的命令，把文件带出了大楼。”

“总统先生，我发誓，我没带走。我把文件锁在保险箱里了。我从不把秘密文件到处乱放或带走。”

“但现在文件不在保险箱里？”

阿科波夫努力咽了几下，但他没有口水。

“在我打电话之前，你开过几次保险箱？”

“一次都没有，总统先生。在您打了电话后，我才第一次去开保险箱。”

“保险箱是锁着的吗？”

“是的，与往常一样。”

“被撬开过吗？”

“显然没有，总统先生。”

“你搜查过房间了吗？”

“上上下下都检查过了。我也搞不明白。”

科马罗夫考虑了一会儿。在空洞的表情背后，他的内心产生了一种越来越强烈的恐慌。最后，他打电话给底层的警卫室。

“封锁整栋楼，不许任何人出入。去找格里辛上校，叫他马上来我办公室报到。不管他在什么地方，不管他在干什么，我要他一小时之内到这里。”

他的食指离开内部通讯器上的按钮，眼睛盯住这位面色惨白、浑身颤抖的助手。

“回到你的办公室去，不要与任何人联系，在那里等待进一步通知。”

西莉亚·斯通是一个又聪明又现代的年轻单身女人，她喜欢与她所倾心的人一起享受人生。此刻，她正迷恋着一个肌肉发达的年轻人，雨果·格雷。他两个月前刚从伦敦过来，比她晚来六个月，他的身份是使馆的文化随员助理，级别与她一样，但年纪比她大两岁，也是单身。

他们每人都有一套自己的公寓，虽然小了点，但很实用，位于库图佐夫斯基大街旁英国使馆工作人员的住宅楼内。这是一栋方形楼房，中间有个大院子，可以停车，门口有俄罗斯民警站岗。即使在现代的俄罗斯，人们还是认为在那里进出是会受到监控的，不过，至少汽车停放在那里非常安全。

午饭后，她开车回到索菲亚码头旁的英国使馆大院，撰写她与记者午餐会面的报告。他们的谈话大都关于前一天切尔卡索夫总统去世以及随即会发生什么样的事情。她向记者保证，英国人民将继续密切关注俄罗斯的事态发展，希望他能够相信她。她还想知道，他的文章什么时候可以刊登出来。

她五点钟驾车返回公寓，洗了个澡，稍事休息了一下。她已经与雨果·格雷约好八点外出吃晚饭，然后她想把他带回自己的公寓，她可不希望把夜里的时间全花在睡觉上。

下午四点钟，阿纳托利·格里辛上校已经确信丢失的文件肯定不在楼里了。现在，他正坐在伊戈尔·科马罗夫的办公室里汇报情况。

四年来，这两个人一直相互依存，难以分离。1994年，格里辛辞去克格勃第二总局的上校职务。他对现状已彻底失望。以他的观点来看，1991年共产党正式结束统治以后，前克格勃已经消亡了。而在此之前的1991年9月，米哈伊尔·戈尔巴乔夫已经把世界上最大的安全机构解体，把各个部门分流到其他机构去了。

对外情报部门——即第一总局，其总部还保留在环城路以外的亚谢涅沃，但已经改名为俄联邦国外情报局，简称SVR。这已经够糟糕的了。

更糟糕的是，格里辛自己所在的第二总局，这个曾经负责国内安全、反间谍和镇压不同政见分子的机构，也已经遭到阉割，改名为俄联邦安全局，即FSB，并大量裁减了人员。

格里辛对这种做法极为反感。俄罗斯人民需要纪律，需要强硬、有时甚至是苛刻的纪律，而第二总局正是执行这种纪律的部门。他忍耐了三年的改革，希望在晋升至少将后就离职。一年后，他开始担任伊戈尔·科马罗夫的警卫队长，当时科马罗夫还是原来的自由民主党的政治局委员。

这二人共同成长，都有了显赫的地位和权力，以后还都会有更多的共通之处。几年来，格里辛已经为科马罗夫缔造了一支绝对忠诚的贴身警卫队伍，即黑色卫队。现在，这支由健壮的年轻人组成的卫队人数已达六千，并且由他亲自指挥。

黑色卫队的后备力量是青年战斗队，也由他来指挥。这支战斗队是爱国力量联盟的青年组织，人数多达两万，队员们都具有坚定的信念和狂热的忠诚。他是少数几个可以对科马罗夫直呼其名的人之一。尽管街上卑微的平民也可以对着科马罗夫高呼“伊戈尔·阿列克谢维奇”，但那是他作为“人民的一员”的一个方面，是俄罗斯人民期待的一种同志关系的体现。对他的部下，科马罗夫则有着非常严格的礼节要求，只有极少数几个密友除外。

“你肯定这文件已经不在楼内了吗？”科马罗夫问道。

“肯定不在了，伊戈尔·阿列克谢维奇。我们花了两个小时，把楼内翻了个底朝天。我们检查了每一个柜子、每一个抽屉和每一个保险箱。每一扇窗户和每一个窗台也都检查过了，每一寸土地都搜过了，没有外人闯进来的迹象。

“保险箱制造厂方的专家刚刚完成了检验，那个保险箱没有外力撬动过的痕迹。要么是知道密码的人打开过，要么文件根本就没放进去过。昨晚的垃圾已全被封存，并进行了分拣检查。什么也没发现。

“晚上七点钟起，狗就在院子里自由活动了，此后没人进入过大楼。夜班警卫晚上六点钟来接替白班，十分钟后白班的警卫就离开了。阿科波夫在办公室里待到八点。我们已经把昨晚的训犬员叫来了，可他发誓说昨晚一共拴了三次狗，是为了让三个加班的员工驾车离开。阿科波夫是最后一个离开的，夜间值班记录确认了这一事实。”

“所以呢？”科马罗夫说。

“所以应该是人为的无意失误，或者是有人蓄意为之。我们已经派车去兵营接昨晚值班的两个警卫来，他们马上就可以到这里。从昨晚八点阿科波夫离开，到今早六点白班人员抵达的这段时间里，是他们在楼内值班。然后是白班的警卫单独在这里值班，直到八点左右办公室工作人员上班，这中间有两个小时。但白班的警卫们发誓说，在他们第一次巡逻时，这个楼层的所有办公室门都是锁着的。楼层里的每一个工作人员，包括阿科波夫，都证实了这一点。”

“你怎么看，阿纳托利？”

“要么是阿科波夫有意或无意地带走了文件，要么就是他根本没把文件锁进去，一个夜班人员把文件拿走了。值班警卫都有办公室门的万能钥匙。”

“这么说，是阿科波夫？”

“他肯定是第一个要怀疑的对象。他的私人公寓已经搜查过了，他也在场，什么也没有。之前我还觉得，他有可能带走文件，然后把文件包搞丢了。国防部就发生过这种事情，当时我负责案子的调查工作，结果发现不是谍报活动，而是渎职。罪犯被送去劳改营了。但阿科波夫的公文包是他一直用的那只，这也得到了三个人的证明。”

“那么他是有意为之了？”

“有可能。可我有个疑问，那他为什么今天上午还要来上班呢？难道他想自投罗网？他有十二个小时的时间可以远走高飞。我是想……呃……对他进行详细的审问，为的是消除嫌疑或得到他的供认。”

“我同意。”

“在那之后呢？”

伊戈尔·科马罗夫把椅子转到面朝窗户的角度，他沉思了一会儿。

“阿科波夫一直是个很优秀的机要秘书，”他终于开口了，“但是，这个事件之后就要换人了。我关心的是，他已经看过文件，里面的内容是最高机密。如果他被降级或开除，他也许会愤然不平，甚至会泄露他知道的秘密。那就很遗憾了，会是一个很大的遗憾。”

“我完全理解。”格里辛上校说。

这时候，两个稀里糊涂的夜班警卫到了，格里辛到楼下去审问他们。

到晚上九点钟，位于城外的黑色卫队营房里的夜班警卫宿舍，已经搜查完毕，只发现了一些预料之内的洗漱用品和色情杂志。

在别墅内部，两个警卫已被隔离，分别在不同的房间里接受盘问。格里辛亲自审问他们。他们显然对他十分畏惧，这很正常，他们早就听说过他的名声。

格里辛偶尔还会在他们耳边大喊大骂，但对这两个浑身冒冷汗的人来说，最痛苦的折磨是他坐在他们旁边，小声叙说着撒谎者将会得到的种种惩罚的细节。到八点钟，他已经完全掌握了头天晚上他们值班时的情况。他知道了他们因专注于电视上总统死讯的新闻细节，没有像往常一样按时巡逻。而且，他第一次听说有一个清洁工的存在。

清洁工晚上十点钟抵达，与往常一样，是从地下通道进来的，而且，没有其他人陪他一起进来。要打开三道门，需要这两个警卫在场，因为一名警卫掌管着街门键盘的组合密码，另一名警卫掌握着内门密码。中间门的密码，两人都知道。

他获悉，两个警卫看到老头与往常一样，先去顶楼打扫。随后，警卫很不情愿地离开他们正在观看的电视节目，去打开中层办公室，那个重要的办公套房的门。他还知道了，在清洁工打扫完科马罗夫办公室后，一名警卫会过来重新锁上房门，但在清洁工打扫中间楼层的其他办公室时，两个警卫都已经回到了楼下。一切都很正常。那么……清洁工独自在阿科波夫的办公室里待过。他昨晚比平常提前一点离开，大约在凌晨一两点钟。

九点钟的时候，脸色惨白的阿科波夫先生由警卫陪同着离开了大楼。他乘坐的是自己的汽车，但由一名黑色卫兵驾驶。汽车后座上，另一名卫兵坐在这位失宠的秘书旁边。汽车没有驶向阿科波夫的公寓，而是出城去了青年战斗队的一处兵营。

到九点钟时，格里辛上校已经看完了由人事部提供的一份档案，那是一个叫列昂尼德·泽伊采夫的雇员的详细资料。该人六十三岁，是办公室的清洁工。档案里还有他的家庭住址，但那人有可能已经离家。他本应该在十点钟来上班的。

可他没有出现。半夜里，格里辛上校和三名黑色卫兵出发去走访老头的住所。

这个时候，西莉亚·斯通带着满足的微笑，翻身从她年轻情人的身上下来，伸手取来一支香烟。她很少抽烟，但现在是开心的时刻。雨果·格雷躺在她床上喘着气。他是一个体格健壮的年轻人，经常打壁球和游泳，保持着良好的体型，但刚刚过去的两个小时耗尽了他的大部分体力。

他不止一次纳闷，为什么一个处于性饥渴状态下的女人，其胃口总是能够超过男人的能力。上帝做出这样的安排，是很不公平的。

黑暗中，西莉亚·斯通深深地吸了一口烟，感觉到尼古丁使她恢复了体力，她靠到情人身边，抚摸他那深褐色的卷发。

“你究竟是怎么当上文化随员的？”她调侃说，“你连屠格涅夫和莱蒙托夫都搞不清楚。”

“我不需要搞清楚，”格雷咕哝着，“我需要向俄罗斯人推广我们的文化——莎士比亚、勃朗特，诸如此类。”

“所以你要经常去会议室和站长讨论吗？”

格雷急忙从枕头边支起身来，在她耳边轻声说道：

“别说了，西莉亚。这里可能有窃听器。”

西莉亚·斯通不开心了，翻身起来去煮咖啡。她不明白，格雷为什么会对一句小小的调侃如此大惊小怪。不管怎么样，他在使馆的身份已经完全是一个公开的秘密了。

当然，她是对的。在过去的一个月里，雨果·格雷一直是秘密情报局莫斯科情报站的第三情报官，也是资历较浅的一位。在过去的好日子里，冷战仍处在高峰期，该情报站曾经阵容强大。但如今时代不同了，预算减少了，俄罗斯目前正濒临崩溃，已经自顾不暇，不再构成巨大的威胁。

更重要的是，过去百分之九十的秘密现在已经可以公开获取了，要么就已经不再是秘密了。现在，连曾经的克格勃都有新闻发言人了。在莫斯科的美国使馆里，中情局情报官的编制已经减少到只有一支足球队的人数了。

但雨果·格雷是一位敏锐的年轻人，他深信大多数外交公寓仍装有窃听装置。共产主义时代也许已经结束，但俄罗斯的大国妄想依然十分狂热。他是正确的，俄联邦安全局特工已经盯上了他，对获悉了他的身份大为振奋。

名字奇特的“热心人大街”很可能是莫斯科城内最破旧、最低档的住宅区。它建于共产党统治时期，坐落在化学战研究所的下风方向。在该区居民中，唯一能感觉到的“热心”来自那些即将搬离的住户。

根据记录，列昂尼德·泽伊采夫与其女儿、卡车司机女婿以及他们的孩子，一起住在大街旁的一套公寓里。这时已是午夜十二点半，夏日的夜晚依然相当暖和。司机驾驶着一辆黑色的豪华海鸥汽车，不时把脑袋伸出车窗努力辨认街名路牌，最后，他把汽车停在了公寓外面。

这户人家女婿的姓氏应该不是泽伊采夫。于是他们不得不唤醒底楼的一位睡眼惺忪的邻居，打听出那户人家住在四楼。楼内没有电梯，这四个人只得脚步沉重地踏上楼梯，敲响一扇漆皮脱落的房门。

开门的女人睡意未消，她肯定有三十五六岁了，但看起来要比实际年龄老上十岁。格里辛彬彬有礼但态度坚决。他的手下推开房门进屋，四散开去搜查房间。公寓里没什么可搜查的，因为它很小，实际上，一共只有两间房，外加臭烘烘的卫生间和用帘子隔开的厨房。

女人刚才与她六岁的女儿睡在其中一个房间的大床上。孩子被吵醒了，呜咽了起来。为了检查床底下是否藏着人，家里的睡床也被掀翻了，孩子的呜咽声随即变成哭声。两个用胶合板制作的破柜子也被打开来搜查了。

在另一个房间，泽伊采夫的女儿无助地指着墙边她父亲睡觉的那张行军床，解释说她丈夫去了远方的明斯克，已经走了两天了。孩子不停地哭，引得她也哭了起来。她发誓说，父亲自昨天上午起就一直没有回来。她很担心，但没有采取进一步的措施报告父亲失踪。她认为，父亲肯定是在公园的长凳上睡着了。

黑色卫队很快便确认，公寓内里没有藏匿任何人。而且格里辛坚信，这个女人已经吓坏了，不可能撒谎。不到半个小时，他们就走了。

格里辛带领海鸥汽车离开莫斯科市中心，驶往四十英里外关押着阿科波夫的那座兵营。在夜晚剩下的时间里，他亲自提审那位不幸的秘书。黎明前，泪流满面的阿科波夫承认，他肯定把绝密文件留在了自己的办公桌上。以前从来没有发生过这样的事情，他不明白为什么自己会忘记把文件锁进保险箱里。他恳求宽恕，格里辛点点头，拍了拍他的背。

出了营房，他召来一名心腹。

“今天天气比较热，我们的朋友在这里很痛苦。我想，黎明前安排游个泳应该会很合适。”

他随后便坐车返回莫斯科去了。他琢磨着，如果这份至关重要的文件是落在阿科波夫书桌上了，那么它有可能被当作废纸扔掉，或者是被清洁工拿走了。前一个推断不成立：联盟总部的垃圾总要存放几天，然后才会在监督之下烧毁；昨晚的垃圾桶已经被仔细筛选过，什么也没有发现。那么，肯定就是清洁工了。可是，为什么一个半文盲的老头要做出这种事情？或者，在那之后他又干了什么？格里辛仍然想不出答案，只有老头本人能够解释。他会解释的。

早饭时间还不到，他已派出两千名手下，全员便装，在莫斯科各处寻找一名穿旧军大衣的老头。尽管他们没有他的照片，但他的特征很明确，而且，他有三颗钢做的门牙。

可是，即便有两千人在撒网搜索，这工作也并不容易。莫斯科的小街小巷和公园里到处都是流浪汉和无家可归的人，其数量是搜索人员的十倍，各年龄层、各种身材的都有，而且都穿得破破烂烂。如果泽伊采夫正如他所怀疑的那样生活在街上，那么，每个人都应该接受检查。他们之中必定有一个人有着三颗钢门牙，还携带着一份黑色封面的文件。人和文件，格里辛两者都要，而且不得耽搁。黑色卫队的卫兵虽然迷惑不解，但都很听话。那天天气炎热，他们穿上寻常的长裤和衬衣，分头去搜索莫斯科的各个区域。

美国，兰利
1983年12月

杰森·蒙克从书桌前站起来，伸了个懒腰，他想去军需站。从内罗毕回来已经一个月了，他获悉自己的业绩报告得到了很高的评价，有几个案子做得特别出色，获得提升指日可待。非洲部的负责人对他特别满意，因此也为即将失去他而颇感遗憾。

蒙克回来后被安排去学习西班牙语，过完圣诞节和新年假期就要开课。西班牙语是他学的第三门外语，更重要的是，他可以趁此机会进入拉丁美洲部门。

南美洲地域广大，是一个重要的地区，因为它不但是门罗主义[①]所描述的美国“后院”，也是苏联集团所觊觎的大目标，是苏联搞暴动、颠覆或掀起共产主义革命的对象。克格勃因此正在巴西的里奥格兰德南部开展一项很大的行动，中情局对此要坚决予以阻止。现年三十三岁的蒙克即将迈入人生的一个新舞台——南美洲。

他正搅拌着杯里的咖啡，感觉有人站到了他的桌前。

“晒得好黑啊。”一个声音说。他抬起头来，认出了正俯身朝他微笑的那个人。他想站起来，但那人却示意他坐着，展现出如同贵族

① 门罗主义：发表于1823年，表明美国当时的观点，即欧洲列强不应再殖民美洲，或涉足美国与墨西哥等美洲国家之主权相关事务。而对于欧洲各国之间的争端，或各国与其美洲殖民地之间的战事，美国保持中立。相关战事若发生于美洲，美国将视为具敌意之行为。此观点由詹姆斯·门罗总统发表于第七次对国会演说的国情咨文中，是美国涉外事务的转折点。

对农民表示友善一般的姿态。

蒙克吃了一惊。曾经有人在走廊上指着这人和他提起过，此人是行动部的一个大人物，是新上任的苏联东欧处反间谍科的苏联组负责人。

蒙克惊讶的是，这个人看上去太普通了。他们俩身高差不多，都是六英尺差两英寸，但对方虽然只比他大了九岁，身体状况却不太好。蒙克注意到他头上抹了厚重的发油，头发整齐地从前额梳到脑后，嘴唇苍白乏力，上唇还被一层浓密的小胡子覆盖着，近视的一双眼睛如猫头鹰般瞪着他。

“在肯尼亚待了三年。”蒙克解释了晒黑的原因。

“然后又回到了寒冷的华盛顿，嗯？”那人说。蒙克对他产生了一种不好的感觉。对方的眼睛里含有一丝嘲讽。我比你聪明多了，那双眼睛似乎在这样说，我真的极其聪明。

“是的，先生。”蒙克回答。一只被烟熏黄的手伸了过来，蒙克除了注意到对方的烟瘾，还看到了对方鼻头上那一丛丛弯弯曲曲的毛细血管——这往往意味着饮酒过度。他站起来，绽出一丝微笑，打字间的姑娘们私下里认为他的微笑特别迷人。

“那么你就是……”那人说。

“蒙克。杰森·蒙克。”

“很高兴认识你，杰森。我是奥尔德里奇·埃姆斯。”

通常，使馆工作人员星期六是不用上班的，更不用说这样一个炎热的夏日周六了。多数人一般会去林中或乡下度周末，但总统的死讯给他们增加了额外的工作，即使周末也要去上班。

那天上午，假如雨果·格雷的汽车发动起来了，那么许多后来要死的人都不会死去，这世界也会朝着另一个方向发展。但是，他汽车上的点火装置出了故障，尽管格雷再三尝试，还是没把汽车发动起来，他只好跑向快要开到院子大门栏杆处的红色路虎，敲了敲车窗玻璃。西莉亚·斯通让他搭上了车。

他坐到她的旁边，她驾车转弯进入库图佐夫斯基大街，经过乌克兰大酒店，朝阿尔巴特和克里姆林宫方向驶去。他的脚后跟踩到了什么东西，于是弯腰捡了起来。

“你要竞购《消息报》吗？”他问道。她瞟了一眼，认出了他手里拿着的文件。

“噢，天哪，是我昨天打算扔到垃圾桶里去的东西。一个疯老头把它扔进汽车，吓得我差点魂都没了。”

“又是一份请愿书，”格雷说，“没完没了的。当然，通常是为了得到签证。”他翻开黑色封面，去看标题页。“哦，好像是关于政治的。”

“太好了。我是‘疯子先生’，这是我拯救世界的宏图，把它交给大使。”

“他是这么说的吗？把它交给大使？”

“是啊，还说谢谢啤酒。”

“什么啤酒？”

“我怎么知道？他是个疯子。”

格雷读完标题页，又翻开来看了几页。他安静了下来。

“确实是关于政治的，”他说，“像是某种宣言。”

“你想要就拿去好了。”西莉亚说。他们已经把亚历山德罗夫斯基花园抛在了后面，转弯后朝石桥驶去。

雨果·格雷打算快速浏览一下这份没人要的东西，然后扔进废纸篓里去，可看了十页之后，他站起来，决定去见一下那位足智多谋的站长，一个精明的苏格兰人。

为了防止被窃听，站长的办公室每天都要打扫，但真正秘密的会议，总是安排在“泡沫室”里举行。这个有着奇怪名称的房间其实是个会议室，悬空吊在钢筋横梁上，关上房门后，房间四周的间隙会被空气填满。泡沫室里里外外定期会进行打扫，被视为敌对情报机构无法窃听的场所。格雷感觉站长办公室还是不够安全，他要求去泡沫室。

“是吗，小伙子？”站长说。

“嗯，乔克，我不知道这是不是在浪费您的时间。也许是吧，对不起。可是，昨天发生了一件奇怪的事情。一位老人把这个东西扔进了西莉亚·斯通的汽车。您知道吗？就是当新闻随员的那个姑娘。也许根本不是什么重要的东西……”

他的声音渐渐轻下去，站长从半月形镜片的上方看着他。

“扔进了她的汽车？”他温和地问道。

“她是这么说的。那人一把拉开车门，把这个扔进汽车，请她转交给大使，然后就走了。”

站长伸手接过文件，黑色的封面上有两个格雷的脚印。

“是什么人？”他问道。

“老头，衣衫褴褛，留着胡茬，像一个流浪汉。把她吓得半死。”

“也许是请愿书。”

“她就是这么认为的。她本打算把它扔掉，但今天上午我搭了她的车。我在路上看了其中的一些内容，似乎政治性很强。里面的标题页上盖有爱国力量联盟的标志印章，看上去像是伊戈尔·科马罗夫起草的。”

“俄罗斯未来的总统。奇怪。好吧，小伙子，把这个留给我来处理吧。”

“谢谢，乔克。”格雷说完就站了起来。英国秘密情报局内部提倡一种上下级之间直呼名字的亲密做法，旨在鼓励同志情谊和大家庭般的感情，强调了在这个奇特的行业里人人平等。只有局长本人被称为“局长”或“先生”。

格雷朝门口走去。他的手刚放在门把手上，就被他的上司叫住了。

“还有一件事，小伙子。苏联时期的公寓楼质量不好，墙壁很薄，现在依然如此。我们的商务三秘昨晚没有睡好，今天上午双眼通红。幸好，他老婆还在英国。下次，你和那位快乐的斯通小姐能否把声音放轻一点？”

雨果·格雷的脸变得像克里姆林宫的围墙一样红。他离开后，站长把黑色文件放到了一边。他今天很忙，大使要在十一点钟见他。大使阁下是个大忙人，他才不想受到打扰，尤其是这种被流浪汉扔进工作人员汽车里的东西。直到夜里在办公室加班到很晚的时候，这位间谍头子才会去看这份后来被称为《黑色宣言》的文件。

西班牙，马德里

1984年8月

在1986年11月搬迁新址之前，印度驻马德里大使馆设在一座华丽的跨世纪建筑物内，位于维拉斯奎兹大街九十三号。在1984年印度独立日那天，印度大使按惯例举行了盛大的招待会，款待西班牙政府的高级官员和各国外交使团。与往年一样，这个日子是8月15日。

由于马德里8月天气极为炎热，而且8月通常被政府、议会和外交官员选为假日，许多高官已离开首都，由级别较低的官员代表他们去参加招待会。

以印度大使的观点来看，这相当遗憾，但印度人无法重写历史，不能去改变他们的独立日。

美国派出了他们的代办和商务二秘杰森·蒙克作为代表。使馆内的中情局情报站长也不在，蒙克已经升为情报站的二把手，现在临时代理站长职务。

蒙克在这一年里过得很不错。学了六个月西班牙语后，他已经以优异的成绩通过了考试，级别也从GS-12晋升到了GS-13。这种政府官员的级别档次，对于在私人企业工作的人来说也许意义不大，因为那是联邦政府公务员制订工资的依据。但在中情局，级别不但关系到工资的高低，还关系到职务、地位和职业生涯的发展。

更重要的是，在高级情报官职位调整时，中情局局长威廉·凯西刚刚任命了一位（行动）副局长，以替代原先的约翰·斯坦。主管行动的副局长负责中情局的所有情报收集工作，由此掌管该领域的所有情报人员。新上任的副局长是凯里·乔丹，是当初发现并招募蒙克的伯乐。

最后，当蒙克完成西班牙语课程时，并没有被分配去拉美处，而是西欧处。西欧只有一个讲西班牙语的国家，即西班牙本身。

倒不是说西班牙是一个敌对的国家，实际情况恰恰相反。但对于一个三十四岁的单身情报官来说，迷人的西班牙首都马德里绝对胜过南美洲的特古西加尔巴。

由于美国与其盟友西班牙之间有着良好的关系，因此中情局的大部分工作不是去对西班牙搞间谍活动，而是与西班牙的反情报机关合作，监视苏联和东欧这个敌对间谍成群的团体。在短短两个月时间里，蒙克就与西班牙反间谍局建立了良好的工作关系。该机构好多高级情报官的职业生涯可以追溯到佛朗哥时期，他们不喜欢共产主义。由于用西班牙语很难发出“杰森”的读音，常常会变成“夏森”，于是他们就给这个年轻的美国人取名为“鲁比奥”，即金发小伙子。他们都喜欢他，蒙克有这种亲和力。

印度独立日的招待会气氛热烈。人们三三两两走动，喝着印度政府提供的香槟，但酒杯在手里拿上十秒钟就开始变热，人们有礼貌地寒暄，言不由衷地交谈着。蒙克估摸着自己已经为山姆大叔尽了力，准备离开，这时，他看到一张熟悉的面孔。

他穿过人群，走到一位身穿铁灰色西装的男士后面，等到他与一位穿着纱丽[①]的女士交谈完毕、身边没有旁人时，他在后面用俄语说：

“你好啊，朋友。你儿子后来怎么样了？”

那个人吃了一惊，转过身来，然后露出微笑。

“谢谢你，”尼古拉·图尔金说，“他痊愈了，现在很健康。”

“我很高兴，”蒙克说，“看起来，你也混得不错呢。”

图尔金点点头。接受敌人的送礼是严重的犯罪行为，一旦被人告发，他将永远不得离开苏联。但是，为了儿子，他只能去恳求格拉祖诺夫教授的帮助。老医生自己也有儿子，私下里认为，苏联应该在医学领域与世界上最好的研究机构开展合作。他无意去检举这位年轻的情报官，并低调地接受了同事们对他攻克疑难病症的祝贺。

“是的，谢谢。还可以。”他回答说。

“我们一起吃个饭吧。”蒙克说。苏联人似乎颇为震惊，蒙克举起双手做出投降的动作：“不是策反，我承诺。”

图尔金这才放松下来。两个人都知道对方是干什么的：蒙克的俄语讲得很好，这表明他不可能是美国使馆商务处的外交官；蒙克估计图尔金应该是克格勃的，也许是在反情报部门工作，因为看到他能够自由地与美国人谈话。

蒙克使用的这个词语其实已经把他给暴露了。事实上，他以玩笑的方式说了出来，这表明他认为冷战已经处在一个短暂的休战期。“策反”或“冷策反”是专业术语，指的是一方的情报官鼓动另一方的某个人改换门庭。

过了三个晚上，这两个人分别来到马德里老城区的一条名叫磨刀匠街的小街。其实这街道比巷子大不了多少，走到一半时会看到一扇旧木门，进去后走下台阶，可以抵达一个砖砌的拱形地下室。这里以

---

① 印度妇女的传统服饰。

前是一个酒窖，历史可追溯到中世纪，许多年来，这家餐厅一直挂着索布里诺德博坦的招牌，为客人提供传统西班牙菜肴。古旧的拱形地下室里设有卡座，卡座间放着餐桌，蒙克和他的客人坐进了其中一个卡座里。

菜肴味道很好。蒙克点了一瓶瑞格尔侯爵酒园的红酒。出于礼貌，他们不谈工作，只谈论老婆和孩子。蒙克承认他既没有老婆，也没有孩子；图尔金的儿子尤里现在已经上学了，但暑假期间与爷爷奶奶待在一起。一瓶红酒慢慢喝完了，第二瓶又端了上来。

蒙克起先并没有意识到，图尔金虽然外表和蔼，其实内心极为恼火。他不是针对美国人，而是针对几乎要了他儿子生命的社会制度。当第二瓶侯爵红酒快喝完时，他突然问道：

“你为中央情报局工作，觉得开心吗？”

这是否意味着策反？蒙克纳闷了。这个笨蛋想招募我？

“相当快乐。”他轻松地说。他正在倒酒，眼睛看着酒瓶，没看苏联人。

“如果你有困难，他们会帮助你吗？你们的人？”

蒙克继续盯着流进杯子的红酒，他的手平稳地握着酒瓶。

“当然了。如果我需要帮助，我们的人是会来的。这是规矩的一部分。”

“能为生活在自由环境的人们工作，感觉肯定很好。”图尔金说。蒙克终于放下酒瓶，望向桌子对面。他曾许诺不搞策反，但现在这个苏联人主动提出来了，他自己想弃暗投明。

“是啊。听我说，朋友，你们的制度即将发生变化，很快就会有变化。我们可以帮助变化来得更快一些，尤里长大后能生活在一个自由的环境里。”

苏共中央总书记安德罗波夫已经去世了，从伦敦空运进口的药物没能挽救他的生命。他的接班人是另一个老家伙康斯坦丁·契尔年科，他站起来时必须有人搀扶。但克里姆林宫新近有传闻说，会有一个年轻人来接班，他的名字叫戈尔巴乔夫。到喝咖啡的时候，图尔金已经被策反了。此后，他人虽然留在克格勃，暗地里却为中情局工作。

蒙克很幸运，因为他的上司，即情报站长正外出度假。假如站长在，蒙克就要把图尔金交给其他人去管理。不过这次，他自己用加密电报向兰利总部报告了关于这次招募的消息。

人们一开始总是会起疑心的。成功策反一名克格勃K局的少校，意味着一次非凡的成功。在夏天的其他很多个日子里，蒙克与图尔金在马德里进行了多次秘密会面，蒙克了解了这位苏联同龄人的情况。

图尔金1951年出生在西西伯利亚鄂木斯克，父亲是军工厂的一名工程师。十八岁那年，他因为大学梦没能如愿，去参了军。入伍后，他被分配到克格勃的边防军部队，在那里，他被发现是棵苗子，从而进入了捷尔任斯基高级学校的反情报专业学习英语。他表现得很出色。

后来，他与一组优秀学员一起转到了著名的安德罗波夫学院学习，那儿是克格勃的国外情报培训中心。与大洋彼岸的蒙克一样，他也注定会飞黄腾达。毕业时，由于学习成绩优异，他被分配到克格勃第一总局的K局，隶属于情报收集部门的反情报机构。

1978年，图尔金二十七岁时结婚了，同年有了儿子尤里。1982年，他第一次赴国外任职，到了内罗毕，主要任务是渗入肯尼亚的中情局情报站，招募在内罗毕或肯尼亚各地的间谍。由于儿子生病，这次国外任职提早结束了。

图尔金的第一份情报在10月份传递到了中情局。确定已经建立了一个完全秘密的通信系统后，蒙克带上这份情报专程返回兰利汇报。结果，该情报价值很高，图尔金泄露了克格勃在西班牙的完整谍报行动。为保护情报源，美国人把他们掌握的情报逐个逐个地透露给西班牙，使得每次捕获为莫斯科效劳的西班牙间谍，都像是因为碰上好运气，或者是因为西班牙方面的努力。每个案子都让克格勃（通过图尔金）觉得，是由于间谍自己犯下错误才导致其本人被捕的。莫斯科没起疑心，但输掉了它在整个伊比利亚地区的情报行动。

在马德里工作的三年时间里，图尔金升上了副站长的位子，这使得他几乎能接触到所有的情报信息。1987年，他将奉调返回莫斯科，一年后出任克格勃K局在东德的情报站长，直到1990年柏林墙拆除、共产党下台、东西德统一。这些年里，虽然他通过死信箱存取点和联络点传递了数以百计的情报，但他一直坚持只接受一个人的管理，即柏林墙对面的朋友杰森·蒙克。这种安排不同寻常。大多数间谍在六年时间里要换好几个"管理员"或"控制员"，但图尔金坚持己见，中情局兰利总部拿他没办法，只能做出让步。

1986年秋天，蒙克返回兰利，去副局长凯里·乔丹的办公室报到。

"我看过那些情报了，"中情局新任主管行动的副局长说，"价值很高。我们原先以为他有可能是双料间谍，但他提供的西班牙间谍级别都很高。你那个人很可靠，干得很好。"

蒙克点头表示感谢。

"有一件事我不太明白，"乔丹说，"我也是刚刚才了解此事的，你报告里关于招募的战略很合适，但有一个问题，他自愿要求变节的真正理由是什么呢？"

蒙克把报告里没有提及的情况告诉了副局长，包括那人的儿子在内罗毕生病，以及由沃尔特里德陆军医院提供药品的事情。

"我真该把你给解雇了。"乔丹最后说。他起身走到窗前，窗外的白桦树和山毛榉树林一直延伸到波托马克河，通红或者金黄的树叶即将纷纷飘落。

"老天啊，"过了一会儿，他说，"我不知道局里的其他人会不会在没有得到回报的情况下，让他拿走药品。你很可能永远不会再见到他。马德里的成功纯属侥幸。你知道拿破仑是怎样评价将军的吗？"

“不知道，先生。”

“他说，我不管他们好不好，我只希望他们运气好。你这种做法非常少见，但你很幸运。我们要把你的那个人转移到SE，这个你知道吗？”

中情局的最高领导是局长，他领导着两个大部门：情报部和行动部。情报部由情报副局长负责，其任务是把收集到的大量原始情报进行比较和分析，选编成一些情报摘要送交白宫、国家安全委员会、国务院和五角大楼等相关部门。

真正的情报收集工作由行动部承担，其负责人是行动副局长。行动部下面又按照世界的地域格局分为拉美处、中东处、东南亚处等等。但在长达四十年的冷战时期，在从1950年直至1990年东欧共产党垮台的这段时间里，最核心的部门是苏联东欧处，简称SE。

其他处室的情报官们对SE常有牢骚，即便他们在波哥大或雅加达挖掘或招募了有价值的苏联“资产”，招募后还是必须交由苏联东欧处操控管理。其理由是被招募者将来会从波哥大或雅加达调走，很可能调回苏联。

由于苏联是主要的敌人，苏联东欧处就成了行动部的香饽饽，大家都努力想挤进去。即使蒙克在大学里主修俄语，而且多年来经常阅读俄文报刊，他仍然被分配去了非洲处工作，此后也不过是调到了西欧处。

“知道的，先生。”蒙克说。

“你想跟他一起调过去吗？”

蒙克来了精神。

“好的，先生。请批准。”

“好吧，是你发现他并招募他的，就由你来管理他吧。”

不到一个星期，蒙克就被调到了苏联东欧处，他的任务是管理克格勃少校尼古拉·伊里奇·图尔金。他再也没有返回马德里常驻，而是经常去那里访问，在瓜达拉马山脉高处的野餐地点与图尔金秘密会面。他们在那里谈论许多事情，例如戈尔巴乔夫上台执政，以及其改革和公开化的两手计划，使得政策开始宽松。蒙克很高兴，因为他不但把图尔金视为工作对象，还把他当成了朋友。

到1984年，中情局正在变成——或者说，已经变成了一个庞大的官僚机构，把更多的精力放在了文书工作上面，不再重视情报收集。蒙克讨厌官僚主义，不喜欢文书工作，深信写下来的东西有可能被偷或者被复制。苏联东欧处文书工作的绝密核心是“三〇一号档案”，里面记录了为山姆大叔效劳的每一个苏联间谍的详情。那年秋天，蒙克“忘记”把图尔金少校——代号为来山得[①]的间谍——的详情记录放到三〇一号档案中。

7月17日晚上，英国秘情局驻莫斯科情报站站长乔克·麦克唐纳参加了一个无法推却的饭局。饭后他回到办公室，准备整理一下在饭局上记的笔记——他总是不相信自己的公寓，认为免不了有遭窃的可能性。他的目光落在了那份黑色封面的文件上。他漫不经心地翻开文件看里面的内容，当然，这文件是用俄文书写打印的，但他懂俄语。

结果，那天夜晚他没能回家。刚过午夜，他给妻子打电话，解释说晚上要加班不能回家了，然后继续看文件。文件大约有四十页，分成了二十个小标题。

他读到了关于重建一党专制国家、恢复一系列劳改营以关押持不同政见者和其他犯罪分子的段落。

他仔细阅读了关于解决犹太人群落问题的最终方案，还有关于车臣问题的处理意见，以及其他少数民族的相关内容。

---

① 来山得（？—前395年）：斯巴达人，古希腊军事家。凭借出色的外交手段，在获得波斯的支持之后，指挥斯巴达舰队于公元前405年在埃果斯河战役中，击溃了比自己强大的雅典海军，从而结束了伯罗奔尼撒战争。

他研读了有关与波兰签署互不侵犯和约以期缓和西部边界的那几页，还有重新征服白俄罗斯、波罗的海国家和包括乌克兰、格鲁吉亚、亚美尼亚和摩尔多瓦在内的前苏联南部的共和国的部分。

他读到了有关重建核武器库，并把周围的敌人列为目标的段落。

他也集中精神阅读了关于俄罗斯东正教会和所有其他宗教派别命运的描述。

根据这份宣言，那些受到屈辱、现在正忧郁地蜷缩在营房帐篷里的部队官兵，将被重新武装起来，不是为了防御，而是为了重新征战；被征服土地上的人们，将作为奴隶为他们的俄罗斯主人生产粮食；俄罗斯人将会移民到外部领土，在由莫斯科委派的一名帝国总督的庇护下，对那里的人民实施统治和控制；国家治安将由黑色卫队来维持，其人数将增加到二十万人；他们还要对反社会分子——自由主义人士、记者、牧师、同性恋和犹太人进行特别处理。

该文件还解开了一个长期困惑麦克唐纳和其他人的谜团：爱国力量联盟取之不尽的竞选资金的来源。

1990年之后，俄罗斯的黑社会一直由许多黑帮组成。早些时候，他们为争抢地盘相互残杀，搞得尸横遍野。1995年以来，他们开始推行联合策略。到了1999年，俄罗斯从西部的边界到乌拉尔山区的范围之内，有四个犯罪集团，为首的是总部设在莫斯科的多尔戈鲁基。如果他面前这文件的情况属实，那么，正是这些集团在资助爱国力量联盟，目的是为了将来能够得到回报，以便铲除其他帮派并取得霸权地位。

凌晨五点钟时，乔克·麦克唐纳已经把文件看了五遍，最后合上了这份《黑色宣言》。他往椅背上一靠，眼睛盯住天花板。他已经戒烟多年，但现在他很想吸一口。

最后他站起来，把文件锁进保险箱后走出使馆。他在黎明的晨曦中站在人行道上，凝视着河对面的克里姆林宫围墙。四十八小时前，在高墙的阴影下，一个身穿破旧大衣的老头也凝视过这座使馆楼房。

人们通常会认为间谍头子是不信教的，但外表和职业会误导人。在苏格兰高地，贵族们自古就有信仰罗马天主教的传统。1745年，伯爵和男爵们与他们的亲族一起聚集在天主教快乐王子查理的旗下，一年以后他们在卡洛登的沼泽里被消灭了①。

站长来自这种传统的宗教中心。他父亲是法西芬的麦克唐纳家族的一员，但他母亲是洛瓦特的弗雷泽后裔，他是在宗教环境中长大的。他迈开脚，先是沿着河堤走到下一座桥梁——莫斯特大桥，过桥后向东正教的圣巴西尔大教堂走去。他绕过大教堂的洋葱头尖顶建筑群，穿越正在苏醒的市中心，朝着新广场的方向走去。

正要离开新广场时，他看到清晨的第一批人群开始在救济贫民的流动厨房前排队领取热汤。广场后面就有一个流动厨房，那里曾是苏共中央的所在地。

一些国外的慈善组织参与了对俄罗斯的救济，联合国则以官方名义在提供支援。西方像早先援助罗马尼亚孤儿院和波黑难民那样，也是慷慨解囊。可是，任务很艰巨，因为农村的贫民朝着首都蜂拥而来，遭民警收容遣返后又会再次出现，或者不过是又换了一批人。

他们站在黎明前的晨曦里，老人们衣衫褴褛，妇女们怀抱吃奶的婴儿。自从波特金时代以来，俄罗斯的农民并没有发生多大的变化，他们像牛一样，迟钝并充满耐心。7月下旬天气温暖，他们还能过活。但当冬天来临，俄罗斯进入寒风刺骨的隆冬……今年的1月已经很冷了，那明年1月呢？想到这里，乔克·麦克唐纳摇摇头，继续朝前走去。

---

① 卡洛登战役：1746年4月6日，查理·爱德华率领的苏格兰詹姆斯党人在此迎击由坎伯兰公爵威廉·奥古斯塔斯统率的英格兰军。这场著名战役仅仅持续了40分钟即以苏格兰军的惨败而告终，标志着詹姆斯党人使斯图亚特家庭重登英王宝座的幻想彻底破灭。

他来到了以前叫作捷尔任斯基广场的卢比扬卡广场。这里曾经有一座竖了几十年的铁腕费利克斯·捷尔任斯基的塑像，他是列宁时期的专政机关“契卡”[①]的创始人。广场后面矗立着一栋灰色和赭色构成的大楼，被称为莫斯科中心，那儿是克格勃的总部。

古旧的克格勃大楼后面，是臭名远扬的卢比扬卡监狱，在那里遭到刑讯逼供和处决的人不计其数。监狱后面有两条大街，分别是大卢比扬卡和小卢比扬卡。他选择了小卢比扬卡。街道的中段是圣路易教堂，许多外交官和为数不多的俄罗斯天主教徒去那里做礼拜。

他身后两百码远的地方，在他视线以外的克格勃大楼的背后，一些流浪汉在儿童商店宽大的门洞里睡觉。

两个身材魁梧、穿着牛仔裤和黑皮夹克的人走到商店门口。他们把正在睡觉的流浪汉一个个翻过身辨认。其中一个流浪汉身穿破旧的军大衣，翻领上挂着几枚沾满了尘土的奖章。那两个人吃了一惊，再次弯腰查看，把他从睡眠中摇醒。

“你是泽伊采夫？”其中一人厉声问道，老人点了点头。另一个人从衬衣口袋掏出便携式电话，按下几个数字开始说话。很快，一辆莫斯科人汽车驶过来，转弯后停在了街沿石旁边。那两个人把老头架起来扔进车后座，随后也挤进了汽车。老头在上车前努力想说些什么，晨光中，他嘴里的几颗不锈钢门牙闪烁了一下。

汽车快速绕过广场驶到一座大楼后面，那里曾经是全俄保险公司，后来成了令人恐惧的楼房。车子随后咆哮着穿行在小卢比扬卡街上，经过了正在人行道上行走的一位英国外交官的身旁。

在一位睡眼惺忪的教堂守门人的引导下，麦克唐纳进入教堂走到

① 契卡：全称为“全俄肃清反革命及怠工非常委员会”，简称“全俄肃反委员会”，契卡是俄文的缩写音译，是前苏联的一个情报组织，于1917年12月20日由费利克斯·埃德蒙多维奇·捷尔任斯基创立。

走廊的尽头，跪在了圣坛前。他抬头看着，被钉死在十字架上的耶稣基督则在俯视他。他开始祷告。

教徒祷告是件很私密的事情，他正在祈祷："亲爱的上帝，我祈求您，但愿它是假的。要是这是真的，那么，一股巨大的黑暗邪恶力量将会降临到我们头上。"

第四章

乔克·麦克唐纳在其他工作人员上班前回到了自己的办公室。他通宵未眠，但没有人会察觉。他是一个讲究卫生的人，已经在一楼的员工洗手间里洗漱并刮了脸，随后换上了放在办公桌里的一件干净衬衫。

他的副手布鲁斯·“格雷西”·菲尔兹还在公寓里睡觉，一个电话把他叫醒，他被要求九点钟抵达办公室。现在正躺在床上的雨果·格雷也接到了类似的电话通知。八点钟，麦克唐纳通知两名以前是部队老军士的警卫人员把泡沫会议室准备好，九点十五分召开会议。

“情况是这样的，”会议准时开始后，麦克唐纳就对他的两名同事解释说，“昨天我得到一份文件。它的内容就没有必要告诉你们了。可以这样说，假如它是伪造的，或是一场骗局，那么我们现在是在浪费时间；可如果它是真的——目前我也无从判断——那么它有可能是一桩意义十分重大的事件。雨果，请你把背景情况给格雷西讲一讲，好吗？”

格雷把他所知道的，把西莉亚·斯通告诉他的事情讲述了一遍。

“最理想的状况是，”麦克唐纳用了他最爱说的其中一句话，两个年轻人都收起了微笑，“我们能搞清楚那个老头究竟是什么人，他是如何得到这份有可能是绝密级别的文件，以及他为什么要选择那辆汽车和那个地点投递文件。他以前是否认识西莉亚·斯通？他是否知道那是使馆的汽车？如果知道，为什么要选择我们？此外，使馆里有人能画画吗？”

“画画？”菲尔兹问道。

“画一张图画，一张肖像画。”

“我记得有一位家属开办了一个美术班，”菲尔兹说，“她以前是伦敦儿童图书的插画师，嫁给了档案馆的某个管理员。”

“去查清楚。如果她能画像，就让她与西莉亚·斯通一起去琢磨。此外，我也要亲自与西莉亚谈一下。另外还有两件事情：首先，老人很可能会再次出现，试图接近我们，在我们大楼附近徘徊。我会让梅多斯下士和雷诺兹中士注意我们的大门，如果发现了，他们会来告诉你们，尽可能让他进来，坐下来喝杯茶。其次，他有可能去别处尝试其他办法，搞不好会被抓起来。格雷西，你在警察局有没有熟人？”

菲尔兹点点头。他们三个人中，他在莫斯科工作的时间最长，刚来的时候，他接手了莫斯科的一些低级别警官线人，后来他自己也发展了几个。

“诺维科夫巡官在彼得罗夫卡总部大楼里的刑侦处工作，偶尔会提供一些帮助。”

“请他关照一下。”麦克唐纳说，“别提起扔进汽车的文件，就说有个怪老头在街上缠住我们的人，要求面见大使。我们不想对此小题大做，但请他不要缠着我们。等有肖像画了，就给他看，但别留给他。下次你们什么时候见面？”

“没计划过，”菲尔兹说，“我是在电话亭打电话找他的。”

“好吧，看他是否能提供帮助。我要去伦敦几天，格雷西，你看家。”

西莉亚·斯通来上班时在大堂被截住了。她吃了一惊，被告知要去麦克唐纳那里，不是去他的办公室，而是去A会议室。她不知道这个房间是带防窃听功能的。

麦克唐纳很耐心，和她谈了差不多一个小时，记下了每一处细节。她则接受了他的说法，相信那个老头还纠缠过其他工作人员，要求面见大使。他问她是否同意协助画出流浪汉的肖像，她当然同意尽力相帮。

午饭时间，她在雨果·格雷的陪同下，指导档案室副主任的夫人用炭画笔和蜡笔画成了一张流浪汉的草图，三颗钢牙用银色的记号笔突出显示了出来。画完后，西莉亚点点头说："就是他。"

午饭后，乔克·麦克唐纳让梅多斯下士佩戴好武器，护送他去了谢列梅捷沃机场。他并不是担心会在途中遭到拦截，他只是不知道，公文箱里那份文件的合法主人是否想夺回他们的财产。作为额外的防范措施，他用铁链把公文箱铐在自己的左手腕上，然后盖上了一件夏季的轻便风雨衣。

当使馆的捷豹汽车驶出大门时，这些细节都是看不到的。他注意到索菲亚码头那边停着一辆黑色海鸥轿车，但它并没有来跟随捷豹，因此也没去在意。事实上，海鸥轿车在等待一辆小型的红色路虎汽车。

在机场，梅多斯下士陪同他来到检票口，他在那里出示了外交护照，免去一切检查手续。在候机室等了一会儿后，他登上了英国航空公司飞往伦敦希思罗机场的航班。飞机起飞后，他慢慢地松了一口气，要了一杯金汤力。

美国，华盛顿

1985年4月

要是天使长加百利降临华盛顿，询问苏联使馆内克格勃驻勤特工组长：在所有中情局情报官里面，他们最想策反谁，来为苏联效劳？斯坦尼斯拉夫·安德罗索夫上校是不会多做犹豫的。

他会这样回答："我要选择行动部苏联处反间谍科科长。"

世界各国的所有情报机构都在其内部配有反间谍部门，该部门的工作人员不像其他同事那么受人欢迎，因为他们的工作是审查每一个人。这工作分为三种职能。

反间谍人员会参加对另一方投诚者的审问，在这个环节起到重要的作用，他们要努力确认该投诚者是真诚叛变，还是被精心安插进来的。一个假装投诚的人或许也能带来一些真实情报，但他的主要任务是传播假情报，让他的新主人深信他们内部没有叛徒——实际上是有的；或者，设法把这位新主人引入迷宫和死胡同。一个老练的“安插者”可以使对手浪费多年的时间和精力。

反间谍人员还要验证对方阵营里的某些人，他们人虽然没有过来，但愿意被招募，这样的人有可能是双重间谍。双重间谍会佯装投降，佯装被招募，实际依然忠于他自己的组织并执行组织的命令。他会提供少量真实情报以骗取信任，然后布置一个真正的骗局，在他应该为之效劳的团体中大搞破坏活动。

最后，反间谍部门还必须确保己方没有遭到敌人的渗透，在自己的内部没有潜伏着的叛徒。

要完成这些任务，反间谍部门必须了解全部行动。他们可以调阅所有投诚者的历史档案以及多年前对他们进行盘问时的材料。他们可以深入敌国，实地考察当前所有线人的工作经历和招募情况，有没有遭暴露和变节的危险。他们可以查阅己方每位情报官的人事档案，为的是检查员工的忠诚度和真实性。

按照严格的职能划分和“需者方知”原则，管理一两个行动的情报官有可能变节，出卖自己所掌握的行动，但他们通常无法得知同事在进行什么行动。只有反间谍人员了解全部行动。所以假如天使长来询问，安德罗索夫上校就会回答，他要选择中情局苏联处反间谍部门的负责人。反间谍人员是忠诚者中最忠诚的人。

1983年7月，奥尔德里奇·哈森·埃姆斯被任命为中情局苏联东欧处反苏联间谍科的负责人。由此，他可以完全了解两个下属小组的情况：一是苏联组，负责所有为美国工作，但留在苏联国内的线人；二是外勤行动组，负责当时在苏联境外的所有线人。

1985年4月16日，因囊中羞涩，埃姆斯走进位于华盛顿第十六大街的苏联使馆，要求见安德罗索夫上校。他自愿充当苏联间谍，要价是五万美元。

他带去了一些小礼物：透露了三个苏联叛徒的名字，他们已与中情局有了接触，愿意为之效劳。事后他会解释说，他们很可能是双重间谍，不是真正的投诚人员。不管怎么样，这三个人从此销声匿迹了。他还拿去一份中情局的员工名单，将自己的职位高亮标出，以证明他不是一个小人物。然后他就离开了，第二次经过了对准使馆前院的联邦调查局摄像头。但是，这段视频从来没有播放过。

他在两天后得到五万美元。那只是个开始，这个叛徒在美国历史上造成的损失，比历史人物本尼迪克特·阿诺德更为严重，他如今开始行动了。

后来的分析家们会产生两个疑问。其一，这样一个品行不正、业绩低下、经常酗酒的人，为何能够一路晋升到对忠诚度要求极高的职位上？其二，那年的12月份，高层领导已经知道内部隐藏着一个叛徒，但他怎么还能够继续潜伏长达八年时间，以至于给中情局带来巨大灾难？

第二个问题可以从多个方面来回答。中情局内部的无能、懒散和自满，还有叛徒的运气，以及克格勃为保护其特工而精心透露的假情报；兰利内部更深层的懒散、神经质、好逸恶劳和故意误导，以及叛徒额外的好运；最后，还有詹姆斯·安格尔顿造成的阴影。

安格尔顿曾经是中情局反间谍部门的负责人，一度成为传奇人物，最后因偏执导致精神错乱收场。这样一个没有私生活及幽默感的怪人，逐渐相信兰利内部有个克格勃间谍，代号为“沙夏”。在对这个根本不存在的叛徒的疯狂追查中，他毁了一个又一个忠诚情报官的仕途，直至把行动部搅得天翻地覆。那些幸存下来并在1985年已经升到高级职务的人，一想起要再次清查卧底，便会情不自禁地感到毛骨悚然。

至于第一个问题，其答案是一个人名：肯·马尔格卢。

变节之前，埃姆斯已经在中情局工作了二十年，他在兰利以外有过三次任职经历。在土耳其时，他的站长就认为他的存在完全是浪费空间，资深情报官杜威·克拉里奇从一开始就讨厌他蔑视他。

不过，他在纽约办事处交了好运，有所成就，并因此获得了赞誉。联合国副秘书长阿尔卡季·舍甫琴科在埃姆斯赴任之前就已经在为中情局工作了，他最终在另一名情报官的精心安排下，于1978年4月投靠美国，埃姆斯只是从中接手了这个苏联外交官。并且，那时候起，他就已经经常酗酒了。

他的第三次赴外任职是在墨西哥，那次的业绩一塌糊涂。他经常喝醉，侮辱同事和外国人，还曾经醉卧街头，由墨西哥警察送他回家。他违反了情报工作的所有规定，而且一个人也没招募到。

埃姆斯这两次海外任职的业绩报告都很糟糕。在一次大范围的业绩评估中，在受测评考核的两百名情报官里，他名列第一百九十八位。

这种表现的人通常根本不可能升上高级职位。八十年代初，所有高层领导——凯里·乔丹、杜威·克拉里奇、米尔顿·比尔登、格斯·哈撒韦和保罗·雷德蒙……都认为他是一块废料。但肯·马尔格卢不这么认为，他成了埃姆斯的朋友和保护神。

马尔格卢对那份糟糕的业绩测评报告进行润色，为他清除了事业发展的障碍，并把他提拔了上来。作为埃姆斯的上司，他否决了反对意见，运用人事调配权，安排埃姆斯进了反间谍科。

基本上，他们俩属于酒肉朋友，臭味相投，经常喝得烂醉，以酒鬼自怜，都认为自己是怀才不遇，是中情局对他们不公。这是一个严重的错误，不久便会使许多人命丧黄泉。

兔子列昂尼德·泽伊采夫快要死了，但他自己并不知道。他在经受极度的痛苦，这个他是知道的。

格里辛上校相信痛苦的作用。他相信痛苦具有说服力，能够震慑目击者。痛苦是惩罚。泽伊采夫犯了罪，上校的命令是，他必须在死去前深刻领会痛苦的意义。

审讯持续了一整天，没有对他用刑，因为问他什么他都招了。大部分时间是格里辛独自在盘问他，因为他不想让警卫听到有什么东西被偷走了。

上校相当温和地要求他从头说起，他照办了。他按要求一遍又一遍地复述这个故事，直到上校认为确实没有遗漏什么细节为止。其实，要说的情况并不是很多。

只是当他解释为什么要那样做时，上校的脸上才显露出难以置信的迷惘。

“啤酒？英国人给了你啤酒？”

到中午时，上校深信自己已经获悉全部情况。他估计，在遇到这样一个衣衫褴褛的老头后，那个年轻的英国女人会把文件扔掉，但他不敢肯定。他安排了一辆汽车，派了四个可靠的手下守在使馆门前，等那辆红色小轿车出现后跟踪到她的住所，随后再回来汇报。

三点刚过，他对卫兵下达完最后的命令便离开了。他的汽车离开院子的时候，一架尾翼上刷有英航标志的A-300空客飞机在莫斯科北部上空转向，朝西方飞去。他当然对此并不知晓。他命令司机把他送回基赛尔尼大街的房子去。

他们有四个人。兔子的腿已经站不住了，不过他们知道，于是其中两人把他拉起来，手指紧紧攥住他的上臂。另外两人一前一后站着。他们殴打着他，缓慢地、卖力地一拳一拳打他。

巨大的拳头上戴有厚重的铜套指节。拳头击碎了他的肾脏，撕裂了他的肝脏，打破了他的脾脏。一只脚踢上去，捣烂了他的睾丸。前面的人在攻击他的腹部，然后上升到胸部。他昏过去两次，在被浇了一桶冷水后，又苏醒过来，疼痛也恢复了。他的双腿已经无法站立，因此他们架起他清瘦的身体，只留脚尖点着地。

最后，拳头落在他那瘦骨嶙峋的胸腔上。肋骨被打断了，两根断裂的肋骨深深地扎进了肺叶。他的喉咙里涌上一股热乎乎、甜丝丝的黏液，堵住了他的气管。

他的视线变窄，眼前看到的不再是兵营军械库后面的灰色混凝土房间，而是一个晴朗的日子，阳光下有一条沙土路和一片松林。他没有看见说话的人，只听到一个声音对他说：

“来吧，朋友，喝啤酒……喝啤酒。”

光线逐渐暗淡，变成了灰蒙蒙的一片，但他依然能够听到那个声音在重复他听不懂的词语。“喝啤酒，喝啤酒……”然后，光线便永远消失了。

美国，华盛顿

1985年6月

从奥尔德里奇·埃姆斯得到第一笔五万美元现金起，已经过去快两个月了。那天，他只用了一个下午的时间，就几乎把中情局行动部整个苏联东欧处给摧毁了。

他在午饭前已经把三〇一号绝密档案搞到了手。他把这份重达七磅的机密文件和往来的电报全部从书桌上收起来，装进两只塑料购物袋里。他带着这些东西穿过迷宫般的走廊，乘电梯到了一楼，用身份证刷了一下，随后通过旋转门走出大楼。卫兵没去拦住他询问袋子里装着什么。他在巨大的停车场里找到自己的汽车，行驶二十分钟抵达了乔治敦，那是华盛顿郊外的一个优雅小镇，以诸多欧洲风格的饭店而闻名。

他来到查德威克，一家位于K街高速公路下面的滨水酒吧兼饭馆。他在那里与安德罗索夫上校派来的人接上了头。作为克格勃的情报站长，安德罗索夫知道，如果他亲自来接头，很可能会有联邦调查局特工盯梢。接头人是一名普通的苏联外交官，名叫楚瓦金。

埃姆斯把带来的东西递给那个苏联人。他从不要价，但每次收到的现金总是数额巨大，从第一笔报酬起，总数就足以使他成为百万富翁。苏联人支付价值很高的硬通货美元时通常很吝啬，但他们自此之后便没有讨价还价过。因为他们知道，自己已经挖到了最关键的主矿脉。

离开查德威克后，那两个袋子被送进苏联使馆，随后送抵莫斯科，来到克格勃第一总局的亚谢涅沃总部。在那里，情报分析员惊讶得不敢相信自己的眼睛。

这次漂亮的行动立即使安德罗索夫成为明星，使埃姆斯成了天底下最宝贵的资产。克格勃第一总局局长弗拉基米尔·克留奇科夫将军，原先只是一名普通特工，在安德罗波夫把他塞进第一总局后，他慢慢爬上了高位。他立即下令组建一个绝密工作小组，专门处理埃姆斯提供的文件。埃姆斯的代号是“铃铛”，这个专案小组因此被称为“铃铛小组”。

购物袋里有十四名间谍的详细资料，几乎是中情局苏联东欧处在苏联的全部资产。档案里没有提到他们的实际姓名，不过其实根本就没有这个必要。

任何一名反间谍特工，只要告诉他在他所在的网络里有一个叛徒，告诉他该人是在波哥大被招募然后调到莫斯科、现在在拉各斯工作，他很快就能够得出结论：只有一个人符合这条描述。通常，只需查阅一下记录，情况就会一清二楚。

后来，根据中情局的一位资深情报官估算，1985年夏季过后，有四十五起反克格勃的行动遭遇失败。这实际上是中情局的全部项目。1986年春天之后，三〇一号档案内提及的为中情局工作的所有高级间谍，全都失去了作用。

乔克·麦克唐纳在下午晚些时候抵达了希思罗机场，他的第一个电话打给了位于沃克斯豪尔大厦的英国秘密情报局总部大楼。他一身疲惫，虽然冒险在飞机上打了个瞌睡，但现在他很想去俱乐部洗个澡，然后好好睡一觉。他和妻子都居住在莫斯科，他们在伦敦切尔西的公寓已经租给了别人。

但他还是想在休息之前，把锁在手腕上的公文箱内的文件交到总部。局里的公务汽车在希思罗机场接到他后，一路朝绿色玻璃和砂石建成的大楼开去。秘密情报局如今所在的大楼位于泰晤士河南岸，是七年前从破败古旧的世纪大厦搬到这里来的。

到机场接他的年轻实习生协助他通过了大门口的安全系统，最后，他终于把文件放进了苏联处处长的保险箱里。这位处长同事热情欢迎他的到来，但颇感好奇。

“喝点什么吗？”秘密情报局的苏联处处长杰弗里·马奇班克斯，指着衬有木板看上去像是文件柜的家具问他。他们都知道，那实际上是鸡尾酒酒柜。

“好主意。今天一天够长够累的了。来杯苏格兰威士忌吧。”

马奇班克斯打开酒柜门，开始兑制鸡尾酒。麦克唐纳是苏格兰人，他要的是老祖宗酿造的纯酒。这位处长倒了一杯不加冰的双料麦卡伦威士忌，递了过来。

“我知道你要来，但不知道为什么来。告诉我吧。”

麦克唐纳把故事从头说了一遍。

“肯定是个骗局。”马奇班克斯听完后说。

“从表面上看，确实如此，”麦克唐纳表示同意，“但这肯定是我听说过的最愚笨的骗局。那么，骗子会是什么人呢？”

“应该是科马罗夫的政敌吧。”

“那种骗术他早就领教过了。”麦克唐纳说，“可是，投递的方式真的很奇特，拿到的人很可能看也不看就扔掉了。那个年轻人格雷能够发现，纯属碰巧。”

“好吧，那下一步应该来读一下咯。你应该已经看过了吧？”

“我昨晚看了个通宵。似乎是一份政治宣言，看起来……让人感到很不愉快。”

“是用俄语写的吧？”

“是的。”

“唔，我的俄语可能不行，估计会看不懂。我们需要一份译文。”

“我想亲自翻译，”麦克唐纳说，“以防万一它不是骗局。看完后你就会明白。”

“好吧，乔克，听你的。你现在想做什么？”

“先去俱乐部，洗个澡、刮个脸、吃顿饭、睡一觉，大概半夜时回到这里，一直工作到正常上班时间。到时候见。”

马奇班克斯点了点头。

“好的。你还是用这个办公室吧，我会通知警卫部门的。”

杰弗里·马奇班克斯回到自己的办公室时，已经快第二天上午十点了。他发现乔克·麦克唐纳直挺挺地躺在沙发上，外衣和鞋子已经脱去，领带也松开了。黑色文件放在他的书桌上，旁边还有一叠未经装订的打印纸。

“翻译好了，”麦克唐纳说，“已经变成英语了。顺便说一句，磁盘还在电脑里，应该取出来保存在安全的地方。”

马奇班克斯点点头。他要来咖啡，戴上眼镜，开始阅读文件。过了一会儿，他抬起头来。

“那人肯定是疯了。”

“如果是科马罗夫写的，那么他是疯了，或者很邪恶，或者两者兼而有之。不管怎么样，都是潜在的危险。继续看下去吧。”

马奇班克斯继续往下看。看完后，他鼓起腮帮子，然后长长地呼了口气。

“肯定是一个骗局。谁也不会把自己心里的这种想法写下来。”

“或者他认为，这只是局限于内部的狂热分子范围之内。”麦克唐纳暗示道。

“然后被偷走了？”

“有可能。也有可能是伪造的。但流浪汉是谁，他又是如何拿到文件的，我们就不知道了。”

马奇班克斯陷入了沉思。他知道，如果这份《黑色宣言》是伪造的、是个骗局，而秘情局信以为真，那么他们就会白忙活一场。但如果这是真的，但他们没有认真对待，那后果会很悲惨。

“我认为，”最后他说，“我们要把这件事上报给部长，甚至是局长。”

东半球部部长戴维·布朗洛在中午十二点会见了他们，局长则在下午一点十五分请他们三人在顶层餐厅吃午饭，从那里，他们可以俯瞰泰晤士河和沃克斯霍尔大桥的全景。

亨利·库姆斯爵士年近六十，这是他在秘密情报局局长岗位上的最后一年。他与自己的几个前任一样，也是一步一步爬上来的。他在十年前结束的冷战中经受过磨练，积累了经验。这一点不同于美国中央情报局，中情局局长是政治任命，通常不懂业务；而三十年来，英国秘密情报局已经说服历届首相，为他们选拔久经考验的内行人来当局长。

这套方法很有效。1985年后，中情局前后三任局长都承认，在报纸披露之前，他们几乎都不知道埃姆斯事件的真相。秘情局局长亨利·库姆斯信任自己的部下，应该知道的细节他都知道，部下工作人员也知道他是个知情人。

局长边看文件边喝奶油浓汤。但他看得很快，没一会儿就全了解了。

“乔克，虽然这有点麻烦，但还是要由你从头再讲一遍。”

他聚精会神地听着，问了两个简短的问题，然后点了点头。

“杰弗里，你怎么看？”

问完苏联处处长之后，他又征询东半球部部长布朗洛的意见，两人讲得差不多。这是真的吗？我们需要了解。

“我在考虑的是，”布朗洛说，“如果所有这些真的都是科马罗夫的政治议程，那他为什么要写下来？我们都知道，即使是绝密文件也有可能被盗。”

亨利·库姆斯爵士那双看似温和的眼睛转向了莫斯科情报站长。

“乔克，说说你的意见。”

麦克唐纳耸了耸肩。

“为什么人们要把内心的想法和计划写出来呢？为什么人们要把心中的秘密写在日记里呢？为什么人们要千方百计地保存内部刊物呢？为什么像我们这样的情报机关要储存极其敏感的资料呢？也许这是一份非常秘密且简单的文件，只是让内部小圈子里的人使用，或者仅限其本人使用。也有可能这只是一份伪造的文件，为的是陷害那个人。我不知道。”

“啊，你说到点子上了，”亨利爵士说，“我们不知道。但看了这文件后，我认为，我们必须知道，这其中有太多问题。这到底是怎么写出来的？真的是伊戈尔·科马罗夫起草的吗？这是不是他上台执政后打算实施的令人震惊的疯狂行动？如果真是这样，那么它是怎么被偷的？是谁偷走的？为什么又把它扔给了我们？或者这一切都是混淆视听的谎言？”

他搅动杯中的咖啡，凝视着文件的原稿和麦克唐纳的译稿，表情极为厌恶。

“对不起，乔克，可我们必须得到这些问题的答案。只有搞清楚了以后，我才能去河对岸向领导汇报。乔克，你回莫斯科去。我不知道你会怎么干，那是你的事情，但我们需要知道真相。”

这位秘情局局长与他所有的前任一样，肩负着两个任务。第一个是业务性的，努力为国家管理好情报工作；另一个任务是政治性的，即联络政府的有关部门，包括联合情报委员会、秘情局的大客户官员、比较难对付的外交部，还要跟内阁办公室争取预算，并与政府的大臣交朋友。这后一项任务需要面面俱到，普通人可承担不了。

他不能草率地编个故事，说一个流浪汉把那份文件扔进了一名低级外交官的汽车里，现在该文件已沾有脚印，里面有一个也许是真、也许是假的又疯狂又残忍的计划。他知道，那样做的话，他会遭到严厉的批评。

“我今天下午就飞回去，局长。”

“不行，乔克，你已经连续两个晚上没睡觉了。去看场演出，在床上睡八个小时，明天坐第一班飞机返回哥萨克人的土地。”他看了一下手表，“对不起，我另有……”

三个人鱼贯而出。麦克唐纳既没能去看演出，也没能在床上睡八个小时。马奇班克斯的办公室收到一份信息，是密码室刚送过来的。西莉亚·斯通的公寓遭到袭击，房间被翻了个底朝天。她吃过晚饭回到家里时，撞上两个蒙面人，被他们用椅子腿打了。她在医院里，但没有危险。

马奇班克斯默默地把纸条递给麦克唐纳。麦克唐纳看了一下。

“哦，糟糕。”他说。

美国，华盛顿

1985年7月

这条信息在刚得到时，如同情报界经常出现的情况那样，看上去很含糊，是第三手的资料，很可能完全是在浪费时间。

一名美国志愿者，在参与了联合国儿童基金会对也门民主人民共和国实施的援助计划后，返回纽约休假。他约了一位老同学一起吃饭，该同学在联邦调查局工作。

吃饭时，他们谈及苏联对南也门提供的巨额军事援助。联合国志愿工作者描述道，有天晚上，他在亚丁岩石宾馆的酒吧里和一位苏军少校闲聊过一会儿。

与身在南也门的大多数苏联人一样，少校不会讲阿拉伯语，因为也门原先是英国殖民地，所以苏联人是用英语与也门人交流的。美国人知道，他们在南也门不受欢迎，于是习惯自称瑞士人。他就是这样告诉苏联少校的。

少校越喝越多，渐渐有了醉意，因为知道四周没有同胞耳目，他开始强烈批评起自己国家的领导人，谴责他们贪污腐败、挥霍浪费，根本不关心苏联在第三世界开展的援助工作。

后来，调查局的同学对一位朋友提起这事。恰巧该朋友是中情局纽约办事处的特工，于是志愿工作者在饭桌上讲述的轶事就有了下文。

中情局特工请示了办事处领导，再次安排了一个饭局，请那位志愿工作者吃饭，席间喝了许多酒。中情局采用激将法，故意哀叹苏联与第三世界国家之间不断增进的友谊，尤其是在中东地区。

联合国儿童基金会的志愿者急于卖弄自己的学问，他打断对方说，事情并非如此，根据他的亲身感受，苏联人不喜欢阿拉伯人，因为他们连最简单的技术都学不会，还经常弄坏提供给他们的援助设备，苏联人对他们感到越来越厌恶。

"就拿我刚刚去过的南也门来说……"他开始叙述。

到饭局结束时，中情局特工已经大致了解了苏联大型军事顾问团的基本情况。团组成员因遭挫折，已经计穷力竭，他们认为，在也门民主人民共和国开展援助是毫无意义的行动。他还描述了苏军团组中一名极度厌倦的少校，他个子高高的，肌肉很发达，一张脸长得有点像东方人，还有一个名字：索洛明。

报告发回兰利，放在了苏联东欧处处长的办公桌上。处长又去与副局长凯里·乔丹商量了。

"这事也许没什么要紧，也许有危险，"三天后，主管行动的副局长对杰森·蒙克说，"你能不能去一趟南也门，与这位索洛明少校谈一谈？"

蒙克向内勤专家咨询了很长时间，了解有关中东的情况。他很快就明白，南也门是一个棘手的问题。美国与那里的共产党政府不合拍，但莫斯科则在极力讨好该政府。不过，除了苏联人以外，那儿竟然还有包括联合国工作人员在内的许多外国人。联合国正在那里开展三个项目：联合国粮农组织在帮助发展农业，联合国儿童基金会在救助儿童，世界卫生组织在负责健康项目。

一个人的外语无论讲得如何地道，一旦遇到该国本地人，还是很快就会露馅。蒙克决定不去冒充英国人，因为真正的英国人马上就能听出差异，法国人也一样。

由于美国是联合国的主要经济来源，对联合国的许多机构都有这样或那样的影响力。经研究发现，联合国粮农组织派往亚丁的代表团里，没有西班牙人或讲西班牙语的拉美人。于是，中情局决定创建一个新角色，为蒙克安排一份为时三十天的签证，让他在10月份访问亚丁，身份是粮农组织从罗马总部派去检查项目进度的特派员，名字则是埃斯特万·马丁内斯·罗尔卡。在马德里，依然感恩戴德的西班牙政府签发了一本真实的护照。

乔克·麦克唐纳回到莫斯科的时候，时间已经很晚，不能去医院探望西莉亚·斯通了。7月20日，也就是第二天的上午，他去了医院。新闻随员女助理缠着绷带，依然头昏眼花，但说话倒是没有问题。那天她是正常时间下班回家的，没发现有人跟踪，她毕竟没有接受过这方面的训练。

她在公寓里待了三个小时，然后与加拿大使馆的一个女孩一起外出吃饭。她大概是夜晚十一点半回到家里的。窃贼肯定是听到她用钥匙开门的声音了，因为她进去的时候，里面很安静。她打开门厅的灯，发现通往起居室的房门开着，里面一片漆黑。她感到奇怪，因为她离开时留了一盏灯，起居室窗户面向中央的院子，窗帘后面亮着灯，以表明家里有人。她认为肯定是灯泡坏了。

她走到起居室门口时，两个身影突然从黑暗中窜出向她扑来。其中一人举起什么东西，砸在了她的脑袋侧面。她倒在地上，但依稀能听到或感觉到有两个人从她身上跨过去，奔向公寓房门。她昏了过去。不知道过了多长时间，她醒过来，立即爬向电话机，给邻居打了一个电话。然后她又失去了知觉，再次醒来时已经躺在医院里了。她记得的只有这些。

麦克唐纳去了公寓。英国大使已经向俄罗斯外交部提出抗议，外交部很恼火，转而向内务部抱怨。内务部责成莫斯科民警局派出最优秀的刑警去调查此事，详细的调查报告很快就会出来——在莫斯科，这意味着：别抱太大期望。

发往伦敦的信息中有一个地方搞错了，击中西莉亚·斯通的，不是椅子腿，而是一个小瓷像。瓷器已经碎了，假如击中她的是金属，那她很可能就死了。

公寓里有几个俄罗斯刑警在忙碌，他们愉快地回答了英国外交官的提问。院子门口的两名民警当时没有放俄罗斯的汽车进来过，因此盗贼肯定是步行过来的。民警没看到有人进来。他们肯定会这样说的，麦克唐纳心里想。

公寓门没有被蛮力砸开，因此肯定是被撬开的，要不然就是盗贼有房门钥匙，这当然不太可能。当今时日艰难，也许他们是来偷取外币的。那就太遗憾了。麦克唐纳点点头。

他暗地里认为，窃贼肯定是黑色卫队的，不过，也有可能是当地黑社会代为操办的，或者是为前克格勃跑腿的——这样的人到处都有。莫斯科的盗贼很少光顾外交公寓，那样的后果会很严重。马路上停着的汽车倒是可以攻击的目标，但不会是民警站岗的公寓楼。民警对公寓的搜查很彻底、很专业，但没发现丢失什么东西，甚至连卧室里的珠宝都没动过。窃贼显然具有针对性，是专门冲着某样东西来的，但没能找到。这是麦克唐纳最担心的地方。

回到使馆后，他有了个主意。他给民警局打电话，询问能否让负责此案的刑警到他这里来一下。下午三点钟，契尔诺夫警官来了。

“我也许能够帮助你们。”麦克唐纳说。

刑警扬起了眉毛。

“那真是太感谢了。”他说。

“年轻的斯通小姐今天上午感觉好一点了。好很多了。”

“谢天谢地。”警官说。

“她描述了其中一个袭击者。在被袭击之前，她借着门厅的灯光看见了那个人的脸。”

“她在第一次陈述时说，两个人都没看清楚。”契尔诺夫说。

“在这种情况下，记忆力是可以恢复的。你昨天下午见到她了吗，刑警？”

“是的，昨天下午四点钟。她醒着。”

“可我认为，她那时候脑子里还是迷迷糊糊的。今天上午，她清醒多了。我们工作人员的一位家属是搞美术的，她在斯通小姐的帮助下画了一张人物肖像。”

他把一幅用炭画笔和蜡笔画成的图画递到了书桌对面，刑警的脸上露出了微笑。

“这非常有用，”他说，“我这就把它拿到刑侦队去传阅。这种年龄的人，应该是有记录的。”他起身准备离开，麦克唐纳也站了起来。

“很高兴能帮上忙。”他说。他们握了手，刑警离开了。

午饭时分，西莉亚·斯通和肖像画家都被告知了这个新编的故事。她们都不理解其中的原因，但都同意在契尔诺夫警官来询问时统一口径，不过后来刑警再也没来问过她们。

莫斯科各地的刑侦队都没能认出那张面孔，但他们都把图画贴到了办公室的墙上。

苏联，莫斯科

1985年7月

从奥尔德里奇·埃姆斯那里发了笔横财后，克格勃做出了不同寻常的举动。

在这个“大博弈”中有一条牢不可破的规矩：如果一个情报机关突然从敌人的核心人员那儿获得了一位宝贵的线人，那就必须对该人实施保护。因此，当这个人透露了一批叛徒时，其兴高采烈的新主子会慢慢地、小心翼翼地处置这些叛徒，每处置一个，都要编造一个不同的理由。

只有当他们的线人远离危险，安全地到了后方以后，才可以把被他出卖的叛徒一网打尽。不然的话，则无异于是在《纽约时报》上刊登整版的广告，宣称："我们从你们机构内部里发展了一个大卧底，看看他给我们提供了什么。"

由于埃姆斯依然处于中情局的核心职位上，而且很有前途，克格勃第一总局本打算按规矩把他透露的十四个叛徒慢慢地仔细剔除。不过，苏共中央总书记米哈伊尔·戈尔巴乔夫无视他们声泪俱下的抗议，将这个做法彻底否决了。

"铃铛小组"对来自华盛顿的丰沛收获进行分类整理，发现其中有一些描述可立即辨认，另一些则需要仔细检验和追查。那些已被"立即辨认"出来的叛徒当中，有的仍在国外任职，必须巧妙地把他们诱骗回来，不能让他们闻到腥味。这可能要花上几个月的时间。

十四人当中，其实有一个长期为英国效劳的间谍。美国人从来不知道他的名字，但由于伦敦曾把他的成果与兰利分享过，中情局知道了一点有关他的事情，由此可推断出更多情况。他实际上是克格勃的一名上校，七十年代早期在丹麦被招募，为英国人工作了十二年。他已经受到了怀疑，但他还是作为苏联驻伦敦使馆住勤情报官，最后一次返回了莫斯科。埃姆斯的叛变，直接证实了这个苏联人的疑虑。

不过，奥列格·戈尔季耶夫斯基上校很幸运。7月份时，他觉察到自己受到全面监视，网在收紧，很快就要实施逮捕了，于是他发出了一个事先约定好的紧急信号。英国秘情局搞了一个快速的撤出行动，当这位身材精瘦的上校在莫斯科街上慢跑时，把他救出来，偷运到芬兰去了。他幸存了下来，后来在中情局的一座安全屋里，由奥尔德里奇·埃姆斯听取了他的汇报。

杰弗里·马奇班克斯认为，也许有一个办法，可以帮助他在莫斯科的同事搞清楚《黑色宣言》是真是假。

麦克唐纳遇到的其中一个问题是，他没有合适的途径去接触伊戈尔·科马罗夫本人。马奇班克斯考虑过，如果与这位爱国力量联盟的领袖见面，并进行一次深入的谈话，或许能够从中发现一些线索，确定这位自认为是右翼保守爱国主义者的外表之下，是否隐藏着疯狂的纳粹野心。

他认为有一个人可以安排这种会面。去年冬天，他参加过一次野鸡射击活动，客人中有一位新近被任命的、英国执政党保守党旗下的日报编辑。7月21日，马奇班克斯给那位编辑打了一个电话，向他提起了上次射猎野鸡的活动，与他约定次日在圣詹姆士俱乐部共进午餐。

苏联，莫斯科

1985年7月

戈尔季耶夫斯基的逃跑在莫斯科引起轩然大波。7月份的最后一天，在捷尔任斯基广场的克格勃总部，三楼克格勃主席的办公室里发生了一场激烈争吵。

这是一个灰暗的办公室，地球上最血腥的怪兽曾经在此办公。T形办公桌上签署过的命令，使许多人惨遭严刑拷打，冻死在冰天雪地的西伯利亚，或是跪在凄凉的院子里被子弹击穿颅脑。

克格勃主席维克托·切布里科夫将军的权力已经式微。形势正在发生变化，死刑命令必须由总书记本人亲自签署。不过，叛国者仍会被处以死刑，这天的会议，就是在讨论对叛徒的处置。

在克格勃主席办公桌的对面，坐着第一总局局长弗拉基米尔·克留奇科夫，当下的形势对他不利，因为他的手下把事情搞砸了。正在指责的是第二总局局长，一位矮矮胖胖的宽肩将军，名叫维塔利·博亚罗夫，他正在厉声痛斥。

“整个事情都被搞得……一塌糊涂。”他愤怒地说。即便在将军们之间，说话的用词也能显露出各自不同的背景，他用的词表现出了军人的粗率和工人阶级的出身。

“这种事情不会再次发生了。”克留奇科夫嘀咕着为自己辩解。

“我们现在来商定一个框架，”主席说，“以便我们互相遵守。在苏联领土范围内，应由第二总局负责逮捕和审讯叛徒。如果再发现叛徒，就按这个实行。明白了吗？”

“还会有更多的，”克留奇科夫嘀咕道，“还有十三个呢。”

室内一片寂静，持续了好长时间。

“你有什么事情要告诉我们吗，弗拉基米尔·亚历山德罗维奇？”主席静静地问道。

这个时候，克留奇科夫才把六星期前在华盛顿查德威克饭店发生的事情说了出来。博亚罗夫兴奋得吹了一声长长的口哨。

一周之内，兴高采烈的切布里科夫将军把克格勃这次漂亮的行动，向米哈伊尔·戈尔巴乔夫作了全面汇报。

这个时候，博亚罗夫将军正在筹备他的“捕鼠委员会”。叛徒一旦被确认身份并遭到逮捕，就由这个专案小组进行审讯。他打算挑选一位特殊人才来领导这个委员会。此人的档案就放在他书桌上，是一名上校，年仅四十岁，但经验丰富，是一位从来没有失败记录的审讯官。

这人1945年出生在莫洛托夫——那里曾经叫彼尔姆，但自从斯大林的追随者莫洛托夫于1957年被开除出苏共中央，使这个名字变得丢脸后，现在又改回彼尔姆了。他的父亲是一个勇敢的战士，获得过英雄奖章，从战场返回家乡后有了一个儿子。

在那座灰色的北方城市里，小托尔亚在严格的正统教育下茁壮成长。根据档案记载，他父亲狂热崇拜英雄斯大林，十分厌恶对其进行贬低的赫鲁晓夫，男孩全盘接受并继承了父亲的观点。

1963年，他在十八岁时参军入伍，加入了内务部的内卫部队。该部队的任务是保护监狱、劳改营和拘留所，也就是防暴部队。这位年轻的战士在部队里如鱼得水。

部队里奉行打压和群体控制。这小伙子干得很出色，获得了极为珍贵的嘉奖，被选拔进入了列宁格勒军事外语学院。那里实际上是克格勃的培训院校，在克格勃内部被叫作“干部学校”，出来后都是当官的料。干部学校的毕业生以冷酷、奉献和忠诚而闻名。年轻人在那里又一次显露才干，并再次获得嘉奖。

这一次，他被调任到克格勃第二总局莫斯科州（包括莫斯科市和莫斯科地区）分局，他在那里工作了四年，被誉为聪敏的情报官、彻底的调查官和顽强的审讯官。他确实对审讯很在行，还撰写了一篇评价很高的有关审讯的论文，并因此被调到了第二总局的总部。

此后他便再也没有离开过莫斯科，一直以总部为基地。他的工作主要针对他所仇恨的美国人，监视他们的使馆，跟踪他们的外交人员。其间，他在调查机构工作过一年，然后又回到了第二总局。上级情报官和教官专门抽时间在档案中对他做出评价，叙述了他对英国人、美国人、犹太人、间谍和叛徒的刻骨仇恨，还有他在审讯时所施展的那种难以解释但还算可以接受的野蛮手段。

博亚罗夫将军微笑着合上档案。他找到了他需要的人选，如果想迅速得到结果又不把事情搞砸，那么阿纳托利·格里辛上校正是他要寻求的人。

在剩余的十三人当中，有一个人很幸运，或者说，很聪明。谢尔盖·博凯是苏联军事情报局驻希腊雅典的一名情报官。他突然接到返回莫斯科的命令，理由是他儿子在军事学院的考试出了问题。他碰巧知道他儿子的学习成绩很好，于是故意耽误，错过了已经预订好的回程飞机，与驻雅典的中情局情报站取得联系，然后被匆匆送出了雅典。

其他十二个人被悉数拿下，有些是在苏联境内被捕的，另一些是在国外被抓的。那些在国外的人被各种编造的理由骗了回来，在下飞机时全被逮捕了。

博亚罗夫选对了人。十二个人全接受了严厉的审讯，并且都招供了，要不然，会受到更为严厉的审讯。其中有两个人在劳改营被关了几年后逃了出来，如今居住在美国，其余十人则在遭受严刑拷打后被处决了。

第五章

圣詹姆士大街北行的单行线中段，有一座不起眼的玄武岩建筑，房门是蓝色的，外面摆放着一些绿色盆景植物。建筑没有名字，知道的人能够很快找到此地，未收到过邀请的普通人则对这里一无所知，只会径直从门前走过。布鲁克斯俱乐部只招待会员。

不过，这儿距英国政府白厅不远，是公务员最喜爱的消磨时光的酒馆。7月22日中午，杰弗里·马奇班克斯就是在这里与《每日电讯报》的编辑碰面的。

布赖恩·沃辛今年四十八岁，已经当了二十多年的记者。两年前，加拿大业主康拉德·布莱克通过猎头公司把他从《泰晤士报》挖过来，填补了《每日电讯报》编辑职位的空缺。沃辛曾当过驻外记者和战地记者。年轻时，他报道过马岛战争，那是他第一次报道战地新闻，之后，他还报道过1990年至1991年间的海湾战争。

马奇班克斯预订的桌子在酒馆角落，桌子很小，远离其他客人，他们的谈话不会被人听到。不是所有人都想偷听别人的谈话，在布鲁克斯，没有人特意去偷听，可是，旧习惯是很难改变的。

“在斯帕纳尔时我好像提起过，我是在外交部工作的。”马奇班克斯说。二人之间的餐桌上，放着一盆虾。

“我记得你是这么说过。”沃辛说。当初他拿不定主意，不知道是否该接受这个午餐邀请。他每天的工作总是从上午十点钟到日落以后，现在花上两个小时到外面吃午饭，再加上从金丝雀码头到伦敦西区的往返路程，总共需要三小时，这样做不知道值不值得。

“嗯，实际上，我是在河边国王查尔斯大街对面的另一栋楼里办公。”马奇班克斯说。

“哦。”编辑说。他听说过沃克斯霍尔大厦的许多传闻，但从没去过那里。也许这顿午饭最终还是会有所收获。

“我对俄罗斯特别关心。”

“可以理解。”沃辛说。他拿起一小片黑面包，与最后一只小虾一起吃了下去。他个子高大，胃口很好，“我认为，那里的情况会变得很糟糕。”

“看起来是这样。切尔卡索夫去世后，接下来似乎要举行下一届的总统选举。”

一位年轻的女服务员端来羊排和蔬菜，还上了一瓶家酿红葡萄酒，两个男人都不说话了。马奇班克斯开始倒酒。

“这是预料中的事情。”沃辛说。

“我们的观点也是如此。这些年来，共产党的复兴计划以失败告终，改革派内部也是乱七八糟的。看来，好像没有什么可以阻挡伊戈尔·科马罗夫赢得总统选举了。”

“这样不好吗？”编辑问道，“我最近看到的是，他的谈话似乎有了一些实际意义。使货币回归理性，结束混乱现象，打击黑手党。诸如此类。”

沃辛自认为是一个很爽快的人，讲话直接，措辞有点不连贯。

“是啊，听起来很动人，但他依然是个谜。他的真正意图是什么？他会如何去贯彻他的意图？他说他不喜欢国外信贷，但是没有国外的贷款，他要如何过日子？更重要的是，他是不是想用毫无价值的卢布来偿还俄罗斯的外债？”

“他不敢的。”沃辛说。他知道《每日电讯报》在莫斯科有一名常驻记者，但他已经有一段时间没有写关于科马罗夫的报道了。

“他现在还不敢吗？”马奇班克斯反问，“我们不知道。他的一些发言相当极端，但在私下的对话中，他又使客人相信，他其实也没有那么可怕。他到底是个什么样的人呢？”

“我可以要求我们驻莫斯科的记者找机会安排一次采访。”

“恐怕对方不会同意的。”间谍头子提醒说，“我相信，几乎每一个驻莫斯科的记者都隔三差五想去采访他，但他很少接受，而且，他讨厌外国新闻媒体。”

“嗯，这里还有糖浆馅饼呢，”沃辛说，“我想来一块。”

人到中年的英国人，大都喜欢小时候吃过的食物。女服务员为他们两人各上了一份。

“那么，如何去接近他呢？”沃辛问道。

“他有一位公关顾问，名叫鲍里斯·库兹涅佐夫，科马罗夫似乎很乐意听从他的建议。那人很聪明，在美国名牌大学接受过教育。要打开锁，就需要他这把钥匙。我们知道他每天会阅读西方报刊，尤其喜欢你们的杰斐逊撰写的文章。”

马克·杰斐逊是报社的工作人员，他撰写的评论文章经常刊登在《每日电讯报》的重要版面上。他的专长是国内外时政，能言善辩，笔锋锐利，是一位保守主义人士。沃辛咀嚼着糖浆馅饼。

“这倒是个办法。”他最后说。

“你想，”马奇班克斯来了精神，谈起了自己的想法，“驻莫斯科的记者多如牛毛，但如果有一位明星级的时政评论员来吹捧一下未来的领袖，这样的事情应该很有吸引力。”

沃辛考虑了一会儿。

“也许我们应该把三位候选人都吹捧一下，以保持平衡。”

“好主意，”马奇班克斯说，心里则另有想法，“不过，只有科马罗夫用这样或那样的方式迷惑了民众，另外两人其实无足轻重。我们去楼上喝咖啡好吗？”

“好啊，这主意不错。”沃辛表示同意。他们上楼后，在业余艺术家的一幅画像下就坐。“我看你对我们的新闻人物很关心呢。你想从他那里得到些什么？”

这位编辑如此直率，让马奇班克斯的脸上露出了微笑。

“嗯，是的，我们想了解一些情况，这样好向上司报告。最好不是报纸上的新闻，《每日电讯报》他们自己会去看。这个人的真正意图是什么？他将如何处理少数民族问题？俄罗斯的少数民族有上千万人，而科马罗夫认为，只有俄罗斯民族是至高无上的。他想要如何重振俄罗斯的往日雄风呢？总而言之，这个人戴着面具，我们想看看他的面具后面究竟藏着什么、他有没有什么秘密计划。”

“如果真有什么秘密计划，”沃辛沉思着说，“他为什么要吐露给杰斐逊呢？”

“这就很难说了，人们会因为冲动而失去控制。”

“怎么去联系这位库兹涅佐夫呢？”

“你们驻莫斯科的记者一定认识他，让杰斐逊写一封亲笔信会让事情好办很多。”

他们走下宽敞的楼梯，来到底下的大堂。“好吧，”沃辛说，“我有数了。这主意不坏，如果那人有话要说，我会联系我们的莫斯科记者站。”

“如果计划可行，我回头还想对杰斐逊交待几句。”

“交待情况吗？他可是个刺头，不好对付呢。”

“那么我就是润滑刺头的橄榄油。”马奇班克斯说。

他们在人行道上分了手。司机看到沃辛出来后，把汽车从三得利对面的违章停车处开过来，送他返回港区的金丝雀码头。间谍头子决定步行回去，以便消化一下胃里的馅饼和葡萄酒。

美国，华盛顿

1985年9月

早在1984年投靠苏联之前，埃姆斯就申请了中情局阵容强大的罗马情报站苏联科科长职务。1985年9月，他获悉，自己得到了这个职位。

这使他陷入进退两难的境地。当时，他不知道克格勃已被迫迅速处理了他出卖的所有叛徒，使得他处在了极其危险的境地。

到罗马去意味着他要远离兰利总部和三〇一号档案，以及苏联东欧处下属的反间谍科。不过，从另一方面来看，罗马是一个很有吸引力的居住地，职位也很重要。于是他去征求克格勃的意见。

他们对此予以支持。一方面是因为他们有许多工作要做，开展调查、逮捕及审讯工作要花好几个月的时间。埃姆斯已经给他们带来了巨大的收获，但出于安全考虑，“铃铛小组”在莫斯科只进行了一点点，全面的资料分析要花上几年的时间。

在过渡期间，埃姆斯提供了更多的情报。在他第二次和第三次提供给苏联外交官楚瓦金的情报里，有在兰利登记的几乎每一个间谍管理员的背景材料，其中不仅有这些管理员的个人详细简历、任职情况和工作成果，还附有照片。得到这些预警之后，不管这些中情局情报官在何时何地出现，克格勃都能发现他们。

此外，克格勃还认为，罗马是中情局苏联东欧处的一个关键活动中心，埃姆斯去那儿赴任，可以掌握西班牙到希腊之间的地中海地区的中情局行动，以及美国与盟国的所有合作活动。莫斯科对这片地区也很感兴趣。

最后一点，他们还了解到，在罗马与他接头要比在华盛顿容易得多，因为在华盛顿时，他们经常处于美国联邦调查局的监视之下，相当危险。因此，他们敦促他接受这项任命。

所以，埃姆斯在9月份去了语言学校学习意大利语。

在兰利，巨大的灾难还没有真正降临。他们与在苏联的两三个优秀间谍似乎失去了联系，这令人担忧，但还不算是巨大的灾难。

埃姆斯交给克格勃的间谍管理员个人档案中，有一份是关于刚刚调到苏联东欧处的一个年轻人的，他名叫杰森·蒙克。埃姆斯之所以要提到他，是因为局里有许多传言，说他是未来的明星。

根纳季老头多年来一直在林子里采蘑菇。退休后，他靠这种天然免费的资源贴补退休金，他把新鲜蘑菇卖给莫斯科的大饭店，或者风干后向几家熟食店供货。

蘑菇这个东西必须清早出门去采摘，最好的时段是黎明前。蘑菇在夜间生长，天亮后就会被田鼠或松鼠吃掉，更糟糕的是，还会有其他人来采摘。俄罗斯人爱吃蘑菇。

7月24日一大早，根纳季与平常一样骑着自行车带着狗，离开他居住的小村庄，奔赴他所熟悉的林地。那儿的蘑菇在温暖的夏夜里茁壮成长。他估摸着能在露水褪尽前采到一篮子蘑菇。

他挑的树林在明斯克高速公路旁边，公路上一辆辆卡车轰鸣着驶向白俄罗斯首都。他骑车进入林子，把自行车停在一棵树旁，提上篮子走向树林深处。

半小时后，太阳刚刚升起时，他已经采了半篮蘑菇。这时候，他的狗发出呜咽的吠声，随即朝着一片灌木跑过去。他专门训练过这条狗，它能够嗅出蘑菇的气味，显然，它这会儿发现了别的什么东西。

到了那地方附近，他闻到一股甜丝丝的令人作呕的气味。他知道那种气味。当年身为一名年轻的红军战士，他从维斯瓦河向柏林挺进，征战的一路上闻够了这种味道。

尸体是被扔在那里的，或者是生前爬到那里然后死去的。那是一个骨瘦如柴的老头，全身上下伤痕累累，眼睛和嘴巴张着，眼珠已被鸟啄去，三颗钢牙在露珠下闪闪发光。尸体上身赤裸，附近扔着一件旧大衣。根纳季又闻了一下，在如此炎热的气温下，他猜尸体在这里已经有好几天了。

他思考了一会儿。他那一代人都有一种公民责任感，但采蘑菇毕竟很诱人，而且他也没有让尸体起死回生的能力。林子外面一百码外，公路上的卡车正发出隆隆声响，从莫斯科驶向明斯克。

他把蘑菇装满篮子，骑车返回了村庄。回家后，他把蘑菇从篮子里倒出来铺在太阳底下晒，然后去报告村苏维埃——即当地村委会。村委会的房子很小很破旧，里面的设备也很简陋，但有一部电话。

他拨了“02”，接电话的是警方的调度指挥中心。

“我发现了一具尸体。”他报告说。

“姓名？”那个声音说。

“这个我怎么知道呢？他死了。”

“不是他的，白痴，你的。”

“那我挂机了？”根纳季说。

“别，别挂机。把你的姓名和所在位置告诉我。”

根纳季于是说了。警方调度室很快在地图上找到了出事地点，它位于莫斯科大区，即莫斯科州内，虽然在最西边，但仍属于莫斯科的管辖范围。

“在村苏维埃原地等着，警官会来找你。”

根纳季等待着。他等了半个小时，来者是一位穿制服的年轻警官，还有两名普通民警。他们是坐常见的草绿色乌日哥罗德吉普车来的。

“尸体是你发现的？”民警中尉问道。

“是的。”根纳季说。

“好吧，我们走，在哪里？”

“树林里。”

坐进警方的吉普车后，根纳季感觉自己成了重要人物。他们在根纳季指点的地方下了车，排成一行向前走去。采蘑菇的人找到他停放过自行车的那棵白桦树，于是沿着一条小径走了过去。很快，他们就闻到了那种气味。

“在那里，”根纳季指向一片灌木丛，“味道很难闻，已经死了有一段时间了。”

三个警察靠近尸体进行察看。

“去看看裤子口袋里有没有什么东西。”警官对他手下一名警员说。接着又对另一个说：“去检查大衣。”

抽到了下下签的警察一手捏住鼻子，一手翻找两个侧边的裤袋，什么也没有。他用鞋尖把尸体翻了个身，尸身下面蠕动着蛆虫。他检查了后裤袋，退回来，摇了摇头。另外一名警察扔下大衣后，也空着手退了回来。

“没有？没有身份证？”民警中尉问道。

“没有。钱币、手帕、钥匙、证件，全都没有。”

“是交通肇事逃逸吗？”一个警察提示说。

他们倾听着公路上传来的汽车轰鸣声。

“这里到公路有多远？”警官问道。

“大约一百码。”根纳季说。

“交通肇事逃逸的司机通常很匆忙，他们不会把受害人拖曳一百码。不管怎么说，在这样的树林里顶多也就拖上十码距离。”中尉又对手下的一名警员说，“到公路上去，看看路肩上有没有被碾碎的自行车或被撞坏的轿车。也许他是在其他地方被撞伤后，自己爬到这里来的。然后留在公路上，想拦停救护车。”

警官用便携电话要求刑警、摄影师和医疗专家来现场，他看到的情形很可能不是自然死亡。虽然已确认该人没有生命迹象，他还是要求派一辆救护车过来。一名警察穿过树林走向公路，其他人走到了远离恶臭的地方等待着。

三个穿便装的人先来了，是乘坐一辆草绿色的乌日哥罗德吉普车抵达的。他们在公路上被拦下后，把汽车停到路边，穿过树林走了过来。其中的刑警朝中尉点了点头。

“有什么情况？”

“在那边。我叫你们来，是因为我认为这不是自然死亡。死者浑身伤痕累累，在路边一百码处。”

“是谁发现的？”

“那边那个采蘑菇的人。”

刑警朝根纳季走了过去。

“把事情经过从头告诉我吧。”

摄影师拍了照，然后医生戴上口罩，迅速检查了一遍尸体。他随后直起身，摘下橡胶手套。

“这肯定是凶杀案。对尸体进行解剖后，我们会得到更详细的情况。他死去之前受到过严刑拷打，但很可能不在这里。祝贺你，沃洛嘉，这是你今天发现的第一个挺家伙。”

他使用的是俄罗斯警察和黑社会常用的俚语，代指的是“尸体”。救护车上的两个勤务员抬着一副担架穿过林子来了。医生朝他们点头示意，他们把尸体装进尸袋，拉上拉链，然后抬回到了公路边。

“没我什么事了吧？”根纳季问道。

“还没完呢，”刑警说，“我要做一份笔录，跟我回警署。”

警察带上根纳季，驱车沿着通往莫斯科的公路走了三英里，抵达了他们的警署——西区警察分局。尸体则要送往市中心第二医学院的停尸间，到了那里，尸体将被放进冷藏柜。法医忙不过来，他们人手很少，但工作量很大。

也门

1985年10月

10月中旬，杰森·蒙克进入了南也门。虽然又小又穷，但也门民主人民共和国有个一流的机场，是原先英国皇家空军的一个军事基地。大型喷气飞机可以在那里起降。

蒙克的西班牙护照和相关的联合国旅行证件引起了南也门移民局的极大关注，但最终，他们没能发现什么疑点。半个小时后，他提起旅行箱走出关卡。

罗马方面确实向联合国粮农组织负责人发去过通知，预告了有关马丁内斯先生要到来的消息，但下达通知的日期比蒙克实际到达的日期整整晚了一周。机场的也门官员也不知道这个情况，所以没派汽车去接他。他坐出租车抵达并入住了新开的法国弗朗特尔酒店。这家酒店位于亚丁和内陆之间的接壤处。

尽管有着完美的证件，而且他预计这一程不会遇到真正的西班牙人，但他还是知道这任务有危险。这是违法的，彻底违法。

大多数间谍活动都是由使馆内的情报官去执行的，严格来说，他们算是使馆的工作人员。因此，一旦出了什么事，他们可以利用外交人员的身份渡过难关。有些情报官是“公开的”，他们不会隐瞒自己的所作所为，当地反间谍人员了解并接受这一点，但他们真正的任务则被巧妙地掩盖了起来。在敌对国土上的一个大型情报站里，总是有几个“非公开”的情报官，他们披着贸易、文化、档案或新闻处工作人员的外衣，从事着隐蔽工作。其理由相当简单。

非公开的情报官走在街上不太会被跟踪，因此可以比较自由地通过死信箱传递或接收情报，或者参加秘密会面，而公开的情报官则容易被盯梢。

可是，一个没有外交官身份掩护的间谍，是无法享受《维也纳公约》的外交豁免权的。如果一名外交人员暴露了真实身份，他可以被宣布为不受欢迎的人，并被驱逐出境。他的国家会抗议说他是清白的，并驱逐对方国家的一个外交人员作为报复。在针锋相对的斗争结束后，游戏又会恢复如常。

非外交人员搞间谍活动则是非法的。对于这样一个间谍来说，根据他被逮捕的国家政体的差异，暴露身份意味着受到可怕的刑讯、在劳改营长期关押或者孤独地死去。即便是派遣他的组织也几乎无能为力，爱莫能助。

民主国家会有一次公正的审判，在监狱里也能得到人道的待遇。专制的国家则没有民权，有些人从来就没有听说过民权。南也门就是这样一个国家，1985年时，美国甚至还没在那里建立使馆。

10月份的天气还是相当炎热。星期五没有工作，是休息天。蒙克心想：在这样炎热的日子里，一个体格健壮的苏联情报官会干什么呢？游泳会是合适的消遣。

出于安全考虑，他们没有再与当初在纽约提供消息的那个人接触，也就是与联邦调查局官员一起吃饭的那位老同学。他也许可以提供索洛明少校的准确描述，甚至可以帮助画出一幅肖像，他甚至还能回到也门，实地辨认出索洛明。但根据评估，他们认为，那人也是一个喜欢吹嘘的大嘴巴。

要找到苏联人很容易，市内到处都有。显然，他们可以与西欧社区的人自由交往，这在苏联国内可是闻所未闻。也许是因为天气太炎热，苏联军事顾问团的专家在他们的大院里待不住了。

岩石宾馆和弗朗特尔酒店都有充满诱惑力的泳池，此外，当地还有阿比扬海滩，那儿有着白浪追逐的宽阔沙滩，许多外国人下班后或休息日常去那里游泳消遣。最后，市内还有一个很大的苏联军需供应站，而且允许外国人去购物——苏联需要外汇。

混迹那些地方的苏联人显然基本都是军官。会讲阿拉伯语的苏联人寥寥无几，会英语的也不多。会说外语的人大多上过某类特殊学校，不是军官就是即将当军官的人才。普通士兵和军士不可能懂外语，于是无法与也门的学员交流，因此，军士级别的人仅限于机械师和厨师。勤务兵则是雇佣的也门当地人。苏联士兵没有钱，无法去亚丁的酒馆消费，军官则有硬通货的外汇津贴。

另一个可能性是，为联合国工作的美国志愿者发现那个苏联人独自在岩石宾馆的酒吧里喝酒。苏联人喜欢喝酒，并且喜欢一帮人一起喝。在弗朗特尔游泳池边的喝酒人群，旁人是插不进去的。那为什么索洛明要独自饮酒？那天晚上只是特殊情况吗？或者是他喜欢独来独往？

这里还有一条可能的线索。那个美国人说过，他身材高大、肌肉发达、黑头发、杏仁状眼睛，像东方人，但鼻梁较高。兰利的语言学专家根据名字判断，他应该是苏联远东地区的人。蒙克知道，俄罗斯人是极端的种族主义者，他们公开鄙视非俄罗斯族的“黑人”。也许索洛明不喜欢听到对他亚洲人特征的嘲笑。

苏联军官全都过着单身生活，天黑以后，蒙克游荡在苏联军需站、游泳池和酒吧寻觅着。第三天，他穿着短裤，肩膀上搭着毛巾，在阿比扬海滩闲逛。他看见一个人从海水里走了出来。

那人身高约六英尺，手臂和肩膀肌肉发达，已经四十多岁，不年轻了。他头发乌黑，像乌鸦的翅膀。除了他举起手去挤干头发上的海水时露出来的腋毛外，没有其他体毛。东方人一般体毛不多，而黑头发的白种人通常体毛较多。

那人走到沙滩上，找到自己的毛巾，面朝大海一屁股坐了下去。他戴上一副墨镜，很快就陷入了沉思。

蒙克脱去衬衣朝海边走去，像是个第一次下海游泳的人一样。海滩上人很多，他很自然地在离那个苏联人一码远的地方找了块空地，取出钱包，用衬衣裹住，再用毛巾包了起来。他脱下凉鞋，把所有物品都堆在一起，然后朝四周看看，最后把目光投向那个苏联人。

“请问，”他说，苏联人把目光转向了他，“您还要再待一会儿吗？”那人点了点头。

“别让阿拉伯人偷走我的东西，好吗？”

苏联人再次点了点头，重又回头凝视大海。蒙克跑下海滩，在海里畅游了一番。当他浑身滴着水上岸时，朝黑头发的苏联人露出了微笑。

“谢谢。”那人第三次点了头。蒙克用毛巾擦干身子，坐了下来：“美丽的大海，美丽的沙滩，遗憾的是它们的主人。”

苏联人第一次开口说话，用的是英语。

“什么人？”

“阿拉伯人，也门人。我来这里时间不长，可我已经受够了。都是些饭桶。”

苏联人透过黑色的太阳镜看着他，但蒙克看不到他镜片后面的表情。过了一会儿，他继续往下说。

“我是说，我在这里教他们使用基本的农具和拖拉机，为的是增加他们的粮食产量，使他们能够吃饱饭。但事情没那么容易，所有的东西，到了他们手里就都被搞坏了。这真的是在浪费我的时间和联合国的钱。”

蒙克的英语很流利，但带有西班牙口音。

“你是英国人吗？”苏联人最后这么问道，这是他第一次主动说话。

“不，我是西班牙人。是联合国粮农组织项目的。你呢？也是联合国的吗？”

苏联人咕哝着表示否定。

“苏联的。”他说。

“哦，嗯，对你来说，这里的气候要比你们国内热一些。我呢？基本上差不多。我真想马上就能够回家。”

“我也一样，”苏联人说，“我喜欢寒冷。”

“你在这里很久了吗？”

“已经两年了，还有一年。”

蒙克大笑起来。“天哪，我们都得再待一年。可我待不下去了，这工作没有意义。嗯，我得走了。告诉我，你在这里已经两年了，肯定知道这附近有什么好玩的地方，晚上可以去喝喝酒。有没有夜总会？”

苏联人带着嘲讽意味哈哈笑了起来。

“没有。没有迪斯科。岩石宾馆的酒吧倒是很安静。”

“谢谢。顺便说一句，我叫埃斯特万，埃斯特万·马丁内斯。”

他伸出了手。苏联人迟疑了一下，然后握住了。

“比奥特尔，”他说，“或者叫我彼得。彼得·索洛明。”

第二天晚上，苏联少校又来到了岩石宾馆的酒吧。这个前殖民地酒店建造在一块岩石上，连着大街的台阶可以通到一个小小的接待区，顶楼有一个酒吧，可以俯瞰港口的全景。蒙克已经坐在了一张靠窗的桌子边，凝视着外面的景色。通过窗户大玻璃的反射，他看到索洛明进来了，但他一直等那人拿到了酒才转过身去。

“哦，索洛明先生，我们又见面了。坐到我这边来吧？”

他朝自己桌子的另一把椅子示意了一下。苏联人略为迟疑，然后坐了下来。他举起了手中的啤酒。

“祝你健康。”

蒙克也向他祝酒：“金钱、工作和爱情。”索洛明皱起了眉头，蒙克则微微一笑，“这三者，可以按照你喜欢的顺序。”苏联人第一次露出了笑容。那是开心的微笑。

他们开始聊天，话题广泛，海阔天空。关于与也门人共事的各种艰难困扰，看到机器设备遭损坏的气馁，对他们目前所从事的工作都感到没有信心。作为异乡来客，他们也谈起了遥远的家乡。

蒙克对他讲述了自己的出生地安达卢西亚。在那里，人们可在同一天里，既体验内华达山脉高山滑雪的滋味，又享受在索托格兰德海边温暖的海水里游泳的乐趣。索洛明则描述了苏联远东地区林海雪原的景象，西伯利亚虎仍在那里徘徊，还有狐狸、狼和鹿，等待着老练的猎人去捕猎。

他们连续四个晚上一起喝酒聊天，彼此谈得相当投机。第三天，蒙克要去联合国粮农组织项目的负责人那里报到，负责的是一个荷兰人，正在巡回视察工作。罗马的中情局情报站，已经从设在该市的粮农组织得到了一份有关该项目的详细情况，蒙克已经把内容记住了。在农村长大的背景也有助于他理解这方面问题。他对这个项目大加赞赏，荷兰人对他印象很深。

经过几个夜晚的交谈，他欣喜地了解了关于比奥特尔·瓦西里耶维奇·索洛明少校的情况。

他1945年出生在苏联远东，是在中国黑龙江与海洋之间的一个尖角地带，南端与北朝鲜接壤。那地方叫滨海边疆区，他出生的城市叫乌苏里斯克。

他父亲从农村来城市找工作，但他用他们的乌德盖部落语言教儿子说话。一有时间，他就带上正在成长的儿子回到森林里去，所以这小伙子对这片土地上的一切都产生了深厚的感情：森林、大山、河流和动物。

十九世纪，在沙皇俄国最后征服乌德盖人之前，作家阿尔谢尼耶夫曾访问了这块飞地，还写了一本关于这些人的专著，这本书在俄罗斯依然很有名，书名是《远东虎》。

与西部和南部脸部平坦的矮个儿亚洲人不同，乌德盖人个头较高，长着鹰钩脸。许多世纪前，他们的一些祖先向北、向东跨过白令海峡，进入当今的阿拉斯加，然后又南下穿过加拿大，成为苏人和夏延人[①]。

看着桌子对面大个子的西伯利亚战士，蒙克眼前仿佛出现了美国普拉特河和波德河上那些早已逝去的水牛猎手的面孔。

年轻时的索洛明面临两种选择：进工厂或去部队。他乘火车北上去哈巴罗夫斯克当了兵。所有年轻人都必须去部队服役三年，两年后，优秀的战士会被选拔为中士。他表现出色，被选送到军官学校学习。两年之后，他晋升为中尉。

他当了七年的中尉和上尉，然后在三十三岁时升为少校，同年，他结了婚，后来有了两个孩子。没有走后门，也没有借他人之力，他全靠自己的奋斗获得了晋升，在被称为“木头”或“厚木板”的种族歧视言论中幸存了下来。有好几次，他动用了拳头才解决了争端。

1983年，他到也门赴任。这是他第一次被派到国外任职，他知道许多同事都羡慕这个美差。虽然这里条件不好、气候炎热、地形荒凉、缺乏娱乐，但他们的住房很宽敞，是以前的英国旧营房，这与苏联很不一样。这里食物丰盛，能在海滩上烤羊肉和海鲜。他们可以游泳，还可以订购欧洲的服装和音像磁带。

这一切，尤其是西方消费文化所带来的新奇和愉悦，比奥特尔·索洛明都大为欣赏。但也有些事情，显然使他对自己服务的政体感到痛苦和失望。蒙克可以感觉到这一点，但他不能操之过急。

在他们一起喝酒聊天的第五个晚上，答案浮现了出来。他内心的愤怒爆发了。

1982年，也就是索洛明到也门赴任的前一年，他被调去莫斯科的国防部办公厅工作。当时，安德罗波夫仍然在苏共中央总书记的职位上。

---

① 苏人和夏延人都是美洲印第安人的部落。

他在那里引起了一位副部长的注意，被安排去执行一项秘密任务。实际上，那位副部长在贪污国防预算资金，在莫斯科河畔的佩里德尔基诺为自己建造夏季度假别墅。

副部长置党纪国法和最基本的道德于不顾，安排了一百多名士兵在河边的林地里为他建造豪华别墅，索洛明是工程项目的负责人。他看到了用外汇从芬兰进口的、任何军嫂都会眼红的嵌入式厨具。他看到了安装在每个房间里的日本高保真音响系统、浴室里的斯德哥尔摩镀金洁具，还有鸡尾酒吧里的陈年苏格兰威士忌。目睹这一切后，他的思想转变了，他开始厌恶这个党和这个政权。从一开始的忠心耿耿转变为对这种腐败和专制的仇视，他绝对不是苏联军官中的第一人。

他在晚上打开收音机，收听英国广播公司和美国之音的全球广播节目，自学英语。虽然这两个电台也用俄语广播，但他想直接收听英语节目。他听到的与他一直被灌输的截然不同，西方并不想与苏联交战。

如果说还需要什么来促成他最后的转变的话，那就是这次的也门之行。

“在国内，我们的人民挤在狭小的公寓里，而权贵们则住在豪宅公馆里。他们花着我们的钱，过着王子般的生活。我妻子连电吹风或质量好一点的鞋子都买不起，而他们则浪费几十亿资金，搞这种头脑发热的援外项目去感化……谁？这些人吗？”

“事情正在变化。”蒙克安慰说。西伯利亚人摇了摇头。

3月份以来，戈尔巴乔夫已经当权执政，但他的改革要到1987年下半年才开始有起色。此外，索洛明已经有两年没回过家乡了。

“没有变化，那些上层的官僚……我告诉你，埃斯特万，自从搬到莫斯科以后，我所看到的浪费现象和挥霍程度，你是不会相信的。”

“但那位新人，戈尔巴乔夫，他或许会让局面有所改变，”蒙克说，“我并没有这么悲观。我认为，总有一天苏联人民会从这种专制中获得自由，他们会去参加投票，真正的投票。这个时刻，离现在应该不会太远……”

“太远了，还不够快。”

蒙克深深地吸了一口气，冷酷的策反是很危险的。在西方民主中，一名忠诚的苏联官员在接收到策反的信息后，可以去向他的大使抱怨，其结果可能导致一次外交事件。在暴政制度下，这会导致长期的监禁和孤独的死亡。蒙克毫无预兆地讲起了流利的俄语。

“你可以帮助加快这个变化，朋友。我们可以共同努力，促使这样的变化发生，朝着你所希望的那个方向。”

索洛明目不转睛地盯着蒙克看了很久，蒙克也在回视他。

最后，苏联人用他自己的语言说：

“你到底是什么人？”

“我想你应该已经知道了，比奥特尔·瓦西里耶维奇。现在的问题是，你是不是会出卖我？你知道我在死去之前会受到怎样的折磨和痛苦，而你自己，将苟且偷生。”

索洛明继续凝视着他。然后他说话了：

“我是不会把头号敌人出卖给那些猴子的。可你也太大胆了，你的要求真是疯狂。我警告你管好自己。”

“也许你是对的。我是可以走，想走马上就可以走，可你会坐立不安。你看在眼里，恨在心里，却无能为力。这样下去不会发疯吗？”

苏联人站起身来，留着杯子里的啤酒没喝。

“我要考虑一下。”他说。

“明天晚上，”蒙克继续用俄语说，“还是这里。你一个人来，我们就谈谈。如果你带卫兵，那我就死定了。如果你不来，我就坐下一班飞机离开。”

索洛明少校昂首阔步离开了。

按照所有的标准程序，蒙克都应该离开也门，而且要快。他没有遭到断然拒绝，但也没有实质性的进展。一个心烦意乱的人是会改变主意的，而也门秘密警察的地牢则令人恐惧。

蒙克等了二十四小时。少校准时回来了，独自一人。又过了两天，蒙克带来了藏在洗漱用品里的基本通讯工具：显影墨水、安全地址以及含有暗号的普通短语。在也门，索洛明没多少情报可以透露，但一年后他将回到莫斯科。如果还是愿意，他就可以联络。

分手时，他们的手紧紧握在一起，过了好几秒钟才放开。

“祝你好运，朋友。”蒙克说。

“大显身手，我们家乡是这么说的。”西伯利亚人回答。

为了避免被人看见他们一起离开岩石酒店，蒙克继续坐着。他新招募的人需要一个代号。头顶上方的天空群星璀璨，只有在热带地区才能看到这么明亮的星星。

蒙克在群星中选了猎户星座。“猎户座”间谍于是诞生了。

8月2日，鲍里斯·库兹涅佐夫收到一封信，那是英国记者马克·杰斐逊寄来的一封亲笔信，信纸的抬头是伦敦《每日电讯报》的。信虽然是用传真发给该报莫斯科记者站的，但投递时却派了专人送到爱国力量联盟总部。

杰斐逊在信中坦言，他个人对伊戈尔·科马罗夫十分欣赏，称赞他在反动乱、反腐败和反犯罪等方面所表现的态度，而且他本人已经对该党领袖最近几个月的发言作了一番研究。

他说，俄罗斯总统最近不幸去世，使得这个世界上最大国家的未来走向再次成为世人关注的焦点。他本人希望能在8月上半月访问莫斯科。为保持平衡起见，他肯定还要采访左派和中间派的未来总统候选人。不过，这当然只是走个过场。

显然，外界唯一真正注意的候选人，是竞选的潜在胜利者伊戈尔·科马罗夫。如果库兹涅佐夫能设法向科马罗夫先生推荐，成功安排接见，那么他——杰斐逊，将不胜感激。他可以保证，会在《每日电讯报》以及欧洲和北美联合报业集团的报刊重点版面上，刊登长篇评论文章。

库兹涅佐夫的父亲曾在联合国任职数年，曾利用其地位让儿子在美国康奈尔大学留学。因此，相比欧洲，库兹涅佐夫对美国更为了解，当然，他也了解伦敦。

他还知道，美国的许多媒体更为自由化，在以前的会见中一直对他的老板持敌对态度。美国媒体最近的一次采访是在一年以前，当时的提问充满敌意。此后，科马罗夫再也不愿在美国记者面前曝光了。

但伦敦就不同了。伦敦几家主要的报纸和两份国家级的杂志，右倾程度虽不及伊戈尔·科马罗夫在其公开宣言中的观点，但仍然是坚定的保守派。

“总统先生，我建议给马克·杰斐逊一个特例。”在第二天的每周例会上，他告诉科马罗夫。

“这个人是谁？”科马罗夫问道，他讨厌所有新闻记者，包括俄罗斯的。他认为没有理由去回答他们的提问。

“我准备了一份关于他的档案，总统先生。”库兹涅佐夫说完，把一个薄薄的文件夹递了过去，“您会明白，他支持在他的国家恢复对杀人犯实施死刑，还坚决反对英国加入正在分崩离析的欧盟。他是一个坚定的保守派。他上次提到您本人时说，您是伦敦应该支持并且打交道的那种俄罗斯领袖。”

科马罗夫咕哝了一声，然后同意了。他的答复作为急件，于当天送到了《每日电讯报》莫斯科记者站。该答复的内容是，杰斐逊先生应于8月9日来莫斯科采访。

也门

1986年1月

索洛明少校和蒙克都不可能预计到，少校在亚丁的任务会提前九个月结束。1月13日，也门政权内两个相互对立的派别之间爆发了一场内战。双方斗争十分激烈，最后决定，所有的外国人，包括苏联人在内，都得撤走。这项撤离行动从1月15日开始，花了六天时间。彼得·索洛明与其他人一起乘船离开了。

机场遭到大火焚烧，海洋成了唯一的出口通道。碰巧，英国皇家游艇“大不列颠”号正从红海南端驶来，要去澳大利亚，为伊丽莎白女王的巡回访问做准备。

在伦敦的海军上将接到了英国使馆从亚丁发来的一条信息。他急了，于是去和女王的私人秘书协商。秘书向君主报告后，伊丽莎白女王命令“大不列颠”号要尽全力予以帮助。

两天后，索洛明少校与其他苏联军官一起匆忙地奔向阿比扬海滩。“大不列颠”号派出的几艘轻便快艇在海岸边的波浪里颠簸着，英国水手把他们从齐腰深的海水中拉上船。不到一个小时，这些迷茫的苏联人就已经摊开他们借来的铺盖，在收拾干净的女王私人客厅地板上安顿了下来。

“大不列颠”号第一次实施救援就接纳了四百三十一名难民，在接下来的行动中，一共从海滩上接下五十五个国家的一千零六十八人。皇家游艇一次次驶往非洲之角的吉布提卸下难民。索洛明和他的苏联同胞经大马士革，飞回莫斯科去了。

当时没人知道索洛明是否还心存疑虑、是否会真正投诚。与皇家海军的水手们以及英国人、法国人和意大利人在一起时的友善气氛，与后来在莫斯科受到严厉盘问时的冷漠所产生的强烈对比，使他内心的天平发生了倾斜。

中情局所知道的是，他们在三个月前招募的人已经消失在莫斯科的茫茫人海中。他有可能会来联系，也有可能不来联系了。

中情局苏联处的行动小组在那年的冬天被一步步瓦解了。各个国外情报站为中情局效劳的苏联间谍，分别被以不同的理由秘密召回国内：你母亲病了；你儿子在学校里表现很差，需要父亲来教育；回国参加即将召开的晋升评定会议等等。他们一个个都信以为真，返回了苏联。一回来，立即遭到逮捕，并被带到了格里辛上校的新基地——与勒福托沃监狱分隔开来的整整一栋侧楼。兰利对这些逮捕一无所知，只知道那些人一个接一个地消失了。

至于常驻苏联境内的那些人，他们只是停止了“生活迹象”的常规发送。

在苏联，不能随便打电话给办公室的某个人说“我们一起去喝咖啡”。因为所有的电话都遭到了窃听，所有的外交官都有人跟踪。外国人，光是他们的衣着就与众不同，一眼就能认出，所以联系必须格外小心，频率降到最低。

一定要联系时，往往要通过死信箱。这种最基本的方法听起来很原始，但仍然管用。奥尔德里奇·埃姆斯直到最后都一直在用这种方式投递情报。信箱只是某地一个小小的空洞或隐蔽处：一段空的排水管、一个缝隙，或一个树洞。

间谍可以把信件或微型胶卷放进信箱，然后用粉笔在墙上或灯柱上做个记号，以此通知雇主，他已经投放了情报。记号的位置表示：某个信箱里有东西要给你。使馆的汽车经过时，即使后面有当地反间谍人员的跟踪，也可以透过车窗发现这个标记，然后继续行驶。

之后，会由一名非公开的情报官设法避开监视，去收取该包裹。他很可能会在信箱里留下一些钱，或者是下一步的工作指令，然后会在某个地方也做上一个粉笔记号。间谍在驾车路过时会发现这个标记，从而知道他的包裹已被取走，但另有其他东西等待他去领取。到深夜时，他就会去收取。

一个间谍可以用这种方式与他的管理员保持数月乃至数年的联络，其间根本无须见面。

如果该间谍离开首都，去了外交官不能旅行的地方，或者他即使在市内，但没有可以投递的情报，那么按规定，他应该定期发送"生活迹象"信息。在首都，在外交人员可以驾车游荡的范围内，可能会看到更多的粉笔记号，根据形状和地点，其意思是：我很好，但现在没有可提供的情报；或者是，我很担心，我可能受到了监视。

当路途遥远，无法传递秘密信号，或者是在美国外交官禁止去旅行的苏联边远地区，那么，在一家大报纸上刊登一条小广告，也是一种常用的表示"生活迹象"的方法。"鲍里斯有一条可爱的拉布拉多小狗出售，请致电……"在众多广告中，也许会出现这样一则无关紧要的启事。使馆内的间谍管理员会去浏览。广告词中暗藏玄机：拉布拉多也许意味着"我很好"，而西班牙猎狗的意思是"我陷入困境"；"可爱的"也许意指"我下周回莫斯科，将恢复死信箱的正常使用"，"高兴"或许是指"我至少要再过一个月，才能回到莫斯科"。

关键是，"生活迹象"必须出现，如果停止了，则可能是出了问题。也许是心脏病发作，也许是出了车祸，间谍住院了。如果都消失了，那就是出大问题了。

1985年秋冬到1986年，便发生了这种问题。所有"生活迹象"都停止了。戈尔季耶夫斯基发了绝望的呼叫："我遇上了大麻烦。"于是英国人把他救了出来。在雅典的博坎少校感觉不妙，立即投奔美国保全性命。其他十二个人则无声无息地消失了。

兰利或美国以外的各个间谍管理员，都知道自己管理的间谍失踪了，会把情况汇报上去。但副局长凯里·乔丹和苏联东欧处的负责人了解全局，他们意识到发生了严重的问题。

讽刺的是，正是克格勃的奇特做法，救了埃姆斯的命。中情局推测，如果叛徒依然隐藏在兰利的心脏，那么谁也不会想到要对所有间谍发动这种闪电式的快速收捕。因此，他们想当然地说服自己深信，他们这支精英队伍的精英分子中，不可能存在叛徒。不过，他们必须搞一场大清查运动。运动是搞起来了，但目标却找上了其他人。

第一个被怀疑的对象是爱德华·李·霍华德。当初他安全地隐藏在莫斯科的时候，曾领导过一次行动，结果遭遇惨败。他是中情局情报官，在苏联东欧处工作，马上要去驻莫斯科的使馆任职，他甚至已经获悉了行动的详情。就在他赴任前夕，他被发现有经济问题，而且还在吸毒。

中情局忘记了马基雅维利[①]的重要原则。他们放任了他两年才解雇了他。最后，中情局终于向联邦调查局承认，联邦调查局火冒三丈，马上把霍华德监视了起来。可后来联邦调查局把事情搞砸了，他们找不到他了，可他却见到过他们。1985年9月，霍华德在两天之内就进入了墨西哥城的苏联使馆，并由此经哈瓦那，被转移到了莫斯科。

核查后，在消失了的间谍中，霍华德有可能出卖了三个，甚至也许有六个。事实上，他只出卖了他知道的三个间谍，但他们已经在6月份被埃姆斯泄露给了苏联人。结果，这三个人被出卖了两次。

另一条线索是苏联人自己透露出来的。为保护他们的线人，克格勃开展了一场大规模的声东击西和故意透露假情报的行动，为的是误导中情局，把他们引入歧途。他们成功了。东柏林那边显然发生了一次真正的情报泄露，说一些密码已被破译，信号传输也已被截获。

---

① 马基雅维利（1469～1527）：意大利文艺复兴时期的政治家、历史学家，著有《君主论》一书，主张为达到目的可以不择手段。

这些密码，是中情局设在弗吉尼亚州沃伦顿的一台大型秘密发射机所使用的。在为期一年的时间里，沃伦顿的工作人员全都接受了极为严格和详细的审查，但什么也没有发现，根本没有密码被破译的痕迹。假如密码遭破译，克格勃肯定也会了解其他的行动，但他们并没有对其他行动采取措施。因此，密码是安全的。

克格勃精心布的第三个局，是开展一些出色的侦查工作。与此同时，当时的兰利，由上至下普遍骄傲自大。中情局有一份报告认为："每一项行动都在其内部埋有自我毁灭的种子。"换句话说，十四名间谍全都突然做出了白痴一样的举动。

在兰利，也有一些人并没有陷入骄傲自满中。这其中有凯里·乔丹和格斯·哈撒韦。在更低级别的人员里，还有杰森·蒙克。他通过内部小道消息得知，他所在的部门因为有严重问题，正在分崩离析。

当局曾对储存着所有细节的三〇一档案进行过一次检查，结果令人震惊。总共有一百九十八人有权查阅这份文件。这是一个可怕的数字。如果你打入苏联内部，身处敌人的核心，以身犯险，你最担心的事情，是有一百九十八个完全陌生的人可以看到你的档案。

第六章

第二医学院地下停尸所的检验室里，库兹明教授刚刚做完尸检前的消毒。他即将面对今天待解剖的第三具尸体，心里不太高兴。

“下一个是几号？”他一边用质量低劣的纸巾擦干手，一边问他的助手。

“一五八号。”助手说。

“详细情况？”

“白种男子，中老年人。死因不详，身份不明。”

库兹明哼了一声，心想，我才不在乎呢。他也许是流浪汉、无业游民或无家可归者。这具遗体在他解剖之后，或许还可以帮助上面三层楼里的医学院学生理解，暴力殴打会对内脏器官产生什么伤害，其骨骼甚至还可用来上一堂生动的解剖课。

莫斯科是一座大城市，每月、每周、每天都会出现大批尸体。不过，幸亏只有一小部分需要解剖，不然的话，教授和他的法医科同事就忙不过来了。

城市里发生的死亡，大都是“自然原因”造成的。年老死在家中或医院里的，或是因为能够预测到的原因而死去的，医院和当地医生可以为之签署死亡证明。

接着就是“预料之外的自然原因”死亡，通常是由于致命的心脏病发作。在这种情况下，死者去世的医院也可以例行公事地开具死亡证明。

此外是意外事故，那些发生在家庭、工厂工地，或者道路车祸导致的意外死亡。近年来，莫斯科还有两类死亡在大幅增加，即冬天冻死的和自杀身亡的，多达几千人。

从河里捞出来的尸体，不管身份是否明确，都可以分为三类：衣着整齐，体内没有酒精，是投河自杀；衣着整齐，但饮酒过量，是意外落水溺亡；身着泳装的是游泳时意外淹死的。

然后就是凶杀死亡。这些尸体会交给警方的刑警部门，再送到库兹明教授这里来。即使这样，通常也只是个手续问题。与其他城市一样，其中的大多数是“家庭内部”事件，百分之八十是家庭凶杀，或者罪犯是家庭成员。警方通常在案子发生的几个小时后就拿到了尸体。尸检只是为了证明已经知道的事实，例如伊凡刺死了他老婆，尸检只是帮助法庭尽快做出判决。

除此之外，还有酒吧斗殴和黑社会争斗导致的死亡，对于后者，他知道警方的侦破率仅为百分之三。查清死亡原因并不难，颅脑中弹就是颅脑中弹，一目了然。警察能否找到凶手（很可能是找不到的）则不是教授关心的问题。

在每年成千上万的上述案例中，有一件事情是肯定的：当局知道死者是谁。他们偶尔也会遇到身份不明的人，第一五八号尸体就是一个身份不明的人。在他助手揭开盖布的时候，库兹明教授戴上口罩和乳胶手套，兴味索然地走了过去。

哦，他想道，奇怪，颇有意思。那种普通人闻到马上会感到窒息的恶臭，并没有对他起到什么作用。他早就习惯了。他拿着解剖刀，绕着长长的解剖台走了一圈，眼睛盯着这具破损的尸体。很奇怪。

头部看上去比较完整，只是眼眶内空空如也，不过，他明白，眼睛是被鸟儿叼走的。这尸体在明斯克公路附近的树林里躺了大约六天才被人发现。骨盆以下，双腿似乎已经脱色，还因时间过久而开始腐败，但没有受损。胸部和生殖器之间有大面积的青肿，几乎没有一块完好的肌肤。

他放下解剖刀，把尸身翻过来，背部也是伤痕累累。他又把尸体翻回去，开始动手解剖，并把他的发现口述给一台磁带录音机。之后，他要根据录音内容整理一份尸检报告，交给彼得罗夫卡大厦的民警局刑警。他的录音从日期开始：1999年8月2日。

美国，华盛顿

1986年2月

中旬的时候，杰森·蒙克很高兴，他的苏联东欧处领导则略微吃惊——比奥特尔·索洛明少校与他们联系了。他写了一封信。

他很聪明，没去接触在莫斯科的西方人，更没有联系美国使馆。他按照蒙克给他的东柏林地址写了一封信。

提供这个地址，风险很大，但也经过了精心安排。如果索洛明向克格勃举报这个地址，那他就说不清了。审讯官知道，除非他已经同意为中情局效劳，否则是不会得到这个地址的。如果他争辩说，他只是假装为中情局效劳，那就更糟糕了。

审讯官会这样问他：为什么你没在第一时间向亚丁的军情局上校报告？为什么你让那个美国人逃走？这种问题是无法回答的。

因此，索洛明只有两种选择：要么保持沉默，对整个事情只字不提，要么加入。来信表明，他选择了后者。

在苏联，所有来往国外的邮件都要经过审查，所有电话、电报、传真和电传也一样。但苏联内部的信件数量庞大，不可能全部检查，除非发件人或收件人已被列为可疑分子。这一规则也适用于苏联集团内部，包括东德。

东柏林的地址属于一个地铁司机。他为中情局当邮递员，获得了不菲的报酬。他的公寓位于腓特烈斯海因区一栋破败的楼房里，寄给他的信件总是以法兰茨·韦伯作为收信人。

韦伯以前确实是这套公寓的房客，但已经过世了。如果地铁司机受到盘问，那么他会辩解说，是来过两封信，他一点俄语都不懂，信是寄给韦伯的，韦伯已经死了，所以他把那两封信都扔掉了。他是清白无辜的。

来信从来没有回信的地址或姓氏。信的内容是一些陈腔滥调：希望你过得不错，我这里一切都很好，你的俄语学习进展如何，希望有一天我们能够重逢叙旧。祝一切顺利，你的笔友伊凡。

即使是东德的秘密警察——即国家安全局，也只能根据信的内容推测，韦伯在某次文化交流活动时遇到一个苏联人，他们成了笔友。不管怎么样，这种事情还是受鼓励的。

即使国安局破译了在字里行间用显影墨水写下的信息，那也只能表明，死去了的韦伯曾经是间谍，他逃过了惩罚。

在莫斯科那边，信件一旦投进邮筒，寄信人就消失得无踪无影了。

收到苏联的来信后，地铁司机海因里希便将它送到柏林墙对面的西德。他传递信件的方法很奇特，不过，冷战期间，在被分隔的柏林市发生过许多更为奇特的事情。实际上，他的方法很简单，也从来没被抓到过。冷战结束后，德国统一了，海因里希退休后过上了舒适的晚年生活。

1961年，为阻止东德人外逃而建立柏林墙之前，柏林有一个全城的地铁系统。柏林墙建起后，东部和西部之间的许多隧道被堵住了。但东德地铁有一段地面上的高架线路，地铁列车隆隆响着穿过西柏林的一小块地面。

这条线路从东柏林出来，驶过一小片西柏林地面后又返回东柏林。列车行驶到这里时，所有的门窗都会被封闭起来。东柏林的乘客可以坐在车厢里俯视很小的一片西柏林土地，但是他们无法踏上那片土地。

海因里希在高架铁轨上的列车司机室里独自驾驶着。他会打开车窗，在列车经过某一地点时，用弹射器把一个高尔夫球大小的物体，抛到外面一个废弃的炸弹坑里。那里总有一个中年男子在遛狗，他知道海因里希的工作班次时间。当列车哐当哐当响着从视线里消失后，他会捡起这个高尔夫球，带回去交给中情局阵容强大的西柏林情报站。球体拧开后，里面放着一封卷得很紧的葱皮纸信件。

索洛明有消息了，都是好消息。他回国后，先是详细地汇报了工作，接着是一周的假期。他已经返回国防部报到，等待新的工作分配。在大楼的门厅里，国防部副部长发现了他，就是三年前曾要索洛明帮助修建夏季度假别墅的那位副部长，现在已晋升为第一副部长。

尽管他穿着上将的制服，佩戴的勋章重得足以沉没一艘炮舰，但他其实是通过政治手段爬上来的。他很高兴地看到，他的随从人员中，有一位来自西伯利亚的经验丰富的战士。对于那栋夏季度假别墅能按计划完工，他也很满意。他的副官由于健康原因（饮伏特加）刚刚退休，于是，他把索洛明提升为中校，并让他担任了副官的职务。

最后，索洛明冒着相当大的风险，留下了他在莫斯科的住址，并请求指示。假如克格勃截获并破译了这封信，那他肯定完蛋。但由于他无法接近美国使馆，所以他告知了兰利如何才能找到他。因为也门内战的阻碍，在离开亚丁之前，他没能领到更为先进的通讯用具包。

十天后，他接到一份关于交通违章的处罚通知，信封上印有交通总局的徽标。信是从莫斯科邮寄的，不会受到检审。信件和信封伪造得相当逼真，他差一点要给交通局打电话提出异议：他从未闯过红灯。然后，他看到了从信封里漏出的沙子。

他与要送孩子去上学的妻子吻别，等到独自一人时，找到从亚丁带回来的洗漱用具包，取出偷偷放在里面的一瓶增强液，涂在通知上面。信息的内容很简单：下星期天半晌午时，在列宁大街的一家咖啡馆。

在他喝第二杯咖啡的时候，一个陌生人从他旁边经过，边走边穿上大衣，以抵御外面的寒冷。那人空荡荡的袖管里面掉出一包苏联产的万宝路香烟，落在索洛明的桌子上。他用手中的报纸遮住香烟。穿大衣的人离开了咖啡馆，没有回头观望。

烟盒里似乎塞满了香烟，但二十个过滤嘴被粘在一起，下面没有纸烟。空隙处有一架微型照相机、十个胶卷和一张卷烟纸，描述了三个死信箱，还有如何去找到它们的说明，还有六种类型的粉笔记号及其位置，表示信箱已经空了，或需要去提取。此外，里面还有蒙克个人写来的一封热情洋溢的信，开头部分是这样的："嗯，猎手朋友，我们将要改变这个世界。"

一个月后，"猎户座"第一次投递了情报，并提取了更多的胶卷。他的情报来自苏联绝密的军工部门，其价值无法估量。

库兹明教授检查第一五八号尸检报告的稿件，动笔做了几处注释。他不想请忙得焦头烂额的秘书安排重新打印，就让刑侦处的刑警们自己去推理吧。

他确信，这份报告肯定会被送到刑侦处去。他同情每天超负荷工作的侦探，只要没什么疑问，他会尽可能签署"意外死亡"或"自然死亡"的证书，然后死者亲属就可以领走尸体，按照他们的意愿料理后事。如果是身份不明的尸体，在法律规定的期限里，则要留在停尸间里。他会通知"失踪人员"部门去核对，但如果他们也给不出对应的身份，则将由莫斯科民政部门做出安排，把尸体最终送去贫民墓地，或是医学院的解剖课堂。

但第一五八号尸体是被谋杀的，这基本上可以肯定。除了行人遭遇高速行驶的卡车撞击，他很少见到这么严重的内伤。一次重击，即使是遭到卡车的碰撞，也不会有那么多创伤。他假设遭受一群水牛的践踏也会出现那样的后果，但莫斯科周边很少有什么水牛，而且牛群也应该会同时踩踏头部和腿部。一五八号尸体的颈部与臀部之间，前后都遭到过钝器的多次重击。

做完注释后，他在报告结尾处签名，写下了尸检日期：8月3日，然后放在了“待寄发”的盘子里。

“是谋杀吗？”女秘书问道。

“是谋杀，但身份不明。”他确认说。女秘书在牛皮纸信封上打字后，把报告塞进去，放在了身边。晚上下班时，她会把报告交给住在底层小房间里的门卫，门卫会及时转交给面包车司机，司机会将它递送到莫斯科市内的目的地。

这个时候，第一五八号尸体依然躺在冰冷的黑暗之中，身上已经少了眼睛和大部分内脏。

美国，兰利

1986年3月

中情局主管行动的副局长凯里·乔丹站在办公室窗前，凝视着外面他最喜欢的景色。如今已是3月下旬，中情局主楼与波托马克河之间的林地已经出现了第一批春芽。冬天透过光秃秃的树林可以看到的波光粼粼的流水，很快就会被绿叶遮挡，从视线里消失。他喜欢华盛顿，与他所知道的其他美国城市相比，这里有更多的绿地、树木、公园和花圃，春天则是他最喜爱的季节。

至少，过去一直如此。但1986年的春天仿佛是一场噩梦。中情局在雅典的线人，苏联军情局情报官谢尔盖·博坎，曾多次明确向美国人表示，他深信，一旦自己飞回莫斯科，肯定会被处决。虽然他无法证实，但上司召他回国的理由，说什么儿子在军事学院学习成绩欠佳，绝对是个骗局。因此，他已经“暴露”了。他自己的工作从未有过任何闪失，所以他深信，自己是被出卖了。

第一批碰到这个问题的有三个人，博坎是其中之一，中情局当时还不怎么相信。现在，他们没那么确定了。因为，又有五个身在世界各地的间谍，在工作中途突然被神秘召回苏联国内，随后便人间蒸发了。

这就有六个人了，再加上为英国人效劳的戈尔季耶夫斯基，就是七个，还有在苏联国内悄悄消失的也有五个。现在，这些资源全都枯竭。多年的艰苦工作、耐心等待、精心策划和税款的巨额投资，全都泡汤了。只有两个除外。

乔丹身后，苏联东欧处负责人哈利·冈特坐在椅子里沉思。他是这次事件的主要受害者，也是到目前为止的唯一受害者。冈特与行动副局长年龄相仿，都是一步步成长和晋升上来的，都在驻外情报站历经风雨，开发资源，与克格勃玩这场“大博弈”。他们彼此信任，情同手足。

这就是麻烦。在苏联东欧处，高级情报官们彼此信任。他们也必须这样。他们是内层核心，是最专业的一圈人，是隐蔽战争的尖刀班。然而，每个人的内心都隐藏着恐惧的疑虑。霍华德事件、密码泄露事件，以及克格勃反间谍部门的高明侦破，或许会造成五个、六个，甚至是七个间谍的暴露。但是十四个呢？全军覆没吗？

不过，这儿应该是没有叛徒的，不可能有。苏联东欧处不会有叛徒。外面有人在敲门，两人的情绪放松了下来。最后剩下的成功故事，等着要进来了。

“坐吧，杰森。”副局长说，“我和哈利认为，你干得很棒。你的‘猎户座’已经提供了很有价值的情报，情报分析员兴高采烈。所以，我们认为，发展这个间谍的人，应该晋升到GS-15级别。”

从GS-14晋升到GS-15，蒙克向两位领导表示感谢。

“你那位在马德里的‘来山得’情况如何？”

“他很好，先生，他在定期报告。并非无关紧要的信息，而是非常有用的情报。他的任期快满了，很快就会返回莫斯科。”

“他没被提前召回去吧？”

“没有，先生。为什么会那样呢？”

“随便问问，杰森。”

“我能坦率地说几句吗？”

“说吧。”

“处里在传言，说最近六个月，我们的情况不太好。”

“是吗？”冈特说，“嗯，不过是人们的谣传罢了。”

到这时候为止，灾难的消息仅限于局里的十位高层领导。虽然行动部有六千名员工，其中一千人在苏联东欧处，但蒙克那样的级别，只有一百人。但这依然是一个人数众多的群体，群体内是会传播流言的。蒙克吸了一口气，说话了。

“谣传说，我们一直在损失间谍。我甚至听说，损失的数字已经达到了十个。”

“你知道我们的规定，不该知道的就不要打听，杰森。”

“是，先生。”

“嗯，也许我们是有一些问题。所有情报机构都会发生问题。会有好运，也有厄运。你说呢？”

“虽然数字是十个左右，不过，其实所有的资料都存放在了同一个地方，那就是三〇一档案。”

“我们知道这个机构是怎么运作的。”冈特厉声说。

“那为什么‘来山得’和‘猎户座’仍在自由活动呢？”蒙克问道。

“听着，杰森，”副局长耐心地说，“我说过，你是一个怪异的人。意思是：一个不守传统、不守规矩的人。但是，你很幸运。是的，我们确有一些损失，但不要忘记，你的两个资产也在三〇一档案里。”

“不，不在那里。”

办公室里一片寂静，即使一颗花生掉到绒毛地毯上也能听到。哈利·冈特不再把玩手里的烟斗——他从不在室内抽烟，他的烟斗就像是演员的道具。

“我从来没在档案中心登记过他们的详细资料。这是疏忽，我很抱歉。”

“那原始报告在哪里呢？你自己写的报告，包括招募细节，以及每次会面的时间和地点呢？”冈特终于开口问了。

“在我的保险箱里，从来没有离开过。”

“那所有的行动实施步骤呢？”

“记在我的脑子里。”

又是一阵寂静，这次时间更长。

“谢谢你，杰森，”副局长最后说，“我们保持联系。”

两星期后，中情局行动部高层开展了一场战略大运动。凯里·乔丹仅让两名分析员参与进来，把在过去一年内，理论上有可能接触过三〇一档案的一百九十八个人，逐个加以分析排查，把范围缩小到了四十一个人。当时正在学习意大利语的奥尔德里奇·埃姆斯，也在这个短名单里。

乔丹与冈特、格斯·哈撒韦和其他两个人都认为，为了把事情搞清楚，无论多么痛苦，都必须对这四十一个人进行深入的审查。这意味着要对他们进行具有敌意的测谎仪检测和个人资产审核。

美国人发明了测谎仪，并对它寄予了厚望。可是，八十年代后期和九十年代早期的研究表明，它有许多缺陷。道理很简单，经验丰富的说谎者可以打败该设备。谍报活动是建立在骗术这个基础上的，但愿只是敌人的骗术。

此外，提问者需要了解有关情况，以便针对性地提出问题，但是，除非事件已经十分明了，否则他们是得不到这种背景情况的。要辨明说谎者，他们必须使心里有鬼的人会产生“噢，天哪，他们知道了，他们知道了”的想法，从而使其脉搏加快跳动。如果说谎者能从提问中判定他们根本不了解情况，那他就会很淡定，并一直保持淡定。这是善意测谎与敌意测谎的区别。如果对象是一个有所准备的老练伪君子，那善意测谎纯粹是浪费纸张。

副局长要求的重点，是对个人资产状况进行一次检查。他们不知道，经过吵吵闹闹的离婚后，奥尔德里奇·埃姆斯穷困潦倒，几近绝望，但在一年前再婚时，他手头阔绰，大把花钱，那全都是1985年4月以后积存起来的。

反对副局长观点的首要人物是肯·马尔格卢。他提醒说，当初詹姆斯·安格尔顿频繁审查忠诚的情报官，造成了可怕的损失。他指出，检查私人资产是严重侵犯隐私，也是违反民权的。

冈特反驳说，在安格尔顿时期，从来没有发生过在短短六个月内突然损失十二名间谍的情况。安格尔顿那时的调查是基于他自己疑神疑鬼的偏执病，而1986年中情局的现实问题是出了大乱子。

最后，鹰派失败了，民权派胜利了。对四十一个人进行“严格”审查的提议遭到了否决。

巴维尔·沃尔斯基巡官叹了一口气，因为又有一份案卷放在了他的办公桌上。

一年前，他是有组织犯罪处的上士警官，工作很开心，至少有机会去袭击黑社会的仓库，没收他们的非法所得。在把罚没的奢侈品上缴国库之前，一个聪明的警官会给自己留下一部分，并因此生活得有滋有润。

但他老婆想当刑侦警官夫人，因此，他在机会来临的时候把握住，随后努力争取升职，最后被调到了刑侦处。

他不可能预料到，自己会被分配去“无名氏”科室工作。看着眼前潮水般涌进来的案卷，他常常希望能够回到沙波罗夫斯卡大街的有组织犯罪处去工作。

被害人身份不明大都是有原因的。在抢劫案中，钱包被劫后，受害人丢了钱、信用卡、家庭照片，以及记载了持有人照片和重要信息的身份证。当然，他还丢了命，要不然他就不会躺在停尸室冰冷的石板上了。

如果死者是良好公民，其钱包值得抢劫，那么他通常是一个有家庭的人。他的家人会去失踪人员部门报告，那里每周都要挂出一批受害人的照片，往往能够找到与之相符的。然后，哭哭啼啼的死者家属就会被告知去哪里辨认和收尸。

在那些并非以抢劫为目的的案子中，尸体的衣服口袋里通常还留有身份证件，这类案件就不会转到沃尔斯基这里来了。

流浪汉的卷宗也不会送到他这里来。流浪汉都把身份证扔掉了，因为身份证会透露他们来自何处，他们不想让民警把他们收容后遣送回老家，但由于严寒或酗酒，他们还是在大街上死去。沃尔斯基只处理某些受害人身份不明的凶杀案件。他认为，这份工作虽然很独特，但无关紧要。

8月4日放在他面前的这份案卷有点不同寻常。杀人的动机几乎不可能是抢劫。他从西区警察分局的现场报告中得知，尸体是由一个采蘑菇的人发现的，躺在恰好是莫斯科界内的明斯克公路旁边的树林里，离公路有一百码距离，不会是交通肇事逃逸案件。

随身物品相当寒碜。死者的穿着（由下而上）：鞋子，廉价的塑料制品，鞋跟处已开裂；袜子，商店购买的便宜货，沾满了污垢；短裤，也一样；长裤，单薄，黑色，油腻；皮带，塑料的，用旧了。就这么多。没有衬衣、领带或西装。只在附近发现了一件大衣，像是以前的旧军大衣，五十年前的，相当旧了。

案卷的末尾有一段简短的描述。口袋里没有东西，一无所有。没有手表，没有戒指，也没有其他个人用品。

沃尔斯基去看现场拍摄的照片。有人已经仁慈地合上了死者的眼皮，一张脸瘦瘦的，留有胡茬，年纪也许有六十五六岁，看起来要比实际年龄老十岁。形容枯槁——可以这么描述，这也是他死去前的模样。

可怜的老家伙，沃尔斯基心想，我敢肯定，没有人会认为你有钱而来杀你。他转向尸检报告。看过几段文字后，他掐灭香烟，发出了咒骂。

“这些家伙，为什么不能用简单的语言来书写呢？”他不止一次地对着墙壁发问。全都是裂伤和挫伤，意思应该是伤口和青肿吧，他心里想。

看完这份术语连篇的报告后，他有几处迷惑不解。他查看了第二医学院停尸室的正式印鉴，拨了对方的电话号码。他很幸运。库兹明教授在办公室里。

“是库兹明教授吗？”他问道。

“是啊。您哪位？”

“沃尔斯基警官，刑侦处的。我在看你的报告呢。”

“哦，好的。”

“我能坦率地说几句吗，教授？”

“说吧。”

“就是……有些词语难以理解。你写道，两条上臂都有严重青肿。你能解释一下原因吗？”

“作为法医，我只能说这是严重挫伤。但私下里我可以告诉你，这伤痕是由人的手指头留下的。”

“有人抓伤了他？”

“这意味着他是被人架起来的，警官。在他遭殴打的时候，有两个壮汉抓着他。”

“那么，这一切全都是人力所为，没有动用什么器械？”

“假如他的头部和腿部伤势相同，我会说，他是从直升机里掉到水泥地上的，而且飞行高度不低。不过，不是这样，遭地面和卡车撞击会伤及头部和腿部。不，他身体的前后两面，从颈部到臀部之间，遭受过坚硬钝器的多次反复打击。”

“死亡的原因……是窒息？”

“这正是我所说的，警官。”

“请原谅，他被打成了肉泥，却死于窒息？”

库兹明叹了一口气。

“他的所有肋骨都被打断了，只剩下一根完好的，有些肋骨断了几处。有两根断裂后刺进了肺叶，致使肺部的血液进入气管，造成了窒息。”

“你的意思是，他是被喉咙里的血液呛死的？”

“是的，我是这么说的。”

“对不起，我是这里新来的。”

“我肚子饿了，”教授说，“现在是吃午饭的时间了。再见，警官。”

沃尔斯基又看了一遍报告。那么，这个老头是被打死的。这里都说是“黑社会犯罪”，可是黑帮人物通常要比他年轻。他肯定是得罪了黑手党的人。即使不是死于窒息，他也会活活痛死。

那么，这些杀手想要什么呢？消息？用不着这样，他就会把他们想知道的全都说出来吧？是惩罚，杀鸡儆猴，还是虐待狂？也许这三者都有。但是，这样一个看起来和流浪汉差不多的老头，究竟拥有什么东西，让黑帮头目这么急于得到？或者，他是不是对黑帮头目做了什么，才会落得这样的下场？

沃尔斯基在“身份辨认标记”下面发现了一个情况。教授是这样写的：“身上没有任何物品，但嘴里的两颗门牙和一颗犬牙全都是不锈钢的，显然是部队牙医敷衍了事的结果。”意思是，这个人前部的牙齿里有三颗钢牙。

法医的最后一句话提醒了沃尔斯基。现在是午饭时间了，他已经与刑侦处的一位朋友约好一起吃饭。他站起来锁上这个简陋的办公室后就离开了。

美国，兰利

1986年7月

索洛明上校的来信产生了一个大问题。他已经通过莫斯科的死信箱投递了三次情报，现在想与管理员杰森·蒙克重见一面。由于他没有机会离开苏联，所以见面只能安排在苏联的领土上。

收到这样的建议后，任何情报机构的第一反应肯定是怀疑，他们的间谍已经被捕，是在逼迫下写了这封信的。

但蒙克坚信，索洛明既不是傻瓜也不是懦夫。如果是被迫写这封信的，他会想方设法避免使用某个之前约定好了的单词，还会尽可能在文中插入另一个单词。即使是被迫的，他也还是有可能做到其中一点。他从莫斯科发来的信中包含了应该出现的单词，没有不应该出现的单词。换句话说，这封信应该是真实的。

哈利·冈特早就与蒙克达成共识，莫斯科到处都是克格勃特工和盯梢员，去那里风险很大。如果是短期的外交职务，苏联外交部还是会要了解详情，并转交克格勃第二总局核查。即使乔装打扮，在逗留期间，蒙克也会一直受到监视，想要安全地与国防部副部长的副官会面，几乎是不可能的。在任何情况下，索洛明都不会提出那样的建议。

索洛明说，他将在9月下旬休假，而且，他还获得了一个奖励——去黑海度假胜地古尔祖夫的假日公寓度假。

蒙克查了一下，那是克里米亚半岛海岸边的一个小村庄，是著名的部队度假胜地。当地还有国防部的一家大医院，负伤或生病的军官可在那里的阳光下疗养并恢复健康。

蒙克去咨询了在美国居住的两名前苏联军官，他们都没去过古尔祖夫，但都听说过。那儿从前是一个美丽的渔村，契诃夫曾居住在海滨的别墅里，从雅尔塔到那里的海边，坐公交车五十分钟，出租车二十五分钟。

蒙克转而去研究雅尔塔。从许多方面来说，苏联实际上仍然是一个封闭的国家，按照现有的路线坐飞机到那里去是不可能的。空中航线首先要到莫斯科，然后转机到基辅，再转机敖德萨，然后到雅尔塔。外国游客不可能那样飞过去，外国游客没有理由要去雅尔塔。那里是苏联人的度假胜地，要是一个外国人孤身出现在那里，就会显得与众不同，非常引人注目。蒙克去查看水路，然后有了主意。

由于需要外汇硬通货，苏联政府允许黑海航运公司经营地中海的海上旅游业务。虽然船员都是苏联人，其中也不乏克格勃密探（这是肯定的），但游客大都是西方人。

由于这种旅游价格低廉，旅游团体的游客主要是学生、学术界人士和年长的公民。1986年夏天时，有三艘邮船从事这条旅游航线："立陶宛"号、"拉脱维亚"号和"亚美尼亚"号。从船期表上看，9月份的旅游船是"亚美尼亚"号。

根据黑海航运公司伦敦代理提供的船期信息，"亚美尼亚"号将离开敖德萨，前往希腊港口比雷埃夫斯，基本上是空载的。离开希腊后，船会向西航行，驶往西班牙巴塞罗那，接着调头经过马赛、那不勒斯、马耳他和伊斯坦布尔，然后进入黑海，去过保加利亚海港瓦尔纳后，驶向雅尔塔，最后返回敖德萨。大部分西方乘客是从巴塞罗那、马赛和那不勒斯登船的。

7月底，在英国安全局的协助下，他们在苏联黑海航运公司的伦敦代理那里进行了一次非常成功的渗入行动，出入都没留下痕迹。"亚美尼亚”号在伦敦订舱的记录都被拍摄下来了。

研究过这些订票游客后，他发现其中一些团体票是美苏友好协会的六个成员预订的。在美国，这些人的情况都已被审查过。他们都是中年人，诚恳又天真，致力于改善美苏关系。他们都居住在美国东北部地区。

8月初，得克萨斯州圣安东尼奥的诺曼·凯尔森教授加入该协会，并申请参加文化交流。由此，他获悉协会将组织一次乘坐“亚美尼亚”号的旅游活动，将在马赛上船。他申请之后，成为了该旅游团的第七名成员。苏联国际旅行社没有反对的理由，于是增订了一张船票。

这位诺曼·凯尔森实际上是前中情局的档案管理员，他已退休，住在圣安东尼奥，外貌很像杰森·蒙克，只是年纪比杰森大了十五岁。不过，这种差距可以用灰白色的染发剂，外加一副茶色眼镜来弥补。

8月中旬，蒙克答复索洛明，说他的朋友将在雅尔塔植物园的十字转门处等他。植物园是雅尔塔一个著名地标，位于城外，是在海边去古尔祖夫路上的三分之一处。那位朋友将于9月27日和28日中午在那里等待。

沃尔斯基警官约的午餐饭局要迟到了。在彼得罗夫卡这栋灰色的莫斯科民警总局办公大楼的走廊里，他快步走了过去。他的朋友不在办公室，于是他去会议室找，发现他正与一些同事在谈话聊天。

“对不起，我来晚了。”沃尔斯基说。

“没事，我们走吧。”

两个人靠工资到外面吃饭不成问题，但民警局办了一个价格便宜的食堂，可以用饭票去吃上一顿不错的午饭。两人转身向门口走去，门内有一块告示牌。沃尔斯基看了一眼，停住了脚步。

“走吧，”他的朋友说，“再晚就订不到餐桌了。”

“告诉我，”当他们在饭桌旁坐定，每个人面前都放上了一盘炖肉和一杯啤酒后，沃尔斯基对这位朋友说，“会议室……”

“会议室怎么啦？”

“那块告示牌，门里边的。上面有一张画像，类似炭笔画。画着一个老家伙，有几颗滑稽的牙齿。那是怎么回事？”

“哦，那个呀，”诺维科夫警官说，“是我们要找的一位神秘的人物。显然，英国使馆一名女职员的公寓闯进了两个窃贼，他们什么也没偷，但把房间翻得一塌糊涂。被她撞见后，他们把她打昏了。但她看清了其中一个人。”

“那是什么时候发生的？”

“大约是两周之前，也许有三周了。反正啊，因为这事，英国使馆向外交部提出了抗议。外交部很恼火，转而向内务部投诉。内务部火冒三丈，要求刑侦处盗窃科找到嫌疑人，尽快破案。有人画了一张画。你知道契尔诺夫吗？不知道？他是刑侦处的大侦探。因为这个案子关系到前途，他屁股着火了似的到处奔波，但还是没能侦破。他甚至跑来我们这里，贴上了嫌疑人的画像。”

“有什么线索吗？”沃尔斯基问道。

“没有。契尔诺夫不知道嫌疑人是谁，也不知道他在哪里。我每次来食堂，总是发现这个炖肉肥肉多、瘦肉少。”

“我不知道他是谁，但我知道他在哪里。”沃尔斯基说道，诺维科夫把正往嘴边送的啤酒杯举在了半空中。

“操，在哪里？”

“第二医学院停尸室的石板上。他的案卷是今天上午送过来的，身份不明，大约一周前在西边的林子里被发现。他是被打死的，没有身份证。”

“嗯，你最好去告诉契尔诺夫，他肯定会很感激你的。”

诺维科夫警官继续吃着盘子里的炖肉，他做事考虑周到。

意大利，罗马

1986年8月

奥尔德里奇·埃姆斯带着老婆在7月22日就抵达不朽城（即罗马），到新岗位报到上任。虽然在外语学校参加了八个月的语言强化培训，但他的意大利语学得很一般，谈不上优秀。与蒙克不同，他没有外语的天赋。

发了横财之后，他的生活比以往好了很多，但罗马情报站的同事们都没有注意到，因为他们都不知道他去年4月以前的生活方式。

没过多久，他们就发现，埃姆斯经常酗酒，工作业绩落后。这似乎并没有使他的同事们担忧，更不用说苏联人了。像过去在兰利时那样，他把办公室里的大量秘密情报装进购物袋，带着这些东西信步走出使馆，去交给克格勃。

8月份，他的克格勃新管理员从莫斯科前来与他会面。与在华盛顿的安德罗索夫不同，这位管理员不在罗马居住。需要会面时，他就从莫斯科飞过来。在罗马，麻烦要比在美国少得多。新管理员弗拉基，实际上是克格勃第一总局K分局的弗拉基米尔·梅楚拉耶夫上校。

他们第一次见面时，埃姆斯就想对克格勃提出异议，因为他们在短时间内抓捕了被他出卖的所有间谍，使他陷入了危险的境地。但弗拉基先表态了。他对这个草率的举动表示道歉，解释说，米哈伊尔·戈尔巴乔夫已经驳回了他们的所有提议。然后他就谈起了正事，即他此次来罗马的目的。

"我们有一个问题，亲爱的里克，"他说，"你带给我们的情报数量很大，而且价值很高。其中的亮点，是你提供的中情局间谍管理员的简介和照片，就是那些操纵着苏联内部间谍的高级管理员们。"

埃姆斯纳闷了，努力想从酒精的迷糊中清醒过来。

“是的，有问题吗？”他问道。

“没有问题，只是疑惑。”梅楚拉耶夫说完，随后拿出一张照片放在茶几上。

“这个人，叫杰森·蒙克对吗？”

“对啊，是他。”

“你在报告中把他描述为中情局苏联东欧处‘未来的明星’。我们推测，你的意思是，他管理着苏联境内的一个或两个间谍。”

“我们内部都是这么认为的，这是我离开美国前最后了解到的情况。你们应该已经抓住了他管理的间谍。”

“哦，亲爱的里克，这就是问题。你好心透露给我们的所有叛徒，现在我们已查明、逮捕并且……谈话了。他们每一个都，我该怎么说呢……”这个苏联人回想起在审讯室里所看到的那些人，在审讯官格里辛介绍了他独特的要求对方配合的手段后，他们都吓得颤抖不已。

“他们都很真诚，都很坦白，极为合作。每个人都告诉了我们，谁是他的管理员，有些案子有好几个管理员。但是，都没有杰森·蒙克，一个也没有。当然，他有可能使用了假名，这是常有的事情。但这张照片，里克，没人认出这张照片。现在你理解我的问题了吗？蒙克在管理什么人？他们在哪里？”

“我不知道。我不明白，他们肯定是在三○一号档案里。”

“亲爱的里克，我们也不明白，因为他们没在这个档案里。”

会面结束前，埃姆斯得到了一大笔钱和一份任务清单。他在罗马工作了三年，把能出卖的一切全都出卖了，这其中包括大量的机密和绝密文件，以及另外四个苏联以外的东欧集团国家间谍。如今的首要任务很明确、很简单：返回华盛顿后——或者最好在此之前，查明蒙克管理着苏联境内的哪些人。

当诺维科夫和沃尔斯基警官在民警局总部的食堂里一起吃饭并交换消息时，俄罗斯国家杜马正在召开一次全会。

自从夏天休会之后，俄罗斯议会重新召集会议花了一定的时间，因为这个国家幅员辽阔，许多代表需要不远万里赶来参加宪法的辩论。但这场辩论极为重要，因为，这是关于宪法的修改议题。

根据宪法第五十九条规定，切尔卡索夫总统意外去世后，由总理暂时接替总统执政，为期三个月。

伊凡·马尔科夫总理已经接任了临时总统，但许多专家提醒他注意：俄罗斯总统大选预定在2000年6月举行，如果提前到1999年10月，则有可能造成混乱，甚至大乱。因此，杜马的提议是对宪法章程进行一次性的修改，把临时总统的任期延长三个月，并把2000年的总统大选从6月份提前到1月份。

杜马（Duma）这个单词源自俄语动词“dumat”，意思是思考或思虑，因此，议会应该是“思考的地方”。许多观察家感觉到，比起思考、思虑的地方，俄罗斯杜马更像是大喊大叫的地方。在这个炎热的夏日，杜马的讨论确实符合大喊大叫这样的描述。

讨论持续了一整天，在热情特别高涨的时候，主持人不得不花很多时间大声嚷嚷着维持秩序，一度还威胁说要暂停议会讨论，等待进一步通知。

两名代表互相谩骂，以至于主持人不得不命令他们退场，他们随后发展到了拳脚相向的地步，这一切都被电视摄像机拍了下来，最后，他们被驱逐到了外面的人行道上。这两个人因为观点截然不同，在人行道上即席召开了各自的记者招待会，进而演变成人行道上的互相斗殴，最终被警察驱散。

在议会大厦内部，由于不堪重负，空调已经趴下了。在这个世界上人口排名第三的民主国家，汗流浃背的杜马代表在大喊大叫、大声咒骂，他们的立场已经很明显了。

爱国力量联盟遵照伊戈尔·科马罗夫的指示，坚持按照宪法第五十九条的规定，在切尔卡索夫总统去世三个月后，即1999年10月份，举行总统选举。他们的策略显而易见。到目前为止的民意测验表明，爱国力量联盟处于领先地位，如果提前九个月举行大选，他们就能够获取国家最高权力。

苏联新共产党和民主联盟的改革派这一次统一了意见。这两个党派在民意测验中都落后了，他们需要时间来恢复地位，也就是说，他们都没有为提前选举做好准备。

这场辩论——或者说是喊叫竞赛，一直闹哄哄地进行到太阳下山。这时候，声嘶力竭的主持人终于总结说，各种意见都已经听够了，可以开始表决。左翼和中间分子联合起来击败了右翼，提议通过了。2000年6月的总统大选，提前到了2000年的1月16日。

一个小时之内，投票结果就由国家电视台作为头号新闻向全国播报了。首都各国使馆内灯火通明，都在加班加点，各国大使发往他们本国政府的加密电报如潮水般涌出莫斯科。

因为英国使馆的所有员工也都在加班工作，所以格雷西·菲尔兹在他自己的办公室。这时候，他接到了诺维科夫警官打来的一个电话。

苏联，雅尔塔

1986年9月

出租车离开雅尔塔，在沿海公路上隆隆响着朝东北方向行驶。天气有点热，但车内没有空调，后排座位上的美国乘客摇下车窗，让来自黑海的凉爽空气吹进车窗。他向车身一侧靠过去，张望司机脑袋上方的后视镜。后面似乎没有当地契卡车辆的跟踪。

从马赛出发，经过那不勒斯、马耳他和伊斯坦布尔，航程很长，很乏味，但还能够忍受。蒙克扮演的角色没有引起任何怀疑。他头发灰白，戴着有色眼镜，表现得彬彬有礼，好像是一位退休的学者在参加暑假乘船旅游。

船上的美国同胞都认为，他与他们一样都真诚地相信，世界和平的唯一希望是美国人民和苏联人民相互加强了解。游客中有一个来自康涅狄格州的大龄单身女教师，她被这个得克萨斯人的奇特礼仪感动了，每当他们在甲板上相遇，他总是为她拉开一把椅子，请她入座，而且总是要抬一下他那顶低冠牛仔帽以示敬意。

在保加利亚港口瓦尔纳，蒙克没有上岸，说是要享受一下阳光。但在邮轮到访的所有其他港口，他都陪同五个西方国家的游客一起参观了多处遗址。

在雅尔塔，他生平第一次踏上了苏联的领土，他对此做了充分的准备，也听说过许多传言，但情况要比他预计的更为宽松。有一件事可以说明这一点：虽然“亚美尼亚”号是港内唯一的旅游船，但还有十多艘来自苏联以外的货船，外国船员们都可以上岸游览。

邮轮上的游客自离开瓦尔纳后就被圈在了船上，此刻，他们像小鸟冲出牢笼一般奔下舷梯，码头上的两名苏联移民局官员只看了一眼他们的护照，便点头示意他们通过。凯尔森教授因其穿着打扮特别，使得他们看了好几眼，但那是赞同和友善的眼光。

蒙克不愿意以平平淡淡的面目出现，他选择了另一种方式，使自己与众不同。他上身穿一件奶油色衬衫，打了一个丝带领结，用一只银制的领带夹扣住，搭配淡棕色的裤子和夹克，戴了一顶牛仔帽，脚上穿了一双牛仔靴。

“噢，天哪，教授，你看上去真帅。”女老师说，“你跟我们一起坐缆车去山顶游览吗？”

“不，女士，”蒙克回答，“我只想去码头上散散步，或许喝杯咖啡。”

国际旅行社的导游们带上各自的团组，朝着不同的方向出发，留下了蒙克一个人。他步行走出港区，经过海运码头大楼进入市区。路上有许多人看着他，但大都露出了微笑。一个小男孩停住脚步，双手往两侧腰上一靠，做了一个想象中的双手快速拔出两支手枪的动作。蒙克捋了捋男孩的头发。

他听说过，克里米亚地区的娱乐活动很单调，电视节目如同一潭死水，令人乏味，电影倒是很受欢迎。附近居民最喜爱的是政府允许观看的美国牛仔片，而现在，这里出现了一个真正的牛仔，甚至连高温下的一个无精打采的民警也在盯着他看，蒙克顶了一下帽子后，民警露出微笑，并朝他敬了个礼。过了一小时，在一家半露天的咖啡馆里喝了一杯咖啡后，蒙克确信没被跟踪，于是在路边排队的几辆出租车里坐上一辆，要求去植物园。他手里拿着导览手册和地图，嘴里说着生硬的俄语，显然是刚从船上下来的一个游客。司机点点头，驾车出发了。著名的雅尔塔植物园，吸引了成千上万的人前去参观游览。

蒙克在植物园大门口下车，付了车钱。他用卢布支付，还另外加了五美元小费，并眨了眨眼。出租车司机露出微笑，点了点头，离去了。

进口处的旋转栏杆前有一大群人，主要是苏联的学生和老师在搞教学实践活动。蒙克排在队伍里等待着，留心注意穿鲜亮西装的人，但没有看到。他买了门票，通过栅栏，发现有一个冰淇淋贩售亭。他走过去买了一个很大的香草味冰淇淋甜筒，找到一把隐蔽的公园凳子，坐下来开始舔冰淇淋。

过了一会儿，一个人坐到了凳子的另一头，拿出一份植物园平面布局图研究起来。在游览图后面，没有人能看到他的嘴唇在动。蒙克的嘴唇也在动，他在舔冰淇淋。

“嘿，朋友，你好吗？”比奥特尔·索洛明问道。

“很好。见到你就更好了，老朋友，”蒙克咕哝着，“告诉我，是不是有人在监视我们？”

“没有，我在这里已经有一个小时了。你没有被跟踪，我也没有。”

“我们的人对你很满意，彼得。你提供的详情，能帮助加快冷战结束。”

“我只想让那些杂种完蛋，”西伯利亚人说，“你的冰淇淋快化了，扔了吧，我再去买两个来。”

蒙克把正在滴落的甜筒扔到附近的垃圾桶里。索洛明漫步走到冰淇淋货亭前，买了两个甜筒。他回来时，根据蒙克的手势，坐得更近了一些。

“我给你带来了一个东西，是胶卷，夹在了我的地图册的封面里。等会我把它留在凳子上。”

“谢谢你。可为什么不在莫斯科递交？我们的人起了疑心。”蒙克说。

“因为还有更多情况，但必须口述。”

他开始叙述1986年夏天在政治局和国防部发生的事情。蒙克的脸绷得紧紧的，以免自己不小心发出又长又低沉的口哨声。索洛明讲了半个小时。

“是真的吗，彼得？最后真的发生了这种事情？”

“跟我此刻坐在这儿一样真实。国防部长亲口确认的。”

“这会改变许多事情。”蒙克说，“谢谢你，老猎手，可我得走了。”

像与陌生人在公园的凳子上谈完话那样，蒙克伸出了手。索洛明惊奇地望着他。

“这是什么？”

这是一枚戒指。蒙克通常不戴戒指，但这是得克萨斯人的标志。在得克萨斯州和新墨西哥州，人们大都戴着用绿宝石和天然银制作的纳瓦霍戒指。他看得出来，这位来自苏联滨海边疆区的乌德盖部落人很喜欢它。蒙克做了个动作，把戒指从自己手指上脱下来，交给了这个西伯利亚人。

“给我的吗？”索洛明问道。

他从来没有要过钱，蒙克想，如果给索洛明钱，他会反感的。从这位西伯利亚人的表情上看，这枚戒指要比酬金更重要，它的绿宝石和天然银产自新墨西哥山区，由犹特或纳瓦霍的银匠打造，价值一百美元。

蒙克知道，在公共场合不能拥抱，于是他转身准备离开。他回头去看，彼得·索洛明已经把戒指戴到了左手小拇指上，正在欣赏。这是蒙克最后一次见到这位东方猎手。

“亚美尼亚”号驶入敖德萨港口，卸下了所有的乘客。海关检查了每一个箱包，但他们是在查找反苏的印刷品。蒙克已经得知，海关从来不对外国游客进行搜身，除非是由克格勃执勤，那只是极为特殊的情况。

蒙克把透明的微型胶片夹在两张膏药之间，粘在了一边的屁股上。他与其他美国人一起，合上自己的旅行箱，由国际旅行社的导游驱赶着通过各项检查，登上了开往莫斯科的火车。

第二天，在首都莫斯科，蒙克把货物交给了美国使馆，此后，该货物将通过使馆的外交包裹运回美国兰利。他自己则从莫斯科飞回了美国，有一份详细的报告在等着他写。

第七章

“晚上好，这里是英国使馆。”有人接起了索菲斯卡亚码头的电话总机。

“什么？”电话另一头的人用俄语说了一个困惑的词语。

“晚上好，英国使馆。”接总机的人用俄语重复了一遍。

“我找大剧院售票处。”那个声音说。

“对不起，你打错电话了。”接线员说完，挂上了电话。

俄罗斯政府通信和信息局的监听人员听到这个电话，并把它记录了下来，但除此之外并没有多想。打错电话实在是太常见了。

在使馆内，总机值班员没有理会闪烁着的另外两个打进来的电话提示灯，他翻阅了一下小笔记本，然后拨了一个内部电话号码。

“菲尔兹先生？”

“是的。”

“这里是电话总机交换台，刚才有人打电话找大剧院售票处。”

“知道了，谢谢你。”

格雷西·菲尔兹拨通了乔克·麦克唐纳的电话。安全局人员会定期检查内线号码，应该是安全的。

“我的莫斯科警官朋友刚刚打来电话。”他说，“他使用的是紧急密码，要求回电。”

“有情况随时告诉我。”情报站长说。

菲尔兹看了看手表。两次电话间隔的时间应该是一个小时，现在已经过了五分钟。在民警局总部大厦两个街区以外，银行大厅的公用电话机旁边，诺维科夫警官也看了看表，他决定去喝杯咖啡来消磨这五十分钟的间隔。然后，他要用相隔一个街区的另一部公用电话汇报并等待。

十分钟后，菲尔兹驱车离开使馆，慢慢地向位于米拉大街的科西莫斯酒店驶去。1979年按照莫斯科标准建造的科西莫斯酒店，是一座现代化建筑，酒店的大堂边上有一排公用电话亭。

在英国使馆接到那个电话一个小时后，他从衣服口袋里掏出一个记事本，核对之后，开始拨号。公用电话对公用电话的通话，是反间谍机构的噩梦，因为数量很多，所以实际上是无法核查的。

“鲍里斯？”诺维科夫的名字不是鲍里斯，而是叶甫根尼，但在听到“鲍里斯”时，他知道了对方是菲尔兹。

“是的。你给我的那张图画，事情有点眉目了。我认为我们应该见个面。”

“好的。到俄罗斯宾馆，一起吃晚饭。”

他们两人都无意去奢华的俄罗斯宾馆，但他们都知道，那是指特维尔大街半路上的一个酒吧，名叫旋转木马。那里凉爽、幽暗、私密。时间间隔又是一个小时。

与英国其他大型驻外使馆一样，莫斯科的英国使馆里，也有一个叫军情五处的英国国家安全局。安全局是收集对外情报的秘密情报局姐妹机构，秘情局常被错误地称为军情六处。

军情五处的任务不是收集所在国家的情报，而是保证使领馆及其人员的安全。

使馆的工作人员并不认为他们是被关在里面的囚犯。他们夏天常去的一个地方，是莫斯科郊外一处非常漂亮的可以游泳戏水的地方，莫斯科河在那里拐了一个弯，露出了一片小沙滩。外交人员喜欢去那里野餐和游泳。

叶甫根尼·诺维科夫在被提升为警官并调到刑侦处之前，曾经负责那个郊区，包括被称为银色林子的这个胜地。

在那里，他认识了当时英国国家安全局的一个官员，那人又把他介绍给新来的格雷西·菲尔兹。

菲尔兹努力发展这个年轻的警察，后来提出每个月给他一小笔硬通货，让这个在通货膨胀年代靠死工资过日子的人能够生活得容易一些。诺维科夫警官成了一个提供消息的线人，级别不高，但偶尔也有用处。这个星期，这位刑侦处的侦探打算做出回报。

“我们有一具尸体。”当他们坐在旋转木马酒吧里，在昏暗的光线下喝着冰镇啤酒时，诺维科夫对菲尔兹说，“我可以肯定，那就是你给的图画里面的人。有几颗钢牙的老头……”

他把从同事沃尔斯基那里听来的情况讲了一遍。

“差不多三个星期了。在这样的天气里，死了那么长时间，面部肯定很吓人，”菲尔兹说，“或许不是同一个人呢。”

“他只在林子里待了一个星期，然后在冰柜里待了九天。应该可以辨认出来。”

“我需要照片，鲍里斯。你能去搞一张吗？”

“我不知道，资料都在沃尔斯基那里。你认识契尔诺夫警官吗？”

“认识的，他来过使馆。我也给了他一张画像。”

“这个我是知道的，”诺维科夫说，“现在我们那里到处都有老头的画像。契尔诺夫也快回来了，现在沃尔斯基肯定已经告诉他了。这样，契尔诺夫就会有尸体面部的照片了。”

“那是给他用的，不会给我们。”

“是有点难度。”

“努力一下，鲍里斯，去试试。你是刑侦处的，对吗？就说你想让黑社会的联系人去看看，什么借口都可以。现在这是谋杀案，是你分内的工作，对吧？侦破谋杀案？”

“应该是的。”诺维科夫承认说。他心里想，这个英国人是否知道，黑帮谋杀案的破案率只有百分之三？

“这事我们会给你奖励的，”菲尔兹说，“在我们的人员遭袭击时，我们是不会抠门的。”

“好吧，”诺维科夫说，“我去想办法搞一张。”

其实他根本不必去想什么办法。神秘人物的档案自然而然地转到了刑侦处凶杀科。两天后，他在一叠照片中，抽出了在明斯克公路边林子里拍摄到的死者面部的一张照片。

美国，兰利

1986年11月

中情局副局长凯里·乔丹的心情特别好。要知道，在1986年下半年，他是很难高兴起来的。伊朗的反政府丑闻当时传遍了华盛顿，而乔丹比其他人都更清楚中情局在伊朗的渗入深度。

但他刚刚去了局长威廉·凯西的办公室，受到了最热烈的表扬。老局长之所以会有这种不同寻常的仁慈，是因为杰森·蒙克从雅尔塔带来了苏联最高层的消息。

八十年代早期，苏联制定了一系列高调的反西方政策。这是莫斯科最后的绝望企图，想通过威胁来搞垮北约联盟的意志。当时主政白宫和唐宁街的是罗纳德·里根和玛格丽特·撒切尔夫人，两位西方领导人认为，他们不能被苏联吓倒。

安德罗波夫总书记去世了，契尔年科来了又走了，然后是戈尔巴乔夫上台执政，但超级大国之间的战争敌意仍在继续。

1985年3月，米哈伊尔·戈尔巴乔夫接任苏共中央总书记。他生长在红色的苏联时代，是一个坚定的共产党员。他与几位前任的区别，在于他讲究实效，拒绝接受编造的谎言。他坚持要求了解苏联工业和经济的真实情况和数字，看到结果后，他深受打击。

等到1986年夏天，克里姆林宫的核心和国防部显然已经认识到，军工系统和武器采购计划的支出，消耗了苏联国民生产总值的百分之六十，注定难以为继，人民也终于因为穷困而变得不安分了。

那年夏天进行了一次大型调查，以测评苏联这种节奏究竟还能够维持多长时间。调查报告的结论坏得不能再坏了。在工业方面，资本主义的西方在各个层面都超过了苏联这条恐龙。索洛明带到雅尔塔植物园来的微型胶卷，正是那份报告。

报告中写的和索洛明口头确认的都说，如果西方再坚持两年，那么苏联的经济将会崩溃，克里姆林宫将不得不做出让步，拆除一些战争机器。像玩扑克牌游戏一样，索洛明把克里姆林宫的整副牌全都亮给了西方。

消息报告给了白宫；并越过大西洋传到了撒切尔夫人那里。美英两位领导人都正为自己内部的敌意和怀疑所苦恼，听到这个消息后深受鼓舞。中情局局长比尔·凯西受到了白宫的表彰，并把领导的表扬转达给副局长凯里·乔丹。乔丹召来杰森·蒙克一起分享快乐。谈话结束时，乔丹说起了以前提到过的一个话题。

“你的那些档案，我真的有些不太放心，杰森。你不能总把它们留在你的保险箱里。如果你有什么意外，我们真不知道该怎么着手去管理那两个资产——‘来山得’和‘猎户座’。你应该把这些档案与其他的归在一起。”

从奥尔德里奇·埃姆斯第一次背叛至今，已经有一年多了，间谍失踪的灾难也已经过去了六个月的时间。阴谋分子当时在罗马。从技术上来讲，追查内鬼的工作仍在推进，但已经不再紧迫。

“如果没有破损，就不用修理。”蒙克恳求说，“这两个人冒着生命危险。他们了解我，我也了解他们，我们相互信任。还是就这么保持下去吧。”

乔丹早就知道，间谍与管理员之间会形成这种奇特的关系。但这种关系不为情报机构正式赞同，其原因有两个：间谍管理员有可能会被调到另一个岗位，或者，会退休或死亡。个人关系过密有可能意味着，潜伏在苏联心脏的间谍，也许会不同意或不愿意与新的管理员合作。其次，一旦被招募的间谍出了什么事，情报局的管理员有可能情绪低落，从而影响工作。从长远的生涯来看，一个被招募的间谍应该有几个管理员。蒙克与他的两名间谍直接的一对一紧密关系，使乔丹感到担忧。这是……不规范的。

另一方面，从某个角度来说，蒙克自身也是个不守规矩的人。假如乔丹知道——其实他并不知道——蒙克坚持要确保在苏联境内的每个间谍（图尔金已经离开马德里回到莫斯科，在第一总局K局工作，并由此提供了很有价值的情报），都能够收到他亲自写的长信，以及日常的任务清单。

乔丹做出了妥协。那些人的详细档案，包括何时何地和如何接受招募，表现如何以及他们的任职变动，即除了姓名和能辨认他们身份的资料以外，都转移到了行动副局长的个人保险箱里。如有任何人想阅读这些档案，他必须去找副局长本人并解释理由。蒙克同意了，于是档案被转移了过去。

有一点让诺维科夫警官说对了，契尔诺夫警官确实再次来到了英国大使馆。他是在第二天的8月5日上午过来的。乔克·麦克唐纳让人把警官引到他的办公室，他自己则扮成使馆的档案科随员。

“闯进你们同事公寓的那个人，我们也许已经找到了。”契尔诺夫说。

“向你表示祝贺，警官。”

“不幸的是，他死了。”

“啊，你有照片吗？”

“有。身体的、面部的，还有……”他拍了拍放在身边的一个帆布包，“我还有他可能穿过的大衣。”

他把一张光面冲印的照片放在了麦克唐纳的办公桌上。照片看上去很可怕，但仔细看，那张脸确实就是肖像画里的那张。

“我把斯通小姐叫过来，让她看看是否能认出这个人。”

西莉亚·斯通由菲尔兹陪着过来了，但菲尔兹留在门口没进来。麦克唐纳告诉她，她要看到的东西不是太美观，但他很想听听她的意见。她看了一眼照片，用手捂上了嘴。契尔诺夫拿出那件破旧的军大衣，把它举了起来。西莉亚绝望地看着麦克唐纳，点了点头。

“是他。他……”

“你看到他跑出你的公寓。嗯，显然窃贼之间发生了争吵。我敢肯定，这种事情全世界都会发生。”

菲尔兹陪同西莉亚·斯通离开了。

麦克唐纳对面露笑容的契尔诺夫说：“警官，我代表英国政府认为，你们干得很好。我们也许永远无从知道这个人的姓名，但这已经不重要了。这个可怜人已经死了。你们一定要写一份成功破案的报告，送交莫斯科民警局的领导。”

契尔诺夫高兴地离开使馆，钻进了汽车。一回到彼得罗夫卡大厦，他就把所有案卷从盗窃科转给了凶杀科。案卷里没有第二个盗贼的资料，但这无关紧要。没有描述，没有死者的证词，要找到他好比大海捞针。

契尔诺夫走后，菲尔兹回到了麦克唐纳的办公室。情报站长正在给自己倒咖啡。

“你怎么看？”他问道。

“我的线人说，那人是被打死的。他在身份不明科有个朋友，这位朋友发现了贴在墙上的画像，并对上了号。尸检报告说，老头的尸体在被发现之前，已经在林子里躺了大约一个星期。”菲尔兹说。

“那是什么时候？”

菲尔兹查了一下笔记，那是他在旋转木马酒吧谈话之后立即记下的。

“7月24日。”

“嗯……这么说来，大概是在17或18日被杀的，是在他把文件扔进西莉亚·斯通汽车后的第二天，也就是我飞去伦敦的那天。那些家伙没有浪费时间。”

“哪些家伙？”

“哼，估计是恶棍格里辛指挥的那些暴徒。”

“科马罗夫的卫队长？”

“那是其中一种说法，”麦克唐纳说，“你看过他的档案吗？”

“没有。”

“应该看一下，找个时间。他是前克格勃第二总局的审讯官。非常恶心。”

“那个老头是什么人？为什么要把他活活打死？”菲尔兹问道。麦克唐纳望向窗外，凝视着河流对岸的克里姆林宫。

“很可能就是窃贼本人。”

“一个流浪汉那样的老头，是怎么拿到文件的？”

“我只能假设，他是有幸受雇的一个底层员工。这是一起极其不幸的事件。我认为，你的那位警察朋友应该能够拿到丰厚的奖金。”

阿根廷，布宜诺斯艾利斯

1987年6月

中情局驻阿根廷首都情报站的一个年轻人，首先发现苏联使馆的瓦列里·尤里耶维奇·克鲁格洛夫身上也许有空子可钻。美国情报站长于是向兰利总部咨询情况。

中情局拉美处已经有了他的资料，是自七十年代中期，克鲁格洛夫第一次在墨西哥城任职时开始的。他们知道，他是苏联的拉美问题专家。在之后的二十年间，他在苏联外交部的工作中，曾三次赴拉美国家任职。由于他很友好、很外向，档案里甚至有他的履历。

瓦列里·克鲁格洛夫出生于1944年，是一位外交官的儿子。父亲本人也是拉美专家，在他的影响下，儿子进入了享有盛名的国际关系学院学习西班牙语和英语，那是1961年至1966年的事。此后，他在南美洲有过两次任职，年轻时在哥伦比亚，十年后在墨西哥，然后才是驻布宜诺斯艾利斯的苏联使馆一等秘书。

中情局确信他不是克格勃，只是一名普通的外交官。档案里对他的描述是：一个崇尚自由、可能亲西方的苏联人，不是通常的那种强硬派。1987年夏天时之所以关注他，是因为他与阿根廷官员的一次交谈被上报给了美国人。谈话中，克鲁格洛夫透露，他即将返回莫斯科，再也不会出国任职，他的生活质量将会有所下降。

由于他是苏联人，于是这个消息也传达到了苏联东欧处，哈里·冈特建议让一个生面孔去接触他。由于杰森·蒙克会说西班牙语和俄语，他建议派蒙克去。乔丹同意了。

这是一项很简单的任务。克鲁格洛夫只有一个月就要走了。如果引用一句俗语，那就是：机不可失，时不再来。

马岛战争结束五年后，阿根廷已经恢复民主。布宜诺斯艾利斯是一个悠闲的都城，一位美国“商人”在美国使馆的一位小姐陪同下，在招待会上与克鲁格洛夫见面，这并不是难事。蒙克努力使双方谈得很投机，并提议一起吃饭。

这位苏联人是使馆的一等秘书，大使和克格勃给了他相当多的自由。他觉得与外交官圈子以外的商人一起吃个饭很不错，于是欣然接受。饭局上，蒙克借用了他从前的法语老师布拉迪夫人的真实故事。他解释说，他母亲曾是苏联红军的翻译，攻克柏林后，她邂逅了一个年轻的美国军官并爱上了他。他们违反规定，悄悄溜到了西方结婚。蒙克在这样的一个家庭里长大，能说英语和俄语，两种语言都说得很流利。于是他们开始用俄语交谈。克鲁格洛夫松了一口气。他的西班牙语说得很好，但英语很一般。

两个星期后，克鲁格洛夫真正的问题出现了。他已经四十三岁了，离婚后带着两个十几岁的孩子，与父母挤在一套公寓里。如果他有两万美元，那他就能在莫斯科给自己买一套小公寓。作为一名富有的马球玩家，蒙克是来阿根廷检验一些新的小马驹的，他愿意借给新朋友两万美元。

情报站长建议把他们交接现金的过程拍下来，但蒙克不同意。

“敲诈是行不通的。他要么自愿参与，要么就不会参与。”

虽然蒙克是下级，但站长还是同意由他自行做主。蒙克选用的是开明进步的反战主题。他指出，米哈伊尔·戈尔巴乔夫在美国很受欢迎。克鲁格洛夫当然知道这些，他也感到高兴，因为他是戈尔巴乔夫的铁杆支持派。

蒙克提议说，戈氏真心想拆除战争机器，为苏美两国人民带来和平与信任。麻烦的是，双方都还是有喜好冷战的顽固分子，即使在苏联外交部的高层也有这样的人，他们试图破坏和平的进程。如果克鲁格洛夫能够把苏联外交部发生的事情告诉新朋友，那会有助于和平的到来。到了这个时候，克鲁格洛夫肯定已经知道了对方的身份，但他没有表现出惊奇。

对于已经喜欢上钓鱼的蒙克来说，这就像拖上了一条自愿咬钩的金枪鱼。克鲁格洛夫拿到了美元和通讯包。详细的人员、计划和职位等情况，将通过用显影墨水书写的普通信件寄给东柏林的一个活信箱。硬件情报（文件）将被拍摄下来，通过莫斯科市内两个死信箱的其中一个，转交给中情局莫斯科情报站。

分别时，他们按照俄罗斯的方式相互拥抱。

“别忘记，瓦列里，”蒙克说，“我们……我们好人会胜利的。用不了多久，所有这些荒唐的局面都会结束，我们将从中起到推进作用。什么时候需要我，发个信息，我会来的。”

克鲁格洛夫飞回了莫斯科，蒙克也回到了兰利。

“我是鲍里斯。我搞到了！”

“搞到什么了？”

“照片。你要的照片。案卷转到了凶杀科，我在一叠最清楚的照片里面挑了一张。眼睛是闭着的，看上去不是很吓人。”

“好的，鲍里斯。我已经准备好了一个信封，里面装了五百英镑。但我要你再去做一件事，完成之后信封里的钱会更多，会有一千英镑。”

诺维科夫警官在电话亭里深深吸了一口气。他甚至算不出来，那个信封里的英镑能兑换成多少亿卢布。无论如何，肯定会超过一年的工资。

“说吧。”

“我要你去爱国力量联盟总部，去见见人事部的负责人，让他看看这个。”

“去哪里？”

“爱国力量联盟。”

“他们与照片有什么关系？”

“我不知道，只是一个想法。也许人事部长以前见过这个人。”

“他怎么会见过呢？”

“我不知道，鲍里斯，他也许真的见过呢。这只是一个想法。”

“那我以什么理由前去呢？”

“你是谋杀案的侦探。你在办案，在追查线索。那个人也许曾经在总部大楼周围徘徊，也许他试图闯入。警卫有没有看到他潜伏在附近的街上？就是这种事情。”

“好吧。但他们是重要人物。如果我搞砸了，那可都要算到你头上。”

“你怎么会搞砸呢？你是警察，在尽你的职责。这个亡命之徒曾在基赛尔尼大街科马罗夫别墅的周围转悠。即使他已经死了，你也有责任去提醒他们注意。他也许是黑帮的人，也许一直在踩点呢。你的理由很充分，去吧，一千英镑在等着你呢。”

叶甫根尼·诺维科夫又嘟哝了几声，然后挂电话。这些英国佬，他心想，全都疯了。毕竟，只不过是一个老头闯进了他们的一栋公寓。但为了一千英镑，还是值得去查问的。

苏联，莫斯科

1987年10月

阿纳托利·格里辛上校因为挫折而心灰意冷，他的辉煌业绩似乎已经成为过去，现在他无所事事了。

对埃姆斯出卖的间谍的审讯工作，早已全部结束，他们已经从浑身颤抖的囚犯嘴里挤出了最后一滴追忆和情报。总共有十二个人正在勒福托沃监狱下面的地牢里哭泣着过日子，一旦第一和第二总局的审讯官提出要求，他们会被立即提审，如有反抗或失忆，则会被带回到格里辛的特殊审讯室里去。

有两个人没被执行死刑，只是被判在劳改营里做长期苦役，格里辛再三恳求也没用。这是因为他们为中情局效劳时间不长，或者他们职位太低，没有造成太大的损失，其余的人都被判了死刑。其中九个被带到监狱后面的砾石院子里，被迫跪下来，等待后脑勺挨上一颗子弹。作为高级官员，每次行刑格里辛都出席了。

在格里辛的坚持下，只有一个人还活着，他是这些人当中年纪最大的。德米特里·波尔雅科夫将军在被出卖之前，已经为美国工作了二十年。事实上，在1980年最后回到莫斯科后，他已经退休了。

他从来没有拿过钱。他之所以为美国人工作，是因为他厌恶苏联的政权及其所作所为。他就是这样告诉审讯官的。他直挺挺地坐在椅子上，讲述自己的看法，以及他二十年以来所做的事情。他是所有人当中最有骨气和勇气的，从不恳求宽恕。由于已经上了年纪，他说出来的事情现在已经没有价值了。他对当前的行动一无所知，也说不出什么名字，只是几个中情局的管理员，他们也都已经退休了。

审讯完毕后，格里辛恨透了这个老将军，故意让他活着，以作特殊处置。现在，这个退休老人每天躺在冰冷的水泥地上哭泣，浑身上下沾满了自己的粪便。格里辛还不时去那里看望，以确认他还在喘气。直到1988年3月15日，在博亚罗夫将军的坚持下，他才最终被结果了。

“问题在于，亲爱的阿纳托利，”3月份时，博亚罗夫将军对格里辛说，“现在已经没事可做了。‘捕鼠委员会’必须解散。”

“还有一个人，就是第一总局提到的那个人。他在管理这里的几个叛徒，但还没有被抓起来。”

“哦，那个人是找不到的，只是一直被提起，但叛徒当中没有人听说过他。”

“如果我们抓到了他管理的人呢？”格里辛问道。

“那我们就去抓他们，我们要让他们付出代价。”博亚罗夫说，“如果是那样的话，如果第一总局在华盛顿的人能把他们交给我们，你就可以重新召集你的人员，重新开始。你甚至可以重新命名你们的小组，可以起名叫‘修道士委员会’。”

格里辛没有理解这话的意思，但博亚罗夫是理解的，他哈哈大笑起来。俄语的修道士（Monakh）就是英语的蒙克（Monk）。

如果巴维尔·沃尔斯基认为自己不会再次听到停尸所那位法医的声音，那么他错了。8月7日，也就是他的同事诺维科夫与英国情报局官员秘密交谈的那个上午，他的电话铃响了。

“我是库兹明。”一个声音说道，沃尔斯基很迷惑。

“库兹明教授，第二医学院的。前几天我们还通过电话，是关于身份不明者的尸检。”

“哦，是的，教授，有什么事要我帮忙吗？”

“我想应该是倒过来。我也许有事要让你去做。”

“那就谢谢你了，什么事？”

“上个星期，在利特卡里诺附近的莫斯科河里捞上来一具尸体。”

“那应该是他们那边的事情，不是我们的吧？”

“没错，沃尔斯基，但那边某个聪明的家伙认为，该尸体泡在水里约有两周时间。实际上他说对了，其间，尸体可能是从莫斯科市内被冲到下游来的。因此那些家伙把尸体运了过来。我刚刚做完尸检。”

沃尔斯基思考了一下。高温下，在水里泡了两周，教授还真有能耐忍受那种恶臭。

“谋杀的吗？”他问道。

“不是，只穿了短裤。几乎可以肯定是因为天气炎热而去游泳，遇到麻烦淹死的。”

“但那是意外事故，是民政部门管的。我这里是刑侦处凶杀科。”沃尔斯基提出异议。

“你听着，年轻人，听我说。一般情况下，是无法辨认身份的。但利特卡里诺的那些蠢家伙没能发现线索。死者的手指肿胀得很厉害，所以他们没能发现。有一枚结婚戒指嵌在肉里面，是实心的金戒指。我把它取了下来，为此不得不把手指切下来。戒指上面刻着几个字：‘N. I. 阿科波夫，丽嘉赠’。怎么样，是不是很好的线索？”

“是很好，教授，但如果这不是谋杀……”

“听我说，你们与失踪人员部门有联系吗？”

“当然有。他们每周送来一大叠照片供我们对照。”

“嗯，一个戴着结婚大戒指的人，也许是有家庭的。如果他已经失踪了三个星期，他的家属很可能已经报告了。我在想，或许你可以利用我的侦查天赋，与失踪人员部门的朋友一起去破一些案子。我不认识失踪人员部门的人，所以才给你打电话。”

沃尔斯基面露喜色。他总是请失踪人员部门的朋友帮忙，现在，他也许可以帮助他们查清一个案子，还能获得奖励。他记下细节情况，谢过教授后，挂上了电话。

十分钟后，失踪人员部门经常与他联系的那个人打来电话。

“你们那里有没有一个失踪人员，叫N. I. 阿科波夫？”沃尔斯基问道。他的联系人查了一下记录，来回话了。

“有的，怎么啦？”

“告诉我详细情况。”

“7月17日报告失踪。自头天晚上工作之后，再也没有回过家，从此失踪了。报失人，阿科波夫夫人，是家属……”

“丽嘉·阿科波夫夫人？”

“你是怎么知道的？她已经来打听过四次最新消息了。他在哪里？”

“在第二医学院停尸室的石板上，游泳时淹死的。上星期在利特卡里诺的河边被打捞了上来。”

“好的，老太太该高兴了——我的意思是，失踪的问题解决了。你知道他是什么人……或者，曾经是什么人？”

“不清楚。”沃尔斯基说。

“他是伊戈尔·科马罗夫的机要秘书。”

“那个政客？”

“应该是我们的下一任总统。谢谢你，巴维尔，我欠你一份人情。”

那是当然的，沃尔斯基心里这么想着，开始继续工作。

阿曼

1987年11月

11月份，中情局副局长凯里·乔丹被迫离职，并不是因为间谍失踪的问题，而是因为“伊朗门”事件。几年前，中情局秘密地向伊朗出售武器，以资助尼加拉瓜的反对派。命令来自里根总统和已故的中情局局长比尔·凯西。凯里·乔丹执行了总统和局长的命令。现在，那两个人一个得了健忘症，另一个死了。

韦伯斯特局长任命理查德·斯托尔茨为新的行动副局长，斯托尔茨已经从中情局退休六年，与“伊朗门”事件没有干系，对两年前苏联东欧处遭受的惨败也不知情。他还在熟悉情况的时候，官僚们已经开始大规模接管工作。他们把三份档案从离任的副局长保险箱里取出来，与三〇一档案的剩余部分合并了起来。这三份档案是代号为“来山得”“猎户座”和新招募的“德尔斐”[①]的详细资料。

杰森·蒙克对这事一无所知，他正在阿曼度假。为寻找新的钓鱼好去处，他翻看了许多海钓杂志，得知11月和12月份，有大批的黄鳍金枪鱼成群结队游过阿曼首都马斯喀特的海岸。

美国驻阿曼使馆位于马斯喀特老城中心的苏丹宫殿附近。他礼节性地去拜访了一下，使馆的中情局情报站只有一名情报官。他们一起友好地喝了一杯，此后，他根本想不到还会再次见到这位同事。

度假的第三天，他觉得已经在海上晒够了太阳，于是想留在岸上，去市场购物。他正与国务院的一位金发美女约会，于是乘出租车去了米纳卡布斯港的露天市场，看看在众多的熏香、香料、布匹、银器和古董货摊中，他能为女朋友买点什么礼物。

他选中一把漂亮的长嘴银制咖啡壶，是从前高山上的工匠铸造的。古董商店的老板把咖啡壶包起来，放进一个塑料购物袋里。

在迷宫般的巷子和院子里完全迷路后，蒙克最后没能回到海边，而是到了一些小街巷里。当他从一条与他肩膀差不多宽的小巷里走出来时，他发现自己来到了一个小院子，一头有一个很窄的入口，另一头是一个出口。一个男子正在穿过这个院子，看上去像个欧洲人。

他的身后则有两个阿拉伯人。进入院子后，他们都从腰里抽出弯刀。他们持刀从蒙克身边跑过，扑向他们的目标。

蒙克不假思索地行动起来。他把购物袋用力扔过去，重重地砸在一个袭击者的侧脸。那人被几磅重的金属砸中后，倒在了地上。

另一个持刀人停顿了一下，现在他是腹背受敌，他转向蒙克。蒙克看到高举在空中的尖刀的闪光，他从那人的手臂下钻过去，扭住他的手臂，捏紧拳头透过对方沾满尘土的衣袍，砸中了上腹部的太阳神经丛。

① 德尔斐：古希腊城市，因有阿波罗神殿而出名。

那个人很坚强。他哼了一声，手里仍然攥着刀子，但随即拔腿跑了。他的同伙从地上爬起来，也跟着跑了，地上留下了一把尖刀。

欧洲人已经转过身来，一言未发地投入了行动。显然他知道，假如没有十码之外那个金发男子相救，他早就没命了。蒙克看到的是一位身材苗条的年轻人，有着橄榄色皮肤和深色眼睛，穿着白衬衣和深色西服，但不是当地的阿拉伯人。他刚要开口说话，那陌生人只是点点头表示感谢，然后悄悄地走了。

蒙克弯腰捡起匕首。它不是阿曼的刀具，而且在阿曼还没听说过行凶抢劫这种事情。那是也门的尖刀，刀柄很直、很简单。蒙克认为，他知道攻击者是哪里来的。他们是也门境内的奥达利或奥拉基部落人。他心里纳闷，他们大老远跑到阿曼海岸来干什么？为什么他们对那个年轻的西方人怀有如此深仇大恨？

他凭着直觉返回使馆，找到了中情局的情报官。

“你这里有没有苏联使馆工作人员的相册？”他问道。

自从1986年1月遭遇也门内战的惨败之后，苏联人已经全部撤出了也门，使得亲苏的也门政府忍辱负重，吃尽苦头，不得不低头向西方申请贸易贷款和现金，以维持经济运转。从那时起，苏联人在也门就有生命危险了。天知道，在由爱转恨之后，会变得……

1987年年底，苏联在明显反共的阿曼开设了一个阵容强大的使馆，并极力去讨好亲英的阿曼苏丹。

“我没有，”他的同事说，“但我肯定英国人那里有。”

美国使馆迷宫般潮湿且弯弯曲曲的狭窄走廊，到精致漂亮的英国使馆，只有几步之遥。他们穿过带有巨幅雕刻图案的木门，朝门卫点点头，穿过院子朝里面走去。这里全部的建筑都曾属于一个富商的庄园，富有历史韵味。

院里的一道墙上，有古罗马军团留下的一块牌匾，当年他们进入沙漠后再也没有回来过。院子的中间有一根英国国旗的旗杆，很久以前，一个奴隶只要能够爬上旗杆，就能获得自由。他们左转，走向使馆大楼，英国秘密情报局的一位高级情报官在等候他们。他们互相握了手。

“有什么问题吗，老朋友？”英国人问道。

“问题是，”蒙克回答说，“我刚才在露天市场见到了一个人，我认为有可能是苏联人。”

这其中有一个小细节：露天市场的那个人穿着白衬衣和西装，但他敞着衬衫的领口，还把领子翻到了西装的外面。这是苏联人的穿法，西方人可不会这么穿。

“好吧，我们去看看相册。”英国人说。

他带领他们穿过华丽的防盗安全铁门，到了下面由柱子支撑的凉爽的大厅，随后踏上楼梯，英国秘情局情报站在顶层。秘情局情报官从保险箱里取出一本影集，他们开始翻阅。

新抵达的苏联外交人员照片都在里面，是在机场、街上或露天咖啡馆拍摄到的。深色眼睛的年轻人在最后一张照片里，是在他抵达阿曼，穿过机场的集散大厅时被抓拍到的。

“这方面，当地人对我们很有帮助，”秘情局情报官说，“苏联人必须事先向这里的外交部申报，以获得认可。我们得到了详细资料，然后在他们到来时，我们也能得到通知，所以可以备妥长镜头的照相机。是他吗？”

“是的。有详细资料吗？”

秘情局情报官翻找着一大叠卡片。

“有了。如果没搞错的话，他应该是三等秘书，年龄二十八岁，名字是乌马尔·古纳耶夫。听起来像是鞑靼人。”

“不，”蒙克若有所思地说，“他是车臣人，是穆斯林。”

“你认为他是克格勃？”英国人问道。

“嗯，是的，他是密探。”

“好，谢谢。要我们为他做点什么吗？向当地政府投诉？”

“不，”蒙克说，“我们都要混口饭吃。最好知道他是什么人。如果把他赶走，克格勃只会派人来接替。”

当他们漫步回来时，中情局同事问蒙克：“这你是怎么知道的？”

“只是直觉。”

不单单是直觉。一年前，古纳耶夫曾在亚丁的弗朗特尔酒店里喝橙汁。这一天，蒙克并不是唯一认出他的人。也门的两个部落人也发现了他，要为他们国家所遭受的屈辱报仇雪恨。

马克·杰斐逊乘坐8月8日下午的航班，抵达莫斯科郊外的谢列梅捷沃机场，受到了《每日电讯报》记者站站长的迎接。

这位明星时事政治评论家是中年人，身材瘦小，伶俐精干，有着一头稀疏的姜黄色头发和一脸同样颜色的短须。据说，他的脾气与他的身材和胡子一样，又急又躁。

为抓紧时间，他谢绝了与站长及其夫人一起去吃晚饭的邀请，而是要求直接把他送到位于马涅什广场的民族大酒店去。

到了酒店，他告诉同事，他要单独采访科马罗夫。如有必要，会通过酒店的服务，租用一辆带司机的轿车。好意遭谢绝后，记者站站长驾车离去了。

杰斐逊去登记入住，高个子的瑞典人酒店经理彬彬有礼，亲自为他办理手续。他的护照留在了酒店前台的服务员那里，因为要复印有关情况供旅游部存档。在离开伦敦之前，杰斐逊已经命令他的秘书通知该酒店，以便让对方知道他是什么人、他有何等重要。

一进入房间，他就拨打了鲍里斯·库兹涅佐夫在传真里留给他的电话号码。

“欢迎来莫斯科，杰斐逊先生。”库兹涅佐夫用完美的、略带美国口音的英语说，“科马罗夫先生正等待着与您的会面。”

这当然不是真的，但杰斐逊还是相信了。会面时间定在第二天晚上七点钟，因为俄罗斯政治家科马罗夫整个白天都不在市内。他们将派司机来接他。

马克·杰斐逊满意了。他独自在酒店里吃了饭，然后就去睡觉了。

第二天早上，吃过培根和鸡蛋的早餐后，马克·杰斐逊想去散步，对大多数英国人来说，这项活动在世界上的任何地方都不能被剥夺。

“散步？”瑞典人总经理困惑地皱起了眉头，“您想去哪里散步？”

“随便哪里都行。呼吸一下新鲜空气，活动一下身体。或许去对面的克里姆林宫附近看看。”

“我们可以为您提供酒店的豪华轿车，”经理说，“这样更舒服，也更安全。”

杰斐逊不愿意坐车，他要的是散步。但经理至少说服了他把手表和所有外汇现金留下，只带上了一叠百万票面的卢布以便应付乞丐。这些钞票对流浪汉来说足够了，也不会引起别人拦路抢劫——运气还算好的话。

这位英国记者虽然在时政评论部门工作得很出色，但他的记者生涯一直是以伦敦为基地做的时政报道，从来没有作为驻外记者报道过世界的热点新闻。两个小时后，他回到了酒店，似乎不是很高兴。

他以前到过莫斯科两次。第一次是在共产党当政时期，第二次是在八年前叶利钦刚刚执政的时候。那两次，他的活动范围都局限在乘坐出租车离开机场，在豪华酒店和在英国外交官的圈子里。他一直认为莫斯科是一个单调且肮脏的城市，没想到会有今天上午的经历。

他的外表特征很明显，一看就知道是外国人。因此，即使是沿着河边的码头散步，或是在亚历山德罗夫斯基花园转悠，他总会遭到一些社会弃儿的纠缠，他们似乎到处睡觉。有两次，他认为身后有一伙年轻歹徒在尾随。他看到的轿车似乎都是军车、警车或权贵的豪车。

因此，今晚他要向科马罗夫先生提几个尖锐的问题。

午饭前喝酒时，他决定留在酒店里不出去，等待库兹涅佐夫先生打电话给他。他发现酒吧里只有他和一个厌世的加拿大商人，没有其他客人。同是酒吧里的陌生人，他们二人开始聊天。

“你来莫斯科多久了？”加拿大人问道。

“昨天晚上才来。”杰斐逊回答。

“要住很久吗？”

“明天就回伦敦。”

“嗨，你倒是幸运。我来这里已经三个星期了，想做些生意。可我告诉你，这地方有点怪异。”

“生意没做成？”

“哦，不，合同倒是签了一些。我有办事处，也有客户。你不知道发生了什么事情？”

加拿大人坐到杰斐逊的桌子边，开始解释。

“我带着木材生意的介绍资料来到这里，在一座新的写字楼里租了个办公室。两天后，有人来敲门了。外面站着一个人，西装革履，穿戴干净时髦。‘早上好，怀亚特先生，’他说，‘我是你新的生意伙伴。’”

“你认识他？”杰斐逊问道。

“根本不认识。他是当地黑手党的代表，想与我达成交易。他们要从我的每一笔生意中提成百分之五十。作为交换，他们替我购买或伪造业务所需的许可证、配额、特许权或者其他书面文件。他们一个电话就能搞定官方，确保及时交货，而且没有劳务纠纷，条件是百分之五十提成。”

“你叫他滚开。”杰斐逊说。

“那可不行。我很快就明白了，这叫作‘保护伞’，可以提供保护。没有这个保护，就别想很快办成事情。主要是因为，如果你拒绝了他们，你就站不住脚根。他们会捣乱的。”

杰斐逊难以置信地凝视着他。

“天哪，我只听说过这里治安不好，但不知道有这种情况。”

“我告诉你，这种事情是超乎你的想象的。”

共产党倒台后，西方观察家感到惊奇的一个现象，就是俄罗斯黑社会（说得好听点是俄罗斯黑手党）的犯罪率迅速上升。即使俄罗斯人，也开始使用“黑手党”这个名词了。一些外国人认为，这是一个新的实体，是在共产党统治结束后才出现的，其实不然。

几个世纪以来，俄罗斯一直存在着大量的黑社会活动。与西西里的黑手党不同，它不是一个统一的统治集团，从来没在海外活动过。但它确实存在，而且势力范围分布广泛，各地都有兄弟会，黑帮首领和成员极为效忠组织，愿为其卖命，并以相应的文身来证明这一点。

斯大林曾试图摧毁黑社会，把成千上万的黑社会成员送进了劳改营。其唯一结果是，在劳改营卫兵的默许下，犯人最终控制了劳改营，他们宁愿在里面过着平静的生活，也不想让他们的家人受到牵连或惩罚。在许多情况下，这些黑手党的老板，实际上是在劳改营的棚屋里操纵他们在外面的企业的。

冷战中颇具讽刺意味的一个事例是，如果没有黑社会的存在，共产党的垮台时间很可能还会提早十年。最后，即使党的领导人也不得不与黑手党达成秘密协定。

原因很简单：黑手党是苏联境内唯一办事效率高的团体。一家工厂的厂长也许会发现，由于某个阀门的损坏，导致他的主机器停工，如果他通过官僚主义的层层渠道，那么他要等待半年到一年才能拿到新阀门，而在此期间，他的整个工厂将会停工。

或者，厂长可以通过亲戚联系黑手党帮忙。这样，阀门在一星期内就可以到货。随后，他厂里的一批钢板会出现在另一家急需钢板的工厂，而这位厂长会睁一只眼闭一只眼。两位厂长都会伪造自己的记录，表明他们已经完成了“正常供销”。

僵化的官僚主义，加上原材料的严重不足，在任何一个社会里都会导致所有的齿轮和车轮停止转动，这时候，黑市是唯一的润滑剂。苏联靠这个润滑剂来维持生命，在最后的十年里，其经济完全依赖黑市。

黑手党完全控制着黑市。1991年之后，黑市从地下走向繁荣、走向扩展。其扩展的速度非常之快，从以往的非法营生，如酒类、毒品、保镖、卖淫，发展到了生活的每一个层面。

令人印象深刻的，是黑手党以极快的速度实质性地、无情地接管了经济。有三个因素促成了这种结果。首先，在遭受任何挫折时，俄罗斯黑手党有能力立即实施大规模暴力活动，其暴力程度，就连美国黑手党也会被吓倒。任何人，不管是俄罗斯人还是外国人，要是胆敢拒绝黑手党渗入其企业，将会得到一次警告——通常是遭受毒打或纵火，然后是被处死。他们甚至对大银行的行长也采用这样的手段。

第二个因素是警察的无能。共产党倒台后，由于资金和人力不足，警方对大量出现的犯罪和暴力活动没有警觉，也没有经验，不知道如何去对付。第三个因素是到处存在的腐败传统。1991年到1995年间，大规模的通货膨胀不断持续，这更是起到了推波助澜的作用。

在共产党统治时期，美元与卢布的汇率是二比一，就价值和购买力来说，这种人为规定的汇率荒唐滑稽，但在苏联国内得到了强制实行。这个国家缺少的不是钱，而是商品，问题是有钱买不到商品。通货膨胀耗尽了人们的储蓄，挣固定工资的职员变成了贫民。

当街上的警察一周的工资还买不起一双袜子时，就很难要求他们在查处伪造驾照时不接受钞票了。

但这只是小的方面。俄罗斯黑手党还渗透到了高级公务员群体中，几乎把整个官僚体系都招募为他们的同盟。在俄罗斯，官僚主义到处存在。因此，许可证、执照、地皮转让和特许经营权等等，全都可以很快地从颁证机关的公务员那里买到，从而为黑手党创造了惊人的利润。

俄罗斯黑手党的另一个能力也给人们留给了深刻的印象。他们很快从传统的非法营生（依然牢牢地抓住不放）转向了合法生意。美国黑手党人花整整一代的时间才意识到，用非法经营产生的利润去搞合法经营，不但能增加利润，还能洗黑钱。这方面，俄罗斯黑手党只花了五年时间。到1995年，他们已经拥有并控制了国家经济的百分之四十，并且已经走向了国际市场，他们的三大专业领域是武器、毒品和侵吞，并以迅捷的暴力行动作为后盾，目标是整个西欧和北美。

麻烦的是，1998年时，他们把生意做过了头。贪得无厌破坏了他们赖以生存的经济环境。1996年，价值五百亿美元的俄罗斯财产被偷盗并非法出口，其中大部分是黄金、钻石、贵金属、石油、天然气和木材。这些物资是用几乎不值钱的卢布从政府机构的官僚那里低价买来的，到国外后以美元出售。其中一些美元重新兑换成巨额卢布，带回国内开展更多的贿赂和犯罪活动，其余的美元则被藏在了国外。

“麻烦在于，”怀亚特先生喝干了啤酒，沮丧地说，“这种出血活动已经搞得过火了。腐败的政治家、更加腐败的官僚主义者和黑帮人物，已经把他们赖以致富的金鹅杀掉了，不会再有金蛋了。你读过《第三帝国的兴起》吗？”

“读过，很久之前。怎么啦？”

“还记得有关魏玛共和国最后日子的描述吗？失业者排起长队，街道上到处都有人犯罪，人们耗尽了终身积蓄，还有施粥场，以及在国家即将破产的时候，侏儒们在议会大厦里的激烈争辩和大喊大叫。嗯，你现在看到的正是那种景象。历史重演了。哦，我要走了，与别人约好了在楼下碰面，一起去吃午饭。很高兴与你聊天，先生，您贵姓……”

“杰斐逊。”

这个姓氏并没有使他想起什么。显然，怀亚特先生不看伦敦的

《每日电讯报》。

有意思，在加拿大人离开后，这位伦敦记者这么想着。他从报社资料室的剪报里所了解到的情况表明，今晚要与他见面的那个人或许能够拯救这个国家。

晚上六点半，杰斐逊正在门口等候，一辆黑色加长型海鸥轿车来到他面前。他总是很守时，并期望别人也是如此。他身穿深灰色宽松裤、鲜亮的西装和干净的棉布衬衣，还系了一条加里克俱乐部的领带。他看上去精干、整洁、讲究，百分之百英国人派头。

海鸥轿车穿行在傍晚的车流中，朝北驶向基赛尔尼大街，在花园环路口前转弯，进入一条小街。在接近绿色大铁门时，司机从夹克口袋里掏出通讯器，激活了上面的一个警示按钮。

墙上的摄像头摄录了正在驶近的海鸥汽车，门卫通过监控器检查了汽车及其牌照。车牌号码与他所期待的汽车相符合，然后大门滚动着打开了。

汽车进去后，大门又关上了，门卫走到司机的车窗前。他检验了身份证，朝后面瞟了一眼，随后点点头，把道钉放了下去。

接到门卫的报告后，库兹涅佐夫先生已经在别墅入口处迎候客人了。他把英国记者领到二楼一间设施齐备的接待室，这房间的一边与科马罗夫的办公室相邻，另一边是已故的尼·伊·阿科波夫的办公室。

伊戈尔·科马罗夫不允许别人当着他的面抽烟或喝酒，这个杰斐逊是不知道的。他从未听说过，因为根本没人提起过。不喝酒的俄罗斯人很少见，这毕竟是一个以喝酒来展示男性雄风的国度。杰斐逊看过科马罗夫的许多录像，他以人民领袖的姿态出现在录像里，手里拿着酒杯，以俄罗斯人的方式频频举杯祝酒，看不出是不喝酒的。他有所不知，科马罗夫的酒杯里面装的都是矿泉水。那天晚上，只有咖啡可供选择，杰斐逊婉言谢绝了。

过了一会儿，科马罗夫进来了。他仪表堂堂，五十岁左右，头发灰白，身高六英尺不到一点，一双淡褐色的眼睛被他的支持者描述为具有“催眠功能”。

库兹涅佐夫马上站了起来，杰斐逊也跟着站起来，但动作稍慢了一些。这位公关顾问为他们做了介绍，双方握了手。科马罗夫自己先坐下来，那是一把皮椅子，比其他两人坐的椅子高一点。

杰斐逊从衣服的内侧胸袋里掏出微型录音机，询问对方是否介意。科马罗夫的脑袋朝旁边倾斜了一下，表示对大多数西方记者不会使用速记表示理解。库兹涅佐夫朝杰斐逊鼓励地点点头，示意可以开始了。

“科马罗夫先生，当前的新闻是国家杜马的最新决定，即把临时总统的任期延长三个月，但把明年的总统大选提前到了1月份。您对此是怎么看的？”

库兹涅佐夫很快进行了翻译，并倾听科马罗夫用响亮的俄语做出回答。科马罗夫说完后，翻译转向杰斐逊。

“显然，我和爱国力量联盟对这个决定感到很失望，但是作为民主人士，我们还是接受了。你应该也知道，杰斐逊先生，我深深热爱的这个国家，目前的状况不是太好。无能的政府长期放任经济挥霍、腐败和犯罪。我们的人民深受其害。这种状况持续时间越长，就会越糟糕。因此，推迟总统大选非常令人遗憾。我深信，我们能够在今年10月份赢得大选，但即使是明年1月，我们也照样能够获胜。”

马克·杰斐逊是一名经验丰富的记者，经历过多次采访，他明白这种回答太做作了、排练得过分了，好像一位政治家多次被问及同一个问题，能够现成地把答案背出来似的。在英美国家，政治家已经习惯于与媒体人士相处，他们会相当放松，叫得出许多记者的名字。杰斐逊感到自豪的是，他的文章能够描绘出丰满的人物形象，既有受访者的原话，又有他自己的印象，从而写出一篇真正的新闻报道，而不是那种冗长枯燥的陈词滥调。但眼前这个人就像是一台自动运作的机器。

多年的记者经验告诉他，相比英美的政治家，东欧的政治家一般更尊重新闻媒体，但这个人却不同。这个俄罗斯人很拘谨、很正式，就像裁缝师傅用的假人一样。

问到第三个问题时，杰斐逊明白了：科马罗夫显然讨厌媒体和整个采访的程序。这个伦敦人试图采用更为轻松的方法，但俄罗斯人没有表示出一丁点的幽默。政治家表现得非常严肃并不奇怪，但这个人极为自大，回答仍然像跟着自动提示机在朗读一样。

他迷惑地看了一眼库兹涅佐夫。这位年轻的翻译显然在美国接受过教育，是双语人才和外向型人才，久经世故，但他对待伊戈尔·科马罗夫就像狗一般忠心。他又尝试了一下。

“您知道，先生，在俄罗斯，总统拥有很大的权力，比美国总统和英国首相的权力要大得多。如果您当选为总统，那么在开始的六个月里，人们能看到哪些变化？换句话说，您首先会做哪些事情？”

回答依然像政治宣传册子上的文字一样程式化。习惯性地提到了打击有组织犯罪活动、改变官僚主义体制、恢复农业生产和改革货币。当进一步问及如何去实现这些目标时，回答依然是毫无新意的老一套。换作是西方的政治家，这样的回答肯定过不了关，但显然库兹涅佐夫期待杰斐逊能够完全满意。

回想起之前报社编辑对他的情况介绍，杰斐逊问科马罗夫，他打算如何重振俄罗斯民族的雄风。这时候，他看到对方第一次有了反应。

杰斐逊的话里似乎有什么触动了科马罗夫的某根神经，他好像受到了电击一般。这位俄罗斯人坐在那里，淡褐色的眼睛一眨不眨地盯着他。杰斐逊被他盯得受不了，于是把目光转向了录音机。他和库兹涅佐夫都没有注意到，爱国力量联盟主席已经脸色惨白，两侧的脸颊上分别出现了一个小小的红点。科马罗夫突然站起来，一言不发地离开房间，进入到自己的办公室，关上了房门。杰斐逊迷惑地朝库兹涅佐夫扬起了眉毛。显然，这个年轻人也感到茫然，但他很快就恢复了礼貌。

“我肯定，总统不会离开太久的。显然，他是突然想起某件急事，必须立即处理。完了之后，他会马上回来的。”

杰斐逊伸手关掉录音机。过了一会儿，在打了一通简短的电话后，科马罗夫回来了，他坐下来后字斟句酌地回答提问。他开始说话时，杰斐逊重新打开了录音机。

一个小时后，科马罗夫示意采访结束。他起身朝杰斐逊僵硬地点了点头，走向自己的办公室。走到门口时，他招手让库兹涅佐夫跟过去。

过了一会儿，公关顾问回来了，脸色颇为尴尬。

“恐怕我们的交通工具有点问题，”在陪同杰斐逊走下楼梯进入大厅时，他这么说，“您来时乘坐的那辆轿车临时有急用，其他汽车都是正在加班的员工私家车。您坐出租车返回民族大酒店可以吗？”

“嗯，我想应该可以吧。”杰斐逊说，现在他后悔没让酒店派车送自己过来了，要是那样，他可以让汽车等他，“也许你可以打电话帮我叫一辆车？”

“恐怕现在他们不接受电话订车了。”库兹涅佐夫说，“但我可以告诉您到哪里去打出租车。”

他把这位迷惑不解的时政评论员从主门领到铁门边。铁门缓缓打开后，他们来到外面的小街上，库兹涅佐夫指向了一百码远的基赛尔尼大街。

“到了大街上，您马上就可以拦到一辆出租车，这个时候马路上很空，十五分钟之内您就能回到酒店了。希望您能谅解。见到您很高兴，真的很高兴，先生。”

说完后他就走了。马克·杰斐逊极为沮丧，他沿着狭窄的小巷走向大街，边走边摆弄着录音机。最后，在走到基赛尔尼大街时，他把录音机放回西装的内侧胸袋。他抬头前后张望，寻找着出租车。可以料想，马路上没有出租车。他烦躁地皱起眉头，转向左边，朝着莫斯科市中心走去。他不时地扭过头去，看看后面有没有出租车。

两个穿黑色皮夹克的人看到他从小街出来，朝他们走来，于是他们打开车门下了车。当英国人距离他们只有十码远时，他们不约而同把手伸进夹克里面，掏出上了消声器的自动手枪。他们没有说话，只是分别扣动扳机。两颗子弹都击中了记者的胸部。

子弹的冲击力使杰斐逊停住了脚步。他双腿一软，坐了下来，躯体开始倾倒，但两个杀手已经插到了他的两边。其中一人扶住他，另一人把手伸进他的西装里面，很快从一边的胸袋里掏出录音机，从另一边掏出了钱包。

他们的汽车驶过来，开到旁边，他们跳上了车。汽车轰鸣着开走后，一个路过的妇女看到了地上的身体，以为是一个醉汉，但在看到流淌的鲜血时，她尖声叫了起来。没有人记下汽车的车牌号。记下也没有用，车牌是假的。

第八章

离枪杀地点不远处的一家饭店里，有人听到妇女的尖叫声后张望窗外，然后用饭店经理的电话拨打03，呼叫救护车。

救护人员原以为是要抢救一名心脏病患者，但他们看到的却是一个穿双排扣蓝色西服的人，胸前有弹孔，身下则是一摊鲜血。他们报了警，然后救护车朝着最近的医院疾驰而去。

一小时后，波特金医院的创伤科里，刑侦处凶杀科瓦西里·洛帕京警官阴郁地盯着推车上的尸体，夜间值班的外科医生在一旁摘下了乳胶手套。

“没希望了。”大夫说，“一颗子弹直接穿透心脏，是近距离射击的。子弹还留在体内，尸体解剖时会找到的。”

洛帕京点点头，出人命了。莫斯科枪支泛滥到足以装备起一支部队。他知道，要找到发射子弹的那支手枪几乎是不可能的，更不用说枪主了。他已经在基赛尔尼大街上确认，目睹枪杀案的那位妇女已经走了，她似乎看到了两个杀手和一辆轿车，但没有其他描述。

在不锈钢轮床上的死者皮肤苍白，满脸雀斑，姜黄色的络腮胡十分醒目，表情略显吃惊。勤杂工把一条绿色的床单盖在尸体上，遮住了照射在尸首身上的灯光。

现在尸体全身赤裸，旁边的一张桌子上放着衣物，一只铁制的肾形盘子里盛着几件个人物品。刑警走过去拿起外套，看了看衣领内的商标。他的心情更加沉重了：是外国货。

“你认识这些字吗？”他问外科医生。

大夫查看西服里镶边的标签。

“兰……道，”他慢慢读出来，然后是该服装商店名字下面的字，“邦德街。”

“这个呢？”洛帕京指向衬衣。

“玛莎百货，”外科医生读了出来，“那是在伦敦，”他补充道，“邦德街应该也在伦敦。”

有关人的排泄物和两性生殖器的骂人词语，在俄语里有二十多个。洛帕京在脑子里把它们全都过了一遍。英国游客，噢，天哪。行凶抢劫搞错了对象，肯定是英国游客。

他翻看了一下个人物品，东西不多。当然，这其中没有硬币，俄罗斯硬币早就毫无价值了。里头有一块叠得很整齐的白手帕、一只透明塑料袋、一枚图章戒指和一块表。他猜测，也许是那个妇女的尖叫声把凶手吓跑了，所以没能来得及把手表从死者的左手腕摘下，也没能把戒指从小指头上脱下来。

但这些东西都证明不了身份。最糟糕的是，没有钱包。他又去翻找衣物。鞋子里面有“教会”的字样，是普通的黑色系带鞋；袜子是铁灰色的，没有商标；内裤出现了同样的“玛莎百货”字样；领带——根据医生的说法，是来自杰明街的滕博阿瑟时装店，毫无疑问，也是来自伦敦的。

绝望超过了希望，洛帕京又去看西装。医院的勤杂工忽略了一件物品，在有些男士放眼镜的上口袋里，有个硬东西。他取了出来，是一张穿了孔的硬塑料卡片。

这是酒店的房间钥匙，不是那种老式的，而是电脑的磁卡钥匙。为安全起见，钥匙上没有房间号码，这样可以防止小偷进入房间行窃，但上面有民族大酒店的商标。

“这里有电话吗？”他问道。

假如现在不是8月份，那么这会儿，民族大酒店的本尼·斯文森经理是会待在家里的。但最近游客众多，而且两名员工因患热伤风请了病假，所以他一直在酒店里工作到很晚。这时，酒店总机的电话响了。

“是警方来电，斯文森先生。”

他按下“连接”开关，接通了洛帕京的电话。

“什么事？”

“是经理吗？”

“是的，我是斯文森。您哪位？”

“洛帕京警官，莫斯科民警局刑侦处凶杀科的。”

斯文森的心往下一沉，对方说是凶杀科的。

“你们酒店是不是有一个英国游客？”

“当然有，好几个呢，至少有十二个。怎么啦？”

“我给你描述一下，看看是不是能想起来：身高一米七，姜黄色短发，姜黄色大胡子，深蓝色双排扣西装，领带上的条纹很怪。”

斯文森闭上眼睛，咽了一下口水。哦，天哪，这只能是杰斐逊先生。晚上还在酒店大堂看到他在等车呢。

“出什么事了？”

“他遭到了抢劫，现在波特金医院。你知道那里吗？在马戏场附近。”

“当然知道。可你刚才说是凶杀科？”

“很抱歉通知您，他已经死了。他的钱包和所有身份证件似乎都被偷了，只剩下一张塑料的房间钥匙卡片，印有你们酒店的标志。”

“请别走开，警官。我马上过来。”

本尼·斯文森在他的办公桌前坐了好长时间，内心十分惊恐。他做了二十年的酒店生意，从来没有听说过客人被谋杀的事情。

业余时间，他唯一的爱好是打桥牌。他想起来有个常常一起打牌的搭档，是英国使馆的职员。他查阅了自己的电话本，找到那位外交官的住宅号码，打了一个电话给他。这时候已经快午夜时分，那人已经睡着了，但听到消息后很快就清醒过来。

“老天爷呀，本尼，是他吗？是为《每日电讯报》写稿的那位记者？我不知道他来这里了啊。不管怎么样，还是感谢你。”

外交官放下电话。这事闹大了，他心里想。英国公民一旦在国外遇到麻烦，不管是死是活，都是领事部的职责范围，但他认为应该马上把这个消息告诉某个人。于是，他拨打了乔克·麦克唐纳的电话。

苏联，莫斯科

1988年6月

瓦列里·克鲁格洛夫回家已经有十个月了。在国外招募的线人，回国后总是会有改变主意或不来联络的风险，会销毁已经得到的密码、隐形墨水和特殊纸张。

对此，招募间谍的情报机关是无能为力的，只能谴责那个间谍，但这样做也没有意义，而且残忍，也没有好处。在敌人内部从事反对暴政的工作，是需要头脑冷静的，但有些人并不具备这一点。

与兰利的每一个人一样，蒙克从来不把反对莫斯科政权的人与美国的叛徒相提并论。后者是背叛了全体美国人民及其通过民主选举产生的政府，如果被捕，他会得到人道的待遇和公正的审判，他可以找最好的律师。

苏联人反对的，则是一个只代表了全国不超过十分之一人口的利益，却控制着其余百分之九十国民的野蛮专制政府。一旦被抓，他会遭受毒打，不经审判就会被处决，或者被送去劳改营。

但克鲁格洛夫信守了诺言。他已经三次通过死信箱，投递了从苏联外交部得到的有价值的内部文件。经过适当的编辑并对信息来源进行捏造后，美国国务院得以在坐到谈判桌之前，就已经了解苏联人的谈判定位。在1987年到1988年间，东欧卫星国开始公开反叛。波兰已经离去了，罗马尼亚、匈牙利和捷克斯洛伐克都闹得沸沸扬扬。关键是要了解苏联想采取的对策，重点是要知道莫斯科本身是不是已经力不从心、人心涣散。克鲁格洛夫披露了这些信息。

但5月份的时候，“德尔斐”表示想见个面。他有重要的事情，想见见朋友杰森·蒙克。哈利·冈特烦恼了。

“当初雅尔塔的会面，我们就很担心，连觉都睡不安稳。还好让你得手了，没出什么事情，因为那有可能是个陷阱。这次也有可能。没错，密码表明这真的是他，但有可能他被抓住了。他有可能已经全盘招供了，这种事情你懂的。”

“哈利，现在有十万美国人在游览莫斯科，时代不同了。克格勃不可能实施全面的监控。只要伪装得好，混在十万人里面不成问题，除非是当场被抓。

“他们会拷打美国公民吗？现在？身份掩护是完美的，行动也会谨慎小心。我懂俄语，但假装不懂。我只不过是一个傻乎乎的美国游客，跟在导游的屁股后面。只有在确定没有监视之后，我才会行动。相信我吧。”

美国有一个庞大的文艺联合基金会网络。其中一个基金会正在组织一个学生团，准备赴莫斯科参观研究各个博物馆，重点是访问奥布卡街上著名的东方艺术博物馆。蒙克以一个成人学生的身份报了名。

6月中旬，当学生团乘坐的飞机降落在莫斯科的机场时，菲利普·彼得斯博士的所有背景资料和证件不但完美，也非常可靠。克鲁格洛夫则已经得到了通知。

负责接待的苏联国际旅行社的导游在机场接机，团组成员被安排在巨大无比的俄罗斯酒店居住。该酒店面积之大，堪比美国的恶魔岛[①]，但谈不上舒适。第三天，他们去参观了东方艺术博物馆。蒙克在美国时就对该博物馆作过一番研究。陈列柜之间有足够的敞开式空间。他坚信，如果有人尾随克鲁格洛夫，他肯定能够发现。

他老老实实地跟着导游参观。二十分钟后，他看到克鲁格洛夫尾随在他们后面，身后没有尾巴。在走向餐厅的时候，他核实了这一点。

与苏联许多博物馆一样，东方艺术博物馆也有一个很大的咖啡厅，里面有间洗手间。他们二人各自喝着咖啡，但蒙克捕捉到了克鲁格洛夫的眼神。如果这个人被克格勃逮捕过，受过严刑拷打，已经屈服，那么他的眼里肯定会流露出某种神情：恐惧、绝望或警觉。克鲁格洛夫的眼睛笑眯眯的。要么他是世界上迄今最厉害的双料间谍，要么，他是清白的。蒙克起身走向男士洗手间，克鲁格洛夫跟了过去。等到最后一个上厕所的人离开后，他俩拥抱了。

“你好吗，朋友？”蒙克问道。

“我很好。我现在有了自己的公寓，有私密空间的感觉真好。孩子们可以来看我，我能留他们过夜了。”

“没有引起怀疑吧？我指的是钱。”

“没有。我出国的时间太长了，现在人人都在捞钱。高级外交官都从国外带很多东西回来。我太天真了。”

“这么说，事情真的是在发生变化，我们正在推波助澜。”蒙克说，“这个专制体制很快就会结束，你将生活在自由之中。离现在已经不远了。”

一些男学生进来了，他们叽叽喳喳喧闹着，撒完尿就离开了。这两个人一直在洗手，直至最后离去。蒙克没有关水龙头，让水一直流

---

① 恶魔岛：美国加州旧金山湾内的一座小岛，面积0.0763平方公里，四面峭壁深水，1963年之前曾用作监狱。

淌着。这是一个老把戏，除非窃听器话筒是在很近的距离内，或者说话人提高了嗓门，否则流水声可以掩盖说话声。

他们又交谈了十分钟，克鲁格洛夫把带来的包裹交给了蒙克。里面的文件，是从外交部长爱德华·谢瓦尔德纳泽的办公室里拿出来的。

他们再次拥抱，然后各自离开。蒙克重新加入到了旅行团中，两天后与团组成员一起飞了回去。离开前，他把包裹交给了美国使馆内的中情局情报站。

回到国内后，这些文件显示，苏联正在撤回其对差不多所有第三世界国家的各个援外项目，包括古巴。苏联的经济正在四分五裂，末日已经可以预见。苏联再也不能利用第三世界来敲诈西方了，国务院喜欢这种结果。

这是蒙克第二次去苏联执行非法任务。回来后，他获悉自己得到了进一步的提升。尼古拉·图尔金，即“来山得”间谍，也正奔赴东柏林去担任克格勃驻东德的整个K分局负责人。这个职务至关重要，可以了解苏联在西德活动的每一个间谍。

酒店经理和英国情报站站长差不多前后脚来到了波特金医院，他们被带往一个小小的病房，盖着床单的遗体就停放在那里，洛帕京警官也在那里等候着。大家进行了自我介绍，麦克唐纳只是简短地说：“使馆的。”

洛帕京最关心的是要尽快弄清死者的身份，这不成问题。斯文森已经带来了死者的护照，里面的照片与死者完全相符。他看了一眼遗体面容，就确认了死者身份。

“死因呢？”麦克唐纳问道。

“一颗子弹击穿了心脏。”洛帕京说。

麦克唐纳检查了西装。“这里有两个弹孔。”他温和地说。

他们都重新去查看西服，确实有两个弹孔，但衬衣上只有一个。

洛帕京再次去看尸体，只有胸部上的一个弹孔。

“另一颗子弹肯定击中他的钱包，留在那里了。”他说完，严肃地微微一笑，“至少信用卡损坏了，那帮混蛋不能使用了。”

“我要回酒店了。”斯文森说。他显然受到了很大的刺激，假如这个人当初接受酒店提供的豪华轿车，就不会出事了。麦克唐纳把他送到了医院门口。

“这事对你来说肯定很可怕。”他同情地说，瑞典人点点头，“我们尽快把事情理清楚。我想，他在伦敦一定是有家属的，我们要把个人物品都转交给她。也许你们可以去清理一下他的房间，整理好他的旅行箱。明天上午我派车去酒店接取物品。真是太感谢你了。”

回到病房后，麦克唐纳与洛帕京交谈起来。

“现在有个问题，朋友。这事比较难办。死者在圈内名气很大，他是记者，这事会被公开报道的。他的报社在这里有个记者站，他们会大肆宣扬。其他外国媒体也一样。这方面事情让使馆来处理怎么样？事实已经清楚了，对吧？这是一个拦路抢劫的悲剧事件。几乎可以肯定，劫匪用俄语叫唤过他，但他听不懂。可以想象，劫匪认为他想反抗，于是就开枪了，导致了惨剧的发生。情况基本上就是这样，你说呢？”

洛帕京听明白了。

“是的，是拦路抢劫发生的意外悲剧。”

“那么，你们努力去查找凶手，不过，同为专业人员，你我都知道，破案的难度相当大。遗体的遣返事宜，就让我们的领馆人员来安排吧。与英国媒体打交道的事情也由我们来做。你同意吗？”

“好的，这样应该是合情合理的。”

“我只需要他的随身物品，它们与本案已经没有关系了。最重要的是钱包——如果能够找到的话。其他则还有信用卡，我怀疑，应该没人胆敢使用他的信用卡了。”

洛帕京看着肾形盘子里放着的零星几件东西。

“这些物品需要你签收。”他说。

“这是当然的。准备转交的表格吧。”

医院提供了一个大信封，把一枚图章戒指、一块鳄鱼皮表带的金表、一块折叠的手帕和一个装有东西的小塑料袋全都装了进去。麦克唐纳签收后，把这些物品都带回了使馆。

这两个人都有所不知，杀手在执行命令的时候，无意中犯了两个错误。他们接到的指示是要拿走钱包（里面有身份证）和护照，并不惜一切代价拿走录音机。

杀手并不知道，英国人在国内是不需要随身携带身份证的，只有到国外旅行时才使用护照。老式的蓝色封皮英国护照硬邦邦的，很难放进衣服的内侧口袋，而且，杰斐逊已经把护照留在了酒店的前台。他们还忽视了胸袋里的房间塑料卡片钥匙。光凭护照和房门钥匙，就能在枪杀发生后的两个小时之内完全验明死者的身份。

第二个意外错误应该不能怪杀手。其中一颗子弹根本没有击中钱包，它钻进了挂在胸前西装里面的录音机里。子弹损坏了录音机的零件，摧毁了微型磁带，再也无法播放了。

诺维科夫警官已经与爱国力量联盟人事部长约定，于8月10日上午十点钟在联盟总部会面。他有点紧张，担心会不会冷场或遭到冷遇。

人事部长季林先生穿着铁灰色的三件套西服，举止一丝不苟，他最明显的特征是牙刷状的小胡子和无框眼镜。他的外表给人的印象俨然是一位早期官僚主义者，实际上，他也确实如此。

“我的时间很紧张，警官，请说明你的来意。”

“是，先生。我正在调查一个死者，我们认为他有可能是罪犯。一位目击者看到他在这儿附近徘徊。所以，我担心他也许想在夜间潜入进来。”

季林淡淡一笑。

"恐怕他没这么容易就能进来。现在世道很乱，警官，因此我们不得不对这栋楼房加强了安全警卫。"

"我很高兴听到你这么说。你以前见过这个人吗？"

季林一看到照片就认了出来。

"天哪，泽伊采夫。"

"谁？"

"泽伊采夫，这里的老清洁工。你说他是盗贼？不可能。"

"请给我说说泽伊采夫。"

"没什么可说的。大约是一年前招来的。以前当过兵，看上去人比较可靠。周一到周五，每天晚上来打扫办公室。"

"但最近没来吧？"

"没来。过了两天，我不得不另外雇了一个。泽伊采夫是鳏夫，老婆死于战争。但他工作还是很认真的。"

"这是什么时候发生的？他是什么时候开始不来上班的？"

季林走到柜子前，抽出一份档案。他给人的印象是，什么东西都会留有档案。

"在这里，在这个工作表里。7月15日晚上，他与平常一样来上班，与平常一样打扫卫生，离开的时间也与平常一样，大概是黎明前。第二天晚上没来，此后再也没来过。你们的目击证人看到的肯定正好是他下半夜离开这里的情形。这很正常。他不是在行窃，他是来打扫卫生的。"

"这么说，事情就清楚了。"诺维科夫说。

"还不完全，"季林厉声说，"你说他是盗贼。"

"离开这里两天后，他显然参与了在库图佐夫斯基大街公寓的非法闯入案。房主认出了他。一星期后，他的尸体被人发现了。"

"真丢脸，"季林说，"这种犯罪让人忍无可忍。你们警方应该采取相应的措施。”

诺维科夫耸耸肩。

“我们是在努力，但是他们人多，我们人少。我们是想做些事情，但得不到上面的支持。”

“事情会改变的，警官，会改变的。”季林的眼睛里露出救世主般的光芒，“从现在起再过六个月，科马罗夫先生将会成为我们的总统。那时候你就会发现一些变化。你读到过他的发言吗？打击犯罪，那是他一贯的主张。他是伟人，我希望你能够投我们一票。”

“那还用说。呃，你有这个清洁工的家庭住址吗？”

季林在一张纸条上抄下地址，递了过去。

泽伊采夫的女儿泪流满面，但也只能认命。她看看照片，点了点头。然后她瞟了一眼放在客厅墙边的行军床。至少这里的空间能够稍微变大一些。

诺维科夫离开了。他会去通知沃尔斯基，但这个家庭显然没钱举行葬礼，最好是让莫斯科的民政部门去处理。如同这套公寓的情况一样，停尸间的问题也是一个空间的问题。

至少沃尔斯基可以结案了。对于刑侦处凶杀科来说，泽伊采夫的谋杀案也像其他百分之九十七的悬案一样，被高高地堆放了起来。

美国，兰利

1988年9月

苏联代表团成员的名单，由美国国务院按例行程序转交给了中情局。理论物理学的硅谷大会当初邀请苏联代表团来参加时，基本上没指望对方会接受。

但到了1987年下半年，随着戈尔巴乔夫的改革方案初见成效，可以看出莫斯科的官方态度明显趋向缓和。会议组委会感到惊奇，苏联竟然同意派一个小型团组来。

代表团的名单和详情必须送到移民局那里去，移民局则请国务院核查。苏联对科学家的姓名及其所做的贡献都极为保密，因此西方只知道极少数苏联明星科学家和他们的科学成就，其他的就不知道了。

名单转到兰利后就交给了苏联东欧处，放在了蒙克面前，他凑巧在家没出差。他在莫斯科的两名间谍，通过死信箱顺利投递着有价值的情报，在东柏林的图尔金上校，也将克格勃在西德的失败行动汇报给了他。

蒙克按照惯常的方法审查了准备参加11月加利福尼亚会议的八位苏联科学家代表名单，结果一无所获。名单上的人都是中情局从来没有听说过的，更不用说去接近或招募他们了。

面对问题，他很顽强，于是他使出了最后的一招。虽然中情局与其国内对手联邦调查局的反情报部门之间，关系一直很紧张，有时候甚至对立，自从霍华德事件以后，大部分时候是对立着的，但他还是决定去找调查局。

这次尝试希望渺茫，但他知道，对于要求到美国避难并获准的苏联人名单，相比中情局，调查局掌握得更多更详细。难点不是调查局是否同意提供协助，而是苏联是否同意在美国有亲戚的科学家出国。这一点，苏联是绝对不会同意的。因为，在美国有亲属的家庭，被克格勃认为是国家安全的一个重大缺口。

代表团名单上的八个人当中，有两个人的名字在调查局寻求避难的人士记录中也出现了。经检查发现，有一个姓名是碰巧相同，在巴尔的摩的一个家庭与即将到访的苏联科学家没有任何关系。

另一个人有点奇特。奥地利的临时难民营曾经有过一个苏联犹太女性难民，她通过维也纳的美国使馆寻求避难，经批准后在美国生了个儿子，但给儿子登记了一个不同的姓。

叶甫根尼娅·罗季娜夫人如今住在纽约，她为儿子起名伊凡·伊凡诺维奇·布利诺夫。蒙克知道这名字的意思：伊凡·伊凡的儿子。显然，这男孩是个私生子。他是在美国，还是在奥地利临时难民营时期结合的产物？或者，是更早时候的？苏联科学家名单上有一位博士，叫伊凡·叶·布利诺夫教授。这个名字不寻常，蒙克以前从来没见过。于是，他乘坐美国铁路公司的火车，去纽约寻找罗季娜夫人。

诺维科夫警官想在下班后喝啤酒时，把这个好消息告诉同事沃尔斯基。地点还是食堂，那里的啤酒便宜。

"猜猜看，上午我是在哪里度过的？"

"在床上，与一位风骚的芭蕾舞女在一起。"

"那倒好了。其实，我去了爱国力量联盟总部。"

"什么？在鱼巷的那个肮脏地方？"

"不，那里只是摆摆样子。科马罗夫真正的总部，是在靠近环城大街的一座非常漂亮的别墅里。顺便说一下，啤酒应该你来买单。我为你破了案。"

"哪个案子？"

"就是那个老头，在明斯克公路旁的树林里发现的。他曾经是爱国力量联盟总部的清洁工，后来当上了夜盗挣外快。这是详细情况。"

沃尔斯基看了一眼诺维科夫给他的那张纸。

"爱国力量联盟最近的运气不太好呢。"他说。

"怎么啦？"

"上个月，科马罗夫的机要秘书也死了，是淹死的。"

"是自杀吗？"

"不，不是的。下河游泳，再也没有上来。嗯，不是'再也没有'。上个星期，他们在下游河道把他捞上来了。一位聪明的法医发现了他的结婚戒指，上面刻着他的名字。”

“这位聪明的法医说他是什么时候下水的？”

“大概是7月中旬。”

诺维科夫细想了想，啤酒应该由他来买单了。毕竟，他从英国人那里拿到了一千英镑。现在，他还能再给对方爆点料，这次就免费给了吧。

美国，纽约

1988年9月

罗季娜夫人大约有四十岁，深色皮肤，充满活力，相当漂亮。当她从学校接了儿子到家时，蒙克正在公寓楼的大厅里等候着。男孩今年七岁，相当活泼。

在听到对方自我介绍说是移民局官员时，她脸上的笑容消失了。对于不是在美国出生的移民来说，即使证件十分完善，一听到“移民局”三个字，即便不感到害怕，也多少会担心。她没办法，只能让他进门。

她儿子去厨房里专心做家庭作业了，他们则在客厅里开始谈话。公寓不大，但很干净。罗季娜夫人则很戒备、很警觉。

不过，和八年前她申请移民美国时遇到的那些板着面孔的官员相比，蒙克不太一样。他有亲和力，脸上挂着迷人的微笑，于是她安心了一些。

“你知道我们公务员是怎样工作的，对吧，罗季娜夫人？档案，档案，永远是档案。如果档案齐全，领导就会高兴。然后呢？没事了。档案就在文件柜里慢慢积攒灰尘。但如果档案不全，领导就不安分。因此，就派我这样的小人物来收集详细材料了。”

“你想知道什么？”她问道，“我的证件齐全，是经济学家，也是名翻译。我支付自己的生活费，按时交纳税款，我没有成为美国的负担。”

“这些我们是知道的，夫人。你的证件没什么不规范。你是一位公民，入籍美国。一切都没问题。只是，你给你的小伊凡登记了一个不同的名字。你当时为什么要这么做呢？”

“我给他起了他父亲的名字。”

“当然如此。嗯，你看，现在已经是1988年了。非婚生的孩子，对我们来说不是什么问题。但档案毕竟是档案，你能告诉我他父亲的姓名吗？”

“伊凡·叶甫多基莫维奇·布利诺夫。”她说。

哦，正是名单上的姓名。这样的姓名在整个苏联都很难有第二个。

“你很爱他，对吗？”

她的眼睛里露出恍惚的神色，似乎在凝视遥远的回忆。

“是的。”她轻声说。

“请给我讲讲伊凡。”

在杰森·蒙克的诸多才能中，其中一项就是能说服人们与他交谈。在男孩拿着整齐的数学作业从厨房里出来之前的两个小时里，她一直在诉说有关孩子父亲的事。

他1938年出生在列宁格勒，父亲是大学物理教师，母亲是中学数学老师。父亲奇迹般地躲过了战前斯大林的清洗运动，但在1942年德军围困列宁格勒期间不幸遇难。母亲怀里抱着五岁的凡尼亚获救了。1942年冬天，她乘坐一队卡车跨过冰冻的拉多加湖，逃离了这座饥寒交迫的城市。母子在乌拉尔山区的一个小镇里重新安顿下来，孩子在那里渐渐长大，母亲坚信，儿子将来会像他父亲那样优秀。

十八岁那年，他来到莫斯科，想进入苏联高等教育机构中最有名望的科技院校——理工学院。出乎意料的是，他被录取了。虽然他地位卑微，但父亲的名气、母亲的培育，外加遗传基因，当然，还有他自己的努力，终于使天平发生了倾斜。虽然这所学院名字并不起眼，但这里是培养核武器领域尖端技术人才的摇篮。

六年后，依然年轻的布利诺夫被分配到某个科学城工作。这个地方很保密，西方在近年才听说它的名字——阿尔扎马斯-16。这里立即成为这位年轻才子可以享受特权的一个家，但同时也是一座监狱。

按照苏联的标准，这里条件很奢侈：一套小公寓，完全属于他自己；附近的商店比苏联其他地方的都要好；工资较高，可以无限使用的研究设施——他可以享用这一切，但他没有随便离开这个地方的权利。

他每年有一次去旅游胜地休假的机会，地点要经上级批准，费用比通常的价格便宜很多。然后便要回到铁丝网里去，那里的通信需经检查，电话都有窃听装置，朋友之间的交往则会受到严密监视。

三十岁之前，他遇到了瓦利娅，他们结婚了。瓦利娅是一位年轻的图书管理员兼英语老师，也在阿尔扎马斯-16工作。她教会了他英语，因此他可以大量阅读西方进口的原版技术书刊。起初他们都很幸福，但慢慢地，他们的婚姻由于某个原因出现了问题：他们很想要个孩子，但一直没能怀上。

1977年秋天，在北高加索山脉的基斯洛甫德斯克的水疗度假村休假时，伊凡·布利诺夫遇到了甑尼娅·罗季娜[①]。在那个镀金的笼子里有条规定，他和他的妻子必须错开时间休假。

罗季娜二十九岁，比他小十岁，与在明斯克的丈夫离了婚，也没有小孩。她活泼傲慢，经常收听外国广播（美国之音和英国广播公司），阅读新奇大胆的杂志，例如在华沙出版的《波兰》——那是一本内容自由且丰富多彩的杂志，与枯燥且教条式的苏联杂志大不一样。不谙世事的科学家被她迷住了。

---

① 即叶甫根尼娅·罗季娜夫人，甑尼娅是叶甫根尼娅的昵称。

他们同意通讯往来，但布利诺夫知道自己的信件会受到检查（因为他掌握着许多秘密），因此他让她把信寄给在阿尔扎马斯–16的一个朋友那里。那人的信件不会遭到检查。

1978年，他们又见面了，根据约定，这次是在黑海的索契度假区。当时，布利诺夫的婚姻已经名存实亡，但他与罗季娜之间的关系却发展成风流韵事。1979年，他们在雅尔塔第三次见面，这也是他们最后一次见面。双方都意识到，虽然彼此仍然相爱，但那是没有结局的爱情。

他认为自己不能与妻子离婚，假如有其他男人在追求她，那就另当别论。事实上，他的妻子并不漂亮，也没人在追她，但十五年来，她一直是个忠诚的妻子，如果爱情已经消亡，那就平平淡淡过日子吧。他们依然是朋友，他不愿意她遭到离婚的羞辱，在他们生活的那种小社区里，不能那样做。

罗季娜没有反对，但另有其他原因。她告诉了他一件以前从来没有提到过的事情：假如他们结婚，会毁了他的事业。她是犹太人——光是这点就足够了。她已经向签证部门提出申请，准备移民以色列，这是在勃列日涅夫当政时期，颁布的一个新的特许令。他们亲吻并做爱，然后就分手了，之后彼此再也没有见过面。

“其他的事情，你都知道了。”她说。

“你是在奥地利的临时难民营接触我们使馆的？”

“是的。”

“伊凡·伊凡诺维奇呢？”

“在雅尔塔度假后，过了六个星期，我发现自己怀上了他的孩子。伊凡是在这里出生的，他是美国公民。至少他将会自由地长大成人。”

“你有没有写信给他，让他知道？”

“为什么呢？”她痛苦地问道，“他是有家庭的人。他生活在镀金的监狱里，像在劳改营里的囚犯一样。我能做什么呢？让他回想起这一切？让他去为爱莫能助的事情牵肠挂肚？”

“你跟儿子说过他父亲的事情吗？”

“说过。说他很了不起、很善良，但他在遥远的地方。”

“事情在发生变化，”蒙克温和地说，“现在他也许能够自由地来往莫斯科了。我有个朋友，是个商人，经常去莫斯科。你可以给在阿尔扎马斯-16有通信自由的那个人写一封信，请孩子的父亲去莫斯科。”

“为什么？告诉他什么？”

“他应该知道自己有个儿子。”蒙克说，“让孩子写信，我来安排，让他父亲能收到这封信。”

小男孩在睡觉之前，用破绽百出的俄语写了一封情真意切的家信。信纸有两页，开头是这样写的：“亲爱的爸爸……”

8月11日，格雷西·菲尔兹回到使馆时已经快中午了。他敲开麦克唐纳的房门，发现站长在认真思考。

“去泡沫会议室吗？”麦克唐纳问道。菲尔兹点点头。

来到一间泡沫会议室后，菲尔兹把一张照片扔到桌上，上面是一张死去了的老头的脸。

这是在树林里拍摄的其中一张照片，与契尔诺夫警官拿到使馆来的那张很相似。

“见到他了？”麦克唐纳问道。

“是的，浑身伤痕累累。他曾经是爱国力量联盟总部的清洁工。”

“清洁工？”

“是呀，办公室清洁工。就像切斯特顿写的小说《隐身人》一样。他每天夜晚去那里，但没人注意到他。从周一到周六，每天晚上大约十点进去，从头到尾打扫办公室，黎明前离开。所以是一个穷老头，挣点小钱，住在贫民区。我还有其他消息呢。”

菲尔兹把尼·伊·阿科波夫的事情又叙述了一遍：伊戈尔·科马罗夫的机要秘书在7月中旬轻率地下河游泳，结果淹死了。

麦克唐纳站起来，开始在房间里踱步。

“我们的工作，应该讲求事实、相信事实并且依赖事实。”他说，“不过，现在我们不妨来假设一下：阿科波夫把文件留在了书桌上。老清洁工看见了，翻了翻，不喜欢里面的某些内容，于是把它偷走了。这样说得通吗？”

“无懈可击，乔克。第二天他们发现文件不见了，阿科波夫遭解聘，但因为他已经看过文件，所以不能留下活口。他与两个身强力壮的小伙子一起去游泳，那两个人把他按到了水下。”

“很可能是在一个大水桶里淹死的，事后把他扔进河里。”麦克唐纳说，“清洁工没有出现，他们终于明白了，于是去追捕他，但他已经把文件扔进了西莉亚·斯通的汽车。”

“为什么，乔克？为什么选择她？”

“我们永远无从得知。他肯定知道她是使馆的人，他说为了啤酒，把这个交给大使先生。是什么啤酒啊？”

“不管怎么样，他们还是找到了清洁工，”菲尔兹提示道，“他全都招了。然后他们就把他干掉，并一扔了之。但他们是怎么找到西莉亚·斯通的公寓呢？”

“很可能是跟踪她的汽车，就从这里开始的。她没有觉察到。发现她的住处后，他们收买了大门的警卫，检查了她的汽车，但车内没有文件。于是他们就闯进了她的房间。她进去的时候，撞上他们了。”

“那么，科马罗夫知道他那珍贵的文件丢了。”菲尔兹说，“他知道是谁拿走的，他知道清洁工把它扔到了哪里，但他不知道是不是有谁注意到了这份文件。西莉亚可能已经把它扔了。俄罗斯的许多怪人都会给有钱有势的人递交请愿书，多得就像秋天的落叶。或许科马罗夫不知道这份文件引起了别人的注意。”

“他现在知道了。”麦克唐纳说。

他从口袋里拿出一个小型录音机，是他从喜欢听音乐的一个打字员那里借来的。然后，他把一盒微型磁带塞进了录音机。

“这是什么？”菲尔兹问道。

“朋友，这是对伊戈尔·科马罗夫采访的全部录音，每一面一个小时。”

“我还以为杀手把录音机拿走了呢。”

“他们是拿走了录音机，他们还用子弹击中了它。我在杰斐逊西装的内侧右胸袋里发现了塑料和金属碎片。子弹击中的不是钱包，而是录音机。因此，录音机无法播放磁带了。”

“可是……”

“可是那位记者肯定在半路停下，取出这盒宝贵的采访录音带，放进了一盘新的。这是在他裤子口袋里的一个塑料袋中发现的。我认为，这说明了他为什么会被杀。听一下吧。”

他按下播放按钮，房间里响起了死去记者的声音。

“总统先生，关于外交事务，特别是与前苏联其他共和国之间的关系问题，您打算如何重振俄罗斯民族的雄风？”

一阵短暂的停顿，然后库兹涅佐夫开始翻译。他译完后，有一段更长时间的停顿，接着是地毯上的脚步声。录音机随后被关掉了。

“有人起身离开了房间。”麦克唐纳说。

录音机重新开启后，他们听到了科马罗夫的声音，他在回答提问。至于杰斐逊把录音机关了多长时间，他们无从知道，但在关机之前，他们听到了库兹涅佐夫说的话：“我肯定，总统不会……”

“我不明白。”菲尔兹说。

“这很简单，格雷西。我亲自翻译了《黑色宣言》，那天在沃克斯豪尔大厦里搞了一个通宵。是我把‘Vozrozhdenie vo slavu otechestva’这个短语翻译成了‘重振祖国的雄风’。因为原意就是这样子的。

“马奇班克斯读了翻译稿，他肯定对报社编辑提过这个短语，而编辑又对杰斐逊讲过。杰斐逊喜欢这个说法，因此，昨天晚上他又对科马罗夫提起了。于是，那家伙发现他听到的正是自己说过的话。我以前从来没有听到有人用过这个短语。”

菲尔兹伸过手去，重新播放了那一段话。杰斐逊讲完后，库兹涅佐夫翻成了俄语。对于“重振雄风”，他使用的是俄语的对应短语“Vozrozhdenie vo slavu”。

“上帝啊，”菲尔兹低声说，“科马罗夫肯定认为杰斐逊看过整个文件，看过了俄语原文。他肯定认为，杰斐逊是我们的人，是来测试他的反应的。你认为是黑色卫队干的吗？”

“不，我认为是格里辛通过黑社会雇凶干的，是一次速战速决的行动。假如有更多的时间，他们会把他从街上抓回去慢慢审讯。他们得到的命令是干掉他，拿回磁带。”

“那么，乔克，现在你准备怎么办？”

“返回伦敦，要动真格了。我们认为，科马罗夫意识到我们已经知道了。头儿说过，他需要证据来说明文件不是伪造的。因为这份邪恶的文件，已经死了三个人了。我不知道他还需要多少证据。”

美国，圣荷塞

1988年11月

硅谷真的是一条山谷，在两座大山之间伸展，西边是圣克鲁斯山，东边是汉米尔顿山脉。它从圣克拉拉开始，蜿蜒曲折一直延伸到门洛公园，这是1988年时的界限。此后，它又进一步扩展了。之所以得来这个绰号，是因为这里聚集的企业数量令人惊讶：总共有一两千家工厂和研究机构，都在此地致力于高科技的尖端研发。

1988年11月，国际科学大会在硅谷的主要城市圣荷塞举行，该城市原先是西班牙传教团的一个小镇，现在已经变成了一个蓬勃发展、高楼林立的大都市。苏联代表团的八名成员被安排在圣荷塞的费尔蒙特酒店下榻。他们办理入住手续的时候，蒙克就在酒店的大堂里。

这八名会议代表由一个阵容更大的保护团陪同着。有些是来自纽约的苏联驻联合国外交使团，一个来自旧金山的苏联领事馆，还有四名是专程从莫斯科赶过来的。蒙克坐在那里，面前放着一杯冰茶。他身穿一件花呢西装，旁边放着一本《新科学家》杂志，在观察现场情况。保护人员总共五名，显然都来自克格勃。

来这里之前，蒙克已经与劳伦斯利弗莫实验室的一位资深核物理学家进行了一次长谈。美国科学家很兴奋，因为他终于有机会见识一下苏联物理学家布利诺夫教授了。

“你必须明白，这人是个谜。他在过去十年里崭露头角。”利弗莫的科学家这么告诉他，“在这个圈子里，我们早就听到过有关他的传说。此前他就已经是苏联境内的一颗明星了，但不允许在国外发表文章。

“我们知道他得到过列宁奖章，还获得了其他许多奖项。他肯定收到过许多国外讲学的邀请，我们就给他发过两次。但我们只能把邀请函寄给苏联科学院院务委员会，而他们总是说：‘忘了他吧。’他已经有了卓越的贡献，我猜想，他肯定也想得到国际上的认可——我们毕竟都是人啊。因此，很可能是苏联科学院把邀请函都压下来了。现在他要来了，他会讲述先进的粒子物理学，我肯定要去。”

我也会去的，蒙克心里想。

他一直等到苏联科学家发言结束。他的演讲博得了热烈的掌声。蒙克在大礼堂内倾听他们的演说，在喝咖啡时四处走动了一下，他觉得他们讲的话像外星人一样，他一句也没听懂。

他的身影融入了酒店大堂背景之中。他穿着花呢西装，脖子上挂着一副眼镜，手里拿着几份高科技杂志，即便是那四个克格勃和一个军情局的情报官，也已经对他的存在习以为常。

苏联代表团回国的前一天晚上，蒙克一直等到布利诺夫教授回到房间，才去敲房门。

“谁呀？”一个声音用英语问道。

“客房服务。”蒙克回答。

房门打开了，但因为有门锁铁链的阻碍，只是开了一条缝。布利诺夫教授朝外看，一个穿西服的人手里端着个盘子站在外面，盘子里装着水果，上面扎了一条粉色的丝带。

“我没有要求客房服务。”

“是没有，先生。我是夜班经理，请接受来自经理的致意。”

在美国待了五天后，布利诺夫教授还是对这个奇怪社会里毫无节制的物质消费感到迷惑，只有关于科学的交流和严密的安全措施是他所熟悉的。不过，免费的水果倒是一件新鲜事。他不想失礼，于是违背了克格勃的关照，摘下了门锁铁链。人们都知道，半夜敲门不会有什么好事情。

蒙克进来后放下水果，转身关上了门。科学家立即警觉起来。

“我知道你是什么人。马上给我出去，不然我就打电话给我们的人。”

蒙克微微一笑，用俄语说话了。

“当然，教授，随时可以。但首先，我想让你看一件东西。先看这个，然后再打电话。”

科学家疑惑地接过男孩写的家信，目光瞟向第一行。

“什么乱七八糟的东西？”他抗议说，“你强行进来，而且还……”

“我们就谈五分钟，谈完我就走人。我会悄悄地离开，不会闹出动静的。但是，你要先听我说。”

“你说了我也不想听。我得到过警告，要警惕你们的人……”

“甑尼娅现在纽约。”蒙克说。教授不说话了，嘴张得老大。五十岁的他头发灰白，看上去要比实际年龄见老。他弯腰去取眼镜，拿来后架在鼻梁上。他从眼镜上方窥视着蒙克，慢慢坐到了床沿上。

“罗季娜？在这里？在美国？”

“你们在雅尔塔一起度过最后一次休假后，她获准去了以色列。在奥地利的临时难民营，她与我们使馆取得联系，我们给她发放了到美国的签证。在难民营时，她发现已经怀上了你的孩子。现在，请读一读信吧。”

迷茫中，教授开始慢慢看信。看完后，他手里举着那两张奶油色的信纸，凝视着对面的墙壁。他摘下眼镜，揉了揉眼睛。慢慢地，两颗泪珠涌出眼眶，从脸颊上流了下来。

“我有儿子，”他轻声低语，“上帝啊，我有个儿子。”

蒙克从口袋里拿出一张照片递了过去。照片里的男孩戴着一顶棒球帽，笑得很开心，他的脸上长有雀斑，嘴里缺了一颗牙。

“他的名字叫伊凡·伊凡诺维奇·布利诺夫。”蒙克说，“他从来没有见过你，只有一张已经褪色的照片，是在索契拍摄的。但他很爱你。”

“我有儿子。”这位设计氢弹的科学家反复说道。

“你还有妻子。”蒙克低声说。布利诺夫摇摇头。

“瓦利娅去年患癌症去世了。”

蒙克的心一沉。他是个自由人了，他可能想留在美国。这是行动计划里没有的。布利诺夫先发制人了。

“你想要什么？”

“两年之后，我们会让你接受到西方讲课的邀请，留在这里。不管你在哪里，我们都会用飞机把你接到美国。这里的生活很优渥，我们会为你提供在一所重点大学担任高级教授的职务，在林子里为你安排一栋大房子，还有两辆轿车。罗季娜和伊凡将与你在一起。他们都爱你，我想你也是爱他们的。”

“两年。”

“是的，再在阿尔扎马斯-16待上两年，我们需要了解那里的全部情况。明白吗？”

布利诺夫点点头。黎明前，他背下了东柏林的那个地址，收下一罐泡沫剃须液，里面藏有一个小瓶子，装有一些隐形墨水，够写一封信。这些东西带进阿尔扎马斯-16应该没有问题。之后还会有一次会面和交接，最后，在两年之后带着他能带的所有东西逃离苏联。

走出房间来到酒店大堂时，杰森·蒙克内心的一个小小的声音说：“你是最卑鄙的人。你应该让他现在就留在这里。”另一个声音则说：“你不是安排家庭团聚的慈善组织，你是一个讨厌的间谍。你就是干那种事情的，专干那种事情。”真正的杰森·蒙克发誓，有一天，伊凡·叶甫多基莫维奇·布利诺夫会来到美国，与妻儿生活在一起。山姆大叔会对他做出补偿，补偿那两年时间的每分每秒。

两天后，在伦敦的英国秘密情报局总部，局长亨利·库姆斯爵士在位于沃克斯豪尔大厦顶层的办公室里召开了会议，这栋大楼被大家戏称为光明文化宫，名称来源于早就去世的一位名叫罗尼·布卢姆的老勇士。他是一个东方通，在北京时发现有座建筑物起了这个名字，这使局长想起了位于世纪大厦的他自己的总部。这个名字被一直延续了下来。

参加会议的还有东半球处和西半球处的两名处长，以及俄罗斯处的科长马奇班克斯和麦克唐纳。汇报情况的是麦克唐纳，他讲了差不多一个小时，他的上司偶尔提了几个补充性的问题。

“嗯，先生们，你们的意见呢？”局长最后说。每个人都给出了回答，他们的意见是一致的。他们推测，那份《黑色宣言》真的被偷走了，它确实是科马罗夫上台后要实施的蓝图：建立一党专制的暴政，推行对外侵略和对内种族屠杀。

“你把汇报的内容写成一份书面报告怎么样，乔克？请在下班前写好。然后，我们再向上头报告。我们应该让美国兰利的同事也知道这件事。肖恩，这事你去处理好吗？”

西半球处处长点点头。局长站了起来。

“真是恶毒的阴谋。我们一定要予以阻止。政治家必须为我们开绿灯，挫败他的计划。”

但事情的发展并没有如他所愿。月底的一天，亨利·库姆斯爵士接到通知，要他去查尔斯国王大街，去见外交部常务副大臣。

作为常务副大臣，雷金纳德·帕菲特爵士不但是秘密情报局局长的同事，而且还是所谓的“五位智者”之一，其他四位分别来自财政部、国防部、内阁部和内政部。他们有权向首相推荐秘情局局长的接班人。这两人认识很久了，彼此的关系也很友好，也都知道，他们各自有着完全不同的支持者。

“那份讨厌的文件，上个月你们的人从俄罗斯带回来的。”帕菲特说。

“《黑色宣言》。”

“对。标题倒是很好。是你的主意吗，亨利？”

“莫斯科情报站站长的。听起来很贴切。”

“确实如此，‘黑色’这个词用得很恰当。嗯，我们跟美国人分享了这个情报，但没告诉其他人。这份文件已经转到了高层。我们自己的老板，”他指的是英国外交大臣，“去意大利托斯卡纳度假之前，已经看过了。美国国务卿也看过了。不用说，大家都感到很厌恶。”

“我们要做出什么回应吗，雷吉[1]？”

“回应，当然要有，呃，但这里有个问题。政府只会对对方政府给出官方的回应，不能针对国外的反对派政治家。从官方的角度来说，”他敲了敲书桌上《黑色宣言》的复印件，“这文件可以说是不存在的，尽管我们两人都知道它确实是存在的。

“文件无疑是偷来的，所以从官方来说，我们不可能得到它。按照常理，恐怕任何政府都无法做出回应。”

“官方来说，就是这样。”亨利·库姆斯咕哝着，“不过，我们的政府当然是非常明智的，雇佣我的情报机构，其目的就是为了能够做出回应，必要时，以非官方的姿态行事。”

“你要肯定，亨利，要再三确定。你指的无疑是某种形式的隐蔽行动。”

在使用“隐蔽行动”这个词语时，雷金纳德爵士脸上的表情，像是有人打开了窗户，把煤气的怪味放了进来。

“以前，一些邪恶的狂人遭到过暗算，雷吉。悄悄地。这是我们的工作，你知道的。”

“但成功的不多，亨利，问题就在这里。我们大西洋两岸的政治家们似乎都形成了一种观念，即无论当时搞得多么隐蔽，后来似乎都会遭泄露，搞得政治家们非常难堪。

“我们的美国朋友有一连串的‘门’，能让他们保持清醒，水门、伊朗门、伊拉克门。我们自己的人也会想起那些泄露事件，接着就是调查委员会极其讨厌的调查和他们那些该死的报告。议会吃回扣、向伊拉克运送武器等等……你明白我的意思吗，亨利？”

“你的意思是，他们没有胆量。”

“话是粗鲁了一点，但很准确。你一直具有用词巧妙的天赋。

---

① 雷吉：雷金纳德的昵称。

我认为，如果这个人上台执政，那么英美政府都不会与他开展贸易往来，也不会为他提供贷款援助。仅此而已。至于采取主动措施，那回答是否定的：我们的政府不会去干涉别国的内政。”

常务副大臣陪同情报局长走向门口。他那双忽闪忽闪的蓝眼睛与间谍头子的目光相遇了。他神情严肃，没有一丝幽默。

“亨利，这事真的不行。”

司机驾车载着亨利·库姆斯爵士，从水流缓慢的泰晤士河边码头返回沃克斯豪尔大厦。他别无选择，只能面对现实，接受政府间做出的这个决定。在以前，这样的事情只要双方握个手就行了，各自可以保留斟酌处理权。在过去的十年间，因为有过几次官方的行动消息泄露，于是开始需要书面签字。而且他们习惯事后回来纠缠签字的人，追究其责任。因此，伦敦或华盛顿的官员都不肯为其隐蔽部门签署采取“主动措施”的命令，去阻止伊戈尔·阿列克谢维奇·科马罗夫前进的步伐。

苏联，弗拉基米尔

1989年7月

美国学者菲利普·彼得斯博士以前到过一次苏联，名义上，他的目的是研究东方艺术和古老的苏联文物。其间什么事情也没有发生，没有惊动过任何人。

十二个月后，更多的国外游客涌进了莫斯科，管控更加宽松了。摆在蒙克面前的问题是，要不要再次使用彼得斯博士的名字。他决定继续使用。

布利诺夫教授的来信很清楚，他已经拿到了美国人想要的所有科学问题的答案，内容极为丰富。这份清单，是早在蒙克与教授在圣荷塞费尔蒙特酒店的房间里接触之前，由美国高层学术机构经过认真讨论后拟订，并让伊凡·布利诺夫带走的。现在他准备递交答案。但他的问题是，因为怕引起怀疑，所以他无法去莫斯科。

不过，高尔基倒是一座有众多科学研究机构的城市，从阿尔扎马斯-16乘火车过去只需要九十分钟，他可以去那里。经过他本人的多次抱怨，克格勃已经取消了在他离开核能研究区时惯常会安排在他身后的尾巴。他认为，毕竟他已经去过了加利福尼亚，为什么不能去高尔基？他的这一想法得到了政委的支持。在没有监视的情况下，他可以乘火车继续前行，去大教堂城市弗拉基米尔。但到此为止，他必须在晚上赶回来。他把会面的日期定在7月19日中午，地点是圣母升天大教堂的地下室。

蒙克对弗拉基米尔城进行了两个星期的研究。那是一座中世纪的城市，因两座宏伟的大教堂而闻名，有许多十五世纪圣像画家鲁布廖夫的作品。其中较大的是圣母升天大教堂，较小的是圣德米特里大教堂。

兰利的研究部门找不到那个时段要去弗拉基米尔附近旅游的团组。因为没有团队的掩护，单独的游客去那里会很危险。最后，他们找到一个喜欢俄罗斯老教堂建筑的爱好者团组，准备在7月中旬访问莫斯科，19日乘大巴去札格尔斯克游览那座神话般的修道院。彼得斯博士加入了这个团组。

彼得斯博士满头银灰色卷发，手里一直捧着旅行册子在看。开始的那三天，他随团组游览了克里姆林宫的一些精美的大教堂。第三天活动结束时，国旅的导游告诉他们，第二天早晨七点三十分在酒店大堂集合，准备上车去札格尔斯克。

早上七点十五分，彼得斯博士送了一张条子给导游，说由于肚子疼得厉害，他想卧床服药休息。上午八点钟，他悄悄离开大都会酒店，走到喀山车站，登上了一列开往弗拉基米尔的火车。十一点钟不到，他抵达了这座大教堂城市。

如他在研究时所预期的那样，那儿已经有许多旅游团队了。由于弗拉基米尔没有国家机密，游客几乎没有受到监视。他买了一张城市导游图，在圣德米特里大教堂四处游览，欣赏着教堂墙壁上一千三百个不同野兽、花鸟、怪兽、圣徒和先知的浮雕。十二点差十分时，他漫步走向三百米开外的圣母升天大教堂，他一路上没有遇到任何问题，于是走到唱诗班和祭坛下面的两个地下室去了。他在欣赏着鲁布廖夫的圣像画作时，旁边有人咳嗽了一下。如果他被跟踪了，那我就死定了，蒙克心里想。

“你好，教授，最近还好吗？”他平静地说，眼睛没有离开那些色彩鲜艳的油画。

“我很好，但有点紧张。”布利诺夫说。

“我们不都一样吗？”

“我有东西要给你。”

“我也有东西要给你。甑尼娅写的一封长信，小伊凡写的另一封，还有他在学校里画的几张图画。对了，你儿子肯定是继承了你的聪明基因。他的数学老师说，他的学习成绩在班级里遥遥领先。”

科学家虽然很害怕，额头上也已经冒出了汗珠，但听到这话，他高兴地露出了笑容。

“慢慢跟着我走，”蒙克说，“眼睛继续看圣像。”

他走开了，看起来似乎想看完全部的拱顶。一个法国的游客团队离开了，室内只剩下他们二人。他把从美国带来的信件包裹，以及由美国核物理学家准备的第二份任务清单交给了教授。布利诺夫把东西都塞进了西装口袋里。他带给蒙克的东西要多得多——有一英寸厚，是他在阿尔扎马斯-16拷贝的一叠文件。

蒙克不喜欢那么厚的东西，但也没有办法。他把资料塞进衬衣里，让它滑下去，转到了背后。他摆摆手，露出了微笑。

“振作起来，伊凡·叶甫多基莫维奇，已经没多久了，再有一年时间。”

两人分开后，布利诺夫要返回高尔基，由此回到他那镀了金的笼子里去，蒙克则去赶回莫斯科的火车。在旅游大巴从札格尔斯克回来之前，他已经把资料交给了美国使馆，自己也已经躺到了床上。大家都很同情他，为他错过了一次人生乐事而颇感遗憾。

7月20日，该团组乘飞机离开莫斯科，经由北极上空前往纽约。当天晚上，另一架喷气式飞机抵达了纽约肯尼迪机场，但它是从罗马飞过来的。飞机上其中一名乘客是奥尔德里奇·埃姆斯，他在意大利工作三年后回来了，继续在兰利为克格勃刺探情报。他有了两百万美元，更加富裕了。

离开罗马之前，他已经把莫斯科给他的九页纸的任务清单记在了脑子里，把纸片烧毁了。他的首要任务是寻找更多由中情局管理的苏联境内间谍，重点是克格勃、军情局、高级公务员和科学家。任务中还有一条附言：把精力集中到杰森·蒙克身上。

第九章

对于伦敦圣詹姆斯、皮卡迪利和蓓尔美尔大街的绅士俱乐部来说，8月不是好月份。那是休假的月份，其间许多职员希望与家人一起外出度假，会员也有一半在乡村和国外度假。

好多俱乐部关门了，由于各种原因留在首都的会员，只能去陌生的俱乐部聚会。因为根据俱乐部之间的协议，几家为数不多的仍在营业的俱乐部，同时也要接待已关门俱乐部的会员们来喝酒和吃饭。

不过，到了这个月的最后一天，怀特俱乐部又开张了。亨利·库姆斯爵士邀请一位比他年长十五岁的人来这里共进午餐，那是他的一位前辈，担任过秘密情报局的局长。

奈杰尔·欧文爵士七十四岁，已经退休十四年了。在前十年，他像之前离任的其他人一样，是以“发挥余热”的方式度过的。他凭借自己的聪明才智、对世事的经验和对权力渠道的了解，担任了一系列董事职位，为他自己的晚年生活积累了一些资金。

到吃午饭那天为止，他已经彻底退休四年了。他回到了位于多塞特郡波白克半岛上斯沃尼奇附近的家乡，在那里读书写作，沿着自然粗犷的海岸线散步，眺望英吉利海峡，偶尔还会坐火车去伦敦看望老朋友。那些朋友中也有很年轻的人，他们认为他依然充满生机，相当活跃，因为在他那双温和的蓝眼睛底下，隐藏着剃刀般锋利的智慧。

最了解他的人都知道，他对所有见到的人都彬彬有礼，这种传统的礼仪掩盖了他偶尔显露出来的冷酷无情的钢铁般的意志。虽然年龄差距较大，但亨利·库姆斯对他相当了解。

他们两人都是传统的苏联问题专家。欧文退休后，秘情局局长职位相继落到了两个东方学家和一个阿拉伯学家那里，直到亨利·库姆斯上台，才标志着与苏联做艰苦斗争的人又重新掌权。奈杰尔·欧文担任局长的时候，库姆斯在柏林干得很好，他凭借自己的智慧头脑与克格勃的东德情报网，乃至与东德间谍头子马库斯·沃尔夫周旋，证明了自己是一名非常出色的特工。

欧文耐心地留在楼下拥挤的酒吧里和库姆斯聊些日常琐碎，但他像普通人一样好奇，为什么他以前的门生，要他特地坐火车从多塞特赶到高温潮湿的伦敦，来吃一顿午饭。直到他们换到楼上，在一张可俯视圣詹姆斯大街的靠窗桌子就座时，库姆斯才切入主题，提到了请他吃饭的事由。

“有一些事情正在俄罗斯发生。”他说。

“应该说是许多事情，全都是坏事，我是从报纸上看来的。”欧文说。库姆斯露出了微笑，他知道，老领导的消息来源可远不止那些日报。

“我不想详谈，”他说，“这地方不行，现在这个时间也不行。我就说个大概情况吧。”

“好的。”欧文说。

库姆斯给他大致讲述了一下过去六个星期在莫斯科和伦敦发生的事情。尤其是在伦敦的那些事。

“上面不打算采取任何行动，这是最终决定。”他说，“虽然令人惋惜，但事情只能顺其自然任其发展。两天前，我们尊敬的外交大臣就是这样对我说的。”

“如果你认为我还能做些什么，能去推动查尔斯国王大街的官员改变主意，恐怕你是高估了我。”奈杰尔爵士说，“我老了，而且已经退休了。如同诗里说的那样：比赛都结束了，热情也耗尽了。”

“我有两份文件，想让您看一看。”库姆斯说，“其中一份，是我们所能确定的关于已经发生的事情的详细报告，从一个勇敢而又愚蠢的老头，从科马罗夫机要秘书的办公桌上偷走一份文件开始。我们认为《黑色宣言》是真实的，但是否同意我们的观点，可以由您自己判断。”

“另一份呢？”

“就是《黑色宣言》。”

“谢谢你的信任。我该拿这两份文件怎么办呢？”

“带回家去，都看一看，或许您会有什么看法。”

拌有果酱的米饭布丁空盘被撤走了。亨利·库姆斯点了咖啡和两杯俱乐部的佳酿葡萄酒，一种口味很好的芳塞卡。

“即使我同意你所说的一切，即便这个邪恶的宣言真实存在，又怎么样呢？”

“我在想，奈杰尔……下周您要去美国见的那些人……”

“天哪，亨利，你不应该打听这事的。”

库姆斯遗憾地耸了耸肩，但心底里颇为高兴，他的直觉起作用了。委员会要开会了，欧文会去参加。

“用老话来说，我的耳目无处不在。”

“那么，我很高兴，在我退休以后情况没有发生太大的变化。”欧文说，“好吧，如果我到美国见到了某些人，那又怎么样呢？”

“留给您判断，由您自己决定。如果您认为这些文件是垃圾，您就把它们烧成灰好了；如果您认为它们应该伴随您跨越大西洋，那也是您的决定。”

“哎呀，有意思。”

库姆斯从公文包里取出一个扁平的密封包裹，递了过去。欧文把它放进自己的包里，与他在约翰·路易斯百货商店买来的一些东西放在了一起，那是他为夫人买的一些刺绣用的帆布料子，老太太喜欢在漫长的冬夜钩织坐垫套子。

他们在大堂告别后，奈杰尔·欧文爵士坐出租车去火车站，赶返回多塞特的火车。

美国，兰利

1989年9月

到奥尔德里奇·埃姆斯返回华盛顿为止，他为克格勃充当间谍已经有九年，如此的生涯还会持续四年半的时间。财源滚滚而来，他用五十万美元的现金购买了一栋房子，还添置了一辆崭新的捷豹轿车，过上了全新的生活，可他一年的工资也就五万美元。但是，没人注意到这个反常的现象。

由于他在罗马时是负责苏联科的，所以，尽管罗马隶属于西欧处，埃姆斯本人仍一直留在关键的苏联东欧处。在克格勃看来，他能留在苏联东欧处很重要，因为这样他就有了权限，或许还可以再次接触三〇一档案。不过，他在这方面还有个很大的问题。米尔顿·比尔登在阿富汗结束了反苏隐蔽行动的监督工作后，也刚刚调回兰利。作为苏联东欧处的新负责人，他做的第一件事就是千方百计撵走埃姆斯。可是，与几位前任一样，他的努力依然失败了。

精英官僚肯·马尔格卢已在非前线岗位这块晋升为人事部主管，对人事的调配和任职有很大的影响力。埃姆斯如今有能力提供美酒佳肴了，他与埃姆斯便很快恢复了酒肉朋友的关系。马尔格卢挫败了比尔登的计划，让埃姆斯留在了苏联东欧处。

在此期间，中情局已经把大多数秘密档案输入了计算机，从而把其核心机密托付给了人类所发明的最不可靠的机器。埃姆斯在罗马时就已经自学过计算机，现在，他只需要密码就可以看到三〇一号档案，甚至不需要离开自己的办公桌。他不仅不必再把大量文件装进塑料购物袋里，也不需要去签字来调取绝密文件了。

马尔格卢为他的朋友埃姆斯安排的第一个职务，是苏联东欧处对外行动科的欧洲组负责人。但该部门只负责在苏联或苏联集团以外的苏联间谍，不包括正在东柏林负责克格勃K局的斯巴达战士“来山得”、在位于莫斯科的苏联国防部的“猎户座”，还有在莫斯科苏联外交部高层的“德尔斐”，以及第四个，即那个想飞越大西洋的代号为“飞马座”的间谍，他在莫斯科与乌拉尔之间的一个秘密核研究所工作。埃姆斯利用职权很快查了一遍杰森·蒙克的底，但蒙克现在是GS-15级别，比他职位高，他仍然停留在GS-14上。调查一无所获。不过，尽管在对外行动科查不出蒙克的底细，他还是知道了一件事：蒙克管理的所有间谍全都隐藏在苏联境内。通过闲言碎语和马尔格卢，他了解到了其他情况。

苏联东欧处的人都说杰森·蒙克很厉害，在埃姆斯摧残之下，是这个部门最后的希望所在。传闻还说，他独来独往，特立独行，喜欢以自己独特的方式行事冒险，如果不是因为在这个走下坡路的部门里颇有建树，他早就被排挤出去了。

与所有官僚主义者一样，马尔格卢讨厌蒙克。蒙克拒绝按常规的一式三份方式保存文件，马尔格卢不喜欢他这样自行其是，最使他气恼的是，蒙克甚至不理睬马尔格卢那样的领导的抱怨。于是，埃姆斯对这种不满情绪加以利用。他们两人中，埃姆斯酒量更好，在喝下许多酒之后，他还能继续思考，而马尔格卢则会变得稀里糊涂，喜欢吹牛说大话。

到了1989年9月的一个深夜，他们的话题又一次转向那个自行其是的人。马尔格卢脱口说出，他听说蒙克管理着某个“重量级”间谍，是两三年前他在阿根廷招募的。

没有名字，也没有代号，但不要紧，克格勃可以推测出其他情况。“重量级”，意味着是二等秘书或更高的职务；至于“两三年前”，他们推定是一年半至三年前的阶段。

克格勃与外交部核查了在布宜诺斯艾利斯的任职名单，获得了十七个可疑对象。据埃姆斯透露，那人没有再次赴国外任职的经历，这就把名单缩减为十二人。

与中情局不同，克格勃的反间谍部门没有神经质的人。他们开始调查突然暴富、生活方式改善，甚至购买公寓等情况。

天气不错，是9月份的第一个好天气，微风从英吉利海峡吹拂过来，这边的悬崖与远处诺曼底海岸之间没有狂风巨浪，只有被海风吹皱的一片片微小的白色浪花。

奈杰尔爵士漫步在德尔斯顿岬角和圣阿尔班岬角之间的悬崖小路上，呼吸着略带咸味的空气。他喜欢在这里散步，已经有好几年了，在烟雾弥漫的会议室里开完会，或者研究了一晚上的秘密文件后，他都要来这里恢复一下、振作一下。他感觉这里能使他的大脑清醒、注意力更集中。海风吹散了无关紧要的和干扰性的内容，暴露了问题的核心。

整个晚上，他都在专心致志地研读亨利·库姆斯给他的两份文件，里面的内容使他大为震惊。侦查工作一直回溯至流浪汉往西莉亚·斯通的车里扔进东西，他颇为满意。换作是他，也会这么做。

他隐约记起了乔克·麦克唐纳，那个曾经在世纪大厦跑腿的年轻人，显然，他也已经与过去判若两人。他深信这一结论：《黑色宣言》既不是伪造的，也不是开玩笑。

这使他又去思考《黑色宣言》。如果俄罗斯这位蛊惑民心的政治家真的想实施宣言中的计划，那么接下去要发生的事情，让他不由得回想起年轻时代那些可怕的往事。

1943年，他十八岁，那年他终于如愿加入英国陆军，开赴意大利战场。他在蒙特卡西诺的大规模进攻中负伤，被送回英国治疗。康复后，他要求重新加入战斗部队，却被分配到了军事情报局。

作为一名刚满二十岁的中尉，他随英军第八军跨过莱茵河，遇到了他那个年龄的人——或者说，任何年龄——都不应该看到的事情。一位大惊失色的英军少校召唤他，要他一起去看看他们的步兵部队在行军途中的发现——贝尔根-贝尔森集中营，这个地方给年纪比他大的那些人，留下了挥之不去的噩梦。

到达圣阿尔班岬角后，他转身朝内陆返回，沿着通往阿克顿村子的小道走去，到了那里再转弯，顺着巷子去兰顿马特拉弗斯。怎么办呢？究竟有没有什么机会能对局势产生影响呢？现在就把文件烧掉，不再去理会吗？太诱惑了，它实在太诱惑了。或者，把文件带到美国去？那样的话，也许会遭到元老们的嘲笑，他将在那里与他们一起参加为时一周的会议。太可怕了。

他拉开花园的门闩，穿过佩妮在夏季栽种水果和蔬菜的小块绿地。花园里有一堆篝火，几根引燃的木条之下，中心的炭火依然烧得很旺很红。把两份文件扔进火堆里是举手之劳，可以就此一了百了。

他知道，亨利·库姆斯再也不会提起这事，不会询问他干了什么，或者问他想得怎么样了。确实，谁也不会知道文件的来源，因为他们两人都不会说出去，这是规矩。他的妻子在厨房的窗口叫唤他。

“你来了？茶放在客厅里了。刚才我去村里买了些松饼和果酱。”

“好，我喜欢松饼。”

“就知道你爱吃。”

佩内洛普·欧文比他小五岁，年轻时是有名的美人，是许多富家子弟的追求对象。只有她自己知道，当初为什么选择了这个穷得叮当响的年轻情报官。他曾经为她读过诗，但在他那害羞的外表之下，隐藏着计算机一般聪明的脑袋。

他们有过一个儿子，他们唯一的儿子，在1982年的马岛战争中阵亡了。他们尽量不多想关于儿子的事，除了他的生日和忌日。

在丈夫三十年的秘密情报生涯中，她一次次地耐心等待他的归来。他在执行任务，把间谍派往苏联，或者在柏林墙阴影中的刺骨寒风里，等待着某个勇敢而又惊恐的特工拖着沉重的脚步通过检查站，走向满是灯光的西柏林。他回到家里时，炉火总是烧得很旺，松饼和茶水也早已备好。她已经七十岁了，但他依然认为她很美丽，依然深深地爱着她。

他坐下来，开始吃松饼，眼睛盯着火堆。

“你又要走了。”她静静地说。

“是的，要走了。”

“多久？”

“哦，先在伦敦住上几天，做一下准备，然后去美国一个星期。再之后，我就不知道了。很可能不会再离开了。”

“嗯，我没事。花园里有许多事情可做。有机会的话，给我打电话好吗？”

“当然。”

然后他说：“这种事情再也不能发生了。”

“当然不能。嗯，快把茶喝了。”

美国，兰利

1990年3月

率先响起警钟的是中情局的莫斯科情报站：间谍“德尔斐”关闭了通讯联络。事情是从去年12月开始的。杰森·蒙克坐在书桌前，凝视着发送给他的译码后的电文。他一开始是担心，后来就发狂了。

如果克鲁格洛夫安然无恙，那么他违反所有的规定，是为什么呢？中情局莫斯科情报站已经两次在约好的地方用粉笔标上了某种记号，表明他们已经在某个死信箱里为这位“哲人”放好了东西。他应该去那个秘密隐藏地收取的，但两次信息都无人理会。他是不是离开莫斯科了？突然被派往国外任职了？

如果是那样，那他早就应该发来约定好的“我很好”确认信息。他们查阅了已约定的杂志，寻找表示“我很好”或相反内容“我有麻烦，请帮帮我”的小广告，但都没有。

到了3月份，“哲人”要么因为心脏病或其他重病而完全丧失了生活能力，要么就是发生了严重的意外事故。或者是死了，或者被“拿下”了。

问题没有找到答案，蒙克疑虑重重。如果克鲁格洛夫被捕并受审，他会全盘招供的。抵抗是没有用的，只会延长痛苦。

他会说出死信箱的地点，还有提醒中情局去提取情报的加密粉笔记号。那么，为什么克格勃不利用这些粉笔记号，当场抓住美国外交官呢？这是显然应该做的事。如今其他事情都在按照美国的意愿进行，莫斯科会非常渴望这次行动能成功。

苏联的东欧部分正在四分五裂。罗马尼亚已经处决了独裁者齐奥塞斯库总统；波兰已经离去，捷克斯洛伐克和匈牙利正在公开反叛，柏林墙也已经在去年11月被推倒。在莫斯科当场抓住一个从事间谍活动的美国人，多少可以抵消一点克格勃正在遭受的羞辱。然而，什么事情也没有发生。

蒙克推测这意味着一个或两个可能。要么克鲁格洛夫的完全失踪是个意外事故，以后会得到解释，要么，是克格勃在保护情报源。

美国无奇不有，其中不乏一些非政府组织或民间团体。这种机构有成千上万，其范围从托管到无数个课题研究的捐款，面面俱到，有些晦涩难懂到简直超乎想象。政策研究中心、思想库、这样或那样的促进会、各种名目繁多的委员会，以及多到几乎无法列举的基金会，等等。

一些专事研究，一些从事慈善，一些组织讨论活动，一些致力于某个议题的宣传、游说、推广，提高公众对某个议题和反对其他议题的意识或废除某件事情。

光是华盛顿，就有一千两百个非政府组织，纽约还要再多一千个，而且，它们都有基金，有些来源于部分的税收，另一些来源于早年去世者的馈赠，有些来自民营工商企业的赞助，其他的是由异想天开、博爱或者精神错乱的百万富翁所提供的捐赠。

它们为学者、政治家、退位的外交官、空想社会改良家、爱管闲事的人——有时也有一些疯子——提供栖息之地。不过，这些组织有两个共同之处：它们都宣称自己实际存在，而且都在某个地方设有总部。但有一个例外。

也许是由于委员会规模很小，入会条件很高，会员信息不对外公开，并且组织保持绝对隐秘，1999年夏季的林肯委员会，很可能是所有非政府组织中最有影响力的一个。

在民主国家，权力就是影响力。只有在独裁国家，法律才会允许滥用权力的存在。在民主体制下，非选举产生的权力也可以影响经选举产生的政府成员。可以是通过公共舆论的动员、新闻媒体的报道、坚持不懈的游说或直接进行资金支援，但其最纯粹的形式，是运用丰富的经验、正直的品质和智慧，悄悄地向经选举产生的执政人提出忠告。这叫作“悄悄话”。

林肯委员会拒绝承认自己的存在。它很小、很隐蔽，也是一个自力更生的组织，致力于对现实问题的研究、评估和讨论，最终形成决议。根据委员的质量及能够接触当政最高领导层的能力，这个委员会所产生的真正影响力，很可能超过其他任何民间团体，甚至超过这些团体加在一起的合力。

所有委员都是英国人或美国人是该委员会的特征。委员会的真正成立时间是八十年代早期，是马岛战争之后，在华盛顿一家俱乐部就餐时商定的，但其起源可以追溯到英美两国在第一次世界大战的逆境中发展起来的强烈的伙伴意识。

新委员入会必须受到邀请，而且必须具有某种品格或能被其他委员所认可。这些人中，大多是些经验丰富、诚实正直、聪敏机智、小心谨慎的爱国主义者。

此外，曾任公职的委员必须是已经退休的人员，这样就不会遇到为自己所在机构开后门的问题，而在私人企业任职的人则可以继续保留职位。并不是所有委员都很富有，但至少有两个企业家，他们的个人财产估计有十亿美元。

来自私人企业的委员具有在商业、工业、银行、金融和科学方面的丰富经验，而曾在公共部门任职的委员，则具有政治、外交和公务才能。

在1999年的夏季会议上，共有六位英国委员和三十四位美国委员，其中包括一位英国妇女和五位美国妇女。

由于他们经历丰富，所以一般都是中老年人。六十岁以下的人很少，年龄最大的，是一位八十一岁的老人，但他身体很健康。

委员会的精神风貌用亚伯拉罕·林肯的话来说，就是“要使这个民有、民治、民享的政府永世长存”。经过友好的电话磋商，该委员会决定每年选一处隐秘的场所，召开一次会议。每次会议都会由一名富有的委员作为东道主，从来没有人会拒绝这份荣誉。委员们自行支付往返会议地点的差旅费，到达目的地后，就由东道主负责接待。

在美国怀俄明州的西北角，有个叫杰克逊霍尔的山谷，这个名字来自第一个敢于在那里过冬的猎人。该山谷的西面是高耸的提顿山，东边与格若斯维崔山脉相邻，北面被黄石公园封口，南面群山起伏，斯内克河翻滚着白色浪花，奔腾穿越群山之间的峡谷。

在滑雪小镇杰克逊的北面，第一九一号公路经过机场，通往莫兰交叉口，然后延伸到黄石一带。经过机场后就是穆斯村，那里有一条小路可以抵达珍妮湖。

在公路西边的提顿山脚下有两个湖泊：由加尔尼特峡谷的急流形成的布拉德利湖和雪崩峡谷下游的塔格特湖。除了驴友，一般人很难进入湖区。两个湖泊之间有块平底平地，在位于南提顿山悬崖峭壁下的一块土地上，一个叫索尔·内桑森的华盛顿金融家在那里建了个度假庄园，面积达一百英亩。

那里独特的地理位置可为主人和宾客提供一个绝对私密的环境。这地方两面是湖泊，背后是高山。前面的小路低于庄园的地势，使得庄园本身成了一块高地。

大家共同商定，第一批客人将在9月7日到达科罗拉多州的丹佛。内桑森会派一架格鲁曼私人飞机在那儿迎接他们，然后翻山越岭，去往杰克逊机场。离开航站楼走上不少路后，他们转乘他的直升机，飞行五分钟后抵达庄园。英国代表团已经在美国东海岸办完入境手续，因此他们不需要飞到丹佛机场，可在远处转机，避人耳目。

庄园里有二十套小屋，每套有两间卧室和一个客厅。由于天气暖和，阳光明媚，只有在太阳落山后才有一丝凉意，许多客人喜欢坐在房间前面的阳台上消遣。

伙食都经过精心烹调，食堂是一个大房间，是庄园的活动中心。吃完饭，桌子收拾干净后，那里就成了会议室。

庄园的职员都是内桑森自己的部下，都很谨慎，是专门被派到这里来的。为加强安全，庄园周边和下面的山坡上配备了私家警卫员，他们扮作露营者，防止有迷途的背包客误闯。

林肯委员会的1999年会议持续了五天。到会议结束时，谁也没有意识到这里有客人来过、住过并离开。

到达庄园后的第一个下午，奈杰尔·欧文爵士打开行李，冲了个澡，换上宽松的裤子和斜纹布衬衣，坐到了小屋前面的木露台上。他与美国的一位前国务卿同住这套木屋。

从这个有利的位置，他可以看到其他客人正在四处活动筋骨。他们在冷杉、白桦和黑松林中，在通往下面湖边的小径上，悠然地散着步。

他看到了英国前外交大臣和北约前秘书长卡林顿勋爵，那人瘦瘦小小，像一只鸟。与他并肩行走的是银行家查尔斯·普赖斯，曾经是美国驻英国圣詹姆斯宫最成功也最受欢迎的大使之一。在欧文担任秘密情报局局长时，彼得·卡林顿是外交大臣，也是他的上司。身高六英尺四英寸的普赖斯像一座高塔般耸立在英国贵族身边。再往远处，他们的东道主索尔·内桑森坐在一把凳子上晒太阳，与他在一起的是美国投资银行家和前司法部长埃利奥特·理查森。

前内阁大臣和文官长阿姆斯特朗勋爵正在木屋外敲门，木屋里的撒切尔夫人还在开包整理行装。

又一架直升机"咔嗒咔嗒"响着降落了，走下来的是美国前总统乔治·布什。美国前国务卿亨利·基辛格上前迎接他。在靠近中心木屋的一张桌子前，系着围裙的女服务员提着一壶茶水，走向另一位离任大使——英国的尼古拉斯·亨德森爵士，他正与伦敦的金融家、银行家伊夫林·德·罗思柴尔德爵士一起坐在桌子边喝茶。

奈杰尔·欧文看了一下为时五天的会议日程。当天晚上没有什么安排；第二天，与会人员将像以往那样分成三个小组，即地域政治、战略和经济小组；前两天都是分小组开会，第三天则是听取小组会议结果并就此展开讨论；第四天是全体会议。在他的请求下，在最后一天会议结束前，委员会为他安排了一个小时的时间。最后一天的会议，是关于未来的行动和提议。

提顿山脉山坡上的密林里，一头孤独的公麋鹿到了发情期，正吼叫着寻找配偶。一只鱼鹰伸展着末梢黑褐色的翅膀，盘旋在斯内克河的水面上，它发现自己的捕鱼地盘被一只秃鹰侵占了，于是愤怒地发出了像猫叫一样的声音。真是一幅田园牧歌般的美景，这位年迈的间谍头子心里想，只可惜，这一切都被他带来的邪恶的《黑色宣言》给毁了。

奥地利，维也纳
1990年6月

去年12月起，埃姆斯逐渐停止了在苏联东欧处对外行动科的工作。他再次失去了对三〇一档案的查阅权，然后他开始了从罗马返回后的第三项工作——捷克行动小组的负责人。但这个小组没有得到密码授权，不能在电脑里访问绝密的三〇一档案，以及那些储存着的在苏联集团内部为中情局工作的间谍的详细资料。

埃姆斯向马尔格卢抱怨，说这样做毫无道理。他曾经负责过整个苏联东欧处的反间谍工作，再说，他需要交叉核实那些虽然是苏联人，但曾在捷克斯洛伐克工作过的中情局间谍的情况。马尔格卢答应尽力帮助他。最后，在5月份，马尔格卢把电脑的访问密码给了他。此后，埃姆斯坐在捷克小组的办公桌前就可在电脑上访问那些档案，直至找到“蒙克管理的间谍们”。

1990年6月，埃姆斯飞往维也纳，再次与他的长期管理员弗拉基——即弗拉基米尔·梅楚拉耶夫上校会晤。自从返回华盛顿后，再与苏联外交官接触就很危险了，因为四周都有联邦调查局的监视，所以，他选择去维也纳。

他在拿到大把现金前都忍住没喝酒，他带来了三份详细档案，这也使得梅楚拉耶夫上校欣喜若狂。

一份是一位陆军上校，很可能是军情局的，现于莫斯科的国防部任职，是在1985年下半年在中东被招募的。另一份是一位科学家，住在一座被严密隔离的城市里，是在美国加州被招募的。第三份是一名克格勃上校，根据记录是六年前在苏联境外被招募的，现在不在苏联，但在东欧集团内部，会讲西班牙语。

三天后，在亚谢涅沃的克格勃第一总局大楼内，追捕开始了。

“兄弟姐妹们，你们没有听到晚风中的她的声音吗？你们没有听到她在向你们发出呼唤吗？你们难道没有听到我们敬爱的俄罗斯母亲的声音？

“朋友们，我能听到她的声音。我听到她在林子里叹息，我听到她在雪地上哭泣。‘你们为什么要那样对待我？’她问道，‘难道我被出卖得还不够吗？难道我为你们流血还不够吗？难道我遭受的痛苦还不够吗？你们为什么要那样对待我？’

“‘你们为什么要把我像娼妓那样卖到外国人和陌生人手中，让他们像吃腐肉的乌鸦一样来啄食我痛苦的身躯……’”

庄园内的大会议室墙壁上支起了一块能找到的最大的电影银幕，放映机架在了大厅的后面。

四十双眼睛凝视着影片里的人物。那是初夏时那人在俄罗斯图哈沃某次群众集会上的演讲，他用洪亮的俄语演说，声音高低起伏，影片中同时还配有低沉的翻译音轨。

“是的，兄弟们，是的，姐妹们，我们能听到她。而莫斯科那些身穿裘皮大衣的绅士及情妇们则听不到她。那些在她身躯上寻欢作乐的外国人和社会渣滓也听不到她。但是，我们能听到母亲在痛苦中呼唤着我们，因为我们是这个伟大祖国的人民。”

年轻的制片人利特维诺夫拍摄得相当成功。他在影片中插入了激起同情的画面：一位年轻的金发母亲怀抱婴儿，抬头注视着上面的讲台；一名长相英俊的战士泪流满面；一个饱经风霜的农民脸上满是皱纹，肩上斜挎着一把长柄镰刀。

没人会知道，那些切换到的镜头是演员扮演后分别拍摄的。倒不是说那些人群是伪造的：从高处拍摄的其他镜头展示着万名支持者，他们一排排站立着，两侧是青年战斗队中穿着制服的啦啦队。

伊戈尔·科马罗夫的声音从高声呼喊降为低声的耳语，但话筒把他的声音传遍了整个体育场。

“没人出现吗？没人上前一步说：够了，这样的事情再也不要发生了。要有耐心，俄罗斯的同胞们，再等一会儿，祖国的儿女们……”

话音又升高了，从低声细语升为高声呼唤。

“我来了，亲爱的母亲，我是您的儿子伊戈尔。是的，我现在来了……”

最后一个词语几乎被淹没了，集会的人群全都站起来齐声高呼：“科——马——罗夫、科——马——罗夫。”

放映机关掉后，人物影响渐渐从屏幕上消失。接着是一阵寂静，然后大家都长长地呼出了一口气。

电灯开亮后，奈杰尔·欧文走到长方形的松木餐桌前头。

“我想，大家都知道刚才镜头里的人物，”他平静地说，“那就是伊戈尔·阿列克谢维奇·科马罗夫，爱国力量联盟的领导人。该党很有可能赢得明年1月份的大选，使科马罗夫当上总统。正像大家所看到，他是为数不多的有热情、有号召力的演说家，显然具有超凡的魅力。

“大家也知道，在俄罗斯，百分之八十的实权掌握在总统手中。自从叶利钦时代起，我们的社会中仍在实行的那些对权力的审查和制约，在那里却都已经被废除了。当今的俄罗斯总统，从某种程度上来说，可以按照自己的意愿颁布任何法令和法律。这其中也包括恢复一党制国家。”

“鉴于俄罗斯目前的状况，这样难道不好吗？”一位前驻联合国大使问道。

“也许没有不好，夫人，”欧文说，“但我要求进行这次讲解的目的，不是要讨论伊戈尔·科马罗夫当选后，可能会执行的方针政策和会可能会发生的事件，而是向委员会提供科马罗夫未来方针政策的确凿证据和本质。我从英国带来了两份报告，用这里的复印机复印了三十九套。”

“我还在纳闷呢，为什么要我带那么多纸来。”东道主索尔·内桑森微笑着说。

“很抱歉磨损了你的复印机，索尔。可我不想带着四十套复印好的文件跨越大西洋飞过来。我不会要求你们现在就阅读这些文件，而是每人拿上一套，回去后慢慢看。请先看标有‘已核实’字样的报告，然后再读《黑色宣言》。

“最后，我还要告诉大家，因为这份你们今晚要读到的文件，三个人已经死去了。这两份都是绝密文件，所以我要求看完后务必把它们全部退还，以便我在离开这个大院之前把它们全都烧毁。”

所有的疑云都消散了，林肯委员会的委员们拿着各自的复印件返回自己的房间去了。令食堂人员感到奇怪的是，开饭时间没有一个人来吃晚饭。委员们都要求把晚饭送到他们的木屋里去。

美国，兰利

1990年8月

从苏联集团的中情局各个情报站传来的消息很不好，而且越来越不好。到7月份时，情况已经明了，那位猎手，即“猎户座”，肯定是出事了。上个星期的一次例行“轻触会晤”时，索洛明上校没有出现，这类行动，他以前从来没有失约过。

“轻触会晤”是一种通常不会危及任何人的简单办法。在事先约定好的某个时间，其中一方沿着一条街道行走，他身后也许有人跟踪，也许没有。突然间，他离开人行道，拐进咖啡馆或饭店的转门——任何一个拥挤的地方都可以。就在他进去之前，另一个人刚刚结完账，起身走向门口。他们不必进行眼神接触，互相擦肩而过。其中一人把一个火柴盒大小的包裹塞进另一人的侧身口袋里。然后，这两个人都继续走各自的路：一个进来，一个出去。如果有尾巴，那么盯梢者在从转门进来时是什么也看不出来的。

此外，“猎户座”已经两次未按照粉笔标记的明确要求，去死信箱领取信件了。唯一的推论是，“猎户座”已经切断联系，或者是其他人把这个联系切断了。而且，他也没有启用应急的表明生活迹象的程序。不管出了什么事情，一定都很突然，事先无法发出警告。心脏病、车祸，或者，他被捕了。

这还没完，来自西柏林的消息说，东德的安全地址也没有收到“飞马座”寄出的每月定期信件。苏联的养狗杂志上也没有出现任何消息。

由于布利诺夫教授越来越难以离开阿尔扎马斯-16去苏联境内的其他地区旅行，蒙克建议他每个月给东柏林的一个安全邮政地址发一封没有危险信息的平安信。信件里不需要书写任何秘密内容，只要签上“尤里”的名字就行了。他可在隔离区外的任何信箱投递信件，即使该信件被截取，也永远不会追查到他那里。柏林墙倒塌后，再也不需要使用老把戏，偷偷摸摸地把信件送到西柏林去了。

此外，他还建议布利诺夫去买一对西班牙猎狗。在阿尔扎马斯-16里，养狗是允许的，对于这位搞学术的鳏夫来说，还有什么事情比养狗更无害的呢？每个月，他都有正当的理由在莫斯科的某份关于养狗的周刊上刊登一条小广告，说有小狗要出售、要断奶、刚出生或者刚要出生等等，但每月照例会出现的小广告并没有出现。

蒙克现在已经计穷力竭了。他向高层领导抱怨说出事了，然后被告知要再等等，不要惊慌，要他保持耐心，联系无疑会重新建立起来的。但他已经沉不住气了。他开始写报告，其大意是，他认为兰利内部有漏洞。

会重视他提出的问题的只有两个人，凯里·乔丹和格斯·哈撒韦，但他们都已退休了。新当政的领导大多数是1985年冬季以后进来的，他们只是对这个问题感到厌烦。在这座大楼的另一个部门里，1986年春天开始的追查内鬼行动，仍在缓慢地进行着。

“我感到难以置信。”在早饭后全体会员参加的讨论会上，一位前美国司法部长说。

“我的问题是，我发觉很难不去相信，”前国务卿詹姆斯·贝克回答，“这事已经报告给了我们双方的政府了……奈杰尔？”

“是的。”

“他们不打算采取任何措施？”

其余三十九名委员围坐在会议桌四周，都盯着这位前间谍头子，似乎在寻找某种保证，告诉他们那只是一场噩梦、一种阴暗的虚构，很快就会以某种方式消失。

“按常规来说，”欧文说，“官方对此无计可施。《黑色宣言》的一半内容，有可能代表了许多俄罗斯人民的心声。西方根本不可能得到这份宣言，科马罗夫会指责那是伪造的。其产生的效果甚至反而会增强他的势力。”

一片肃静。

“我能说几句吗？”索尔·内桑森说，“不是作为东道主，而是作为一名普通委员。我曾经有个儿子，他在海湾战争中死了。”

大家肃穆地点点头。在座的委员中，有十二位曾经在海湾战争创建多国部队时担任过领导职务。桌子另一头，科林·鲍威尔上将凝视着这位金融家。由于内桑森家地位显赫，他收到了关于美国空军中尉蒂姆·内桑森在战斗结束最后时刻被击落的消息。

“如果说，这个损失有什么值得安慰的，”内桑森说，“那就是我知道他是在与邪恶做斗争时战死的。”

他停顿了一下，搜索着合适的词语。

“我已经很老了，足以理解邪恶的含义。我认为邪恶有时可以潜入人的身体。第二次世界大战时，我还小，还不能参加战斗，二战结束时我才八岁。我知道在座的委员中有些是参加过那场战争的，但当然，那是我后来知道的。我相信，阿道夫·希特勒是邪恶的，他做的事情也是邪恶的。”

会场一片寂静。政治家、实业家、银行家、金融家、外交家和行政官员们都习惯于讲究实际。他们明白，他们听到的是心里话。索尔·内桑森俯身向前，拍了拍《黑色宣言》。

“这文件是邪恶的，写文件的人也是邪恶的。我认为我们不能回避，不能让它再次发生。”

会议室里依然很安静。大家都知道，他说的“它”，指的是第二次浩劫，不单单是针对俄罗斯的犹太人，还有其他多个少数民族。

寂静被英国前首相打破了。“我同意。不能犹豫了。”

拉尔夫·布鲁克俯身向前，他是著名的洲际通信公司的负责人，全世界每一个股票交易所都知道“洲际通信”。

“好吧，那么我们能做什么呢？”他问道。

“在外交上……通知北约各个政府，敦促他们提出抗议。”一位前外交官说。

“科马罗夫会谴责说，这个宣言完全是伪造的，而且许多俄罗斯人会相信他。俄罗斯人的仇外心理也不是什么新鲜事了。”另一个人说。

詹姆斯·贝克俯身向前，转过脸去与奈杰尔·欧文说话。

“是你把这份可怕的文件带给我们的，”他说，“你有什么建议？”

“我什么提议也没有。”欧文说，“但我要提个醒，如果，我们委员会准备批准——不是承诺，而是批准——一项倡议，那应该是非常隐蔽的，以后如果发生什么事情，绝对不会与这间屋子里的任何人联系起来，损毁我们的声誉。”

委员会的三十九名委员都清楚知道他在说些什么。他们中的每个人都曾参与过或目睹过政府隐蔽行动的失败，那会直接导致上层的垮台。

一位美国前国务卿在桌子一头用浓重的德语口音说话了。

“奈杰尔可否承诺一项这么隐蔽的行动？”

两个声音异口同声地说：“可以。”欧文担任秘密情报局局长时，他是在玛格丽特·撒切尔及其外交大臣卡林顿勋爵两人的领导之下的。

林肯委员会从来不会通过正式的书面决议，只会达成共识。然后每个委员利用其影响力，在他们各自国家的权力渠道里去促成这些共识。

委员们对于这个《黑色宣言》达成的共识是，把意愿委托给一个更小的委员会，由其考虑最佳方案。林肯委员会全体委员只是一致同意：既不认可，也不谴责，甚至不知道会有什么事情发生。

苏联，莫斯科

1990年9月

在勒福托沃监狱，阿纳托利·格里辛上校坐在办公室书桌前，审视着刚刚收到的三份资料。此刻的他，百感交集，心情很复杂。

首先是成就。整个夏天，克格勃第一和第二总局反间谍部门的同事们，把三个叛徒一个接一个地，很快就交给了他。

第一个是外交官克鲁格洛夫，他在两个方面露了馅：一是他在苏联驻阿根廷使馆担任过一等秘书，二是他回国后不久，就用两万卢布买了一套公寓。

他没有犹豫就全盘招供，把所有事情都向坐在桌子后面的审讯官和录音机彻底坦白了。六个星期后，他该说的都说了，再也没有什么好交代的了，于是被关进了监狱里的一间很深的地牢，那里的温度，即使在夏天也很少超过一摄氏度。他浑身颤抖着坐在牢里，等待自己的命运。这个命运就在上校办公桌上的一份资料内。

7月份，核物理学家布利诺夫教授被关进了监狱。到美国加州参加会议的科学家人数极为有限，人员名单很快就缩小到四人。在对位于阿尔扎马斯-16的布利诺夫公寓的一次突击搜查中，他们从柜子里起获了一双卷起来的袜子，里面藏有一小瓶隐形墨水。

他也很快就供认了一切。只要看到格里辛的审讯小组以及那些专业刑具，就足以使他松口了。他甚至透露了他向东柏林投寄密信的地址。

对东柏林地址的突然袭击任务，则交给了克格勃东柏林K分局的一位上校，但不凑巧的是，就在袭击发起的一个小时之前，公寓的租客已经穿过新近开放的城市，逃到了西柏林。

最后，他们在7月下旬逮捕了西伯利亚的军人索洛明。这是根据他在军情局的官衔、他在国防部的任职，以及他在亚丁任职过的经历，对他实行严密的监视后敲定的。在监视期间，他们也对他的公寓进行了一次搜查，发现他的一个孩子在寻找圣诞礼物时看到过爸爸的微型照相机。

比奥特尔·索洛明与其他人不同，他忍受了极大痛苦，大声辱骂表示蔑视。最终，格里辛还是击败了他，他总是能够成功。他威胁要把其老婆孩子发配到最严酷的劳改营里去，从而获得了突破。

他们每个人都描述说，那位笑容可掬的美国人是如何接近他们，他是如何渴望倾听他们的心事，又是如何合理地提出了建议。这使得格里辛从内心产生了另一种情感，那是他对杰森·蒙克这个幕后人的刻骨仇恨。

这个厚颜无耻的家伙不止一次、不止两次，甚至三次踏上苏联的国土，与他的间谍接头，然后安然地离去，就在克格勃的鼻子底下。他越是了解这个人，就越是怒火中烧。

当然，他们也进行了各项检查。“亚美尼亚”号旅游船的航次旅客清单被检查了一遍，但没有发现什么假名。船员们依稀回忆起有一个来自得克萨斯州的美国人，身穿得州人的服装，与索洛明描述的他们在植物园见面时的模样相符。很可能蒙克就是诺曼·凯尔森，但这并没有得到证实。

在莫斯科的侦探工作收获颇多。他们通过签证申请记录和国旅的旅游团组记录，查出了那天在苏联首都的每一个美国游客的资料。最后，他们把疑点集中到了大都会酒店，还有碰巧因为肚子疼而没去游览札格尔斯克修道院的那个人。就是那天，蒙克在弗拉基米尔大教堂与布利诺夫教授见了面。菲利普·彼得斯博士，格里辛将会记住这个名字。

当三个叛徒向审讯小组坦白，他们在美国人的劝说下提供了大量的绝密情报时，克格勃情报官全都吓得脸色惨白。

格里辛把三个人的资料放在一起，用办公室的电话拨了一个号码。他总是喜欢听到最后的判决。

弗拉基米尔·克留奇科夫将军已经从第一总局局长晋升为负责整个克格勃的主席。那天上午，他带着那三份死刑判决书，去了位于新广场中央委员会大楼的顶层，放在了米哈伊尔·戈尔巴乔夫总书记办公室的书桌上，等待签字。经批准后，他又把死刑判决书送到了勒福托沃监狱，上面的标记是“立即执行”。

上校给后院里的罪犯半个小时的时间，去体会即将发生的事情。太突然了，如同他经常告诉学生们那样，没有时间去预料。他下楼去了，在太阳永远也照射不到的高墙下的院子里，那三个人已经跪在了砾石地面上。

第一个是外交官。他似乎受到了严重的精神刺激，当军士长用九毫米马卡洛夫手枪顶住他的后脑勺时，他一直咕哝着“不，不”。看到格里辛一点头，军士长扣动扳机。一道闪光后，血肉飞溅，瓦列里·尤里耶维奇·克鲁格洛夫扑倒在自己面前的砾石地上。

科学家是在无神论的教育下长大的，现在却开始祷告了，他乞求万能的上帝把他的灵魂带往安息之处。他似乎没有注意到在他身后咫尺之遥正在发生的事情，就像外交官那样面朝下扑倒在了地上。

比奥特尔·索洛明上校是最后一个。他仰望着天空，也许是最后一次见到了家乡，那儿的森林和河流里有许多猎物和鱼虾。当他感觉到后脑勺冷冰冰的枪口时，他朝站在墙边的格里辛上校伸出左手，中指僵硬地竖了起来。

“射击！”格里辛一声叫喊，一切都随之结束了。他命令当天夜里就将尸体掩埋，地点是在莫斯科郊外林地里没有标记的墓穴。即使死了，也不能有丝毫的仁慈。他们的家人将永远找不到可以送去鲜花的地方。

格里辛上校走到西伯利亚军人索洛明的尸体旁，弯腰看了一会儿，然后直起身子大步走开了。

他回到办公室准备写报告，这时候，电话机上的红灯亮了。打电话的人是他认识的第二总局调查小组的一名同事。

“我们快要查到第四个叛徒了，”那人说，“现在只剩下两个嫌疑人了。两人都是上校，都是反间谍部门的，都在东柏林。我们把他们都监视了起来，很快就能获得突破。在我们确定了以后，你想知道吗？你想参加我们的逮捕行动吗？”

“给我十二个小时，”格里辛说，“十二个小时后我会赶到。这个人，我是要定了。这个人，我有个人恩怨。”

调查官和审讯官都知道，一个经验丰富的反间谍情报官是最难突破的。他在K局的反间谍部门工作过许多年，知道要如何去发现针对他自己的反间谍行动。他不会在卷起来的袜子里放置隐形墨水，也不会去购买公寓。

过去，事情总是比较容易。如果某个人受到怀疑，他就会遭到逮捕和审讯，直至最终坦白交代或被证明是蒙受冤罪。到了1990年，当局坚持，必须要有证据，或者至少在实施盘问之前，要有确凿的证据。“来山得”不会留下任何证据，只能当场把他抓住。这需要计谋，还需要时间。

此外，柏林已是一个开放的城市。从技术上讲，东部依然是苏联的领地，但柏林墙已经倒塌，如果受到追猎，罪犯很容易逃离笼子，驾车快速穿过街道进入到灯光明亮的西部，他就安全了。那时候就太晚了。

第十章

项目委员会的人数仅限五个，其成员有地域政治组组长、战略组组长和经济组组长，加上毛遂自荐的索尔·内桑森和奈杰尔·欧文。欧文差不多担任了主席的角色，回答了其他人的提问。

“我们一开始就直截了当吧，”经济组组长拉尔夫·布鲁克说，“你是否打算去暗杀这个科马罗夫？”

“不。”

“为什么不？”

“因为成功率很低，而且在这个案子里，即使成功，也解决不了问题。”

“为什么不能成功，奈杰尔？”

“我没说不能，只是非常困难。这个人安保措施极为严密，他的保镖和卫队长都不是饭桶。”

“但即使成功，也不解决问题？”

“是的。这个人会成为烈士，另一个人将踏着他的足迹继续横扫全国。很可能会执行相同的计划，继承先烈的遗志。”

“然后呢？”

“所有的政治家都害怕捣乱。我相信，这是美国人的说法。”

房间里有些人苦笑了一下。美国国务院和中情局一直想去给外国的几位左翼领导人添乱。

“需要准备些什么？”

“预算资金。”

“没问题，”索尔·内桑森说，“要多少，说吧。”

“谢谢。这个以后再说。”

“还有呢？”

“一些技术保障，大多数都是可以买到的。还需要一个人。”

“什么样的人？”

“一个去俄罗斯干某些工作的人，一个优秀的人。”

“那是你的专长。如果——我说如果，经仔细考虑之后，能使科马罗夫名声扫地，使他失去大多数人的支持，那么接下来呢，奈杰尔？”

“其实，”欧文说，“这才是主要的问题。科马罗夫不只是一个江湖郎中。他很老练，富有热情和人格魅力。他能够理解并迎合俄罗斯人民的意愿。他是偶像。”

“什么？”

“偶像。不是宗教圣像，而是一种象征。他代表了某种东西。国家是需要某种东西、某个人或某种象征的，人们可以对其效忠，各种不同的人群会因为它而产生认同，由此团结起来。如果没有一个统一的象征，人们就会发生内讧。俄罗斯幅员辽阔，有许多不同的民族。共产党的统治是残忍的，但它达成了团结。南斯拉夫也一样，高压政治下的团结一旦崩溃，我们看到过发生了什么。用意志去达成团结，必须要有这种象征。你们美国有星条旗，我们英国有皇冠。目前，伊戈尔·科马罗夫是他们的偶像，只是我们知道，那是一个破绽百出的偶像。”

“他打着什么主意呢？”

“与所有的煽动家一样，他会利用人们的希望、欲望和爱憎，但主要是利用恐惧。由此他会赢得民心。有了民心，他就会有选票，有了选票，就有了权力。然后他就会利用权力去建立国家机器，去实施

《黑色宣言》制定的目标。”

“但如果他被摧毁了呢？那就会回到混乱状态，甚至会引起内战。”

“很有可能。除非能在这个方程式里引入另一个更好的偶像，一个值得俄罗斯人民效忠的偶像。”

“这样的人是没有的，从来没有过。”

“哦，曾经有过，”奈杰尔·欧文说，“很久以前有过。他是全俄人民的沙皇。”

美国，兰利

1990年9月

图尔金上校，也就是代号为“来山得”的间谍，发来了一封急件，是专门发给杰森·蒙克的。那是一张明信片，画面是东柏林的歌剧院咖啡馆露台。信息的内容简单而又无害。“希望再次见到你。祝好，何塞-玛丽亚。”它是寄给在波恩的一个中情局安全信箱的，邮戳说明是在西柏林的一个邮筒投寄的。

在波恩的中情局人员不知道这张明信片是谁寄来的，只知道是寄给兰利的杰森·蒙克。于是他们转寄过来了。邮件在西柏林投寄并不意味着什么。图尔金只是轻抬手腕，把贴足了邮票的信件通过敞开的车窗扔进了一辆路过的轿车，那是一辆挂西柏林牌照的汽车，正返回西部。他只是简单地对吃惊的司机嘀咕了一声“请帮忙”，然后继续向前走去。等到他的尾巴从街角拐过来时，已经错过了这一幕。好心的柏林人把明信片寄出去了。

这种接触后离开的方法是不值得推荐的，但更离奇的事情发生了。

明信片上潦草写下的日期很奇怪，是错误的。明信片是90年9月

8日寄出的，德国人或西班牙人书写日期的习惯是先写日期，再写月份，最后写年份，即：8/9/90。但卡片上的日期似乎是按照美国人的“月/日/年”顺序书写的：9/23/90，即90年9月23日。对杰森·蒙克来说，其意思是：我想在9月23日晚上九点钟会面。签名处的一个西班牙语名字，意为：情况很严重、很紧急。

会面的地点显然是在东柏林歌剧院咖啡馆的露台。

按计划，柏林城市的最后重新统一，以及德国的重新统一，是在10月3日。苏联对东部的法令将会结束。西柏林的警察将会进来接管。克格勃的行动范围将退缩到位于菩提树下大街的苏联使馆内。一些大型行动必须撤回到莫斯科去。图尔金有可能与他们一起撤走。如果他想逃跑，现在正是机会，但他的妻儿还在莫斯科。学校的秋季学期刚刚开始。

他想说点什么，他想亲口对他的朋友诉说。情况紧急。与图尔金不同，蒙克知道“德尔斐”“猎户座”和“飞马星座”的消失。随着日子一天天过去，他越来越担心了。

送走最后一个客人后，奈杰尔·欧文爵士把《黑色宣言》的全部复印件，除了他本人的以外，都在他的亲自监督下付之一炬，留下的灰烬随风飘散了。

欧文与主人一起离开了，他感谢主人用格鲁曼飞机把他送回华盛顿。在飞机上，他用安全电话与哥伦比亚特区的一位老朋友通了话，定下了一起吃午饭。

然后，他在主人对面的高靠背皮椅里放松了。

“我知道我们不该再问下去了，”索尔·内桑森说，他倒了两杯佳酿的霞多丽葡萄酒，“但我可以问一个私人的问题吗？”

“我亲爱的朋友，当然可以。可我不能保证答得出来。”

“那我就问了。你来到怀俄明州，是希望委员会能批准某种行动，对吗？”

“嗯，我想是这样的。但你们已经都说出来了，比我说得更好。”

“我们都感到震惊，真的。但与会人员中有七个犹太人。为什么是你呢？”

奈杰尔·欧文俯视着机身下面飘过的云层。在他们身下的某个地方，是广阔的麦田，现在或许正在收割麦子，那是粮食。他眼前又浮现出另一个地方，那是很久以前，路途遥远：英国士兵正在阳光下呕吐，戴着防毒面具的推土机司机在把堆积如山的尸体推到深坑里去，臭烘烘的床铺里伸出了骨瘦如柴的手臂，默默地乞讨食物。

“真不知道为什么。经历过一次，再也不想看到这一切重演。可能是我太老派了。”

内桑森大笑起来。

“老派。好，为老派干杯。你要亲自去俄罗斯吗？”

“哦，恐怕这是不可避免的。”

“那就多保重，朋友。”

“索尔，情报机关有个说法：有老特工，也有大胆的特工。但没有大胆的老特工。我会小心的。”

因为奈杰尔·欧文要在乔治敦逗留，他朋友就建议去一家具有法国情调的令人愉快的小饭店，名叫拉夏米埃，距离四季酒店只有一百码远。

欧文先到了那里，在附近找了把凳子，坐下来等待。他是一位头发灰白的老人，周围玩轮滑的年轻人纷纷划出一个弧度避开了他。

长期以来，英国秘情局局长要比美国中情局局长内行得多。过去他来兰利访问时，常与其情报同行负责行动和情报的副局长们交往，与他们在一起他感到更为投机。他们很有共同语言，但对白宫以政治目的任命的中情局局长，则并不总是能说到一起去。

一辆出租车停下来，一位差不多年纪的白发美国人下车后付了钱。欧文穿过马路拍了拍他的肩膀。

“好久不见，你怎么样，凯里？”

凯里·乔丹露出了微笑。

“奈杰尔，你在这里干吗呢？为什么安排午饭？”

“你有意见吗？”

“绝对没有，见到你很高兴呢。”

“那就好，到了里面我再告诉你。”

他们来得有点早，午饭的高峰人群还没出现。

服务员问他们是要吸烟区还是不吸烟区。吸烟区，乔丹说。欧文扬起了眉毛。他们两人都不抽烟。

但乔丹知道为什么要这样。他们被引到了后面一个隐秘的卡座里，在那里谈话别人是听不到的。

服务员拿来了菜单和酒单。两人都点了一份开胃菜，然后是一道肉。欧文看了一下酒单，发现了一种很好的龙船庄葡萄酒。服务员微笑了，这酒价格不菲，已经储藏了好长时间。过了一会儿，他回来了，把标签递了过去，得到点头认可后，打开瓶塞开始倒酒。

“那么，”在只剩下他们两人时，凯里·乔丹问，“是什么风把你吹到这里来的？怀旧？”

“恐怕不是。应该是有个问题。”

“是不是与你在怀俄明州一起开会的那些高级人物有关？”

“啊，凯里，亲爱的凯里，他们真的不该辞退你。”

“这个我是知道的。是什么问题呢？”

“俄罗斯正在发生严重的事情，而且越来越糟了。”

“还有什么新鲜事呢？”

“就这个。比平常更加糟糕。我们两国的官方机构都已经警告要避开。”

“为什么？”

“我想应该是官方的胆怯吧。”

乔丹哼了一声。

“我说，还有什么新鲜事呢？”

“所以……这个……上星期的讨论意见是，也许应该派人去看一看。”

“派人？不顾警告？”

“这是总的看法。”

“那为什么来找我？我已经退出了，已经退出十二年了。”

“你还能与兰利说上话吗？”

“谁也不会再与兰利说话了。”

“所以就是要来找你，凯里。事实上，我需要一个人，能够去俄罗斯，不会引人注意。”

“去执行非法行动？”

“恐怕是的。”

“去与俄联邦安全局作对？”

戈尔巴乔夫在自己遭废黜前夕，把克格勃分解了，原来的第一总局改名为俄联邦国外情报局，但仍在原来位于亚谢涅沃的总部办公；负责国内安全的第二总局改名为俄联邦安全局。

“很可能更棘手。”

凯里·乔丹咀嚼着银鱼，他想了想，然后摇摇头。

“不，他不会去的。再也不会了。”

“谁？谁不会去？”

“我刚才想到的一个人。也退出了，与我一样。但没有这么老。他很棒，冷静，聪明，一个不可多得的人才。五年前被解雇了。”

“他还活着？”

"据我所知，是的。嘿，这葡萄酒味道不错啊。我一般喝不到这么好的酒。"

欧文加满了他的酒杯。

"他叫什么名字，那个不愿去俄罗斯的人？"

"蒙克，杰森·蒙克。俄语说得与当地人一样好。是我领导过的最优秀的间谍管理员。"

"嗯，即使他不愿意去，你也给我讲讲这个杰森·蒙克吧。"

于是，中情局主管行动的前副局长开始了叙述。

东德，东柏林
1990年9月

这是一个温暖的秋日晚上，咖啡馆露台上人头攒动。图尔金上校穿着德国布料、德国缝制的薄西装，显得很普通。看到人行道旁边一张小桌子的一对年轻恋人刚刚起身，他赶紧入座。

在服务员收拾起桌子上的杯子后，他点了一杯咖啡，翻开一份德国报纸看了起来。

因为他的专业工作就是反间谍，对监视很内行，被认为是一名反监视专家。因此，克格勃的盯梢员保持了一定的距离。但他们就在那边：一男一女坐在歌剧院广场对面的凳子上，他们年轻，无忧无虑，都戴着随身听的耳机。

他们都与停在街角的两辆轿车保持着通讯联系，汇报监视的情况并接收指令。抓捕小分队坐在那两辆汽车里，因为，最终的逮捕令已经下达了。

最后的两个情况使得图尔金露了馅。埃姆斯曾经说，"来山得"是在苏联境外被招募的，而且会讲西班牙语。光是外语这个情况就使调查组把核查档案的范围缩小到了拉丁美洲和西班牙。最近刚刚得到证实，另一个嫌疑人第一次去南美厄瓜多尔任职，是在五年前。但埃姆斯说过，“来山得”的招募发生在六年前。

第二个决定性的证据来源于一个聪明的主意，他们查阅了对中情局邮箱公寓发动袭击的那天晚上，从东柏林克格勃总部打出去的所有电话记录。那天晚上的袭击失败了，公寓的房客在袭击前一个小时逃跑了。

记录显示，有人曾用大厅里的公用电话拨打了那套公寓的号码。当晚，另一个嫌疑人在波茨坦。而率领袭击结果扑空的抓捕队长就是图尔金上校。

要不是一位高级情报官要从莫斯科赶过来，正式的逮捕行动会更早开展。他坚持要来逮捕现场，而且要亲自把这个嫌疑人押回苏联。突然，疑犯步行离开了总部的食堂，监视人员没有办法，只能尾随其后。

一个讲西班牙语的摩洛哥擦鞋匠，拖着脚步从咖啡馆旁边的人行道走过来，向坐在前排的顾客做手势询问是否愿意擦鞋。顾客们接连摇头。东柏林人不习惯看到擦鞋匠在咖啡馆里转悠，而其中的西柏林人则大都认为，这个富有的城市里到处都有第三世界国家的移民。

终于，流动擦鞋匠得到了一次点头，他赶紧把一个小凳子放到屁股底下，坐到客人面前，迅速挤出黑色鞋油，开始去擦亮那双系带的粗革厚底皮鞋。一个服务员走过来，想把他轰走。

“既然已经开始了，就让他擦完吧。”顾客用带有口音的德语说。服务员耸耸肩走开了。

“好久不见，科利亚，”擦鞋匠用西班牙语低声说，“你好吗？”

苏联人俯身向前，指向需要再上些鞋油的部位。

“不太好，我认为有些问题。”

“告诉我。”

“两个月前，我奉命袭击这里的一套公寓。那里被指控为中情局的一个邮箱。我设法打了个电话，那人及时逃离了。但他们是怎么知道的？是不是有人被捕了……招供了？”

“有可能。你为什么这么认为？”

“还有更多更糟的事情呢。两个星期前，就在我投寄明信片之前，从莫斯科来了一名情报官。我知道，他是情报分析部门的。他老婆是东德人，他们来参观访问。在一次聚会上，他喝醉了，吹嘘说莫斯科已经逮捕了几个人，有国防部的，还有外交部的。”

对于蒙克来说，这消息就好像是他快要擦完的那只皮鞋，抬起来朝自己的脸上踢了一脚。

“酒桌上有人说了一句，意思是：‘你们肯定在敌人阵营里有一个很好的内线。’那人拍了拍鼻翼，眨了眨眼睛，示意不要说下去了。”

“你必须出来，科利亚。今天晚上。过来吧。”

“我不能丢下柳德米拉和尤里。他们在莫斯科。”

“把他们带来这里，朋友。随便找个理由。苏联的这块领土只有十天时间了。然后，这里就变成西德了。此后，他们就不能来这里了。”

“你说得对。十天之内我们全家过来。你能照顾我们吗？”

“我会亲自处理这事。不要耽误。”

他递给擦鞋匠一把东德马克，这些钱可以放上十天，然后兑换成有价值的西德马克。擦鞋匠站起身来，点头表示感谢，收拾起东西后拖着脚步走开了。

广场对面的两名盯梢员从耳机里听到了一个声音。

“准备完毕。实施逮捕。赶快出发。”

两辆灰色的捷克塔特拉牌轿车从街角驶过来，进入歌剧院广场，冲到了咖啡馆的街沿石边。从第一辆车里窜出来三个人，他们冲到人行道上，用肩膀把两个行人顶开，上去抓住了咖啡馆前排的一位顾客。第二辆车又下来两个人，他们打开后车门，站在那里警戒。

顾客们发出了各种惊叫，那个顾客被架起来，扔进了第二辆车的后座。车门砰的一声关上，汽车马上开走了，轮胎发出了尖锐的摩擦声。抓捕小分队的队员们跳上了第一辆车，也跟着开走了。整个行动只持续了七秒钟时间。

在街区的尽头，杰森·蒙克距离袭击现场只有一百码远，他无奈地看着这一切，实在是无能为力。

“柏林后来发生了什么？”奈杰尔·欧文爵士问道。

一些吃午饭的人正在刷卡买单，准备回去工作或娱乐。英国人提起龙船庄葡萄酒瓶，发现瓶子空了，于是他示意服务员再来一瓶。

“奈杰尔，你是想把我灌醉？”乔丹苦笑着问道。

“啧，啧，我们都这么老这么丑了，可以放开来喝酒了。”

“这倒也是。不管怎么样，最近我很少有机会喝上龙船庄葡萄酒。”

服务员重新拿来了一瓶，得到奈杰尔爵士的点头后，打开瓶塞，开始倒酒。

“那么，我们为什么而干杯呢？”乔丹问道。“为这场大博弈？或者是为这场大惨败？”他痛苦地补充了一句。

“不，为过去的时光。也为立场坚定。我认为，这是我最想念的，是年轻人所不具有的。道义上绝对的立场坚定。”

“好，我为此而干杯。那么，说回柏林。嗯，蒙克回来后像发了疯一样。当时我不在，可我一直在与米尔特·比尔登那样的人说话。我的意思是，我们对此聊了很多。所以，我明白了整个情况。

“蒙克在兰利办公大楼内到处游说，说苏联东欧处内部有一个位居要职的内鬼。自然，当局肯定是不想听到这种话的。把情况写下来，领导说。于是他写了一份令人毛骨悚然的报告，谴责了差不多每个人，说他们只会咋咋呼呼，没有实际能力。

“米尔特·比尔登最后终于把埃姆斯撵出了苏联东欧处。但那家伙如同水蛭一般黏附。在此期间，局长新组建了一个反间谍中心，里面有个情报分析科，下辖一个苏联小组。该小组需要一名前行动部的专案情报官；马尔格卢推荐埃姆斯，他竟然得到了那个职务。你可以想象，蒙克要向谁去抱怨。是奥尔德里奇·埃姆斯本人。”

“这对于中情局的体制，肯定是有所触动的。”欧文喃喃地说。

“人们说，魔鬼照顾自己，奈杰尔。以埃姆斯的观点来看，他能控制蒙克是最好的事情了。他可以把那份报告扔进垃圾桶，他也那么做了。实际上，他做的远不止这些。他反告蒙克毫无根据地散布骇人听闻的谣言。他要求把这些事情的证据全都摆出来。

“结果，内部的调查询问倒是开始了。但不是调查内鬼的存在，而是调查蒙克。”

“相当于军事法庭的审批？”

凯里·乔丹痛苦地点点头。

“是的，我想是这样的。我真想替杰森说句公道话，可那时我自己名声不佳。毕竟，当时负责这事的是肯·马尔格卢。结论是，他们认为蒙克编造了柏林的会面，为的是挽救他已经在走下坡路的职业生涯。”

“他们真坏。”

“非常坏。但那时候，除了为数不多的几个老职员，行动部上上下下都是官僚主义者。经过四十年，我们终于赢得了冷战的胜利，苏联帝国正在垮台。应该是为大批人正名的时候，但内部依然是争吵不休、相互推诿。”

“那蒙克呢，他后来怎么样了？”

“他们几乎把他炒掉了。最后他们把他降职。把他打入冷宫，调到了无所事事的档案部门什么的。把他埋没，不再让他做事。他真应该辞职，拿上养老金离去。但他一直很顽强。他坚持下来了，确信总有一天会证明自己是对的。他坐在冷板凳上，消沉了三年。最后，他熬出了头。”

“证明他是对的？”

“是的，但太晚了。”

苏联，莫斯科

1991年1月

阿纳托利·格里辛上校怒气冲冲地离开审讯室，回到了他自己的办公室。

审讯小组的情报官们满意了，他们已经得到了他们所要的全部供词。“修道士委员会”不用再次开会了。所有的口供都录在了磁带上，整个故事从1983年内罗毕的一个小男孩生病开始，到去年9月份在歌剧院咖啡馆的抓捕行动为止。

第一总局的人通过某个渠道得知，蒙克在中情局内部已经失宠、降职、完蛋了。这只能意味着他没有其他间谍了。总共是四个，但那是什么样的四个啊。现在只有一个还活着，但也活不长久了，格里辛相当肯定。

“修道士委员会”也就这样结束了、解散了。它已经完成了自己的使命。这应该很有成就感。但格里辛的怒气来自最后的阶段。一百码。悲剧性的一百码距离……

盯梢组在报告里坚持认为，在尼古拉·图尔金自由的最后一天，他没有与敌人的间谍接触。他一整天都待在总部里面，在食堂里吃晚饭，然后突然走出去了，他被跟踪到了一家大型的咖啡馆，在那里，他点了咖啡并接受了擦鞋服务。

是图尔金泄露这个情况的。广场对面的两名盯梢员看到擦鞋匠擦完皮鞋拖着脚步走开了。几秒钟之后，克格勃的汽车就从街角开过来了，格里辛坐在第一辆车的司机旁边。那个时候，在苏联统治的这片领土上，他与杰森·蒙克只相距短短的一百码。

在审讯室里，审讯小组的目光全都转向了他。这次抓捕行动是他负责的，他们似乎在这样说，但他错过了最大的奖项。

会有痛苦的，会有惩罚的。他这么发誓。然后他被否决了。第二总局局长博亚罗夫将军亲自告诉他，克格勃主席想尽快实施处决，担心在这个快速变化的时代里他的建议也许会遭驳回。那天，他带着死刑判决书去找总书记，按照惯例，死刑应该会在第二天上午得到执行。

时代确实在变化，正在以令人迷惑的速度发生着变化。他的机构遭到了各方的谴责，受到了刚刚获得了自由的媒体渣滓的谴责，这些渣滓他是知道如何去对付的。

当时他不知道的是，8月份他自己的主席，克留奇科夫将军将领导一场反戈尔巴乔夫的政变，但政变会遭到失败。作为报复，戈尔巴乔夫会把克格勃分解成几个部分，苏联本身也会在12月份最终解体。

在1月的这一天，当格里辛坐在自己的办公室里沉思的时候，克留奇科夫将军把前克格勃上校图尔金的死刑判决书放在了总书记的办公桌上。戈尔巴乔夫拿起钢笔，迟疑了一会儿，又放下了。

去年8月，萨达姆·侯赛因入侵了科威特。现在美国的战机正在对伊拉克实施空袭。地面战很快就会打响。世界各国的政治家们正在试图斡旋，充当国际和平的掮客。这是一个很有诱惑力的角色。其中一个就是米哈伊尔·戈尔巴乔夫。

“我接受这个人所犯的罪行，他应该被判死刑。”总书记说。

“这是法律。”克留奇科夫说。

“是的，但在这个时候……我认为死刑是不可取的。”

他打定主意，把死刑报告退了回去，没有签字。

"我有权实施宽容，就这么定了。七年苦役。"

克留奇科夫将军愤怒地离开了。这样的退步再也不能持续下去了，他发誓。迟早，他和他的同伴们将发起反击。

对格里辛来说，在这个痛苦的日子里，这消息是最后的打击。他能做的，就是把图尔金发配到一个无法存活的劳改营去。

八十年代初期，关押政治犯的劳改营已经从交通比较方便的摩尔达维亚迁出来，向北转移到了彼尔姆附近地区，即格里辛的家乡。十几个劳改营分散在维塞亚茨科耶镇周围。最出名的是令人毛骨悚然的彼尔姆–35、彼尔姆–36和彼尔姆–37。

但还有一个用于关押叛徒的非常特别的劳改营。下塔吉尔是一个连克格勃也会浑身发抖的地方。

卫兵不管有多么严厉，他们毕竟是住在劳改营外面的。他们的残忍是偶发的和制度性的：克扣伙食，增加工作量。为使"受教育"的罪犯能够经常接触现实生活，在下塔吉尔，他们被与最邪恶的、最凶狠的囚徒混合关在一起。

格里辛确认了把尼古拉·图尔金送到下塔吉尔去，在判刑表格的"管制方式"栏内，他写下了：特别–极严。

"嗯，"凯里·乔丹叹了一口气，"你应该能够回忆起这个传奇故事的结尾。"

"大概吧。提醒我一下。"他扬起了一只手，对在旁边走动的服务员说，"请来两杯浓咖啡。"

"嗯，在最后的一年，即1993年，联邦调查局终于接管了已经进行了八年的内鬼追猎工作。后来他们声称，在接管后十八个月内就获得了突破，但之前许多清洗工作已经完成了，只是进展太慢。

"为树立信誉，联邦调查局确实做了我们本应该去做的事情。他们侵犯隐私，从法院获取密令，对几个剩余嫌疑人的银行存款进行了检查。他们迫使银行老老实实把存款情况全都提供出来。这方法奏效了。1994年2月21日，天哪，奈杰尔，我会永远记住这个日子的，他们把他抓起来了，就在与他的阿灵顿豪宅相隔几个街区的地方。然后一切都清楚了。”

“你事先知道吗？”

“不知道。我认为联邦调查局不告诉我是明智的。假如当初我像现在一样知道，那么我会赶在他们的前面，亲手把他宰了。即使要坐电椅，我也是开心的。”

这位曾经主管行动的老副局长在凝视饭店的对面，但看到的却是一连串的名字和面孔，都是早已离去的人。

“四十五次行动失败，二十二个人被出卖——十八个苏联人，四个东欧卫星国的人。其中十四人已被处决。全都是因为这个心理变态的系列杀手代理人，想要豪华别墅和捷豹汽车。”

奈杰尔·欧文不想打扰乔丹心中的悲伤，但他喃喃地说：“当初你们应该自己去做，内部审查。”

“是啊，是啊，现在我们全都知道。”

“那么蒙克呢？”欧文问道。凯里·乔丹短暂地笑了一下。饭店里空荡荡的，服务员想来收拾最后的这张餐桌，他走过来，手里晃动着账单。欧文示意把账单放到他面前。服务员一直在旁边磨蹭，等到信用卡放在了账单上，他才拿上走向收银台。

“是的，蒙克。嗯，他也是不知道的。那天是总统日[①]，是联邦公共假日。所以我猜想他是待在家里的。没什么新闻，直至第二天上午。一封信件抵达了。”

① 总统日：每年2月份的第三个星期一。这一天美国人会用特殊的方式来重温历史，缅怀人们心中备受尊敬的伟大总统，学校和家长也会在这一天对孩子进行爱国主义教育，让他们了解和熟悉美国的历史。

美国，华盛顿

1994年2月

信是在22日到来的，即总统日之后的第二天，邮政业务恢复正常了。

信件装在一个白色的信封里面，从免费邮戳上，蒙克看出这是兰利的收发室寄过来的，但收信地址是他家里，不是办公室。

里面还有一个信封，有美国使馆的徽标。正面用打印机打上了“弗吉尼亚州兰利，中情局总部大楼，总收发室收，转杰森·蒙克先生”。有人还用潦草的笔记写了“反面”的字样。蒙克翻了过来。信封背面上，同样的笔迹写道：“这信是有人亲自递交到我们驻立陶宛维尔纽斯使馆的。可能是你认识的人。”由于信封上没有邮票，里面的信封显然是通过外交邮递袋送到美国的。

这里面还有第三个信封，质量差很多，纸面上可以清楚地看到木浆的碎屑。上面用古怪的英语写着：“请（下面加了三道线）转交给中情局杰森·蒙克先生。来自一个朋友。”

真正的信件是在这个信封里面。写信的纸张很薄，似乎一碰就要裂开。是手纸？还是廉价的软皮旧书里面的扉页？都有可能。

信是颤抖的手用俄语写就的，使用的是黑墨水，笔尖不太流畅。信是这样写的：

下塔吉尔，1993年9月。

杰森，亲爱的朋友：

如果你能收到这封信，那么在你收到的时候我已经离世了。我得了伤寒，是跳蚤和虱子传染的。现在他们正在关闭这个劳改营，要把它肢解，把它从地球表面上抹去，好像从来就没有存在过那样，其实不然。

十二个政治犯获得了特赦，是莫斯科一个叫叶利钦的人批准的。其中有我的一个朋友，他是立陶宛人，是一位作家和知识分子。我信任他，并托付他寄信。他答应把信藏起来，回家后就寄出去。

我还要搭乘火车和牲畜卡车去一个新的地方，可我是到不了那里了。所以我向你道别，并告诉你一些消息。

信中叙述了三年半之前在东柏林遭逮捕后发生的事情。图尔金叙述了在勒福托沃监狱地牢里遭受的毒打，以及他认为还是彻底坦白为上策的想法。他描述了臭气熏天的地牢，那里的哭墙和无尽的寒冷、那里刺眼的灯光、厉声的盘问，以及在回答不够快时，被打得鼻青脸肿的情景。

他讲到了阿纳托利·格里辛上校。上校确信，图尔金必死无疑，因此他兴奋地吹嘘起他此前所获得的成就。图尔金由此知道了他从来没有听说过的那些人的详情：克鲁格洛夫、布利诺夫和索洛明。他还得知，为了使西伯利亚军人开口，格里辛所使用的手段。

审讯结束后，我祈祷死去，就像我已经多次祈祷过那样。劳改营里有许多人自杀，但我总是希望自己能坚持下去，坚持到我也许能够获得自由的那一天。现在你已经认不出我了，妻子柳德米拉和儿子尤里也认不出我了。我现在没了头发，没了牙齿，骨瘦如柴，伤痕累累，浑身发烧。我并不后悔我所做的事情，因为这是一个肮脏的政权。或许现在我们的人民已经获得了自由。其中有我的妻子，我希望她快乐。还有我的儿子尤里，是你给了他第二次生命。感谢你为此做出的努力。再见了，朋友。

尼古拉·伊里奇

杰森·蒙克把信纸折叠起来，放在了旁边的小桌子上，双手抱住脑袋，像小孩一样痛哭起来。那天他没去上班。他没打电话说明原因。他拒绝接听电话。晚上六点钟，天黑了以后，他查阅了电话本，坐进自己的汽车，朝着阿灵顿驶去。

他找到了那座房子，很有礼貌地敲了敲门。一位妇女打开了门，他朝她点点头说："晚上好，马尔格卢夫人。"然后径直走进去了，把目瞪口呆的女主人留在了门边。

肯·马尔格卢在客厅里，他已经脱去了西装，手里拿着大号的威士忌酒杯。他转过身来，看到了闯入者："嗨，怎么回事？你闯进……"

这是他挨揍前说出的最后一句话，在之后的好几个星期里，他每次说话都会发出令人难受的吹口哨那样的声音。蒙克打了他，打得凶狠，一记重拳击中了他的下颚。

马尔格卢个子高大，但状态不佳，而且午饭的酒劲还没有消退。那天他去过办公室，但没人在工作，员工们都惊恐地小声讨论着像山火般蔓延整栋大楼的那个消息。

蒙克总共打了他四拳，他代表所损失的每个间谍揍了他一拳。除了打裂他的下颚之外，还打肿了他的双眼并打断了他的鼻梁。然后他就走了。

"听起来像是个积极的举措。"奈杰尔·欧文说。

"也只能积极到这个地步了。"乔丹同意他的看法。

"后来呢？"

“嗯，还好马尔格卢夫人没有报警，她给局里打了个电话。他们派来了几个人，正好看到马尔格卢被搀上救护车，送去最近的医院急诊室。他们安慰了他老婆，她指认是蒙克。于是那些人驱车来到他的住处。

“他在家里，他们责问他为什么打人，他指了指桌子上的信。当然，他们是看不明白的，但他们把信带走了。”

“他被降级了吧，蒙克？”英国人问道。

“是的。这一次，他们把他彻底废黜了。当然，在听证会上读完那封信的译文时，有许多人表示同情。他们甚至让我帮他说话。但结果是可想而知的。即使在埃姆斯被逮捕后，也不允许职员因为怨恨而把高级情报官打得鼻青脸肿。他们当即把他开除了。”

服务员又回来了，看上去一脸苦相。他们两人都起身朝门口走去。服务员终于松了一口气，点点头露出了微笑。

“马尔格卢怎么样了？”

“讽刺的是，一年后，在埃姆斯的所作所为已经广为人知的时候，他也被不光彩地辞退了。”

“那蒙克呢？”

“他离开了兰利。当时，他与一个女孩住在一起，但她在外地参加一个研讨会，她回来后，他们就分手了。我听说蒙克一次性拿上自己的养老金，离开了华盛顿。”

“他去了哪里？”

“我最后听说的是，他在你们那边。”

“伦敦？英国？”

“不太确切。是女王陛下的一个殖民地。”

“领地，现在不叫殖民地了。是哪一个？”

“特克斯和凯科斯群岛。我是否说过他喜欢深海钓鱼？我最后听说他在那里搞了一条船，当起了出租船的船长。”

这是一个晴朗的秋日，乔治敦看上去很美。他们站在拉夏米埃饭店前面的人行道上等待出租车，让凯里·乔丹回去。

“你真的要他回到俄罗斯去，奈杰尔？”

“总体上是这么个想法。”

“他不会去的。他发誓他再也不会回去了。午饭的酒菜很好，但这是浪费时间。不管怎么样，还是要感谢你，但他不会去的。不为钱，不受胁迫，不为其他。”

一辆出租车过来了。他们握了手道别，乔丹上了车，出租车开走了。奈杰尔·欧文爵士穿过马路向四季酒店走去。他有几个电话要打。

第十一章

“狐仙”号系上缆绳，关掉主机，准备过夜。杰森·蒙克道别了三位意大利客户。他们虽然收获不大，但似乎很欣赏这次海上垂钓，与享受他们带来的葡萄酒一样开心。

水手朱利叶斯站在码头旁边的长条桌子前，正在加工两条中等大小的剑鱼，他切下鱼头，挖出了内脏。他自己的后裤袋里，已经装进了今天的工资和意大利人给的小费。

蒙克漫步经过茅屋，走向“香蕉船”，餐馆的一侧敞开着，铺着木板的饮食区已经挤满了早到的顾客。他走到吧台前，朝酒吧服务员罗基点了点头。

“与往常一样吗？”罗基微笑着说。

“当然喽。我这个人习惯难改。”

几年来，他一直是这里的常客，双方还有一个默契，在他出海时，“香蕉船”会替他接电话。他已经把这家餐馆的电话号码印在名片上，分发给了普罗维登西亚莱斯岛上的所有宾馆，以吸引客户来租船钓鱼。

罗基的老婆玛贝尔大声叫道：

“格雷斯湾俱乐部来过电话。”

“哦。有留言吗？”

“没有，只是要你回电。”

玛贝尔把放在收银台后面的电话机朝他推了过去。他拨了号码，接通了俱乐部前台的总机话务员。对方听出了他的声音。

“嗨，杰森。今天还好吧？”

“不错，露西。比平常好。你来过电话吗？”

“是啊。你明天有事吗？”

“你这个坏女孩，你想干什么呀？”

大个子开朗女人的咯咯笑声，从三英里外海滩边的酒店前台，通过电话传了过来。

普罗沃岛上的常住居民不是很多，居民外汇收入的唯一来源是旅游业，在为游客提供服务的社区内，不管是岛民还是外来户，几乎人人都相互认识，人们经常开玩笑打发时间。特克斯和凯科斯群岛依然保持着加勒比海人的性格：友好、随和、生活节奏缓慢。

“别紧张，杰森·蒙克。明天有个客户，你有空吗？”

他考虑了一下。他原本打算明天一整天都在船上干活，对船主来说，总有干不完的活。但租船毕竟是生意，迈阿密的金融公司依然持有“狐仙”号一半的产权，能收到分期付款是不会拒绝的。

“应该是有空的。全天还是半天？”

“半天。上午。大约九点钟可以吗？”

“好的。告诉团组到哪里找我。我会准备好的。”

“不是团组，杰森。只是一个人。一个欧文先生。我会告诉他的。再见。”

杰森放下了电话。单个客户通常是很少的，一般都是两人或者两人以上。很可能是妻子不愿来，那也是相当正常的。他喝完柠檬代基里酒，回到船上，告诉朱利叶斯第二天七点钟见面，给渔船加满油并准备一些新鲜的诱饵放到船上。

第二天上午九点差一刻，客户来了。他比通常的垂钓者年纪大了一些，事实上是位老人，穿着淡黄色的宽松裤子和棉布衬衣，戴着白色巴拿马草帽。他站在码头上，大声叫道：

“蒙克船长？”

杰森从驾驶台下来，与他打招呼。根据口音，他显然是英国人。朱利叶斯扶他上了船。

“你以前玩过海钓吗，欧文先生？”杰森问道。

“实际上没有。这是我第一次，算是个新手。”

“不用担心，先生。我们会照顾你的。海面很平静，但如果你感觉太颠簸了，就告诉我们。”

他一直感到奇怪，许多出海游客都认为大海会像礁石内侧的水面一样平静。旅游宣传册从来不会印上加勒比海白色浪花的图片，但有些海域确实相当颠簸。

他驾驶“狐仙”号缓慢地离开海龟湾，然后稍微右转向塞拉尔水道驶去。过了远处的西北点，海面会有些风浪，也许老人会受不了。但他知道，在另一个方向的松树岛附近，海面比较平静，而且报告说那里聚集了成群的剑鱼。

他开足马力巡航了四十分钟，然后看见了一大片浮草，当地人叫海豚的剑鱼，喜欢躲在水草底下。

船速降低后，朱利叶斯抛出了四副鱼钩和鱼线，他们开始环绕一片海草巡航。在绕到第三圈时，他们发现了动静。

一根鱼竿剧烈下沉，然后鱼线呼啸着从绕线筒里转了出来。英国人从遮篷下站起来，沉着地坐进了垂钓椅子里。朱利叶斯把鱼竿递给他，把竿柄插到客户双腿之间的插口内，然后开始收进其他三根鱼线。

蒙克让“狐仙”号船头离开海草，把发动机马力调得比怠速稍快一点，来到了后甲板上。鱼已经停止了拖线，但鱼竿弯曲弧度很大。

“往回拖，”蒙克温和地说，“往回拖，直到鱼竿垂直为止，然后向前放松一下就收线。”

英国人尝试了。过了十分钟，他说：

“恐怕我不行。这条鱼力量很大。”

“嗯，如果你愿意，就让我来。”

“你来就最好不过了。”

客人起身回到遮篷下面的阴凉处去了，蒙克坐进了椅子里。这时候是上午十点半，气温已经很高了。太阳照在船尾，阳光从水面反射回来，像刀片似的。

经过十分钟的搏斗，终于把鱼拖到了船舷边。看到船壳，那鱼又挣扎了一番，把鱼线拖出了三十码远。

“什么鱼？”客户问道。

“大海豚。”蒙克说。

“噢，天哪，我很喜欢海豚的。”

“不是瓶鼻海豚。名字是一样的，但品种不一样。也叫剑鱼。这是一种供垂钓的鱼，味道很好。”

朱利叶斯准备好了鱼叉，当剑鱼被提到船舷高度时，他熟练地伸出鱼叉，把这条四十磅重的大鱼从船边钩了进来。

“是条好鱼，先生。”他说。

“嗯，可我认为这是蒙克的鱼，不是我的。”

蒙克从椅子里出来，他从剑鱼嘴里摘下鱼钩，卸下了鱼线上的钢丝引线。朱利叶斯正要把捕获的鱼放进船尾的鱼舱，他吃了一惊。按照惯例，在把这条剑鱼钓上甲板后，应该重新把四条鱼线放出去，而不是把它们收拾起来。

“到上面去掌舵，”蒙克平静地告诉他，“我们回去。全速返航。”

朱利叶斯点点头，其实他不甚理解。他那精瘦黝黑的身子爬上梯子，到上面的驾驶舱去了。蒙克弯腰从冰箱里取出两罐啤酒，都打开后，递了一罐给客户。然后他坐到冰箱上，凝视着遮篷底下这位英国老人。

“你其实不是出来钓鱼的，对吧，欧文先生。”这不是疑问句，而是陈述句。

“确实不是我的爱好。”

“嗯。你也不是欧文先生，对吧？整个航程，我一直在纳闷。以前，曾有一位要人访问过兰利，是英国秘密情报局的大人物。”

“记性不错，蒙克先生。”

“似乎想起了奈杰尔爵士这个名字。好吧，奈杰尔·欧文爵士，我们不要兜圈子了好不好？这到底是怎么回事？”

“对不起，没跟你说实话。只是想看看，想谈谈，私密地。没什么地方比海上更私密了。”

“那么……我们要谈话了。谈什么呢？”

“恐怕是俄罗斯。”

“嗯，大国家。不是我喜欢的。谁派你来这里的？”

“哦，没人派我来。凯里·乔丹跟我讲了你的事情。前两天我们在乔治敦一起吃了个中饭。他向你问好。”

“他是好人。下次见到他时，代我谢谢他。可是你肯定知道，他现在已经退出了。你理解我说的‘退出’意思吧？退出游戏了。嗯，我也一样。不管你是为什么而来，先生，你白跑了一趟。”

“哦，凯里也是这么说的。不要打扰你，他说。可我还是来了。这是一次漫长的旅行。你介意我开展策反吗？难道你们不是这么说的吗？我开展策反，提个建议？”

“是这个说法。嗯，今天太阳猛，天气热。你租了四个小时的船，还有两个小时。你要谈就谈吧，但答案还是否定的。”

“你听说过一个叫伊戈尔·科马罗夫的人吗？”

“我们这里有报纸，只是要晚几天，但还是可以看到的。我们也听收音机。我没有安装卫星天线，所以看不了电视。是的，我听说过他。俄罗斯未来的总统，对吧？”

“是这么说的。你听说过他的什么事情？”

“他领导着右翼党派，是民族主义者，宣扬爱国主义。这种事情。大肆宣扬。”

“你认为他在右翼道路上走得多远了？”

蒙克耸了耸肩。

“我不知道。相当远吧，我猜想。大概像美国南方某些极端保守的参议员那样吧。”

“恐怕还要厉害呢。他在极右的道路上已经走得离谱了。”

“嗯，奈杰尔爵士，那就太惨了。可我现在关心的是，明天是否还有人来租我的船，西北点十五英里以外的海域是否有刺鲅鱼群在游动。令人讨厌的科马罗夫先生的政治主张，与我没有关系。”

“嗯，恐怕会有关系。有一天。我……我们……一些朋友和同事，认为必须去阻止他。我们需要一个人去俄罗斯。凯里说你很优秀……曾经。说你是最佳的……曾经。”

“嗯，是的，但那是曾经。”蒙克默默地盯着奈杰尔爵士看了好长时间，“你说这甚至不是官方的。这不是英美政府的策略。”

“说得对。我们两国政府都认为，他们都对此无能为力。从官方角度。”

“你以为我会听从某些堂吉诃德式人物的指令，抛下锚，不远万里去俄罗斯找那个家伙吵架吗？那些堂吉诃德甚至都没有得到政府的支持呢。”

他站起来，一把捏扁空酒罐，扔进了垃圾桶。

“对不起，奈杰尔爵士。你真的是浪费了机票。我们返回港口。这趟航程不收费。”

他回到驾驶台，接过舵盘，驾船向塞拉尔水道驶去。进入潟湖后十分钟，“狐仙”号回到了码头边的专用泊位。

“关于这次航程，你说错了，”英国人说，“我没有诚心租船，你是诚心出租的。半天的租金是多少？”

“三百五十。”

“给你的年轻朋友一点小费，”欧文从一叠纸币里抽出了四张百元美钞，“顺便问一下，你下午有租船计划吗？”

“没有。”

“那么，你要回家吗？”

“是的。”

“我也是。恐怕在这么热的天气里，我这个年龄的人午饭后要睡个午觉。但你坐在阴凉处避暑的时候，会做些什么？”

“不再钓鱼了。”蒙克说。

“噢，不再钓鱼了。”老人从他带来的肩包里拿出了一只棕色信封。

“这里有份文件。它不是闹着玩的。你去看一看。别让其他人看到，也别弄丢了。它比‘来山得’‘猎户座’‘德尔斐’或‘飞马座’曾经带给你的任何情报都要机密得多。”

他也许触动了杰森·蒙克的某根神经。当这位前间谍头子漫步走上码头，去寻找他租用的汽车时，蒙克目瞪口呆地站住了。最后他摇摇头，把信封塞进衬衫里面，走向茅屋去吃汉堡包了。

凯科斯群岛由六个岛屿组成，即西岛、普罗沃岛、中岛、北岛、东岛和南岛。在群岛的北面，礁石接近海岸，从那里可以很快抵达外海。在南面，礁石绵延几英里，形成了一个巨大的一千平方英里的浅海，被称为凯科斯浅海。

他刚上岛时手头拮据，旅游者云集、旅馆林立的北海岸物价很高。在支付了港务费、燃料费、维修费、营业执照和海钓许可证办理费之后，蒙克带来的钱已经所剩不多了。他花了少量的钱，在地段不是很好的人心果湾租了一间木结构的平房，那里北邻机场，面对凯科斯浅海，只有浅水船可以进出。平房和一辆破旧的雪佛兰皮卡车就是他的全部家当。

他坐在木阳台上，注视着太阳在他的右边西沉，这时候从他房子后面传来了汽车停在沙土小路上、发动机熄火的声音。不一会儿，英国老人精瘦的身影就从房屋的转角处出现了。这次，在他的白色巴拿马草帽下面多了一件皱巴巴的羊驼呢热带西装。

“他们说我能在这里找到你。”他愉快地说。

“谁说的？”

“‘香蕉船’餐馆那个年轻的好姑娘。”

玛贝尔已经四十多岁了。欧文步履沉重地踏上台阶，朝一把空着的摇椅做了一下手势。

“我可以坐这里吗？”

蒙克露出了微笑。

“请吧，你是客人。啤酒？”

“现在不喝，谢谢。”

“那就来一杯普通的代基里酒吧，除了新鲜柠檬不加其他水果。”

“哦，这就比较好。”

蒙克兑制了两杯纯柠檬代基里酒，端了出来。他们品尝起来。

“那个看了没有？”

“看了。”

“怎么样？”

“令人恶心。也有可能是伪造的。”

欧文理解地点点头。太阳落到了浅滩对面西凯科斯岛的山丘上，把浅滩的水面染成了一片赤红。

“起先我们也是这么认为的。显然是推论。但值得去核查。我们在莫斯科的人就是这么想的。进行一次快速核查。”

奈杰尔爵士没把证明报告拿出来。他把内容逐段口述出来。蒙克来了兴趣。

“三个人，都死了？”最后他说。

“恐怕是这样的。似乎伊戈尔·科马罗夫确实不想惹上这文件的麻烦。并不是因为它是伪造的。假如文件出自他人之手，他是绝不会知道的。这文件是真的，是他要实施的计划。”

“那你认为能把他终结吗？采用极端手段？把他干掉？”

“不。我说的是‘制止’，那是不同的。你们中情局的‘终结’，是行不通的。”

他解释了理由。

“可你认为可以去制止他，把他搞得威望扫地，失去有生力量？”

“是的，这正是我的想法。”

欧文目光犀利地从侧面盯着他。

“你还是喜欢追猎的魅力，是吧？你以为这种魅力会消失，其实一直存在，隐藏在心底里。”

蒙克已经陷入了梦幻之中，他的思绪回到了多年前和遥远的地方。他猛然从沉思中清醒过来，站起身提起酒壶重新加满了他们的杯子。

“值得一试，奈杰尔爵士。也许你是对的。可以去制止他。但不是由我去制止。你必须另外找人。”

“我的赞助人不是小气鬼。费用当然是有的。雇人去做事是要有报酬的。五十万，当然是美元。即使是当今，应该也是一笔不小的数目。”

蒙克盘算着那笔钱。可以勾销“狐仙”号的债务，买下这间平房，买一辆好卡车。剩下一半的钱还可以去投资，每年可获利百分之十。他摇摇头。

“我从那个讨厌的国家出来了，是好不容易才出来的。我发誓过，我永远也不会回去了。这是有诱惑力的，但回答是不行。”

“啊，听到你这么说，我很遗憾，但恐怕你一定得去。今天一早，这些东西放在了我旅馆的钥匙孔里。”

他的手伸进上衣口袋里，掏出两个薄薄的白色信封，递了过去。蒙克从每个信封里抽出一张有正规抬头的信函。

一份是来自佛罗里达州的金融公司。信中说由于政策的变化，公司认为对某些地区投放的设施贷款风险太大。因此，“狐仙”号的贷款必须在一个月之内付清，否则公司只能收回贷款物。信函的用词虽然有些含糊不清，但意思是明确的。

另一页信纸印有特克斯和凯科斯群岛英国总督的徽标。信中说，总督阁下遗憾地通知一个叫杰森·蒙克的美国公民，鉴于不便说明的原因，将终止其居住许可证和营业许可证，通知的生效日期为发信之日起一个月。写信人在信件的结尾处签名，并自称为岛民的勤务员。

蒙克把两封信都折起来，放在了两把摇椅之间的桌子上。

“手段很卑劣。”他平静地说。

“我也是这么想的。”奈杰尔·欧文说，他凝视着远处的海面，“但也别无选择。”

“你难道找不到其他人吗？”蒙克问道。

“我不要任何其他人。我就要你。”

“好吧，算我倒霉。以前也倒霉过。我幸存下来了。我还会幸存的。可我不想回俄罗斯去。”

欧文叹了一口气。他拿起了《黑色宣言》。

“凯里就是这么说的。他告诉我，你不为钱，不受胁迫。他是这么说的。”

“嗯，至少凯里还没变成老糊涂，”蒙克站了起来，“我不会说这是一次愉快的谈话。但我认为我们之间没什么可谈了。”

奈杰尔·欧文爵士也站了起来。他看上去很伤心。

“不应该就这样结束吧。遗憾，太遗憾了。哦，还有最后一件事。科马罗夫执政后，他不会孤身一人。在他的身边，有他的私人保镖和黑色卫队的指挥官。当种族屠杀开始时，他就是总负责，国家的刽子手。”

他拿出了一张照片。蒙克凝视着照片上那张大约比他老五岁的冷漠的面孔。英国人已经踏上了沙土小路，走向停放在屋后的汽车。

“他是什么人？”蒙克在他身后喊道。间谍头子的声音，在暮色渐浓中传过来了。

“哦，他呀。他是阿纳托利·格里辛上校。”

普罗维登西亚莱斯机场不是世界上最大的航空港，但对于来往的旅客来说是一个令人愉快的地方，因为小，在办理手续时就不会有太多的耽搁。第二天，奈杰尔·欧文爵士带着唯一的手提箱到机场办理乘机手续。通过护照检查后，他漫步进入了出港候机区。飞往迈阿密的美国航空公司班机在阳光下等待着。

由于天气炎热，大多数的建筑物都是敞开的，只有一道栅栏把外面的露天停机坪隔开来。有个人在建筑物周围徘徊，站在栅栏边，朝里面张望。欧文走了过去。这时候，广播里呼唤登机，旅客们朝向飞机涌了过去。

“好吧，”杰森·蒙克隔着栅栏说，“何时何地？”

欧文从胸袋里抽出一张机票，从栅栏里递了过去。

“普罗维登西亚莱斯——迈阿密——伦敦，头等舱，当然。五天以后。这段时间，把这里的事情安排好。大概要离开三个月。如果等到1月份大选，我们就太晚了。你飞到希思罗机场后，会有人来接你。”

“是你吗？”

“恐怕不是。应该是其他人。”

“他们怎么知道我？”

“他们会知道你的。”

一名年轻的地面女服务员拉了一下他的外衣。

“欧文旅客，请登机。”

他转身朝飞机走去。

“顺便说一下。美元报酬依然算数。”

蒙克拿出那两封正规的信件，举了起来。

“这些呢？”

“喔，把它们烧了吧，小伙子。文件是真的，但这两封信就不是了。不想让年轻人有后顾之忧，明白吗？”

他已经离飞机只有一半路程了，女服务员从旁边走过，这时候他们听到身后传来了一声叫喊。

“你真是个狡猾的老狐狸。”

姑娘吃了一惊，抬头去看他。他低头微笑了。

“但愿如此。”他说。

回到伦敦后，奈杰尔·欧文爵士立即投入了为时一周的高度紧张的准备工作。

对于见到的杰森·蒙克，他很喜欢，蒙克的前老板凯里·乔丹的叙述也给他留下了深刻的印象。但退出游戏十年，是一段很长的时间。

俄罗斯已经发生了翻天覆地的变化。这个国家已经从蒙克略知一二的老苏联脱胎换骨了。细节也发生了变化，差不多所有的地名都由共产党时代的称呼改回到十月革命前的名字了。如果不了解全面情况贸然进入莫斯科，蒙克是会对发生的变化不知所措的。要求英美使馆的协助不成问题。但那是越界的，所以他需要某个藏身之地，需要某个朋友。

其他情况变化不大。俄罗斯依然拥有强大的国家安全机关，即俄联邦安全局，是从克格勃原第二总局改制过来的。阿纳托利·格里辛也许已经离开了那个机构，但他肯定还与之保持着联系。

即使这样也不是大问题。最大的危险是普遍流行的腐败风气。科马罗夫和格里辛得到了无限的资金，是力争巩固自己势力的多尔戈鲁基黑手党提供的，由此，政府各级公务员没有他们用钱搞不定的。

残酷的事实是，极度的通货膨胀迫使中央政府的公务员都在赚外快捞好处，纷纷寻找出价最高的竞标者。只要有足够的钱，就能买到任何国家安全机关的全力合作，或者是由特种部队战士组成的私人武装的支持。

除了格里辛自己的黑色卫队和数千人的狂热的青年战斗队员，还有隐形的黑社会私设武装，科马罗夫有足够的喽啰去追猎敢于向他挑战的人。

有一件事这位年老的间谍头子是肯定的：阿纳托利·格里辛很快就会知道蒙克回到了他的私人地盘上，他是不会感到高兴的。

欧文做的第一件事，是组建了一个人数不多但相当可靠的专业小组，其成员来自英国自己的特种部队退役战士。

几十年来，在英国国内与爱尔兰共和军恐怖主义的斗争，公开的马岛战争和海湾战争，还有从婆罗洲到阿曼、从非洲到哥伦比亚的许多次不公开的战争，以及对其他十二个“敌对领土”的渗透任务中，英国培养了一批世界上对秘密行动最有经验的人才。

他们中的许多人已经离开了部队，或者他们工作过的其他机构，充分利用他们的特殊才能在社会上谋生。自然地，他们所从事的行业大多为警卫工作、财产保护、商业机密保护和安全咨询。

索尔·内桑森信守诺言，已经把一笔难以追踪的存款汇入了一家英国的海外银行，那里的保密措施是可以信赖的。一旦需要，通过普通电话输入密码后，欧文可以把他所需的款项转移到伦敦分行立即取用。四十八小时之内，他已经让六个年轻人随时听命了，其中两人能说流利的俄语。

乔丹说过的一件事情引起了欧文的兴趣，顺着这条线索，其中一个讲俄语的年轻人带着一捆硬通货现金飞到了莫斯科。他要在那里待上两周时间，但他回来时，带来的消息令人振奋。

另五个人被派去执行不同的任务。其中一人带上介绍信去了美国，去见洲际通信公司主席和总裁拉尔夫·布鲁克。剩余的人正在各个神秘的领域为欧文寻找他所需要的专门人才。在把人员都派出去之后，留下来的问题他想亲自处理。

五十五年前的第二次世界大战期间，在身体康复回到了欧洲大陆后，他调到了霍罗克斯将军那里任情报参谋。当时，将军正指挥第三十军在荷兰沿奈梅根公路挺进，急于去解救守卫在阿纳姆大桥的英国伞兵部队。

英军第三十军部队里，有一个团是掷弹兵近卫团。年轻军官中，有一个叫彼得·卡林顿的少校，另一个欧文经常与之打交道的是奈杰尔·福布斯少校。

父亲过世之后，福布斯少校继承了福布斯勋爵的称号，成为苏格兰主要的勋爵。在给苏格兰打了几个电话后，欧文终于在伦敦皮卡迪利的陆军和海军俱乐部里找到了他。

“我知道这事把握不大，”在再次自我介绍后，他说，“可我想组织一个小型的研讨会。相当私密，真的。非常私密。”

“哦，那种研讨会。”

“是啊。想找一个隐秘的地方，离公路远一点，能够容纳十几个人。你熟悉苏格兰高地，能找个地方吗？”

“你什么时候想要？”苏格兰贵族问道。

“明天。”

“哦，这样啊。我自己的住处不行，太小了。很久以前我把城堡转给了儿子。但他可能不在家里。我落实一下。”

一小时后他来电话了。他儿子、继承人马尔科姆那年实际上已经五十三岁了，他确认说第二天要出发去希腊的海岛住一个月。

“我想你最好还是借他的地方，”福布斯勋爵说，“不要舞枪弄棒，要注意。”

“当然不会，”欧文说，“只是讲课、放幻灯片那样的事情。一切费用由我负责，还会多付一点。”

“那好吧，我会打电话给管家麦吉利夫雷夫人，通知她你们明天要来。她会照顾你们的。”

说完后，福布斯勋爵放下电话，继续去吃午饭了。

第六天黎明时分，头天晚上从迈阿密起飞的英国航空公司班机，降落在伦敦希思罗机场四号航站楼，杰森·蒙克随着四百名旅客走下飞机，进入了世界上最繁忙的航空港。即使在这个时候，还有成千上万的旅客从世界各地来到这里，朝着护照检查卡口走去。蒙克坐的是头等舱，是第一批抵达护照检查卡口的旅客之一。

“商务还是旅游，先生？”护照检查官问道。

“旅游。”蒙克答道。

“祝你玩得愉快。”

蒙克把护照放进口袋，朝行李传送带走去。等了十分钟后，行李才从传送带上转过来。他的行李出现在第一批的二十个箱包之中。他走过海关的绿色通道，没被拦住。出来后，他看了看接机的人群，他们大都是司机，手里举着写有人名和单位名称的牌子。没有一个写着“蒙克”。

后面的人群涌过来了，他不得不继续前行。还是没看到什么。他走到了通往主集散大厅两道栅栏中间的过道里，这时候有个声音在他耳边说：“蒙克先生？”

说话的人大约有三十岁，穿着牛仔裤和淡黄色的皮夹克。他理着短发，看上去非常健壮。

“是我。”

“你的护照，先生，请拿出来看看。”

蒙克拿出了护照，那人查验了他的身份。他浑身上下一副退伍军人的样子，看到拿着护照那双手的粗壮指关节，蒙克猜测那人在部队里肯定不是搞文职工作的。护照递回来了。

“我的名字叫查兰。请跟我来。”

这位向导没有带蒙克去停车场找汽车，而是提着他的旅行箱走向区间接驳的免费大客车。他们静静地坐在车上，由大客车把他们带到一号航站楼去。

“我们不去伦敦吗？”蒙克问道。

“不去，先生。我们去苏格兰。”

查兰有他们两人的机票。一个小时后，伦敦——阿伯丁的商务航班起飞了，飞往苏格兰高地。查兰埋头阅读一份《军队与防务评论季刊》。不管他还能干其他什么事情，反正不擅长聊天。蒙克在这趟航班上又吃了一顿早饭，补上了在横跨大西洋飞行时失去的睡眠。

在阿伯丁机场，他们坐上了一辆长车身的路虎，发现驾车的又是一个沉默寡言的退伍军人。他和查兰总共交流了几个词语，好像已经是一场长时间的交谈。

离开东海岸城市阿伯丁的郊区机场后，他们进入了苏格兰高地，这是蒙克从来没见过的地方。那个不知名的司机在走A96号因弗内斯公路，走了七英里后，他向左拐弯。路牌简单地写着“凯姆内”。他们穿过莫尼马斯克村，驶上了阿伯丁——奥尔福德的公路。行驶三英里后，路虎车右转，穿过怀特豪斯，朝基格驶去。

右边有一条河流。蒙克不知道河里是否有鲑鱼或鳟鱼。就在快到基格的时候，汽车突然离开公路，跨过河流驶上了一条车道。拐过两个弯道后，出现了一座庞大的石头古堡，坐落在一个略微隆起的高地上，面朝群山。司机转过头来说话了。

“欢迎来到福布斯城堡，蒙克先生。”

奈杰尔·欧文爵士瘦削的身影从石头门廊下面走了出来，他头戴平顶布帽，灰白的鬓发被风吹向了两边。

“旅途还好吗？”他问道。

“还好。”

“但还是很累的。查兰领你去房间。先洗个澡，休息一下。两个小时后吃中饭。我们有许多工作要做。”

“你知道我要到了。”蒙克说。

“是的。”

“查兰没打电话呀。”

“哦，明白你的意思了。那边的米奇……”他指向正在卸行李的司机，“当时也在希思罗。在赴阿伯丁的飞机上，他坐在后面。在你前面出了阿伯丁机场，因为不用等行李。到路虎车里等了五分钟。”

蒙克叹了一口气。在希思罗机场和飞机上，他都没有发现米奇。坏消息是，欧文是对的，确实有许多工作要做。好消息是，他加入了一个相当专业的团队。

“他们与我一起去吗？”

“恐怕不是。你到那里时，是独自一人。今后三周内，我们要做的是尽力帮助你生存。”

午饭是一种碎羊肉，上面盖着一层土豆泥。主人称其为牧羊人馅饼，可以泡在一种加香料的黑色调味汁里吃。吃饭的一共是五个人：亲切和蔼的主人奈杰尔·欧文爵士、蒙克本人、查兰、总是称呼蒙克和欧文为“老板”的米奇，还有一个个子不高但显得机警的男士，他有一头稀疏的灰白头发，英语讲得很好，但带有一种口音，蒙克听出来那是俄语口音。

“英语还是要说一些的，”欧文说，“因为我们当中许多人不会讲俄语。但你每天至少要说上四个小时的俄语，与这位奥列格一起练习。你必须恢复到能说得像真正的俄罗斯人那样。”

蒙克点点头。他已经好多年没说这种语言了，他会发现他已经相当生疏了。但具有天赋的语言学家是不会永远忘记的，足够的实践后总是能够找回语感。

“嗯，”主人继续说，“奥列格、查兰和米奇是这里的常住居民。其他人则来来往往，包括我本人。过几天，等你们安顿下来后，我要飞到南方去，要去处理……其他的事情。”

如果蒙克认为会给他一点时间倒倒时差，那么他想错了。午饭后，他与奥列格一起待了四个小时。

俄罗斯人奥列格设置了一些情景。一会儿，他扮演街上的民警，拦下蒙克要他出示证件，要求他回答从哪里来、到哪里去，以及为什么。接着他成了饭店服务员，询问非常复杂的菜单细节。然后，他又是俄罗斯的乡下人，向一位莫斯科人问路。四个小时之后，蒙克已经感觉到他正在找回俄语的语感。

在加勒比海拉鱼线时，蒙克还以为自己的身体相当健壮，只是腰围在增大。他错了。第二天黎明前，他第一次与查兰和米奇一起去参加越野长跑。

“我们从简单的开始，老板。”米奇说，因此他们在齐大腿深的石楠属植物丛中只跑了五英里。开始时，蒙克觉得自己要死了，后来他希望自己快点死去。

值班人员只有两个。女管家麦吉利夫雷夫人令人敬畏，男人们称她为麦吉夫人，她是寡妇，丈夫原是城堡里的工人。她负责做饭和打扫卫生，极不情愿地接待着来来往往的带有各种英语口音的专家人员。郝克托负责照看城堡和菜园，还要开车去怀特豪斯购买蔬菜水果。流动商贩从来没来过这里。麦吉夫人和郝克托住在城堡的两间小房子里。

一位摄影师来到城堡，为蒙克拍了各种各样的照片，以便在其他地方为他制作各种身份证件。发型师兼化装师也来了，他熟练地改变了蒙克的容貌，教会了蒙克如何重新进行化装，所用的化装品要尽可能少，市场上容易买到，放在行李里面不会引起怀疑。

蒙克的容貌改变后，摄影师又给他拍了一些照片，为的是制作另一本护照。欧文搞来了几本真护照，雕刻家和书法家把它们变成了蒙克的护照。

蒙克花了很长时间研究莫斯科地图，尽力记住这座城市及其几百个新地名，这些名字对他来说都是陌生的。以已故的法共领导人命名的莫里斯·多列士码头，已经恢复了老名称，即索菲亚码头。所有以马克思、恩格斯、列宁、捷尔任斯基和当时其他共产党著名人士命名的地名都消失了。

他记住了一百多个最有名的建筑物及其位置，学会了怎样使用新的电话系统，了解了如何随时随地拦下出租车，以及支付司机一美元的车费。

城堡里有一个放映室，蒙克和另一个讲俄语的伦敦人坐在那里，观看屏幕上出现的一张张面孔。

有许多书要阅读，还有科马罗夫的演讲和俄文的报刊杂志。记数字不是他的专长，但他必须记住许多私人电话号码，数字不能搞错。最后他在大脑里储存了五十多个号码。

第二个星期，奈杰尔·欧文爵士回来了。他看上去很疲惫，但很满意。他没说去了哪里。他带来了一件东西，是他派专家小组的人去伦敦古玩店里买到的。蒙克把它拿在手里，翻了过来。

“这个，你是怎么知道的？”他问道。

“哈，我的耳朵很长呢。是一样的吗？”

“很像。据我回忆。”

“那么，它应该能起作用。”

他还拿来了一只手提箱，是由一名能工巧匠制作的。一般的海关检查员很难找到箱子里面的夹层，蒙克要把两份秘密文件藏在这个夹层里：俄文原件的《黑色宣言》，以及证明这份宣言的论证报告，已经译成了俄语。

到第二周，杰森·蒙克感到他的身体达到了十年来的最佳状态。肌肉变硬了，耐力增强了，但他知道自己永远赶不上查兰和米奇。他们能够忍受痛苦和长时间负重行军，即使在濒临死亡的极度疲劳中，依然能够靠意志驱动双腿继续行进。

第二周的下半周，乔治·西姆斯来了。他与蒙克年纪相仿，曾经是英国特别空勤团的一级准尉。第二天上午，他把蒙克带到草坪上。两人都穿着运动服。他转过身来，对相隔四码远的蒙克说话了。

“听着，先生，”他用轻快的苏格兰口音说，“如果你能尽力来杀死我，我将不胜荣幸。”

蒙克惊奇地扬起了眉毛。

“但别担心，因为你不会得手。”

他说对了。蒙克朝前逼近，虚晃一下，然后猛扑过去。苏格兰高地颠倒过来了，他发现自己仰面躺在了地上。

“进攻速度稍微慢了一点。”西姆斯说。

郝克托在厨房里，正准备午饭要吃的刚挖出来的胡萝卜，这时候蒙克又倒在了地上，于是他走到窗前去察看。

“他们两个在干嘛？”他问道。

“没你的事，”麦吉夫人说，“只是年轻人在闹着玩罢了。”

在外面的林子里，西姆斯向蒙克介绍瑞士制造的“西格-绍尔”九毫米自动手枪。

“我还以为你们习惯使用‘勃朗宁’十三发自动手枪呢。”蒙克说，他想炫耀一下自己的知识。

“以前用过，但那是多年前了。十年前就换成这种了。嗯，你知道双手握枪和蹲伏吧，先生？”

蒙克在刚刚进入中情局的时候，在弗吉尼亚州皮尔利堡的“农场”接受过轻武器的培训。当时他是班里最好的学员，因为孩提时曾在蓝岭山脉跟随父亲打猎，有点基础。但那也是很久以前的事情了。

苏格兰人设置了一个下蹲姿势的靶子，然后走开十五步，转身用五颗子弹击穿了靶子的心脏。蒙克击中了靶子的左耳、擦过了靶子的大腿。他们连续三天每天两次练习射击，每次一百发子弹。最后，蒙克能够把五发子弹中的三发射入靶子的面孔。

“这样就能使对方慢下来了。”西姆斯说，那口气似乎知道蒙克再也不能取得更好的成绩了。

“碰上好运气，我就不需要使用这种讨厌的东西了。”蒙克说。

“是啊，先生，大家都喜欢这么说。但没碰上好运气怎么办？所以最好还是知道怎么使用，关键的时候可以派上用场。”

第三周刚开始，蒙克见到通讯专家。那人相当年轻，叫丹尼，来自伦敦。

“这是一台很普通的笔记本电脑。”丹尼解释说。确实如此。它差不多有一本书那么大，打开上盖后，内侧显露了一个屏幕，下面是键盘。这种东西，经理级别的人现在十有八九公文包里都装着。

“软盘……”丹尼把看上去像是一张信用卡的东西举起来，在蒙克的鼻子底下晃了晃，然后插进了电脑的侧面，“储存了你那样的商人所需要的普通信息。如果有人截获了它，那么他们得到的全是商业信息，除了机主本人，这信息对别人毫无价值。”

“哦？”蒙克说。他意识到这个人比他年轻很多，是在电脑前面泡大的，认为电脑的内部系统要比埃及的象形文字容易得多。但将来某一天，蒙克宁可去学习埃及的象形文字。

“这个，”丹尼举起了另一张卡片，“知道是什么吗？”

“是VISA卡。”蒙克说。

“再看看。”

蒙克仔细观察了这张塑料薄片，它的背面有“智能”磁条。

“嗯，看上去像是VISA卡。”

“它也可以起到VISA卡的作用，”丹尼说，“但别把它当普通的信用卡使用，以防由于操作失误把内容消掉。把它放到一个安全的地方，不管你住在哪里，最好是把它藏在别人看不见的地方。必要时才拿出来使用。”

“它有什么用处？”蒙克问道。

“用处多着呢。它可以把你打字输入的内容译成密码。它已经记住了一百种一次性的密码本。这不是我的专业范围，可我认为它们是不可破译的。”

“这样啊。”蒙克说。他很高兴至少听懂了一个词语。这使他感觉好了一些。

丹尼把第一张软盘从电脑里取出来，在这个插孔插入了VISA卡。

“这台笔记本电脑由一块锂电池供电，其电力足以维持与卫星的联络。即使能获得交流电源，你还是应该使用电池以防电路中断或电压过高。用交流电给这块电池充电。现在，开启电脑。”

他指向电源开关，蒙克按了一下。

“把你给奈杰尔爵士的信息输入屏幕，用清晰的语言。”

蒙克输入了二十个单词的信息，以确认安全抵达和开始第一次联络。

“现在按这个键。上面写着是别的功能，但它可以下达译电的指令。”

蒙克按了这个键。没有反应。他写的词语留在屏幕上。

“现在按开关键。”

文字消失了。

“它们已经永远消失了，”丹尼说，“它们已经在电脑内存中被完全消除了。在一次性密码本中，它们在这张‘维吉尔’[①]VISA卡的

① 维吉尔：古罗马诗人（公元前70—公元前19）。

里面，等待发送。现在重新开启电脑。”

蒙克照办了。屏幕亮了，但一片空白。

“按这个键。它写的也是其他功能，但在插入维吉尔的情况下，它的意思是‘发送/接收’。现在保持这个状态。卫星每天在地平线上方经过两次。当它接近你所在的位置时，它会按程序发过来一条指令。其发送的频率与维吉尔的频率相同，但只花了十亿分之一秒的时间，而且是加密的。它说的意思是：‘你在吗，孩子？’维吉尔听到这个呼叫，辨认出是母亲的声音，确认后把你的信息传输出去。我们称之为握手。”

“就这样结束了吗？”

“还没有。如果母亲有信息要给维吉尔，她就会发送。维吉尔会收到该信息，全都在一次性本子的密码里面。然后母亲越过地平线消失了。她已经把你的信息转给了接收基地，不管它在哪里。我不知道，我也不需要知道。”

“机器工作时，我是否一直要在旁边陪着？”蒙克问道。

“当然没这个必要。你可以走开。回来后，看到屏幕依然发亮，你按一下这个键就行了。它并不显示译电功能，但只要维吉尔在机器里面，它就起到这个作用。维吉尔要做的事情，是把家里给你的电文解密。记住，只要按一下开关键，你就把它抹去了。永久地。

“还有最后一件事情。如果真的想摧毁维吉尔的系统，你可以依次按这四个数字。”他把写在一张卡片上的四个数字拿给蒙克看，“除非你想把维吉尔恢复到只有VISA卡的功能，不要其他功能，否则千万别输入这四个数字。”

他们花了两天时间，一遍又一遍地熟悉这些程序，直到蒙克相当熟练为止。然后丹尼就离开了，去搞他那个领域的硅晶片高科技了。

在福布斯城堡的第三个星期结束的时候，所有的教官都满意了。蒙克把他们送走了。

“这里有电话可以让我用一下吗？”蒙克说，那天晚上吃过晚饭后，他与查兰和米奇一起坐在客厅里。

米奇正与查兰下棋，被对方杀得难以招架。他从棋盘上抬起头来，朝角落里的电话机点点头。

“打个私人电话。”蒙克说。

查兰也抬起了头，两位退伍军人都看着他。

“当然可以。”查兰说，“用书房里的电话。”

蒙克坐在福布斯勋爵的书房里，周围是图书和打猎的图画。他拨了一个海外的号码。在弗吉尼亚州南部克罗泽的一座小木屋里，电话铃响了，那里的太阳还斜挂在蓝岭山脉上空，比苏格兰晚五个小时。在铃声第十次振响时，有人来接听了，是一位妇女的声音：“喂？”

他可以想象出那边的情景：在那间小小的但很舒适的客厅里，整个冬天都有柴火在燃烧，母亲那些珍爱的结婚家具总是擦得一尘不染、闪闪发亮。

“嗨，妈，我是杰森。”

虚弱的声音因为快乐而升高了。

“杰森，你在哪里呀，儿子？”

“我一直都在旅行，妈。爸还好吗？”

自从中风以来，他父亲的大部分时间都是在外面门廊下的摇椅里度过的，凝视着这个小镇和远处的大山和森林，四十年前，他能够整日跋山涉水，带着长子去打猎和捕鱼。

“他很好。他现在正在门廊里打瞌睡。天气很热，是一个漫长、炎热的夏天。我会告诉他你来电话了。他会很高兴的。你很快就要回吗？你都离开这么长时间了。”

他有两个弟弟、一个妹妹，都早就离开这个小家了。一个弟弟是保险理算师，另一个是房地产经纪人，在切斯皮克湾工作。他妹妹嫁给了一位乡村医生。他们都在弗吉尼亚州，都成家立业了，经常回家看望父母。只有他没做到。

“我会尽快回家的，妈。我保证。”

“你又要离开了，是吗，孩子？”

他知道母亲所说的“离开”的含义。在他去越南服役之前，她已经了解了那个国家，在他出国前，她总是把电话打到华盛顿，似乎感觉还有什么她不知道的情况。做母亲的总是那样……能够预感万里之外的危险。

“我会回来的，然后我就来看你们。”

“保重，杰森。”

他握着电话听筒，凝视着窗外苏格兰上空璀璨的群星。他真应该常回家看看。双亲现在年纪大了，他真应该抽出些时间。如果他从俄罗斯回来，他会抽出时间的。

“别担心，妈，我会很好的。”

一阵停顿，似乎两人都不知道该说些什么。

“我爱你，妈。告诉爸，我爱你们。”

他搁下了电话。两个小时后，奈杰尔·欧文爵士在多塞特家中读到了那份信息。第二天上午，查兰和米奇开车把蒙克送回到阿伯丁机场，陪同他登上了飞往南方的航班。

他在伦敦住了五天，在蒙特卡姆与奈杰尔·欧文爵士住在一起，那是一个安静、隐蔽的旅馆，隐藏在石牌楼后面一条纳什式小街上。在那几天时间里，老间谍头子详细解释了蒙克要做的事情。最后，再没有其他事情了，只有道别。欧文塞给他一张纸条。

“万一那个高科技的通讯系统出故障了，有一个人可以把信息送出来。当然，这是最后一招。嗯，再见吧，杰森。我不会去希思罗了。我讨厌机场。我认为你会成功。是的，我真的认为你会成功。”

查兰和米奇开车把他送到希思罗机场，一直送到关卡处。然后都与他握手告别。

“祝你好运，老板。”他们说。

航程平安无事。没人知道，他与差不多一个月前飞到第四航站楼的杰森·蒙克完全不一样了。没人知道，他其实不是护照上的那个人。他通过了关卡。

五个小时后，他把手表向前拨了三个小时。在莫斯科谢列梅捷沃机场，他向护照检查关卡走去。他的签证没有问题，显然是在华盛顿的俄罗斯使馆申请并获批的。他通过了。

在海关检查处，他填写了冗长的外汇申报单，把他携带的唯一手提箱放在了检查台上。海关关员看了它一眼，然后朝他的公文包做了个手势。

“打开。”他用英语说。

美国商人蒙克微笑着点点头照办了。关员翻看了他的证件，然后拿起了笔记本电脑。他赞许地看着，说：“很漂亮。”然后就把它放回去了。他很快在箱包上用粉笔做了一个记号，转向了下一个旅客。

蒙克提起箱包，穿过玻璃门，进入到了他曾经发誓永不返回的土地上。

第二部

第十二章

都市大酒店依然是蒙克记忆中的样子，那是用灰色石料建成的一座庞大的立方体建筑物，面朝广场对面的莫斯科大剧院。

进入酒店大堂后，蒙克走向服务台，做了自我介绍，并递上了自己的美国护照。前台服务员检查了一下电脑屏幕，输入了几个数字和字母，屏幕上出现了确认的信息。他看了看护照，又看看蒙克，然后点点头，露出了职业性的微笑。

蒙克的房间正是他要求的那一间。四个星期前，奈杰尔爵士派遣的一位讲俄语的战士，已经到莫斯科来侦察过了，是他提议蒙克住这个房间的。该房间位于八楼的一个转角，能看到克里姆林宫，更重要的是，它有一个沿着建筑物的阳台。

由于莫斯科与伦敦存在时差，他安顿下来后，已经是傍晚时分了。10月份的莫斯科黄昏，对于街上的行人来说已经很冷了，他们大都穿上了大衣。那天晚上，蒙克在酒店里吃过晚饭，早早上床安寝了。

第二天上午，在服务台值班的是一个新的接待员。

“我有个问题，”蒙克对他说，“我要去一趟美国使馆，让他们检查一下我的护照。这应该是小事一桩吧……”

“可是，先生，客人住店期间必须把护照留在我们这里。”服务员说。

蒙克靠上服务台，手里卷着一张一百美元的纸币。

“这个我是理解的，”他认真地说，“可我的问题是，离开莫斯科后，我还要去欧洲各地旅行，护照已经快到期了，我的使馆准备给我换新的。我只离开两三个小时……”

服务员很年轻，才结婚不久，快要有孩子了。他盘算着一百美元能在黑市换来多少卢布。他左右观察了一下。

“对不起，你等一下。”他说完就走到办公室与服务台之间的玻璃隔墙后面去了。过了一会儿他回来了，手里拿着蒙克的护照。

“通常，只是在办理退房时才归还护照，”他说，“你还要交回来的，在你离店时再给你。”

“哦，我说过了，使馆签证部门办完手续后，我会马上交回来的。你什么时候下班？”

“下午两点钟。”

“嗯，如果到时候我办不完，那就在下午喝茶时间交给你的同事。”

护照拿回来了，一百美元递过去了。现在，这两个人成了同谋。他们互相点点头，微笑着分手了。

回到房间后，蒙克在门把手挂上“请勿打扰”的牌子，锁上了房门。在卫生间里，他从洗漱用具袋里面取出标签上写着洗眼水的染发剂，并放了一杯热水。

菲利普·彼得斯博士那头灰色卷发消失了，代之出现的是杰森·蒙克的金发。胡须用刀片刮去了，学者曾经戴过的那副茶色眼镜被扔进了酒店大堂的垃圾桶。

他从公文包里拿出来的护照，是他自己的名字和自己的照片，盖有机场移民局的入境章，是根据欧文的战士早先去执行任务时的入境章复制的，但日期做了相应的调整。在护照的封皮里面，有一份货币申报单的副本，也加盖了海关的假印章。

半晌午时，蒙克下楼到了大堂，他穿过有拱顶的中庭，通过服务台另一边的一扇门出去了。都市大酒店外面停了一长溜出租车，蒙克坐进了一辆，现在他说的是流利的俄语。

“奥林匹克五环。”他说。出租车司机知道那家酒店，他点点头发动了汽车。

整个奥林匹克的体育场馆设施，是为1980年的莫斯科奥运会修建的，位于市中心的北部，在花园环路的外面。主体育场依然高出了周围的其他建筑，在其阴影下，是德国人建造的五环酒店。蒙克在酒店的门廊里下车，付了车费，然后走进了大堂。出租车开走后，他离开了酒店，剩余的路他步行走过去。距离只有四分之一英里。

体育场南边的整个区域，由于缺乏适当的维修保养，已经破败萧瑟。共产党执政时期建造的楼房，包括十几个使馆、办公楼和饭店，都覆盖着一层夏天的尘土，随着天气变冷，尘埃将会结成硬壳。碎纸片和泡沫塑料在街上随风飞舞。

在杜罗娃大街旁边，有一片用栏杆围起来的土地，里面的花园和建筑物风格不同，引人注目。围栏里面有三座主要的建筑物：一家接待外地旅客的招待所、一座在九十年代中期建造的漂亮的学校，还有一个做礼拜的地方。

莫斯科这个主要的清真寺建造于1905年，比列宁领导的十月革命早十二年，显露出早期建筑物的典雅。在共产党执政的七十年里，它变得陈旧了，与基督教堂一样，它也遭到了无神论国家的迫害。共产党统治结束后，沙特阿拉伯慷慨解囊，实施了一个扩建和修复的五年计划。招待所和学校则是九十年代中期的项目。

清真寺的面积没有发生变化，是一栋小小的建筑物，刷着淡蓝色和白色的漆，还有小巧的窗户，入口处是一对古色古香的雕刻橡木门。蒙克脱下鞋子，放在门厅左边的鞋架上，然后走了进去。

与所有的清真寺一样，这里的内部完全是开放式的，没有椅子或凳子。地上铺的是豪华的地毯，也是沙特阿拉伯捐赠的，柱子支撑着环绕建筑物中层的一圈画廊。

根据信仰，不能有雕刻的形象或图画。墙上挂着一块块《古兰经》的语录。

该清真寺的服务对象是莫斯科穆斯林社区的居民，为他们提供精神需求。但不包括外交官，他们主要是去沙特使馆祈祷。但俄罗斯有几千万穆斯林信徒，在首都有两个公共清真寺。由于今天是星期五，只有几十个人来祈祷。

蒙克在靠近入口处的墙边找了个位置，盘腿坐下来，开始观察。这里大都是老人：阿塞拜疆人、鞑靼人、印古什人、奥塞梯人。他们都穿着西服，旧是旧了点，但很干净。

半小时后，蒙克前面跪着的一位老人站起来，转向了门口。他注意到了蒙克晒黑了的脸庞、满头的金发、没戴祈祷珠，脸上浮现出好奇的表情。他犹豫着，然后靠墙坐了下来。

他肯定有七十多岁了，西装翻领上挂着三枚在二战中获得的奖章。

“和平保佑你。”他低声说。

“和平保佑你。”蒙克回答。

“你是信伊斯兰教的？”老人问道。

“呃，不是的，我是来找朋友的。”

“哦，一个特定的朋友？”

“是的，很久以前的朋友。我们失去联系了。我希望能在这里找到他。或许这里有人知道他。”

老人点点头。

“我们是个小社区。有许多小社区。他是属于哪个社区的？”

“他是车臣人。”蒙克说。老人又点点头，然后僵硬地站起身来。

“等一下。”他说。

过了一会儿他回来了，在外面找来了一个人。他朝蒙克那边点点头，微笑着离开了。新来的人年轻点，但也没年轻多少。

“听说你在寻找我们的一个兄弟，”车臣人说，“要我帮忙吗？”

“有可能，”蒙克说，“我很感激。我和朋友是多年前相遇的。现在，我在你们这里访问，我很想再见见他。”

“他叫什么名字，朋友？”

“乌马尔·古纳耶夫。”

老人的眼睛闪烁了一下。“我不认识这样的一个人。”

“哦，那我很失望，”蒙克说，“因为我给他带来了一件礼物。”

“你要在我们这里待多久？”

“我想再坐一会儿，欣赏一下你们这座漂亮的清真寺。”蒙克回答。

车臣人站了起来。

“我去问问有没有人听说过这个人。”他说。

“谢谢你，”蒙克说，“我会耐心等待的。”

“耐心是一种美德。”

两个小时后，他们来了，共有三个人，都很年轻。他们悄悄地走过来，穿着袜子的脚踩在厚厚的波斯地毯上悄无声息。一个人留在门边，跪在地上，身体靠后，双手放在大腿上面，看上去像是在祷告。但蒙克知道，没人能从他身边经过。

另两个人走过来，分别在蒙克的两边坐了下来。他们的衣服里面也许有什么东西，但隐藏起来了。蒙克凝视着前方。提问开始后，声音都很轻，以免打扰在他们前面祈祷的人。

“你讲俄语？”

“是的。”

“你在打听我们的一个兄弟？”

“是的。”

“你是俄罗斯间谍？”

“我是美国人，我衣服里有护照。”

“用食指和拇指把它拿出来。”那人说。蒙克取出了自己的美国护照，让它落到了地毯上。另一个人探身向前，把它捡起来，扫视着里面的页面。然后他点点头，把护照递了回去。他越过蒙克，用车臣语说话了。美国人担心他也许在说，美国护照是很容易伪造的。但蒙克右边的那个人点了点头，继续提问。

“你为什么要找我们的兄弟？”

“我们见过面，是在很久以前，在一个遥远的地方。他留下了一件东西，我答应只要有机会来莫斯科，我就把它带来还给他。”

“你把东西带来了吗？”

“在公文包里。”

“打开。”

蒙克弹开公文包上的金属搭扣，翻开了盖子。里面有一个扁平的纸板盒。

“你要我们把这个交给他？”

“是的。非常感谢。”

左边的那个人用车臣语说了几句。

“不，这不是炸弹，”蒙克用俄语说，“假如是炸弹，那么现在打开的话，我也会死的。所以，打开吧。”

那两个人交换了一下眼色。然后，一人俯身向前打开了纸盒的盖子。他们凝视着盒子里的东西。

“就这个？”

“就这个。是他留下的。”

他左边的那个人合上盖子，把纸盒从公文包里拿了出来。然后他站了起来。

“等着。”他说。

门边的那个人看着他离开，但没有任何表示。蒙克和两位看守人又等了两个小时。午饭时间到来了，又过去了。蒙克饥肠辘辘，很想吃一个大汉堡。小窗户外面的光线渐渐变弱了，这时候信使回来了。他什么话也没说，只是朝他的两位同伴点点头，把脑袋往门口一扬。

“来吧。”蹲在蒙克右边的车臣人说。三个人都站起来了。他们在门厅里找到自己的鞋子，穿了上去。两个侧翼的人还是走在两边，门边站岗的现在殿后。蒙克被护送到了通往杜罗娃街的院子，那里有一辆宝马汽车等在街沿石边。在上车之前，他们熟练地从后面对蒙克搜身。

蒙克坐到了后排的中间位置，两边是侧翼的那两个人。第三个人坐到司机旁边的前座上。宝马汽车离开了，朝着环城公路驶去。

蒙克已经猜到，这些人决不会在清真寺里施展暴力，玷污圣地，但在他们自己的车里就不是一回事了，他太了解他周围的这种人了，他们都是些极其危险的人物。

一英里之后，前面的那个人从杂物箱里拿出了一副大墨镜。他示意蒙克把它戴上。镜片已被完全涂黑，但戴墨镜要比蒙眼睛好受。黑暗中，蒙克结束了旅程。

在莫斯科市中心，有一条最好不要随便进入的小街。街上有一个小咖啡馆叫卡什丹，是俄语“栗子”的意思，在街上已经开设好几年了。

如果有游客漫不经心地走向咖啡馆的店门，他会遇到一个身体健壮的年轻人，并被告知最好是去其他地方喝咖啡。甚至俄罗斯民警也不想去靠近那个地方。

蒙克被扶下车，引进了门内，他的黑色眼镜摘下来了。在他进去的时候，里面的车臣语嗡嗡交谈声静下来了。几十双眼睛默默地注视着他，然后他被领到了吧台后面的一间密室。如果他没能从那个房间里出来，没人会看到。

房间里有一张桌子和四把椅子，墙上有一面镜子。附近的厨房里飘来了大蒜、香料和咖啡的气味。在三个看守人当中，曾经坐在清真寺门口的那个是领导，现在他第一次开口说话了。

“坐吧，”他说，“咖啡？”

“谢谢你。黑咖啡。加糖。”

咖啡端上来了，味道很不错。蒙克喝着热气腾腾的咖啡，尽量不去看镜子，他深信那是一面单向的镜子，他正被后面的人审视着。在他喝完咖啡放下空杯子时，一扇门打开了，乌马尔·古纳耶夫进来了。

他变了。衬衣的领子不再翻到西装外面了，西装也不是那种便宜货了，而是意大利的名牌。领带是真丝做的，很可能是在伦敦杰明街或纽约第五大街买的。

十二年来，这个车臣人已经变得成熟了，作为四十岁的人，他黝黑英俊，风度十足。他带着一种平静的微笑，向蒙克点了好几次头，然后坐下来，把那个纸盒放在了桌子上。

“我收到了你的礼物。”他说。他揭开盖子，取出里面的东西，对着亮光拿起那把也门的刀具，用指尖试了一下锋口。

“是这个？”

“他们的其中一人，把它留在了地坪石上面，”蒙克说，“我认为，你可以把它用作开信刀。”

这一次，古纳耶夫真的是开心地微笑了。

“你是怎么知道我名字的？”

蒙克告诉他，在阿曼的英国人收集了抵达也门的苏联人大头照。

“此后，你又听说过什么？”

“许多事情。”

“好的还是坏的？”

“有趣的。”

“告诉我。”

“我听说，在克格勃第一总局服役了十年之后，古纳耶夫上尉终于对种族间的玩笑厌倦了，而且也没有希望得到提升。我听说，他离开克格勃去从事其他工作了。也是隐蔽的，但是不一样。”

古纳耶夫哈哈大笑。这时候，三个看守人似乎放松了。主人已经为他们定了调子。

“隐蔽的，但是不一样。嗯，没错。然后呢？”

“然后我听说，乌马尔·古纳耶夫在他的新生活中，成了乌拉尔以西车臣人黑社会无可争辩的霸主。”

“很有可能。还有其他吗？”

“我还听说，这位古纳耶夫是一个传统的人，虽然年纪倒是不大。他依然坚守车臣人的传统标准。”

“你听说得还真不少呢，美国朋友。那么，车臣人的标准又是什么呢？”

“我听说，在这个堕落的世界里，车臣人依然遵守他们的信誉规矩。他们偿还欠债，好的和坏的。”

蒙克后面的三个人紧张了。这个美国人是否在愚弄他们？他们观察着他们的领导。最后，古纳耶夫点头了。

“你听说的都是实话。要我帮你什么呢？”

“隐蔽。一个可以居住的地方。”

“莫斯科有许多旅馆。”

“不是很安全。”

“有人想杀你吗？”

“现在还没有，但很快就会有的。”

“谁？”

“阿纳托利·格里辛上校。”

古纳耶夫轻蔑地耸耸肩。

“你认识他？”蒙克问道。

“我听说过他。”

“你知道他什么？你喜欢他？”

古纳耶夫又耸耸肩。

“他干他的，我干我的。”

“在美国，”蒙克说，“如果你想躲起来，我就可以安排你躲起来。但这里不是我的地盘，不是我的国家。你能安排我在莫斯科躲藏起来吗？”

“暂时的，还是永久的？”

蒙克大笑起来。

“我喜欢暂时的。”

“这个，我当然可以安排。这就是你的要求吗？”

“我的要求是能够活着，是的。我当然愿意活着。”

古纳耶夫站起身来对他的三名同伙说话了。

“这个人救过我的命，现在他是我的客人。谁都不许去碰他：他在这里，就是我们的一分子。”

三个同伙围上来，纷纷与蒙克握手，微笑着报出了他们的名字。阿斯兰、马戈茂德、谢里夫。

“针对你的追猎是不是已经开始了？”古纳耶夫问道。

“没有，我想还没有。”

“那你肯定饿了吧。这里饭菜不好吃。去我办公室。”

与所有的黑手党头目一样，这位车臣宗族的领袖也扮演着两个角色。公开的角色是一个非常成功的商人，拥有二十家生意兴隆的公司。这方面，古纳耶夫选择的专业领域是房地产。

早年，在共产党垮台、国有资产可以公开出售的时候，那些官僚把地皮买卖作为他们自己的礼物，喜欢给谁就给谁。古纳耶夫通过收买官员这一简单的权宜之计，买下了莫斯科各处主要的开发地皮。

古纳耶夫把这些地皮开发项目转到自己的名下，然后利用俄罗斯企业界大亨与西方伙伴建立合资企业的高潮，从中谋利。在美国人和西欧人要建造写字楼和摩天大楼时，古纳耶夫就为他们提供建筑用地，还提供了建筑工人并保证不会罢工。由此他获得了这些合资项目的股份，以及利润和办公楼的租金。

这个车臣人用同样的手法，接管了莫斯科的六家高级酒店，其业务拓展到钢铁、水泥、木材、砖瓦和玻璃。如果有人想建造或改建一栋大楼，他就必须去与乌马尔·古纳耶夫拥有或控股的子公司打交道。

这就是车臣黑手党公开的一面。其比较隐蔽的一面，是与莫斯科所有的黑社会组织相同的，即在各地从事黑市交易和倒卖活动。

俄罗斯的国有资产，例如黄金、钻石、天然气和石油，按官方汇率，甚至以最低价格用卢布在当地买进。“卖方”是官僚，都可以用金钱把他们买通。出口国外时，这些资产是以美元、英镑或德国马克按照国际市场价格卖出。

售价的一小部分用于再进口，以非官方的汇率兑换成巨额卢布，用以购买下一批货物，或者支付必要的行贿费用。余款，即国外销售的百分之八十那部分，就是利润。

起初，一些政府官员和银行家不了解套路，因此有些人拒绝合作。他们得到的第一次警告是口头的，第二次就要涉及整形外科手术，而第三次则是永久性的了。在前面的官员摆脱了人世的烦恼之后，后面的接班人通常就能遵守游戏规则了。

到九十年代末期，针对官员和合法企业家的暴力已经没有必要了，但到那个时候，私人武装也发展起来了，这意味着在必要时，黑手党的头领必须具备能够与其对手抗衡的能力。在所有讲究暴力的团体中，车臣人是最可怕的，他们发怒时，没人能与他们的速度和残忍相匹敌。

从1994年冬末开始，一个新的因素加入了这个平衡。那年的圣诞节前夕，俄罗斯总统叶利钦令人难以置信地发动了愚蠢的车臣战争，想把搞分离、闹独立的车臣总统杜达耶夫赶下台。如果战争是一次快速的外科手术式行动，那么它也许能起到作用。结果，貌似强大的俄罗斯军队遭到了游击队的重创。车臣人进入高加索山区，用轻武器展开了顽强的反击战。

在莫斯科，车臣黑手党对俄罗斯政府再也不抱任何幻想了。遵纪守法的车臣人，本来日子就已经过得很艰难了。当每个人都来反对他们的时候，车臣人成为俄罗斯首都一支紧密团结、衷心耿耿的宗族力量，远比格鲁吉亚人、亚美尼亚人或本地的俄罗斯黑社会组织更难攻破。在车臣人社团内，黑社会组织头目既是英雄，也是抵抗领袖。在1999年深秋，前克格勃上尉乌马尔·古纳耶夫就是这样的角色。

然而，作为商人的古纳耶夫依然可以到处自由走动，过着亿万富翁的生活。他的办公室，实际上是他的一家酒店的整个顶层楼面，这家酒店是与美国人合作开设的一个连锁店，位于赫尔辛基车站附近。

去酒店的这段路程，坐的是乌马尔·古纳耶夫的豪华奔驰防弹车。他有自己的司机和保镖，从咖啡馆出来的那三个人坐进了后面的宝马汽车。两辆汽车都驶入了酒店的地下车库，从宝马汽车下来的那三个人把地下室搜索了一遍之后，古纳耶夫和蒙克走向一部高速电梯，上到了顶层十楼。然后那部电梯的电源就被切断了。

十楼大堂内有更多的警卫员，但他们两人走进了车臣领导人私密、安静的公寓里面。古纳耶夫一声令下，一个身穿白色制服的服务员端来了食品和饮料。

“我有一样东西要给你看，”蒙克说，“我希望你会发觉它很有趣，甚至具有教育意义。”

他打开公文包，激活两个控制按钮，揭开了里面的夹层。古纳耶夫饶有兴趣地观看着。这个公文包及其潜在的功能使他颇为赞赏。

蒙克先把论证报告的俄语译文递了过去，共有三十三页，装订在灰色的图画纸封面里。古纳耶夫惊奇地扬起了眉毛。

“一定要我看？”

“这是值得看的，请耐心看。”

古纳耶夫叹了一口气，开始阅读。他看得越来越投入，忘了喝咖啡，注意力集中到了文本的字里行间。他又看了二十分钟。最后，他把报告放回到他们之间的桌子上。

“嗯，这个宣言不是闹着玩的，是真家伙。那又怎么样呢？”

“这是你们下一任总统的讲话，”蒙克说，“这是他当选后要做的事情。而且他很快就要当选了。”

他把黑色封皮的宣言递到了桌子对面。

“又是三十页？”

“实际上有四十页。但更为有趣。请看一下。”

古纳耶夫很快浏览了前面的十页，看完了实施一党制国家、重启核武器库、重新征服已经独立的共和国，以及建立新的古拉格，即劳改营的计划。然后他的眼睛眯缝起来，放慢了阅读速度。

蒙克知道他已经看到哪里了。他可以想象，当初自己在特克斯和凯科斯群岛，面对人心果湾波光粼粼的海水，第一次读到那些救世主般言论时的情景。

“在俄罗斯大地上，最后和彻底清除地球上的每一个车臣人……摧毁那些耗子般的人，使其永世不得翻身……把该部落的家园缩小成一个野山羊的牧地……不留下一砖一石……永远……周围的奥塞梯人、达吉斯坦人和印古什人将目睹这一进程，及时学会对他们的俄罗斯新主人表示适当的敬畏……”

古纳耶夫全部看完了，他放下了宣言。

“这个以前就尝试过了，”他说，“沙皇尝试过了，斯大林尝试过了，叶利钦也尝试过了。”

“他们用的是刀剑、冲锋枪和火箭。那么伽马射线、炭疽病和神经毒气呢？杀戮的武器已经现代化了。”

古纳耶夫站起来，脱下西装挂在了椅背上。他走到宽大的落地窗前，去观看外面的莫斯科景色。

“你想清除他？把他干掉？”他问道。

“不。”

“为什么不？这是可以办到的。”

“这不起作用。”

“通常是能够起到作用的。”

蒙克作了解释。这个国家已经处于混乱之中了，这样会被推入深渊，很可能导致内战。或者会有另一个科马罗夫冒出来，也许他自己的得力助手格里辛会趁乱夺取权力。

“他们是一个硬币的两面，”蒙克说，“善于思考和演讲的人，与善于行动的人。杀死一个，另一个会接管。毁灭你们人民的行动会继续下去。”

古纳耶夫从窗口边转过身，走了回来。他站到蒙克面前，表情颇为紧张。

“你想让我做什么，美国人？你一个陌生人来到了这里，但你救过我的命。因此，我欠你人情。然后你让我看这个肮脏的东西。这与我有什么关系？”

“如果你认为没关系，那就没关系。你拥有许多，乌马尔·古纳耶夫。你有大量的财富、巨大的权力，甚至还掌握了生杀大权。你可以走开，让即将发生的事情去发生。”

“我为什么不能这样呢？”

“因为曾经有过一个小男孩。一个衣衫褴褛的小男孩，他在北高加索的一个穷山村里长大了，他的家庭、朋友和邻居共同出资努力送他上了大学，此后他进入莫斯科成为一位伟大的人物。问题是：男孩是否已经变成了只为财富所驱动的机器人？他是否依然记得他自己的人民？”

“你说吧。”

“不。这要由你来做出选择。”

“那么你的选择呢，美国人？”

“相当简单。我离开这里，坐上出租车去谢列梅捷沃机场，飞回美国的家中。那里温暖、舒服、安全。我可以告诉人们，别去操心了，没什么关系，那里的人都不再关心了，他们都是财迷心窍。让黑夜降临吧。”

车臣人坐了下来，眼前仿佛出现了过去久远的事情。最后他说：“你认为你能够阻止他？”

“有这样的可能。”

“然后呢？”

蒙克解释了奈杰尔·欧文爵士及其赞助人设想的方案。

“你疯了。”古纳耶夫平静地说。

“有可能。但你会有什么命运呢？科马罗夫和他野兽般的指挥官执行的大屠杀，混乱和内战，或者其他。”

“如果我帮你，那你需要什么？”

“需要隐藏，但仍在一般人的视线里。能够活动，但不会被人认出来。能够见到我来这里想见的人。”

“你认为，科马罗夫会知道你在这里吗？”

“很快就会知道的。这个城市里有一百万个通风报信的人。这你是知道的。你自己就有许多。所有的人都是可以收买的。科马罗夫不是傻瓜。”

“他可以收买所有的国家机关。这点我都做不到。”

“在宣言中，科马罗夫已经向其同伙和金融资助人、多尔戈鲁基黑手党和全世界做出了承诺。不久，他们就会控制整个国家。你会怎么样呢？”

“好吧。我可以把你隐藏起来。虽然连我自己也不知道要多长时间。在我们的社区内，没有我的命令，没人会找到你。但你不能住在这里。这里太显眼了。我有许多安全房子。你可以从一处转移到另一处。”

“安全房是好的，”蒙克说，“可以在里面睡觉。但如果想四处走动，我就需要证件，伪造得很完美的证件。”

古纳耶夫摇摇头。

“我们这里不伪造证件。我们购买真正的证件。”

“我忘记了。一切都是可以用钱买到的。”

“你还需要些什么？”

“目前，我就需要这些。”

蒙克写了一张清单，然后递了过去。古纳耶夫去看这份单子。都没有问题。他的目光落在了最后一条上。

“你要那个干什么？”

蒙克作了解释。

“你是知道的，我拥有都市大酒店的一半股权。”古纳耶夫叹了一口气。

“那我就要试一试，就用另外的一半。”

车臣人没有理解这个玩笑的意思。

“格里辛什么时候会发现你在这个城市里？”

“这要看情况。大概两三天。在开始四处走动后，我肯定会留下一些痕迹。人们会谈论的。”

“好吧。我给你四个人。他们会保护你，带你去四处走动。负责人你已经见到过了，就是坐在宝马汽车前排的人，叫马戈茂德。他很能干。需要什么东西，随时可以把清单交给他，他会负责提供的。我依然认为你很疯狂。”

半夜时，蒙克回到了他在都市大酒店的房间里。在走廊尽头靠电梯那边有个宽敞的地方，放了四把皮椅子。其中两把坐着两个人。他们在默默地看报纸，整晚都会那样。下半夜两三点钟，两个手提箱送进了蒙克的房间。

大多数莫斯科人和所有的外国人都会认为，俄罗斯东正教的大主教，肯定是居住在豪华的公寓套房里，位于中世纪的丹尼洛夫斯基修道院中心，周围是白色的雉堞状的墙壁，还有复杂的大寺院和大教堂。

这当然是人们的一种印象，而且是一种精心养成的印象。在那座修道院的其中一个大办公楼里，在忠心耿耿的哥萨克士兵的保卫下，确实有大主教的办公场所，那里是莫斯科和全俄的教区中心，但大主教本人其实并不是住在那里。

他住在一套很普通的排屋里，位于基斯蒂佩鲁洛克五号，意思是“清洁巷”，是中心城区旁边一条狭窄的小街。

在这里照顾他的，有一位教士，作为他的私人秘书、贴身仆人兼管家，两名男仆以及负责做饭和清洁卫生的三名修女。还有一名司机和两名哥萨克卫兵。与梵蒂冈的宏伟或希腊东正教大主教的华丽宫殿之间的反差，实在是太大了。

1999年冬天，俄罗斯东正教的主持人依然是阿列克谢二世，是十年前共产党垮台之前当选的。现年五十出头的他，接手的是一个内部众叛亲离、外部迫害腐败的教会领导职务。

早年，厌恶教会教士的列宁明白，在争取广大俄罗斯农民的民心方面，教会是共产主义唯一的竞争对手，于是他决心摧毁教会。经过系统性的野蛮和腐化打击，他和他的接班人差不多就可以成功了。

即使列宁和斯大林，也都对灭绝教士和教会的做法犹豫不决，唯恐会激起对抗性的反应，甚至连内务人民委员会①也无法控制。因此，在焚烧教堂、偷走教堂财产、绞死神父的第一次大屠杀后，政治局转而寻求诋毁名声的方法去摧毁教会。

① 内务人民委员会（NVKD）：相当于公安部和武警，其前身是“全俄肃清反革命及怠工分子特别委员会”，简称“肃反委员会”或“契卡”。1946年起改称为内务部（MVD）；同年，国家安全委员会（克格勃）也由内务人民委员会分离出去。

措施是多种多样的。神学院是由内务人民委员会和后来的克格勃所控制的。有抱负的高智商学者不准进神学院学习，只有来自苏联边远地区，即西部的摩尔达维亚和东部的西伯利亚那些埋头苦干的人才能入学。神学院的教育水平一直很低，教士的质量下降。

大多数教堂干脆关门或任其衰败。少数几个仍在运行，其赞助人主要是穷人和老人，即不会带来任何威胁的人。主持的神父们被要求定期向克格勃汇报，充当自己教区居民的告密者。

如果一个年轻人要求神父为其主持洗礼仪式，神父就会把情况报告给克格勃。这个年轻人将因此而失去上高中和大学的机会，他的双亲很可能会被驱逐出他们居住的公寓。事实上，没有不向克格勃报告的事情。几乎所有的神职人员，即使没有参与什么，也会受到普遍的怀疑。

共产党人使用胡萝卜加大棒的手法，一根可怕的大棒和一个有毒的胡萝卜。

教会的卫士指出，面对遭彻底根除的前景，只要能使教会存活下来，受点羞辱算不了什么。

因此，这位温和、腼腆、即将退休的阿列克谢二世，继承的是一个与无神论的政府相勾结的主教团体，以及一帮已经在人民中失去了信誉的教士。

也有例外的，有些在教区以外巡回传教的神父逃脱了搜捕，未能逃脱的则被送进了劳改营。有些苦行僧留在修道院里，以自我否认和祈祷的形式追求信仰，但这些人很少与人民群众见面。

共产党统治的垮台给教会带来了一次重大的复兴机会，是教会的一次复活，福音回到了传统上深信宗教的俄罗斯人民的生活中间。

然而，在宗教复兴的过程中，那些新的教堂最为卖力，教士们精力旺盛、生气勃勃、四处奔波，去人们生活和工作的地方传教。五旬节派教会的教徒人数倍增，美国传教士蜂拥而来，带来了他们的洗礼、摩门教和第7日复临教会。俄罗斯东正教领导层的反应，是乞求政府禁止外国传教士进入俄罗斯。

辩护者争论说，对东正教进行全面彻底的改革是不可能的，因为其低层也是一塌糊涂。神学院培养出来的神父质量很差，他们用古文讲解经文，布道时迂腐气、说教气十足，没有经过通俗大众演讲的训练。他们的布道对象是固有的听众，人数少，年纪大。

东正教错过了大量的机会，因为辩证唯物主义已被证明是一个假神，而且民主和资本主义未能提供肉身，更不用说灵魂了，所以整个国家盛行追求享受的风气。问题基本上没有得到解答。东正教没有派出其最好的年轻神父出去传播信仰、游说民众皈依东正教，而是坐在主教管区、修道院和神学院里等候民众。但来者很少。

如果说共产党垮台后，东正教迫切需要一个充满激情和灵感的领袖人物，那么这位温和的学者阿列克谢二世是满足不了这个要求的。他的当选是各个教区内派系斗争的妥协结果：阿列克谢，诚如那些不够格的高僧所指望的那样，是一个不会兴风作浪的人。

然而他接受了一个包袱，而其本人又缺乏领袖的能力，但阿列克谢二世内心还是有勇气进行改革的。他干了三件大事。

他的第一项改革，是把俄罗斯划分成一百个主教管区，每个管区要比原先的小很多。这使他能够从最优秀最积极的神父中，创建一支新的年轻的主教队伍，与现在已经消亡了的克格勃没什么干系。然后，他走访每一个教区，在民众中露面的次数，超过了历史上任何大主教。

第二是平息了圣彼得堡主教区约安大主教的反闪米特人[1]暴力行动，并表明态度说，任何主教如果对善男信女宣讲要把人类的仇恨置于上帝的仁爱之上，那么他是应该离职的。约安于1995年去世，私下

---

① 闪米特人，或闪族人：指阿拉伯人和犹太人。

里依然记恨犹太人和阿列克谢二世。

最后，阿列克谢不顾许多人的反对，表达了自己对格雷戈尔·卢萨科夫神父的支持。这位有着超凡能力的年轻神父，一贯拒不接受他自己的教区，也拒绝遵守他在巡回宣讲的各教区的纪律。

许多大主教的意见是谴责这个自行其是的教士，禁止他去布道宣讲，但阿列克谢二世拒绝这么做，而是顶住风头肯定了他的做法。于是格雷戈尔·卢萨科夫神父四处游走，充满热情地演讲布道，取得了许多年轻人和不可知论者的支持，这是主教们没能做到的事情。

1999年11月初的一个夜晚，临近午夜时，这位具有绅士风度的大主教在祈祷时被打扰了。他获悉来自伦敦的一位使者正在街门口要求召见。

大主教穿着普通的灰色袈裟。他站起来，穿过他那间私人小教堂，从秘书的手里接过了介绍信。

写公文的信纸上，印有总部设在肯辛顿的伦敦教区抬头，他认出了他朋友安东尼大主教的签名。但他皱起了眉头，对他的同事以这种不寻常的方式与他联系感到纳闷。

信函是俄语写的，这种语言是安东尼大主教能说会写的。他请他的宗教兄弟紧急接见一名使者，因为那人带来了有关教会的消息，是非常机密和令人不安的消息。

阿列克谢大主教把信件折叠起来，他的目光转向了秘书。

“他在哪里？”

“在外面的人行道上，圣座。他是坐出租车来的。”

“他是教士吗？”

“是的，圣座。”

大主教叹了一口气。

“让他进来吧。你可以回去睡觉了。我在书房里见他，十分钟以后。”

值夜班的哥萨克卫兵接到秘书轻声发出的命令，重新打开了街门。他看了一眼城市中心出租汽车公司的灰色出租车，以及汽车旁一位穿黑色衣服的教士。

“圣座现在见你，神父。”他说。教士付了车费。

到了室内，他被带进了一个小房间里等候。过了一会儿，一位胖胖的神父进来低声说：“请跟我来。”

客人被带进了一间显然是学者的书房里。除了白色石膏墙的角落里有一尊鲁布廖夫的圣像外，房间里全是一排排放满了古籍的书架，在书桌上一盏台灯的映照下闪闪发亮。书桌的后面坐着阿列克谢大主教，他做了个手势，示意客人坐到椅子上。

“马克西姆神父，请给我们拿些点心和饮料。咖啡？好的，两份咖啡和一些饼干。早上你去领圣餐吗，神父？是的？那么午夜前就吃些饼干吧。”

胖胖的仆人兼管家退下去了。

“孩子，我在伦敦的朋友安东尼好吗？”

客人的黑色袈裟看不出是假的，他头上戴着的高筒大礼帽也一样，现在他把帽子摘下来，露出了金黄色的头发。唯一奇怪的事情是他没留胡子。东正教大多数教士都留有胡子，但英国的就不一定了。

“恐怕我说不上来，圣座，因为我没有见到他。”

阿列克谢不解地看着蒙克。他朝面前的介绍信做了个手势。

“这个呢？我不明白。”

蒙克深深地吸了一口气。

“圣座，首先我要坦白，我不是东正教教士。这封信也不是来自安东尼大主教，但信纸是真实的，签名是巧妙仿冒的。这个小花招的目的，是因为我必须见您，私下里见您本人，而且是在极其隐秘的情况下。”

大主教的眼睛闪动了几下，他警觉了。这个人是疯子？是刺客？

下面有一名带枪的哥萨克卫兵，但能把他及时召唤过来吗？他依然不动声色。他的男管家马上就会回来的。也许那个时候可以逃离。

“请你解释一下。”他说。

“阁下，首先我是美国人，不是俄罗斯人。第二，我来自西方一个隐蔽而强大的团体，他们愿意帮助俄罗斯和教会，对两者都不会去加害。第三，我只是带来了我的资助人深信对你们很重要、但又会使你们烦恼的消息。最后，我是来寻求您的帮助，不是来杀您的。您旁边就有电话。您可以把人召来。我不会阻止您。但在您责怪我之前，我恳求您先看看我带来的东西。”

阿列克谢皱起了眉头。看来这个人显然不是疯子，不然他早就有足够的时间把他杀了。傻瓜马克西姆怎么还没把咖啡端过来？

“很好。你给我带来了什么？”

蒙克把手伸进袈裟里面，取出两个薄薄的文件夹，放到了书桌上。大主教去看封面，一个是灰色的，另一个是黑色的。

“里面是什么？”

“先看灰色的。那是一份论证报告，证明黑色文件不是伪造、不是玩笑、不是欺骗、不是诡计。”

“那黑色文件呢？”

“它是伊戈尔·阿列克谢耶维奇·科马罗夫的秘密宣言，他似乎不久就要成为俄罗斯总统了。”

响起了一声敲门。马克西姆神父端着一只盘子进来了，盘子里有咖啡、杯子和饼干。这时候，壁炉架上的时钟正好敲响起了十二点的钟声。

“太晚了，”大主教叹了一口气，“马克西姆，你让我吃不成饼干了。”

“我非常抱歉，圣座。这咖啡……我得现磨……我……”

“我只是开玩笑而已，马克西姆。”他看了眼蒙克。这人长得既结实又强壮。如果他想行凶，很可能会把他们两人都杀掉。“去睡觉吧，马克西姆。愿上帝让你睡个好觉。”

男管家拖着脚步走向门口。

“那么，”大主教说，“科马罗夫先生的宣言都说了些什么？”

马克西姆神父把身后的门关上了，希望没有人注意到在听到科马罗夫的名字时他表现出来的吃惊的样子。他朝走廊两头观察了一下。秘书已经回去睡觉了，几小时之内，修女们是不会来的，哥萨克卫兵在楼下值班。他跪在门口，把耳朵贴在了钥匙孔上。

阿列克谢二世按要求先看了论证报告。蒙克喝着咖啡。最后，大主教看完了。

“一个印象深刻的故事。他为什么要那么做？”

“那位老人？”

“是的。”

“我们将永远无从知道。您看了报告，他已经死了。无疑是被谋杀的。库兹明教授的报告坚持谋杀的说法。”

“可怜的家伙。我为他祈祷。”

“我们能猜测的是，他在这里面看到了一些使他感到不舒服的内容，所以他甘愿冒险，要把伊戈尔·科马罗夫的内心意图揭露出来，以致最后丢了性命。圣座，现在请您看看这份《黑色宣言》好吗？”

一个小时后，莫斯科和全俄大主教把身体靠在椅背上，眼睛凝视着蒙克的头顶上方。

“他不会是这个意思，”最后他说，“他不会去做这些事情。那是邪恶的。这里是俄罗斯，即将开始基督的第三个新千年。我们不会有这些事情。”

“作为上帝的人，您应该相信邪恶的力量，圣座。”

“当然。”

“有时候，这些邪恶的力量会以人的面目出现吧？希特勒、斯大林……”

“你是基督徒吗，你是……”

“我叫蒙克。我是基督徒，一个不太虔诚的基督徒。”

“我们不都是一样的吗？都还有差距。那么你知道基督教对邪恶的看法。你就不需要问了。”

“圣座，除了涉及犹太人、车臣人和其他少数民族的内容之外，这些计划将把您的神圣教会打回到中世纪的黑暗时代，要么充当一个听话的工具和帮凶，要么成为这个法西斯国家的又一个牺牲品，就像共产党的无神论时代那样。”

“如果这是真的。”

“这是真的。人们不会为一份伪造的文件去追猎和杀人。获悉秘书阿科波夫书桌上的文件丢失后，格里辛上校的反应太快了。如果是伪造的，他们根本就不会知道。在几个小时内，他们意识到丢了一件无价之宝。”

“你为什么要来找我，蒙克先生？”

“我要答案。全俄的东正教会是否反对这个人？”

“我要祈祷。我要寻求神灵的指导……”

“假如您不是大主教，而是一个基督徒，一个普通人，一个俄罗斯人，假如答案是别无选择，那您怎么办？”

“那我就别无选择。但怎么去反对他呢？1月份总统选举的结果，似乎是没有悬念了。”

蒙克站起身来，把两份文件收起来放进了袈裟里面。他伸手去拿帽子。

“圣座，不久还会有一个人过来，也是西方来的。这是他的名字。请接见他。他会提议怎么去做。”

他把一张小小的硬纸卡片递了过去。

“你要车吗？”阿列克谢问道。

"谢谢，不要了。我步行回去。"

"愿上帝与你同行。"

蒙克离去了，留下大主教僵硬地站在鲁布寥夫的圣像旁边，心烦意乱。走到门口时，蒙克似乎听到外面的地毯上有沙沙的脚步声，但他打开门后，走廊里空荡荡的。他在楼下遇到了哥萨克警卫，把他带了出去。街上寒风刺骨。他紧紧地戴上教士的桶帽，迎着寒风朝都市大酒店走回去了。

黎明前，一个胖乎乎的身影溜出大主教的住宅，匆匆穿过几条街道，进入了罗西亚酒店的大堂。虽然他的深色大衣里面有一部手机，但他知道使用公共电话亭的线路要安全得多。

在基赛尔尼大街的别墅里，接听电话的是一名值夜班的卫兵，他答应带个口信。

"告诉格里辛上校，我是马克西姆·克利莫夫斯基神父。明白了吗？是的，克利莫夫斯基。告诉他，我是大主教私宅的工作人员。事情很急，我必须向上校报告。上午十点钟，我再打这个电话。"

在约定的时间，他拨通了电话。线路另一头的声音显得安静，但很威严。

"是的，神父，我是格里辛上校。"

在电话亭里，神父用汗津津的手握着话筒，额头上渗出了一层汗珠。

"听着，上校，你是不认识我的。可我热情支持科马罗夫先生。昨天夜晚，有个人来见大主教。他带来了文件。他把其中一份称为《黑色宣言》……喂，喂，你在听吗？"

"亲爱的克利莫夫斯基神父，我认为我们应该见个面。"对方说。

第十三章

莫斯科老广场东南端的尽头，是斯拉维扬斯基广场，那里有一座小巧、古老而漂亮的教堂。位于库里斯基的这座全圣教堂，最初是十三世纪用木料建成的，当时的俄罗斯国首都只有克里姆林宫和周边的几英亩土地。遭焚毁后，该教堂在十六世纪末和十七世纪初又用石料重新修建起来了，一直使用到1918年。

当时的莫斯科，依然以教堂之都而闻名，因为市内有四百多座教堂。共产党关闭了百分之九十，并摧毁了四分之三的教堂。在被抛弃但依然完整无损的为数不多的几个教堂中，库里斯基的全圣教堂是其中之一。

1991年共产党下台后，经过能工巧匠为期四年的精心修理，这座小小的教堂又重新开始作为一处祈祷的地方了。在打过电话的第二天，马克西姆·克利莫夫斯基神父来到了这里。他没有引起人们的注意，因为他身穿标准的黑色长袈裟，头戴东正教教士的高筒帽，这样的人在教堂内外有好几个。他拿上一支许愿的蜡烛，点燃后走到入口处右边的墙壁，站在那里凝视着修缮后的圣像，似乎在祈祷和沉思。

教堂中央金碧辉煌，住持的神父站在祭坛后面，对着一小群善男信女在吟诵祷文，人们在附和作答。但在一系列拱顶后面的右边墙壁，没有其他人，只有这位孤独的教士。

马克西姆神父紧张地看了一下手表。约定的时间已经过了五分钟。他不知道他已被对面小广场停着的一辆汽车发现了，他也没有注意到，在他进入教堂后，有三个人从汽车上下来了。他不知道，他们已经检查了他是否被跟踪，这些事情他都不知道，更不知道是如何发生的。

他听到身后有鞋子踏在地坪石上的轻微刮擦声，感觉有人走到他身边来了。

“克利莫夫斯基神父？”

“是的。”

“我是格里辛上校，我相信你有事情要告诉我。”

教士往旁边看过去。那人比他的个头高，身材苗条，穿了一件深色的冬大衣。那个人转过身来，俯视着马克西姆神父。与他眼神相碰，神父害怕了。他希望自己没做错事，将来不会后悔。他点点头，咽了一下口水。

“先告诉我为什么，神父。为什么要打电话？”

“你肯定理解，上校，长期以来我一直坚定地崇拜科马罗夫先生。他的政策、他为俄罗斯制订的计划——全都是令人赞赏的。”

“谢谢。那么昨晚发生了什么事情呢？”

“有个人来见大主教。我是大主教的男仆和管家。那人打扮得像教会的教士，但他金发碧眼，而且没留胡子。他的俄语很完美，但他有可能是外国人。”

“他有预约吗，这个外国人？”

“没有。所以很奇怪。他是不速之客，半夜里来的。我已经上床了。我被叫起来去准备咖啡。”

“那么说，陌生人最后还是受到接见了？”

“是的，这也很奇特。他一副西方人的样子，他到来的时间……秘书本应该告诉他正式预约一个时间。没人会在半夜三更贸然来见大主教。但他好像有介绍信。”

“所以你给他们送去了咖啡。”

“是的，离开的时候，我听见圣座问：‘科马罗夫的宣言都说了些什么？’”

“所以你就来了兴趣？”

“是啊。于是关上门后，我就从钥匙孔倾听。”

“很聪明。他们说了些什么？”

“没说多少。很长时间没有声音。我从钥匙孔往里看，看到圣座正在翻阅什么东西。他看了差不多一个小时。”

“然后呢？”

“大主教似乎非常不安，我听到他说了些什么，还使用了‘邪恶’这个词语。接着他说：‘我们不会有这种事情。’陌生人在低声说话，我听不清楚。但我听到了‘黑色宣言’这个短语。是陌生人说的。就在圣座花一个小时阅读之前……”

“还有其他情况吗？”

这个人，格里辛心里想，说话傻乎乎的，而且神经紧张、满头大汗，不是因为教堂里太暖和。但他报告的事情则是切切实实可信的，即使神父本人并不知道这事的意义。

“还有个情况。我听到了‘伪造’这个词语，然后是你的名字。”

“我的名字？”

“是的，陌生人说了些关于你的反应太快了这样的话。然后他们说到了一个老头，大主教说要为他祈祷。他们几次提到‘邪恶’这个词语。后来陌生人起身准备离去。我只得赶紧离开走廊，所以我没有看到他离去。我听到街门砰的一声关上了，就这些。”

“你没看到汽车？”

“没有。我从楼上的窗户去窥视，但他是步行离开的。第二天，我看到圣座从来没有那么心烦意乱。他脸色苍白，在小教堂里面待了几个小时。所以我就溜出来打电话给你。我希望没做错事情。”

“朋友，你做得完全正确。现在，有反对爱国的势力在活动，到处散布谣言，恶意中伤一位即将成为俄罗斯总统的伟大的政治家。你是爱国的俄罗斯人吧，克利莫夫斯基神父？”

“我一直盼望着，有一天，我们能够净化科马罗夫先生所谴责的糟粕。那些外来的糟粕。所以我全心全意支持科马罗夫先生。”

“好极了，神父。相信我，你就是俄罗斯母亲盼望的人。我认为你的前途是光明的。还有一件事，这个陌生人……你是不是知道他从哪里来？”

蜡烛快烧完了。另两个做礼拜的人现在站在了距离他们左边几码远的地方，凝视着圣像在祈祷。

“不知道。他是步行离开的，但哥萨克卫兵后来告诉我，他是坐出租车来的，是城市中心的出租车，那种灰色的。”

一个神父半夜三更去清洁巷。应该是有记录的。还有上车的地点。格里辛上校一把抓住身边这个穿袈裟神父的上臂，感觉到指甲陷进了松软的皮肉里，感觉到对方吃了一惊。他把克利莫夫斯基神父转过来，面对着他。

“听着，神父。你干得很好，很快就会得到奖励的。但还有事情要做，你明白吗？”

克利莫夫斯基神父点点头。

“我要你把房子里发生的所有事情都记录下来。谁来了、谁走了。特别是高级的主教或陌生人。发现情况后，就打电话给我。只说是‘马克西姆来电话’就行了，然后定一个时间。就这样。会面的地点就在这里，按照定下的时间。如果我需要你，我会让人送一封信过来。只是一张写着时间的卡片。要是你在那个时间抽不出身，会引起怀疑，就打电话另定时间。你明白了吗？”

“明白了，上校。我会尽力为你去做的。”

“你当然会的。我可以肯定将来某一天，这片土地上我们会有一位新的主教。你最好现在走吧。我再晚一步走。”

格里辛上校继续盯着他所蔑视的神像，回味着他获知的事情。《黑色宣言》已经返回俄罗斯了，这个他是没有疑问的。穿袈裟的傻瓜是不会知道自己在说些什么的，但他的用词太准确了。

那么，在经过几个月的沉默之后，有人回来了，在悄悄地四处展示那份文件，但没有留下复印件。当然，是为了树敌，是为了影响事态的发展。

不管是什么人，他都错误地估计了大主教。教会是没有权力的。格里辛得意地想起了斯大林的嘲笑：“教皇有几个师的兵力？”但不管是什么人，他都有可能造成麻烦。

从另一方面来说，那人保留了他自己的宣言文本。这表明，他手头也许只有一两份文本。显然，现在的问题是去找到他并消灭他，不让这个陌生人和他的文件留下一片碎屑。

结果，这问题要比格里辛想象的容易得多。

至于这个新的告密者，他认为是没有什么问题的。多年来的反间谍工作实践已经让他学会了如何去衡量和评估通风报信的人。他知道这个教士是个懦夫，为了升官发财可以出卖自己的祖母。格里辛已经注意到当他提及要成为主教时，那人突然表现出来的渴望神色。

还有其他事情。他一边沉思着，一边离开神像，从他布置在门内的那两个人中间穿行出去。他真的需要从青年战斗队里挑一个有魅力的人，去替代叛徒教士。

由四个戴黑色面罩的人发起的一场袭击行动，是快速高效的。袭击结束后，城市中心出租汽车公司的经理认为不值得向民警报告。在莫斯科普遍的无法无天状态下，即使最优秀的刑警也无法找到袭击者，而且他们也不会去认真调查。如果去报告，那么虽然东西没被偷走，人也没受到伤害，但还是要填写一大堆表格，并浪费几天的时间去陈述事情的经过，然后这案卷就被扔在办公室里任凭灰尘堆积。

蒙面歹徒闯进一楼调度室，关上门，拉下百叶窗，要求见经理。由于他们都带着手枪，员工不敢反抗，还以为是来要钱的。其实不然。当他们拿手枪对准经理的脑袋时，想要的只是三天前的夜班工作单。

领头的家伙审视着一大叠工作单，找到了一条他感兴趣的记录。虽然经理看不见那些表格单子，因为他面朝墙角跪在地上，但那是关于一次半夜里出车的记录。

“五十二号司机是什么人？”头目厉声问道。

“我不知道。”经理尖叫。他的脑袋被枪管敲了一下。“在员工档案里。”他尖叫着说。

歹徒让他取出员工花名册。五十二号司机是瓦西里，还有他在郊区的一个地址。

领头的警告他，如果他脑子闪过一丝要给瓦西里通风报信的念头，那么他很快就会从现在的居住地转移到棺材里面去，接着他把那张花名册撕下一大片，带上后离去了。

经理揉着脑袋，吃了一片阿司匹林，想到了瓦西里。如果那傻瓜愚蠢到去欺骗这些人，那真是活该。显然，司机肯定是少找了某个顾客的钱，而且态度还很差，或者是非礼了他的女朋友。现在是1999年的莫斯科，他想，你要么没事，要么去招惹带枪的人。经理不想没事找事，他重新打开办公室的门窗，回去工作了。

门铃按响时，瓦西里正在吃一顿迟来的午饭，饭菜有香肠和黑面包。过了一会儿，他老婆面色苍白地回来了，身后跟着两个人。那两人都戴着黑色的滑雪面罩，拿着枪。瓦西里张开嘴，一片香肠从嘴里掉了出来。

“我是穷人，我没有……”他开始说。

“住嘴。”其中一人说，另一人把浑身颤抖的女人推进了椅子里。瓦西里发现一张破纸片出现在他的鼻子底下。

“你是五十二号司机，城市中心出租汽车公司的？”那人问道。

“是的，但坦率地说，朋友……”

一只戴黑手套的手指，指向了工作单上的一行字。

“两天前，出车去了一趟清洁巷。就在午夜前，顾客是什么人？”

“我怎么知道？”

“别耍小聪明，朋友，不然我轰掉你的蛋蛋。想一想。”

瓦西里想了想，但没想起什么。

“一个教士。”那人提示说。

是的，有印象了。

“对，现在我想起来了。清洁巷，一条小街。我还查了地图呢。在那里等了十分钟，然后他得到允许可以进去了。接着他付了车费，我就离开了。”

“描述一下。”

“中等身高，中等身材，快五十岁了。一个教士，哦，他们看上去都是差不多的。不，等等，他没留胡子。”

“是外国人吗？”

“应该不是。他的俄语说得很完美。”

“以前见过他吗？”

“从来没有。”

“此后呢？”

“也没有。我提出来要接他回去，但他说他不知道要待多久。听着，如果他出了什么事，那可是与我无关的。我只不过为他开了十分钟的车……”

“最后一件事情，他在哪里上的车？”

“当然是都市大酒店。我就是在那里载上他的。当时我上夜班，排队等候在都市大酒店外面。”

“他是从人行道上走过来的，还是从酒店的大门出来的？”

“从大门出来的。”

“你是怎么知道的？”

“我的车排在最前面，我站在车边。必须非常小心，不然的话，等了一个小时，哪个卑鄙的家伙会从后面插上来抢我生意。所以我一直注视着酒店的大门，等待着下一个客人。然后，他就出来了。黑色袈裟，高筒帽子。记得当时我还纳闷：教士在这种地方干什么呢？他前后看了看等候在门口的一排出租车，然后直接朝我走过来了。”

“一个人吗？有没有陪同的？”

“没有。孤身一人。”

“他说了名字吗？”

“没有，只是他要去的地址。用卢布现金付的车钱。”

“聊天了吗？”

“一个字都没有。只说了他要去的地方，然后就沉默了。到了那里后，他说：‘等着。’从门边回来后，他问：‘多少钱？’就这么个情况。听着，朋友们，我发誓我根本没碰他一根毫毛……”

“享受你的午饭吧。”盘问者说着朝那盆香肠点了点头。然后他们离开了。

格里辛不动声色地听取了汇报。这也许说明不了什么问题。那人是十一点半从都市大酒店的门里出来的。他有可能就住在那里；有可能是去那里访客的；也可能是从另一个入口进入到大堂后再出来的。但值得去核查一下。

格里辛在莫斯科民警总局大楼里有许多通风报信的线人。级别较高的有一位少将，是局领导。经常打交道的是档案处的一名高级警官。对于这项工作，前者级别太高，后者则局限于资料保管。第三个是刑侦处的德米特里·博罗金警官。

太阳快下山时，博罗金刑警来到了都市大酒店，要求见前台经理，他是一位奥地利人，已经在莫斯科工作了八年。博罗金晃了晃警官证。

“刑侦处？”前台经理关切地问道，“我们的客人没出什么事情吧？”

“据我所知是没有。只是例行公事，”博罗金说，“我要看看三天来的全部住宿客人名单。”

经理坐到办公室里，把信息输入了电脑。

“你要打印出来？”他问道。

“是的，我要纸面的名单。”

博罗金开始从头审核名单。按姓名来判断，六百个客人中只有十二个俄罗斯人。其他的人来自西欧的国家，还有美国和加拿大的。都市大酒店价格昂贵，接待对象主要是游客和商务人员。博罗金已接到过指令，要查找有“神父”头衔的客人。他没有找到。

“你们这里住有东正教教士吗？”他问道。经理吃了一惊。

“没有，据我所知没有……我的意思是说，没有人以这样的身份来登记入住。”

博罗金浏览了所有的名字，但一无所获。

“我要把这份名单带走。”他最后说。经理高兴地看着他离去了。

格里辛直到第二天上午才有时间亲自研究这份名单。刚过十点钟，别墅里的一名服务员把咖啡送进他的办公室，发现这位爱国力量联盟的安全部长脸色苍白、颤抖不已。

他胆怯地询问上校，是否有什么不舒服，但被恼怒地挥手赶走了。服务员走了之后，格里辛看着自己放在写字板上的双手，努力止住颤抖。他发怒是常有的事，现在看到这个情况，他差一点失去了控制。

美国学者菲利普·彼得斯博士的名字，出现在打印纸第三页的下半部分。

他知道这个名字，十年来他一直在提防着这个名字。十年前，他曾两次到以前的第二总局移民局查阅资料，因为每一个访问苏联的签证申请人，都由外交部把他们的表格复印件转给了移民局。他两次都发现了那个名字，都看到了签证申请表上的那张照片：茂密的灰色卷发，烟色玻璃的镜片后面隐藏着一双看似虚弱其实一点也不虚弱的眼睛。

在勒福托沃监狱的地牢里，他曾把那些照片扔到克鲁格洛夫和布利诺夫教授的鼻子底下，他们都确认，那就是与他们秘密会面的人，分别在东方艺术博物馆的洗手间和弗拉基米尔圣母升天大教堂的地下室里。

他不止两次发誓，如果长着那张面孔、使用那个假名的人胆敢再次踏上俄罗斯的领土，他将找他算账。

现在他回来了。十年过去了，他肯定以为他可以随便逃过惩罚，趾高气扬地回到阿纳托利·格里辛统治的地盘上来。

他站起身，走到文件柜前，去查找一份旧档案。找到后，他抽出了另一张照片，那是很久以前奥尔德里奇·埃姆斯提供的一张较小的照片的放大版。“修道士委员会”解散后，第一总局的一个熟人把它作为纪念品送给了他。这是一件具有讽刺意义的纪念品。但他像对待宝贝一样把它保存下来了。

那时的面孔要比现在更为年轻，但目光依然犀利。头发是黄色，乱蓬蓬的，没有灰色的胡子和烟色的眼镜。但那是同一张面孔，是杰森·蒙克年轻时的面孔。

格里辛打了两个电话，给对方留下的明确印象是，他不允许有任何耽搁。通过机场移民局的一个熟人，他想知道这个人是什么时候抵达的、是从哪里来的、是否已经离开了这个国家。

在打给博罗金的电话中，他命令这位刑警回到都市大酒店，去调查清楚彼得斯博士是什么时候登记入住的、他是否已经离店，如果还没有，那么他住的是哪个房间。

下午三四点钟光景，两个答案他都得到了。彼得斯博士是七天前乘坐英国航空公司的定期航班从伦敦抵达的，如果他已经离开了这个国家，那么，他不是通过谢列梅捷沃机场走的。他从博罗金那里获悉，彼得斯博士是通过一家很有名气的伦敦旅行社，在他到达机场的当天为他预订的酒店，他还没有离开，他的房间号码是841。

博罗金报告说，只有一件事情颇为奇怪。彼得斯博士的护照哪里都找不到了。它应该是保存在服务台的，但已被拿走了。员工们都说不知道这是怎么回事。

格里辛倒不觉得奇怪。他知道一百美元能在莫斯科办成什么事情。入境的护照应该已经被毁。蒙克现在应该有了一个新的身份，但在都市大酒店的六百个外国人中，谁也不会注意到。当他想离开时，他就走了，蒸发了，消失了，不会付账。酒店没有办法，只能无奈地注销这笔损失。

“最后两件事情，”他对仍在酒店里的博罗金说，“去搞一把万能钥匙，告诉经理，如果他胆敢对彼得斯博士透露一个字，那么他是不会被驱除出境的，他将在这里服苦役十年。给他编一个你认为说得通的故事。”

格里辛上校认为，黑色卫队不能去干这事。他们太引人注目了，弄不好会引起美国使馆的抗议。普通的歹徒可以去干这种事情并承担罪名。在多尔戈鲁基黑手党内部，有一个小组精通破门入室行动。

晚上，在给841房间打了几次电话，确信里面没人后，两个人用万能钥匙进入了这个房间。第三个人坐在大厅尽头的皮椅子上等候着，以防房间的客人回来。

他们对房间进行了一次彻底的搜查，但没发现重要的东西。没有护照，没有文件，没有公文包，没有个人证件。无论蒙克去了哪里，他肯定是随身带着证件。房间被恢复了原样，和盗贼们进来时一模一样。

在走廊对面的房间，车臣人把房门开了一条缝，观察着那些人进去和离开，然后用手机把情况报告回去了。

晚上十点钟，杰森·蒙克进入了酒店大堂，像是一个吃完了晚饭、准备回房间去睡觉的人。他没有走向总台，因为自己带着房间的塑料钥匙卡。两个入口处都有人在监视，每处都有两个人，当他进入其中一部电梯时，两名监视员走向另一部电梯，还有两个去爬楼梯。

蒙克沿着走廊走向自己的房间，敲了敲对面的房门，接过从里面递出来的一只箱子，进入了841房间。第一批的两个歹徒乘坐第二部电梯上来后，出现在走廊的尽头，刚好看到房门关上。很快，另两个也从楼梯上来了。他们简单地交谈了几句。然后，两个人坐在了椅子里，从那里可以观察走廊的情况。另两个下楼去汇报情况。

十点半时，他们看到有个人离开了目标对面的房间，从他们所在的大厅前面经过，朝电梯走去。他们没有在意。房间不对。

十点四十五分，蒙克房间里的电话响了。是客房部打来的，询问他是否还需要毛巾。他说不需要，向他们道了谢，挂上了电话。

用箱子里的东西，蒙克进行了最后的部署并准备离开。十一点钟，他走到狭窄的阳台上，关上了身后的双扇玻璃门。由于不能在外面锁门，他用强力胶带把门粘住了。

他用腰上缠着的一条结实的绳子，慢慢地下降一个楼层，到了741房间的阳台上。从那里，他翻过四道隔栏来到了733房间的窗前。

十一点十分，一个瑞典商人赤条条地躺在床上，手里抓着自己的下体，在观看一部色情电影，听到敲窗的声音，他惊得目瞪口呆。

慌乱中他有两个选择：穿上毛巾布睡袍或按下暂停按钮，他先穿上了睡袍，然后去拿遥控器。遮好羞，他起身走到了窗前。一位男士在外面做手势，要求让他进来。瑞典人完全迷茫了，他拉开了阳台门的插销。那人进入房间，用美国南方那种甜腻的慢吞吞的口音对他说话了。

“邻居朋友，哦，先生。我猜你会纳闷，我在你的阳台上干什么……”

他说对了。瑞典人真的是一无所知。

“嗯，让我告诉你。真的是倒霉透了。我是你的隔壁邻居，因为不想在房间里抽烟，就到阳台上去抽。不知道你信不信，一阵风把门给关上了。所以，我没办法，只好跨过隔栏来看看你是否能让我过去？”

外面很冷，这个抽烟的人全身穿得严严实实，手里还拎了个公文包，外面没有风，而且阳台门也没有自动上锁机构，但瑞典商人不想去管那么多了。

不速之客走出房间，进入走廊时，嘴里还在叽叽咕咕地说着感激和道歉的话，希望瑞典人度过一个美好的夜晚。

这位做卫浴生意的瑞典商人重新关好门窗，拉上窗帘，脱去睡袍，按下播放键，继续看他的经济节约型消遣节目。

蒙克神不知鬼不觉地从七楼的走廊走过去，走下楼梯到了街上，与等在宝马汽车里的车臣人马戈茂德会合了。

半夜时，三个人带着一只小小的公文箱进入了741房间，又是使用万能钥匙。他们鼓捣了二十分钟后离去了。

凌晨四点钟，一件后来被证明含有三磅塑胶炸药的设备在741房间的天花板下面爆炸了。刑事技术人员将会推断出炸药是安放在床上的家具堆顶上的，精确地炸毁了楼上房间的床铺中心。

841房间被彻底掏空了。床垫和羽绒被子被炸成了碎片，大部分已经烧焦了，散落在四处，地上有床架、衣柜和壁橱的木料碎片，还有镜子和灯具的玻璃碎片，以及人的骨头碎片。

四个应急服务机构都赶过来了。救护车来了，但很快又走了，因为除了走廊里三个房间歇斯底里的房客以外，没有其他人可以救护。而那些大呼小叫的房客不会讲俄语，救护人员不会讲外语。看到没人受伤，他们把狂呼乱叫的房客交给夜班经理，然后就离去了。

消防队来了，但虽然受影响的两个房间里的东西都被爆炸时产生的高温所烤焦，但实际上没有物品在燃烧。刑事技术人员有许多事情要做，把每一件碎片都装进袋子里，包括人的残片，以便以后分析鉴定。

按照民警局一位少将的命令，刑侦处代表博罗金警官来到了现场。他只看上一眼，就明白房间里剩余的东西都没有巴掌那么大，地面上有一个吓人的直径四英尺的窟窿，但卫生间里有些东西。

卫生间门显然是关着的，因为它已被炸得粉碎，碎片落到了台盆里。门框的墙面崩落下来了，是受到了外侧的爆炸冲击力。

废墟下面有一只公文包，已被烤焦了，外表伤痕累累。但里面的东西倒还完整。显然，在发生爆炸之前，这个公文包肯定是放在了最隐蔽的地方，在卫生间内墙上面的抽水马桶和坐浴盆之间。从破裂的水管里流出来的自来水已经把公文包浸透了，但里面的内容倒没事。博罗金打量了一下，趁无人注意时把两份文件塞进了衣服里。

喝咖啡时，格里辛上校拿到了那两样东西。二十四小时可以改变一个人的心情。他满意地凝视着那两样东西。一份是文件，是用俄语写就的，他认出来是《黑色宣言》。另一份是美国护照。里面的名字是杰森·蒙克。

“一个是进来，”他心里想着，“一个是出去。但这一次，朋友，你没能出得去。”

那天还发生了两件事情，但都没有引起任何注意。一位持布莱恩·马克斯护照的英国人，乘坐下午的定期航班从伦敦抵达了莫斯科谢列梅捷沃机场，另两个英国人驾驶一辆沃尔沃轿车从芬兰边界穿越过来了。

对于机场的官员来说，新来的这个人只不过是几百个似乎不会讲俄语的旅客之一。与其他人一样，他通过机场的各项检查，最后走出机场，招了一辆出租车，要求去莫斯科市中心。

在一条街道的拐角处，他打发了出租车，确信自己没被跟踪后，步行走到一家小小的二等旅馆，他已经在那里预订了一个单人房间。

他的外汇申报单表明，他获准携带了数额不多的英镑，这个在他离开的时候，还必须重新申报或者出示外汇兑换的水单，他的一些旅行支票也要符合这些规定。他的外汇申报单没有提及那些砖头般厚的面值百元的美钞，他是用胶带把美元纸币分别捆在他的两条大腿后侧的。

他其实不姓马克斯，但与卡尔·马克思的马克思发音相同，为此还曾遭到为他制作护照的技师的取笑。在选择范围内，他保留了自己的布莱恩真名。实际上，他就是会说俄语的前特种部队战士，9月份被奈杰尔·欧文爵士派来执行过侦察任务。

安顿下来后，他着手各项准备工作和采购任务。他从一家西方开办的租车行里租了一辆小轿车，去探察了一个郊区，那是在莫斯科最南边的伏龙索沃区。

两天时间里，在不引起人们注意的前提下，他不断地去观察一栋特定的建筑物，那是一座没有窗户的大型仓库，白天不断有重型卡车进进出出。

晚上，他步行去观察那座仓库，来来回回走了好几次，每次手里都拿着一个喝了一半的伏特加酒瓶。有几次，对面有人走过来时，他总是像醉汉那样左右摇晃着身子，人家当然不会去理睬他。

他对看到的情况较为满意。围成一圈的栅栏起不到阻碍的作用。卡车装卸货物的区域在晚上是上锁的，但仓库的后面有一扇小门，门上有一把挂锁，夜间只有一名警卫偶尔在外面巡逻。也就是说，这座建筑物是个软目标。

在老南港的二手车市场里，可以用现金买到各种类型的汽车，从破旧的小车到从西方偷盗来的几近全新的豪华轿车，他买了一副莫斯科车牌和各种工具，包括一把重型大力钳。

在市中心，他买了一打价格便宜、质量可靠的斯沃琪手表，还有各种电池、一卷卷电线和胶带。最后他满意了，因为他能够在任何时候，不管是白天还是黑夜，准确地找到那座仓库，并熟悉了返回市中心的多条不同路径，他回到旅馆，等待着从圣彼得堡南下行驶过来的那辆沃尔沃汽车。

与查兰和米奇的会合地点，是在特维尔大街的麦当劳。两位前特种部队战士的南下路途行程缓慢，但没发生意外情况。

在伦敦南部的一个车间里，那辆沃尔沃汽车装上了不同寻常的货物。两个前轮拆下来后，换上了老式的带内胎的车轮。在此之前，每个内胎都被切开了一条裂口，几百个拇指大的塑胶炸药小球装进了内胎里面。然后把内胎补上，放回外胎里，充足了气。

车轮转动时，油灰状的炸药在内胎融化成一个内衬，性能特别稳定，除非使用雷汞雷管起爆。就这样，经轮船运到斯德哥尔摩后，沃尔沃汽车平静地行驶了一千公里，经由赫尔辛基朝莫斯科开过来了。雷管放在哈瓦那雪茄烟盒的下层，这雪茄烟似乎是在渡轮上买的，但实际上是在伦敦早就准备好的。

查兰和米奇住在另一家旅馆。布莱恩坐进他们的沃尔沃汽车，一起行驶到了靠近南港的一个废弃场地，在那里，他们用千斤顶把汽车顶起来，再用他们费心带来的两只备胎置换了两个前轮。没人注意到他们，莫斯科的偷车贼经常在南港区附近拆拼汽车。很快他们把轮胎放了气，拆下内胎，装进一只购物袋里，然后返回旅馆去了。

布莱恩带上被剪成了碎片的内胎，扔进了街上几个不同的公共垃圾桶里，查兰和米奇则在旅馆房间里组装设备。

他们把三磅重的塑胶炸药分成十二个小块，每块大约有一包硬壳香烟那么大，里面都装上了一根雷管、一个电池和一块手表，并在合适的部位装上了连接的导线。最后，他们用结实的塑料胶带把这些炸弹捆在了一起。

"谢天谢地，"在他们工作的时候，米奇说，"我们不必使用那种'烂鱼垃圾'。"

塞姆汀-H炸药是所有旋风塑胶炸药衍生中最常用的一种，它一直是捷克的一种产品，在共产党执政时期，它是完全无味的，因此是恐怖主义分子最喜欢的设备。共产党下台后，捷克新总统瓦茨拉夫·哈维尔立即同意西方的请求，改变了配方，在炸药里加入了一种特别难闻的臭味，使得其在运输过程中能被检测出来。那种气味与臭鱼相似，所以米奇称它为“烂鱼”。

到九十年代中期，检测设施已经发展得非常先进了，即使无味的炸药也可以检测出来。但热橡胶含有类似的气味，所以运输设备选用了轮胎。事实上，这辆沃尔沃汽车没被要求进行那种测试，但奈杰尔爵士行事十分小心，查兰和米奇完全同意他的观点。

对工厂实施的袭击，发生在格里辛上校收到《黑色宣言》和杰森·蒙克护照的六天之后。

这辆可靠的沃尔沃汽车，现在由布莱恩在驾驶，它的前轮是新的，还挂有同样新的假冒的莫斯科车牌。如果半路上被拦下，他将用俄语去对付。

他们在离目标三条街的地方停下车，然后步行走完剩余的距离。房屋后面的栅栏被大力钳剪断了。三个人猫着腰跑过中间五十英尺的水泥地，躲进了一堆油墨桶的阴影之中。

过了一会儿，唯一的夜班警卫走过来了。他听到阴影处传来了一个响亮的打嗝声，于是转过身去，用手电筒查看声音的源头。他看到一个醉汉倒在仓库的墙边，手里抓着伏特加酒瓶。

他没时间去弄清楚醉鬼是如何进入这座封闭的院子的，由于背对着那堆油墨桶，他也没能看到一个穿黑色连裤工装的身影从油墨桶之间窜出来，举起一根铅管砸在了他的后脑勺上。警卫感觉眼前一阵火星乱舞，接着一片黑暗。

布莱恩用强力胶带缚住警卫的手脚，堵住了他的嘴巴。这时候，查兰和米奇把挂锁从门上撬了下来。门打开后，他们把昏迷的警卫拖进去，放在墙边，然后关上了门。

空洞的厂房里面，屋梁上点着一排夜灯，在内部空间投下了一抹淡淡的亮光。地面上堆放着一卷卷新闻纸和一个个油墨桶。车间的中心是他们此行的目标：三台大型卷筒纸胶印机。

他们知道，在厂房前门附近，第二名警卫蜷缩在温暖的玻璃岗亭里面，在看电视看报纸。布莱恩悄悄地从机器中间穿行过去收拾他。完成后他返回来，走到厂房的后门去望风警戒。

查兰和米奇对面前的三台机器并不陌生。那是贝克–帕金斯印刷机，是美国制造的，在俄罗斯没有可替换的备件。重新供货需从巴尔的摩经长途海运到圣彼得堡。如果主框架变形，那么即使波音747飞机也无法把所需的部件空运过来。

他们曾经假扮成芬兰报业的高管，打算用贝克–帕金斯印刷机重新装备他们的印刷厂，两人都被热情地邀请去参观了在英国诺威奇的一家公司，那里使用的是同样的机器。此后，一名退休的印刷工程师，在得到了丰厚的报酬之后，给他们做了一次完整详细的培训讲解。

他们的目标是印刷机的四个部位。每台机器都由巨大的纸张滚筒供纸喂料，这些料斗是高科技的产物，能确保在一卷纸用完后另一卷纸会无缝地替补上去。料斗是他们的首要目标，每台机器有一个。查兰把小炸弹精确地安放到能够彻底摧毁料斗的部位。

米奇负责油墨供料的机械机构。那是四色连续卷纸印刷机，在印刷时，四种颜色的油墨能否在合适的时间提供准确的量，取决于一个混合装置，四个不同颜色的油墨桶就是把料喂给这个混合器的。把这两个机构都放上炸弹后，两名破坏分子转向了实际的印刷机。

他们选定的安放剩余炸弹的部位，是在压印滚筒的主框架和轴承上，每台机器都放了一颗炸弹。

他们在印刷车间里忙碌了二十分钟。然后米奇拍拍手表，对查兰点了点头。现在是凌晨一点钟，定时器设定的时间是一点三十分。五分钟后，他们都回到了外面，身后拖着那个已经清醒、但依然无法动弹的警卫。外面冷是冷了点，但可以避开飞舞的碎片。前门的警卫躺在警卫室的地上，那里距离较远，不会受到伤害。

一点十分，他们已经坐进沃尔沃汽车离去了。一点半时，他们已经跑得很远了，听不到那一系列几乎是同时响起的爆炸声，随着噼噼啪啪的一阵炸响，印刷机、料斗和油墨进料机被炸毁了，碎片纷纷落到了混凝土地面上。

爆炸的声音很小，几乎没有惊醒附近伏龙索沃郊区居民的睡眠。后来，躺在外面的警卫费力地蹦蹦跳跳绕过这栋建筑物到了前门，用胳膊肘按下警报按钮，报告了警方。

获得自由的警卫们发现电话仍可使用，于是按照钉在办公室墙上的号码，给厂长打了个电话。厂长在三点半时抵达了，他心惊胆战地查看了破坏程度。然后，他打电话通知鲍里斯·库兹涅佐夫。

爱国力量联盟的宣传部长在五点钟到达了，他听取了厂长对这件惨事的汇报。七点钟，他打电话给格里辛上校。

在此之前，租来的轿车和沃尔沃汽车都已被抛弃在马涅什广场旁边。在那里，租来的汽车很快就会被发现，并归还给租车行。沃尔沃汽车没上锁，钥匙插在点火器上，在太阳升起之前肯定会被偷走，确实如此。

一个小时后，三名退伍兵在机场里一个不怎么干净的咖啡厅里吃完早饭，登上了上午第一个航班，飞往赫尔辛基去了。

当他们飞出俄罗斯领空时，格里辛上校正在气急败坏地察看被炸毁的印刷厂。要调查，他要着手开展调查，让阴谋分子得到严惩。但根据职业经验，他猜测犯罪分子是内行人，他怀疑是否能找到他们。

库兹涅佐夫忧心如焚。在过去的两年里，每周六都要出版一期《觉醒！》小报，向俄罗斯五百万个家庭宣传伊戈尔·科马罗夫的讲话和政策。开办一份完全由爱国力量联盟独立拥有和控制的大型报刊，一直是科马罗夫的想法，还有《祖国》月刊。

这两份报刊包含了一些读者参与竞争的大奖、性事夜语和民族宣传，把领袖的讲话带到了俄罗斯的每一个角落，为他的竞选宣传做出了极大的贡献。

“你们什么时候能恢复生产？”他问印刷工程师。那人耸耸肩。

“要等到我们有了新的印刷机，”他说，“这些机器已经修不好了。两个月时间吧，或许。”

库兹涅佐夫吓得脸色惨白，浑身发抖。他还没有把事情告诉领袖本人。这是格里辛的失误，他自我安慰，这地方本应该加强警卫工作。但有一件事情是肯定的：本周六的《觉醒！》是看不到了，两周后也不会有《祖国》特刊了。甚至八周内也不可能了。然而，总统的大选是在六周后举行。

对于博罗金警官来说，这个上午也不好过。但他早上去彼得斯罗夫卡的民警总局刑侦处上班时心情还不错。上个星期，同事们注意到他待人接物亲切和蔼，但猜不透个中原因。原因其实很简单。在依然情况不明的都市大酒店炸弹爆炸案之后，他给阿纳托利·格里辛上校送去了两份相当有价值的文件，由此得到了每月的聘用费之外的一大笔奖金。

私下里，他认为继续调查酒店的爆炸事件毫无意义。修复工作已经开始了，保险公司几乎全是国外的，他们将会承担损失，美国客人已经死了，这是一个谜。如果他怀疑他按照格里辛上校的命令对美国人的调查与其暴毙有关，那么他博罗金是不想去做这个文章的。

用不了两个月的时间，伊戈尔·科马罗夫就会成为俄罗斯联邦的新总统，国家的二号人物将会是格里辛上校，在野党期间为他效劳过的人肯定能够得到丰厚的奖励。

办公室里谈论着昨天夜里爱国力量联盟印刷厂被炸的消息。博罗金认为那是久加诺夫的共产党干的，或者是某个受雇的黑手党匪帮所为，动机不明。他正要发表自己的观点时，桌子上的电话响了。

“博罗金？”一个声音说。

“是的，我是博罗金刑警。”

“我是库兹明。”

他搜索着记忆，但脑子里一片空白。“谁？”

“库兹明教授，第二医学院法医病理实验室的。你不是给我送来了从都市大酒店爆炸现场获取的样本吗？文档上有你的签名。”

“哦，是的，我是负责这个案子的警官。”

“嗯，你是个大傻瓜。”

“我不明白。”

“我刚刚检查完酒店房间里死者的残骸。还有一些与我没有关系的木头和玻璃碎片。”脾气暴躁的法医说。

“有什么问题吗，教授？他已经死了，对吗？”

对方的音调升高了。

“他当然死了，胆小鬼。如果他还能到处乱跑，就不会成为碎片在我的实验室里了。”

“那我就不明白了。我在刑侦处工作多年，从来没见过比这个死得更惨的。”

第二医学院那边的声音平静下来了，听上去像是在哄一个不明事理的小孩。

“问题是，亲爱的博罗金，死者是什么人？”

“嗯，当然是美国游客喽，你那里有他的骨头。”

“我这里是有骨头，博罗金刑警。”话声中强调了“刑警”这个词语，意思是如果没有导盲犬，你这个警察恐怕连厕所都找不到，“我还指望能收到组织、肌肉、软骨、筋腱、皮肤、毛发、指甲、内脏的碎片，甚至是骨髓。可我这里有些什么呢？骨头、只有骨头，除了骨头什么也没有。”

“我不明白你的意思，骨头有什么错吗？”

教授终于发火了。博罗金不得不把话筒拿得离耳朵远一点。

“骨头是没有错，是实实在在的骨头，可我估计，其主人大概已经死了有二十年了。我要告诉你这个笨蛋的是，有人费心地把一具供解剖的骨骸炸得粉碎，那种玩意医学院学生宿舍里多的是。”

博罗金的嘴巴一张一合，像金鱼似的。

“当时美国人不在房间里？”他问道。

“炸弹爆炸时不在里面，”库兹明博士说，“假定他还活着，那么他是什么人？”

“我不知道。说是一个美国学者。”

“啊，也是知识分子，与我一样。嗯，你可以告诉他，我喜欢他的幽默感。你要我把报告送往哪里？”

博罗金不想让报告送到他这边来。他报出了民警局一位少将的名字。

当天下午，少将收到了报告。他打电话给格里辛上校，报告了这个消息。他没有得到奖金。

夜幕降临时，阿纳托利·格里辛动员了他的全部线人队伍，这是一支令人恐惧的力量。杰森·蒙克的几千张护照照片复印件分发到了黑色卫兵和青年战斗队员的手里，他们奔赴首都的大街小巷去寻找通缉要犯。行动的力度和人数，都超过了当时对清洁工列昂尼德·泽伊采夫的追猎。

其他的复印件则送到了多尔戈鲁基黑手党头目的手中，命令他们去查找。警方和移民局的线人都得到了通知。对这个亡命天涯者的悬赏高达一千亿卢布，数额之大令人窒息。

格里辛对伊戈尔·科马罗夫说，面对蝗灾般的耳目，美国人根本无处藏身。线人的网络可以渗透到莫斯科的每一个角落、每一处躲藏地和避难所、每一条缝隙和裂口。如果他没把自己圈在本国的使馆内，无法带来进一步的危害，那么他是肯定躲不过去的。

格里辛大体上说对了。但还有一个他们俄罗斯人无法渗透进去的地方：封锁严密的车臣人地盘。

杰森·蒙克就在那个地盘，在一家香料店楼上的一套安全公寓里，在马戈茂德、阿斯兰和谢里夫的保护之下，除此以外，还有隐形的社区居民这道屏障，在看到一英里外有俄罗斯人过来时，他们会用其他人听不懂的语言传递消息。

而此时的蒙克，已经完成了他的第二次走访。

第十四章

在俄罗斯所有的军人当中，不管是现役的还是退役的，尼古拉·尼古拉耶夫陆军上将的声望，绝对比得过其他几十位将军。

他已经七十三岁，再过几天就是七十四岁的生日，但依然给人以深刻的印象。他身高六英尺一英寸，身板笔挺，满头银发，一张红润的脸饱经风霜，他那标志性的小胡子从上嘴唇顽皮地翘向两边。在任何场合，他都显得与众不同。

他一生都是坦克军人，是机械化步兵部队的指挥官，在五十多年的军旅生涯中，他经历了每一场战役，上过每一条前线。在他手下当过兵的，到1999年时总数已达几百万，在官兵们的眼里，他已经成为传奇人物。

部队里都知道，他本应该以元帅的军衔退休的，只是他脾气耿直，得罪了一些政客和趋炎附势者。

与兔子列昂尼德·泽伊采夫一样，他也出生在莫斯科西边的斯摩棱斯克附近，但他决不会记得泽伊采夫，虽然他曾经在波茨坦郊外的军营里拍过泽伊采夫的肩背。将军比泽伊采夫早出生十二年，他于1925年冬天出生在一个工程师的家庭。

他依然记得与父亲一起经过一座教堂时，老头子忘乎所以地做了一个十字的动作。儿子问他那是什么意思。父亲又惊又怕，嘱咐他千万不要告诉别人。

在那个时代里，又有一位苏联年轻人被官方授予英雄的称号，因为他向内务人民委员会报告了父母的反党言论。双亲死在了劳改营里，儿子却被树立为苏联青年的学习榜样。

然而，年轻的柯利亚[1]热爱父亲，从来没有说起过一个字。后来他知道了那个手势的意思，但他接受了老师的观点，即那全都是一派胡言的宗教迷信。

1941年6月22日，西部爆发闪电战时，他才十五岁。一个月之内，斯摩棱斯克就被德军坦克部队攻占了，他随着几千个难民一起逃了出来。但他父母未能逃离，从此他再也没有见过他们。

这个身材高大健壮的年轻人，带着十岁的妹妹跑了一百英里，最后在一天晚上爬上了一列东去的火车。他们不知道，那是一趟专列。与其他专列一起，这列火车在把一座拆解的坦克工厂运出危险的战区，驶向东方安全的乌拉尔地区。

孩子们忍饥挨饿，紧紧趴在车厢顶部，直至火车抵达乌拉尔山脚下的车里雅宾斯克停下来。工程技术人员在那里重新建起了一座坦克工厂，称为坦克格勒。

那是战争年代，不是上学读书的年代。妹妹嘉莉娜去了孤儿院，柯利亚被安排到坦克厂工作。他在那里干了将近两年。

1942年冬天，在哈尔科夫和斯大林格勒附近，苏军的人员和坦克损失惨重。他们的战术是传统的，因而也是致命的。当时既没有时间也没有人去仔细考虑，战士和坦克都被盲目地送到了德军的炮口之下，根本没想到或在乎损失。在苏俄的军事历史上，这种事情不足为奇。

在坦克格勒，要求是增产再增产。他们每天十六个小时轮班工作，困了就睡在机床下面。他们在制造的是KV-1型坦克，是以克利缅特·伏罗希洛夫元帅的名字命名的，作为军人他是草包，但他是斯大林周围的马屁精之一。KV-1是一种重型坦克，是当时苏军的主战坦克。

---

① 柯利亚：尼古拉的小名。

到1943年春天，苏军在增援库尔斯克附近突出部位的兵力，那是一块飞地，南北纵深一百五十英里，深入德军战线一百英里。6月份，这位十七岁的年轻人接受了任务，要护送一列载运KV-1坦克的火车西行去库尔斯克突出部位，在火车站把坦克卸下来，交货后返回车里雅宾斯克。他完成了所有的任务，但没有返回。

崭新的坦克整齐地排列在铁轨旁边，前来接收坦克的苏军团长大步流星地走了过来。他非常年轻，不到二十五岁，上校军衔，留着胡子，形容憔悴，显得筋疲力尽。

“我没有司机。”他对坦克厂负责交货的官员尖声喊道。然后他转向了旁边一个淡黄色头发的高个子年轻人。“你会驾驶这些家伙吗？”

“我会，同志。可我要返回坦克格勒去。”

“不行。你会驾驶，那你就参军入伍了。”

火车朝着东方隆隆开走了。列兵尼古拉·尼古拉耶夫穿上一身粗糙的棉布工作服，钻进一辆KV-1坦克，向普罗霍罗夫卡方向驶去。两个星期后，库尔斯克战役打响了。

虽然被称为“库尔斯克战役”或“库尔斯克会战”，但实际上它是跨越整个飞地、为期两个月的一系列猛烈和血腥的冲突。战役结束时，库尔斯克已经成为世界上有史以来最大的坦克战场。双方投入了六千辆坦克、两百万兵力和四千架飞机。战役最终证明，德军的装甲部队并不是不可战胜的。但比分只是差了一点点。

德国陆军正在部署其新式武器——虎式坦克，在炮塔上安装了可怕的88毫米加农炮，配备了穿甲弹后，它可摧毁前进道路上的一切障碍。苏军KV-1坦克配置的是口径小得多的76毫米炮，虽然尼古拉刚刚交付的是一种新型号，即改进版的长射距ZIS-5型。

1943年7月12日，苏军开始反攻，关键是普罗霍罗夫卡。尼古拉刚刚加入的那个团被打得只剩下了六辆KV-1坦克，团长认为他看到对方有五辆马克IV型坦克，于是决定进攻。苏军坦克并驾齐驱，翻过一道山脊，进入到一个浅浅的山谷里面。德国人就在对面的山脊上。

年轻的苏军上校看到的其实不是IV型坦克，它们是德军的虎式坦克。它们用穿甲炮弹把苏军的六辆KV-1坦克挨个摧毁了。

尼古拉的坦克被击中了两次。第一颗炮弹把一边的履带全都炸掉了，还把车体揭开了。在下面的驾驶座位上，他感到坦克颤抖着停下来。第二发炮弹倾斜着击中了炮塔，使其转向了山坡那边。但炮弹的冲击力足以杀死里面的乘员。

这辆KV-1坦克有五名乘员，其中四个死了。尼古拉浑身疲惫，鼻青眼肿，吓得魂不附体，他努力从散发着柴油味的滚烫的钢板上爬出这个活人墓。战友的遗体挡了道，他把尸体推到了一边。

枪炮指挥官和炮手伸展四肢，趴在炮膛上，鲜血和黏液从嘴巴、鼻子和耳朵往外流淌。从车体的裂口处，尼古拉看到德军的虎式坦克从旁边隆隆驶过，穿过另一辆正在燃烧的KV-1坦克的烟雾。

他发现炮塔还可以使用，这让他又惊又喜。他从架子上拖过来一颗炮弹，推进炮膛，关上了炮闩。以前他从来没有装填过炮弹，但看到过别人这样做。装填炮弹通常需要两个人。由于在下面时脑袋受过爆炸的震荡，加上燃油的臭味，他感到恶心，但他把炮塔转过来，眼睛贴上潜望式瞄准镜，发现了前方大约三百码远处的一辆德军虎式坦克，他开火了。

结果，他选择的那辆坦克是德军五辆中的最后一辆。前边的四辆虎式没有察觉到后面的情况。他再次装弹，找到另一个目标，又开火了。虎式坦克的炮塔与车身的连接处挨了他的炮弹。在尼古拉脚下的某处有一种低沉的“呼呼”声，火苗开始在草地上烧了起来，遇上一摊摊燃油后，火焰蔓延开来了。在他发射了第二颗炮弹之后，剩余的三辆虎式坦克意识到它们背后受到了攻击，于是开始掉头。第三辆坦克正在掉头，他击中了它的侧面。另两辆坦克已经完成掉头，朝他扑了过来。这时候，他知道自己是死定了。

他急忙跳下去，从KV-1坦克侧翼的裂口处钻了出来，此时虎式坦克的报复炮弹刚好击中了他刚才站在旁边的炮塔。弹药爆炸了，他感觉到衬衣起火燃烧了。于是他在草地上打滚，一圈又一圈，直至远离坦克的残骸。

接下来发生的事情是他没有料到，更没有看到的。苏军的十辆SU-152型坦克翻过山脊开过来了。德军坦克兵无心恋战，五辆坦克只剩下了两辆。它们朝对面的山坡和山脊疾驰而去。其中一辆虎式坦克翻过山脊消失了。

尼古拉感觉到有人把他拉了起来。那是苏军的一位上校。这个浅浅的山谷里布满了坦克残骸，六辆苏军的，四辆德军的。他自己的坦克周围有三辆被击毁的虎式坦克。

“这是你干的？”上校问道。

尼古拉几乎听不见他说话。他的耳朵仍在嗡嗡作响，感觉头晕。他点了点头。

“跟我来。”上校说。山脊后面有一辆小型的苏军加斯卡车。上校驾车行驶八英里，来到了一个露营地。在主帐篷的前面，有一张长条桌子，上面覆盖着几张地图，十几名高级军官正在研究那些地图。上校停车后，走过去敬了个军礼。一位年长的将军抬起头来。

尼古拉坐在卡车前排的旅客座上。他看到上校在说话，那些军官在看他。然后，年长的将军举起手来召唤他。尼古拉心里很害怕，因为他放跑了两辆虎式坦克，他从卡车上下来，走了过去。他的棉布衬衣已经烧焦，脸也熏黑了，身上散发着一股柴油味和火药味。

“三辆虎式坦克？”苏军近卫坦克第一集团军司令帕维尔·罗特米斯特罗夫上将问道，“从后面？从一辆KV-1坦克的残骸？”

尼古拉像白痴一样站着，没有说话。

将军微笑了，他转向一位矮矮胖胖、长着一对猪眼、戴着政委徽标的人。

“我认为这应该授予勋章吧？”

胖胖的政委点点头。斯大林同志会批准的。勤务兵从帐篷里拿来一只盒子，罗特米斯特罗夫将军把一枚苏联英雄的奖章挂在了这位十七岁战士的胸前。政委叫尼基塔·赫鲁晓夫，他观看着这一过程，再次点头表示赞赏。

尼古拉·尼古拉耶夫按命令去野战医院报到，在那里，他那熏黑了的双手和脸部得到了处理，并被贴上了一块气味难闻的药膏，然后他回到了将军的司令部。在那里，他获得了军官资格，被授予中尉军衔，指挥一个排的三辆KV-1坦克。然后，他就回去参加战斗了。

那年冬天，库尔斯克突出部已经落在了他的身后，德军的装甲部队正在后撤，他晋升为上尉，指挥一个连队崭新的重型坦克。那是刚刚出厂的IS-2型，是以约瑟夫·斯大林的名字命名的。这些坦克装备了122毫米的火炮，装甲也增厚了，它们成了“老虎杀手”。

在巴格拉季昂行动中，因为作战勇敢，他获得了第二枚苏联英雄勋章；在朱可夫元帅指挥下的攻克柏林战役中，他得到了第三枚奖章。

就是这个人，五十五年之后，杰森·蒙克要去拜访了。

假如老将军在政治局领导面前表现得稍微圆滑一些，他就不但能得到元帅的军杖，还可以与其他权贵一样，在莫斯科河畔的佩里德尔基诺获得一座国家赠送的夏季别墅，供退休后居住。但他总是表达心里的真实想法，这不是领导喜欢听的。

因此，他在通往图霍沃的明斯克公路旁边，为自己建造了一座平房，用以安享晚年。那里有部队的营房，他至少可以与敬爱的军队靠得近一些。

他至今未婚——“我的生命不是给姑娘的”，他常常说起无数次驻扎在苏联帝国最荒凉前哨的军旅生涯。七十三岁时，他与一个忠实的男仆住在一起，那是一位前军士长，只有一只脚，与他们相伴的还有一条四只脚的爱尔兰猎犬。

向附近的村民打听柯利亚大叔住在哪里后，蒙克找到了那栋简陋的住宅。多年前，老将军中年的时候，他部下年轻的军官们给他起了这个绰号，并一直沿用下来了。他的头发和胡子提早变白了，所以看上去像是军人们的叔叔。报纸上还是称他为尼古拉耶夫陆军上将，但国内每一位退伍军人都知道他是柯利亚大叔。

那天晚上，蒙克驾着国防部的一辆公务轿车，身穿总参谋部的上校制服，村民们认为，没有理由不为这样一个人指出柯利亚大叔居住在哪里。

晚上刚过九点钟，外面一片漆黑，寒风刺骨，蒙克敲响了门。瘸子男仆应声前来开门，看到一个穿制服的军人，就让他进来了。

尼古拉耶夫将军没想到会有客人来，但看到总参上校的制服和公文包，只是使他稍稍有点惊奇。壁炉里柴火烧得很旺，他坐在旁边的沙发里，正在阅读由一位年轻的将军撰写的军事回忆录，不时发出几声嘲笑。书中的人物他全都知道，他知道他们做过什么、没做过什么，但不管他们现在怎么声称，都可以通过虚构历史来赚钱。

男仆沃洛嘉来通报说，来了一位莫斯科的客人，说完就离开了。他抬起头来。

“你是谁？”他大声问道。

“想来与您谈谈，将军。”

“从莫斯科来的？”

“是的，刚到这里。”

“好吧，既然来了，那就谈谈吧。”将军朝公文包点点头，“国防部文件？”

“不完全正确。文件倒是文件，但来自别处。”

“外面很冷，坐吧。嗯，快说，你有什么事情？”

“坦白地说，穿这套制服的目的，是想说服您接待我。我不是俄罗斯部队的，我不是上校，也不是什么参谋。事实上，我是美国人。”

在壁炉的对面，将军盯着蒙克看了好长一会儿，似乎不相信自己的耳朵。他那坚硬的小胡子也气得都竖了起来。

“你是骗子，”他厉声说，“你是卑鄙的间谍。我不接待骗子和间谍。滚出去。”

蒙克坐着没动。

“好吧，我会走的。但我不远万里来到这里，只谈了半分钟恐怕不够吧，您能否回答我一个问题？”

尼古拉耶夫将军瞪着他。

“一个问题？什么问题？”

“五年前，鲍里斯·叶利钦请您出山，要您去指挥进攻车臣并摧毁其首府格罗兹尼。传言说您看了作战计划后，对当时的国防部长帕维尔·格拉乔夫说：‘我指挥的是战士，不是屠夫。这是屠夫要干的事情。’这是真的吗？”

“什么？”

“这是真的吗？您允许我提一个问题的。”

“好吧，是真的。而且我是对的。”

“您为什么要那么说？”

“这是第二个问题了。”

“我还要不远万里回家去呢。请您告诉我吧。”

“好吧。因为我认为屠杀不是战士要做的事情。现在出去吧。”

“您知道您刚才在看的是一本烂书吗？”

“你怎么知道的？”

“我看过。废话连篇。”

“是的。那又怎样呢？”

蒙克把手伸进公文包内，取出了《黑色宣言》。他打开来，翻到他已经做了标记的那一页，朝壁炉对面递了过去。

“既然您有时间看垃圾文章，何不看看真正令人厌恶的文件呢？”

将军的内心，怒气与好奇在互相较劲。

“美国佬的宣传？”

“不。俄罗斯的未来。您看看。这一页，还有下一页。”

尼古拉耶夫将军哼了一声，接过了蒙克递来的文件。他很快看完了做有标记的那两页。他的脸涨红了。

“胡说八道，”他喊道，“谁写的这些大话？”

“您听说过伊戈尔·科马罗夫吗？”

“别傻了。我当然听说过。1月份要当总统了。”

“好事还是坏事？”

“我怎么知道呢？他们都很圆滑的。”

“那么他不比其他人更好，也不比其他人更坏？”

“差不多吧。”

蒙克描述了7月15日发生的事件，他尽快地讲完背景情况，唯恐老人分心，尤其是失去耐心。

“我不信，”将军厉声说，“你是来编故事的……”

“假如是编造的故事，那三个人就不会因为想掩盖它而死去了。但他们确实死了。您今晚要出去吗？”

“呃，不出去。怎么啦？”

“那就先把帕维尔·格拉乔夫的回忆录放一放，读读伊戈尔·科马罗夫的意图。您会喜欢读其中一些内容的。军队重新增强实力，但不是为了保卫祖国，祖国不存在外来的威胁。其目的是创建一支去屠杀的军队。您也许不喜欢犹太人、车臣人、格鲁吉亚人、乌克兰人和亚美尼亚人，但请记住，他们曾经也是您的坦克兵战士。他们参加了库尔斯克和巴格拉季昂、柏林和喀布尔的战役。他们曾与您并肩战斗。请您再花一点点时间，看看科马罗夫打算怎么对待他们。”

尼古拉耶夫将军盯着这位比他年轻二十几岁的美国人，然后咕哝了一声。

“美国人喝伏特加吗？”

“在俄罗斯寒冷的夜晚，当然要喝。”

“那边有一瓶。你自己倒吧。”

老人看文件的时候，蒙克给自己倒了一杯绿牌伏特加，他想起了在福布斯城堡时的情况介绍。

“他也许是最后一位具有老式荣誉感的俄罗斯将军。他不是傻瓜，他无所畏惧。俄罗斯一千万老兵依然愿意听从柯利亚大叔。”俄语辅导教师奥列格曾这么告诉他。

攻克和占领柏林一年后，年轻的尼古拉耶夫少校被调回莫斯科，进入了装甲指挥学院学习。1950年夏天，他奉命去指挥远东鸭绿江边的一个重型坦克团，那里驻扎了苏军的七个重型坦克团。

朝鲜战争正处于高峰时期，美国人把北朝鲜人赶了回去。斯大林正在认真考虑，是否通过投入自己的新型坦克去对付美国人，从而使朝鲜幸免于难。有两件事情阻止了他的行动：明智的劝告和他本人的狂妄。当时IS-4型坦克是绝密的，其详情从来没有披露过，斯大林担心这种先进的坦克会落到美军的手里。1951年，尼古拉耶夫晋升为中校，并被派往波茨坦任职。那年他才二十五岁。

三十岁时，他指挥一个坦克团在“匈牙利事件”中执行特别行动。这一次，他把苏联大使尤里·安德罗波夫惹毛了。安德罗波夫以后将一路晋升担任十五年的克格勃主席，最后还会成为苏共中央总书记。尼古拉耶夫上校拒绝使用坦克上的机关枪，去扫射布达佩斯街上的匈牙利游行抗议人群。

“他们大都是妇女和儿童，”他告诉大使和镇压动乱的总指挥，“他们在扔石块，石块是砸不坏坦克的。”

“必须给他们一个教训，”安德罗波夫喊道，“用机关枪去对付。”

尼古拉耶夫见到过重机枪在有限空间内对密集人群的杀伤力。1941年在斯摩棱斯克，他父母就是倒在了德军机枪的枪口下。

“你要做，那就你去做。”他告诉安德罗波夫。后来，一位高级将领把事态平息了，但尼古拉耶夫的前途岌岌可危。安德罗波夫会记恨，他不是宽宏大量的人。

六十年代初期和中期，尼古拉耶夫被派往边疆地区的黑龙江和乌苏里江沿岸驻防，河流的对面是中国。当时赫鲁晓夫在考虑是否要对中国展开一场坦克战。

赫鲁晓夫下台了，勃列日涅夫接了班，中苏危机平静了，尼古拉耶夫高兴地离开了远东边境荒凉的冻土，回到了莫斯科。

1968年，作为一位四十二岁的少将，他指挥了“布拉格之春”中的一个师，是那次行动中表现最出色的一个师，为此赢得了空降兵部队的永恒感激，因为他把他们的一支部队从险境中救了出来。一个小规模的伞兵连队空投到布拉格市中心后，被捷克人包围，陷入了困境。尼古拉耶夫亲自率领一个坦克连进入市内，把他们解救出来了。

他在伏龙芝军事学院当了四年的教官，讲述坦克战课程，培养了新一代的坦克兵指挥员，学生们都很敬佩他。1973年他担任叙利亚装甲兵军事顾问。那一年爆发了阿拉伯国家与以色列之间的“赎罪日战争”。

他可以留在后方，但由于他对苏联提供的坦克太熟悉了，所以他策划并发动了针对戈兰高地上以色列第七装甲旅的进攻。叙军不是以军的对手，但叙利亚的军事计划和战术是绝妙的。以色列第七装甲旅幸免于难，但叙利亚人让他们心惊胆战了一阵子，这是阿拉伯装甲部队对以色列造成的为数不多的麻烦之一。

经过在叙利亚的锻炼，他进入了苏军总参谋部，负责制订针对北约的进攻行动计划。然后在1979年，出现了阿富汗问题。五十三岁的他被任命为苏军第四十军军长，承担入侵阿富汗的任务，这意味着他能够由此从中将晋升为上将。

尼古拉耶夫将军看看计划，看看地形，看看当地的人民，他写了一份报告，指出军事入侵和占领阿富汗的行动将会是一场屠杀，是没有意义的，将会成为苏联的越战。他又一次把安德罗波夫搞得坐立不安了。

他们又把他发配到了荒凉地区，去搞征兵和新兵训练。去了阿富汗打仗的将军们一度得到了奖章和荣誉。他们也遭受了重大的伤亡，成千上万苏军战士的遗体装在尸袋里运回来了。

“这是垃圾。我才不相信这种垃圾呢。”

老将军把黑色文件扔向壁炉对面，落在了蒙克的膝头上。“你胆子够大的，美国佬。你闯进我的国家、我的房子……想在我的脑子里灌输这些险恶的谎言……”

“告诉我，将军，您是怎样看待我们的？”

“你们？”

“是的，我们。美国人民和西方人民。我被派到这里来了。我不是自由职业者。我为什么被派过来？如果科马罗夫是个好人，是未来的伟大领袖，那我们为什么要来找麻烦？”

老人凝视着蒙克，他感到震惊，并不因为这话，这话他以前已经听到过许多次了，而是因为这个年轻人的强烈情感。

“我花了毕生的精力来与你们作战。”

“不，将军，您是花了毕生的精力来反对我们。当然您是在为政权服务，但这个政权做出了可怕的事情……”

“这是我的国家，美国人。侮辱我的祖国是会给你带来危险的。”

蒙克把身子向前靠过去，敲着《黑色宣言》。

“但没有比这个更危险的。赫鲁晓夫、勃列日涅夫、安德罗波夫都没有这么……”

“如果这是真的，如果这是真的，”老战士大声喊道，“这种东西谁都可以写出来。”

“那就看看这个。它讲述了《黑色宣言》是如何到了我们的手里。一位老战士为了把它拿出来已经献出了生命。”

他把论证报告递给了将军，并为他倒了一大杯伏特加。将军一口喝干了，俄罗斯人的风格。

直到1987年夏天，才有人爬上高高的档案架，把尼古拉耶夫在1979年写的报告拿下来，掸去灰尘，交给了外交部。1988年1月，苏联外交部长爱德华·谢瓦尔德纳泽向全世界宣布：“我们从阿富汗撤军。”

尼古拉耶夫终于晋升为上将，并由总参谋部把他调过去监督在阿富汗的撤军行动。苏军第四十军的最后一任指挥官是格罗莫夫将军，但他获悉撤军的总体计划是尼古拉耶夫制订的。令人惊奇的是，虽然阿富汗的穆斯林游击队紧跟在他们的屁股后面，但整个四十军在撤退时几乎没有遭受进一步的损失。

1989年2月15日，最后一批苏军车队跨过友谊桥，回到了苏联一侧。尼古拉·尼古拉耶夫殿后。他本可以坐公务喷气飞机返回，但他坚持与战士们一起坐车回来。

他独自坐在一辆敞篷的加斯吉普车后座上，前面只有司机，没有其他人。他以前从来没有撤退过。他身穿作战服直挺挺地坐在车上，没戴肩章，因此看不出他的军衔。但战士们认出了满头的白发和挺立的胡子。

苏军战士们对阿富汗已经感到恶心和厌烦，虽然战败了，但还是很高兴能够回家。刚到桥北，欢呼就开始了。看到满头白发的将军时，战士们停车，从车上下来向他欢呼。其中有空降兵战士，他们听说过布拉格事件，也跟着欢呼起来。装甲运兵车大都由以前的坦克兵驾驶，他们在挥手和叫喊。

那时他六十三岁，回去后就要退休，去过那种讲课、写回忆录和聚会的生活。但他依然是战士们的柯利亚大叔，他正把他们带回家乡。

在他四十五年的坦克兵生涯中，他做的三件事情，使他成为一个传奇人物。他领导下的所有部队禁止了“侮辱行为”，即传统的老兵欺负新兵的行为，这种行为曾经导致数以百计的新兵自杀，其他将军也效仿了他的做法；他向后勤部门积极争取，为官兵们改善了条件和伙食；他还坚持团队荣誉感和经常性的强化训练，因此，他指挥的每个单位，从排级到师级，都成了优秀的团体。

戈尔巴乔夫授予他陆军上将军衔，然后他就退休了。假如他同意去为叶利钦屠杀车臣人，他就能够得到元帅的军杖和免费的度假别墅。

“你指望什么呢，美国人？”

尼古拉耶夫将军放下论证报告，凝视着壁炉里的火焰。

“如果这一切都是真的，那么这个人真的非常卑鄙。但我又能怎么办呢？我老了，已经退休十一年了，退出江湖了……”

“他们还在呢，”蒙克说着站起来，把文件装进了公文包里，“几百万老兵。有些在您手下当过兵，有些记得您，大多数人听说过您。如果您站出来说话，他们还是会听的。”

“听我说，美国人先生。我的国家经受的苦难是你所无法理解的。我的祖国渗透了人民的鲜血。现在你说还会有更多的苦难。如果是真的，那么我很悲伤，但我无能为力。”

“那么部队呢？您的部队呢？”

“再也不是我的部队了。”

“是别人的部队，但同时也是您的部队。”

“那是一支败军。”

“不，没被打败。失败的是苏联共产党的统治。但不是部队，不是您的部队。他们撤回来了。现在有人想重建这支部队，但有一个新的目的：实施侵略、入侵、奴役和屠杀。”

“为什么找我呢？”

“您有汽车吗，将军？”

老人的目光从炉火处抬起来，吃了一惊。

“有啊。一辆小车，能让我到处走动。”

“驾车去莫斯科，去亚历山大花园，去无名烈士纪念碑，去永恒的火焰旁边。去问那里的人们，他们想让您干什么。别问我。去问他们。”

蒙克走了。黎明时他回到了由车臣警卫守护的另一处安全房子里。那是印刷厂爆炸的夜晚。

在当今英国依然存在的许多神秘的、历史悠久的学术机构中，很少有几个能超过纹章学院，其历史可追溯到理查德三世时期。这个学院的高级管理人员都是研究纹章和传令官的专家。

在中世纪，顾名思义，传令官最初的作用是在战场上打着休战的旗帜，在两军之间传递信息。在战争的间隙期间，他们的任务就不同了。

和平时期，骑士和贵族们喜欢聚在一起，举行模拟战争锦标赛和马上比武。由于骑士们一般都穿戴甲胄护身，而且还拉下了面罩，因此传令官要宣布下一场比赛的时候，就有一个如何去辨别盔甲里面人物身份的问题。为解决这个问题，贵族们的盾牌上会有一个徽章或者装置。这样，传令官在看到盾牌上有熊的徽章时，就可以知道甲胄里面是华威伯爵。

由此，传令官变成了辨别人物关系的专家和仲裁员，更重要的是他可以证明谁有权自称是什么人。他们追踪并记录了代代相传的贵族血缘。

这并不是一个简单的势力问题。贵族头衔可以带来大量的房地产、城堡、农场和庄园。用现代的术语说，等于拥有通用汽车公司的大部分股份。它涉及了巨大的权力和财富。

由于贵族临终之时常常会留下一大群子孙后代，有些是合法的，许多是不合法的，于是就会出现谁是合法继承人的纠纷。几派人争吵不休。这时，作为宗谱纹章档案保存人的传令官，可以最后裁决谁有真正的血缘关系，并有权持有祖先的盾形纹章。

时至今日，该学院仍在裁定各派纷争，为新贵银行家或企业家设计盾形纹章，并为人们寻找家族宗谱提供免费服务。

自然地，纹章学家就是搞学术研究的人，他们致力于奇异的学术领域，研究神秘的诺曼法语和纹章学，要掌握这些学问需要多年的潜心研究。有些人专门研究与英国贵族经常通婚的欧洲贵族。经过悄悄的、孜孜不倦的调查，奈杰尔·欧文爵士发现有个英国人是世界著名的研究俄国罗曼诺夫王朝的专家。据说兰斯洛特·普罗宾博士对罗曼诺夫皇室忘记的知识，比罗曼诺夫皇室知道的还要多。奈杰尔·欧文爵士在电话里作了自我介绍，说自己是一个退休的外交官，正在为外交部准备一篇论文，是关于俄罗斯有可能实行君主立宪制政体的内容，他邀请对方到里茨宾馆喝茶。

普罗宾博士是一个逗人喜欢的小个子男士，说起自己的专业时妙语连珠，而且不摆架子。他使这位老间谍头子想起了狄更斯笔下的匹克威克先生。

在去皮黄瓜三明治与格雷伯爵红茶上来之后，奈杰尔爵士问："我们能否谈谈关于罗曼诺夫王朝的继任问题？"

普罗宾博士享有盾形纹章之王的荣誉称号，但他的工资待遇并不高，这位身材圆滚滚的博士不习惯里茨的红茶。他大口地咬着三明治。

"嗯，罗曼诺夫皇室只是我的业余爱好，不是工作。"

"不管怎么说，我知道你在这方面很有研究。"

"谢谢夸奖。你要问什么？"

“罗曼诺夫王朝的继任问题怎么样？是不是很清楚？”

普罗宾博士消灭了最后一块三明治，他的眼睛瞄上了松饼。

“一点也不清楚。很乱，一团乱麻。这个家族零星活下来的人乱七八糟的。提出权利诉求的人到处都有。你为什么要问这个？”

“我们假设，”奈杰尔爵士谨慎地说，“由于某种原因，俄罗斯人民决定恢复沙皇形式的君主立宪制。”

“嗯，他们不会的，因为他们从没有经历过这种体制。自一七二一年以来，直到最后的一位沙皇——尼古拉二世，都是绝对的君主。俄国从来没有实行过君主立宪制。”

“讲给我听听。”

普罗宾博士把最后一片松饼扔进嘴里，喝了一口茶。

“松饼很好吃。”他说。

“好吃就好。”

“嗯，由于发生了那次非常事件，皇室就有了一个问题。你是知道的，沙皇尼古拉二世、皇后亚历山德拉和他们的五个孩子，都于1918年在叶卡捷琳堡被屠杀了。这就使直系家谱断了线。现在所有的诉求人，都是旁系的，有些人可以追溯到尼古拉的爷爷。”

“那么，有没有理由充分、证据确凿的诉求？”

“没有。回到办公室后我可以给你更详细的介绍。我有许多图表，这里无法展开，图表都很大，有许多名字，还有许多分支。”

“但从理论上来说，俄罗斯能否重新建立君主制？”

“你是认真的吗，奈杰尔爵士？”

“我们只是讨论理论问题。”

“嗯，从理论上讲，一切都是可行的。任何君主体制，在把国王或女王废黜后，都可以变为共和体制。希腊就是这么做的。而且任何共和国都可以选择创立君主立宪制。西班牙这么做了。两者都是在近三十年内发生的。是的，这是可行的。”

“那么，问题就是候选人了？”

“是的。佛朗哥将军选择在他死后立法恢复西班牙君主制。他选择了阿方索十三世的孙子胡安·卡洛斯王子，至今一直在位。但没有出现反诉求。他的血缘很清楚。反诉求会是很复杂很麻烦的。”

“罗曼诺夫血缘有反诉求的吗？”

“到处都有。极为复杂。”

“有人站出来了吗？”

“在我的记忆中好像是没有。我要查一下资料。这个问题好久没人严肃地提出来了。”

“那你就再查一下吧？”奈杰尔要求说，“我要去旅行了。等我回来再聊吧。我会打电话到你办公室的。”

早先，当克格勃还是一个庞大的组织，只有一位主席全面负责谍报、镇压和管控的时候，它承担着许多任务，因此，不得不划分为各个总局、局和部门。

其中的第八总局和第十六总局，是负责电子侦查、无线电拦截、电话窃听和间谍卫星的。因此，苏联的这两个部门相当于美国的国家安全局和国家侦查署，或英国的政府通讯总局。

对于安德罗波夫主席这样的克格勃老派人物来说，电子情报收集属于高科技，他们几乎是不懂的，但至少知道其重要性。苏联的各种技术都落后于西方好多年，但军事技术和与间谍有关的技术除外。第八总局购买了最先进、最高端的技术设备。

1991年戈尔巴乔夫把克格勃分解后，第八总局和第十六总局合并，重新命名为俄联邦政府通讯和信息局，简称俄联邦信息局。

俄联邦信息局配备了最先进的计算机，集中了全国最优秀的数学家和密码破译专家，以及可以用钱买到的任何截取技术。但在共产党统治结束后，这个耗资巨大的机构遇到了一个主要的问题：资金。

随着私有化制度的引进，俄联邦信息局到开放的市场去寻找资金。它为新兴的俄罗斯工商企业提供商业情报，是从它们的国内外竞争对手那里截获（偷来）的。到1999年，至少有四年的时间，俄罗斯的商业机构可以雇佣这个政府部门，去监视在俄外资企业的活动，监听该外企拨打的每一个电话，截取其发送的每一份传真、电报或电传，以及每一次无线电发射。

阿纳托利·格里辛上校估计，无论杰森·蒙克在什么地方，他肯定要与派他来的人进行某种形式的通讯联络。这不可能通过美国使馆，因为使馆已经处于监视之中，除非他打电话，但电话都是可以窃听的，而且还可以追踪。

因此，格里辛推断，蒙克肯定带来了，或者在莫斯科搞到了某种类型的收发报机。

“假如我是他，”俄联邦信息局资深科学家、一位被格里辛用高薪聘来的顾问说，“我就使用电脑。生意人都喜欢使用电脑。”

“能收发信息的电脑？”格里辛问道。

“当然。电脑与卫星通话。通过卫星，电脑与电脑通话。这就是信息高速公路，国际互联网。”

“通讯流量肯定是很大的。”

“是的。我们的计算机也一样。这只是个信息过滤问题。电脑发出的百分之九十信息，都是聊天和白痴之间的相互交谈，百分之九是商业信息——公司讨论产品、价格、生产进度、合同、交货日期等等。百分之一是政府的信息。这百分之一通常占据了一半的空中流量。”

“加密信息有多少？”

“所有的政府信息和一半的商业信息都是经过加密的。但大部分的商业密码，是我们可以破译的。”

“我的美国朋友会在哪里发送信息呢？”

俄联邦信息局这位官员的全部工作生涯，都是在隐蔽战线上度过的，他知道最好不要多问。

“很可能是混在商业信息流量中，”他说，“政府的信息，我们是知道来源的。我们也许无法破解，但我们知道它来源于某个大使馆、公使馆或领事馆。你的那个人是在使领馆里面吗？”

“不是。”

“那么，他很可能使用的是商业卫星。美国政府的设备，主要是用来监视和监听我们的。它们也发送外交信息。现在，天上有几十颗商业卫星在运行，公司租用时间，与它们在世界各地的分支机构进行通讯联络。”

“我认为，那个人是在莫斯科发送信息的。很可能也在这里接收信息。”

“接收并不能帮助我们解决问题。由卫星发出来的信息，在任何地方都能接收，无论是在阿尔汉格尔还是在克里米亚。只有在他发送的时候，我们才有可能找到他。”

“那么，如果一家俄罗斯商业公司要你们去找到发送信息的人，你们可以找到吗？”

“也许可以，但费用是很高的，取决于投入的人工和计算机使用的时间，还有每天必须保持的监视时间。”

“每天二十四小时，”格里辛说，“投入你们的全部人手。”

俄联邦信息局的科学家凝视着他。这个人是在谈论几百万美元的生意。

“这个订单是很大的。”

“我是认真的。”

“你想要信息吗？”

“不。我要发送人的位置。”

“这就更难了。如果我们能够截获信息，我们可以慢慢地进行研究，花时间去进行破译。信息发送的在线时间仅为十亿分之一秒。”

蒙克访问尼古拉耶夫将军后的第二天，俄联邦信息局捕捉到了一个信号。格里辛的联系人打电话到基赛尔尼大街的别墅汇报情况。

“他发信息了。”他说。

“你得到信息了？”

“是的，这不是商业信息。他使用的是一次性密码本，是无法破译的。”

“这个消息不太好，”格里辛说，“他是在哪里发送的？”

“莫斯科大区。”

“太好了，这么小的一个地方。我需要确切的一栋楼房。”

“耐心点。我们知道了他所使用的卫星。洲际通信公司每天有两颗卫星从我们头顶上飞过，那很可能是其中的一颗。当时是有一颗在地平线上。以后我们会集中精力去关注它们。”

“好吧。”格里辛说。

六天来，蒙克躲过了格里辛派在街上的监视人员。爱国力量联盟的安全部长感到迷惑了。那人是必须吃饭的。他要么躲在某个小地方，害怕出门，这样一来，他就不会有多大的害处；要么乔装打扮成俄罗斯人四处活动，这样他不久就会被揭穿；或者他在与大主教徒劳地接触一次以后又溜出去了；又或者他处在保护之下：有吃饭和睡觉的地方，化装后在护卫下外出活动。但谁在保护他呢？这是阿纳托利·格里辛依然未能解开的一个谜团。

在里茨宾馆与普罗宾博士谈话两天之后，奈杰尔·欧文爵士飞去了莫斯科。他由一名翻译陪同，因为虽然他学过一些俄语，但已经生疏了，不能进行复杂的讨论。

他带来的那个人，就是会讲俄语的退役军人布莱恩·马克斯，只是这一次马克斯使用的是他的真护照，上面的姓名是布莱恩·文森特。在移民局卡口，护照检查官把两个名字都输进了电脑，但都没有显示他们最近来过俄罗斯，也不是常客。

“你们是一起的吗？”他问道。一个显然是长者，瘦瘦的，满头白发，护照上写着他有七十多岁了；另一个人三十八九岁，穿着深色的西装，看上去很结实。

“我是这位先生的翻译。”文森特说。

“我的俄语不好。”奈杰尔爵士用结结巴巴的俄语说。

移民局官员的兴致消退了。外国商人经常需要译员。有些可从莫斯科的代理机构聘用，有些企业家自己带翻译。这是很正常的。他挥手让他们通过了。

他们住进了民族大酒店，就是倒霉的记者杰斐逊住过的酒店。服务台有一个信封是给奈杰尔爵士的，那是二十四小时前由一个橄榄色皮肤的车臣人放在那里的，当初谁也没有注意到。现在，这个信封递给了奈杰尔爵士，还有他的房间钥匙。

信封里面只有一张空白的纸条。假如它被截获或者丢失，是不会有什么特别危害的。字不是写在纸条上的，而是写在信封的内侧，是用柠檬汁写的。

把信封拆开放平后，布莱恩·文森特从床头柜上的一盒赠送火柴里取出一根，点燃后去慢慢烘烤。当信封变成淡棕色时，七个数字显示出来了，是一个私人的电话号码。在把号码记住后，奈杰尔爵士命令文森特烧毁纸片，把灰烬扔进马桶里放水冲掉了。然后两人静静地在酒店餐厅里吃了晚饭，一直等到了十点钟。

电话铃响了，是由大主教阿列克谢二世亲自接听的，因为这是放在他办公室书桌上的私人电话。他知道很少有人有这个号码，他应该都认识他们。

“喂。”他小心地说。

回答的声音是他所不熟悉的，俄语讲得很好，但不是俄罗斯人。

“阿列克谢大主教？”

“您哪位？”

“圣座，我们未曾谋面。与我一起来的还有一位先生，我只是他的翻译。前几天，您友好地接待了来自伦敦的一位神父。”

“这事我记得。”

“他说，还有一个人要过来，一位资深人士，来与您私下里商谈要事。他现在就在我旁边，他要求您接见他。”

“现在？今晚？”

“越快越好，圣座。”

“为什么呢？”

“莫斯科的一些势力很快就会知道这位先生。他有可能受到监视。还是小心一点好。”

这位神经紧张的高级教士觉得这话听起来耳熟。

“好吧。你们现在哪里？”

“只有几分钟的车程。我们已经做好了出发的准备。”

“那就半小时后见。”

这一次由于事先接到过通知，哥萨克卫兵很快打开了街门，马克西姆神父紧张而又十分好奇地把这两位客人引进了大主教的私人书房。奈杰尔爵士是乘坐民族大酒店的豪华轿车过来的，他让司机在路边等待。

大主教阿列克谢还是穿着一件浅灰色的袈裟，脖子上挂了一枚简单的十字架。他招呼客人，请他们就坐。

“首先我很抱歉，因为我说不好俄语，所以我必须通过翻译来进行会话。”奈杰尔爵士说。

文森特很快进行了翻译。大主教点点头，露出了微笑。

“唉，我是不会说英语的，”他回答说，“哦，马克西姆神父，请把咖啡放在桌子上。我们自己来吧。你可以走了。”

奈杰尔爵士开始自我介绍，但没说自己曾是与苏联对抗过的高级情报官，只说是英国外交部的一名老员工（差不多是正确的），现在已退休，但受聘来进行这次的谈判。

他没有提及林肯委员会，只是说一些具有极大影响力的先生和女士，已经私下里传阅过了《黑色宣言》，他们全都深感震惊。

“无疑都与圣座您一样感到震惊。”

俄语翻译结束后，阿列克谢默默地点了点头。

“因此，我来这里，是提请您注意，目前的形势关系到我们大家，关系到俄罗斯国内外所有善良的人们。我们英国有一位诗人曾经说过：‘没有人是孤岛。’我们全都是整个世界的一部分。俄罗斯是世界上最伟大的国家之一，如果再次落到残忍的独裁者手里，对我们西方人、对俄罗斯人民，尤其是对神圣的教会来说，都是一个悲剧。”

“我赞同你的说法，”大主教说，“但教会本身不能干预政治。”

“公开是不行的。但教会必须与邪恶做斗争。教会一直是宣扬道德的，对不对？”

“当然。”

“而且教会有权保护自己免受毁灭，免受阴谋破坏，继续担当自己的使命。”

“这是毫无疑问的。”

“那么教会是不是应该站出来说话，号召广大的信徒与企图伤害教会的邪恶行为做斗争？”

“如果教会站出来反对伊戈尔·科马罗夫，而他还是当上了总统，那么教会无疑是搬起石头砸自己的脚，”阿列克谢二世说，“一百多位主教都是这么认为的，他们会选择保持沉默，我的提议会遭到否决。”

“但也许还有一个办法。”奈杰尔爵士说。他用几分钟时间描述了君主立宪政体的改革框架，这使得大主教张大了嘴巴。

“你在开玩笑吧，奈杰尔爵士，”他最后说，“恢复君主制，请回沙皇？人民是决不会答应的。”

“我们来分析一下形势，”欧文建议说，“我们知道，俄罗斯面临着难以想象的艰难抉择。一方面是持续的混乱，有可能分裂，甚至出现南斯拉夫那样的内战。没有稳定就没有繁荣。俄罗斯就像大风大浪中一艘摇摇晃晃的航船，失去了锚和舵。它即将沉没，它的船体会裂开，它的人民面临死亡。

“或者可以选择独裁专政，让这个长期受苦受难的国家再次遭受暴君的统治。您为人民选择哪种方式呢？”

“我选择不了，”大主教说，“两个都太可怕了。”

“那么，请您记住，君主立宪制是防止专制统治的保障。两种体制不能并存，必须去掉一个。所有的国家都需要一个象征，人的或者物的，这种象征能够让人民在困难的时候看到光明，能够跨越语言和宗族的障碍把人民团结起来。科马罗夫想把自己塑造成国家的那种象征、那种偶像。人们不会去投他的反对票，人们不喜欢出现真空。必须要有一个可供选择的偶像。”

“但宣讲恢复……”大主教抗议说。

“不是宣讲反对科马罗夫，您是不敢反对他的，”英国人辩解道，“而是宣讲一种新的稳定，一个超越政治的偶像。对此，科马罗夫不能谴责您干预政治和反对他，即使私下里他也许会怀疑有什么小动作。还有其他的因素……”

奈杰尔·欧文巧妙地为大主教描绘了一个诱人的前景。教会和王位的联合，全面恢复东正教的繁荣，作为莫斯科和全俄人民的大主教，重新回到克里姆林宫大墙内的宫殿，在形势稳定下来后继续得到西方的信贷。

“你的说法很有逻辑性，符合我的心愿，”阿列克谢二世思考了一下说，“我看过《黑色宣言》，知道它是最邪恶的。可是基督兄弟们和主教们都没看到过，他们是不会相信的。把这个宣言公布后，一半的俄罗斯人甚至会同意……不，奈杰尔爵士，我并没有过高地估计我的教徒。”

“但如果另一个声音站出来说话呢？不是您的声音，圣座，不是官方的，但很强烈很有说服力，那么您会暗中支持吗？”

他指的是自行其是的格雷戈尔·卢萨科夫神父，大主教曾以极大的道德勇气亲自批准让他去传经布道。

卢萨科夫神父年轻时曾经屡遭神学院拒绝。他热情洋溢，智慧过人，因而不对克格勃的口味。所以他去了西伯利亚的一个小修道院担任圣职，然后云游四方，巡回布道，没有固定的教区，走到哪里就在哪里布道，赶在秘密警察到来之前立即转移。

当然，他还是被抓住了，并被判五年劳改，罪名是散布反政府言论。在法庭上，他拒绝政府花钱雇佣的辩护律师，出色地进行了自我辩护，迫使法官承认他们是在践踏苏联的宪法。

根据戈尔巴乔夫的教士特赦令，他获得了自由。出来后他热情依旧，继续布道宣讲，还严厉谴责那些懦弱和腐败的主教，因而得罪了大部分主教。他们跑到阿列克谢那里恳求他重新把这个年轻人管制起来。

阿列克谢二世身穿教区神父的长袍去参加格雷戈尔神父的一次演讲集会。他站在人群里未被发现，心里在想，如果我能够把他所有的热情、所有的激情和所有的演讲才能转而为教会服务该有多好啊。

关键是，格雷戈尔神父把观众都吸引住了。他用劳动人民的语言进行宣讲。他用在劳改营里学到的军旅语言使他的布道生动有趣；他能用年轻人的语言演讲；他知道他们的流行歌曲偶像名字和组合；他知道普通家庭过日子的艰难；他知道如何用酒浇愁。

三十五岁的他依然独身，是个禁欲主义者，但他比神学院的讲道更了解肉体带来的罪恶。两家青年杂志甚至建议把他作为一个性偶像向读者做宣传。

因此，阿列克谢二世没有报告民警去抓他。他邀请这位狂野的年轻人吃饭。由阿列克谢做东，他们在丹尼洛夫斯基修道院的木桌上吃了一顿节俭的晚餐，然后彻夜长谈。阿列克谢解释了他所面临的任务，一个长期为专政体制服务的教会的缓慢改革历程，努力在俄罗斯一亿四千万基督徒中恢复牧师的作用。

黎明时，他们达成了协议。格雷戈尔神父同意敦促听众在他们的日常生活和工作中寻求上帝，而且回归教会，尽管教会可能还不够完美。大主教默默地做了许多事情。一家大电视台安排了一个每周的专栏，播放格雷戈尔神父的大型演讲集会，由此，千百万无法去现场聆听的民众也能够通过电视观看他的布道。到1999年冬天，这位神父被普遍认为是俄罗斯最有说服力的演说家，甚至超过了伊戈尔·科马罗夫。

大主教沉默良久。最后他说：“我会与格雷戈尔神父谈谈关于恢复沙皇的事宜。”

第十五章

寒风裹挟着入冬以来的第一场雪，吹打着斯拉维扬斯基广场，每年的11月下旬都会下雪，预示着寒冬即将来临。

胖神父弓着头迎着寒风匆匆穿过外边的大门，跨过小院子，进入了库利斯基的全圣教堂，里面很温暖，还有一股湿衣服和熏香的气味。

他再次受到了停在外面的一辆轿车的监视。在确认没人跟踪后，格里辛上校下车跟在他后面进入了教堂。

“你打电话了。”他说。他们并肩站在远离几个祈祷者的地方，装作是在研究墙上的圣像。

“昨天夜晚。有一位客人。是从英国来的。”

“不是美国来的？你确定不是美国的？”

“不是，上校。刚过十点钟，圣座要我去接待一个来自英国的先生，让他进来。他与翻译一起来的，后者比他年轻许多。我让他们进来，陪同他们进了书房。然后，我端去了咖啡。”

“他们说了些什么？”

“我在房间里时，年长的英国人正在为说不好俄语而道歉。年轻人把所有的话都翻译过来。后来，大主教让我把咖啡放下，打发了我。”

“你在门口偷听了？”

“我是想偷听。但那个年轻的英国人似乎把围巾挂在门把手上。它挡住了我的视线，大部分的谈话我都没能听到。后来有人过来了，是哥萨克卫兵在巡逻，所以我只得离开了。”

“他说过他叫什么名字吗，那个年长的英国人？”

“没有，我在的时候没有说过。或许我在外面准备咖啡的时候说了。由于那条围巾，我什么也看不见，听到的也很少。我听到的话也没什么意义。”

“你听到什么了，马克西姆神父？”

“大主教只有一次提高了嗓门。我听到他说：‘请回沙皇？’他似乎很惊奇。然后他们放低了声音。”

格里辛上校站在那里，凝视着圣母玛利亚怀抱婴儿的壁画，他感觉好像挨了一记耳光。他听到的话对于这个愚蠢的教士来说也许没什么意义，但对他来说就意义重大了。

实行君主立宪制的国家，君主就是国家元首，总统这个职位是没有的。政府的首脑是首相，虽然是组成政府的多数党领袖，但还得听从议会，即国家杜马。这与伊戈尔·科马罗夫一党专制的设想相差十万八千里。

“他的长相？”他平静地问道。

“中等身高，瘦瘦的，一头银发，七十岁出头一点。”

“知道他从哪里来的吗？”

“哦，他与美国年轻人不同。他是坐轿车来的，汽车在外边等候。我送他们出去时，车还停在门口。不是出租车，是豪华轿车。汽车开走时，我记下了车号。”

他递给上校一张纸条。

“你干得很好，马克西姆神父。这事我们会记住的。”

阿纳托利·格里辛的侦探们没花多长时间就搞清楚了。他们给交管局打了个电话，一个小时之内就得到了汽车的号牌。该汽车是民族大酒店的。

宣传部长库兹涅佐夫去跑腿了。他那几近完美的美国英语，能使俄罗斯职员以为他确实是美国人。刚过午饭时间，他出现在民族大酒店，朝礼宾部的门卫走了过去。

“嗨，对不起，你说英语吗？”

“是的，先生。”

“太好了。你看，昨天晚上我在离这里不远的一家饭店吃饭，隔壁一桌有一个英国人。我们聊了起来。他离开的时候，把这个忘在桌子上了。”

他举起一只打火机。是卡地亚，镀金的，很贵重。门卫迷惑了。

“是吗，先生？”

“我去后面追他，但来不及了。他已经坐车离去了……是一辆黑色的大奔驰。但饭店的保安认为那也许是你们的车。我就记下了车号。”

他把一张纸条递了过去。

“哦，是的，先生。是我们的车，对不起。”

门卫在本子上查看了一下昨天晚上的记录。

“那肯定是特拉肖先生。要我把打火机转交给他吗？”

“不用了。我会交给服务台的，他们可以把它放在他的房间钥匙存放格子里。”

库兹涅佐夫愉快地挥挥手，信步走向服务台。他把打火机装进了自己的衣服口袋。

“嗨，你好。能告诉我特拉肖先生的房间号吗？”

服务台后面的俄罗斯女孩皮肤微黑，长得很漂亮，偶尔为外国人做一些兼职工作赚点外快。她绽出了微笑。

“请等一下，先生。”

她把名字输入桌子上的电脑，然后摇了摇头。

“对不起，特拉肖先生和他的同伴今天上午已经离开了。”

“哎哟，真讨厌。我希望能够赶上他。你知不知道他离开了莫斯科没有？”

她输入了更多的数字。

“是的，先生，上午我们确认了他的航班。他坐中午的飞机返回伦敦去了。”

库兹涅佐夫并不知道格里辛为什么让他去查询神秘的特拉肖先生的下落，但他还是把发现的情况作了汇报。他离去后，格里辛动用了他在内务部移民局签证申请处的联系人。申请人的详细资料用传真发给了他，申请表上的照片是从伦敦肯辛顿花园的俄罗斯使馆搞到的，由信使给他送了过来。

“把照片放大到八乘十英寸。”他告诉工作人员。这张英国老头的面孔，对他来说没有意义，但他认为对某个人来说也许是有意义的。

顺着特维尔大街走三英里，有一条已经两次改名的通往明斯克的公路，附近有一座凯旋门，它的一边是马罗塞卡大街。这里有两栋公寓大楼，专供退休的克格勃高级情报官居住，他们领取国家退休金，在那里过着安逸的晚年生活。

1999年冬天，公寓的居民中有一位令人敬畏的年老的间谍头子——尤里·德罗兹多夫将军。在冷战的高峰时期，他组织过克格勃在美国东海岸的所有行动，后来被召回莫斯科，出任极为秘密的“非法特工”局局长。

“非法特工”是指那些没有外交官身份掩护，而进入敌国领土活动的间谍。他们以商人、学者或其他身份蜷缩在陌生的环境里，去管理已经招募的本土间谍。这些特工一旦被抓，面临的不是被驱逐，而是逮捕和受审。多年来，德罗兹多夫一直在培训和派遣克格勃的“非法特工”。

格里辛曾经与他见过短暂的一面，德罗兹多夫在退休前的最后日子里，曾在亚谢涅沃领导过一个秘密的小组，专门分析研究由奥尔德里奇·埃姆斯提供过来的潮水般的情报资料。格里辛当时是主审官，审讯被埃姆斯出卖的间谍。

这两个人都不喜欢对方。德罗兹多夫欣赏的是技巧和精明，而不是残忍的暴力。格里辛除了一次短暂而不光彩的东柏林之行外，从来没有离开过苏联，他鄙视第一总局那些在西方工作过多年的人，认为他们已经受到了外国人言谈举止的感染。但德罗兹多夫同意在马罗塞卡大街的公寓里见他。格里辛把一张放大的照片放在了他面前。

“你以前见过他吗？”他问道。

使他惊恐的是，克格勃老间谍头子脑袋一扬哈哈大笑起来。

“见过他？没有，当面倒是没见过。但这张面孔已经深深地印在了在亚谢涅沃工作的我们这代人的脑海里。你不知道他是谁吗？”

“不知道，不然我就不会来这里了。”

“嗯，他叫奈杰尔·欧文，我们称他为‘狐狸’。在六十年代和七十年代，他针对我们搞过多年的谍报活动。后来，他担任了六年的英国秘密情报局局长职务。”

“一个间谍？”

“间谍头子，间谍的管理员，”德罗兹多夫纠正他的说法，“这不是一回事。他是最优秀的间谍头子之一，你为什么对他感兴趣？”

“昨天他来莫斯科了。”

“天哪，你知道他来干什么？”

“不知道。”格里辛撒谎了。德罗兹多夫专注地盯着他。他不相信这个“不知道”的回答。

“这与你有什么关系？你已经退出了。你现在是在为科马罗夫管理那些黑色制服的暴徒，对吗？”

“我是爱国力量联盟的安全部长。”格里辛僵硬地说。

“没什么区别。”老将军喃喃地说。他把格里辛送到了门口。

“如果他回来了，告诉他，到我这里来喝一杯。”他朝正在离去的格里辛背影大声说。然后，他又咕哝了一声“讨厌”，并关上了门。

格里辛告诫他在移民局的线人，他要知道奈杰尔·欧文爵士，或者特拉肖先生，是否想再次进入莫斯科。

第二天，尼古拉·尼古拉耶夫陆军上将接受了俄罗斯著名报纸《消息报》的专访。该报社把这事当作独家新闻看待，因为老将军从来不接受采访。

表面上，这次采访是为了庆祝老将军即将来临的七十四岁寿辰，所以询问是从他的健康问题开始的。

在伏龙芝军事学院军官俱乐部的一间密室里，老将军身板笔挺地坐在一把皮背椅子里，告诉记者他的身体很健康。

“我的牙齿还是我自己的，”他大声说，“我不需要戴眼镜。我走路的速度，你们这个年龄自以为是的年轻人还赶不上我。”

记者四十岁刚出头，他相信他的话。摄影师是一位二十五六岁的女士，她敬畏地凝视着他。她听爷爷讲起过五十四年前，跟随这位年轻的坦克指挥官攻克柏林的故事。

采访的话题转到了国家的现状。

“可悲，”柯利亚大叔厉声说，“一团糟。”

“我想，”记者提示他，“在1月份的总统大选中，您是准备把选票投向爱国力量联盟和科马罗夫吧？”

“决不会，”将军厉声说，“他们全都是一伙法西斯分子。我讨厌他们。”

“我不明白，”记者的声音有点颤抖，“我还以为……”

“年轻人，千万不要以为我会对科马罗夫那些虚假的爱国主义宣传信以为真。我见过爱国主义，小伙子。我看到过人们为之流血，看到过好人为之牺牲。要分清真假，明白吗？科马罗夫这个人根本不是爱国者，他的话全都是一派胡言。”

“我明白了，”记者说，其实他根本就没有明白，完全是一片茫然，“但肯定有许多人认为他为俄罗斯制订的计划……”

“他为俄罗斯制订的计划是血腥的，”柯利亚大叔咆哮了，“想想看，我们这片土地上的血腥事件难道还少吗？我是经历够腥风血雨了，再也不想见到了。那人是法西斯分子。听着，年轻人，我一生都在与法西斯做斗争。在库尔斯克与他们作战，在巴格拉季昂与他们作战，直至跨越维斯瓦河，最后攻克柏林，直捣纳粹德国总理府地下室。不管是德国人还是俄国人，法西斯就是法西斯，他们都是……”

他本想使用俄语里关于人体私处四十个词语中的某一个，但因为有女人在场，他使用了“恶棍”一词。

“但是，”记者已经喘不过气来了，他争辩说，“俄罗斯需要清除所有的污秽。”

“哦，是有污秽。但其中许多并不是种族的污秽，而是土生土长的俄罗斯污秽。灵魂扭曲的政治家和贪污腐败的官僚，与歹徒手拉着手呢，这个你是怎么看的？”

“但科马罗夫先生准备清除歹徒。”

“这个讨厌的科马罗夫先生就是由歹徒提供资金的，你难道不知道吗？你以为他那潮水般的资金是从哪里来的？是牙仙送来的吗？在他当政之后，这个国家就由歹徒来随意买卖了。我告诉你，年轻人，任何正直的军人都不会允许他那帮黑色制服的暴徒来管理我们的祖国。”

“那我们该怎么办呢？”

老将军伸手取出一份当天的报纸，朝后面的版面做了一个手势。

“昨晚的电视节目里，你看到这位教士了吗？”

“格雷戈尔神父，那个传教士？没有。怎么啦？”

“我认为他也许说对了。这些年来，我们也许都迷糊了。把上帝和沙皇请回来吧。”

这场访谈引起了轰动，倒不是因为采访的内容，而是因为被采访者。俄罗斯最著名的老战士强烈谴责了科马罗夫，俄罗斯国土上现役的军人，还有两千万老兵的大多数都会读到这条消息。

这次采访的内容，通过报业辛迪加，全文发表在《红星》杂志的继任刊物《我们的军队》周刊，由此传遍了每一个军营。电视台的国内新闻播报了摘要，电台也重复广播了。此后，老将军谢绝了进一步的采访。

在基赛尔尼大街旁的别墅里，面对脸色铁青的伊戈尔·科马罗夫，库兹涅佐夫几乎掉下了眼泪。

“我不明白，总统先生。我真的是不明白。我认为在这个国家，如果有一个人能够最坚定地支持爱国力量联盟和您本人，那么这个人肯定是尼古拉耶夫将军。”

伊戈尔·科马罗夫，和站在旁边凝视着窗外院子里积雪的阿纳托利·格里辛，都默默地听到他出去了。然后，这位年轻的宣传部长返回自己办公室，继续拨打新闻媒体的电话，努力减少负面影响。

这不是一件容易的事情，他很难去谴责柯利亚大叔是丧失理智的老糊涂，因为那显然是不真实的。他唯一的托辞是，将军把事情全搞错了。但关于爱国力量联盟的资金来源问题，则是越来越难以应付了。

要全面恢复爱国力量联盟的地位，就得在下一期的《觉醒》周刊和《祖国》月刊上，发表针对性的评论文章。不幸的是，这两份刊物都变成哑巴了，新的印刷机才刚刚从美国巴尔的摩港口启运。

在爱国力量联盟总裁办公室里，沉默最终被科马罗夫打破了。

“他看过我的宣言了，对吗？”

“我相信是的。”格里辛说。

“首先是印刷厂爆炸，接着是与大主教的秘密会面，现在又是这事。到底是怎么啦？”

“我们在被人捣乱，总统先生。”

伊戈尔·科马罗夫的声音表面上依然平静，太平静了。但他脸色惨白，两边的脸颊上各出现了一个鲜亮的红点。与已经去世的秘书阿科波夫一样，阿纳托利·格里辛也见过这位法西斯领袖发狂的情景，即使是他也感到恐惧。科马罗夫再次说话时，他的声音降低到了耳语的程度。

“你是我身边的人，阿纳托利，是与我最亲近的人，是注定要成为除我之外俄罗斯最有权势的人，你要保护我免受破坏。是谁在搞这些破坏活动？”

“一个叫欧文的英国人和一个叫蒙克的美国人。”

“他们两个？就两个人？”

“显然他们是得到了支持，总统先生。而且，他们手里有那份宣言。他们在四处宣扬。”

科马罗夫从书桌后面站起身来，拿起一把圆柱形的黑檀木尺子，开始敲击自己的左手掌心。他说话的声音提高了。

“那就去找到他们，制止他们，阿纳托利。搞清楚他们下步行动，加以预防。现在仔细听着：到1月16日，也就是再过几个星期，一亿一千万俄罗斯选民将有权投票选举产生俄罗斯下一届总统。我要求他们投我的票。

“按照百分之七十的投票率，就有七千七百万张选票。我想要其中的四千万张。我想获得第一轮的胜利，不想再有什么第二轮。一个星期之前，我还指望能够得到六千万张。那个愚蠢的将军，让我减少了至少一千万。”

“一千万”的词语，几乎是一次愤怒的尖叫。那把尺子正在上下起落，但科马罗夫现在是用尺子敲打桌面。毫无预兆地，他开始把怒火洒向他的迫害者，用木尺猛击他自己的电话机，直到塑料外壳开裂和破碎。格里辛僵硬地站在旁边。走廊里一片静寂，办公室的工作人员都吓坏了，一动不动地待在他们各自的岗位上。

“现在，某个精神错乱的神父已经开始了一项新的动作，呼吁请回沙皇。除了我，这片土地上是不允许有沙皇存在的，在我执政以后，他们会明白纪律的意思，即使像伊凡雷帝那样残暴的人，看上去也会像唱诗班男童一般温顺。”

他叫喊时，不停地用檀木尺子反复敲打电话机的残骸，眼睛瞪着塑料碎片，好像这个曾经有用的通讯工具就是那些不服从管教的俄罗斯刁民，正在明白皮鞭下遵守纪律的含义。

“唱诗班男童”的最后一声尖叫消失了，科马罗夫把尺子扔回到自己的书桌上。他深深地吸了几口气，恢复了自我控制。他的话声回归正常了，但双手在颤抖，因此他把十根手指都按在书桌上，努力平复下来。

“今天晚上我要在弗拉基米尔的集会上发表演说，是整个竞选活动中规模最大的一次集会。明天会有全国性的广播电视转播。此后，我每天晚上都要发表讲话，直至选举之日。资金已经筹备好了。这是我的事情。宣传的事情由库兹涅佐夫负责。”

他从书桌后面伸出了一条胳膊，食指指向了格里辛的脸。

“你的工作，阿纳托利·格里辛，有一件，只有一件。阻止破坏活动。”

最后一句话也是一声叫喊。科马罗夫一屁股坐进了椅子里，挥手示意退下。格里辛一言未发，静静地跨过地毯走到门边，闪身出去了。

在共产党执政时期，苏联只有一家银行，即人民银行。苏联解体后，随着资本主义市场经济在俄罗斯的兴起，银行如雨后春笋般地涌现出来，总数已经达到了八千多家。

许多银行很快就消失了，卷走了储户的存款。另一些在一夜之间蒸发了，也带走了客户的储蓄款。那些幸存下来的银行则在边做边学，因为共产党时期缺乏银行工作的经验。

银行也不是一个安全的行业。在过去的十年时间里，有四百多个银行家遭到了暗杀，通常是因为在无担保贷款或其他形式的非法合作业务中，与歹徒闹矛盾了。

到九十年代末，金融业基本上剩下了四百家声誉较好的银行，其中前五十家是西方准备与之交往的。

银行大多集中在圣彼得堡和莫斯科，主要是在后者。讽刺的是，银行业也借鉴黑帮的做法，进行了合并，其中所谓的前十强业务量占了整个行业的百分之八十。对于投资巨大的项目，往往由两家或三家银行组成一个联合体来进行操作。

1999年冬天，大银行的前几位有莫斯特银行、斯莫棱斯基银行，最大的是莫斯科夫斯基联邦银行。

12月的第一周，杰森·蒙克到了莫斯科夫斯基联邦银行的总部。那里的安保工作可与诺克斯堡[①]相媲美。

由于有生命危险，各大银行的董事长都设有私人卫队，其安保阵容能让美国总统逊色。至少有三位董事长已经分别在伦敦、巴黎和维也纳安了家，然后乘坐私人喷气飞机来办公室上班。在俄罗斯境内，他们的私人保镖有几百个。另有几千名保安负责保护银行的各个分支机构。

没有至少提前几天的预约，想与莫斯科夫斯基联邦银行的董事长进行私人面谈，是闻所未闻的事情。但蒙克做到了。他带来了一件同样是闻所未闻的东西。

在大楼的底层接受了搜身和公文包的检查后，他在银行人员的陪同下，走进了位于董事长办公套房下面三层楼的贵宾接待室。

在那里，他出示了一封信函，由一位办事精干、英语流利的俄罗斯年轻人做了检查。他请蒙克等一下，然后消失在一扇结实的电子密码大门后面。时间在一分一秒地流逝，两名武装卫兵监视着蒙克。使

① 诺克斯堡：位于美国肯塔基州，是美联储的金库所在地。

办公桌后面一位女接待员感到惊奇的是，董事长的助理回来了，让蒙克跟他走。进门之后，他被再次搜身，一台电子仪器把他上上下下扫描了一遍，年轻的俄罗斯人表示了歉意。

“我能理解，”蒙克说，“世道艰难嘛。”

又上了两层，他进入另一间接待室，然后被引到了列昂尼德·格里戈里耶维奇·伯恩斯坦的办公室里。

他带来的信件就放在办公桌上。银行家伯恩斯坦个子不高，身材宽阔，灰色卷发，目光敏锐，穿了一身做工精细的炭灰色西服，是在伦敦萨维尔街定制的。他站起身，与蒙克握了手。然后他挥手示意蒙克入座。蒙克注意到那位办事精干的年轻人坐在了房间的后面。他也许是牛津大学的留学生，但伯恩斯坦肯定也让他在昆亭可[①]靶场接受过武器射击的训练。

银行家朝信函做了一下手势。“嗯，伦敦情况怎么样？你是刚到的吗，蒙克先生？”

“前几天到的。”蒙克说。

信件是用非常昂贵的奶油色亚麻布编织而成，顶部印有五支箭的徽标，使人回想起法兰克福的梅耶·阿姆谢尔·罗思柴尔德[②]的五个儿子。信纸是完全真实的。只是末尾伊夫林·罗思柴尔德爵士的签名是伪造的。但这是由伦敦市圣斯温辛街的罗思柴尔德父子公司派来的特使，哪位银行家会拒绝接待呢？

“伊夫林爵士最近好吗？”伯恩斯坦问道。蒙克改用俄语说话了。

“据我所知很好，”蒙克说，“但这信件不是他签的名。”蒙克听到身后有一阵轻微的沙沙声。“请您那位年轻的朋友不要在我背后开冷枪。我没穿防弹背心，我不想死。而且我也没有携带什么危险

① 昆亭可：美国联邦调查局总部所在地和代名词。

② 罗思柴尔德家族：是欧洲乃至世界久负盛名的金融家族，号称欧洲“第六帝国”。

品，我来这里的目的不是伤害您。”

“那你来干什么？”

蒙克解释了7月15日以来发生的事件。

“胡说八道，”伯恩斯坦最后说，“我一生中，还从来没有听说过这样的事。我了解科马罗夫，是在做生意中了解的。他极端右倾，不合我的口味，但如果你认为侮辱犹太人是新鲜事，那你就太不了解俄罗斯了。他们全都那么做，但他们全都需要银行。”

“侮辱只是一个方面，伯恩斯坦先生。我文件包里的东西，要比侮辱严重得多了。”

伯恩斯坦紧紧地盯着他看了好长时间。

“那份宣言，你带来了？”

“是的。”

“如果科马罗夫和他那帮歹徒知道你在这里，他会怎么办？”

“他会把我杀了。现在他们那帮人正在市内到处找我。”

“你胆子够大的。”

“我同意做这份工作。在我看了宣言之后，我认为值得去做这工作。”

伯恩斯坦伸出手去。

“给我看。”

蒙克先给了他论证报告。银行家习惯以极快的速度阅读复杂的文件，他用了十分钟就看完了。

“死了三个人，嗯？”

“老清洁工、秘书阿科波夫，他愚蠢地把文件放在书桌上，结果被偷走了。还有英国记者杰斐逊，科马罗夫误认为他看过了宣言。”

伯恩斯坦按下了内部通讯系统的按钮。

“柳德米拉，进入7月底8月初的剪报档案系统，看看当地报纸上是否有关于两个人的报道，一个是俄罗斯人，名叫阿科波夫，另一个是英国记者，叫杰斐逊。按名字查询，也查看一下讣告。”

他凝视着桌上的电脑显示器，缩微资料显示出来了。他咕哝了一声。

“是的，他们都死了。现在你，蒙克先生，如果他们抓住了你。”

“我希望他们抓不到我。”

“好吧，既然你已经为我们冒了险，那我就看看科马罗夫先生对我们大家有什么企图。”

他又伸出手去。蒙克把薄薄的黑色文件递给了他。伯恩斯坦开始阅读。其中一页他看了好几遍，在阅读里面内容时，他的手指头来回轻弹着。他说话了，但没有抬头：

“伊利亚，你出去好了。这里没你的事了，小伙子，你走吧。”

蒙克听到了身后那位助手离去的关门声。最后，银行家抬起头来，盯住了蒙克。

“他不能那么做。”

“彻底清除？这事以前也尝试过的，先生。”

“俄罗斯有一百万犹太人呢，蒙克先生。”

“我知道，百分之十的人有能力离开。”

伯恩斯坦站起来走到窗边，去看莫斯科建筑物顶上的积雪。窗户的玻璃呈现一种微微发绿的颜色，它有五英寸厚，可以阻止反坦克炮弹。

“他不是认真的。”

“我们相信他是认真的。”

“我们？”

“派我来这里的人，都是很有影响力的人物，但都很担心这个人。”

“你是犹太人吗，蒙克先生？”

“不是，先生。”

“你很幸运。他会获得胜利，对吗？民意测验表明，他是不可阻止的。”

“事情也许在发生变化。前几天，他遭到尼古拉耶夫将军的谴责。这也许起到了效果。我希望东正教会能扮演好角色。或许，他是能够被阻止的。”

“哼，教会。那可不是犹太人的朋友啊，蒙克先生。”

“你说得对。但科马罗夫对教会也有企图。”

“那么，你是想建立一个联盟？”

“差不多。教会、部队、银行、少数民族，都能发挥各自的作用。你看过那位云游教士的报告了吗？呼吁恢复沙皇？”

“看过了。我个人认为，这是愚蠢的。但沙皇还是比纳粹好。你要我干什么呢，蒙克先生？”

“我？没想法。由你自己来做出选择。你是四家银行联合体的主席，控制着两个独立的电视频道。你的格鲁曼飞机停在机场吗？”

“是的。”

“坐飞机去基辅只需要两个小时。”

“去基辅干什么？”

“你可以去参观巴比亚尔山谷。”

列昂尼德·伯恩斯坦猛地从窗户边转过身来。

“你可以走了，蒙克先生。”

蒙克把桌子上的两份文件收起来，放进来了他带来的皮包里。

他知道他太过分了。巴比亚尔是基辅郊外的一条山谷。1941年至1943年期间，有十万平民在沟壑的边沿上被机关枪射死，尸体落入了山沟里。被害人当中，有些是人民委员和共产党官员，但百分之九十五是乌克兰犹太人。蒙克已经走到了门边，这时候列昂尼德·伯恩斯坦又说话了。

“你去过那里吗，蒙克先生？”

“没有，先生。”

“你听说过有关它的什么事情？”

“我听说那是一个凄凉的地方。”

“我去过巴比亚尔山谷。那是一个可怕的地方。再见，蒙克先生。”

在伦敦维多利亚女王大街纹章学院的总部，兰斯洛特·普罗宾博士的办公室又小又乱。每个平面空间都堆满了成捆的资料，看上去没有什么特别的次序，但在这位宗谱学家看来，这样的堆放自有其道理。

当奈杰尔·欧文爵士走进来时，普罗宾博士跳了起来，把整个格里马迪王室[①]的资料扫到地上，招呼客人坐到由此腾出来的椅子上。

“嗯，继任的事情进展如何？”欧文问道。

“罗曼诺夫王位的继任人？如同我所预料的，情况不太好。有一个人可以提出要求，但自己不想要。一个想要的人因为两个原因已被排除在外。有个美国人还没有接触，但已经没戏了。”

“有那么糟糕吗？”欧文说。普罗宾博士跳了一下，眨了眨眼睛。他在这个专业领域如鱼得水，沉迷于血缘、通婚和奇异规则的学术世界里。

“先从骗子人物开始吧，”他说，“你记得安娜·安德森吧？她一生都声称自己是安娜斯塔西娅公主[②]，在叶卡捷琳堡的大屠杀中幸免于难。全是谎言。她现在死了，DNA测试结果证明她是一个假冒的骗子。

“几年前，另一个人在马德里去世了，他生前自称是阿列克谢大

---

① 格里马迪王室：摩纳哥王室。

② 安娜斯塔西娅公主：末代沙皇尼古拉二世的小女儿，下文中的阿列克谢王子是尼古拉二世的儿子，两人都在1918年7月17日遭到屠杀。但世间一直传说，他们两人在大屠杀中幸免于难。

公，结果是卢森堡的一个骗子。那就剩下了新闻媒体偶尔提及的三个人，通常是很不确切的。听说过格奥尔基王子吗？”

“对不起，没听说过，普罗宾博士。”

“嗯，他是一个年轻人，多年来一直被他那野心勃勃的母亲派往欧洲和俄罗斯兜售。他母亲是玛丽亚女大公，是已故的弗拉基米尔大公的女儿。

“弗拉基米尔本人，倒可以声称是在位皇帝的曾孙，但理由不是很充分，因为在他出生时，他母亲不是东正教的教徒，这不符合其中的一个条件。

“不管怎么样，他的女儿玛丽亚不是他的合格继任人，尽管他不断声称她是。你知道《保罗法》吗？”

“这是……”

“沙皇保罗一世制定的。除了极个别的情况外，只有男系才能具备继任权。女儿不算。性别歧视，但当时就是那样的，现在也一样。因此，玛丽亚女大公就是玛丽亚公主，她的儿子格奥尔基不是直系的。《保罗法》还规定，即使是女儿的儿子也不能算。”

“那么，他们只是希望能发生最好的事情？”

“完全正确。雄心勃勃，但申诉无效。”

“你刚才提到了一个美国人，普罗宾博士？”

“这是个离奇的故事。十月革命前，沙皇尼古拉二世有一位叔叔，叫保罗大公，是他父亲最小的弟弟。

“布尔什维克掌权以后，谋杀了沙皇、他的哥哥和他的叔叔保罗。但保罗有个儿子，是沙皇的堂弟。这个狂野的年轻人德米特里大公碰巧卷入了拉斯普京[①]的谋杀案。于是，在布尔什维克发动革命的

---

① 格里高利·叶菲莫维奇·拉斯普京，沙皇尼古拉二世和皇后亚历山德拉的宠臣。

时候，他已经被流放到了西伯利亚。这使他幸免于难。他逃跑了，经由上海最后到了美国。”

“从来没有听说过这事，”欧文说，“说下去。”

“嗯，德米特里活下来了，在美国结婚后生了一个儿子，叫保罗，是美军少校，参加过朝鲜战争。保罗也结婚了，并有了两个儿子。”

“我觉得这是一条直接的男系血缘。你的意思是，沙皇真正的继任人也许是一个美国人？”欧文问道。

“有些人是这么认为的，但他们自己把事情搞砸了，”普罗宾说，“德米特里娶了美国的一个平民女子，他的儿子保罗也一样。根据皇室第一八八条规定，婚姻要门当户对，不然就不能指望子女的继任权。这条规定后来虽然有所放松，但对大公还是一样。因此，德米特里的婚姻属于贵贱通婚，所以他在朝鲜打过仗的儿子不能继任，他的两个孙子由于也是与平民结婚所生的，也不能继任。”

“那么，他们都没戏了。”

“恐怕是这样。其实他们自己兴趣也不大。我认为，他们现在应该是住在佛罗里达州。”

“还剩下什么人？”

“最后一个，其血缘关系呼声很高。谢苗·罗曼诺夫王子。”

“他与被谋杀的沙皇有血缘关系吗？不是女儿生的，不是与平民生的？”欧文问道。

“是的，但说来话长。其间有四个沙皇。末代沙皇尼古拉二世的父亲是亚历山大三世，祖父是亚历山大二世，曾祖父是尼古拉一世。尼古拉一世有一个小儿子，即尼古拉大公，他当然没能成为沙皇。他的儿子叫彼得，彼得的儿子是基里尔，基里尔的儿子就是谢苗。”

“因此，从被谋杀的沙皇开始，上溯三代人到他的太公，然后到一个旁系的小儿子，再经过四代人就是谢苗。”

“完全正确。”

“在我看来，这条线似乎拉得长了一些，普罗宾博士。”

“确实是很长，但这是他们的家谱。从技术上说，谢苗是我们能得到的最近的直系血缘。但这仅仅是学术上的。实际上还有好多难度。”

“什么难度？”

“首先是，他已经七十多岁了。所以，即使能够即位，他也不能够维持多长时间。其次，他没有子女，因此在他之后也会断线，俄罗斯将回到出发点。第三，他已经反复声明自己对此事没有兴趣，即使给他这个位子，他也不会接受。”

“希望不大。”奈杰尔爵士承认说。

“还有更糟糕的事情呢。他一直生活放荡，吃喝玩乐，钟情于飙车和里维埃拉[①]，喜欢玩年轻女子，通常是女仆。这个习惯已经导致了他的三次婚姻破裂。最糟糕的是，我听到传言说，他下棋时要作弊。”

“天哪。”

奈杰尔·欧文爵士真的震惊了。与员工偷情或许还能得到原谅，但下棋作弊……

“他住在哪里？”

“在法国诺曼底的一个苹果园里，种植苹果，酿制苹果白兰地。”

奈杰尔·欧文爵士沉思了一会儿。普罗宾博士同情地看着他。

“如果谢苗公开声明，他愿意放弃恢复沙皇的继任权，那是不是法律上的弃权？”

普罗宾博士鼓起腮帮子。

---

① 法国地中海的度假和旅游胜地，主要游览城市包括尼斯和戛纳。

“我认为是的。除非真的恢复沙皇。那时候他也许会改变主意。想想有那么多的豪车和女佣。”

“但没有谢苗，情况会怎么样？如同我们美国朋友说的，底线是什么？”

“老朋友，底线是如果俄罗斯人民愿意，他们可以选择任何他们喜欢的人作为他们的君主。事情就这么简单。”

“选择一个外国人，这有先例吗？”

“有，太多了。历史上多次有过。你看，我们英格兰就有过三次这样的经历。伊丽莎白一世去世时是独身的，我们请来了苏格兰的詹姆士六世，使之成为英格兰的詹姆士一世。经过四代国王，我们赶走了詹姆士二世，邀请奥兰治的荷兰人威廉来接替王位。安妮女王驾崩时，没有留下幸存的子女，我们邀请了德国汉诺威王朝的乔治来作为我们的乔治一世。他几乎连一句英语都不会说。”

“欧洲大陆也有这样的事情吗？”

“当然有。希腊就有过两次。1833年，希腊人摆脱土耳其人的统治赢得自由后，他们邀请巴伐利亚的奥托来担任希腊国王。他表现欠佳，因此他们在1862年把他废黜了，另外请了丹麦的威廉王子来接替。他成为乔治一世国王。然后，他们于1924年宣布共和制，1935年恢复君主制，1973年又废除君主制。老是拿不定主意。

“两百年前，瑞典人不知所措，因此他们四处寻觅，邀请拿破仑部下的贝纳多特将军担任他们的国王。他干得很好，他的后代还在位。

“最后是丹麦的查尔斯王子，在1905年，他应邀成为挪威的哈康七世，他的后代也还在位。如果王位发生空缺，而且想要一个君主，那么在国外找一个好的，肯定是胜过当地的窝囊废。”

奈杰尔爵士又沉默了，陷入了沉思。现在，普罗宾博士已经怀疑，他询问的事情已经不完全是学术性的了。

“我可以问一下吗？”纹章学家说。

“当然可以。”

“如果俄罗斯真的恢复了沙皇，美国人会有什么反应？我的意思是，他们控制着钱袋子，是这个世界留下来的唯一超级大国。”

“美国人传统上是反对君主制的，”欧文承认说，“但是他们也不是傻瓜。1918年美国协助流放了德国皇帝，从而导致了魏玛共和国的动乱和权力真空，填补这个真空的是阿道夫·希特勒，结果我们大家都知道。1945年，山姆大叔专门留下了日本的皇室，没去废除。五十年来，日本是亚洲最稳定的民主和反共国家，是美国的盟友。我认为华盛顿的观点是，如果俄罗斯人民决定走那条道路，那是他们自己的选择。”

“但这要由全体俄罗斯人民决定，通过全民投票？”

奈杰尔爵士点点头。

“是的，我认为是这样的。仅仅靠杜马是不够的，腐败的指控太多了。必须是整个国家的决定。”

“那么你心目中有什么人选？”

“这就是问题，普罗宾博士。没有人选。根据你介绍的情况来看，花花公子和江湖骗子都是不行的。现在我们设想，一个要复位的沙皇，都需要具备哪些资格和条件。你认为呢？”

纹章学家兴奋得两眼放光。

“比平常的工作有趣得多了。年龄怎么样？”

“四十岁到六十岁之间，你说呢？十几岁的孩子和上了年纪的人都不合适。成熟，但不能太老。下一个条件呢？”

“必须是当政王室的王子，言行举止符合王室礼仪。”普罗宾说。

“是欧洲的王室吗？”

“噢，当然了。我认为俄罗斯人是不会喜欢非洲人、阿拉伯人或亚洲人的。”

“你说得对。那么应该是白人，博士。”

“他必须有一个活着的合法儿子，而且他们都必须皈依东正教。”

“这个应该是可以做到的。”

“但还有一个难题，”普罗宾说，“在他出生时，他母亲必须是东正教的教徒。”

“哦。还有什么条件？”

“他的父母双方都必须有王室血统，最好至少一方是俄罗斯的。”

“他应该是现役或退役的高级军官。俄罗斯军方的支持是很重要的。如果是一个会计师，我不知道他们会怎么想。”

“你忘了一件事，”普罗宾说，“他还必须能说流利的俄语。乔治一世来任职时只会说德语，贝纳多特只会说法语。但那都是过去的事情。时代不同了，现在的君主要对自己的人民讲话。俄罗斯人民不喜欢听到叽里呱啦的外国话。”

奈杰尔·欧文爵士站起来，从衣服的胸袋里掏出了一张纸条。那是一张支票，数额不小。

“这个，你这么客气啊。”纹章学家说。

“我知道学院里是有各种开支的。我亲爱的博士。听着，你能帮我一个忙吗？”

“如果我能帮得上。”

“睁大眼睛去找找。跑跑欧洲的各个当政王室。看看是否有人能够满足所有的条件。”

在克里姆林宫往北五英里的卡什金卢格郊区，有一个巨大的电视中心，所有的电视节目信号，都是从那里向俄罗斯各地发射出去的。

阿卡德米卡·科罗廖娃大街的两边是国家电视中心和国际电视中心。三百码以外，奥斯坦基诺电视塔的尖顶直插蓝天，是首都的最高建筑。政府控制的国立电视是从这里转播的，还有其他两家独立的商业电视台，靠播放广告维持生计。大楼是几家电视台合用的，但楼层不同。

爱国力量联盟的一辆奔驰汽车由司机驾驶着开到了这里，鲍里斯·库兹涅佐夫下了车。他带来了前一天伊戈尔·科马罗夫在弗拉基米尔大型集会上所拍摄的录像带。

经过年轻的天才导演利特维诺夫的剪辑和编辑，这盘录像搞得很成功。面对欢呼的人群，科马罗夫谴责了要求恢复沙皇的巡回传教士，其口气略带讽刺，对唠唠叨叨的老将军则表示遗憾。

“昨天的人有昨天的希望，”他对支持者大声吼叫，“但我们，我的朋友们，你们和我，必须考虑明天，因为明天是属于我们的。”

集会有五千人参加，但经过利特维诺夫的剪接处理，在场的人数看上去多了两倍。集会的场面将向全国进行电视广播，虽然费用很高，但他们已经购买了整整一个小时转播权，这样，观众就不是五千，而是五千万，或者相当于整个国家的三分之一人口。

库兹涅佐夫被直接引到了大型商业电视台节目总编辑的办公室，安东·古罗夫总编是他的私人朋友，也是伊戈尔·科马罗夫和爱国力量联盟的支持者。他把录像带放到了古罗夫的办公桌上。

“集会相当成功，”他热情地说，“我去参加了。你会喜欢的。”

古罗夫把玩着手里的钢笔。

“我还给你带来了更好的消息呢。一份大合同，是现金支付。从现在起到大选日之前的每个晚上，科马罗夫总裁希望对全国发表演说。想一想，安东，这是你们商业电视台有史以来所签的单笔最大金额的合同。还有给你的好处费呢，呃？”

“鲍里斯，你能亲自来这里，我感到很高兴。但现在出现了新的情况。”

“哦，不是技术问题吧。你们解决不了吗？”

“不，不完全是技术问题。你知道，我是全力支持科马罗夫总裁的，对吧？”

作为电视节目高级策划人，古罗夫十分清楚电视广播的功能，在现代社会里，电视是最有说服力的媒体，能对即将到来的大选起到助跑的作用。

只有在英国，英国广播公司一直通过国家电视频道转播不偏不倚的政治评论。在所有的东欧和西欧国家，多年来，执政的当届政府都利用国家电视业务，支持目前的政权。

在俄罗斯，政府的电视网络一再报道代总统伊凡·马尔科夫的竞选活动，只有在缺少新闻素材的情况下，才偶尔提及其他两个候选人的存在。

那两个溜边的候选人，一个是新共产党社会主义联盟的根纳季·久加诺夫，另一个是爱国力量联盟的伊戈尔·科马罗夫。

前者显然存在竞选活动资金缺乏的问题，后者好像资金相当充足。科马罗夫利用那些资金，仿照美国的模式，在两家商业电视台购买了每天数小时的电视转播权，为其竞选开展宣传活动。购买这段时间，可以确保他的节目不会遭到裁剪、编辑或屏蔽。古罗夫一直十分乐意地安排黄金时间播放科马罗夫的演讲和集会。他不是傻瓜，他知道如果科马罗夫获胜，国家电视台将会有大量裁员。许多大人物将会离开，科马罗夫肯定会那么做。那些站对了阵线的人，将会获得调动和晋升。

但现在事情不对头了。库兹涅佐夫疑惑地凝视着古罗夫。

“事实是，鲍里斯，出现了某种策略转移。是董事会层面的，与我无关，你要理解。我只是个跑腿的。这事是上头的决定，是最高层的。”

“什么策略转移，安东？你在说些什么？”

古罗夫很不自在地蠕动着身子，心底里再次咒骂交给他这个任务的总经理。

“你很可能知道，鲍里斯，与所有大企业一样，我们电视台也是由银行财团紧密控制的。如果来干涉，他们是很有影响力的。他们有支配权。通常他们是不会来管我们的。利润回报是不错的，但是……他们现在来釜底抽薪了。”

库兹涅佐夫惊得目瞪口呆。

“啊，安东，很遗憾。你肯定是很难受的。”

“我倒还好，鲍里斯。”

“但如果电视台破产了，那一切都付诸东流了……”

“是的，嗯，但他们好像不是那么说的。电视台可以存活，但有一个代价。”

“什么代价？”

“听着，朋友，此事与我无关。如果我能做出决定，那么我会每天二十四小时播放伊戈尔·科马罗夫，但是……”

“但是什么？快说呀。”

“好吧。电视台不会再播放科马罗夫先生的讲演或集会了。这是命令。”

库兹涅佐夫跳了起来，因为愤怒，他的脸涨得通红。

“你们疯了！别忘了，我们已经买下了这个时段。我们是付钱的。这是商业电视台。你们不可以拒绝我们的钱。”

“显然，我们可以拒绝。”

“但这个钱已经预付了。”

“我们可以退还。”

“我找另一家。你们又不是市内唯一的商业电视台。我可是一直照顾你的，安东。嗯，以后恐怕就没有了。”

“鲍里斯，他们也是那些银行拥有的。”

库兹涅佐夫又坐下了。他的膝盖在颤抖。

“这到底是怎么回事啊？”

“鲍里斯，我只能说，他们盯上了某个人。这方面，你应该比我更清楚。董事会昨天下达的命令。要求我们在三十天内不准播放科马罗夫先生，否则银行将撤回资金。”

库兹涅佐夫凝视着他。

“你们拒绝了那么多的屏幕时间，打算用什么节目来填补呢？哥萨克舞蹈？”

“不，事情有点怪异。电视台打算整个频道转播那个教士安排的集会。”

“哪个教士？”

“你知道的，就是鼓吹宗教复兴运动的那个传教士。老是敦促人们去信仰上帝。”

“上帝和沙皇。”库兹涅佐夫咕哝着。

“就是他。”

“格雷戈尔神父。”

“是的。我自己也不明白……”

“你们疯了。他能拿出几个卢布？”

“问题就在这里。资金似乎已经到位了。所以我们在新闻和专栏节目里安排了播放他的消息。他把时间表都排满了。想看看吗？”

“不，我才不想看他的时间表呢。”

说完，库兹涅佐夫就冲出去了。他不知道该怎么去面对他的偶像、该怎么去报告这个消息。但三个星期以来一直在他心底的一个疑问，现在终于确信了。当他汇报印刷厂，然后是老将军的消息时，科马罗夫和格里辛的神色不对。他们有什么事情瞒着他。但有一件事情他是知道的：灾难正在降临。

那天晚上，在欧洲另一边的英国伦敦，奈杰尔·欧文爵士的晚餐被打断了。俱乐部服务员把电话递给了他。

“是一位普罗宾博士来电，奈杰尔爵士。”

电话线路里传来了纹章学家快乐的声音，他还在办公室，显然在加班。

“我找到了你想要的人。”

“明天上午十点钟在你的办公室见面？好极了。”

奈杰尔爵士把电话递回给在旁边徘徊的服务员。

“我认为应该来点波特葡萄酒，特拉肖。请给我来一瓶俱乐部佳酿的。”

第十六章

西方国家叫警察局的机关，在俄罗斯叫民警局，隶属内务部管辖。

与大多数警察机构一样，它主要分成两条线：一条是联邦警察，另一条是本地、州或者区域警察。

俄罗斯的各个地区称为州。其中最大的是莫斯科州，它的地域包括俄联邦的整个首都及其周边的农村。它类似于美国的哥伦比亚特区，但包括了弗吉尼亚州和马里兰州的三分之一。

因此，虽然处在不同的办公楼里，莫斯科既是联邦民警的总部，也是莫斯科本地民警的总部。与西方的警察机关不同，俄罗斯内务部有一支可以调遣的自有部队，即人数多达十三万的重装内务部队，几乎可以与国防部下属的正规军相媲美。

共产党垮台后不久，荒草般蔓延的有组织犯罪活动变得如此公开、如此普遍、如此令人难堪，迫使鲍里斯·叶利钦下令，在俄联邦和莫斯科州民警中组建几个整编师，以打击黑手党的扩散。

联邦民警的任务是打击整个国家范围内的犯罪，但有组织犯罪在莫斯科相当集中，大都是经济犯罪，使得莫斯科的打击有组织犯罪部（打黑部）的规模几乎与其联邦的相应部门一般大。

九十年代中期之前，莫斯科打黑部只取得了有限的成功，这时候，瓦伦金·彼得罗夫斯基民警将军接管了该部门的工作，成为主管这个部门的高级将领。他是异地赴任的，是从工业城市下诺夫哥罗德调任过来的，在那里，他建立了不受贿赂的“硬汉”名声。与埃利奥特·内斯[1]一样，他即位时的形势类似于艾尔·卡彭[2]掌控下的芝加哥。与“碰不得”领导人不同的是，他有强得多的火力和少得多的民权干扰。

他上台后开除了十二个高级警官，因为他们与有组织犯罪走得“太近了”。美国使馆的联邦调查局联络官大声疾呼：“太近了！他们在拿对方的工资呢。”

接着，彼得罗夫斯基秘密地测试了一些高级调查官是否接受贿赂。两袖清风、拒绝接受贿赂的人，得到了提拔和加薪。当身边有了一支诚实可靠、可以随时调遣的特警队伍时，他开始向有组织犯罪活动宣战了。他的反黑帮别动队使黑社会感到了前所未有的恐惧，因此他获得了“莫洛托夫”[3]的绰号。这并不是对早已过世的外交部长莫洛托夫及其支持者斯大林的崇敬，这个词语的意思是“锤子”。

与任何诚实的警察一样，他没有全部获胜。毒瘤太深了。黑帮分子在高层都有朋友。许多歹徒进入法庭后很快就出来了，脸上依然挂着笑容。

彼得罗夫斯基的反应是，逮捕时不必过于谨慎。为了支持他们的侦探，联邦和城市打黑部门都有武装部队。联邦民警的武装部队称为武警，彼得罗夫斯基自己的快速反应部队称为特警。

早先，彼得罗夫斯基亲自指挥袭击行动，事先不打招呼，以防泄密。如果遭袭击的歹徒乖乖地投降走出来，他们就会受到法院的审

---

① 埃利奥特·内斯（1903—1957），美国芝加哥人，1927年加入联邦禁酒局（当时美国实行禁酒令），组建了一支禁酒执法队，外号“碰不得”，与艾尔·卡彭的黑帮做斗争。

② 艾尔·卡彭（1899—1947），绰号“疤面”，生于纽约，父母是意大利移民，二十年代芝加哥黑社会老大，甚至被认为是芝加哥的“地下市长”。

③ 莫洛托夫（1890—1986），苏联政治家、外交家，原名维亚切斯拉夫·米哈伊洛维奇·斯克里亚宾。早年参加革命时，他把姓氏斯克里亚宾改为莫洛托夫，取俄语“锤子”之意。

判；如果有人企图拔枪、负隅顽抗、销毁证据或者逃跑，彼得罗夫斯基会等到一切全都结束后，感叹道“啧、啧”，然后吩咐准备尸袋。

到1998年，他认识到最强大的、最难攻破的黑手党团伙是多尔戈鲁基黑帮，他们以莫斯科为基地，控制了乌拉尔以西的俄罗斯许多地盘，而且很有钱，有足够的财富去买通有影响的大人物。在1999年冬天之前的两年时间里，他亲自发动过对多尔戈鲁基的袭击，为此他们对他怀恨在心。

第一次会面的时候，车臣人乌马尔·古纳耶夫曾告诉蒙克，在俄罗斯他不需要伪造身份证：金钱可以买到真品。12月初，蒙克对他说的大话进行了测试。

他盘算着，想第四次冒名顶替去与俄罗斯一位要人进行约定的私下谈话。但伦敦俄罗斯东正教主教安东尼的信件，是在莫斯科伪造的。来自罗思柴尔德家族的信函也是当地仿冒的。尼古拉耶夫将军没要求看身份证，一身总参谋部的军官制服就足够了。瓦伦金·彼得罗夫斯基将军每天生活在暗杀的威胁之中，日夜都由警卫员保护着。

蒙克从来没有打听过车臣的领导人是从哪里搞到证件的。证件看上去不错，里面贴着蒙克的金色短发照片，他的身份是民警上校，是联邦内务部打黑局第一副局长的副官。这样，彼得罗夫斯基就不会认识他了，只当他是联邦民警的一位同事。

共产党倒台后，俄罗斯没有改变的一个做法，就是依然把相同职业的高级官员集中安排在同一片公寓楼里居住。而西方的政治家、公务员和高级军官，通常是分散居住在各个郊区的私人住宅。莫斯科官员的想法是，尽可能住在免交房租的国有住宅楼里。

其主要原因是共产党下台后的新政府，从老的中央委员会手中接管了这些公寓楼，并创建了免费的住宅区。这种住宅楼过去和现在都位于库图佐夫斯基大街的北边，勃列日涅夫和大多数的政治局委员都在那里居住过。彼得罗夫斯基住在库图佐夫斯基大街一栋九层楼房八楼的一套公寓里。其他十二名高级警官也住在这栋楼里。把这些同一职业的人集中在一栋楼里居住，至少有一个优点：平民百姓会被卫兵挡在门外。民警将军们完全理解这么安排的必要性。

那天晚上蒙克驾驶的汽车，是古纳耶夫奇迹般地搞来或“借来”的，是内务部联邦民警一辆真的黑色海鸥轿车，它在通往大楼内院的道闸前停了下来。联邦武警的一名卫兵示意把后车窗摇下来，另一名卫兵用冲锋枪对准了汽车。

蒙克把身份证和写有受访人名字的纸条递过去，然后屏住了呼吸。卫兵审视了一下证件和纸条，点点头，回到岗亭里去打电话。过了一会儿，他回来了。

“彼得罗夫斯基将军问你有什么事情。”

“告诉将军，我带来了切博塔廖夫将军的文件，是急件。”蒙克说。他报出了应该是他顶头上司的名字。联邦武警的卫兵又打了一个电话，然后朝他的同事点点头，道闸升起来了。蒙克在一个空车位停好汽车，走进了公寓楼。

大楼底层接待台的一个卫兵点点头，让他通过了。到了八楼，电梯外面还有两名卫兵。他们对蒙克进行了搜身，查看了他的公文包，又检查他的身份证件。然后一名卫兵对着门上的电话说话了。过了一会儿，门打开了。蒙克知道，他已经被人从猫眼里观察过了。

门口出现了一个穿白西装的男仆，他的个头和举止表明，必要时他完全可以胜任警卫员的任务，接着家庭气氛变浓了。一个小女孩从客厅里跑出来，凝视着他：“这是我的娃娃。”她举起了一个有着浅黄色头发的穿睡衣的洋娃娃。蒙克微微一笑。

“她真可爱。你叫什么名字啊？”

“塔季扬娜。”

一位三十八九岁的妇女出现了，她满怀歉意地微笑着把小女孩引开了。她的身后走来一位穿衬衣的男子，他用毛巾擦着嘴，显然他的晚饭被打搅了。

“索罗金上校？”他问道。

“是的，长官。”

“来得不是时候。”

“对不起。事情比较急。你先吃饭，我可以等着。”

“不用了，刚刚吃完。嗯，现在是电视的卡通节目时间，不是我要看的。到这里来吧。”

他在前面引路，进入了客厅旁边的书房。在明亮的灯光下，蒙克可以看清楚面前这位打黑英雄年龄与他差不多，身材也与他一样结实。

前三次去拜访大主教、老将军和银行家，他都开门见山说明自己的身份证件是伪造的，都获得了成功。他盘算着，如果这次还是那样，他就死定了，还是事后道歉吧。他打开了公文包。外面的卫兵已经检查过这个公文包了，但看到里面只有两份俄语文件，就没有细看。蒙克拿出了灰色文件，即论证报告。

“是这份文件，将军。我们认为，这相当令人不安。”

“我等会再看可以吗？”

“最好现在就看。”

“噢，讨厌。你喝酒吗？”

“工作时不喝酒，长官。”

“这么说内务部的风气正在好转呢。咖啡？”

“好的，今天太忙了。”

彼得罗夫斯基将军微笑了。

“哪天不忙呢？”

他召来男仆，吩咐准备两杯咖啡。然后，他开始阅读了。男仆端来咖啡后离去了。蒙克自己喝了起来。最后，彼得罗夫斯基将军抬起头来。

“这文件是从哪里来的？”

“英国情报机关。”

“什么？”

“但这不是虚构的，已经核查过了。明天上午，你可以再检查一次。把文件留在桌子上的尼·伊·阿科波夫秘书已经死了。老清洁工泽伊采夫也死了。还有英国记者，他其实对此一无所知。”

“我记得他，”彼得罗夫斯基沉思着说，“看上去像是一次黑帮的残杀，但没有动机。对于一个外国记者，缺乏动机。你认为，这是科马罗夫的黑色卫队干的？”

“或者是多尔戈鲁基的杀手，受雇去干这活的。”

“那么，这份神秘的《黑色宣言》呢？”

“在这里，将军。”

蒙克拍了拍公文包。

“你带来了复印件？”

“是的。”

“但根据这份论证报告，《黑色宣言》先是去了英国使馆，然后到了伦敦。你是怎么拿到手的？”

“有人给我的。”

彼得罗夫斯基将军凝视着他，一脸狐疑。

“内务部是怎么得到复印件的？……你不是内务部的。你到底是哪里来的？SVR？FSB？”

他说的这两个机构是俄联邦国外情报局和俄联邦安全局，是原先克格勃的第一和第二总局。

“都不是，长官。我是从美国来的。”

彼得罗夫斯基将军没有显露出害怕。他只是紧紧地盯着这个客人，看他有什么威胁的痕迹，因为他的家人就在隔壁，这个人也许是一个受雇的杀手。但他可以看出来，这个冒名顶替的人没有携带炸弹或枪支。

蒙克开始说话了，他解释了《黑色宣言》是如何到了英国使馆，接着是伦敦，后来又到了华盛顿。英美两国政府的几十个人又是如何读到了该文件。他没有提及林肯委员会，如果彼得罗夫斯基将军认为蒙克是代表美国政府的，那也没有什么坏处。

“你的真名叫什么？”

“杰森·蒙克。”

“你真的是美国人？”

“是的，长官。”

“嗯，你俄语说得很好。那么，《黑色宣言》里面都有些什么呢？”

“里面包括了科马罗夫对你和你部下大多数人的死刑宣判。”

寂静中，蒙克听到了隔壁房间里传过来的电视里的俄语说话声“那是我的孩子”。电视里正在播放《猫和老鼠》。塔季扬娜尖声笑了起来。彼得罗夫斯基伸出手去。

“给我看。”他说。

他用半个小时读完了有二十个小标题的四十页纸。然后他把文件扔了回来。

“一派胡言。”

“为什么？”

“他不会成功的。”

“到目前为止，他已经成功了。一支装备精良、薪水丰厚的私人黑色卫队。加上一支规模更大，但训练稍差的青年战斗队。还有充足的资金来源。两年前，多尔戈鲁基的黑帮头子与他达成了交易，向他提供一笔两亿五千万美元的竞选资金，用以收买这个国家的最高权力。”

“你没有证据。”

“这宣言就是证据。这里提及了要对提供资金的人进行奖励。多尔戈鲁基黑帮组织将会狮子大开口，想拿到所有竞争对手的所有地盘。在消灭了车臣人，驱逐了亚美尼亚人、格鲁吉亚人和乌克兰人之后，这不成问题。但他们还想得到更多，想报复那些曾经迫害他们的人。首先要拿打黑部队的领导层开刀。

“他们新设立的劳改营，需要劳动力去开采金矿、盐矿和铅矿。什么人能比得上你指挥的年轻特警呢？还有联邦武警？当然，你是不会活着看到这些的。”

“他也许不会获胜。”

“没错，将军，他也许不会获胜。他的明星地位正在下降。几天前，尼古拉耶夫将军就谴责了他。”

“我看了那个节目。令人惊奇。这与你有什么关系吗？”

“可能有吧。”

“干得好。”

“现在，商业电视台已经停止播放他的节目了。他的报刊也已经停止了。最近的民意测验表明，他的支持率已经从上个月的百分之七十下降到了百分之六十。”

“那么，他在降级，蒙克先生。他也许不会获胜。”

“但如果他获胜了呢？”

“我不能去反对总统竞选。我也许是一位将军，但我依然只是个警察。你可以去找代总统。”

“你害怕了。”

“我还是无能为力。”

“如果他认为无法获胜，他是会袭击这个国家的。”

“如有任何人胆敢袭击这个国家，蒙克先生，国家是会奋起自卫的。”

“你听说过Sippenschaft吗，将军？”

“我不懂英语。”

“这是德语。能告诉我你这里的私人电话号码吗？”

彼得罗夫斯基朝旁边的电话机点点头。蒙克记住了号码。他把文件收拾起来，放进了公文包里。

“那个德语单词，是什么意思？”

“是‘家庭株连’的意思。二战期间，一部分德国军官反对希特勒，他们被钢琴丝勒死了。根据《株连责任法》规定，他们的妻子和孩子被送进了集中营。”

“即使共产党也没做过那种事情，”彼得罗夫斯基厉声说，“家人失去的是住房和升学机会，但不会去劳改营。”

“嗯，他是疯子。在他那优雅的外观后面，他的大脑很不正常。但格里辛将会执行他的各项命令。我可以走了吗？“

“你最好马上离开这里，不然我很想把你抓起来。”

蒙克已经走到了门边。

“假如我是你，我就会采取一些预防措施。如果他获胜，或者看上去会输掉，你也许就要为妻子和孩子而战斗了。”

然后他就走了。

普罗宾博士激动得活像小学生似的。他自豪地把奈杰尔·欧文爵士领到了办公室的一道墙前面，墙上钉着一张约一米见方的图表。显然，这是他亲手制作的。

“怎么样？”他问道。

奈杰尔爵士看着这张图表，但不甚明白。人名，几十个人名，用横线和竖线连接着。

“好像是未经翻译的蒙古地铁图。”他评论说。普罗宾吃吃地笑了。

“不错，你现在看到的是四个欧洲王室的交织联系图。丹麦、希腊、英国和俄国的。有两个依然存在，一个已经离任，还有一个已经绝种了。”

“你解释一下。”欧文请求说。普罗宾博士拿起几支大号的记号笔，分别是红色、蓝色和黑色的。

“我们从最上面的开始。丹麦人，他们是这一切的关键人物。”

“丹麦人？为什么是丹麦人？”

“我给你讲一个真实的故事，奈杰尔爵士。一百六十年前，有一位丹麦国王，他有几个子女。喏，他们就在这里。”

他指向图表的上面，那里有丹麦国王的名字，在他的名字下面的一条横线上，排列着他的几个子女。

“嗯，长子成为王储，继承了父亲的王位。我们对他不感兴趣。但这个最年轻的……”

“威廉王子应邀成为希腊国王乔治一世。上次我来这里时，你说起过的。”

“对极了，”普罗宾说，“记性真好。嗯，他在这里。他匆匆来到雅典，成了希腊的国王。他做了什么？他娶了俄国的奥尔嘉女大公[①]，他们生下了尼古拉王子，是希腊王子，但在种族上，他是一半丹麦血统、一半俄国血统，也就是罗曼诺夫血统。现在，我们暂时先把尼古拉王子放在一边，这时候他还是个单身汉。”

他把尼古拉王子涂成蓝色，表示希腊，然后回过来指向上面的丹麦人。

“老国王还有女儿，其中两个混得相当好。达格玛公主嫁到莫斯科，成为俄国沙皇皇后，改名玛丽亚，皈依东正教，生下了全俄沙皇尼古拉二世。”

“尼古拉二世全家都在叶卡捷琳堡被屠杀了。”

① 女大公：在俄国，女大公是指沙皇的女儿、姐妹和儿媳，也叫公主。

“完全正确。现在我们来看另一个。丹麦的亚历山德拉公主来到这里，与我们的王子结婚，王子成为爱德华七世。他们生下了乔治五世。明白吗？”

“那么，沙皇尼古拉和英王乔治是表兄弟。”

“是的。他们的母亲是亲姐妹。所以，在第一次世界大战期间，俄国沙皇和英格兰国王是表兄弟。当乔治国王称沙皇为‘尼基表弟’时，他的用词绝对准确。”

“只是这在1917年结束了。”

“确实如此。现在来看英国这条线。”

普罗宾抬起手臂，把国王爱德华七世和王后亚历山德拉都画上了红圈。红笔向下延伸到乔治五世这一代，也画了一个圈。

“英王乔治五世有五个儿子。约翰在孩提时就夭折了，其他四个都长大了。他们是：大卫、艾伯特、亨利和乔治。最后一个是我们感兴趣的，即乔治王子。”

红笔从乔治五世下滑到了他的第四个儿子，即温莎王朝的乔治王子，在那里画了个圆圈。

“第二次世界大战中，乔治王子死于飞机失事，但他有两个儿子，现在都活着。喏，在这里，但我们的重点是这个小儿子。”

红笔触及底线，把第二个英国王子用红笔圈上了。

“现在顺着这条线返回来，”普罗宾博士说，“他的父亲是乔治王子，他的祖父是乔治国王，但他的曾祖母是沙皇母亲的姐妹。两位丹麦公主，达格玛和亚历山德拉。通过婚姻关系，这个人与俄国罗曼诺夫王室联系起来了。”

“嗯，漫长的追溯。”奈杰尔爵士说。

“哦，还有呢。看这里。”

他把两张照片放到了书桌上。两张留着胡须的忧郁的面孔，凝视着镜头。

“你怎么看？”

“他们是两兄弟？”

“哦，不是的。他们之间相隔了八十年。这一张是已经死去的沙皇尼古拉二世，另一张是现在活着的英国王子。看面孔，奈杰尔爵士。他们不是典型的英国人面孔。不管怎么样，沙皇尼古拉二世的血统是一半俄国、一半丹麦。他们也不是典型的俄国人面孔。他们是丹麦人的面孔，他们身上有丹麦的血统，来自两位丹麦的姐妹公主。”

“就这个？通过婚姻的联系？”

“远远不止。好戏还在后头呢。记得尼古拉王子吗？”

“暂时搁在旁边的希腊王子？但其实是一半丹麦、一半俄国血统？”

“就是他。嗯，沙皇尼古拉二世有个堂妹，叶莲娜女大公。她做了什么呢？赶到雅典嫁给了尼古拉王子。那么，尼古拉王子是一半罗曼诺夫血统，叶莲娜女大公则是百分之百。因此他们的后代是四分之三的俄国罗曼诺夫血统。这个后代就是玛丽娜公主。”

“她来这里了……”

“嫁给了温莎王朝的乔治王子。所以这两位活着的男士，也就是乔治王子和玛丽娜公主的两个儿子，都是八分之三的罗曼诺夫血统，这是目前与你的要求最接近的人选。这并不意味着是直系的——中间隔了许多女人，而女人是《保罗法》所禁止的。但婚姻联系是通过父系的，血缘则是通过母系的。”

“两兄弟都适用吗？”

“是的。而且在他们两人出生时，他们的母亲玛丽娜已经是东正教教徒了。这是东正教教会领导层能够接受的一个关键条件。”

“两兄弟都适用吗？”

“当然。而且他们两人都在英国军队服役过，都晋升到了少校军衔。”

“兄长的情况怎么样呢？”

“哦，你说过年龄的问题，奈杰尔爵士。兄长大王子六十四岁，超出了你要求的范围。弟弟小王子今年五十七岁，差不多是你要求的年龄。他出生时即是当政王室的王子，是伊丽莎白女王的堂弟。他结过婚，娶了一位奥地利的女伯爵，有个二十岁的儿子，熟悉王室礼仪，依然精力充沛，是一位退役军人。但重要的是，他是在情报部队服役的，学过全套的俄语课程，能讲英语和俄语两种语言。”

普罗宾博士从他的彩色图表后退一步，绽出了灿烂的笑容。奈杰尔爵士凝视着照片里的面孔。

“他住在哪里？”

“平常在这里的伦敦，周末住在乡村寓所。德布雷特出版的《王室与贵族指南》里能够查到他的地址。”

“或许我应该去与他谈谈，”奈杰尔爵士沉思着，“最后一件事情，普罗宾博士。是不是还有更合适的人选？”

“这个星球上是没有的。”纹章学家说。

到了周末，奈杰尔·欧文爵士按照约定，驾车去了小王子在英格兰西部的乡村寓所。王子有礼貌地接待了他，认真听取了他的叙述。最后，王子陪他走到了汽车旁。

“奈杰尔爵士，如果你所说的有一半是真的，那么我觉得这事非常特殊。当然，我也从新闻媒体中了解到了俄罗斯事态的发展。但这个……我要认真考虑一下，广泛征求我家人的意见，当然还要请求与女王陛下私下里谈谈。”

“这事也许永远不会有，先生。也许永远不会有公民投票。或者人民的回答是否定的。”

“那就让我们等到那一天吧。一路顺风，奈杰尔爵士。”

都市大酒店的三楼是博亚尔斯基餐厅，那是莫斯科最好的传统俄罗斯饭店之一，是以一群曾经围绕在沙皇身边、在他病弱的时候替他执政的贵族团体命名的。餐馆的天花板是拱形的，里面镶着护壁板，还有精美的装饰品，能使人回想起遥远的年代。餐馆里有上好的葡萄酒，可与冰镇伏特加媲美，还有产自河里的鲑鱼、鲟鱼和三文鱼，以及来自俄罗斯大草原的野兔、鹿和野猪。

12月12日晚上，尼古拉·尼古拉耶夫将军由他唯一活着的亲属引领，来这里庆祝他的七十四岁寿辰。

嘉莉娜是他的妹妹，曾经由他驮在背上穿过斯摩棱斯克硝烟弥漫的街道，她长大后当了教师，并于1956年二十五岁时，与一个叫安德烈耶夫的教师同事结了婚。当年晚些时候，他们的儿子米沙出生了。

1963年，她与丈夫死于车祸。对方喝醉了酒，驾车直接撞向他们，造成了愚蠢的交通事故。

尼古拉耶夫上校从远东军区飞过来参加葬礼。但事情不止于此，他妹妹两年前写过一封信。

“如果我和伊凡发生了意外，”她在信中写道，“请你照顾好小米沙。”尼古拉耶夫站在坟墓前，旁边是一个肃穆、坚强的七岁小男孩。

由于双亲都是国家职工——共产党执政时期，人人都是国家的职工——他们的公寓被收回了。当时，三十七岁的坦克兵上校在莫斯科没有公寓。回来休假时，他总是住在伏龙芝军官俱乐部的单身宿舍。司令官同意孩子与他住在一起，但只能是暂时的。

葬礼后，他把孩子带到食堂吃饭，但两人都没什么胃口。

“我该拿你怎么办呢，米沙？”他问道，但这问题更多的是在问他自己。

后来，他让男孩睡到他的单人床上，把几条毯子扔到沙发上作为自己的床铺。隔着墙壁，他听到孩子终于哭了起来。为排解烦恼，他打开了收音机，新闻里传来了美国总统肯尼迪刚刚在达拉斯遇刺的消息。

这位获得了三枚英雄奖章的军人，是有一定影响力的。通常，男孩们要等到十岁时才有可能进入享有声望的纳希莫夫军校学习，但作为个案，当局同意破例接收。七岁的小男孩怀着恐惧，穿上军校制服，跨进了纳希莫夫的大门。然后，他舅舅返回远东去履行他的职责。

多年来，尼古拉耶夫将军尽了自己的最大努力，每当来休假时，总是去看望孩子，调任总参谋部时，他在莫斯科有了自己的公寓，于是正在成长的少年可在假期里住到他的公寓来。

十八岁那年，米沙·安德烈耶夫从军校毕业，获中尉军衔，他很自然地选择了装甲兵部队。二十五年后，他四十三岁了，已经成长为驻扎在莫斯科郊外的一支精锐坦克师的少将师长。

这两个人在刚过八点钟的时候进入了饭店，他们的餐桌已经预订好了，正等待着他们的到来。领班服务员维克托也是装甲兵出身，他匆匆跑上前来，伸出了手。

“见到您真高兴，将军。您不会记得我的。我原先是第131‘迈科普旅’的炮手，1968年时驻扎在布拉格。您的餐桌在那边，面对戏台。”

就餐的客人都转过头来，想看看是怎么回事。美国人、瑞士人和日本商人好奇地看着他们。其中为数不多的几个俄罗斯人低声嘀咕着：“那就是柯利亚·尼古拉耶夫。”

维克托准备了两只平底玻璃杯，倒满绿牌伏特加，是他免费赠送的。米沙·安德烈耶夫举起酒杯，为他的舅舅，也是他记忆中的父亲祝酒。

“干杯。再活七十四岁。”

“胡扯。干杯。”

两个人都把酒灌进嘴里，停顿了一下，惬意地喝了下去。

博亚尔斯基餐馆的酒吧上面是一个戏台，就餐的人可以欣赏俄罗斯民歌。那天晚上，歌手是一个神色庄重的金发女子，身穿罗曼诺夫公主的长袍，还有一个穿夜礼服的男中音。

他们唱完一首二重唱民歌后，男歌手独自走向前来。戏台后面的现场乐队停顿了一下，一个深沉、浑厚的声音唱起了士兵怀念家乡姑娘的爱情歌曲《卡林卡》。

俄罗斯人停止了闲谈，静悄悄地坐着，外国人也跟着安静下来了。男中音的歌声回荡在整个大厅……“雪球花，雪球花，美丽的雪球花……”

当最后的和音渐渐消失时，在场的俄罗斯人起立，为背靠挂毯坐着的白胡子寿星敬酒。歌手鞠躬，接受了掌声。维克托站在有六个日本人的一张餐桌旁边。

“那位老人是谁？”一个日本人用英语问道。

“战斗英雄，伟大的卫国战争。”维克托回答。

讲英语的人为其他人做了翻译。

“哦，原来如此，”说完后，日本人纷纷举起了手中的酒杯，“干杯。”

柯利亚大叔点点头，绽出了灿烂的笑容，他朝歌手和大厅举起杯子，一口喝了下去。

饭菜很好，有鲑鱼和鸭肉，还有亚美尼亚的红葡萄酒和餐后咖啡。按照博亚尔斯基的价格，这顿饭要花去少将一个月的薪水。他认为，为了舅舅，这是值得的。

很可能是一直到三十岁以后，在见到了一些坏透了的高级军官之后，他才明白为什么他的舅舅能够成为坦克兵中的传奇人物。他具备的一些品质，是那些坏军官从来没有过的，那是对部下官兵的一种热情关怀。当安德烈耶夫少将第一次指挥一个师，第一次去参加征战时，他环顾车臣四周的断墙残垣，认识到如果俄罗斯能再出现一位像柯利亚大叔那样的人，算是幸运了。

这位外甥永远也不会忘记他十岁时发生的一件事情。1945年到1965年之间，斯大林和赫鲁晓夫都不想在莫斯科为战争中牺牲的烈士建造纪念碑。他们自己的个人崇拜更为重要，其实如果没有1941年至1945年期间几百万战士的流血牺牲，他们都不可能在“五·一”劳动节那天，登上列宁陵墓去检阅苏军部队，接受致敬。

1966年赫鲁晓夫下台后，政治局最终下令修建一座纪念碑，并设置永恒的火焰，以缅怀那些牺牲的无名烈士。

纪念碑没占用空地，隐没在亚历山大花园的树木下面，靠近克里姆林宫红墙，避开了去瞻仰列宁遗体的长龙队伍。

那年的“五·一”节阅兵游行，十岁的军校学员睁大眼睛好奇地观看了在红场上隆隆驶过的坦克、大炮和火箭，正步走过的士兵方队和载歌载舞的体操运动员。然后，舅舅牵着他的手，走进了花园和马涅什广场之间的克列姆廖夫小径。

树木下面竖着一座抛光的红色花岗岩平台。旁边的一个青铜碗里，有一束火焰在燃烧。

石碑上刻着：坟墓无名，功绩不朽。

“孩子，我要你做出承诺。”上校说。

“好的，舅舅。”

“从这里到柏林，牺牲了一百万烈士。我们不知道他们躺在什么地方，在大多数情况下，我们也不知道他们是谁。但他们曾经与我一起战斗，他们是好人。明白吗？”

“明白，舅舅。”

“不管他们答应你什么，不管是金钱或者是晋升，或者授予你什么荣誉，我要你永远不去背叛这些人。”

“我承诺，舅舅。”

上校慢慢地把手举到帽檐，行了个军礼。军校学员也跟着举手敬礼。一群路过的外地游客一边吃着冰淇淋，一边好奇地打量着他们。带队的导游颇为尴尬，他的任务是告诉游客列宁是一位伟人，他赶紧带他们拐过角落，朝列宁陵墓走去。

“那天在《消息报》上看到你的评论了，”米沙·安德烈耶夫说，“在军营里引起了很大的反响。”

尼古拉耶夫将军紧紧地盯着他。

“不喜欢吗？”

“只是惊奇。”

“我是认真的，嗯。”

“是的，我也这么认为。您总是很认真的。”

“他是恶棍，孩子。”

“这是您的说法，舅舅。尽管如此，看来他很可能获胜。或许您应该保持沉默。”

“年纪大了，憋不住。心里有什么想法就一定要说出来。”

老人似乎一时陷入了沉思，凝视着戏台上正在唱歌的“罗曼诺夫公主”。外国客人认为他们听出了歌曲名，那是《往日情怀》。其实，这不是西方歌曲，而是一支古老的俄罗斯民歌。然后，将军伸手过去抓住了外甥的手臂。

“听着，年轻人。如果我发生什么不测……”

“别傻了，您会比我们大多数人活得更长。”

“听我说，如果发生什么事情，我要你把我埋葬在诺夫德维奇修道院。好吗？我不想要那种凄惨的民间仪式，我要一位主教来主持，全套的宗教仪式。明白吗？”

“主教？宗教仪式？我还以为您是不信那一套的。”

“别傻了。我遭遇过德军88口径炮弹的袭击，但炮弹在我身边相距六英尺落地时没有爆炸，我不可能不相信那是上帝在帮忙。当然，我还是要装样子的，大家都一样的。党员，宣传教育，那都是工作需要，全是空话。所以，这才是我真正想要的。现在我们喝完咖啡走吧，你有公务轿车吗？”

“有的。”

"好，我们都喝得差不多了。你可以送我回家了。"

一列卧铺夜班火车，从乌克兰共和国首都基辅出发，隆隆响着穿过寒冷的黑夜，向着莫斯科驶去。

六号车厢的2B包厢里坐着两个英国人，他们在玩"金罗美"纸牌游戏。布莱恩·文森特看了一下手表。

"再过半个小时就到边界了，奈杰尔爵士。最好做好上床的准备。"

"我也是这么想的。"奈杰尔·欧文说。依然穿戴整齐的他，爬到上铺，盖上毯子，拉到了下颚处。

"看上去像吗？"他问道。退役军人点点头。

"其他的就由我去对付，先生。"

火车在边境线上停了一会儿。车上的乌克兰官员已经检查过这两个英国人的护照。停车时，俄罗斯官员登上了火车。

十分钟后，卧铺包厢有人在敲门。文森特打开了门。

"谁呀？"

"请出示护照。"

虽然外面过道的黄色灯光很亮，但包厢里只有一抹昏暗的蓝色灯光，所以俄罗斯官员看得很费劲。

"没有签证。"他说。

"当然没有。这是外交护照，不需要签证。"

那位乌克兰人指着两本护照封面上的英文字。

"外交官。"他说。

俄罗斯官员点点头，稍微有些尴尬。他得到过莫斯科俄联邦安全局的指示，在所有跨越边境的旅客中，要注意一个名字和一张面孔，或者两者都要注意。

"这位老人。"他朝第二本护照做了个手势。

"他在上面，"年轻的外交官说，"他年纪很大了，感觉身体不舒服。你一定要惊动他吗？"

"他是什么人？"

"嗯，实际上他是我们驻莫斯科大使的父亲。所以，我要陪他过去。去看望他儿子。"

乌克兰人指向铺位上斜躺着的人。

"大使的父亲。"他说。

"谢谢你，我懂俄语。"俄罗斯人说。他感到困惑，护照里那位圆脸秃头的人与他所得到的描述没有什么关系。名字也不符。没有特拉肖，没有欧文。只有阿斯奎斯勋爵。

"过道里肯定是很冷的，"文森特说，"冷彻骨头，请拿上这个。为了我们的友谊。是我们乌克兰使馆的特别礼物。"

那瓶伏特加质量很好，是市面上买不到的。乌克兰人点点头，微笑着用胳膊肘碰了碰俄罗斯官员。俄罗斯人"嗯"了一声，在两本护照上盖了章，往前面走过去了。

"我蒙着毯子没听到什么，但似乎情况还不错。"包厢门关上之后，奈杰尔爵士说。他从上铺爬下来了。

"但愿那样的事情少一点。"文森特说，他在水槽里把那两本假护照销毁了。碎片会从厕所的下水道撒落到俄罗斯南部的雪地上。一本用来进来，一本用来出去。两本出境护照都已经漂亮地伪造了入境印戳，锁在箱子里。

文森特好奇地打量着奈杰尔爵士。文森特今年三十三岁，知道这位老人可以当他父亲，甚至爷爷。作为前特种部队的战士，他去过一些恶劣的地方，包括匍匐在伊拉克西部的沙漠里，等待着去拦截从空中飞过的"飞毛腿"导弹。但每次行动总有战友和武器相伴，有反击的手段。

奈杰尔·欧文爵士把他带进的一个天地，虽然报酬丰厚，但那是一个充满了欺骗、误导，以及无尽的烟幕和镜像的天地，使他想多喝几口伏特加壮壮胆。幸好他的包里还有一瓶，于是他给自己倒了一杯。

“你来一杯吗，奈杰尔爵士？”

“我不要，”欧文说，“那东西既伤胃又烧喉咙。我想来点别的。”

他从公文包里取出一个银制的扁平小酒壶，旋开盖子，往配套的银杯里倒了一些。他朝文森特举起杯子，津津有味地喝了一口。那是从圣詹姆斯俱乐部里带来的特拉肖先生珍藏的波特葡萄酒。

“我其实认为，这些酒你都喜欢的。”前中士文森特说。

“小伙子，这样的乐趣我已经好多年没有享受了。”

刚过黎明，他们在莫斯科终点站下了火车。外面的气温是零下十五度。对于那些匆匆赶回家中、回到了暖和的壁炉边的人来说，冬天的火车站也许是清冷的，但比外面的街上还是要温暖得多。当奈杰尔爵士和文森特从基辅的夜班快车下来后，库尔斯克车站的中央大厅里，到处都是又冷又饿的都市贫民。

他们围在暖乎乎的火车头旁边，试图抓住咖啡馆里偶尔飘出来的热气，或者干脆躺在水泥地上，打算再熬过一个夜晚。

“尽量靠近我，先生。”文森特低声说。他们向检票口走去，外面就是车站广场。当他们走出大门朝出租车停靠点走过去时，一大群流浪汉向他们靠拢，他们纷纷伸出手来，脑袋蜷缩在围巾里面，脸上胡子拉碴的，眼窝深深下陷。

“天哪，太可怕了。”奈杰尔爵士嘟哝着说。

“不要掏钱，不然会引起骚乱的。”他的保镖厉声说。尽管上了年纪，奈杰尔爵士还是自己提着旅行袋和公文包，让文森特空出一只手。这位前特种部队战士把这只手放在自己的左腋下面，表明他有枪，必要时就会拔出来使用。

他保持这种姿势，引导着走在前面的老人，穿过人群，走向停放着几辆出租车的外面人行道。当他把一个乞丐的手拨到一边时，奈杰尔爵士听到那乞丐在他背后叫喊：

“外国人！讨厌的外国人！”

“这是因为他们认为我们是富人，”文森特在他耳边说，“我们是外国人，是富人。”

叫喊声尾随着他们到了人行道上。“该死的外国人，看科马罗夫怎么来收拾你们。”

他们坐到了吱嘎作响的出租车后座上，欧文把身子往椅背上一靠。

“没想到情况会这么可怕，”他咕哝着说，“上次我是从机场直接到民族大酒店，然后又从机场出来的。”

“现在已经是隆冬了，奈杰尔爵士。冬天的情况一直都是最糟糕的。”

当他们离开站前广场时，一辆民警卡车开到了他们的前面。两个面无表情的民警身穿厚厚的大衣、头戴裘皮帽，坐在温暖的驾驶室里。卡车从他们旁边超了上去，他们能够看到车厢里面的情况。

随着卡车的行驶和颠簸，车厢的帆布晃来晃去，车里露出了一排排脚，穿着破烂鞋子的人的脚丫子。尸体，冻得僵硬的尸体，像木头一般一层一层堆放着。

“运尸车，”文森特简短地说，“黎明收尸的班车。每天晚上，码头边的门洞边有五百人死亡。”

他们已经在民族大酒店预订了房间，但想在下午晚些时候入住。因此，出租车把他们载到了皇宫酒店，他们在那里的客人休息区皮沙发里度过了白天的时光。

两天后，杰森·蒙克用笔记本电脑发送了一条加密的短信息。信息虽短，但说明了问题。他已经拜访了彼得罗夫斯基将军，事情似乎都进展顺利。他依然由车臣人保护着在市内四处活动，经常打扮成神父、军官、警官或者流浪汉。大主教已经准备再次接待英国客人。

这条信息远渡重洋，到达洲际通信公司的总部后，依然在加密的状态下转发给了在伦敦的奈杰尔爵士。奈杰尔爵士也有自己的一次性解码本。

就是蒙克的这条信息，把奈杰尔爵士从伦敦希思罗机场带到了基辅，继之转乘火车来到了莫斯科。

但这条信息也被俄联邦信息局截获了，他们现在几乎连续不停地在为格里辛上校工作。基辅至莫斯科的那班火车彻夜行驶时，俄联邦信息局局长正与格里辛商量情况。

“我们差不多快要逮住他了，”局长说，“他在阿尔巴特区，而上次他是在索科尔尼基附近。因此，他是在四处移动的。”

“阿尔巴特？”格里辛气愤地询问。阿尔巴特区离克里姆林宫红墙只有半英里远。

“我应该告诉你，这里还有一个难度，格里辛上校。如果他在使用我们所推测的那种电脑来发送或接收信号，那么他可以不在现场。他可以预先设置好，然后离开。”

“去找到机器，”格里辛命令，“他必须返回到发射机那里去，在他回去时，我就等待着。”

“如果他再发送两次，或者有一次发射时间有半秒钟，我们就能找到源头。在市内的一个街区，或者是一栋楼房。”

这两个人都不知道的是，根据奈杰尔·欧文爵士的计划，蒙克至少还需要向西方发送三次信息。

“他回来了，格里辛上校。”

电话里，马克西姆神父的声音紧张得在颤抖。这时候是晚上六点钟，外面漆黑一片，寒风刺骨。格里辛还在基尔赛尼大街的办公室里。他刚要离开，电话打了过来。按照指示，接线员听到马克西姆这个名字，就把电话直接转给了安全部长。

“镇静点，马克西姆神父，谁回来了？”

“英国人。那个年老的英国人。他已经与圣座待了一个小时。”

“这不可能。”

格里辛已经在内务部移民局和俄联邦安全局反情报处花了一大笔钱，以期得到预告，但没有消息过来。

“你知道他住在哪里？”

“不知道，但他使用的是同一辆豪华轿车。”

民族大酒店，格里辛心里想。老傻瓜去了同一家酒店。他依然痛苦地记得，上次由于特拉肖先生跑得快，他没能逮住间谍老头。这次不会再出错了。

“你现在在哪里？”

“在街上，在用手机打电话。”

“这不安全。到老地方去等我。”

“我要回去了，上校。不然他们会找我的。”

“听着，傻瓜。打个电话回去，告诉他们说你身体不舒服。就说你去药店买药了。然后到会面地点等待。”

他啪地一声搁下电话，然后又拿了起来，命令他的副手，一位前克格勃边防总局的少校立即到他的办公室来报到。

“带上十个人，要最好的，穿便衣，安排三辆汽车。”

十五分钟后，他把奈杰尔·欧文的照片放到了他的副手面前。

“就是他。很可能有一个年轻人相伴，深色头发，看上去身体健壮。他们在民族大酒店。我要求派两个人去大堂，守住电梯、总台和大门。两个在楼下的咖啡厅里。两个在街上，四个留在车内。如果他到了，盯着他进去，然后向我报告。如果他从宾馆里出来，务必要让我知道。”

“要是他坐车离开呢？”

“那就跟着他。如果他是去机场的方向，那就安排一场车祸。不要让他到达机场。”

“是，上校。”

当副手去向部下布置任务的时候，格里辛给薪水册上的另一位专家打了电话。那是以前的一名小偷，专长于酒店行窃，据说能打开莫斯科任何一家酒店的房门。

“收拾好工具包，去国旅酒店，坐在大堂里，保持手机畅通。我要你今晚去酒店打开一个房间，时间未定。需要你的时候，会打电话给你的。”

国旅酒店距民族大酒店只有两百码，位于特维尔大街的转角处。

半小时后，格里辛上校来到了库里斯基的全圣教堂。神父在等候着他，一副担惊受怕的样子，头上已经热得冒出了汗珠。

“他什么时候到的？”

“没有事先宣告，大约是四点钟。但圣座肯定是一直在期待着他。我按要求直接把他引到了楼上。还有他的翻译。”

“他们在一起待了多长时间？”

“大概是一个小时。我给他们沏了一壶茶，但我送茶进去的时候，他们停止了谈话。”

“你在门口偷听了吗？”

“我试过了，上校。这不太容易。旁边有打扫卫生的清洁工、两个修女。还有副主教，他的私人秘书。”

“你听到了多少？”

“一点点。大多是关于某个王子的。大致情况是英国人向大主教推荐一位外国王子。我听到了‘罗曼诺夫血缘’和‘非常适合’这几个短语。老头子讲话的声音很轻柔，但问题不在这里，我是不懂英语的，幸亏翻译的说话声要响亮一些。

“主要是英国人在说话。圣座主要是在倾听。有一次，我看到他在审视一份计划什么的。然后，我就不得不离开了。

“我敲了门，进去后问他们是否需要添加茶水。室内很安静，因为圣座正在写信。他说不需要，挥手要我离开。”

格里辛陷入了沉思。“王子”这词语，对这个神父没什么意义，对他来说则是意义重大。

“还有其他的吗？”

“有的，还有最后一件事。当他们准备离开的时候，门开了一条缝。我手里拿着他们的衣服，在外面等待着。我听到大主教说，‘我会在合适的时间尽快去与代总统调停。’那话很清楚，是我所听到的唯一完整的句子。”

格里辛转向马克西姆神父，露出了微笑。

“恐怕大主教正与外国人合谋反对我们未来的总统呢。这是很悲伤、很不幸的，因为它根本就行不通。我敢肯定，圣座的用意是好的，但他太愚蠢了。大选之后，我们可以忘掉所有这些胡说八道。但是你，朋友，我们是不会忘记你的。在克格勃工作的时候，我学会了如何认定叛徒和爱国者之间的区别。在某些情况下，叛徒也许能够得到原谅，例如圣座。但真正的爱国者永远都会得到奖励。”

“谢谢你，上校。”

“你有休息时间吗？”

“一周有一个晚上。”

“竞选之后，你一定要到我们青年战斗队的营房里来一起吃饭。队员们全都是外表强悍的年轻人，但心地善良。当然，身体是非常健壮的。全都是十五岁到十九岁的小伙子。我们把其中最优秀的人选拔到黑色卫队了。”

“这真是……太好了。”

“大选后我肯定会向科马罗夫总统建议，卫队和战斗队需要一位名誉牧师。肯定是主教级别的。”

“你真好，上校。”

“你会发现，我确实是好心的，马克西姆神父。现在回到你的住处去吧。与我保持联系。你最好带上这个。你知道该如何处置。”

线人离去后，格里辛上校命令司机把他送到民族大酒店。是时候了，他心里想，该是让搅混水的英国人和美国人了解现代莫斯科某些实情的时候了。

第十七章

格里辛命令司机把汽车停在离民族大酒店一百码远的猎人街上。民族大酒店坐落在马涅什广场，猎人街位于广场的西北边。

从汽车里他可以看到，盯梢组的两辆汽车，已经停在了酒店对面的购物中心附近。

“在这里等着。”他告诉司机，然后就下了车。即使才晚上七点钟，气温就已经差不多到了零下二十度。几个行人弓着腰拖着脚步走了过去。

他穿过街道，敲了敲司机的车窗。电动车窗玻璃下降时，在寒冷中发出了吱嘎吱嘎的声音。

“你好，上校。”

“他在哪里？”

“如果他在我们之前已经进去了，那么他现在肯定还在里面。离开的人没有一个像他那个模样。”

“打电话给库兹涅佐夫，叫他来这里。”

二十分钟后，宣传部长抵达了。

“我要你再次扮演美国游客。”格里辛说。他从衣服口袋里掏出一张照片让库兹涅佐夫过目。

“我要找的是这个人，”他说，“你试试特拉肖或者欧文的名字。”

十分钟后，库兹涅佐夫回来了。

“他在里面，是以欧文的名字登记的。他在自己的房间里。”

“房间号？”

“252号。就这事吗？”

“就这事。”

格里辛回到自己的汽车里，用手机拨打在国旅酒店大堂里的撬锁窃贼。

“准备好了吗？”

“准备好了，上校。”

“你先等着。在我下达命令后，去搜查252号房间。我要求不得拿走任何东西，但每件物品都要检查。我的一个人在大堂里。他会与你一起去的。”

“明白了。”

八点钟，格里辛安排在大堂里的一个人出来了。他朝马路对面最近一辆汽车的同事点点头，然后走开了。

过了一会儿，两个身穿冬天厚大衣、头戴裘皮帽子的人出现了。格里辛可以看到，其中一顶帽子下面露出了几缕白发。那两个人出门后左转，沿着街道朝大剧院方向走去。

格里辛打电话给小偷。

“他离开了酒店。房间里现在没人了。”

格里辛的一辆汽车开始慢慢地跟在了那两个步行者的后面。又有两名盯梢员从民族大酒店底层的咖啡吧出来，去跟踪两个英国人。街上有四个步行的，两辆汽车里还有四个。格里辛的司机说话了。

“我们把他们抓起来吗，上校？”

“不，我要看看他们去哪里。”

欧文有可能去接触美国人蒙克。那样的话，格里辛就可以把他们一网打尽。

在特维尔大街与广场之间的交通灯下，两个英国人停下了脚步，等绿灯亮起后穿过了马路。不一会儿，那个小偷从特维尔大街的转角处出现了。

他是一个经验相当丰富的窃贼，目标总是瞄准那些住得起莫斯科高级酒店的外国高管。他的大衣和西装都产自伦敦，都是偷来的，他那自信的样子，能骗过几乎所有的酒店员工。

格里辛看着他推开了酒店的旋转门，消失在里面了。上校高兴地注意到，奈杰尔·欧文没带公文包。如果他有公文包，那肯定是留在了房间里。

“开车。”他告诉司机。奔驰汽车离开街沿，跟在了那些步行的人后面一百码处。

“嗯，我们被跟踪了。”文森特说。

“前面两个步行的，后面也有两个，对面的人行道边有一辆汽车在爬行。”奈杰尔爵士说。

“我真服了你了，先生。”

“孩子，我也许是老了，头发也白了，但如果是目标大、行动笨拙的尾巴，我还是能够发现的。”

由于大权在握，原先的克格勃第二总局很少去掩饰其在莫斯科街头的盯梢行动。与美国联邦调查局和英国国家安全局不同，隐秘的跟踪行动从来不是克格勃的专长。

走过灯火明亮的大剧院正面，又经过小一点的梅利剧院后，这两个行人接近了一条狭窄的小街——戏院巷。

快到转弯处时，旁边有一个门洞，尽管寒风刺骨，一个衣衫褴褛的人在那里睡觉。奈杰尔爵士停下了脚步。

前后跟踪的黑色卫兵，努力假装去欣赏空空荡荡的商店橱窗。

在门洞里，在街灯暗淡的灯光下，那流浪汉醒过来了，他抬起头来。他没有喝醉，是一位老人，一张饱经沧桑、布满皱纹的疲倦的面孔裹在毛毯里面。他的旧大衣翻领上挂着一些已经褪了色的勋章。一双深陷的疲惫的眼睛，抬起来去看面前的这个外国人。

在莫斯科工作期间，奈杰尔·欧文曾经花时间研究过苏联的勋章。在一排脏兮兮的勋章里，他认出一个。

“斯大林格勒？”他用俄语轻柔地问道，“你参加过斯大林格勒保卫战？”

裹着毛毯的那颗苍老的脑袋缓慢地点了点。

“斯大林格勒。”老人嘶哑着说。

他当时肯定还不到二十岁，在1942年的严冬，为保卫伏尔加河畔的那座城市，曾与冯·保卢斯元帅的德军第六集团军展开了艰苦的巷战。

奈杰尔爵士把手伸进裤袋，掏出了一张纸币。五千万卢布，大约是三十美元。

“食物，”他说，“热汤。一杯伏特加。为斯大林格勒。”

他直起腰来继续前行，身子僵硬，心里很不高兴。文森特赶了上来。那些尾巴离开了商店的橱窗，继续跟踪。

“老天爷啊，他们怎么会那样呢？”欧文自言自语着，然后拐进了那条小街。

格里辛车内的无线电“噼噼啪啪”地响了起来，他的一名跟踪者正使用对讲机。

“他们转弯了。他们要去一家饭店。”

“白银时代”也是一家传统的俄罗斯老饭店，坐落在那些剧院后面的一条小巷里。它早先是俄罗斯中央大澡堂，墙上贴着瓷砖和描绘从前乡村风景的镶嵌瓷画。从街上刺骨的寒风中走过来的这两位客人，进入饭店后感觉到一阵暖风迎面扑来。

饭店里人满为患，几乎没有空的餐桌了。领班服务员匆匆迎上前来。

“恐怕我们这里客满了，先生们，”他用俄语说，“是一个大型的私人派对。我很抱歉。”

“我看到还有一张桌子呢，”文森特用俄语回答，“喏，那边。”

后面的墙边确实还有一张可供四人就餐的桌子。服务员看上去有些为难。他明白这两个游客是外国人，那意味着会有美元进账。

“我去问一下晚会的主人。”他说完就匆匆离开，走向餐厅里最大的一张饭桌。那里围着好多人，他对中间一个长相英俊、橄榄色皮肤的人嘀咕了几句。那个人若有所思地看了一眼站在门口的两个客人，点了点头。

领班服务员回来了。

“可以了。请跟我来。”

奈杰尔·欧文爵士和文森特并肩坐在了墙边的长条形软座上。欧文抬头去看对面的人群，向私人聚会的主人点头表示感谢。那个人也向他点头示意。

他们点了云莓调味的鸭肉，接受了服务员推荐的一种克里米亚红葡萄酒，结果却使人回想起公牛血[①]。

在外面，格里辛的四名步兵战士已经把巷子的两头封锁了。上校的奔驰汽车在这条小街的入口处停了下来。他下了车，对手下人快速交待了几句。然后他回到车上打电话了。

“事情进展如何？”他问道。

从民族大酒店二楼的走廊里，他听到一个声音说：“还在开锁。”

安排在民族大酒店里的四个人，两个留在原处。一个人守在走廊的尽头，靠近电梯。他的任务是观察是否有人从电梯出来朝252房间走去。如果那样的话，他会抢在他们的前面，吹口哨传递消息，提醒窃贼离开房门走远。

第四个人正与盗贼待在一起，小偷在尽其所能鼓捣252房间的门锁。

① 公牛血：匈牙利的一种葡萄酒。

“你们进去时告诉我一下。”格里辛说。

十分钟之后，门锁发出一声低沉的“喀嚓”，开启了。格里辛接到了通知。

“每一本证件、每一份文件、每一张照片都要放回原处。”他说。

在奈杰尔的房间里，搜索进行得快速而又彻底。窃贼在卫生间里待了十分钟，然后摇摇头出来了。柜子的抽屉里发现了可以预见的领带、衬衣、短裤和手帕。床头柜的抽屉里空荡荡的。搁置在衣柜上面的小箱子，以及衣柜里的两套西装的口袋里也是空空如也。

小偷跪到地上，发出了一声低沉而又满意的叫喊：“啊……”

公文箱被推到了床底的正中央，远离视线。小偷用一只衣架把它勾了出来。密码锁的开启花了他三分钟的时间。

箱盖打开后，他失望了。里面有一个塑料信封，装有旅行支票，如果没有接到过命令，他是肯定会拿走的。一只钱包，里面有几张信用卡和伦敦怀特俱乐部的一张酒吧账单。一个银制的扁平小酒壶，酒味是他所不熟悉的。

箱盖内侧的口袋里有一张从莫斯科返回伦敦的回程机票和一份莫斯科的市区地图。他检查了一下地图，想看看上面是否有什么标记，但没有找到。

他用一只小型相机把所有的东西都拍了照。与他在一起的黑色卫兵向格里辛上校报告了他们发现的情况。

“应该有一封信。”一个金属般的声音从五百码开外的街上传了过来。

得到提示后，小偷重新检查了公文箱，发现箱底有一个夹层。夹层里装有一个奶油色的长信封，里面有一张配套的信纸，信头上标着莫斯科和全俄大主教的字样，是压花印刷的。这封信，他拍了三张照片，以确保效果。

“收拾好，准备离开。”格里辛说。

那两个人把公文箱恢复原样，信件放回到信封里，信封回到了箱底的夹层内。箱子的密码锁也按照发现时的顺序恢复了原来的号码，然后箱子被放回到了床底下。在房间完全恢复了原样，好像奈杰尔·欧文爵士离开后没人进来过之后，这两个人就离去了。

“白银时代”的门轻轻打开后又关上了，发出了一阵柔和的嗞嗞声。格里辛和四个人穿过小小的门厅，拨开了通往就餐区的厚厚的门帘。领班服务员跑了过来。

“对不起，先生们……”

“滚开。”格里辛看也不去看他。

服务员大吃一惊，他看了看这个穿黑色大衣的高个子后面的四个人，后退着走开了。他知道遇上麻烦了。四个保镖虽然穿着便服，但都身材魁梧，面露凶相。即使他们没穿制服，这位年长的服务员还是认得出那是黑色卫队的人。他在电视上见过他们身穿制服，以整齐的方队昂首阔步行走，朝着检阅台上的领袖振臂欢呼。他明白服务员是不能去与黑色卫兵争论的。

领头的那个人扫视了一下餐厅，最后把目光落在了坐在远处桌子边吃饭的两个外国人身上。他朝一个部下点点头，示意跟着他，其他三人留在门口支援。他知道他是不需要支援的。两个英国人当中的那个年轻的也许会有一些麻烦，但挣扎不了几秒钟。

“你的朋友吗？”文森特静静地问道。他感到没带武器就像没穿衣服一样无助，不知道盘子里那把锯齿状的牛排刀能让他抵挡多长时间。不会很长的，他想。

“我认为，他们就是几周前被你们捣毁了印刷机的先生们。”欧文说。他抹了一下嘴巴。鸭肉味道很好。穿黑大衣的人走过来，停住脚步，俯视着他们。黑色卫兵站在他的身后。

“欧文爵士？”格里辛只会说俄语。文森特进行了翻译。

“确切地说，是奈杰尔爵士。我有幸见到的是哪位？”

“别玩游戏了，你是怎么进入这个国家的？”

“通过机场。”

“谎话。”

“我向你保证，上校……是格里辛上校，对吧？我的证件是完美的。当然，现在放在酒店的总台那里，不然我是可以拿给你看的。”

格里辛一时举棋不定。当他对大多数国家安全机关下达命令，并进行了必要的贿赂时，这些命令都得到了执行。但也可能失败。或许有人会被收买。

“你在干涉俄罗斯的内部事务，英国佬。我不喜欢那样。你的美国傀儡蒙克很快就会被抓住，我要亲自找他算账。”

“你说完了吗，上校？因为如果你说完了，而且大家都很坦率，那么让我也同样坦率地说几句。”

文森特很快进行了翻译。格里辛疑惑地凝视着。谁也不会那样与他说话，更不用说一个无能为力的老头了。奈杰尔·欧文的目光离开酒杯，抬起来直视着格里辛。

“你是一个非常令人讨厌的家伙，你服务的那个人，则更是令人厌恶。”

文森特张开嘴又闭上了，然后用英语低声说：“老板，这么说明智吗？”

“翻译过去，小伙子。”

文森特照办了。格里辛前额上的血管在有节奏地跳动着。他身后的那个暴徒，看上去好像已经快要气炸了。

“俄罗斯人民，”欧文继续以谈话的声调说，“或许犯过许多错误，但他们不应该，任何国家也不应该，有你们这样的人渣。”

文森特在翻译到“人渣”这个词语时停顿了，他咽了一下口水，使用了俄语的单词“pizdyuk”。格里辛额头上的血管跳得更快了。

“总而言之，格里辛上校，你和你的主子将永远无法统治这个伟大的国家。俄罗斯人民正在慢慢地看穿你们的面目，在一个月之内，你也许会发现，人们将会改变主意。嗯，你打算怎么办呢？”

“我认为，”格里辛谨慎地说，“我首先要杀了你。你肯定不会活着离开俄罗斯的。”

文森特翻译了，然后用英语补充说：“这个，我认为他是做得出来的。”

整个房间里静悄悄的，通过文森特的翻译，餐厅里吃饭的人都听到了格里辛与欧文的俄语对话。格里辛并不担心。在外面吃饭的莫斯科人既不会来干预，也不会回忆起他们所见到的事情。民警局刑侦处还在毫无目标地寻找杀害伦敦记者的凶手呢。

“这个选择是不太明智的。”欧文说。

格里辛发出一声冷笑。

“你以为谁会来帮你呢？这些猪猡？”

猪猡这个词用错了。格里辛左边的一张饭桌上发出了一记重响。他微微转过身去看。一把明晃晃的弹簧刀扎在了桌面上，仍在颤动。这有可能是吃饭人的牛排刀，但他手里已经握了一把。在左边，另一个食客掀去了面前的白色餐巾，露出来一支斯太尔9毫米口径的手枪。

格里辛越过肩头对身后的黑色卫兵嘀咕了一句。

“这些是什么人？”

“他们是车臣人。”卫兵咝咝响着回答。

“全都是吗？”

“恐怕是的，”欧文温和地说，文森特翻译了，“而且他们真的不喜欢被称为猪猡。穆斯林，你知道的。他们的记性很好。他们甚至还记得格罗兹尼。”

当提到他们被摧毁的首府时，响起了一阵金属的喀嚓声，五十名就餐者中间，好些人拉开了枪械的保险。七支手枪对准了门帘边的三名黑色卫兵。领班服务员蜷缩在收银台后面，祈祷着能够再次活着回家见到孙儿孙女。

格里辛俯视着奈杰尔爵士。

“我低估你了，英国佬。但永远不会有下一次了。滚出俄罗斯，滚得远远的。不要再来干涉我们的内部事务。别再指望能见到你的美国朋友了。”

他转身迈开大步朝门口走去。四个卫兵也跟着他出去了。

文森特长长地吐出了一口气。“你了解我们周围的人，是吗？”

“嗯，我希望我的信息已经传送过去了。我们走吧？”

他举起杯中余留的烈性红葡萄酒，向餐厅里的人们致意。

“先生们，非常感谢，并祝你们身体健康。”

文森特进行了翻译，然后他们就走了。他们全都走了。车臣人彻夜守候着宾馆，第二天上午陪同客人到了谢列梅捷沃机场，送他们登上了去伦敦的航班。

当英国航空公司的喷气飞机在莫斯科河上空倾斜转弯朝西方飞去时，文森特说：“不管出价多少，奈杰尔爵士，我再也不想回到莫斯科了。”

“嗯，好的，因为我也不想再回去了。”

“那个美国人是谁？”

“呃，恐怕他还在下面的某个地方，生活在危险的边缘，相当边缘。他是一个很特别的人。”

乌马尔·古纳耶夫没有敲门就闪身进来了。蒙克坐在桌子边，正审视着一张大比例的莫斯科地图。他抬起头来。

“我们必须谈谈。”车臣人领袖说。

“你不高兴吧，”蒙克说，“我很遗憾。”

“你的朋友们已经离开了。活着。但昨晚发生在‘白银时代’饭店的事情是疯狂的。我同意了，因为我很久以前欠了你一笔债。但我们正在偿还。而且那笔债是我一个人欠下的。不能因为你的朋友要玩疯狂的游戏，而让我的人陷入不必要的危险之中。”

“对不起。老人家不得不来莫斯科。他有一次会面，非常重要。除了他，别人处理不了。所以他来了。格里辛发现他在这里。”

“那他本应该待在酒店里用餐，在那里他应该是比较安全的。”

“显然，他需要见见格里辛，与他谈谈。”

“就那样与他谈话？我坐在相隔三张桌子的地方。他实际上是在找死。”

“我也不明白为什么要那样，乌马尔。那是他的指示。”

“杰森，这个国家有两千五百家私人保安公司，其中莫斯科有八百家。他可以从任何一家公司雇佣五十名保镖。”

随着黑社会的兴起，另外一个迅速发展的行业就是私人卫队。乌马尔的数字是相当准确的。保安公司招募的人，也是来自以前的部队：陆军、海军陆战队、特种部队、空降兵、警察和克格勃，都是可以花钱雇佣的。

到1999年，整个俄罗斯雇佣的保安人员总数为八十万，其中三分之一在莫斯科。从理论上说，民警局是为所有保安公司颁发许可证的权力机关，根据法律有责任去审查花名册上的所有招募人员，审查他们是否有犯罪记录、是否符合条件、是否有责任心，武器的携带情况：有多少、什么型号和什么用途。

但那是理论上。实际上，一只厚实的信封可以买到所有必要的证件。“保安公司”是一个很好的掩护，黑帮可以组建和注册自己的保安公司。这样一来，城里的每一个歹徒都可以出示证件，说明他是保安，允许随身携带武器。

“问题是，乌马尔，他们会被收买。他们了解格里辛，他们知道可以得到双倍的报酬，他们会改变立场，反戈一击。”

“所以你使用我的人员，因为我们不会背叛你们？”

“我别无选择。”

“可是你知道吗？格里辛现在完全明白了是谁一直在保护着你们。如果他以前还有过迷茫，现在他完全清楚了。从现在开始，日子会变得很艰难。我已经听到了街上的传言，说多尔戈鲁基在准备打一场大规模的黑帮战争。我最担心的就是黑帮战争。”

“如果科马罗夫执政，多尔戈鲁基对你来说就是一个小问题了。”

“你们在这里搞什么名堂？你们和你们那份讨厌的黑色文件？”

“不管怎么样，我们现在已经停不下来了，乌马尔。”

“我们？这一切与‘我们’有什么关系？你来找我，请求帮助。你需要避难的地方，我慷慨地提供了，这是我们的行事方式。现在，我受到了公开战争的威胁。”

“我可以尽力去阻止。”

“怎么阻止？”

“去与彼得罗夫斯基少将谈谈。”

“他？那个契卡[①]分子？你知道他的打黑部门已经给我们的行动带来了多大的损失？你知道他对我的俱乐部、仓库和赌场发动过多少次袭击？”

“相比之下，他更加痛恨多尔戈鲁基。我还要去见大主教。最后一次。”

“为什么？”

“我需要与他谈谈，要告诉他一些事情。但这次我需要有人帮助我脱身。”

“没有人怀疑他，打扮成教士去见他好了。”

---

① 契卡：全俄肃反委员会的简称，后发展成克格勃。

“事情有点复杂。我认为，那位英国人使用了酒店的一辆豪华轿车。格里辛很可能会去检查记录，所以他会知道英国人去拜访过大主教。清洁巷的那座房子很可能已经处在监视之下了。”

乌马尔摇摇头。

“嗯，朋友，你那个英国人是个老糊涂。”

格里辛上校坐在别墅里的办公桌前，相当满意地审视着一张放大了的照片。

最后，他按下了内部通信器的按钮。

“总统先生，我有事要向您汇报。”

“来吧。”

伊戈尔·科马罗夫打量着照片。那是从奈杰尔·欧文爵士的公文箱里找到的信件照片。它是用大主教教区的正式信纸书写的，信函的开头称呼是“殿下”，信尾的签名和印章是阿列克谢二世圣座。

“这是什么？”

“总统先生，国外反对您的阴谋是很清楚的。它分成两个部分。内部是在这里的俄罗斯，有选择地找几个人，向他们展示了您的私人宣言，捣乱您的竞选活动，并散布恐慌和失望的言论。

“这导致了对印刷机的破坏、银行施压终止全国性的电视广播和一个老糊涂将军的谴责。这造成了损害，但阻止不了您的胜利步伐。

“阴谋的第二部分更为危险。那是以恢复全俄沙皇来取代您的一个计划。大主教从其自身利益考虑，已经参与进来了。放在您面前的这封信就是他写给在西方居住的某一位王子的，他支持恢复王室的理念，如果能为对方接受，教会将提议向这个人发出邀请。”

“那你有什么好主意，上校？”

“很简单，总统先生。如果没有候选人，阴谋就会流产。”

“你知道有一个人能……阻止这个贵族先生？”

“永久地。他很棒，习惯于在西方工作。能讲好几种语言。他为多尔戈鲁基效劳，但可以雇佣。他的最后一次合同涉及两名黑手党的叛徒，他们被控把存放在伦敦的两千万美元窃为己有。两周前，他们在伦敦郊区温布尔登的一套公寓里被发现了。”

“那么，我认为我们需要这个人来提供服务，上校。”

“这事交给我吧，总统先生。十天之内，就不会有候选人了。”

回到自己的办公室后，格里辛想象着事情的前景：当奈杰尔爵士那位珍贵的王子躺在冰冷的大理石停尸台上，杰森·蒙克被俄联邦信息局追踪到后吊死在一个地窖里，那个时候我们要给奈杰尔·欧文爵士寄去一叠照片，作为他的圣诞礼物。

莫斯科民警局打黑部的负责人吃完晚饭，把女儿塔季扬娜抱到膝盖上，陪她观看她最喜欢的卡通片。这时候，电话铃响了。他的妻子接听了。

“是找你的。”

“谁呀？”

“他只说是美国人。”

民警将军把女儿放到地上，站起身来。

“我去书房里接听。”

他关上房门，拿起话筒后，听到了“喀嚓”一声，那是他妻子把分机搁下了。

“喂？”

“彼得罗夫斯基将军？”

“是的。”

“那天我们谈过话的。”

“是的。”

“我有一些信息，也许对你有用。你有笔和纸吗？”

“你是在哪里打电话的？”

“电话亭，我不能停留太长的时间。请你快一点。”

“说吧。”

“科马罗夫和格里辛已经说服了他们的朋友多尔戈鲁基黑帮，准备发动一场战争。他们的目标是车臣黑手党。”

“哦，狗咬狗呢。我有点担心。”

“只是世界银行代表团正在莫斯科谈判下一轮的财政信贷计划。代总统马尔科夫想在世人面前为他的竞选留下一个良好印象，如果莫斯科街头子弹横飞，他是不会高兴的。他也许会纳闷为什么要在这个时候发生。”

“说下去。”

“六个地址，请记下来。”

蒙克报出了一连串的地址。彼得罗夫斯基将军做了笔记。

“都是些什么场所？”

“前面两个是军火库，里面储存着多尔戈鲁基的武器。第三个是赌场，地下室里存放着他们的大部分财务账本。最后三个是仓库。里面储藏着价值两千万美元的违禁品。”

“这个你是怎么知道的？”

“我有两个级别不高的朋友。你知道这两位警官吗？”

蒙克把两个名字告诉了他。

“当然知道。一个是我的高级副官，另一个是特警的班长。怎么啦？”

“他们都在多尔戈鲁基的工资名册上。”

“你最好没搞错，美国人。”

“我没搞错。如果你要发起袭击，我会在极短的时间内发出通知，把那两个人排除在外。”

“我知道怎么做。”

电话挂断了。彼得罗夫斯基将军若有所思地放回了话筒。如果这个怪异的外国特工没搞错，那么这个情报是无价的。他要做出选择。要么让黑帮战争自行爆发，要么在能够得到代总统表扬的某个时刻，对主要的黑手党团体发动一系列打击。

他有一支三千人的快速反应部队，这支特警部队主要由朝气蓬勃的年轻人组成。关于伊戈尔·科马罗夫和他上台后的计划，如果有一半让那个美国人说对了，那么在新俄罗斯，他本人、他的打黑团队和特警部队都是没有立足之地的。他回到了客厅。

动画片已经播完了。现在他无从知道，小狼威利是否把走鹃叼来当晚餐了。

“我要去办公室，”他告诉妻子，“整个晚上和明天的大部分时间，我都要待在那里。”

每到冬天，市政当局总要给高尔基公园的小径和道路浇上水，使之很快结成坚冰，从而成为国家最大的溜冰场。这个溜冰场绵延好几英里，是莫斯科各阶层、各年龄段的人们玩耍的地方，他们带上冰鞋和伏特加酒，在冰上自由滑行，暂时忘却人间的烦恼和忧愁。

一些车道没有冰，其尽头是几个小型停车场。圣诞节前十天，两个裹得严严实实、戴着皮帽的人，冒着严寒驱车来到了这里的一个停车场。他们各自下车，走到了面对溜冰场的林子旁边。在溜冰场里，滑冰的人们或独自轻快滑行，或互相追逐嬉戏。

这两个人，一个是阿纳托利·格里辛上校。另一个是隐居者，在下层社会里被称为“机械师”。

在俄罗斯，雇佣杀手是很便宜的。但有几个黑帮，尤其是多尔戈鲁基，认为“机械师”是一个特殊人才。

实际上，他是乌克兰人，是前陆军少校，多年前他被调到特种部队，由此进入了军事情报部门，即军情局工作。从语言学校毕业后，他在西欧任职两次，干得很好。退役后，他意识到可以充分利用他的英语和法语专长，在大多数俄罗斯人认为是外星人的、奇怪的社会里，轻松地开展活动，于是，嗜杀成性的他把杀人变成了一个收入丰厚的职业。

“听说你想见我。”他说。

他知道格里辛上校是什么人，知道在俄罗斯国内，这位爱国力量联盟的安全部长是不需要他的。在黑色卫队内部，更不用说在该党的联盟多尔戈鲁基黑手党内，有足够的杀手在随时待命。但去国外执行任务，就很特殊了。

格里辛递给他一张照片。“机械师”瞟了一眼，随即把照片翻了过来。背面打印了一个名字，还有一个地址，那是在遥远的西欧乡间的一座庄园房子。

“哦，一位王子啊，”他低声说，“这么说，我的社会层次提高了。”

“把幽默感留给你自己享受吧，”格里辛说，“这是一个软目标。没有个人安保。圣诞节完成。”

“机械师”考虑了一下。时间太紧了。他需要做准备。他之所以还活着而且能够自由活动，是因为采取了谨慎的预防措施，而这需要时间。

“元旦。”他说。

“好吧。你开个价。”

“机械师”说了个数字。

“可以。”

他们两人嘴里呼出来的气，冻成了一缕缕白色雾气。“机械师”记得在电视里看到过一次宗教集会，现场一位有魅力的年轻神父，一直在呼唤恢复上帝和沙皇。那么，这就是格里辛的游戏了。他后悔没有加倍报价。

“就这些？”他问道。

“你还想知道什么？”

刽子手把照片放到了大衣口袋里。

“不用了，”他说，“我认为，该知道的我都知道了。很高兴与你合作，上校。”

格里辛转身抓住了那人的胳膊。“机械师”低头看着那只戴手套的手，直至对方松了手。他不喜欢肢体接触。

“目标和时间，都不允许失误。”

“我不会失误的，上校。不然你就不会来找我了。我会把我在列支敦士登的账号邮寄给你的。再见。”

在高尔基公园溜冰场会面结束后，过了午夜到凌晨的时候，彼得罗夫斯基将军同时发起了六场袭击。

与黑帮有勾结的那两个警官，被邀请到联邦武警兵营的警官俱乐部里，参加一场私人晚宴，被灌下了足够的伏特加，完全醉倒了。房间已经为他们安排好了，以便他们休息和醒酒。为保险起见，在他们房间的门口都安排了警卫。

白天安排的战术“演习”，快半夜时变成了实战。起先，满载部队的卡车都被关在兵营的车库里面。凌晨两点钟，司机和指挥官都接受了任务，得到了他们需要的地址。这是几个月以来的第一次奇袭行动。

三个仓库都没什么大问题。守卫财产的四名卫兵企图负隅顽抗，结果全被撂倒了。另外八个很快就投降了。仓库里储存着一万箱进口的伏特加酒，都没有上税，都是两个月前从芬兰和波兰运来的。由于小麦饥荒，俄罗斯这个世界上最大的伏特加消费国，不得不以原产地三倍的价格，从国外进口它自己的烈酒。

仓库里的其他货物是洗碗机、洗衣机、电视机、录像机和电脑，都来自西方，都是从车上抢劫来的。

从两个军火库里起获的武器，足以装备一个整编的步兵团，其类型从普通的突击步枪到肩扛式反坦克火箭和火焰喷射枪，一应俱全。

彼得罗夫斯基亲自指挥了对赌场的袭击。赌场里面挤满了赌客，看到警察，他们尖叫着逃入了夜色之中。赌场经理一直在抗议，他坚持说他从事的是完全合法的生意，有市里颁发的营业执照，直到他办公室里的书桌被移开，地毯被揭开，通往地下室的翻板门被掀开。然后他就昏倒了。

上午，特警部队还在一箱又一箱地往汽车里搬运财务账本，运往沙波罗夫卡大街六号的打黑部总部，去进行分析和处理。

到中午时，内务部领导层的两位将军，已经从五百码远的日特尼广场办公大楼打来了电话，表示祝贺。

上午的无线电广播第一次报道了这次行动，中午时电视开始了详细播报。歹徒的死亡人数，新闻播音员拖长声调说，已经上升到十六人，而特警部队，仅一人重伤，系腹部中弹，和一人轻伤，只是擦破了一点皮肉。二十七名黑手党徒被抓，其中七人已送医院救治，两人正在打黑部录制详细口供。

最后这条新闻其实不是真的，但彼得罗夫斯基故意透露给新闻媒体，以便在多尔戈鲁基黑手党的领导人中间造成进一步的恐慌。

多尔戈鲁基确实遭受重创，在离莫斯科河阿尔汉格尔斯科耶大桥一英里半以外的郊区，他们在一座豪华的、戒备森严的别墅里召开了会议。会议室内弥漫着恐慌的气氛，但更多的是愤怒。大多数人深信，他们的两个线人的兼职、特警部队的成功奇袭，以及对方情报的准确性，都充分说明存在着一个重大的漏洞。

当黑帮老大们在思考的时候，他们在街上活动的人来报告说，坊间的传闻是一名黑色卫队的高级军官不小心说漏了嘴。考虑到多尔戈鲁基为伊戈尔·科马罗夫的竞选活动投入了千百万美元，他们的心情沉重了。

他们永远无从知道，街上的传言，实际上是根据杰森·蒙克的建议，由车臣人开始散布的。不管怎么样，黑帮头目决定今后在给爱国力量联盟提供资金之前，必须得到一个认真的解释。

刚过三点钟，在私人保镖的严密护卫下，乌马尔·古纳耶夫来看望蒙克了。这一次，蒙克住在一户车臣人家里，那是在索科尔尼基公园展览中心北边的一套小公寓。

“我不知道你是怎么做的，朋友，但昨晚一颗大炸弹爆炸了。”

“这是一个个人兴趣表现的问题，”蒙克说，“在世界银行代表团访问期间，彼得罗夫斯基想取悦他的上司和代总统。就这么回事。”

“好吧。嗯，现在多尔戈鲁基没有能力对我发动一场战争了。他们要弥补损失，这要花上几个星期的时间。”

“还要在黑色卫队中查找漏洞。”蒙克提醒他。

乌马尔·古纳耶夫把一份《今日报》放在了膝头上。

“看看第三版。”他建议。

来自俄罗斯主要民意测验组织者的一篇报道说，公众对爱国力量联盟的竞选支持率是百分之五十五，而且还在下降。

“这些民意测验主要是在城市里进行的，”蒙克说，“主要是因为方便。科马罗夫在城市里的势力较强。问题的关键将取决于被忽视了的广大农村人口。”

“你真的以为科马罗夫会在竞选中败北？”古纳耶夫问道，“六个星期以前是不可能的。”

“我不知道。”蒙克说。

现在还不能告诉这位车臣领袖，竞选失败并不是奈杰尔·欧文爵士的打算。他想起了那位老间谍头子，在“大博弈”的国际情报界仍被尊为误导骗术的伟大实践者，坐在福布斯城堡的书房里，面前摊放着一本翻开的家庭《圣经》。

“关键是基甸[①]，年轻人，”奈杰尔·欧文爵士说，“要像基甸那样思考。”

“你在想什么？”古纳耶夫说。蒙克立即从冥想中清醒过来了。

“对不起，你说得对。今天晚上我还要去拜访大主教。是最后的一次。我需要你们的帮助。”

“帮你进去吗？”

“应该是帮我出来。我已经告诉过你，格里辛很可能已经把那个地方监视起来了。一个人就够了，但我在里面的时候，这个人会召来其他人。”

“那我们现在就制订计划吧。”车臣人说。

阿纳托利·格里辛上校在自己的公寓里正准备睡觉，这时候他的手机响了。不用对方介绍他就听出了声音。

“他在这里。他又来这里了。”

“谁？”

“那个美国人。他回来了，他现在与圣座在一起。”

“他没起疑心吧？”

“应该没有。他是一个人来的。”

“打扮成教士？”

“不是的。穿了一身黑色服装，但是便服。主教似乎在期待着他。”

“你在哪里？”

“配餐室，在准备咖啡。我要走了。”

电话挂断了。格里辛努力抑制着心中的狂喜。那个可恨的美国特

---

① 基甸：以色列人，曾率领三百犹太勇士击败米甸人。详见《圣经》旧约全书《士师记》。

工差不多就可以到手了。这一次不会再像东柏林那样了。他打电话给黑色卫队的内层核心小组组长。

“我需要十个人、三辆汽车，带上乌兹微型冲锋枪，现在就要。把一条叫清洁巷的小街两端封锁起来。我三十分钟后在那里与你们会合。”

这时候已经是午夜过了半小时。

一点十分，蒙克站起来，向大主教道别。

“我想，我们不会再次见面了，圣座。我知道您会尽心尽力的，为这片土地和为您所热爱的人民。”

阿列克谢二世也起身，陪着他走到了门口。

“有上帝的恩典，我会尽力的。再见，孩子。愿天使保护你。”

下楼梯时，蒙克心里在想，现在北高加索山脉的几位勇士[①]可以大显身手了。

那位胖胖的男仆像往常一样站在那里，把他的大衣递了过来。

“不要大衣了，谢谢你，神父。”他说。他不想让什么东西来妨碍他的行动。他掏出手机，按了一个号码。在第一次铃声时，就有应答了。

“修道士[②]。”他说。

“十五秒钟。”一个声音回答说。蒙克听出了是马戈茂德，乌马尔派来保护他的保镖组长。蒙克把临街的房门拉开一条缝，朝外面张望。

在狭窄的巷子一头，昏暗的街灯下，有一辆梅赛德斯-奔驰汽车在等待着。车里有四个人，一个是司机，其他三人手里拿着乌兹微冲。寒夜里，汽车后面冒出的白色尾气表明，发动机没有熄火。

在另一个方向，清洁巷通往一个小广场。在广场的阴影中还有两

---

① 指车臣人。车臣位于高加索山脉的北侧。

② 俄语的修道士“Monakh”就是英语的“Monk”，即蒙克。

辆黑色汽车在等待着。任何人，不管是徒步还是坐车，要想离开巷子就必须经过埋伏区。

在奔驰汽车的那一头，开来了另一辆车，黄色的出租车标示灯在挡风玻璃上面亮着。监视员让它进来了。显然，它是来接上他们的目标。这下出租车司机要倒霉了，他也会死去。

当出租车与奔驰汽车并排时，两个葡萄大小的金属球落到结冰的路面上，发出了两声轻微的“喀嚓”声，然后蹦蹦跳跳钻到了轿车的下面。出租车刚离开奔驰车，在街门后面的蒙克就听到了两声手雷的爆炸声。

这时候，一辆送货的大卡车开进了巷子另一头的广场，隆隆响着驶进街口后就停了下来。司机从驾驶室里跳出来，沿着巷子快步跑过去了。

蒙克朝浑身颤抖的神父点点头，打开门，走到了街上。出租车差不多就在他的对面，后车门打开了。他钻进了车内。从前座伸过来一条强有力的胳膊，把他拉到了后座的内侧。卡车司机也跟着进来了。

出租车挂进倒挡，轰鸣着从它进来的道路倒退行驶。在停放着的卡车后面，有人趴在地上用微型冲锋枪射出了一排子弹。然后卡车底盘下的两颗炸弹爆炸了，射击停止了。

有个人挣扎着从奔驰汽车里爬出来，他踉踉跄跄地站在后车门附近，试图举枪射击。这时候出租车的后保险杠撞上了他的小腿，把他撞得飞了起来。

出了巷子后，出租车朝一侧转弯，车轮在冰上滑了一下，恢复正常后，挂上前进挡，加速开走了。奔驰汽车的油箱爆炸了，从而结束了任务。

马戈茂德从前面座位上转过身来，蒙克看到了在黑色的萨帕塔式小胡子下他牙齿的闪光。

“你给生活增加了趣味，美国人。”

在巷子另一头的小广场内，格里辛上校站在那里，打量着堵住了路口的那辆被炸毁的卡车。车下面，他的两个人已经死了，是被从驾驶室里触发的缚在底盘下面的两颗小炸弹炸死的。从卡车的边缘望过去，他可以看到他的另一辆汽车在小街的尽头起火燃烧。

他拿出手机，按下了七个号码。他听到对方的手机响了两声。然后一个惊慌的声音轻轻地说："喂？"

"他逃走了。我要的东西，你拿到了吗？"

"拿到了。"

"老地方。今天上午十点钟。"

那个时候，位于库里斯基的小小的全圣教堂里几乎是空荡荡的。一位司仪在照料祭坛，两个戴头巾的妇女在打扫卫生。一名年轻的教士走进来，在祭坛前面跪下来，在胸前画着十字，然后穿过墙上的一扇木门，去了祭坛后面的法衣室。

马克西姆神父站在右手边的墙壁旁，手里拿着一支从门口商店里买来的火光摇曳的蜡烛，这时候格里辛上校出现在他的身边。

"美国人逃跑了。"他平静地说。

"很抱歉。我是尽力了。"

"他是怎样猜出来的？"

"他似乎怀疑住宅也许已经受到了某种监视。"与往常一样，神父的身上在冒汗，"他从腰带上取出手机，给某个人打了个电话。"

"从头说起。"

"他大概是在十二点十分到达的。我正打算上床就寝。圣座还没睡下，在书房里工作。那个时间他总是在书房里。街门的门铃响了，但我没有听到。我在自己的房间里。值夜班的哥萨克卫兵开了门。然后我听到了声音。我从自己的房间里出来，他就已经进来了，站在门厅里。

“我听到圣座从楼上呼唤。‘带那位先生上来。’他说。然后他倚在扶栏处，看见了我，让我准备咖啡。我回到配餐室，给你打了电话。”

“过了多长时间你才进入那个房间？”

“时间不长，也就几分钟。我尽快准备好咖啡，以便尽量少漏掉他们的谈话内容。五分钟后，我进了房间。”

“我给你的那个录音机呢？”

“我送咖啡进去之前就把录音机打开了。在我敲门时，他们停止了谈话。端咖啡时，我把几块方糖碰落到地上了，于是我跪下去把它们捡起来。圣座说没关系，但我坚持要去捡。跪在地上时，我悄悄地把录音机塞到了书桌下面。然后我就离开了。”

“最后呢？”

“他独自下楼来了。我拿着他的大衣在下面等候他，但他不要大衣了。哥萨克卫兵在门边的小房间里。美国人似乎很紧张，他掏出一部手机，拨了号码。有个人应答了，他只说了声：‘修道士’。”

“没说别的？”

“没有，上校，只是修道士。然后他就只是听了。我没听到回答，因为他把手机紧贴着耳朵。然后他等待着。他把街门开了一条缝，向外望去。我还是拿着他的大衣。”

格里辛想了一下。英国老头很可能已经告诉蒙克他本人因为酒店的轿车而被跟踪了。这就足以提醒美国人，大主教的住宅很可能受到了监视。

“说下去，神父。”

“我听到一辆轿车的马达轰鸣声，接着是两声爆炸。美国人推开门，跑了出去。然后我听到了射击声，于是赶紧从敞开的街门跳回到了里面。”

格里辛点点头。美国人很聪明，但他根据错误的理由得到了正确的答案。他，格里辛，确实对大主教的住宅实施了监视。但是通过内部，通过这个叛徒神父。

“磁带呢？”

“外面发生爆炸后，哥萨克卫兵拿着枪冲出去了。美国人跑出去时把门敞开了。哥萨克人朝外张望，喊了声‘土匪’，然后砰的一声关上了门。我跑上楼去，圣座刚从书房出来，倚在栏杆处，询问发生了什么事情。他站在那里的时候，我乘机收拾了咖啡杯，拿回了录音机。”

格里辛默默地伸出手去。马克西姆神父从袈裟口袋里掏出了一盒小磁带，是上次他们见面时，神父得到的微型录音机用的那种磁带。

“我希望我做的事情是正确的。”神父颤抖着说。格里辛有时感觉到，他真想徒手掐死这个讨厌的家伙。也许有一天他会这么做的。

“你做得完全正确，神父，”他说，“你做得非常好。”

在返回办公室的汽车里，格里辛上校又去看那盒磁带。凌晨时，他损失了六个优秀的人手，还损失了猎物。但他手中的录音带准确地记录了来捣乱的美国人与大主教之间的谈话。他发誓，有一天，那两人都要为他们所犯下的罪行付出代价。不管怎么样，这一天对他来说，还是有所收获的。

第十八章

在上午的其余时间和中饭时间，直至下午，阿纳托利·格里辛上校把自己关在办公室里，一直坐着倾听大主教阿列克谢二世与杰森·蒙克的谈话录音。

有几段声音很含糊，还有杯子搅拌时发出的叮当声，但大部分还是很清楚的。

录音的开始是开门的声音——马克西姆神父端着一盘咖啡进来了。这一段声音很模糊，因为当时录音机还在他的袈裟侧边口袋里。

格里辛听到盘子放在了书桌上，然后一个模糊的声音说："没关系。"

还有一个模糊的声音，那是马克西姆神父跪到地毯上去，似乎是去捡起落到地上的方糖。

当录音机悄悄地放到了书桌底下后，录音的质量有了改善。大主教的话声很清楚，他对马克西姆神父说："谢谢你，神父，这里没你的事了。"

接着是一阵静音，直到一记关门的声音，线人退下去了。然后大主教说：

"嗯，也许你可以解释一下，你有什么事情要来告诉我。"

蒙克开始说话了。格里辛可以分辨出，美国人的俄语说得很流利，但带有稍许的鼻音。他开始做笔记了。

他把四十分钟长的谈话录音听了三遍，然后开始动笔把谈话的内容逐字逐句写下来。这工作不能交给秘书去做，无论多么可靠都不行。

他用整齐的西里尔字体写下了一页又一页。有时候他停下来，把磁带倒回去，伸长脖子仔细去听，然后继续记录。确信把每个词语都准确地记了下来后，他停止了书写。

磁带里传来了椅子朝后拖拉的声音，然后蒙克的声音说："我想，我们不会再次见面了，圣座。我知道您会尽心尽力的，为这片土地和为您所热爱的人民。"

两个人在地毯上走动的脚步声。到门口时，声音更加微弱了。格里辛听到了阿列克谢的回答："有上帝的恩典，我会尽力的。"

显然，房门在蒙克身后关上了。格里辛听到了大主教坐回到椅子里去的声音。十秒钟后，磁带走完了。

格里辛往椅背上一靠，思考着他听到的内容。消息不好，情况不妙。他感到纳闷，一个人怎么能够造成如此系统性的损害呢？这是难以理解的。当然，关键是由于已经死去的尼·伊·阿科波夫，那家伙愚蠢地把宣言留在桌子上，结果被偷走了。由此造成的损失已经是无法计算了。

显然，主要是蒙克在说话。阿列克谢二世早先的插话只是表明他的理解和同意。他自己说话是在最后结束的时候。

美国人一直没有闲着。他透露了已商定元旦后要开展一场运动，通过诋毁名声和大众宣传手段，在全国范围内摧毁伊戈尔·科马罗夫的竞选获胜机会。

尼古拉·尼古拉耶夫将军似乎会继续接受一些报纸、广播和电视的采访，强烈谴责爱国力量联盟，号召每一个现役和退役军人断绝与该党派的关系，把选票投向别处。在全国一亿一千万选民中，有两千万是老兵。尼古拉耶夫要造成的损失简直是难以想象的。

两家商业电视台停止播报伊戈尔·科马罗夫的所有宣传活动，是银行家们干的，四个银行家里面，有三个是犹太人，为首的是莫斯科夫斯基联邦银行的列昂尼德·伯恩斯坦。这两笔账以后是一定要清算的。

蒙克的第三个故事，是有关多尔戈鲁基黑手党的。格里辛早就把他们看作是社会的渣滓，将来都是要送去集中营的。但在目前阶段，他们的资金支持还是十分重要的。

在俄罗斯，要想通过全国竞选活动当上总统，没有哪个政治家不是耗资几万亿卢布的。与乌拉尔西部最强大、最富有的黑手党的秘密交易，已经为爱国力量联盟的竞选提供了一个金库，其数额大大超过了其他候选人能够得到的资金。有几个候选人，由于经费难以与爱国力量联盟匹敌，已经偃旗息鼓了。

头天下半夜发起的六场袭击，对多尔戈鲁基来说是灾难性的，但最大的损失是财务记录被发现了。打黑部门难得获得这么准确的情报。显然是某个黑手党竞争对手的告密。但在这个封闭的黑帮圈子里，尽管是互相残杀的敌对状态，但没人会去向可恨的打黑部通风报信。可是，蒙克却在此间告诉大主教，消息泄露的源头，竟然是格里辛黑色卫队的一个高级军官，一个卑鄙的叛徒。

如果多尔戈鲁基能证实此事——格里辛知道现在满大街都是谣言，对这种谣言他是坚决否认的——那么他们之间的联盟关系也就结束了。

更糟糕的是，磁带里透露说，一个业务熟练的财会小组，已经开始检查在赌场地下室里起获的财务报表，他们有信心，到元旦时，就能证明该黑手党与爱国力量联盟之间的资金联系。证明材料将会直接上报给代总统。在此期间，打黑部软硬都不吃的彼得罗夫斯基少将，还将发动一次次袭击，继续对多尔戈鲁基黑帮施加压力。

如果那样的话，格里辛心想，那么多尔戈鲁基黑帮就不会再相信他做出的保证，即打黑部不是从黑色卫队得到情报的。

大主教在录音结束时的插话，也许具有最大的潜在破坏力。

代总统伊凡·马尔科夫，将与家属一起离开莫斯科去外地过新年。他将于1月3日返回。那天他将接见大主教。届时大主教打算请求和敦促马尔科夫，根据现有的证据，把伊戈尔·科马罗夫作为一个“不合适的人选”，从而取消其竞选资格。

在彼得罗夫斯基提供的与黑帮有联系的证据面前，在莫斯科和全俄大主教的干预之下，代总统马尔科夫极有可能做出那样的决定。抛开其他事情不说，马尔科夫本人也是一个候选人，他不想在投票选举时去与科马罗夫竞争。

四个叛徒，格里辛沉思着。新俄罗斯肯定会在1月16日以后诞生，到那时候，他就是二十万人的精英黑色卫队指挥官，时刻准备去执行领袖的命令。嗯，他一生都在挖掘和惩罚叛徒。他知道该如何处置他们。

他自己动手把手稿打印了一份，请求科马罗夫在晚上安排两个小时不受打扰的会见。

杰森·蒙克已经从索科尔尼基公园旁边的公寓搬迁到了另一处，从那里，他可以看到第一次遇见马戈茂德时的那座清真寺的尖顶。马戈茂德现在发誓要把他保护好，但那天蒙克自己差点轻易地丢了命。

他要给伦敦的奈杰尔·欧文爵士发送一条信息。如果一切都按照老头子的计划，那么这是倒数第二条信息。

他仔细地把信息输入到笔记本电脑，如同以往那样。完了后，他摁了一下“编码”按钮，信息从电脑屏幕上消失了，安全地加密到了一次性解码本的杂乱的数字中去了，并记录在软盘上，等待着洲际通信公司卫星的下一次经过。

他无须管理这台电脑，电池已经充足了电，而且开着，正等待着与在太空遨游的商业卫星的握手。

他从来没有听说过美国俄亥俄州哥伦布市的里基·泰勒，从来没有见过他，也从来不想见到他。但这个脸上长着痘痘的十几岁少年，很可能救了他的命。

里基十七岁，是一个电脑奇才。他是那种伴随着电脑时代成长起来的、失常的年轻人，他生命的大部分时间，都是在盯着单调乏味的荧光屏中度过的。

七岁那年，他初次接触到个人电脑，后来的各个阶段他都进步很快，直至对合法的挑战渐渐失去了兴趣，只有非法的领域才会对他产生刺激，才能找到那种真正瘾君子所需要的周期性的“尽兴”。对里基来说，外面自然界的季节变换、男孩子之间的伙伴友情，甚至对女孩子的欲望，都激发不了他的兴趣。里基的目标，是要攻破防护最严密的数据库。

到1999年时，洲际通信公司不但在全球的战略、外交和商业通信中扮演了重要的角色，而且还是复杂的电脑游戏的卓越设计商和销售商。里基在因特网上冲浪，直到感到厌烦：他已经掌握了每一个已知的和可以自由访问的游戏程序。他渴望能够进入到洲际通信公司的超级程序中去。问题是，合法登录进去是要花钱的。里基的零花钱不够交费。所以，几个星期以来，他一直试图从后门进入洲际通信公司的主机。经过艰苦的努力，他认为他差不多要成功了。

在莫斯科以西八个时区的美国俄亥俄州哥伦布市，他的屏幕第一千次显示出这样的文字：“请输入密码”。他键入他认为应该行得通的数字，但屏幕又一次告诉他：“拒绝访问”。

在安纳托利亚山区南部的某处，洲际通信公司的这颗商业卫星正在太空遨游，朝向北方的莫斯科。

当多国的技术人员在设计蒙克的加密发送／接收机时，他们按指令设计了一个四位数的彻底清除密码。这是为了在被捕时能够保护蒙克，只是他必须在被抓走之前把这个密码输入进去。

但如果他被捕时电脑没有损坏，那么首席编码员、来自沃伦顿的退休返聘的前中情局密码专家认为，敌人就能够利用这台机器发送虚假信息。

因此，为了证实他的真实性，蒙克必须在信息中掺入按顺序排列的无害词语。如果发送的信息没有这几个词语，前中情局的专家就会知道，不管操作机器的人是谁，反正不是自己人。这时，他可以利用计算机服务器的主机通过卫星登录到蒙克的个人电脑，使用同样的四位数字抹去它的记忆，给坏人留下一台无用的电脑空壳。

里基·泰勒键入那四位数字，已经进入到了主机。这时候，卫星在莫斯科上空飞过时朝地面发送了“你在吗，孩子？”的呼叫。蒙克的笔记本电脑回答“是的，我在”。于是卫星顺从地遵照指令把电脑的记忆抹掉了。

蒙克首先知道的是，当他去查看电脑时，发现他的信息又清楚地回到了屏幕上。这意味着，信息被退回来了。通过手动操作，他取消了那条信息。他明白，由于未知的原因事情出了岔子，他失去了联系。

在蒙克离开伦敦前，奈杰尔·欧文爵士给过他一个地址。他不知道那个地址在哪里，也不知道是谁住在那里。但这是他的全部联系渠道了。为节约起见，他可以把最后两条信息合并成一条，这是间谍头子必须知道的。把信息发送出去也许是可行的，但要接收新的信息则不可能了。他第一次要完全依靠自己了。不会再有更多的进度报告，不会再有已采取行动的确认，不会再有新的指示了。

在价值十亿美元的设备损坏后，他只能依赖“大博弈”中最古老的同盟：直觉、胆量和运气。他祈祷它们不会让他失望。

伊戈尔·科马罗夫看完打印稿的最后一页，身子靠在了椅背上。他通常脸色红润，从来没有病态，但现在，格里辛注意到，他的脸色像纸一般惨白。

“情况糟糕。”科马罗夫说。

“非常糟糕，总统先生。”

“你应该去把他抓住的。”

“他躲藏在车臣黑手党那里。这个我们是现在才知道的。他们像老鼠一样，生活在阴暗角落里。”

“老鼠是可以灭绝的。”

“是的，总统先生。他们会遭灭绝的。当您成为这个国家无可争议的领袖的时候。”

“必须让他们付出代价。”

“他们会的。一个都逃不掉的。”

科马罗夫还在用他那双淡褐色的眼睛凝视着他，但目光难以集中，似乎其主人正在展望另一个时间和另一个地方，一个未来的时间，一个与敌人进行清算的地方。两个鲜亮的红点出现在他的两侧颧骨上方。

“惩罚。我要对他们进行惩罚。他们攻击了我，他们攻击了俄罗斯，攻击了祖国。对于这样的社会渣滓，是不能仁慈怜悯的……”

他的音调在升高，双手开始颤抖，愤怒已经突破了通常的自我控制。格里辛知道，如果能巧妙地提出他的观点，他是能够赢得这场争论的。他从书桌上方探过身去，迫使科马罗夫来看他的眼睛。慢慢地，那种恶魔般的怒气消退了，格里辛知道他已经引起了科马罗夫的注意。

“听我说，总统先生。请听着。我们现在知道的情况，可以使我们彻底扭转局面。您将达到您的报复目的。给我下命令吧。”

“你是什么意思，阿纳托利·格里辛？”

“反间谍行动的关键，总统先生，就是了解敌人的意图。这个，我们现在已经知道了。由此采取适当的预防措施。这个，已经在着手进行了。几天之内，就不会再有全俄王位的候选人了。现在，我们又发现了他们的意图。我必须再次建议采取预防和惩罚的措施，都一次性予以解决。”

“所有的四个人？”

“别无选择。”

“不能留下任何痕迹。哦，还不行。现在还为时过早。”

“不会留下什么痕迹的。银行家？在过去十年间，有多少个银行家被杀害了？五十个？至少是有的。蒙面人带着武器来算账，这种事情一直都在发生。

“警察？多尔戈鲁基黑帮会很高兴去执行这个合同的。有多少个警察被清除掉了？同样，这种事情也一直都在发生。

“至于老糊涂将军，可以是入室行窃失手的结果。这种事情再普通不过了。还有那个教士，可以是仆人在夜间洗劫他的书房时被抓，被哥萨克卫兵击倒。小偷临死前反击，把卫兵也杀死了。”

“人们会相信吗？”

“我在那座住宅里有个内线，他会发誓证实。”

科马罗夫凝视着他刚刚看过的录音稿及其旁边的录音带，露出了淡淡的微笑。

“你当然是有内线的。这些事情我不需要知道得更多了。我坚持这一切我都是不知情的。”

“但您确实希望，让那四个要摧毁您的人不再存在？”

“当然了。”

“谢谢您，总统先生。我需要知道的就这些。”

斯巴达克酒店的那个房间，是以库济奇金先生的名字预订的，他本人确实来登记入住了。办完手续后，他又出去了，在离去时把房门钥匙悄悄塞给了杰森·蒙克。蒙克上楼时，车臣卫兵渗入到了酒店的大堂、楼梯和通往电梯的走廊。在这里打二十分钟的电话应该是安全的，即使被追踪到，这也不过是一个远离闹市区、不是车臣人所拥有的旅馆房间。

“彼得罗夫斯基将军吗？”

“又是你。”

“你捅了马蜂窝呢。”

“我不知道你是从哪里得到的消息，美国人，但这个消息似乎很好。”

“谢谢你。但科马罗夫和格里辛是不会对此无动于衷的。”

“那多尔戈鲁基呢？”

“他们是小角色。主要的危险是格里辛和他的黑色卫队。”

“是不是你散布的谣言，说消息是从黑色卫队的一个高级军官泄露出来的？”

“我的朋友们。”

“很聪明，但很危险。”

“格里辛的软肋是被你们查获的那些财务资料。我认为，它们能够证明该黑手党一直在资助科马罗夫。”

“资料正在清理之中。”

“你也一样，将军。”

“你是什么意思？”

“你妻子和女儿塔季扬娜在家吗？”

“是的。”

“我希望你把她们送出城去。现在，今晚。送到某个遥远和安全的地方。你自己也要转移。搬出去。住到特警部队的营房里去。请吧。”

电话里沉默了一会儿。

“你知道要出什么事情吗，美国人？”

“请吧，将军。快离开。趁时间还来得及。”

他放下电话，等了一小会儿，又拨了另一个号码。在莫斯科夫斯基联邦银行的总部，列昂尼德·伯恩斯坦书桌上的电话铃响了。这时候已经是深夜了，只有一台录音电话在应答。因为没有那位银行家的住宅电话号码，蒙克只能希望伯恩斯坦能在几个小时内得到他的电话留言。

“伯恩斯坦先生，我是向你提起过巴比亚尔山谷的那个人。无论业务多么紧急，请你不要去办公室。我敢肯定，科马罗夫和格里辛现在已经知道，谁是关闭他们电视广播的幕后人物。你带上家人出国去吧，等到安全的时候再回来。”

他又搁下了电话。虽然他不知道，在几英里之外一栋戒备森严的别墅里，控制台上的一个指示灯闪亮了，列昂尼德·伯恩斯坦正在静静地倾听着蒙克的留言。

第三个电话打给了一处住宅。

“喂？”

“圣座？”

“是的。”

“您听出了我的声音？”

“当然。”

“您应该去札戈尔斯克的修道院。到了就待在里面。”

“为什么？”

“我在替您担心。昨晚的事情证明，情况变得危险了。”

“明天我在丹尼洛夫斯基修道院有一场大弥撒。”

“那边的主教可以替代您。”

“我会考虑你的建议。”

电话放下了。第四个电话在铃声响了十下后才有一个粗哑的声音来应答：“喂？”

“尼古拉耶夫将军？”

“谁呀……等等，我知道你了。你是那个讨厌的美国人。”

“是我。”

“嗯，再也不接受采访了。你要求的事情已经做了，我要说的话也已经说了。没有更多的了，就这样吧。你听到了吗？”

“我们长话短说。你应该离家去与你的外甥一起住在基地里。”

“为什么？”

“因为某些恶棍不喜欢你说的话。我认为，他们也许要来拜访你。”

“暴徒，哦？嗯，胡说八道。让他们都来吧。我一生中从来没有退却过，孩子。现在要退却已经太晚了。”

电话挂断了。蒙克叹了一口气，搁下了话筒。他看了一下表。二十五分钟。该走了。该回到肮脏拥挤的车臣人下层社会去了。

两天后，12月21日晚，四个暗杀小组开始行动了。

人数最多、装备最精良的小组去袭击列昂尼德·伯恩斯坦的私家别墅。那天晚上，别墅里有十二名警卫在值班，其中四个在交火中战死。两名黑色卫兵也被撂倒了。别墅的大门被聚能炸药炸开了，穿黑色战斗服、戴黑色滑雪面具的人冲进了房子里面。

活着的警卫和工作人员被围拢后赶进了厨房里。警卫队长被暴打一顿，但他坚持说他的雇主两天前就飞到巴黎去了。在女人的尖叫声中，其余的工作人员确认了这种说法。最后，穿黑色衣服的人撤回到了卡车上，带上了他们两个同事的尸体。

第二个袭击目标，是位于库图佐夫斯基大街的一栋公寓楼。一辆黑色的奔驰汽车开到拱门下，在道闸前停住了。一名联邦武警的卫兵从暖和的岗亭里出来检查证件。蹲伏在汽车后面的两个人跳出来，用装上了消声器的自动手枪朝他防弹背心上方的脖子根开枪。第二个卫兵还没现身就被干掉了。

在底层的门厅里，接待台旁边的警卫员遭到了同样的命运。四名黑色卫兵从大街上跑进来，守住了门厅。其他六个坐电梯上楼。这次楼道里一个人也没有，袭击者也不明白其中的原因。

公寓的门，尽管是钢铁镶边的，还是被半磅塑胶炸药炸开了，六个人冲了进去。穿白西装的管家击伤了其中一人的肩膀，然后他自己被击倒了。一次彻底的搜查之后，没发现公寓里有其他人，袭击小组只好沮丧地撤退了。

回到底层后，他们与从大楼后面赶过来的另两名联邦武警的卫兵发生交火，打死了对方一名卫兵，他们自己也损失了一个。在火力掩护下，他们两手空空，撤回到大街上，坐进等候在那里的三辆加斯吉普车离去了。

在大主教的住宅，他们采取了巧妙的方法。只有一个人去敲街门，其余六人分别蹲伏在他的两边，处在猫眼的视线以外。

里面的哥萨克卫兵从窥视孔去看外面，用对讲系统询问来人是谁。门口的那人举起一份有效的民警证件说："警察。"

信以为真的哥萨克卫兵打开了门。他当即被子弹击中，尸体被搬到了楼上。

行动的计划是用哥萨克卫兵的枪械杀死秘书，用杀哥萨克卫兵的枪杀死大主教。然后这支枪就被放到死去的秘书的手里，等着在书桌后面被发现。

马克西姆神父将被迫发誓，哥萨克卫兵和大主教打搅了正在抽屉里偷东西的秘书，在接下来的交火中他们三人都死了。这样一来，这次事件只是教会的一个大丑闻，民警就能结案了。

但杀手们只看见了一个胖胖的神父，穿着脏兮兮的睡袍，站在楼梯上面尖叫："你们在干什么？"

"阿列克谢在哪里？"其中一个穿黑衣服的人咆哮着。

"他不在，"神父唠唠叨叨地说，"他去了札戈尔斯克。"

对各个房间搜查之后发现，大主教和两名修女都不在。暗杀小组丢下哥萨克卫兵的尸体，也撤离了。

对明斯克公路旁边那座孤独的小房子，只派去了四个人。他们下车后，一个人走向房门，其他三人等候在黑暗的树林里。

开门的是老管家沃洛嘉。他的胸部被子弹击中了，四个人冲进了房子。一条猎狼犬从客厅里跑过来，扑向领头的黑色卫兵的喉咙。他抬起一条胳膊去阻挡，猎狗的牙齿深深地扎进了他的皮肉。他的同伴开枪把猎狗的脑袋轰掉了。

在壁炉柴火余烬的旁边，一个白胡子倒竖的老头用一支马卡罗夫手枪对准门道里的团伙，并开了两枪。第一颗子弹钻进了门框里，第二颗击中了刚才枪杀猎狗的黑色卫兵。

然后是三颗子弹的连续快速射击，击中了老将军的胸部。

上午刚过十点钟，乌马尔·古纳耶夫就来电话了。

“我刚才开车到办公室。路上很热闹呢。”

“怎么啦？”蒙克说。

“库图佐夫斯基大街戒严了。到处都是民警。”

“为什么？”

“昨晚在高级警官居住的一栋楼房，发生了袭击事件。”

“真快啊。我需要一部安全电话。”

“你那里的电话怎么样？”

“会受到追踪的。”

“半个小时之内，我给你派几个人过来。”

十一点钟，蒙克转移到了一间小办公室，那是在一座仓库里，旁边堆满了违禁酒。一位电话工程师刚刚忙完了工作。

“这电话连接了两个转换器，”他朝电话机做了个手势，“如果有人想跟踪这部电话，他们就会找到两英里以外的一家咖啡馆。那是我们的一个联络点。如果突破了那条防线，他们就会被引到街上的一个公用电话亭。到那时候，我们就会知道了。”

蒙克首先拨通了尼古拉耶夫将军的私人号码。应答的是一个男人的声音。

“我找尼古拉耶夫将军。”蒙克说。

“哪位呀？”对方问道。

“我也可以问你是哪位。”

“将军不在，你是谁？”

“马林科夫将军，国防部的。出什么事了？”

“对不起，将军。我是诺维科夫警官，莫斯科民警局刑侦处的。恐怕尼古拉耶夫将军已经死了。”

“什么？你说什么？”

“昨天晚上发生了一场袭击。看上去像是进了盗贼。杀了将军和他的管家。还有他的狗。清洁女工在刚过八点钟时发现了他们。”

“我不知道该说些什么。他是我的朋友。”

“很遗憾，马林科夫将军。我们生活的这个时代……”

“你忙工作吧，警官。我会报告给部长的。”

蒙克放下了电话。看来，格里辛终于失去理智了，这正是蒙克一直在努力的方向，但他责怪的是老将军的固执。然后，他拨通了位于沙波罗夫卡大街的打黑部的电话。

“给我接彼得罗夫斯基将军。”

“他正忙着呢，是哪位？”电话接线员说。

“打搅他一下。告诉他是关于塔季扬娜的事情。”

不一会儿，彼得罗夫斯基来接电话了。他说话的口气很是担心受怕。

“我是彼得罗夫斯基。”

“是我，深夜的访客。”

“该死的，我还以为孩子出了什么事呢。”

“她们是否都已经出了城，你的妻子和女儿？”

“是的，在很远的地方。”

“我相信你家里发生了一次袭击事件。”

“他们有十个人，都戴着面罩，武装到了牙齿。他们杀死了四名联邦武警的卫兵，还有我自己的管家。”

“他们是来找你的。”

“当然。我接受了你的建议。我现在住在兵营里面。他们究竟是什么人？是土匪？”

“他们不是土匪。他们是黑色卫兵。”

“格里辛的暴徒。为什么呢？”

“我认为，那是因为你起获的财务资料。他们很可能担心，你可以据此证明多尔戈鲁基黑手党与爱国力量联盟之间是有联系的。”

“哪里呀，全是废纸。大都是赌场的发票存根。”

“这个，格里辛是不知道的，将军。他害怕会发生最坏的事情。你听说过柯利亚大叔吗？”

“坦克兵将军。他怎么了？”

“他们杀了他。一个类似的暗杀小组。昨天夜晚。”

“天哪。为什么呢？”

“他谴责过科马罗夫。记得吗？”

“当然记得。但我怎么也没想到他们会走这一步。这帮狗娘养的。谢天谢地，政治不是我的工作范围。我对付的是恶棍。”

“嗯。你与民警局领导有联系吗？”

“当然。”

“请你告诉他们，你是从下层社会的一个联系人那里得到消息的。”

蒙克放下话筒，又打电话给莫斯科夫斯基联邦银行。

“我找伊利亚，伯恩斯坦先生的私人助手。他在吗？”

“请等一下。”

线路上传来了伊利亚的声音。

“是哪位？”

“我说，那天你差点就要在我的背后放冷枪了。”蒙克用英语说。

一阵低沉的笑声。

“是的，是差点。”

“老板安全吗？”

“他在很远的地方。”

“建议他别回来。”

“没问题。他的私宅昨天夜晚遭到了袭击。”

“伤亡情况？”

“我们死了四个人，他们死了两个。他们还搜查了整栋别墅。”

“你知道他们是什么人吗？”

“知道。”

“格里辛的黑色卫队。显然是为了惩罚。因为关闭了科马罗夫的宣传广播。”

“他们也许会付出代价。老板是很有势力的。”

“关键在于商业电视公司，他们的记者应该去采访一下民警局的几位高级将领。问他们是否愿意见见格里辛上校，讨论一下有关广泛传播的谣言等等……”

“他们最好能够拿出一些证据。”

“不。那是新闻记者的工作。他们会去打听、会去发掘的。你能与老板联系上吗？”

“可以，如果有大事要事。”

“那就把这些情况向他报告。”

他的下一个电话打给了国家级的报刊《消息报》。

“新闻部。”

蒙克用粗哑的口音说话。

“我找资深记者列平。”

“你哪位？”

“告诉他，尼古拉·尼古拉耶夫陆军上将有急事要找他。他应该记得的。”

列平就是上次在伏龙芝军官俱乐部采访过尼古拉耶夫将军的记者。他的声音从线路上传了过来。

“喂，将军。我是列平。”

“我不是尼古拉耶夫将军，”蒙克说，“将军已经死了，昨天晚上他被谋杀了。”

“什么？你是谁？”

“只是一名前坦克兵。”

“你是怎么知道的？”

“这无关紧要。你知道他住在哪里吗？”

“不知道。”

“他在明斯克公路旁边有一座房子，靠近科布雅科沃村庄。你带上摄影师过去看看，可以向诺维科夫警官了解一些情况。”

他放下了电话。另一家大报是《真理报》，前共产党的喉舌，它在政治上支持新共的社会主义联盟。但为了证明社联是新兴的非共党派，该党一直在寻求东正教的支持。蒙克已经仔细研究过这份报纸，记住了首席刑事记者的名字。

“请给我接帕姆菲洛夫先生。”

“他现在不在办公室。”

有可能。几乎可以肯定他是在库图佐夫斯基大街，与其他记者一起，大声叫嚷着，要求了解彼得罗夫斯基公寓遭受袭击的详细情况。

“他有手机吗？”

“当然有，但我不能把号码告诉你。等会要他给你回电吗？”

“不用了。与他联系，说他在民警局的一个通讯员急需与他通话。有一个重要的爆料。我需要他的手机号码。五分钟后，我再给你打电话。”

第二次通话时，他得到了帕姆菲洛夫的手机号码。在他打电话过去时，对方在高级警官公寓大楼外面的汽车里。

“帕姆菲洛夫先生？”

“是的。你是谁？”

“我不得不说谎才拿到了你的手机号码。我们虽然不认识，但我有事情要告诉你。昨天晚上还有一次袭击。是在大主教的住宅。有人企图暗杀他。”

“什么？企图暗杀大主教？不可能。缺乏动机。”

“黑手党就不一定了。你可以去那里看看。”

“丹尼洛夫斯基修道院？”

“他不住在那里。他住在清洁巷五号。”

帕姆菲洛夫坐在自己的汽车里，倾听着电话挂断后的“嘟嘟”声。他愣住了，在他的职业生涯中还从来没有发生过这样的事情。即使只有一半是真的，那也会是他经手的最大新闻。

抵达清洁巷时，他发现那里已被封锁了。通常，他只要亮出记者证就可穿过警戒线，但这次不行了。幸好他看到了一位他认识的民警局刑事警官，于是大声叫了起来。刑警走到警戒线这边来了。

“这里怎么啦？”记者问道。

“盗窃。”

“你是刑侦处的凶杀科的。”

“他们杀死了守夜人。”

“大主教阿列克谢二世，他安全吗？”

“你怎么知道他住在这里？”

“这不要紧。他安全吗？”

“是的，他在外地的札戈尔斯克。你看，这只是盗贼失手行凶杀人。”

“我听说他们的目标是大主教。”

“胡说。只是强盗抢劫。”

“要抢什么？”

刑警看上去有点忧虑。

“这个你是从哪里听来的？”

“哪里听来并不重要。这是真的吗？他们偷了什么东西？”

“没偷什么。只是枪杀了卫兵，搜查了房子，然后就跑了。”

“这么说他们是在寻找某个人。但他不在。朋友，很好的一个故事。”

“你最好小心点，”刑警警告他，“没有证据。”

但这位刑警开始担心了。当一位民警招手把他叫到汽车那边去的时候，他更加担心了。车载电话里是一位上将局领导找他。刚说了几句话，将军就开始暗示刚才记者说起过的同样事情。

12月23日，新闻媒体热闹起来了。在早晨的版面上，各家报纸按照蒙克的爆料和指点，重点报道了特别新闻。记者们读到其他的报纸后，发现有许多重复报道，把四次袭击行动糅合在了一起。

上午的电视新闻，分别播放了四次暗杀行动的综合报道，其中一次成功了。新闻报道说，在其他三次行动中，被袭击的目标完全是靠运气才幸免于难。

没人会相信盗贼失手的说法。记者们悲愤地指出，盗贼光顾一位靠养老金生活的退休将军住宅是说不通的，专门瞄上一位高级警官的公寓而忽略同一栋楼里的其他住户，也是说不通的，针对大主教住宅的袭击则更说不通了。

盗窃非常富有的银行家列昂尼德·伯恩斯坦的住宅，也许还能说得通，但别墅里幸存下来的警卫作证说，屠杀行动完全像是军事进攻。此外，他们还报告说，进攻者一直都在专门寻找他们的雇主。有可能是来绑架，或者谋杀。在其他两次事件中，绑架是说不通的：在将军的案子中，并没有实施绑架。

许多权威人士认为，罪犯肯定是来自到处泛滥的下层社会，多年来他们搞过无数次谋杀和绑架。有两个评论员讲得更为透彻，他们指出，有组织的犯罪团伙，也许有理由去仇恨打黑英雄彼得罗夫斯基少将，有些也许去找银行家伯恩斯坦算账，但有谁会去仇视一位获得过三枚英雄勋章的老将军？还有莫斯科和全俄的大主教？

社论文章的作者们一遍又一遍地谴责发生在这个国家的天文数字般的刑事犯罪案子。有两人呼吁代总统马尔科夫立即采取行动，以防止在大选前二十四天里发生法律和秩序彻底崩溃的局面。

第二天上午晚些时候，蒙克又开始打匿名电话了，这时候，文人们经过头天的艰苦和劳累之后，已经陆续抵达办公室了。

蒙克在两颊各塞进一团织物，以使他的声音听起来不像是头天打电话的人。他把相同的信息，传达给了报道过这四次暗杀事件的七家早报和晚报的文章署名人，先从《真理报》的帕姆菲洛夫和《消息报》的列平开始。

“你不认识我，也不会知道我的名字。这件事比我的生命还重要。作为俄罗斯同胞，请你相信我。

“我是黑色卫队的高级军官，但我也是参加宗教活动的基督徒。好几个月以来，由于爱国力量联盟内层，主要是科马罗夫和格里辛，所表露出来的不断增强的反基督和反教会的情绪，我越来越苦恼。在他们公开宣称的背后，隐藏着他们对教会和民主的仇恨，他们打算建立一个像纳粹那样的一党专制国家。

“现在我忍无可忍，我必须站出来说话了。是格里辛上校杀死了尼古拉耶夫将军，因为老人识破了他们的伪装，谴责了科马罗夫。银行家伯恩斯坦也遭到了袭击，因为他立场坚定。你或许不知道，伯恩斯坦利用其影响力，迫使电视台终止了爱国力量联盟的宣传报道。大主教遇袭，是因为他害怕爱国力量联盟，他打算把事情公开。打黑部的将军遇险，是因为他冲击了出钱资助爱国力量联盟的多尔戈鲁基黑手党。如果不信，你可以去调查我说的事情。是黑色卫队发动了这四场袭击行动。”

说完后他挂断了电话，把莫斯科的七位记者惊得目瞪口呆。回过神来后，他们开始去核查了。

列昂尼德·伯恩斯坦在国外，但那两家商业电视台悄悄地放出话来说，编辑策略的改变，是控制他们资金的银行财团的要求。

尼古拉耶夫将军死了，但《消息报》摘录报道了早先对他的采访，并配上了通栏大标题：“这就是他死去的原因吗？”

打黑部在深夜里对多尔戈鲁基黑帮的仓库、武库和赌场发动的六场袭击，是众所周知的事情。只有大主教依然隐居在札戈尔斯克的修道院里，无法证实他是否也被爱国力量联盟当作了敌人。

到下午三四点钟光景，位于基赛尔尼大街的伊戈尔·科马罗夫的总部别墅，受到了媒体的围攻。里面则笼罩着一种几近恐慌的气氛。

鲍里斯·库兹涅佐夫在他自己的办公室里，他已经脱去西装，只剩下衬衣了，两个腋窝下面都汗湿了一片，几年前戒的烟，现在又一支接一支地抽了起来，他在接听电话，铃声一直响个不停。

“不，这不是真的，”他对接连不断的询问大声喊叫，“这是卑鄙的谎言，是恶毒的诽谤，如果谁敢进一步扩散谣言，不管他是什么人，我们要把他告上法庭。不，本联盟与黑手党没有关系，财务方面或其他方面都没有关系。科马罗夫先生已经公开宣称要净化俄罗斯……什么资料正由打黑部调查？我们没什么可害怕的……是的，尼古拉耶夫将军确实对我们的政策发表过保留意见，但他是上了年纪的老人。他的死是个悲剧，但绝对没有关系……你不能那么说……任何把科马罗夫先生比作希特勒的人，都将立即面临法律诉讼……什么黑色卫队的高级军官……”

阿纳托利·格里辛上校也在自己的办公室里，为他自己的问题而烦恼。作为在克格勃第二总局工作了大半辈子的情报官，他的任务是追猎间谍。蒙克已经制造了麻烦，很大的麻烦，这是他深信不疑的。但这些新的指控更为糟糕：在他自己极端忠诚和狂热的精英黑色卫队里，有个高级军官已经变节？这六千名黑色卫兵，每一个都是他精心挑选的。高级军官都是他亲自任命的。其中有个是基督徒，在已经能够看到权力顶峰的时候，成为懦夫成为叛徒？不可能。

但他回想起，以前耶稣会会士曾经这么说：给我一个七岁男孩，我会还你一个成年男子。他手下最优秀的人员中，是否有一个已经在多年前回归宗教？他将不得不去核查。每一个高级军官的档案，都必须经过仔细的梳理。

“高级”是什么意思呢？有多高级？低两级的有十人，低三级的有四十个人，低五级的差不多有一百人。这将是一项耗费时间的任务，而他没有时间。在短期内，他也许不得不清理他的全体高层，把他们全都隔离在一个安全的地方，审查他手下最优秀的指挥官。他自我承诺，总有一天，造成这个灾难的那些人是会付出代价的，看看他们会付出什么样的代价。首先是杰森·蒙克。想到这个美国特工的名字，他气得连搁在书桌边沿上的手指头都变白了。

快到五点钟时，鲍里斯·库兹涅佐夫与科马罗夫约定了一次会面。他花了两个小时的时间才确定这次会见，使他能有机会见到他崇拜的英雄，以便提出自己的建议。

在美国留学的时候，库兹涅佐夫就研究过花言巧语和公关包装的力量，并对此留下了深刻的印象。即使是华而不实的东西，经过吹嘘和包装也能使之得到广泛的认同。除了他的偶像科马罗夫之外，他还崇拜语言的力量，以及那种能够感动人，具有说服、迷惑，以至最后征服所有反对派别的力量。即使语言所表达的内容是谎言，也无关紧要。

与所有的政治家和律师一样，他也善于言辞，深信没有言辞解决不了的问题。如果有一天，言辞会用尽并失去说服力，或者其他人会用更好的言辞超越和打败他，或者他和领袖的言辞会失去信任，那么，这样的一天对鲍里斯·库兹涅佐夫来说是不可想象的。

美国人所说的公共关系，是一个能创造几十亿美元的产业，它能把无能的蠢材吹成名人，把傻瓜说成贤人，把卑鄙的机会主义者捧成政治家。在俄罗斯，人们把公关称作宣传，但那是相同的工具。

运用这个工具，加上利特维诺夫卓越的制片和剪辑能力，库兹涅佐夫已经协助一个口若悬河、具有演说天赋的工程师转变为一位伟人，使其走到了俄罗斯总统宝座的门槛边。

俄罗斯的新闻媒体习惯于共青团那套粗放和平淡的宣传方式，好像是容易上当的小孩，遇上了他为伊戈尔·科马罗夫策划的圆滑和具有说服力的宣传。现在事情出了差错，很严重的差错。

现在出现了另一个声音，一个热情似火的教士的声音，通过库兹涅佐夫认为是属于他个人领地的广播和电视媒体，回响在俄罗斯大地上，鼓励人们信仰更伟大的上帝，并崇拜另一个偶像。

这个教士的背后，就是那个打电话的人——他已经获悉了匿名电话战役——在散布谎言，但是，嗯，这些谎言太有说服力了，已经灌进了那些资深记者和评论员的耳朵里。

对鲍里斯·库兹涅佐夫来说，解决问题的答案依然在于伊戈尔·科马罗夫的言辞，那是不能不信服的言辞，是从来没有失败过的言辞。

进入领袖办公室后，他对眼前的变化大吃一惊。科马罗夫坐在办公桌后面，目光呆滞。地上摊满了各种报纸，谴责的大标题极为醒目。库兹涅佐夫已经看过这些报纸了，都是关于尼古拉耶夫将军、袭击、暴徒和黑手党资金的指控。以前，从来没有人敢这样谈论伊戈尔·科马罗夫。

幸好，库兹涅佐夫知道应该怎么做。伊戈尔·科马罗夫必须公开讲话了，然后一切都会顺畅。

“总统先生，我真的认为，您明天应该召开一个大型的记者招待会。”

科马罗夫盯着他看了好长时间，似乎在设法理解他说的话。在他的全部政治生涯中，在库兹涅佐夫的赞同下，他一直在避免记者招待会。记者招待会的效果是不可预测的。他更喜欢专访，问题是事先递交的，演讲是设定的，讲话是有准备的，集会的人群都是崇拜他的。

“我不召开记者招待会。”他厉声回答。

“阁下，这是消除这些恶毒谣言的唯一办法。媒体的猜测已经不着边际了。我再也指挥不了媒体。没人能够指挥，它正在自我发展。”

“我讨厌记者招待会，库兹涅佐夫，这个你懂的。”

“但您善于对付媒体，总统先生。有理、冷静、具有说服力。他们会听从您的。您自己就能够遣责那些谎言和谣言。”

“民意测验结果如何？”

“全国对您的支持率是百分之四十五，但还在下降。从八个星期前的百分之七十下跌。社会主义联盟的久加诺夫是百分之二十八，正在上升。代总统马尔科夫的民主同盟略有上升。但这没有包括那些举棋不定的选民。我必须说，阁下，这两天可能又下滑了百分之十。如果这样下去，也许还会下降。”

“我为什么要召开记者招待会？”

“这是全国性的电视报道，总统先生。每一家大的电视台都会抓住您说的每一句话。演说开始之后您就会明白，没人能够抵挡您的说服力。”

最后，伊戈尔·科马罗夫点了点头。

“那就安排吧。我会自己准备好演讲稿的。”

第二天上午十一点钟，记者招待会在都市大酒店的大宴会厅里举行了。库兹涅佐夫首先对到会的国内外新闻记者表示欢迎，然后他及时指出，最近这几天社会上针对爱国力量联盟的政策和行为，流传着一些难以启齿的恶毒的指责。他有权对那些卑鄙的诽谤进行彻底的有信服力的反驳，并欢迎"下一届俄罗斯总统伊戈尔·科马罗夫"上台讲话。

爱国力量联盟领袖大步从舞台的幕后走到了演讲台。就像以前在那些忠于他的群众集会上一样，他开始谈论，一旦人民拥护他当上了总统后，他将创建一个伟大的俄罗斯。五分钟后，在一片寂静中，他感到了不安。强烈的反响到哪里去了？热烈的掌声到哪里去了？啦啦队到哪里去了？他抬起眼皮去看远处的云彩，描绘他的祖国曾经有过的辉煌历史，但现在控制在外国银行家、不法商人和罪犯的手中。他慷慨激昂的讲话声在大厅里回响，但听众并没有起立，并没有举手向爱国力量联盟致敬。他结束演讲后，人们继续沉默着。

"也许要提问吧？"库兹涅佐夫提议说。这是一个失误。至少三分之一的记者来自外国的新闻媒体。《纽约时报》《华盛顿邮报》和美国有线电视新闻网，以及来自伦敦的《时报》和《每日电讯报》的记者，都能说流利的俄语。

"科马罗夫先生，"《洛杉矶时报》记者大声说，"我猜想到目前为止，你已经为竞选活动花费了大约两亿美元。这肯定是世界纪录了。这钱是从哪里来的？"

科马罗夫怒视着他。库兹涅佐夫在他耳边轻声提醒。

"来自伟大的俄罗斯人民的公共捐献。"他说。

"这差不多是俄罗斯所有人一年的工资，先生。这钱到底是从哪里来的？"

其他人也一起附和。"你打算清除所有的反对党，建立一党专制的国家，是这样吗？”

“尼古拉耶夫将军在谴责你三周之后被谋杀了，你知道这是为什么？”

“你是不是准备否认，两天前的暗杀行动是黑色卫队搞的？”

国家电视台和两家商业电视台的摄像机和麦克风，在整个大厅内漫游，把外国记者尖锐的提问和结结巴巴的回答都摄录下来了。

《每日电讯报》的记者，也接到过一个匿名电话，而且他的同事马克·杰斐逊7月份在莫斯科街头遭到枪杀，现在他站了起来。照相机镜头都对准了他。

“科马罗夫先生，你听说过一份叫《黑色宣言》的秘密文件吗？”

大厅里一片寂静。俄罗斯的新闻媒体和其他外国人都不知道他在说什么。事实上，他自己也不知道。伊戈尔·科马罗夫倚靠着讲台，保持着自我控制，他的脸色变白了。

“什么宣言？”

又是一个失误。

“先生，根据我的消息，那份宣言描述了你所设想的各个计划：创建一党制的国家，重新启用古拉格[①]关押你的政治对手，用二十万黑色卫兵统治国家，入侵相邻的共和国。”

会场静极了。大厅里有四十个记者来自乌克兰、白俄罗斯、拉脱维亚、立陶宛、爱沙尼亚、格鲁吉亚和亚美尼亚。俄罗斯的一半新闻媒体支持注定要被废除的党派，如果这个英国人是对的，那么这些党派的领袖将被送去劳改营，随之还有这些媒体。他们的眼睛都盯住了科马罗夫。

这时候，场面开始混乱了。然后，他犯了第三个错误。他发脾

① 古拉格：前苏联时期的劳改营。

气了。

“我不想站在这里听你们胡说八道了。”他尖声叫着，高视阔步地离开了讲台，身后跟着倒霉的库兹涅佐夫。

在大厅的后面，格里辛站在垂挂的幕布阴影里，怒视着在场的新闻媒体。不会太久了，他对自己做出承诺。不会太久了。

第十九章

在莫斯科中心区的西南角，莫斯科河在那里有一个一百八十度的转弯，形成了一片突出的土地，上面矗立着中世纪修建的诺夫德维奇女修道院，在其围墙的阴影下，有一个很大的公墓地。

这个墓地占地二十英亩，荫蔽在松树、桦树、椴树和柳树的林子里面。那里有两万两千个墓穴，埋葬着两个世纪以来的俄罗斯贵族和名人。

墓地分为十一个墓园。一至四号墓园是十九世纪的墓地，其一边是女修道院的围墙，另一边是中央界墙。

五至八号墓园位于界墙和边沿之间，边沿以外是赫莫夫尼奇斯基大道，有卡车在隆隆驶过。这里埋葬着共产党时代的伟人和坏人。小径和巷道的两边是元帅、政治家、科学家、学者、作家和航天员的坟墓。墓碑有些很简单，有些因自我崇拜而相当华丽。

宇航员加加林，因酒后驾驶样机遇难，就埋在这里，距离尼基塔·赫鲁晓夫圆形石雕头像仅咫尺之遥。飞机、火箭和枪炮的模型，表明了这些人生前从事的行业。其他人物胸前饰有花岗石的勋章，但大都被遗忘了。

中间的小径上有一道墙，上面开了一个狭窄的入口，通向三个小墓园，即第九、第十和第十一号墓园。由于地皮珍贵，到1999年冬天，剩下的地块几乎没有了，但还是为尼古拉·尼古拉耶夫陆军上将保留了一块。12月26日，就是在这里，米沙·安德烈耶夫埋葬了柯利亚大叔。

他尽量按照他们上次一起吃饭时老人提出的要求去做。参加葬礼的有二十位将军，包括国防部长和莫斯科两位主教中的一位。

老战士生前要求的是全套宗教礼仪，于是寺僧们摇起了薰香炉。带有芳香味的烟雾在冰冷的空气中袅袅升上了云霄。

墓碑呈十字状，用花岗岩制作，但没有死者的肖像，只有他的名字，下面凿刻着几个字：一位俄罗斯战士。

米沙·安德烈耶夫少将宣读了悼词。悼词很短，柯利亚大叔也许是想在最后作为一个基督教徒进入坟墓，但他讨厌过分热情的词语。

他读完后，当主教在拖长音调吟咏离别时，他把三条洋红色的绶带和苏联英雄金质勋章放在棺材上面。来自他自己的"塔曼斯卡亚"坦克师的八名战士担当了抬棺人，他们把棺木降到了墓穴里。安德烈耶夫后退一步，举手敬礼。两位部长和其他十八位将军也跟着敬礼。

当他们沿着中央小道向出口处和等候在外面的豪华轿车走去时，国防部副部长布托夫上将把手搭在了他的肩膀上。

"太可怕了，"他说，"走得太惨了。"

"总有一天，"安德烈耶夫说，"我会找到他们的。他们将会付出代价。"

布托夫显然有些困惑。他是政治任命的，是个文职军人，从来没有指挥过战斗部队。

"是的，嗯，我能肯定，民警正在尽他们最大的努力。"他说。

在人行道上，将军们一个个庄重地与他握手道别，然后钻进他们的公务汽车，匆匆离去了。安德烈耶夫找到自己的汽车，驾车返回基地去了。

五英里以外，冬日的天光在下午两三点钟就消退了，一个身穿袈裟、头戴筒帽的矮个子教士在积雪中匆匆穿行，摇摇摆摆地走进了位于斯拉夫扬斯基广场的那座洋葱头教堂[①]。过了一会儿，阿纳托利·格里辛上校也进来了。

“你怎么一副心神不宁的样子？”上校静静地说。

“我害怕极了。”教士说。

“不用害怕，马克西姆神父。事情是有曲折的，但没有我搞不定的。告诉我，为什么大主教那么突然地离开了？”

“我不知道。21日上午，他接到了札戈尔斯克的一个电话。对此，我一无所知。电话是他的私人秘书接的。我得到通知去收拾行李，才知道这事。”

“为什么是札戈尔斯克？”

“后来我获悉了。札戈尔斯克修道院邀请了巡回传教士格雷戈尔神父的布道活动，大主教决定去参加。”

“这等于他认同了格雷戈尔的异端邪说，”格里辛厉声说，“他一句话都不用说。亲自到场就表明了他的立场。”

“不管怎么样，我还是询问我是否可以一起去。秘书说不用了，圣座将带上一名哥萨克人做司机，还有他的秘书。两个修女放假去走亲戚了。”

“你没有及时通知我，神父。”

“我怎么知道那天晚上会有人要来？”神父悲哀地说。

“说下去。”

“后来我不得不给民警打了电话。哥萨克卫兵的尸体躺在楼上。上午，我给札戈尔斯克的修道院打了电话，把情况告诉了秘书。我说有武装抢劫，还开了枪，没说其他的。但后来民警改变了说法。他们说，袭击是针对大主教的。”

“然后呢？”

---

① 洋葱头教堂：东正教教堂的俗称，因为教堂的尖顶像洋葱头形状。

“秘书给我回了电话。他说，圣座深为不安。可以说是心烦意乱，主要是因为哥萨克卫兵的被害。不管怎么说，他还是留在札戈尔斯克，与僧人们待到圣诞假期结束，直到昨天才回来。他回来的主要事由，是主持哥萨克人的葬礼，然后要把遗体送到顿河他的亲属那里去。”

“那么大主教回来了。你打电话把我叫到这里来，就是为了告诉我这个？”

“当然不是。是关于选举的。”

“你用不着担心选举，马克西姆神父。我们虽然有些损失，但代总统肯定会在第一轮投票后遭淘汰。在决赛中，伊戈尔·科马罗夫还是能够战胜共产党的久加诺夫。”

“就是这事，上校。今天上午，根据圣座自己的请求，他去老广场与代总统进行了私下的秘密会晤。似乎在场的还有两位民警将军和其他的人。”

“你是怎么知道的？”

“他是赶回来吃午饭的，与他的私人秘书一起在书房里吃。我给他们上菜的时候，他们没有注意到我，继续讨论代总统伊凡·马尔科夫最后做出的决定。”

“什么决定？”

马克西姆·克利莫夫斯基神父像筛糠般浑身颤抖。他手里的蜡烛火光也在不断摇曳，柔和的烛光不停地在墙上图画内圣母和圣子的脸上晃动。

“冷静点，神父。”

“我冷静不了，上校，你必须理解我的处境。我已经尽了全力来帮助你们，因为我相信科马罗夫关于新俄罗斯的愿景。但我不能再这样下去了。对住宅发起的袭击，今天的会面……这一切都太危险了。”

一只强有力的手抓住了他的上臂，他畏缩了。

“你已经陷得太深了，现在要退出来已经太晚了，马克西姆神父。你没有其他地方可去。一方面，你回去后要继续在餐桌边当好服务员，别去理会教会和圣座的命令。另一方面，你再等二十一天，到时候伊戈尔·科马罗夫和我本人就会获胜，你将会上升到做梦都想不到的高位。现在告诉我，他们与代总统会面时都说了些什么？”

“不会有选举了。”

“什么？”

“哦，选举还是有的。但科马罗夫没有参加。”

“他们不敢，”格里辛耳语着，“他不敢宣称伊戈尔·科马罗夫是不合适的人选。这个国家的一半以上是支持我们的。”

“事情不止这些呢，上校。显然那些将军们也很顽固。老将军被害以及企图谋杀银行家和民警将军，尤其是圣座，已经激怒了他们。”

“到了什么程度？”

“1月1日是新年元旦。他们认为，每个人都会像以往那样喝酒庆祝，没能力协调行动。”

“什么每个人？什么行动？你给我解释清楚。”

“你们的每个人，你指挥的每个人。保卫你们自己的行动。他们已经集中了四万人的队伍，包括总统卫队、特警部队和联邦武警，还有几支特种部队以及内务部驻扎在市内的精英部队。”

“要干什么？”

“要把你们全都抓起来。罪名是阴谋反对国家。要粉碎黑色卫队，把黑色卫兵在兵营里逮捕起来或杀掉。”

“他们不能那样做。他们没有证据。”

“显然，黑色卫队的一名军官已经准备站出来作证。我听到秘书也是这么认为的，那是大主教的回答。”

格里辛上校站在那里，像是受到了电击似的。他有一个想法：那些懦夫是没有胆量采取行动的。他的另一个想法认为，这也许是真的。伊戈尔·科马罗夫从来没有屈尊加入到杜马的舞台。他一直是一名政党领袖，但他不是杜马成员，因此没有议员的豁免权。他，阿纳托利·格里辛，也没有这个豁免权。

如果真的有一名黑色卫队的军官出来作证，那么莫斯科地方检察院就会签发拘留证，把他们至少拘禁到大选日期。

作为审讯官，格里辛目睹过人们在极度恐慌时的举动：跳楼、卧轨、碰触电网。

如果代总统及其周围的人、总统卫队、打黑的警察将军和民警局长都意识到，科马罗夫上台执政后他们会面临什么前景，他们也许是会处于那种极度惊恐状态的。

“你回去吧，马克西姆神父，”他最后说，“记住我说过的话，你已经走得很远了，现在的当局是不会宽恕你的。对你来说，爱国力量联盟必须获胜。我要知道发生的所有事情、你听到的所有事情、每件事情的进展情况、每次会面和每次会议的情况。从现在起，直至新年元旦。”

怀着感激的心情，这位惊慌失措的神父急忙离开了。六个小时后，他的老母亲患了严重的肺炎。他向大主教请假，得到了恩准，同意他回家去照顾老母亲。夜幕降临时，他已经坐上了开往日托米尔的火车。他认为，他已经尽了自己最大的努力。他已经按要求做了所有的工作，甚至更多。但米迦勒及其天使们[①]，不会让他在莫斯科再作停留了。

① 米迦勒：大天使米迦勒是正义压倒暴力与邪恶的象征。这里指的是科马罗夫及其爱国力量联盟。

那天晚上，杰森·蒙克给西方写了最后的一份信息。没有了电脑，他用大写字母慢慢地仔细书写，满满当当地写了两张纸。然后在台灯下，他用乌马尔·古纳耶夫给他买来的小型照相机，把两张纸分别反复拍摄了好几次。最后，他烧毁信纸，把灰烬倒进厕所的马桶里冲走了。

黑暗中，他把未曝光的胶卷从照相机里取出来，塞进了事先买来的一只铅笔般粗细的小瓶子里。

九点半，马戈茂德和两名保镖开车，把他护送到了他指定的地址。那是一处破烂的住所，一座独立的小房子，位于远离莫斯科的东南郊纳加蒂诺区。

应声来开门的老人留着胡茬，瘦骨嶙峋的身躯上裹着一件羊毛衫。蒙克不可能知道，他曾经是莫斯科大学一位令人尊敬的教授，后来由于为学生发表了一篇呼吁民主政府的文章，与共产党政权决裂了。

那已经是改革以前很久的往事了。后来，他还是得到了平反，但已经太晚了，他只得到了一份微薄的国家养老金。当时，他侥幸没被送去劳改营。当然，他们剥夺了他的工作，还有他的公寓。他被贬为扫马路的清洁工。

这么多年他能够活下来，应该归功于一位同龄人。有一天，那人在街上站在他旁边，用可以听懂的、但带有英语口音的俄语与他谈话。他从来不知道奈杰尔·欧文的名字，只是称他为“利卡”，即狐狸。这真的不是什么大事情，英国使馆代号为狐狸的间谍说，只是有时候可以帮个忙。小事情，小风险。他建议俄罗斯教授接受饲养信鸽的业余爱好，还有一百美元以使他的灵魂和身体得到一丝慰藉。

二十年后的这个冬夜，他凝视着门口的年轻人，问道：“什么事？”

“我有一件小物品要交给狐狸。”蒙克说。

老人点点头，伸出手去。蒙克把小瓶子放进他的手心里，老人退回去，关上了门。蒙克转身朝汽车走回去了。

半夜里，小“马尔蒂”的一条腿上绑了一个小瓶子，被释放了。它是几个星期前，由米奇和查兰从芬兰出发经长途行驶带来莫斯科的，然后由能够看懂莫斯科地图并找到这个模糊地址的布莱恩·文森特交付给老人的。

“马尔蒂”在架子上站了一会儿，然后展开翅膀，盘旋着升上了莫斯科寒冷的空中。它升到了一千英尺上空，夜空的寒气可以把人冻僵。

洲际通信公司的一颗卫星，这时候正好飞临冰冷的俄罗斯大草原上空。按照指令，卫星开始向这座城市发射下行的“孩子，你在吗？”的加密信息，它不知道自己之前已经摧毁了这个电子小孩。

在莫斯科郊外，俄联邦信息局的网络监听员在进行计算机扫描，以期捕获格里辛上校要求查找的那个外国间谍所发射的信号亮点，这样，三角测定法就能把信号发射源的范围确定在某一栋建筑物。

卫星飞走了，没有出现尖峰亮点的信号。

在“马尔蒂”的小脑袋里，一个磁性脉冲告诉它，三年前它刚刚孵出、还睁不开眼睛、一副弱不禁风的样子的时候，它的家乡是在北方。于是它转向北方，迎着凛冽的寒风穿越黑暗飞了过去。在黑暗和寒冷中，时间一小时一小时地过去了，它的脑子里只有一个欲望，回到属于它的家里去。

没有人看到它。没有人看到它离开这座城市，没有人看到它掠过右边圣彼得堡的万家灯火，跨过了海岸。它只是飞呀飞，带着那份信息，带着它要回家的渴望。在离开莫斯科十六个小时之后，饥寒交迫的它拍着翅膀飞进了芬兰赫尔辛基郊外一座住宅的阁楼。一双温暖的手从它的腿上取下了那份信息，三个小时之后，奈杰尔·欧文爵士在伦敦读到了该信息。

看完信息内容后，他微笑了。事情进展得很顺利。蒙克还有最后一项任务，然后他就应该转入地下，直至最终平安撤出。但欧文无法预测这个自行其是的弗吉尼亚人心里有什么打算。

当“马尔蒂”悄无声息地在头顶上方飞过的时候，伊戈尔·科马罗夫和阿纳托利·格里辛正在该党领袖的办公室里开会。作为总部的这座小楼房，除了一楼有卫兵在值勤外，其他办公室都没有人了。在外面的黑暗中，狼狗在自由地跑动。

科马罗夫坐在自己的办公桌后面，灯光下他的脸色一片惨白。格里辛刚刚汇报完毕，他向爱国力量联盟的领袖报告了他从变节的教士那里得到的消息。

格里辛刚刚汇报情况时，科马罗夫似乎已经萎缩了。以前那种冷静的控制力消失了，那种毫不犹豫的决断力不见了。格里辛知道这种现象。

大多数令人敬畏的独裁者突然间被剥夺了权力时，都会有这种现象。1944年，曾经趾高气扬的意大利法西斯元首墨索里尼，一夜之间就变成了疲于逃命的丧家犬。

当企业界大亨的抵押物赎回权被取消，喷气飞机被没收，豪华轿车被扣押，信用卡被撤销，高管职员离去，整座大厦轰然倒塌时，确实是会消沉的，其往日敏锐的头脑，会变得一片空白。

格里辛知道这种现象，因为他见到过将军们和部长们在地牢里吓得缩成一团的样子。曾经叱咤风云、不可一世的党务大员们，可怜地等待着党的无情判决。

事情正在发生剧变，操纵言辞的日子结束了。他自己的时刻已经来临。他一直看不起库兹涅佐夫玩弄文字和形象的把戏，似乎搞一份正式的公报就能够产生权力。在俄罗斯，权力是来自枪杆子的，过去是这样，将来也会是这样。讽刺的是，他在世间最恨的人，那个美国的超级英雄，带来了现在的这种局面，搞得爱国力量联盟领袖现在似乎已经丧失了意志，几乎随时准备听从格里辛的建议。

阿纳托利·格里辛不想败给代总统伊凡·马尔科夫的民警部队。他不会摒弃伊戈尔·科马罗夫，但他可以帮他免除祸殃，继而登上梦寐以求的宝座。

在伊戈尔·科马罗夫的内心世界里，他现在像理查德二世[①]那样呆坐着，面对这么短时间内所遭受的灾难嘀嘀咕咕地发牢骚。

11月初的时候，似乎世界上没有任何力量能够阻挡他赢得1月份的大选。在这个国家里，他的政党效率比其他政党高了一倍。他的演说使民众着迷。民意测验表明，他将在全国获得百分之七十的选票，足以在第一轮选举中胜出。

他不明白怎么会变成现在这种局面，尽管他能够意识到，事情是一步一步地发展过来的。

“暗杀敌人的行动是个错误。”他终于开口说话了。

“坦率地说，总统先生，这次行动在战术上是稳当的。那三个人当时没在家里，只是我们运气不好。”

科马罗夫哼了一声。也许是碰上了坏运气，但此事引发的反响则更为糟糕。新闻媒体有什么理由认为，他是该事件的幕后人？是谁泄露风声的？以前媒体总是着迷于他的每一句话，现在他们竟然恶语辱骂他。记者招待会是一场灾难。那些外国人的提问是粗暴的刁难。他从来没有被如此傲慢无礼地对待过。这是库兹涅佐夫安排的。在以前的私下采访时，他一直受到尊敬，他的观点都会得到认真倾听，都会得到点头同意。然而那个年轻的傻瓜却提出了记者招待会的馊主意……

“你对消息来源有把握吗，上校？”

“有，总统先生。”

① 理查德二世：英格兰国王，1377年—1399年在位，1399年遭废黜后被囚禁在伦敦塔。

“你相信他吗？”

“当然不。但我相信他的欲望。他是唯利是图的腐败分子，追求高位，沉迷安逸，这两方面他都得到了承诺。他透露了英国间谍和美国特工对大主教的两次访问。您读过了蒙克第二次与大主教会面时的录音文字材料，我根据其中的威胁，做出了要让反对派永远安静下来的决定。”

“但这一次……他们真的胆敢打击我们？”

“我认为我们不应该轻视。用拳击的术语说，要动真格了。傻瓜代总统心中明白，他无法战胜您，但或许能够战胜久加诺夫。指挥民警的将军们及时认识到了您要对他们清洗的意图。利用爱国力量联盟与黑手党财务关系的指控，他们可以捏造罪名。是的，我认为他们也许会做出这种尝试。”

“假如你是他们，作为设计师，你会怎么做，上校？”

“也一样会那么做。当我听教士讲起他在桌子边端菜服务时大主教在讨论的事情时，我认为这不会是真的。但后来我越想越觉得这是行得通的。1月1日的黎明是一个极好的时间。有什么人不受头天晚上的宿醉影响？有什么卫兵依然头脑清醒？有什么人能够快速果断地做出反应？新年的早晨，大多数俄罗斯人都是醉醺醺的，除非他们被关在营房里滴酒不沾。是的，这是行得通的。”

“你在说些什么呀？我们要完蛋了吗？就因为一个惊慌失措、野心勃勃的政治家，一个狂热的教士和一些提拔得太高的民警，难道我们的一切努力都付诸东流了？难道伟大的愿景永远不会实现了？”

格里辛站起来，从书桌上探身向前。

“我们的一切努力，就是要得到现在这个结果吗？不，总统先生。成功的关键在于了解敌人的意图。这个，我们已经做到了。他们把我们逼上了绝路。我们别无选择，只能背水一战，实施先发制人的打击。”

“打击？打击谁？”

“拿下莫斯科，总统先生。拿下俄罗斯。一夜之间，莫斯科和俄罗斯都将落到您的手里。除夕夜，我们的敌人将会庆祝新年的到来，他们的部队整夜都被关在兵营里。我可以组织一支八万人的部队，在夜里拿下莫斯科。一旦莫斯科到手，下一步就是俄罗斯。”

“政变？”

“这种事情以前发生过，总统先生。整个俄罗斯和欧洲的历史，就是有远见的人抓住瞬间机会夺取国家权力的故事。墨索里尼拿下了罗马和整个意大利。希腊的军官们拿下了雅典和整个希腊。没有发生内战，只是一场速战速决的行动。战败者逃跑了，他们的支持者吓破了胆，想寻求加盟。到元旦那天，俄罗斯就是您的了。”

科马罗夫陷入了沉思。他将占领电视台，向全国发表讲话。他将声称，他已经采取行动，阻止了取消选举的反人民阴谋。人们会相信他的。那些将军们会被逮捕起来，校官们会转变立场，站到他这边来以期得到晋升。

“你干得了吗？”

“总统先生，在这个腐败的国家里，一切都是可以用钱买到的。所以，祖国需要伊戈尔·科马罗夫，去荡涤污泥浊水。我可以用钱买到我所需要的所有军队。给我下命令吧，在元旦的中午，我把您领进克里姆林宫的国家公寓。”

伊戈尔·科马罗夫用手托着下巴，凝视着桌面上的写字板。过了一会儿，他抬起眼皮去迎视格里辛上校的目光。

“干吧。”他说。

如果格里辛从零开始，要在四天内组建一支去夺取莫斯科的军队，他是绝对做不到的。

但他并不是从零开始。早在几个月前他就已经知道，一旦伊戈尔·科马罗夫赢得总统选举，就会立即把所有的国家权力转移到爱国力量联盟。

政治方面的事情，正式废除各个反对党派，将由科马罗夫负责，他自己的任务就是镇压或者解除和解散国家的武装部队。

为准备这个任务，他早就确定了谁是他的天然盟友，谁是他的明显敌人。后者主要包括总统卫队，这是一支由三万人组成的武装力量，其中六千人驻扎在莫斯科市内，一千人布置在克里姆林宫里面。指挥这支御林军的科林将军，是叶利钦手下臭名昭著的亚历山大·科尔扎科夫的继任人。他们都是已故总统切尔卡索夫提名和任命的，他们都会为保卫合法政权而与暴乱做斗争。

在他们的后面是内务部队，有十五万军人。格里辛感到欣慰的是，这支庞大的部队大部分分散部署在辽阔的俄罗斯各地，首都周边只有五千人。内务部队的将军们不久就会知道，他们将第一批被用牛车送去古拉格，他们会明白，与总统卫队的高级军官一样，在新俄罗斯和格里辛的黑色卫队里，他们是不会有存在空间的。

排在第三位的，是与多尔戈鲁基黑手党水火不相容的两支打黑队伍，即由内务部管辖的总部在日特尼广场的联邦武警，以及位于沙波罗夫卡大街的莫斯科市内机构——打黑部，由彼得罗夫斯基将军指挥。在格里辛统治下的俄罗斯，这两个机构及其联邦武警和特警部队，毫无疑问只有一个地方可去，那就是劳改营，或者是接受处决的刑场。

然而，在1999年即将崩溃的俄罗斯，还有许多部门或私人的武装，格里辛知道，他还是有天然的和可以收买的同盟。胜利的关键是要使部队保持无知、迷茫和内讧，最终失去战斗力。

他自己的直属部队是六千人的黑色卫队和两万人的青年战斗队。

前者是他多年来精心培育的一支精锐部队。其军官梯队全部来自战斗经验极为丰富的前特种部队、空降兵部队、海军陆战队和内务部队，在入伍仪式上都通过了严格的考验，都证明了他们的残酷无情和对极右翼党派的无限忠诚。

然而在四十名高级军官中肯定有一个叛徒。显然，某个人与当局和媒体有过接触，谴责了12月21日的四次暗杀行动是由黑色卫队干的。这个推论太快了，不可能是自发产生的。

他别无选择，只能禁闭并且隔离那四十名高级军官，这事已经在12月28日完成了。详细审讯和揭露叛徒的工作只能安排在以后进行。为保持士气，低级军官得到了提拔去补缺，而且还被告知，他们的指挥官正在外地参加培训。

格里辛俯视着一张大比例的莫斯科州地图，在准备他的除夕战役计划。他最大的优势是那天莫斯科的街道几乎是空荡荡的。

除夕的下午，人们实际上是不工作的，莫斯科人带着酒菜去自家的度假小屋，或去参加通宵的团体派对。下午三点半夜幕就降临了，此后只有那些意犹未尽的人，才会冒险进入寒冷的黑夜去买酒。

每个人都要庆祝，包括那些因工作需要不能离岗回家的守夜人和加班人员，他们把酒带到工作岗位去喝。

格里辛盘算，到六点钟时，他就能把街道全都拿下了。六点钟时，国家机关各部和政府办公大楼里，除了夜间值班人员以外没有其他人了。到十点钟时，即使是这些值班人员和还在兵营里的战士也全都喝醉酒自身难保了。

一旦他的进攻部队开进市内，首先要从外围封锁莫斯科。这任务他交给了青年战斗队。进入莫斯科有大小道路五十二条，要把它们全都封锁起来，他需要一百零四辆重型卡车，车厢里装上混凝土块压载物。

他把青年战斗队分成一百零四个基本小组，每个小组由一名经验丰富的黑色卫队战士来担任指挥官。卡车可以从长途运输公司那里租赁，或者在除夕的上午用枪口指着去抢劫。在指定的时间里，每一对卡车必须就位，按要求从十字路口开出去，到了公路上就面对面地横过来停放，然后就趴着不动了。

在进入莫斯科的每一条大路上，在莫斯科州与相邻各州的边界上，都有内务民警的岗亭，里面有一部电话和几个无精打采的战士，还有一辆停在外面的装甲运兵车。除夕夜，装甲运兵车里面不会有人，乘员们都会在岗亭内庆祝新年。在格里辛需要进城的公路上，必须拔除这个哨位。对于其他的哨位，青年战斗队将把卡车堵在城乡接合处的第一个十字路口，让民警像往常一样去喝得酩酊大醉。二百多人的青年战斗队各个小组将埋伏在卡车的城区一侧，以阻止任何驰援车队进入莫斯科。

在市内，他需要拿下七个目标，其中两个是主要的，五个是次要的。由于他的黑色卫队驻扎在城外乡下的五个基地里，城里只有一个小小的兵营为科马罗夫的住宅提供安保，最简单的进城方法是分五路长驱直入。但是要协调行动，就会有大量的无线电通讯。他更喜欢在无线电静止的状态下，把整个部队拉进城内。因此他倾向于使用一支卡车车队。

由于他的主要基地和总部基地是在东北边，他决定在12月30日把六千名全副武装的黑色卫兵全都用车辆集中到那个基地，然后沿着主公路向市内挺进。这条路在开始时叫雅罗斯拉夫斯科耶路，在接近内环路时叫米拉大街（和平大街）。

两个主要目标的其中一个，是庞大的奥斯坦基诺电视中心，离那条道路只有半英里，为此，他打算在六千名黑色卫兵中，抽出一支两千人的分遣队去对付那里。

剩下的四千人由他亲自指挥，他将向南行驶，经过奥林匹克体育场，跨过环城路，直插莫斯科市中心，去夺取最大的奖品——克里姆林宫。

“克里姆林”是堡垒的意思。在俄罗斯，每一座古老的、设有城墙的城市市中心都有一个堡垒。长期以来，莫斯科克里姆林宫一直是俄罗斯最高权力的象征和体现。在黎明时，他必须拿下克里姆林宫，征服其卫戍部队，并使其无线电室无法求援，不然的话，天平也许会偏向另一边。

对于五个次要目标，虽然时间已经相当局促，但他还是打算把它们交给应该能够结成联盟的四支武装部队。

这些目标，一是位于特维尔大街上的市政府大楼，那里有一个可以发出求援信号的通讯室；二是在日特尼广场的内务部，其通讯网络可与散布在俄罗斯各地的内务部队相连接，还有隔壁的联邦武警兵营；三是在老广场周边的总统府和政府部门办公大楼；四是驻扎在科丁卡机场的军情局营房，如果他们发出求援的信号，那里会是一个理想的空投点；最后一个是议会大厦，即俄罗斯杜马。

1993年，鲍里斯·叶利钦曾经把他的坦克炮口对准杜马的办公大楼白宫，迫使造反的议员们举着双手走出来，白宫遭到了严重的损坏。四年来，杜马已经转移到了马涅什广场的前国家计委办公楼，但在损坏修复后，俄罗斯议会又搬回到河边新阿尔巴特街尽头的白宫去了。

新年除夕，市政府大楼、杜马和位于老广场的各部大楼都将成为空壳。用炸药把大门炸开后，这些地方很容易就能占领。如果打黑部队或者在老机场的一小股伞兵和军情局情报官试图反击，那么在联邦武警的兵营和科丁卡基地，有可能会爆发一些战斗。这两个目标，他打算交给准备花钱雇佣的特种部队。

第八个目标，即暴乱中最明显的目标，是国防部。在位于阿尔巴茨基广场的这座灰色石头大楼内，值班的工作人员数量有限，但里面有一个通讯总部，可立即与分布在俄罗斯各地的陆海空军基地取得联系。他不会派部队去冲击国防部，对此他有一个专门的计划。

在俄罗斯，要为极右翼党派的暴乱找到自然的盟友，并不是一件难事。首先可以选择的是俄联邦安全局。这个机构的前身，就是他曾经工作过的克格勃内威力强大的第二总局，过去经常按照政治局的命令，对苏联的各个阶层实施镇压。自从推行所谓的民主理论之后，它昔日那强大的威力已经衰落了。

俄联邦安全局总部在著名的捷尔任斯基广场的克格勃中心，那里现在改名为卢比扬卡广场，后面就是同样闻名和令人恐惧的卢比扬卡监狱。它依然负责反间谍工作，也有一个专门打击有组织犯罪的部门。但后者的效果还不及彼得罗夫斯基将军打黑部的一半，因此并没有激起多尔戈鲁基黑手党强烈的报仇心态。

为协助其工作，俄联邦安全局还有两支快速反应部队，“阿尔法”小组和“信号旗”小组。

这两支队伍曾经是苏联最精锐、最可怕的特种部队，有时可与英国的特空团相媲美。但关键是忠诚问题。

1991年，国防部长亚佐夫和克格勃主席克留奇科夫合谋发动了一场针对戈尔巴乔夫的政变。政变失败了，虽然它导致了戈尔巴乔夫的下台和叶利钦的兴起。起先，“阿尔法”小组参加了政变，但中途他们改变了主意，允许鲍里斯·叶利钦从杜马中出现，爬上一辆坦克，在世人面前成了英雄。当身心受到创伤的戈尔巴乔夫从克里米亚的软禁中得到释放，飞回莫斯科之后，他发现老对手叶利钦在负责这两支特种部队，于是对“阿尔法”小组的怀疑一直没有消散。“信号旗”小组也一样。

到1999年，这两支装备精良、英勇善战的部队依然声誉不好。但对格里辛来说，它们有两个优势。与许多特种部队一样，它们有很多经验丰富的军官和军士，新兵很少。这些老兵在政治上是右倾的：反对闪米特人，反对少数民族，并且反对民主。再者，他们已经六个月没有领到军饷了。

格里辛给出的承诺像海妖的歌声一般诱人：恢复克格勃原来的权力，真正的精英部队应该享受特级待遇，双倍的薪水，从科马罗夫的政变时刻开始发放。

新年除夕，“信号旗”部队要带上武器，离开军营，奔赴科丁卡机场和陆军基地，把两者都拿下来。“阿尔法”小组的任务是去对付内务部和相邻的联邦武警兵营，另外派出一个分遣的连队，去拿下沙波罗夫卡大街后面的特警部队兵营。

12月29日，格里辛去莫斯科郊外参加一个会议，地点是在多尔戈鲁基黑手党的一栋华丽的乡间度假别墅。在那里，他见到了这个黑帮组织的高层委员会，并向他们作了讲话。对他来说，这是一次非常重要的会议。

在黑手党看来，他有许多解释工作要做。彼得罗夫斯基将军发动的袭击依然在刺痛着他们。作为资助人，他们要求爱国力量联盟做出解释。但在格里辛讲话的时候，气氛发生了变化。当他讲到有一个计划要宣称伊戈尔·科马罗夫是不合格的人选，不能参加即将举行的总统大选时，原先的敌对情绪变成了恐慌。他们都把赌注押在了科马罗夫的竞选成功上。

更重大的打击是格里辛接下来透露的内容。他说，这一想法已被另一个所取代：国家准备逮捕科马罗夫，摧毁黑色卫队。不到一个小时，黑手党头目反过来向他问计。当他宣布了他的解决意图后，他们都惊得目瞪口呆。横行霸道、欺骗谋杀、黑市交易、敲诈勒索、毒品走私和组织卖淫，都是他们的专长。但政变，这个赌注实在是太高了。

“这只是一次最大的窃取，窃取这个共和国，”格里辛说，“你们如果拒绝，那就回去继续遭受内务部和俄联邦安全局等部门的追猎。如果接受，这块土地就是我们的了。”

他使用的词语是zemlya，即英语的land，其含义是国家、国土及其范围内的一切。

桌子的上首坐着一位资深而年长的黑手党徒，他是一个老“贼人”，与其父亲和家族里所有的人一样，出生在下层社会，在多尔戈鲁基黑手党内部是最接近西西里长老的人物。现在，他盯着格里辛看了好长时间，其他人都在等待。然后，这个歹徒开始点头，他那布满皱纹的脑袋，在一上一下地掀动，活像一条老蜥蜴在发信号表示赞同。最后的资助款项同意了。

这也是格里辛所需要的第三支武装力量。莫斯科城里的八百家私人保安公司中，有两百家是多尔戈鲁基的前线部队。他们将提供两千人，都是全副武装的退伍军人或克格勃恶棍，其中八百人去冲击并占领空荡荡的白宫，即杜马的办公大楼。一千两百人去进攻集中在老广场的总统府和政府各部，除夕夜，那里也将是空荡荡的。

同一天，杰森·蒙克打电话给彼得罗夫斯基少将。他还是住在特警部队的兵营里。

“哪位？”

“还是我。你在干什么呢？”

“这与你有什么关系？”

“你是不是在整理行装？”

“你怎么知道？”

“所有的俄罗斯人都想与家人一起度过除夕夜。”

“听着，我的飞机一个小时后要起飞。”

“我认为你应该取消行程。除夕每年都会有的。”

“你说什么，美国人？”

“上午的报纸，你看到了吗？”

“看了一些。怎么啦？”

“最新的民意测验分级。媒体报道了前几天爱国力量联盟和科马罗夫召开的记者招待会，情况表明他的支持率为百分之四十，而且还在下降。”

“那么，他会在选举中败北。新共产党的久加诺夫会替代他。对此，我能怎么办呢？”

“你认为科马罗夫能够接受这个结果吗？我告诉过你，他神志不正常。”

“他将不得不接受。如果他在两周之内失败，那就没戏了。情况就是这样。”

“那天晚上，你还对我说了其他的。”

“什么？”

“你说，如果俄罗斯国家遭到攻击，国家是会开展自卫的。”

“你还有什么秘密藏着掖着？”

“我什么都不知道，我只是怀疑。你难道不知道怀疑是俄罗斯人的特长吗？”

彼得罗夫斯基凝视着话筒，然后去看营房行军床上收拾了一半的行李。

“他不敢的，”他平静地说，“没人敢。”

“亚佐夫和克留奇科夫就干过了。”

“那是在1991年。现在情况不同了。”

“只是他们把事情搞糟了。为什么不留在城里度假呢？以防有什么事情发生。”

彼得罗夫斯基少将放下电话，开始打开行李。

12月30日，格里辛在一家啤酒馆里的会面上，敲定了他的最后一个盟友。对方是一个有啤酒肚的暴徒，是新俄罗斯运动的街头打手头目。

尽管名称自命不凡，但新俄罗斯运动只不过是一个松散的组织，其成员都是些刺文身、剃光头的极右街头恶棍，他们靠拦路抢劫和虐待犹太人获利和取乐，他们习惯于以俄罗斯的名义向路人尖声喊叫。

格里辛取出砖头般的美元，放在了他们之间的桌子上。新俄运的打手头目贪婪地盯着这些钱。

“我随时都有五百个优秀的小伙子听我使唤，”他说，“什么任务？”

“我会派五个黑色卫兵过来。你们要听从他们的战斗命令，不然就取消交易。”

战斗命令听起来不错，有军事行动的味道。虽然从来没有与爱国力量联盟联合过，因为他们不喜欢纪律的约束，但新俄运成员为能够成为新俄罗斯的战士而感到自豪。

“目标是什么？”

“除夕夜十点到十二点之间。冲击、夺取并占领市政府大楼。有一条规定。黎明之前不许喝酒。”

新俄运指挥官思考了一下。他也许反应愚钝，但能够感觉到爱国力量联盟正在搞一项大行动。也该是时候了。他从桌子上探身过去，他的手接近了那捆砖头般厚的美元。

“行动结束后，我们要犹太人。”

格里辛微笑了。

“作为我给你们的个人礼物。”

“行。”

他们为新俄运制订了在普希金广场花园集合的详细计划，那里离莫斯科市政府大楼只有三百码，而且很好找。广场就在麦当劳中心店对面。

在坐车离去的路上，格里辛陷入了沉思，在适当的时候，确实应该考虑莫斯科犹太人的归宿问题，还有新俄运的这些社会渣滓。把他们装在同一列火车上是很有意思的，一路东行去沃尔库塔[①]。

① 沃尔库塔：位于俄罗斯科米自治共和国东北角，距北极圈160公里，距莫斯科2000多公里。三十年代起设有劳改营。斯大林曾陆续驱赶两百万劳工到那里开采煤矿，其中180万人死于严寒，15万人遭到枪杀。

12月31日上午，杰森·蒙克又打电话给彼得罗夫斯基少将。他在沙波罗夫卡大街打黑部的总部办公室里，那里现在只剩下一半人在工作。

“还在岗位上？”

“是的。你这个讨厌鬼。”

“打黑部有直升机吗？”

“有啊。”

“能在这种天气飞行吗？”

彼得罗夫斯基透过防盗窗去看低垂在空中的铅灰色云团。

“不能飞到云层上面去。但在云层下面应该是可以的。”

“你知道格里辛黑色卫队的城外兵营位置吗？”

“不知道，但我可以找到。怎么啦？”

“你可以飞到这些兵营的上空去看一看。”

“那里有什么情况？”

“嗯，如果他们是热爱和平的公民，那么所有的兵营都应该是亮着灯的，每个人都会待在温暖的室内，午饭前喝一点小酒，在为晚上的庆祝活动做点准备。去看看吧。四个小时后，我再打电话给你。”

电话再次打过来时，彼得罗夫斯基信服了。

“四个兵营似乎已经关闭了。他自己的大本营，在这里的东北边，则像蚁冢一样热闹。几百辆卡车在忙着装卸。他似乎把整个部队都集中到一座兵营去了。”

“他在干什么，将军？”

“你告诉我吧。”

“我也不知道。可我不喜欢那样。看上去像是要搞夜间演习。”

“在除夕夜？别神经病了。除夕夜，每个俄罗斯人都会喝醉的。”

“我也是这么想的。午夜时，莫斯科的每一个战士都会喝得烂醉如泥，除非他们接到过禁酒的命令。但这样的命令是不受欢迎的，但我说过了，每年都会有除夕的。你认识联邦武警部队的指挥官吗？”

“当然认识。科兹洛夫斯基将军。”

“总统卫队的指挥官呢？”

“认识，科林将军。”

“他们现在都与家人在一起吗？”

“应该是吧。”

“听着，坦率地说，如果发生最坏的事情，如果科马罗夫最终获胜，那么你、你的妻子和女儿塔季扬娜会有什么结果？熬上一个晚上，打几个电话问问。这是值得的。”

放下电话后，杰森·蒙克拿起了一张莫斯科及其周边郊区的地图。他的手指在首都的东北地区转来转去。那里是彼得罗夫斯基说过的爱国力量联盟和黑色卫队的大本营。

从东北方向过来，主要的公路是雅罗斯拉夫斯科耶路，然后变成米拉大街。这是一条交通大动脉，经过奥斯坦基诺电视中心。他又拿起了电话。

“乌马尔，朋友。我要你最后帮个忙。是的，我发誓这是最后一次。一辆有车载电话的轿车，要用一个通宵……不，我不需要马戈茂德和其他人，我不想打扰他们的新年聚会。就一辆汽车和一部电话。哦，还要一支手枪，如果问题不是太大的话。”

他听着电话另一头传来的笑声。

“是不是要特殊型号的？嗯，好吧……”

他回想起在福布斯城堡的射击培训。

“你能搞到瑞士制造的西格-绍尔手枪吗？”

第二十章

在莫斯科以西两个时区，气候就相差很大了，那里天空晴朗，阳光灿烂，气温只有零下两度，“机械师”快速穿越林子，朝着庄园的房子逼近。

跨越欧洲的旅程准备，他与往常一样十分谨慎，一路上没遇到什么问题。他喜欢驾车。枪支与飞机是一对矛盾，不可能既携带枪支又乘坐飞机，但汽车里有许多可以藏匿的部位。

他的莫斯科牌照沃尔沃汽车在经过白俄罗斯和波兰时没有引起丝毫注意。他的证件表明他是俄罗斯商人，要去德国参加会议。对他汽车的检查，没有发现什么可疑的东西。

俄罗斯黑手党在德国的势力很强，他在那里做了一下休整，把沃尔沃汽车换成一辆德国牌照的梅赛德斯-奔驰汽车，轻松地搞到了一支猎用步枪、一只瞄准镜和一些中空弹[①]，然后他继续西行。在欧盟的新政策下，国与国之间的边界实际上是不存在的，他跟在一长溜汽车后面，一个不耐烦的海关官员挥手让他们全都通过了国界。

他已经搞到了此行目的地的一张大比例交通图，辨认出离目标最近的村庄，还有庄园的房子。他按照路牌所示穿过那个村庄，抵达一条短短的车道入口处，注意到了一个路标，确认没有搞错地址，然后

① 中空弹：又叫空尖弹，是弹头尖端中空的子弹，在种类上属于扩张型弹头，因会对受害人造成极大的生理痛苦和巨大的心理恐慌，且会导致受害人缓慢死亡，是1899年《海牙公约》所禁止使用的弹头，但民间狩猎除外。

继续向前行驶。

他在五十英里外的一家汽车旅馆住了一宿，于黎明前驾车返回，在离庄园两英里远的地方停好汽车，穿越林子走完剩下的路程，出现在房子后面的树林边缘。当冬日虚弱的太阳从地平线上升起来的时候，他在一棵巨大的山毛榉树干旁边找了一个可以躺卧的位子，安顿下来后就地等待着。从坐着的地方，他可以俯视下面三百码远处的那栋房屋和院子，而他隐藏在树后，是不会被发现的。

大地恢复了生机，一只大公鸡昂首阔步走到离他只有几码远的地方，怒视着他，然后急急走开了。两只灰色的松鼠在他头顶上的山毛榉树枝上嬉戏。

九点钟，院子里出现了一个人。“机械师”举起望远镜，稍微调整了一下焦距，那人看上去就像在十英尺远的地方。这不是他的目标，是一个男仆，从院墙下的棚屋里取了一篮子木柴，返回里面去了。

院子的一边是一排马厩，其中两间在使用。一匹枣红色的大马和一匹栗色大马正在矮门的上方探头探脑。十点钟，它们有东西吃了，一个姑娘出来，给它们带来了新鲜的干草。然后她就回到里面去了。

快到中午时，一个年长者出现了，他穿过院子走到马厩旁，拍拍马儿的鼻口部。“机械师”通过望远镜审视着这个人的面孔，又低头去看放在旁边霜冻的草地上的一张照片。没错。

他举起猎枪，从准星看出去。粗花呢外套占据了整个瞄准圈。那人面朝马儿，背对着山坡。保险拉开了，枪杆握紧了，扳机慢慢扣动了。

枪声在山谷里回荡。院子里，穿粗花呢外套的长者似乎被推进了马厩的门内。脊背上心脏部位的弹孔消失在粗花呢的图案之中。子弹出口处的伤口贴在了白色的马房门上。那人膝盖弯曲了，身子慢慢地下滑，在漆面上留下了污渍。第二颗子弹削掉了他半个脑袋。

“机械师”站起身，把猎枪插进羊皮套里，挂到肩膀上，开始慢跑。他的行进速度很快，因为他已经记住了六个小时前走过的路径，返回汽车的路径。

在乡下，冬日上午的两声枪响并不是很奇怪，可能是农夫在射猎野兔或乌鸦。然后会有人去看窗外，跑到院子对面。会有尖叫声，他们会难以置信，接着试图抢救，所有这些都是浪费时间。然后他们会跑回屋子里，给警察打电话，语无伦次的解释，冗长的官腔询问。然后会来一辆警车，最终也许会设置路障。

一切都太晚了。十五分钟后，他就回到了汽车里，二十分钟后，他已经动身了。开枪后三十五分钟，他已经驶上了最近的高速公路，混杂在几百辆汽车里面。那个时候，乡村警察已经做了笔录，正用无线电联系最近的城市，请求派刑警过来。

开枪后六十分钟，在早先选好的一座桥上，“机械师”拿起装在盒子里的猎枪，举过桥梁的护墙把它扔进河里，看着它消失在黑色的河水之中。然后他开始了驾车返回的长途旅程。

第一批车灯的光束在刚过七点钟时出现了，穿透黑暗缓慢地朝着灯火通明的奥斯坦基诺电视中心楼群移动。杰森·蒙克坐在汽车的方向盘后面，发动机在运转着，以驱动暖气抵御寒冷。

他的汽车停在阿卡德米卡·科罗廖娃大街旁边的一条小路上。通过汽车的挡风玻璃，他可以直接看到大街对面的电视中心主大楼，还有他身后的电视发射塔尖顶。当发现这些车灯不是一辆轿车，而是一队卡车时，他关闭了车上的发动机，让可能会暴露他的汽车尾气散尽了。

大约有三十辆卡车，但只有三辆直接驶入了主楼的停车场。那是一座巨大的建筑物，裙楼有五层，宽三百码，有两个主入口；主楼有一百码宽，共十八层。通常有八千人在里面工作，但除夕夜的工作人员不到五百人，他们要确保整个夜晚的电视广播服务。

穿黑衣服的武装人员从停下的三辆卡车上跳下来，直接跑进了两个接待区。几秒钟后，在枪口下，惊恐的大厅工作人员按命令在后墙边排队站好了，在外面的黑暗中可以看得很清楚。然后蒙克看到他们被带离了视线。

主大楼内，在一个吓得半死的搬运工的引领下，尖兵小组直扑总机房，使得那里的话务员们大吃一惊，然后一个像他们同行的前电信公司技术员把所有的进出线路都切断了。

一个黑色卫兵走出来用手电向车队的其他车辆发送了信号，于是这些卡车纷纷涌进停车场，把办公大楼严严实实地包围了起来。几百个黑色卫兵下车后跑进了楼内。

虽然蒙克只能看到楼上窗户里的模糊身影，但按照他们的计划，黑色卫兵正分散到一个个楼层，从呆若木鸡的夜班人员手里把所有的手机都抢过来，扔进了帆布旅行袋里面。

在蒙克的左边，有一栋小一点的次要建筑物，也是电视中心的一部分，那里是财务部、计划部和行政部的办公楼。工作人员都在家里庆祝新年，楼里黑灯瞎火的。

蒙克伸手拿起车载电话，拨了一个他记住的号码。

"彼得罗夫斯基。"对方说。

"是我。"

"你在哪里？"

"奥斯坦基诺外面，坐在冰冷的汽车里。"

"嗯，我可是在相当暖和的兵营里，与一千个闹着想喝酒的年轻人在一起。"

"稳住他们。我看到黑色卫队占领了整个电视中心。"

一阵沉默。

"别傻了。你肯定搞错了。"

"好吧。那么，现在有一千名黑衣武装人员，分乘三十辆开着近光灯的卡车抵达了，他们用枪口指向工作人员，是来夺取奥斯坦基诺的。这就是我在两百码以外，透过挡风玻璃看到的情况。"

“天哪。他真的动手了！”

“我告诉过你，他已经疯了。可能还没有那么狂暴。他或许能赢。今天晚上莫斯科是不是还有清醒的人，能够保卫国家？”

“把你的号码告诉我，美国人，挂电话吧。”

蒙克把号码给了他。执法机构很快就要忙碌了，顾不上来追踪行驶的轿车。

“还有最后一件事，将军。他们不会中断正常的节目播出，还没到时候。他们会让已录制的节目正常播放，直到他们做好了准备。”

“这个我是可以看到的。我现在正在看一频道的节目，是哥萨克歌舞团的演出。”

“那是一场录制好的演出。在主要新闻开始之前，都是播放预先录制的节目。现在，我认为你应该打电话了。”

但彼得罗夫斯基少将已经挂了电话。虽然他当时并不知道，他的兵营将在六十分钟内遭到攻击。

太安静了。夺取奥斯坦基诺的计划，不管是谁制订的，真的制订得很好。这条大街上有许多住宅楼，大多数公寓里都亮着灯，里面的居民热得只穿着衬衣，挽着袖管，拿着酒杯，在观看相同的电视节目，他们不会想到，咫尺之遥，电视台已经悄悄地遭到了劫持。

蒙克已经花时间研究过奥斯坦基诺区的道路交通图。现在去主大街是自找麻烦，但他身后有许多房屋之间的小街小巷，最终可以由此向南到达市中心。

合乎逻辑的路径是穿行到米拉大街，这是通往市中心的主路，但他怀疑，这条公路今晚也不是他能去的地方。他没有开启车灯，在路上掉了头，然后下车，蹲下来，把自动手枪弹夹里的子弹全都射向了那些卡车和电视大楼。

相隔两百码，手枪的射击声就像是在放鞭炮，但子弹可以射出那么远的距离。大楼的三块窗玻璃被击碎了，一辆卡车的挡风玻璃裂开了，一颗子弹有幸击中了一名黑色卫兵的耳朵。他的一个伙伴吓坏了，举起卡拉什尼科夫突击步枪向夜空中扫射。

由于天气寒冷，莫斯科的窗户都是双层玻璃，加上电视的喧哗声，很多居民依然没听到什么。但卡拉什尼科夫冲锋枪击碎了公寓楼的三块窗玻璃，惊恐的居民从窗户里探出了脑袋，然后有几个人从窗边消失，跑回去打电话报警了。

黑色卫兵开始集结，朝他这边过来了。蒙克钻进汽车，加速离开了。他没有开车灯，但卫兵们听到了发动机的轰鸣，于是继续在他身后射击。

在日特尼广场的内务部大楼，值班的高级警官是联邦武警部队的指挥官伊凡·科兹洛夫斯基将军，此刻他正在兵营的办公室里，与三千名闷闷不乐的战士在一起。当天早些时候，他违背自己的判断取消了战士们的假期。说服他做出这个决定的人，是四百码之外沙波罗夫卡大街的彼得罗夫斯基将军。现在对方又来电话了，科兹洛夫斯基在对他喊叫。

“纯属胡说八道。我正在看电视呢。嗯，谁说的？你是什么意思，你已经得到了情报？等一下，等一下……”

他的另一部电话在闪烁。他一把抓起听筒，大吼一声：“喂？”

线路上传来了话务员紧张的说话声。

“很抱歉打搅您，将军，但您应该是大楼里级别最高的警官了。刚才有人打来电话，说他住在奥斯坦基诺，说街上有人开枪了。一颗子弹打破了他的窗户。”

科兹洛夫斯基将军的语调变了。他平静而清楚地说话了。

“从他那里把情况了解清楚，然后再打电话给我。”

他对另一个电话说：

“瓦伦金，你可能是对的。刚才有个公民打来电话，说那里有枪声。我准备进入一级战备。”

“我也一样。顺便说一下，我早先已经给科林将军打过电话了。他同意让总统卫队的一些卫兵做好准备。”

“好。我会打电话给他的。”

从奥斯坦基诺地区又来了八个电话，都是有关街上发生枪战的消息，然后是一个工程师打来的电话，他住在电视中心大街对面的顶层公寓。他的电话清晰明了，转接到了科兹洛夫斯基将军那里。

“我在这里全都看得很清楚。”工程师说。与俄罗斯许多男性公民一样，他也在部队服役过。“二十多辆卡车组成的一支车队，大约有一千人，都是全副武装的。前面的停车场有两辆装甲运兵车，都是朝向外面。我认为，应该是BTR-80A型的。”

谢天谢地，科兹洛夫斯基想，幸亏这位退伍军人能够讲得清楚。如果说他原先还有疑虑的话，现在他已经坚信不疑了。BTR-80A型是一种八轮的装甲运兵车，车上配备了一门30毫米的加农炮，可乘坐一位指挥员、一名司机、一个炮手和六个战士。

如果进攻者身穿黑色制服，那就不是军队。他自己的联邦武警部队也穿黑色制服，但他们都在楼下。他打电话给下面他自己部队的指挥官。

“备好卡车，马上出发，”他下达了命令，“我要求两千人去街上，一千人留下来保卫这里。”

如果是在发生政变，那么进攻者肯定要去拿下内务部及其兵营。幸好后者修建得如同堡垒一般坚固。

外面，其他的部队已经开始行动了，但那不是科兹洛夫斯基的部队。那是阿尔法小组在向内务部逼近。

格里辛的问题在于时间的掌握。他需要协调他的各个进攻行动，计划在最后的时刻才使用无线电通讯。进攻时间太早，有可能意味着防卫者还没有完全进入庆祝活动的狂欢状态；太晚将会失去夜间的几个小时。他已经命令阿尔法小组在晚上九点钟发起进攻。

八点半，两千名联邦武警突击队员乘坐卡车和装甲运兵车，从他们的兵营出发了。他们刚刚离开，留守的战士就把这座堡垒封锁起来，进入了防御阵地。九点钟，他们受到了火力的攻击，但对进攻者来说，这已经不是一场奇袭了。

反击的火力喷射在内务部周边的街道上，子弹在日特尼广场上弹跳。阿尔法小组的战士们不得不寻找隐蔽，心里想现在有大炮就好了。但他们没有。

“美国人？”

“是我。”

“你在哪里？”

“正离开电视中心向南行驶，避开米拉大街。”

“内务部队已经出发了。有我的一千人和联邦武警的两千人。”

“我能提个建议吗？”

“要说就说吧。”

“奥斯坦基诺只是其中的一部分。假如你是格里辛，你的目标会有哪些？”

“内务部和卢比扬卡。”

“内务部，是的。卢比扬卡，不是。我认为，他在第二总局的老同事是不会为难他的。”

“也许你说对了。还有其他目标吗？”

“当然有，在老广场的政府办公楼，还有杜马。所有的执法机关，以及有可能出现抵抗的地方。你的打黑部、科丁卡机场的伞兵部队。还有国防部。但最重要的是克里姆林宫。他必须拿下克里姆林宫。”

“那里是有防卫的。科林将军已经得到了通知，他已经做好了准备。我们不知道格里辛有多少人马。”

“大概是三万到四万人。”

“天哪，我们连一半都不到。”

“但你们素质较高。而他已经损失了百分之五十。”

“什么百分之五十？”

“奇袭的因素。增援情况如何？”

“科林将军现在应该在与国防部联系了。”

谢尔盖·科林上将是总统卫队的指挥官。他已经在克里姆林宫围墙内的兵营里了，在格里辛的主力快要进入马涅什广场之前，及时用木杠封闭了他身后具有多重防御功能的库塔菲亚大门。过了库塔菲亚大门，是庞大的三位一体塔楼，楼内的右侧是总统卫队的营房。此刻，科林将军正在办公室里给国防部打电话。

“给我接值班的高级军官。”他大声吼叫。一阵停顿，线路上传来了他熟悉的声音。

“我是国防部副部长布托夫。”

“谢天谢地，是你在值班。我们遇到了危机。现在发生了政变。奥斯坦基诺已经丢了。内务部在遭受攻击。克里姆林宫外面有一队装甲车和卡车。我们需要增援。”

“好的。你需要什么？”

“什么都要。‘捷尔任斯基’怎么样？”

他指的是一个特种行动的机械化步兵师，是自1991年动乱以后专门组建起来的反政变防御部队。

“这个师在梁赞。我可以让它在一小时内出发，三小时后到你那里。”

“越快越好。空降兵部队呢？”

他知道有一支精锐的伞兵旅，坐飞机不用一个小时就能到达，把空投区为他们标示出来后，可以在科丁卡机场实施空降。

“你要哪一支部队都可以，将军。坚持住。”

在重机枪的掩护下，黑色卫队的一个尖刀小组冲上去，到达了鲍罗维茨基大门的门楼里，在大门的四个铰链上都放置了塑胶聚能炸药。当他们跑回来的时候，两个人被从围墙顶上射过来的子弹击倒。几秒钟后，炸药爆炸了。大门的铰链被炸裂了，二十吨重的大木门颤抖着，摇晃了几下，然后轰然倒在了地面上。

一辆装甲运兵车从道路上驶过来，轻武器根本奈何它不得，它开到了拱门下面。木头大门的里面有一道巨大的铁栅栏。再里面是停车场，是游客通常散步的地方。总统卫队一名队员出来了，在铁栅栏后面用反坦克火箭筒瞄准装甲运兵车。但他还没来得及开火，装甲运兵车上的加农炮就把他炸得四分五裂了。

黑色卫兵从装甲车里跳出来，又把炸药安放在铁栅栏上了。当进攻者回到车上后，装甲运兵车开到了安全距离以外，直至炸药爆炸，铁栅栏像喝醉酒那样摇摇晃晃地悬挂在一只铰链上，然后向前一扑，瘫倒在地上了。

黑色卫兵冒着枪林弹雨，开始冲向这座堡垒，他们人数多，与总统卫队的比例是四比一。守卫者撤退到克里姆林宫围墙内的各个阵地去了。黑色卫兵冲进去后，分散到了占地七十三英亩的克里姆林宫各个处所：宫殿、博物馆、大教堂、花园和广场，在一些地方，战斗已经演变成徒手格斗了。慢慢地，黑色卫队占据了上风。

“杰森，到底发生了什么事情？”

车载电话里响起了乌马尔·古纳耶夫的声音。

“朋友，格里辛在企图夺取莫斯科和整个俄罗斯。”

“你还好吧？”

“目前还好。”

“你在哪里？”

“从奥斯坦基诺向南行驶，想避开卢比扬卡广场。有什么事情吗？”

“我手下的一个人正好在特维尔大街行驶。那里有一大群新俄运的暴徒在袭击市政府大楼。”

“你知道新俄运是怎样看待你们的？”

“当然知道。”

“可以让你的一些年轻人去算清这笔旧账。这一次，没人会来干涉你们。”

一小时后，三百名车臣武装人员来到了特维尔大街，新俄运暴徒正在莫斯科市政府门口横冲直撞。马路对面是莫斯科创建人尤里·多尔戈鲁基[①]的石雕像，他骑在马上，轻蔑地凝视着。市政厅的大门被砸烂了，入口处洞开了。

车臣人拔出他们携带的高加索长刀、手枪和乌兹微型冲锋枪，冲到里面去了。他们都没有忘记1995年车臣首府格罗兹尼遭摧毁，以及此后两年车臣遭蹂躏的情景。十分钟后，新俄运暴徒就被击溃了。

杜马大厦，即白宫，几乎没遇到什么抵抗就落入了保安公司的雇佣兵手中，因为那里只有几个管理员和守夜人在值班。然而在老广场，特警部队的一千名战士，与多尔戈鲁基黑帮两百家保安公司的武装人员展开了激烈的巷战。莫斯科民警打黑部队的特警凭借重武器，在与人数众多的对手对抗。

在科丁卡机场，“信号旗”特种部队的进攻遇到了出乎意料的抵抗。在那里的少数伞兵部队和军情局情报官及时得到了通知，他们躲进工事里面展开了顽强的抵抗。

蒙克转到了阿尔巴特广场，惊奇地停下了汽车。灰色花岗岩的国防部大楼静静地独自矗立在这个三角形广场的东侧。没有黑色卫队，没有枪战，没有入侵的迹象。政变的策划者在考虑所有的目标时，国

① 尤里·弗拉基米罗维奇·多尔戈鲁基（1099—1157），基辅大公，他于1147年建立了莫斯科城，他的雕像是在1954年设立的，用以纪念莫斯科建城800周年。

防部肯定是首当其冲要去尽快占领的重要目标。在五百码以外的兹纳蒙卡大街和鲍罗维茨基广场对面，他可以听到枪战的交火声，克里姆林宫的战斗正在激烈地进行着。

为什么国防部没被攻占或围困？紧急求援的电文肯定已经通过楼顶上林立的天线发给了俄罗斯各地的部队。他查阅了一下随身携带的电话号码本，用车载电话拨了一个号码。

在科比雅科瓦基地，在与大门相距两百码的宿舍里，米沙·安德烈耶夫少将整理了一下领带，正准备离开。他一直纳闷，为什么一定要穿制服去主持军官俱乐部的除夕晚会。到了早晨，制服肯定会搞得很脏，必须送到洗衣房去洗。除夕夜的庆祝活动是坦克兵指战员们最高兴最得意的时刻，他们可以不听上级军官的指令。

电话铃响了。肯定是副官来催促他，会抱怨说小伙子们想快点开始：首先是伏特加，接着是没完没了的敬酒，然后是午夜时的食物和香槟。

"来了，来了。"他对着空房间说，伸手去抓电话听筒。

"安德烈耶夫少将？"他没有听出对方的声音。

"是的。"

"你不认识我。可以说，我是你已故舅舅的一个朋友。"

"哦。"

"他是好人。"

"我也是这么认为的。"

"他尽了努力，在那次采访时谴责了科马罗夫。"

"你在说些什么？你到底是谁？"

"伊戈尔·科马罗夫在莫斯科发动了一场政变，就在今晚。由他的走狗格里辛上校指挥。黑色卫队正在攻打莫斯科和整个俄罗斯。"

"好了，玩笑开得够长了。回去喝酒吧，别打电话了。"

"少将，如果不信，你可以给莫斯科市内的熟人打个电话问问。”

“我为什么要打电话？”

“莫斯科城内枪声不断。半个城市都能听到。最后一件事情，杀害柯利亚大叔的是黑色卫队，他们是执行格里辛的命令。”

米沙·安德烈耶夫凝视着话筒，听着已经切断了的嗡嗡声。他生气了，因为他的私人电话被骚扰了，因为他的舅舅遭侮辱了。如果莫斯科发生了严重事件，国防部会立即通知首都一百公里半径范围内的各个部队。

这个占地两百英亩的科比雅科瓦基地，距离克里姆林宫只有四十六公里，他知道这个距离，因为他在乘车时核对过里程表。这里也是他所指挥并为之自豪的“塔曼斯卡亚师”的家乡，这些精英坦克军人被称为“塔曼卫兵”。

他放回电话听筒。铃声又响了。

“快来吧，米沙，我们就等你来开始呢。”

是副官从俱乐部打来的电话。

“来了，科尼。我要打两个电话。”

“嗯，时间不要太长。否则我们就不等你了。”

他拨通了一个号码。

“这里是国防部。”一个声音说。

“请接夜间值班军官。”

很快，线路上传来了另一个声音。

“哪一位？”

“安德烈耶夫少将，‘塔曼斯卡亚师’师长。”

“我是国防部副部长布托夫。”

“哦，对不起，打搅您了，长官。莫斯科一切正常吧？”

“当然了。为什么不正常呢？”

“没理由不正常，部长。我刚才听说了一件……奇怪的事情。我可以动员……”

“留在基地里，少将。这是命令。所有部队都必须留在基地。回到军官俱乐部去吧。”

“是，长官。”

他又放下了电话。国防部副部长？除夕夜十点钟还待在电话总机室里？他为什么没与家人待在一起？为什么没与情妇在乡间某个地方幽会？他绞尽脑汁去想一个名字，那是以前在参谋学院时的一个同学，后来加入情报部队，在军情局当上了情报官。最后，他查阅了保密的军用电话号码本，拨了那个号码。

他听到电话铃声响了好长时间，于是看了一下手表。十一点差十分。肯定都喝醉了。科丁卡机场有人来接听电话了。他还没有来得及说话，就听到一个声音在尖叫：“喂，谁呀？”

他听到对方的背景中传来了一阵“哒哒”声。

“你哪位？”他问道，“德米多夫上校在吗？”

“我怎么知道？”那声音尖叫着，“我正趴在地上躲避子弹呢。你是国防部吗？”

“不是。”

“嗯，听着，朋友，打电话给他们，让他们赶快派兵增援。我们坚持不了多久。”

“什么增援？”

“叫国防部从城外派兵，这里闹翻天了。”

说话人“砰”的一声搁下了电话，可能是爬到旁边去了。

安德烈耶夫少将站在那里，手里还拿着响着忙音的话筒。不，国防部不会的，他心里想道。国防部不会派遣援兵的。

他接到的命令是正式的，也是坚决的，是来自一位四星上将和政府部长的命令。留在基地里。他可以执行命令，由此他的事业将一帆风顺。

他凝视四十码开外白雪覆盖着的砾石路，军官俱乐部的窗户灯火通明，夹杂着笑声和欢乐的祝酒声。

但他在雪地里看到了一个高大挺拔的身影，旁边依偎着一个军校的小学员。不管他们答应你什么，那位高个子说，不管是金钱或者是晋升，或者授予你什么荣誉，我要你永远不去背叛这些人。

他伸手按下电话，结束了通话，然后又拨了两个数字。他的副官来接听了，后面传来了雷鸣般的欢笑声。

“科尼，我不管现在有多少辆T-80坦克和BTR装甲战车能开动，我要求在一个小时内，让基地里所有能移动的装备都做好出发的准备，每一个能站起来的战士都全副武装起来。”

线路上一阵静寂。

“头儿，这是真的吗？”科尼问道。

“是真的，科尼。‘塔曼斯卡亚师’准备开赴莫斯科。”

2000年元旦凌晨零点刚过一分钟，“塔曼卫兵”的第一辆坦克隆隆响着离开科比雅科瓦基地，朝着明斯克公路和克里姆林宫驶去。

从基地到公路之间只有三公里的狭窄乡间道路，在这段路面上，由二十六辆T-80主战坦克和四十一辆BTR-80装甲运兵车组成的车队，只能排成一路纵队减速行驶。

外面的主公路分左右车道，安德烈耶夫少将下令占据所有的车道行驶，并把车速提高到了最大的巡航速度。白天的云团已经碎裂成云块，其间露出了明亮而脆弱的星星。在轰鸣前进的坦克车队两边，松林在寒气中发出了轻轻的噼噼啪啪的响声。现在他们在以每小时六十多公里的速度巡航。前方一辆孤独的小汽车开过来了。透过车灯，司机看到一大堆灰色的钢铁在轰隆隆响着朝他扑过来，他直接把汽车开到林子里去避让了。

距莫斯科还有十公里的时候，坦克纵队来到了边界上的警察哨所。在铁皮棚屋里面，四位民警从窗沿向外张望，看到车队后缩回去了。坦克车队经过时的震动，使得岗亭的棚屋不停地颤抖，他们提着酒瓶子，相互抱成了一团。

安德烈耶夫在领头的坦克里，他首先看到了堵路的卡车。之前，一些私家车在夜间到达过路障前面，等了一会儿，然后掉头返回了。坦克车队不可能在这里耽搁时间。

“自由射击。”安德烈耶夫说。

炮手斜眼瞄了一下，用炮塔上的125毫米加农炮发射了一颗炮弹。相隔四百码的距离，炮弹依然是刚刚离开炮口时的初速，它击中了一辆卡车，把它炸得四分五裂。在安德烈耶夫坦克的旁边，公路另一边与他并行的，是他副官的坦克，他们也发射了一发炮弹，把另一辆卡车炸毁了。路障后面的掩体里，各种轻武器开火了。

在坦克炮塔的钢板圆顶内，安德烈耶夫的机枪手用12.7毫米的重机枪向他那边的路面猛烈扫射，轻武器的射击停止了。

当坦克车队雷鸣般地驶过时，青年战斗队员们吓呆了，他们凝视着被摧毁了的路障和掩体，逃进了夜色之中。

又行驶了六公里后，安德烈耶夫把车队的速度降到每小时三十公里，命令分出两拨人马。他派遣五辆坦克和十辆装甲运兵车右转，去解救科丁卡机场兵营里被围困的驻军，根据预感，又派出另外五辆坦克和十辆装甲车向左边，去保护东北方向的奥斯坦基诺电视中心。

在花园环路上，他命令剩余的十六辆T-80坦克和二十一辆装甲运兵车拐向右边去库德林斯卡亚广场，然后左转去国防部。

坦克车队现在又是单列行进了，车速降到了每小时二十公里，履带碾过柏油路面，朝着克里姆林宫进发。

在国防部的地下通讯室里，布托夫副部长听到了在他头顶上方响起的隆隆声，他知道，战争中的城市里只有一种装备才会产生那种重击声。

坦克纵队一路轰鸣，穿过阿尔巴特广场，经过国防部，现在直接朝着鲍罗维茨基广场驶去，广场的另一边就是克里姆林宫的围墙。坦克和装甲车里的战士们都没有注意到与其他汽车一起停在广场边上的一辆轿车，也没有注意到一个身穿棉衣、脚蹬靴子的身影离开那辆轿车，一路小跑跟在了他们后面。

在红玫瑰酒馆，俄罗斯首都的爱尔兰人确信这个新年过得不错，庆祝活动很热闹，从街上和广场对面的克里姆林宫方向不断传来一阵阵爆竹炸响的声音，这时候第一辆T-80坦克咆哮着从窗户外面驶过去了。

爱尔兰使馆的文化随员手里拿着一杯吉尼斯黑啤酒，他看了一眼窗外，对酒吧服务员说："天哪，帕特，那是坦克吗？"

鲍罗维茨基大门前，停着一辆黑色卫队的BTR-80装甲运兵车，车上的加农炮在扫射围墙。最后一批总统卫兵就是从围墙上面撤离的。他们在克里姆林宫的地面上已经勇敢地战斗了四个小时，等待着援军的到来，他们不知道科林将军的其余部队在莫斯科郊外遭遇了伏击。

到凌晨一点钟，黑色卫队占领了克里姆林宫内所有的区域，但围墙顶部除外，该围墙周长两千两百三十五米，顶部很宽，可以五个人并列行走。最后几百名总统卫兵就是蜷缩在墙顶，守卫着从下面通上来的狭窄的石阶，阻止格里辛武装人员最后的征服。

安德烈耶夫的领头坦克，从鲍罗维茨基广场的西侧进入到这片开阔地，看到了黑色卫队的那辆装甲运兵车。一发近距离射击的炮弹把装甲车炸成了碎片。坦克纷纷从装甲车的残骸上碾过去后，履带把装甲车的碎片甩到旁边去了。

凌晨一点零四分，安德烈耶夫将军的T-80坦克穿过两边树木成行的入口道路，到达克里姆林宫前面的塔楼和大门，驶进拱门下，碾过被炸毁的大门和铁栅栏，进入了克里姆林宫。

如同以前他的舅舅那样，安德烈耶夫也不喜欢蹲在封闭的炮塔下面，通过瞭望镜去窥视外面。炮塔盖子掀到后面去了，他的脑袋和躯干出现在寒风之中，钢盔和风镜遮住了他的脸部。

T-80坦克一辆接一辆驶过大殿、弹痕累累的报喜大教堂和天使长大教堂[①]，经过沙皇钟王，进入了伊万诺夫广场。这个广场以前是莫斯科发言人宣读沙皇法律的地方。

黑色卫队的两辆装甲车试图攻击他，结果都被炸成了滚烫的金属碎片。

在他的旁边，7.62毫米轻机枪和12.7毫米重机枪在持续发出“哒哒”的响声，朝着被坦克探照灯所照到的四处逃窜的暴乱分子射击。

在克里姆林宫七十三英亩的土地上，还有三千多个勇猛的黑色卫兵，如果安德烈耶夫的地面战斗小组离开战车，那是没有意义的。差不多两百人的战斗小组，失去了战车保护的同等条件下，与对手的区别不大。但他们有装甲的保护，就不是同等条件了。

格里辛没料到会有装甲部队，他没有携带反坦克武器。“塔曼斯卡亚师”的装甲运兵车重量轻，行动灵活，可以穿过小巷，而坦克则不行。在外面的开阔地上，坦克上面的机关枪在等待时机，不在乎反击的火力。

然而真正可怕的是心理作用。对步兵战士来说，坦克是怪兽，里面的乘员通过看不见的装甲玻璃向外窥视，炮塔上机枪枪管旋转着，寻找和捕捉更多晕头转向的目标。

在五十分钟内，黑色卫兵们崩溃了，他们四处逃窜，在教堂和宫殿里寻找避难处所。有些人找到了，其他人在开阔地上被装甲车的炮弹或坦克的机关枪击中了。

在市内的其他地方，不同的战斗处于不同的阶段。“阿尔法”小组就要对内务部联邦武警的兵营发起冲击时，其中一个人从无线电里

① 天使长大教堂：建于1505年—1508年，里面供奉着大天使长米迦勒，是历代沙皇的主要墓地。

听到了来自克里姆林宫的一声尖叫。那是一名极度惊恐的黑色卫兵在呼叫求援。但他错误地提到了T-80的干预。“坦克”这个词语迅速传遍了“阿尔法”小组，于是他们决定到此为止。事情并不像格里辛原先答应他们的那样。他曾经发誓这是一次奇袭行动，具有火力的优势，能把敌人打得晕头转向。结果事情全都不是这样。他们撤退了，为的是保全自己。

在市政厅，新俄罗斯运动的街头匪帮已经被车臣人打得落花流水。

在老广场，在彼得罗夫斯基将军的特警部队支援下，联邦武警部队已经把多尔戈鲁基黑手党的保安公司雇佣兵赶出了政府大楼。

在科丁卡机场，潮水正在转向。五辆坦克和十辆BTR装甲运兵车已经从侧面打败了“信号旗”特种部队，一些轻装备的特种部队战士正在基地内迷宫般的机库和仓库之间夺路逃跑。

杜马依然由保安公司的私人武装占领着，但他们没有地方可去，也没事可干，只能用无线电监听来自其他地方的消息。他们也听到了从克里姆林宫发出的求救尖叫声，认识到坦克的威力，开始撤退了，每个人都在自我安慰，希望能碰上好运气，永远不会暴露自己的身份。

奥斯坦基诺依然属于格里辛，但预定早晨要发布的胜利宣言看来要先搁置了。两千名黑色卫兵从窗口上看到坦克慢慢地从大街上开过来，他们自己的卡车一辆接一辆地起火燃烧。

克里姆林宫修建在河岸的陡坡上，坡上布满了树木和灌木，其中许多是常青的。西墙下面是亚历山大花园。树丛中有几条小径可通往鲍罗维茨基塔门。围墙内的战士们都没有看见一个孤单的身影从树丛中出来，向敞开的大门移动过去，他们也没有看到他爬上最后的一段斜坡，悄悄地溜到了里面。

当他出现在拱门时，安德烈耶夫手下一辆坦克的探照灯照到了他，但坦克乘员把他当作自己人了。他的棉衣与他们自己的棉背心相类似，他的圆皮帽看上去更像是他们自己的头盔，而不像格里辛部队的黑色钢盔。探照灯后面的“塔曼卫兵”战士把他当成是一名坦克兵，从受损的装甲车下来，在拱门下寻求掩护。

探照灯光束从他身上掠过，去照别处了。灯光移去后，杰森·蒙克离开拱门，在松树的掩护下，跑到了大门的右侧。黑暗中，他观察着，等待着。

克里姆林宫周边有十九座塔楼，但只有三座设有可通行的大门。游客通过鲍罗维茨基大门或三位一体大门进出，车马走的是救世主塔楼大门。现在这三道大门中只有鲍罗维茨基塔门是敞开的，他就在这道大门的旁边。

如果有人想逃走，他就必须离开围墙内这个封闭的区域。黎明后，政府军将把败兵全都赶出来，把他们从最后的门洞、教堂的法衣室、配餐间和食品柜，甚至是救世主花园下面的指挥部密室里抓出来。想活命又不想进监狱的人，都知道必须通过这个唯一敞开的大门尽快离去。

从站立的地方，蒙克可以看到对面的珍宝馆，那是俄罗斯有着千年历史的珍宝屋。馆门已被一辆转弯的坦克屁股给撞坏了，支离破碎地悬挂在门框上。一辆黑色卫队的装甲运兵车正在燃烧，火光映照在珍宝馆的门面上。

交战的潮水，从鲍罗维茨基塔门涌向了堡垒东北部的元老院和兵器馆。正在燃烧的车辆发出了“噼噼啪啪”的响声。

刚过两点钟，他发现大殿的墙边有了动静。一个穿黑衣服的人跑过来了，他猫着腰，很快跑到了珍宝馆的正面。在燃烧的装甲车前，他停顿了一下，回头去看是否有人在追踪。一只轮胎着火了，燃起了火焰，迫使那个逃跑的人很快转过身来。借着黄色的火光，蒙克看清到了那张脸。他以前只见过一次。是在一张照片上，是在特克斯和凯科斯群岛的人心果湾海滩上看到的。他从隐藏的树木后面走出来了。

“格里辛。”

那个人抬起头来，去看松树下面的阴影处。然后他看到了喊他的人。他携带着一支卡拉什尼科夫突击步枪，是枪托能够折叠的AK-74型。蒙克看到枪管抬起来了，躲到了一棵冷杉后面。一阵枪声响起，树木的碎片从树干上纷纷落下。射击停止了。

蒙克从树干侧面去看。格里辛不见了。他与大门之间相距五十码，但蒙克与大门只相隔十码。他还没有跑出大门。

蒙克及时发现AK-74的枪口从损坏的门道里伸出来，于是又退回去隐蔽。子弹击中了他前面的一棵树。枪声又停止了。他估计两次射击应该已经用去了一个弹夹的子弹。他离开冷杉树，跑到通道对面，身子贴在博物馆赭色的墙面上，把西格-绍尔自动手枪举到了胸前。

突击步枪的枪管又从门洞里出现了，枪手在寻找道路对面的目标。由于没有看见目标，格里辛又向前走了一步。

蒙克的子弹击中了AK的枪托，强大的冲击力把枪械从上校手中打落下来。突击步枪落地后滑移到路面上，超出了伸手可及的范围。蒙克听到里面的石砌地面上响起了脚步跑动的声音。他迅速离开正在燃烧的装甲车，蹲伏到了珍宝馆门厅内的黑暗之中。

这座博物馆有两层，共设九个大厅、五十五个展品橱柜。里面有价值数十亿美元的历史文物，这些都是俄罗斯曾经拥有过的财富和权力，包括历代沙皇的所有物品，从皇冠、御座、兵器和衣袍到马勒，镶嵌着黄金、白银、钻石、翡翠、宝石和珍珠。

在眼睛慢慢习惯了黑暗后，蒙克可以分辨出前面通往楼上的台阶轮廓。他的左边是圆形的拱门，通往底层的四个大厅。他听到里面响起了一记轻微的撞击声，好像是有人碰到了展品橱柜。

蒙克深深地吸了一口气，以伞兵的翻滚动作，迅速穿过拱门，然后在黑暗中继续翻滚，到了一道墙边。在穿过门洞时，他隐约看到了枪口火焰的蓝白色闪光，他头顶上方的一个橱柜中了弹，玻璃碎片落在了他的身上。

虽然他看不见，但这个大厅又长又窄，两边都是长条的玻璃橱柜，中间还有一个展示区，也是夹在玻璃柜子之间。一旦点上电灯，这些展柜展现在游客面前的，将是价值无量的加冕黄袍，有俄罗斯的、土耳其的和波斯的，全都是俄国留里克王朝和罗曼诺夫王朝历代沙皇的遗物。如果从这些衣袍上剪下任何一小片织物，连同上面的珠宝，是足以让一个工人生活好几年的。

蒙克身上最后的一片玻璃落到了地上，他竖起耳朵，终于听到了一声喘气，似乎有人在呼吸时尽量憋住不致喘气。他捡起一块三角形的平板碎玻璃，用投高球的方式朝黑暗中发出声音的方向抛了过去。

碎玻璃落到了一个玻璃橱柜上，又是一次疯狂的射击，枪声与回音之间响起了脚步跑动的声音。蒙克蹲起来，弯着腰向前跑去，躲进了中心展区的橱柜后面，这时候他明白格里辛已经退到了下一个展厅里，在等待着他。

蒙克进入到连通的拱门里，手里又拿上了一片玻璃。做好准备后，他用力把玻璃扔到了大厅的远处，然后穿过拱门，立即躲进了旁边一只柜子后面。这一次没有子弹射过来。

在黑暗中恢复视力之后，他明白自己位于一个较小的展厅里，里面陈列着镶有珠宝和象牙的御座。虽然他并不知道，但伊凡雷帝的加冕御座就在他左边咫尺之遥，后面是鲍里斯·戈都诺夫的御座。

蒙克前面的那个人显然一直在奔跑，因为蒙克在树林里休息过了，呼吸一直很均匀，他可以听到他前面的格里辛正在呼哧呼哧地喘着粗气。

他举起胳膊，用自动手枪的枪管敲了敲头顶上方的玻璃，然后放下了手。他看到黑暗中一支枪口的闪光，于是迅速回击。在他的头顶，更多的玻璃破碎了，格里辛的子弹把沙皇阿列克谢御座上的许多宝石击落了。

蒙克的子弹肯定是很接近了，因为格里辛一个转身，跑到下一个展厅去了。蒙克是不知道的，而格里辛肯定已经忘记了，那是最后一个展厅，是一条死胡同，那里摆放的是古代的马车。

听到前面匆忙的脚步声，趁格里辛还没来得及找到一个新的狙击位置，蒙克很快跟了过去。

他到达了最后一个展厅，躲在了一辆装饰华丽、有金色水果浮雕的十七世纪四轮大马车后面。这些马车至少可以提供隐蔽，但也把格里辛隐藏起来了。每一辆马车都放在一个突起的平台上面，周边不是用玻璃柜子封住，而是用绳子和立柱，把游客挡在外面。

他前面的那辆四轮大马车，是1600年由英王伊丽莎白一世赠予沙皇鲍里斯·戈都诺夫的。他从马车的背后向外窥视，试图发现敌人，但大厅里漆黑一片，只能模糊地分辨出那些马车的轮廓。

他观察的时候，在高高的小窗户外面，云块散开了，一抹月光滤进了窗内。这些窗玻璃都是防盗和双层的，透进来的月光相当暗淡。

然而有什么东西在闪光。黑暗中有一个小亮点，在女沙皇伊丽莎白那辆豪华镀金的马车轮子后面。

蒙克努力回想起射击教官西姆斯先生在福布斯城堡培训时的教导。双手握枪，年轻人，握紧握稳。别理会《龙虎双侠》里的那一套，那是虚构的。

蒙克用双手举起西格-绍尔手枪，瞄准了亮点上方四英寸的部位。缓慢呼吸，双手握稳，开火。

子弹穿过车轮的辐条，击中了后面的什么东西。当回声渐渐消散，耳鸣停止以后，他听到有个沉重的物体砰然倒在了地上。

有可能是花招。他等了一会儿，然后看到马车旁边地面上的那个模糊的轮廓确实没有移动。他以一辆辆古董木质马车为掩护，慢慢靠近过去，看到了一个躯干和一颗脑袋，面朝下趴在地上。直到这个时候，他才走上去，手里握着枪，把地上的身体翻了过来。

阿纳托利·格里辛上校的左眼上方被子弹击中了。西姆斯先生肯定会说，这能使对手的动作稍微减慢一点。杰森·蒙克俯视着他的仇人，心中没有任何感觉。这是罪有应得。

他把枪放进口袋，弯腰拿起死者的左手，把一个东西拉了出来。

在黑暗中，那个小物品躺在他的手心里，在月光下闪闪发亮。那是美国的天然银质物品，镶嵌在上面的发光绿宝石，是由美国印第安部落的犹特人或纳瓦霍人在山里开采出来的。那是从他自己国家的山区里带来的一枚戒指，在雅尔塔公园里的凳子上赠予了一个勇敢的人，又在勒福托沃监狱的院子里被从一具尸体的手指上扯了下来。

他把戒指放进衣服口袋，返身朝自己的汽车走回去。莫斯科战斗结束了。

尾 声

1月1日元旦早晨，莫斯科和俄罗斯人民一觉醒来，就知道了他们的首都发生的严重事件。电视摄像机把镜头转播到了这片辽阔土地上的每一个角落。看到这个情况，全国人民震惊了。

克里姆林宫围墙内一片狼藉：圣母升天大教堂、天使报喜大教堂、天使长大教堂的正面，都是弹痕累累，雪地上和冰面上撒满了碎玻璃。

多棱宫的外部被起火燃烧的车辆熏黑了，元老院和克里姆林宫大殿的墙面被机关枪扫射得面目全非。

两具缩成一团的尸体，躺在沙皇炮王下面。清理小组还在兵器馆和克里姆林宫大会堂搬出了其他的尸体，那是曾在生命的最后时刻躲起来避难的人。

在其他地方，黑色卫队的装甲运兵车和卡车，在晨光下已被烧焦烧黑。曾经被火焰熔化了的沥青路面表层，又在严寒中冷却，变得像海浪般起伏不平。

代总统伊凡·马尔科夫立即从度假屋飞回来，并于午后不久抵达了。下午晚些时候，他接见了莫斯科和全俄大主教。

在莫斯科的政治舞台上，阿列克谢二世做了第一次也是最后一次的干预。他敦促说，按计划继续在1月16日进行新的总统大选已经是不可能了，那一天，应该就恢复君主制的议题进行全民公决。

讽刺的是，马尔科夫对这个主意产生了浓厚的兴趣。他不是傻瓜，四年前，作为一名老练的官员和有石油界工作背景的大人物，他被已故的切尔卡索夫总统任命为总理。虽然根据俄罗斯的体制，大部分权力是在总统手里，总理的权力要少得多，但随着时间的推移，他开始欣赏行政职务的权力。

在切尔卡索夫因心脏病去世后的六个月里，他更加体会到了大权在握的乐趣。

从竞选的角度来看，爱国力量联盟已经消亡了，他知道竞选将在他本人和社会主义联盟的新共产党之间进行。他还知道，他很可能会败北。但君主立宪制，则需要一位经验丰富的政治家和行政管理专家来担任政府首脑，即首相，并组建一个民族团结政府。这个首相，他心里想，难道还有比他更合适的人选吗?

那天晚上，伊凡·马尔科夫发布总统令，要求杜马代表来莫斯科参加紧急会议。

1月3日，代表们从俄罗斯各地陆续回到了莫斯科，他们来自西伯利亚的偏远角落，有些来自北部荒凉的阿尔汉格尔。

杜马的紧急会议，于1月4日在基本未损坏的白宫召开了。会议的气氛很严肃，尤其是爱国力量联盟的代表，他们都很痛苦，向愿意倾听的人们解释说，他们对伊戈尔·科马罗夫在除夕夜的疯狂举动一无所知。

代总统伊凡·马尔科夫在大会上发表讲话，他建议1月16日依然要征求全国人民的意见，但议题是关于恢复君主立宪制。由于不是杜马代表，他不能正式提出这个动议。这事由议长提出来了，他是马尔科夫的民主联盟党成员。

新共产党眼睁睁地看着总统的权力在从他们的手指缝中溜走，他们的全体党员代表都投了反对票。但马尔科夫早就有所准备。

当天上午，担心自己安全的爱国力量联盟代表，都被逐个安排了秘密谈话。他们得到的承诺是，如果支持代总统，他们就能保留议员的拘捕豁免权，还意味着他们可以保留在议会中的席位。

民主联盟的票数，加上爱国力量联盟的，超过了新共产党的票数。该项动议获得了通过。

从技术角度来说，从大选改为全民公决的变化并不是难以操作的。投票站都已经建立就位了，唯一的任务是加印和发行一亿零五百万张选票，印上一个简单的问题和两个方框，一个表示“赞成”，另一个表示“反对”。

1月5日，在俄罗斯北部小港口维堡，一个叫比奥特尔·格罗莫夫的港口安全警察，为历史添加了一个小小的注脚。刚过黎明时，他注视着瑞典货船“英格丽B”号准备起航驶向哥德堡。

他正要转身回小屋去吃早饭的时候，发现码头上的一堆木条箱后面出现两个穿蓝色雨衣的身影，朝着马上就要收起的舷梯走过去。凭着直觉，他大喝一声要他们站住。

那两个人简单地交谈了几句话后，快步跑向舷梯。格罗莫夫掏出手枪，朝空中鸣枪示警。这是三年来他在码头上第一次开枪，他感到很开心。两个海员停住了脚步。

他们的证件表明，他们都是瑞典人。较年轻的人能说英语，而格罗莫夫只懂几个英语单词。但他已经在码头上工作多年，瑞典语倒是说得不错。他用瑞典语对年长者厉声喝问：“为什么这么匆忙？”

那人一言未发。他们两人都听不懂他说的话。他伸手摘去了年长者头上戴着的圆皮帽。面孔似乎有点熟悉。他以前在哪里见到过。民警和试图逃跑的俄罗斯人对视着。这张面孔……在电视里……在集会的讲台上……朝着欢呼的人群大声叫喊。

“我认识你，”他说，“你是伊戈尔·科马罗夫。”

科马罗夫和库兹涅佐夫被捕了，并被带回了莫斯科。前爱国力量联盟的领袖立即被指控犯下了严重的叛国罪，他被扣押起来等候审判。讽刺的是，他被关押在勒福托沃监狱。

十天来，一场全国性的大辩论引起了报刊、广播和电视的充分关注，权威人士一个接一个高谈阔论，发表他们的观点。

1月14日星期五下午，格雷戈尔·卢萨科夫神父在莫斯科奥林匹克体育场组织了一场信仰复兴运动的集会。如同科马罗夫以前在那里演讲过那样，他的宣讲传遍了俄罗斯大地，据民意测验专家后来估计，受众约有八千万人。

他的主题简单明了。七十年来，俄罗斯人民一直在崇拜辩证唯物主义和共产主义，但都被出卖了。十五年来，他们在试探共和制的资本主义道路，但发现他们的希望破灭了。他敦促听众次日上午返回他们的先辈所崇拜的上帝那里，去教堂祈求神灵的指点。

外国观察家们长久以来就有一种印象，即经过七十年的社会主义工业化运动，俄罗斯人口的大部分是城市居民。这个推测是错误的。即使是时至1999年的冬天，在从白俄罗斯到符拉迪沃斯托克的横跨六千英里、穿越九个时区的辽阔的土地上，百分之五十以上的俄罗斯人，依然居住在许多不起眼的、没有记录的小镇、村庄和乡间。

在这些不起眼的土地上有十万个教区，包含了上百位俄罗斯东正教主教，每个教区都有其或大或小的洋葱头式的圆顶教区教堂。1月16日星期天上午，百分之七十的俄罗斯人冒着严寒涌进了这些教堂，在每一个讲道坛上，教区的牧师都在宣读大主教的书信。这封后来被称为伟大的教皇通谕的信件，很可能是阿列克谢二世发表过的最有影响力、最感动人心的书信。那是上星期在一次大主教辖区和教区的秘密会议上通过的，虽然未能获得一致同意，但投票结果还是令人信服的。

上午的仪式结束后，俄罗斯人从教堂走向投票站投票。由于地域辽阔以及农村地区缺乏电子技术设备，计票花了两天时间。在有效选票中，结果是百分之六十五赞成，百分之三十五反对。

1月20日，杜马接受并批准这个结果，还通过了另外两个动议。其一是进一步延长伊凡·马尔科夫的代总统任期至3月31日。第二是成立一个宪法委员会，把全民公决的结果载入法律之中。

2月20日，代总统和全俄的杜马向居住在俄罗斯境外的一位王子发出了邀请，请他在君主立宪制的政体中接受全俄沙皇的称号并担当相应的职责。

过了十天，一架俄罗斯客机经过长途飞行后，降落在莫斯科伏努科沃机场。

冬天即将过去。气温已经上升到了零上好几度，太阳出来了。在这座供专机起降的小机场后面，桦树和松树林里有了一股潮湿泥土的芳香，标志着一个崭新的开端。

马尔科夫率领一个大型的欢迎代表团，等候在机场航站楼的前面。代表团的成员包括杜马的议长、各主要政党的领袖、俄军总参谋长和大主教阿列克谢。

杜马邀请的那个人迈步走出了飞机，他是英国温莎王室五十七岁的王子。

在西方遥远的英格兰，在兰顿马特拉弗斯村庄外面，在一座原先的马车房里，奈杰尔·欧文爵士在观看电视里的这个欢迎仪式。

欧文夫人在厨房里洗刷早餐的碗碟，她总是在清洁工莫伊尔太太来打扫卫生之前完成这事。

“你在看什么，奈杰尔？”她一边放掉水槽里的洗涤水，一边问道，“你上午从来不看电视的。”

“在俄罗斯发生的一件事情，亲爱的。”

这是一场比分相当接近的竞争，他沉思着。他遵从自己的原则，以最少的力量摧毁了一个更富有、更强大、人数更多的对手，这种摧毁的成功只能依靠计谋和骗术。

他的第一阶段，是要求杰森·蒙克寻找在看过《黑色宣言》后会畏惧或鄙视科马罗夫的那些人，与之建立起一个松散的联盟。他们当中的第一类，是注定要被俄罗斯纳粹摧毁的——车臣人、犹太人和曾经迫害过科马罗夫盟友黑手党的民警；第二类是教会和军队，其代表人物是大主教和享有崇高声望的老将军尼古拉·尼古拉耶夫。

下一个任务是在敌人阵营里安插一个线人，不是去偷取内部情报，而是把假情报渗透进去。

蒙克还在福布斯城堡受训的时候，这位间谍头子就已经悄悄地去了一趟莫斯科，与一些低层的卧底间谍重新取得了联系，那是他在多年前招募的长期潜伏人员。其中就有前莫斯科大学教授克利莫夫斯基，他饲养的信鸽在过去就已被证明是相当有用的。

当教授在苏联时期因为提倡民主改革而失去工作之后，他儿子马克西姆也失去了进高中读书的机会，上大学更是无从谈起。这个年轻人漂泊到教堂，在各个教区待过后，最终被接纳为大主教阿列克谢的男仆和管家。

马克西姆·克利莫夫斯基神父，奉命四次向格里辛上校出卖欧文和蒙克。这只是为了获取敌人阵营内黑色卫队指挥官的信任，争取当一个线人。

前两次，欧文和蒙克分别都在格里辛出现之前逃走了，但最后两次他们都未能及时离开，不得不经过拼杀才突围出来。

欧文的第三个规则，不是要使敌人相信没有反对他的行动，那是不可能的，而是要使敌人确信危险存在于某个地方，经过应付后，已经消除了。

在第二次访问大主教的住宅后，欧文不得不继续待着，以给格里辛及其同伙留出时间，让他们在他外出的时候去袭击他的房间，去发现他的公文包，去给那封有牵连的信函拍照。

信件是伪造的，是在欧文前一次访问大主教的时候，根据马克西姆神父搞到的大主教的真实信纸和他的手迹样本，在伦敦制作的。

在信中，大主教显然告诉收信人，他热情支持在俄罗斯恢复君主制的主意（这不真实，因为他只是正在考虑这事），他催促收信人接受这个职位。

不幸的是搞错了王子。收信人的名字是谢苗王子，他与女朋友和几匹马一起住在诺曼底的一座石砌农房里。他注定会成为牺牲品。

杰森·蒙克对大主教的第二次访问，标志着第四阶段的开始——鼓动敌人对一种感觉到的、但实际上并不存在的威胁做出过分强烈的反应。这是通过那盘捏造的蒙克与阿列克谢二世谈话的录音磁带来完成的。

大主教的真实话音样本，是在欧文第一次访问时获得的，因为他的译员布莱恩·文森特身上带有录音机。蒙克在福布斯城堡期间，就曾经在录音带上把他的话音录制了几个小时。

在伦敦，一位俄罗斯的模仿演员提供了阿列克谢二世显然在磁带上说过的话语。利用电脑的话音技术，把那盘录音磁带制作出来了，包括咖啡杯的搅动声音。马克西姆神父，从经过门厅的欧文手里接过那盘磁带后，只是把它从一台录音机转录到格里辛交给他的另一台上。

磁带上说的一切都是谎言。彼得罗夫斯基少将不会继续去袭击多尔戈鲁基黑手党，因为蒙克从车臣人那里收集到的有关该黑手党对手的所有情况，都已经转给他了。而且赌场下面的财务资料，并不能证明多尔戈鲁基在资助爱国力量联盟的竞选活动。

尼古拉耶夫将军并没有打算在新年后的一系列访谈中继续谴责科马罗夫。该说的他都说了，一次就足够了。

最重要的是，大主教根本无意去干预代总统，没去敦促说科马罗夫应被宣布为不合格的人选。他已经相当清楚地表明，他不会去干涉政治。

但科马罗夫和格里辛都不知道这些情况。他们还以为掌握了对手的动向，面临着一个可怕的危险，他们反应过激过火，发动了四次暗杀行动。预料到他们会动手，蒙克向所有的四个目标都发出了警报。只有一个人没把警告当一回事。直到12月21日夜晚，甚至更后面，科马罗夫仍有希望以相当大的优势赢得大选。

12月21日后，第五阶段开始了。蒙克把对科马罗夫的仇视范围，从极少数几个看过《黑色宣言》的人，扩大到媒体的强烈抨击，从而激起了过度反应。在这个过程中，蒙克渗入了虚假情报，其大意是科马罗夫所遭受的持续耻辱，都是黑色卫队的一个高级军官所泄露的。

在政治上，以及在人们的许多事务上，成功会孕育更多的成功，而失败也会产生进一步的失败。随着对科马罗夫批评的增多，潜伏在所有暴君身上的偏执也增加了。奈杰尔·欧文的最后一着棋就是利用这种偏执，并抱着一线希望，指望马克西姆神父这艘不太适航的船不致使他落水。

大主教从札戈尔斯克回来后，根本没去找过代总统。新年前四天，俄罗斯的国家机关，根本没想过要在元旦那天突然进攻黑色卫队并逮捕科马罗夫。

通过马克西姆神父，欧文使用了老规则，使敌人相信他的对手人数更多、力量更强，而且下定了决心，其实不然。对第二个“骗局”深信不疑后，科马罗夫决定先发制人。接到了蒙克的预警后，俄罗斯国家机关进行了自卫。

虽然奈杰尔·欧文爵士并不经常去教堂，但他长期以来一直在刻苦钻研《圣经》，其中的人物，他最喜欢的是希伯来勇士基甸。

如同他在苏格兰高地时对蒙克所解释的，基甸是特种部队的第一个指挥官，也是开展夜间奇袭的第一个提议者。

面对一万名志愿者，基甸只选择了三百名精兵，是最坚强和最优秀的人员。当他对在耶斯列平原安营扎寨的米甸人发起夜袭时，他使用了三个战术，即猛烈的惊醒、明亮的火光和破碎的噪音，使更为强大的部队感到迷惑和惊慌。

“他所做的事情，年轻人，就是使处于半惊醒状态下的米甸人相信，他们正面对着一场大规模的非常危险的进攻。因此他们惊慌了，他们逃跑了。”

他们不仅逃跑了，而且还在黑暗中自相砍杀①。通过另一种误导，格里辛信以为真，逮捕了他自己的所有高级军官。

欧文夫人走进来，关掉了电视。

“来吧，奈杰尔，今天天气很好，我们得去挖早熟的土豆了。”

间谍头子站了起来。

“当然，”他说，“春天的早熟作物。我去穿靴子。”

他讨厌挖掘，但是他确实非常爱佩妮·欧文。

加勒比海，刚过中午，“狐仙”号离开海龟湾，朝着出海水道驶过去了。

在去暗礁的半途中，亚瑟·迪恩驾着“银色深海”号驶过来与之并行。他的船尾有两位潜水游客。

“嗨，杰森，你回来了啊？”

“是的。在欧洲待了一阵子。”

“那里怎么样？”

蒙克想了一下。

“有劲。”他说。

“很高兴看到你回来，”迪恩去看“狐仙”号的后甲板，“你没有租船的客人？”

“没有。在岬角外十英里处，有大批刺鲅在游动。我打算给自己去搞一些。”

---

① 基甸发动夜袭，以少胜多击败米甸人，源自《旧约全书·士师记》。

亚瑟·迪恩露出了微笑，表示理解。

“绷紧鱼线，朋友。”

“银色深海”号加大油门，快速离去了。“狐仙”号穿过了水道，蒙克感觉到脚下大海浪潮的涌动，还有吹拂在脸上的带有一丝甜味的海风。

他加大航速，驾着“狐仙”号离开岛屿，朝着外面孤独的大海和天空驶去。

附　录
主要人物表

美国人

杰森·蒙克　前美国中央情报局特工

凯里·乔丹　前中央情报局（行动）副局长

奥尔德里奇·哈森·埃姆斯　前中央情报局特工，代号“铃铛”

肯·马尔格卢　前中央情报局特工，埃姆斯的朋友

哈利·冈特　前中央情报局苏联处处长

索尔·内桑森　华盛顿和怀俄明州的金融家

英国人

奈杰尔·欧文爵士　前英国秘密情报局局长

佩内洛普（佩妮）·欧文　奈杰尔的妻子

西莉亚·斯通　英国驻莫斯科使馆助理新闻随员

乔克·麦克唐纳　英国驻莫斯科使馆情报站长

雨果·格雷　英国驻莫斯科使馆秘密情报局特工

布鲁斯·“格雷西”·菲尔兹　英国驻莫斯科使馆秘密情报局特工

亨利·库姆斯爵士　秘密情报局局长

杰弗里·马奇班克斯　秘密情报局伦敦总部俄罗斯处处长

布赖恩·沃辛　伦敦《每日电讯报》编辑

马克·杰斐逊　《每日电讯报》优秀专栏作者

威廉·帕尔默爵士　外交部常务副大臣

兰斯洛特·普罗宾博士　伦敦纹章学院宗谱专家

查兰、米奇、布莱恩·文森特　前英国特种部队战士

苏联人 / 俄罗斯人

伊戈尔·科马罗夫　俄罗斯极右翼党派爱国力量联盟领导人

阿纳托利·格里辛上校　前克格勃情报官，后成为爱国力量联盟安全部长

鲍里斯·库兹涅佐夫　爱国力量联盟宣传部长

伊凡·马尔科夫　1999年7月以后的俄罗斯代总统

乌马尔·古纳耶夫　前克格勃情报官，后成为莫斯科黑手党老板

根纳季·久加诺夫　俄罗斯新共产党领袖

弗拉基米尔·日里诺夫斯基　自由民主党领袖

尤里·安德罗波夫　苏共中央总书记

康斯坦丁·契尔年科　苏共中央总书记，安德罗波夫的继任

列昂尼德·泽伊采夫　爱国力量联盟总部清洁工

尼基塔·阿科波夫　伊戈尔·科马罗夫的机要秘书

尼古拉·伊里奇·图尔金　克格勃情报官，后被蒙克招募，代号“来山得”

斯坦尼斯拉夫·安德罗索夫上校　苏联驻华盛顿使馆克格勃情报站长

奥列格·戈尔季耶夫斯基　克格勃上校，被英国秘密情报局招募

（1985）

米哈伊尔·戈尔巴乔夫　苏共中央总书记和苏联总统（1985—1991）

约瑟夫·切尔卡索夫　至1999年7月的俄罗斯总统

维克托·切布里科夫将军　克格勃主席

弗拉基米尔·克留奇科夫将军　克格勃第一总局局长，后晋升为克格勃主席

维塔利·博亚罗夫将军　克格勃第二总局局长

彼奥特尔(彼得)·索洛明　苏联军事情报局情报官，后被蒙克招募，代号“猎户座”

弗拉基米尔·梅楚拉耶夫上校　克格勃情报官

伊凡·布利诺夫教授　核物理学家，后被蒙克招募，代号“飞马座”

瓦列里·克鲁格洛夫　苏联外交官，后被蒙克招募，代号“德尔斐”

格奥尔基·库兹明教授　莫斯科法医

瓦季姆·契尔诺夫　莫斯科民警局刑侦处刑警

巴维尔·沃尔斯基　莫斯科民警局刑侦处刑警

叶甫根尼·诺维科夫　莫斯科民警局刑侦处刑警

瓦西里·洛帕京　莫斯科民警局刑侦处刑警

阿列克谢二世　莫斯科和全俄大主教

马克西姆·克利莫夫斯基神父　大主教的仆人和管家

德米特里·博罗金　莫斯科民警局刑侦处刑警

尼古拉·尼古拉耶夫将军　前苏联坦克部队退役的老军人（爱称：柯利亚大叔）

格雷戈尔·卢萨科夫神父　复兴运动的巡回传教士

尤里·德罗兹多夫将军　前克格勃间谍头子

列昂尼德·格里戈里耶维奇·伯恩斯坦　莫斯科夫斯基联邦银行董事长

安东·古罗夫　莫斯科商业电视台高级主管

瓦伦金·彼得罗夫斯基将军　莫斯科民警局打黑部负责人

米沙·安德烈耶夫少将　“塔曼斯卡亚师”师长

维亚切斯拉夫·布托夫将军　国防部副部长

谢尔盖·科林将军　克里姆林宫总统卫队长

阿斯兰、马戈茂德、谢里夫　车臣土匪及保镖

图书在版编目（CIP）数据

间谍课：黑色宣言 / (英) 福赛斯 (Forsyth,F.) 著；舒云亮译. -- 南京：江苏凤凰文艺出版社，2017.5

ISBN 978-7-5399-7502-3

Ⅰ.①间… Ⅱ.①福… ②舒… Ⅲ.①长篇小说—英国—现代 Ⅳ.①I561.45

中国版本图书馆CIP数据核字（2014）第143261号

图字：10-2014-299号

书　　名　间谍课：黑色宣言
著　　者　（英）弗·福赛斯
译　　者　舒云亮
责任编辑　丁小卉　姚　丽
特邀编辑　刘　雨　夏文彦
责任监制　刘　巍　江伟明
策　　划　读客图书
版　　权　读客图书
封面设计　读客图书　021-33608311
出版发行　江苏凤凰文艺出版社
出版社地址　南京市中央路165号，邮编：210009
出版社网址　http://www.jswenyi.com
印　　刷　三河市吉祥印务有限公司
开　　本　890mm x 1270mm　1/32
印　　张　16.75
字　　数　408千
版　　次　2017年5月第1版　2017年5月第1次印刷
标准书号　ISBN 978-7-5399-7502-3
定　　价　56.00元

如有印刷、装订质量问题，请致电010-85866447（免费更换，邮寄到付）